Jakob Wassermann

Joseph Kerkhovens

dritte Existenz

Roman

Jakob Wassermann: Joseph Kerkhovens dritte Existenz. Roman

Erstdruck: Amsterdam, Querido, 1934

Neuausgabe
Herausgegeben von Karl-Maria Guth
Berlin 2016

Umschlaggestaltung von Thomas Schultz-Overhage unter Verwendung
des Bildes: Edvard Munch, Jugend am Meer, 1904

Gesetzt aus der Minion Pro, 11 pt

Verlag: Henricus - Edition Deutsche Klassik GmbH
Mörchinger Str. 33, 14169 Berlin, info@henricus-verlag.de
Druck: Libri Plureos GmbH, Friedensallee 273, 22763 Hamburg

ISBN 978-3-8430-8928-9

Bibliografische Information der Deutschen Nationalbibliothek

Die Deutsche Nationalbibliothek verzeichnet diese Publikation in der
Deutschen Nationalbibliografie; detaillierte bibliografische Daten sind
im Internet über www.dnb.de abrufbar.

Erstes Buch: Das biologische Gewissen

1.

Als Joseph Kerkhoven an dem tragischen Frühherbsttag des Jahres 1929 hilflos zusammenbrach, weil er entdeckt hatte, daß die Frau, die er liebte, ihn mit dem jungen Freund und Schüler Etzel Andergast, dem er ungemessenes Vertrauen geschenkt, hintergangen hatte, daß also die beiden teuersten Menschen der Welt zu Betrügern an ihm geworden waren, sah er zunächst keine Möglichkeit, das gewohnte Leben weiterzuführen.

Was ihn so grausam hinwarf, war der unerwartete Überfall auf seine Person, die er seit einer Reihe von Jahren den Angriffen des Schicksals entzogen wähnte. Tagtäglich bedrängt von unendlicher Menschennot, hatte er seiner selbst nach und nach vergessen. Daß es auch ihn einmal packen und niederschlagen könne, war im Programm nicht vorgesehen. Das Schicksal war ihm zu einem Kollektivbegriff geworden. Damit war eine starre und, wie er jetzt zu spät erfuhr, trügerische Sicherheit über ihn gekommen, wie wenn privates Unglück, persönliches Leiden, individueller Schmerz für ihn nicht mehr existierten. Für andere Menschen wirkend und ihnen ausschließlich hingegeben, hatte er sich so weit von sich entfernt, daß der Mann und Mensch Kerkhoven zuletzt nur noch vom äußerlichen Mechanismus des Daseins bewegt wurde. Er hatte so lange *über* den Geschicken gelebt und sie regiert, daß er nicht mehr wußte, wie es ist, wenn man selber unter die Räder kommt. Er hatte nun Gelegenheit, über den Unterschied nachzudenken, der zwischen einer Wunde besteht, die man als Arzt behandelt, und einer, an der man verblutet.

2.

Es klingt unglaubhaft, dennoch war es so: Erst im Augenblick der Katastrophe erkannte er, daß das, was ihn mit Marie verband, an die Wurzeln seiner Existenz ging. So, als ob Marie und das Verhältnis zu ihr mit seinem vorzeitlichen Sein zu tun und er ahnungslos darüber hinweggelebt habe. Aber ist dies nicht eine der gewöhnlichsten Unterlassungen, deren sich die Menschen schuldig machen? Sollte man sich deswegen schon als Missetäter fühlen? Man muß sich mit den Umständen vertragen und die Geschehnisse als Folgeerscheinungen des eigenen Charakters betrachten.

Desungeachtet hätte es vielleicht ein schlimmes Ende mit ihm genommen, wäre er in den Tagen des ersten Schocks allein gewesen. Nicht als hätte er Hand an sich gelegt, dazu waren sein Selbsterhaltungsinstinkt, seine Gabe, Werte gegeneinander abzuwägen, zu groß; jedoch eine innere Zersetzung, etwas wie Fäulnis des Lebensmarks, wäre sicherlich eingetreten. Aber die Frage: wie soll man weiterleben, wie soll man es überleben, solchen Verrat, solchen Einsturz alles Vertrauens, diese Frage führte ihn unmittelbar zu Marie zurück. Es war, wie wenn man bei einer Wanderung den Genossen verloren hat und erschrocken umkehrt, ihn zu suchen, auch wenn man bemerkt, daß einen dieser in einen Hinterhalt gelockt hat. Zudem: man war Arzt; man hatte, ohne Rücksicht auf sich selbst, an Hilfeleistung zu denken. Denn das Bild, das ihm Marie darbot, war das der vollkommenen Zerrüttung.

3.

Er wollte nicht richten, er wollte wissen. Zunächst erfüllte ihn nur die qualvolle Begierde, zu erfahren, wie und wann sie sich verloren hatte. Diese Auffassung des Sichverlorenhabens wirft ein bezeichnendes Licht auf die Gemütslage eines Mannes, der unter anderen Umständen nicht daran gedacht hätte, sich moralisch aufzulehnen. Sie war der Beginn eines verhängnisvollen inneren Konflikts. Und Marie, verwirrt in Herz und Seele, empfand die Geständnisse, zu denen er sie fanatisch drängte, als Erleichterung und als Vergeltung.

Es muß aus ihr heraus, sonst vergeht sie in Scham, Bitterkeit, Zerknirschung und Verzweiflung. Und in Sehnsucht, das ist das Schreckliche, in Sehnsucht nach dem, der sie verlassen hat und geflüchtet ist, man weiß nicht wohin. Nicht dem Gatten erschließt sie sich mit der Schonungslosigkeit der Selbstzüchtigerin, dem Freund wirft sie sich hin, dem einzigen Menschen auf der Welt, der das Geschehene begreifen muß. Das verlangt sie von ihm mit der Naivität, die allen Seelenkranken eigen ist: Daß er nicht mit ihr rechte, daß er sich selbst und seinen Schmerz hintanstelle, daß sie zu ihm aufsehen und sich alles vom Herzen reden kann, was sie peinigt und bedrückt. Sie ist schuldig, maßlos schuldig, aber sie kann es nur zugeben, wenn er sie nicht für schuldig erklärt.

Es ist nicht mehr die Marie, die er kennt oder zu kennen geglaubt hat. Es ist eine Frau, die ihr einmaliges, unwiderrufliches Sinnen- und Bluterlebnis gehabt hat, und dieses gibt sie nicht preis. Ihre Person gibt sie preis; gut, du kannst mit mir machen, was du willst, scheint sie zu sagen, jag mich auf und davon, nimm mir die Kinder weg, nenn mich Betrügerin und Lügnerin: ja, ja, ja: das Erlebte gibt sie hingegen nicht preis.

Kerkhoven steht vor einem Rätsel. Er meint doch einigen Einblick zu haben in die Dämonien der Seele, aber was hier vorgeht, kann er nicht ergründen. Es ist wohl die Gebundenheit an sie, die Liebesnähe, die unsichtbare Nabelschnur zwischen ihr und ihm, die ihn so ratlos machen. Sie ist zu tief hinuntergestürzt, denkt er, ich kann sie nicht erreichen. Den eigenen Sturz nimmt er plötzlich nicht mehr wahr oder vergißt ihn, weil es ihn tröstet, daß er die Haltung dessen vortäuschen kann, der sich hinabbeugt. Und sie läßt sich auf das Spiel ein und fleht mit gefalteten Händen zu ihm empor, er möge sie hinaufziehen. Er hat nicht die Kraft. Noch nicht. Er will wissen. Zuerst muß er alles wissen. Im Wissen steckt eine erlösende Mitverschuldung.

4.

Auch jetzt verschmäht Marie alles, was nach Sündenbekenntnis aussieht.

Hat er nicht bemerkt, wie sie in ihrer Ehe vereinsamt ist, wie ihr das Gefühl abhanden kam, einen Gefährten zu haben? Wie sie neben ihm gegangen ist, hinter ihm, um ihn herum, immer in der Hoffnung, er werde sich ihr wieder zuwenden? Wie sie sich von einem Monat auf den andern vertröstet hat, von einem Jahr aufs andere, und wie das ungestillte Bedürfnis nach und nach ihr Gemüt in Aufruhr gebracht hat? Hat er es wirklich nicht geahnt? Wo ist er denn um Gottes willen gewesen? Tausendmal hat sie sich gefragt, wo er denn sei, hat sich Unbescheidenheit und Selbstsucht vorgeworfen, hat sich seiner großen Aufgaben erinnert, des Helferberufs, der ihn aufgefressen, so daß nichts mehr von ihm übrig war als ein Name und eine Funktion, ein Logiergast im Hause, für dessen Mahlzeiten und gemachtes Bett man sorgen muß und der allem Leben Einlaß in sein Inneres gewährt, dem unwertesten noch, nur dem einen nicht, das dicht neben ihm verkümmert. Wie war das möglich?

Kerkhoven kann nicht leugnen, daß es so gewesen ist. Er war ihrer zu sicher. Die Sicherheit hat bewirkt, daß ihm Marie zu einem lebendigen Hausrat geworden war, der unverrückbar an seinem Platz verbleibt und keiner besonderen Mühewaltung mehr bedarf. Die Anklage besteht zu Recht. Es wird ihm klar, daß es in jedem wahrhaften menschlichen Bund die Todsünde ist, sich sicher zu fühlen und mit der Sicherheit zu beruhigen. Immerhin glaubt er Anspruch auf Milderungsgründe zu haben. Seinen Pflichten und Erfüllungen war eine Grenze gesetzt. Ein strenges Leben. Die Gewalt der Tatsachen hat den Gatten wie auch den Vater daraus verdrängt. Unseliger Irrtum, daß er sich eingebildet hat, von Marie gebilligt und gestützt zu sein. Daß er sie willens geglaubt, auf Privatleben und Privatglück zu verzichten.

5.

Das ist die Gegenanklage. Sie enthält Bitterkeit genug, obgleich sie schonend verhüllt ist. Was nützt aber die Verhüllung, wenn jedes Wort bedeutet: Du hast mich verraten …? Das trifft Marie schwer. Wenn es wahr wäre, könnte sie sich nie mehr entsühnen. Es ist nicht wahr. Bis zum letzten Augenblick hat sie sich mit aller Kraft gegen diese Leidenschaft gewehrt. »Verrat! Joseph! Wenn du wüßtest!« – »Wenn ich was wüßte?« – »Es hat nichts mit dir und mir zu tun. Hat nie mit meiner Liebe zu dir zu tun gehabt.« – »Das sagst du dir vor. Es erscheint dir jetzt so.« – »Nein. Du warst unser Schutzgeist, meiner und seiner, von Anfang an, auf Schritt und Tritt.« – »Ich weiß, ich weiß. Es hat ihm beliebt, eine Heiligenfigur aus mir zu machen, um sich aus seinen menschlichen Verpflichtungen herauszuschwindeln. So wie manche Einbrecher beten, bevor sie einbrechen. Aber du, Marie, du!«

Sie vermag zunächst nicht zu antworten. Es dünkt ihr zu töricht, was er sagt. Es ist so entgegen seinem Sinn und seiner Art, daß sie ihn erstaunt anschaut. Dann erinnert sie ihn schüchtern daran, wie sie auf ihn gewartet hat. Wie sie ihm Zeichen gegeben und er nichts gesehen hat. Wie sie ihn gerufen und er nicht gehört hat. Nicht nur nicht gehört, ihn hat er geschickt, eben diesen Etzel, statt selber zu kommen – »hast du es vergessen?« – hat er den Brief vergessen, worin sie ihm schrieb, sie wolle nicht mehr allein sein, sie wolle den Mann haben, den ihr das Schicksal zugedacht, nicht den Arzt, nicht sein Werk, nicht seinen Ruhm, nicht seine abgegeizten Viertelstunden, nicht seine umwölkte Stirn und seine anderswo weilenden Augen, ihn, ihn ganz, mit Haut und Haar und Herz und Atem. »Joseph, Joseph, hast du's denn vergessen, war's nicht deutlich genug, daß ich dir schrieb, es ist was in mir, das verzehrt mich, ich streck' die Arme aus, zu fassen, zu halten, an mich zu drücken, ich verdurste, ich verbrenne …? Verzeih, wenn man es laut wiederholt, klingt es vielleicht geschraubt, aber so hab' ich's gefühlt, und es war eine Krise. Und was hast du getan? Nicht vom Fleck hast du dich gerührt. Und als dann dein Beauftragter kam, dein Jünger, um mich – ja, was sollte er – auf andere Gedanken sollte er mich wahrscheinlich bringen. – Ja, Mann, Mensch, hab' ich da nicht glauben müssen, du wolltest Ruhe haben vor mir und meiner Liebe? Hast du mich denn nicht mit aller Gewalt hineingestoßen? War's ein Verbrechen, zu denken, du wünschtest dir, was weder er noch ich zu denken gewagt hatten?«

Sie zittert am ganzen Körper. Ihre Beredsamkeit ist entschieden krankhaft. Sie kämpft um ihn und kämpft um sich. Das Gesicht zwischen den Händen, sieht sie ihn verstört an. Kerkhoven versucht, den harten Griff ihrer Hände zu lockern, die Finger von den Wangen abzulösen. »Ich dachte, du hättest die Kinder«, bringt er mühselig heraus, »du bist doch Mutter. Ich hielt dich für eine richtige Mutter …« Ihr Aufschluchzen erschreckt ihn. »Daß man Mutter ist, kann nicht für alles herhalten«, erwidert sie mit verzweifeltem Halblachen, »du weißt so gut wie ich, daß daraus der Zwinger wird, in den man eine Frau steckt, um sie unschädlich zu machen. Mutter, Hausfrau, Wirtschafterin, was du willst, aber man kann doch nicht als Witwe leben mit siebenunddreißig Jahren und einem Mann aus Fleisch und Blut. Das mußt du doch verstehen.«

Er versteht nur allzu gut, obschon er eine so hemmungslose Offenheit nie von ihr erwartet hat. Er ist wie vor den Kopf geschlagen. Was hätte es genützt, zu sagen: Hundert Leidende haben mir den Weg zu dir verrammelt, die Nöte, die sie mir ins Ohr schrien, haben deine Stimme übertönt …? Und wären es tausend, wären's Millionen gewesen, da lag der eine Mensch zertrümmert vor ihm, der ihn vergeblich gerufen hatte und der auf der Waage der Geschicke auf einmal schwerer wog als eine Welt.

6.

Hauptsächlich muß er ihr die Überzeugung einflößen, daß er Zeit für sie hat, unbeschränkt viel Zeit. Er sagt seine Ordinationen ab, läßt mitteilen, er sei krank, läßt Arbeit Arbeit sein, antwortet widerwillig auf Telegramme und Telefonalarm, kurz, was ihm noch vor wenigen Tagen als undurchführbar erschienen wäre, ist selbstverständlich geworden: Er hat für nichts und niemand mehr Interesse als für Marie; wenn er sich in einem dringenden Fall entschließt, einem Ruf zu folgen und nach Berlin zu fahren, ist er nach zwei Stunden wieder zurück.

Vom Morgen bis in die Nacht ist er bei ihr. Verläßt er das Zimmer so bekommt sie Anfälle von Schwindel, Übelkeit und Frost, und zwar in einem Grad, daß ihr die Zähne im Mund klappern wie Steine in einer Schachtel und die Eingeweide sich winden wie Würmer. Nur nicht allein sein; laß mich nicht allein, bettelt sie mit aufgehobenen Händen, und folgt ihm in sein Schlafzimmer, sein Bücherzimmer, in den Garten, obwohl sich beim Gehen alles um sie dreht. Wenn er sie beschwört, zu Bett zu gehen, tut sie es erst, nachdem er versprochen hat, bei ihr zu bleiben. Auch des Nachts will sie nicht allein sein. Sie läßt sein Bett neben ihres stellen. Sie hängt mit den Blicken an ihm. Ihr ist, als dürfe sie ihn nicht eine Sekunde lang aus den Augen verlieren. Nur so lange sie ihn im Auge behält, dünkt ihr, kann er nicht etwas tun oder denken oder empfinden, was ihn von ihr entfernt. Am meisten bangt ihr vor seinen heimlichen Gedanken.

Ohne Schlafmittel kann sie nicht schlafen. Der Schrecken der Schrecken ist das Erwachen am Morgen. Mit dem Erwachen kommt die Angst. Angst ist ein Wort, das den Menschen locker auf der Zunge sitzt, aber wenige kennen sie wirklich. Man muß zu grellen Bildern greifen, um sie zu malen. Der Leib wird von Krötenfüßen bekrochen, aus der Haut schwitzen schleimige Bänder, die sich ins Gehirn schlingen, das Herz ist ein wild hinrasendes Tier, der Magen ein quälender Fremdkörper, der Kopf eine gallertige, verkrampfte Masse, Licht tut weh, Riechen und Schmecken sind ein Abscheu, das liebkosende Flüstern und Fragen der Kinder eine Marter, und wenn eines Menschen Fußspitze an den Pfosten des Bettes stößt, möchte man aufschreien vor Schmerz.

Kerkhoven weiß, was es mit dieser Angst auf sich hat. Sie ist sein spezielles Studium gewesen, und er hat ihr viele Namen in allen ihren

Abstufungen verliehen. Die Erfahrungen, die er gewonnen, hier sind sie kein Behelf, sie lähmen ihn. Sie lassen ihn etwas erkennen, was er nicht in sein Bewußtsein aufnehmen möchte und doch aufnehmen muß: sinnliche Verstrickungen und Bindungen, Abgründe sinnlicher Aufgelöstheit, von denen die erschöpften Nerven Kunde geben, denn in ihnen wohnt noch die Erinnerung, wie in einem künstlich zum Schlagen gebrachten Herzen auf dem Seziertisch die Erinnerung an das ehemalige Leben. Es ist der Pendelausschlag nach der andern Seite, die Zuckungen der Glut rückwirkend in die Kälte, das Grauen als Metamorphose der Lust. Diese ärztlich-analytische Einsicht wird für ihn zum zentralen Unheil. Sie treibt seine Phantasie in die Richtung der Selbstzerfleischung. Sie erzeugt zwanghaft jene Folge von Bildern, die ihn besessen machen von dem Wunsch, zu morden, dem Menschen das Messer in die Brust zu stoßen, den er nicht mehr anders sehen und denken kann als in der Umarmung mit Marie. Nur das eine könnte ihn befreien und ihm die innere Ruhe wiedergeben: wenn er den Menschen morden könnte. Bestialische Anwandlung; verächtlicher Trieb; aber was soll er dagegen tun? Es ist ein Gefühl wie Heißhunger, er kann nicht Herr darüber werden, es macht ihn verrückt, er wird zu einer mitleidswürdigen Kreatur.

Und Marie schickt sich darein, ihm in allem Rede zu stehen, was er zu wissen begehrt. Es ist das nie versagende Mittel, ihn in ihrer Nähe zu halten. So lange er bei ihr ist, kommt die Angst nicht ganz an sie heran. Deshalb nimmt sie die Pein auf sich, die ihr die unablässige Inquisition bereitet. Auch ist in der Pein ein tiefer verhohlener Reiz. Sie spürt instinktiv, daß er nicht geschont sein will, folglich schont sie ihn auch nicht. Wenn sie sich genügend mit Worten gezüchtigt hat, irren ihre Träume und ihr Verlangen hinüber in den Bereich des gewesenen Glücks, und sie spricht davon mit den Zeichen der Euphorie und Trunkenheit. Ihre verworrenen Erzählungen bewegen sich in Fieberkurven. Bald schildert sie ihre moralischen und seelischen Leiden unter dem Zwang zur Lüge und Verstellung und unter der tyrannischen Herrschsucht ihres Geliebten, bald will sie von keiner Schuld und Verfehlung hören und verficht trotzig die sogenannten Rechte der Persönlichkeit. Hat sie eben noch Haß und Bitterkeit auf den Namen des Menschen gehäuft, dem sie sich in unbändiger Verschwendung geschenkt, und damit dem beklommen lauschenden Kerkhoven die Seele noch tiefer zerwühlt, so redet sie einen Atemzug später mit einer geradezu schaurigen Zärtlichkeit von ihm wie von einem vergötterten Toten.

Es ist eine völlig fremde Marie. Es ist nicht mehr die Frau, die ihm zwei Kinder geboren und ihn auf seinem schweren Weg als Kamerad begleitet hat. Er entsinnt sich, vor sechzehn Jahren hat sich etwas Ähnliches zugetragen, damals, als er sie kennengelernt, als sie sich, ihres Körper- und Seelengesetzes nicht achtend, an einen gewissenlosen Abenteurer hingegeben hatte. Aber damals hatte er begriffen, denn er hatte eben angefangen, sich selbst zu begreifen und zu erleben. Jetzt steht ein Mensch mit einem unzugänglichen Geheimnis vor ihm. Und vor dem Geheimnis hängt ein schwarzer Vorhang, die Angst. Und er, Kerkhoven, soll der Wächter des schwarzen Vorhangs sein. Während ihn die Begierde verbrennt, zu erfahren, was dahinter ist, soll er um jeden Preis verhüten, daß der Vorhang sich hebe und das Geheimnis enthülle. Dabei soll er so tun, als kenne er es, denn es hat ja immerfort den Anschein, als erschließe ihm Marie die verborgensten Winkel ihres Innern.

Eine unmögliche Situation. Er ist nicht mehr Arzt, nicht mehr Heiler, nicht mehr Beichtiger, nicht mehr Retter. Die Ungeduld, den Vorhang zu zerreißen, macht ihn seinem Wächteramt abspenstig. Er wird zum Unarzt, zum Widerarzt, zum Wundenaufreißer. Das Geschlecht in ihm ist beleidigt, der Mann ist gedemütigt, das Männchen wehrt sich und tobt. Eine Stufe der Erniedrigung, auf der er Gestalt und Wesen einbüßt. Man kann sich also nicht wundern, daß er mit Marie gemeinsam in die Tiefe stürzt. War Etzel Andergast der Verführer oder der Verführte? Diese Frage scheint dem Manne Kerkhoven vor allem der Klärung bedürftig. Marie will sich darauf nicht einlassen. Die Unterscheidung bedeutet ihr nichts. Es war ja einer über ihnen, der sie zueinander getrieben hat, der Meister. Der Meister weiß es, der Meister billigt es, das war die Losung und die Schuldaufhebung. Kerkhoven, dem zornige Regungen ungewohnt sind, würgt seinen Grimm hinunter. Schöner Meister, der nun dasteht als Hopf. Schöne Großmut, mit der man zum Hahnrei gemacht wird.

Marie ist entsetzt: Was für Worte, was für Begriffe! Sind Geistesfreiheit und ärztliches Verstehen nur Larven, die man außer Haus trägt? Bedenk doch, wer du bist, Joseph! Verführt oder nicht verführt, sie wünscht, er möge verstehen, wodurch sie so hingerissen worden ist, daß alle Schranken in ihr fielen. Die Aufmerksamkeit ist es gewesen, die zarteste, ritterlichste, die ihr je begegnet, von deren Umstrickungsgewalt sie so wenig geahnt, daß sie erst gespürt, wie sehr sie sie entbehrt hatte, als sie ihr erlegen war. Und mit der fieberhaften Erregung, die sie jedesmal ergreift, wenn sie von Andergast spricht, verbreitet sie sich über das Wesen dieser Aufmerksamkeit. Kerkhoven hat dabei eine Empfindung wie ein Mensch, hinter dessen Rücken etwas Gespenstisches vorgeht. Das Immer-Dasein, Immer-Zeit-Haben, Keinen-Schlaf-Kennen, Keine-Mühe-Scheuen, das unvergleichliche Erraten von Stimmungen, Wünschen, Gedanken … Dazu das berückende Gefühl einer Frau, die erfährt, daß sie die erste ist, das erste große Erlebnis, die Erweckerin …

Kerkhoven nickt. Das alles könne er ohne weiteres begreifen, aber dem widerspreche doch, was sie über die Härte und Rücksichtslosigkeit des jungen Menschen gesagt, seine anmaßende Tyrannei. Welchem ihrer Geständnisse solle er Glauben schenken, wo sei das wahre Gesicht? Marie antwortet hastig, die Tollheit habe ihn erst befallen, als sich das Verhängnis über ihnen beiden zusammengezogen habe; vom bösen Gewissen gejagt, von krankhaften, fast unverständlichen Rivalitätsgefühlen gegen seinen Meister wie behext, habe er sie zur Flucht und zur Heirat überreden wollen; anfangs sei ihr dies vollkommen wahnsinnig erschienen, und sie habe ihn ausgelacht, aber da habe er sie bis aufs Blut gepeinigt und sie auf raffinierte Manier eifersüchtig gemacht und mit Worten mißhandelt, ja geradezu mißhandelt; schließlich sei es zu dem gekommen, was sie ihr »In-die-Knie-Brechen« nannte, die bedingungslose Kapitulation. Das war das letzte, da sei dann Joseph endlich, endlich erschienen …

»Wieso in die Knie gebrochen?« fragt Kerkhoven verblüfft. »Was nennst du Kapitulation?« – »Ich wollte ihm den Willen tun. Ich wollte mit ihm fliehen. Ich wollte ihn wirklich heiraten. Ich war ja selber wahnsinnig …«

8.

Marie in die Knie gebrochen vor einem halben Knaben, die stolze Marie, seine Marie, das Bild wird Kerkhoven nicht los; es verfolgt ihn und schraubt sich ihm ins Hirn. Wie konnte sich dies ereignen, was für eine Bezauberung war da am Werk, er muß es wissen, sie muß ihm Rede stehen, schon beim nächsten Gespräch fragt er sie danach. Es ist spät am Abend, sie sind im Wohnzimmer, alles schläft im Hause, Marie sitzt im Lehnsessel, er kauert auf einem Schemel vor ihr und hält ihre eiskalte Hand in seiner, sie blickt lange stumm in sein Gesicht, dann kommt wieder die schreckliche euphorische Trunkenheit über sie, die ihre Züge so verändert, als spiele sie eine eingelernte Rolle, und sie sagt: »Verstehst du denn nicht? Die Kraft ... die Unberührtheit, die Anmut in allem ... man kann's nicht beschreiben ... hauptsächlich die Anmut ... in der Liebe ist das ja so selten ... bei einem Mann ... versteh doch ... wenn einer so ... so intakt ist ...«

Schwer zu ergründen, warum ihn gerade der Ausdruck »intakt« so verletzt und erschreckt, wenn auch zugegeben werden muß, daß ihn jeder andere genauso empfindlich getroffen hätte. Es hängt wohl mit den eingerosteten Vorstellungen zusammen, die wir vom Charakter eines Menschen haben, daß gewisse unerwartete Äußerungen zu aufgerissenen Fenstern werden können, durch die ein blendendes Licht auf Dinge fällt, die wir ein Leben lang übersehen haben. Plötzlich wird etwas Anschauung, was wir vorher nur dumpf gewußt haben. Der Mann, der die aufbauende Macht der Phantasie verkündet und sie als wesentliche Hilfe in seine Heilmethode einzubeziehen getrachtet hat, muß jetzt ihre Unlenkbarkeit und Willkür am eigenen Leib erfahren, da sie ihm Szenen ausmalt, an denen er leidet wie an einem unauslöschlichen Schimpf. Er muß sehen, sehen, ohne die geringste Möglichkeit, die Bilder vom inneren Auge wegzutun, ohne vergessen zu können. Er muß sehen, wie sie einander in die Arme stürzen; wie sie mit begehrlichen Blicken einander betrachten; wie sie der Liebkosungen nicht satt werden; wie sie die verabredeten heimlichen Wege gehen ... aber das sind nur die Vorspiele. In einer seltsamen Art umgekehrter Lust und Lüsternheit weiß er, sieht er zu, wie sie die Kleider vom Leib streifen, wie sie einander umschlingen, erlebt das Nach und Nach ihrer Entflammung, Gipfel und Mattigkeit, Anklammerung und wollüstigen Krampf; ein gehässiges, häßliches Wort bietet sich ihm dafür an: hecken, sie hecken; sie wühlen sich ins ehebrecherische Nest und hecken. Alle diese Gesichte, einzeln und zusammen, umlagern, verhöhnen, vergiften, erdrosseln ihn; sein Geist, sein Herz, was an ihm nur irgend lebt, saugt sich mit einer rasenden Eifersucht voll, die sich vom Vergangenen nährt, die ihn ruhelos macht wie einen Verrückten und den Geist mit Finsternis schlägt.

9.

Der Ernst dieses Zustands blieb Marie nicht verborgen. Sie erriet, was in dem Mann vorging. Sie kannte ihn besser, als er selbst sich kannte. Sie wußte seine entlegensten Gefühle zu deuten, mit visionärer Sicherheit oft. Sich an ihm aufrichten zu können, war der einzige Hoffnungsstrahl in ihrer Verzweiflung gewesen. In mystischer Zuversicht hatte sie der Kraft seiner Natur vertraut, der felsenhaften Unerschütterlichkeit, die er so häufig und unter den schwierigsten Lebensumständen bewiesen hatte. Nun, da sie ihn wanken und einem Phantom nachjagen sah, haltsuchend bei ihr, die selber keinen Halt mehr hatte, waren ihre Betrübnis und Enttäuschung grenzenlos.

Statt Hilfe zu empfangen, hatte sie Hilfe zu spenden. Welche Hilfe? Naturgemäß eine, die das Leiden aufhob in seinem Kern. Sie spürte, wonach er begehrte. Der weibliche Instinkt in ihr war so entwickelt, daß sie trotz der Erschöpfung ihrer Sinne, dem tödlichen Schweigen jedes erotischen Verlangens den Aufruhr in seinem Innern rhythmisch mitempfand, diese bohrende Sucht, sich als Mann zu bewähren, die, wenn sie nicht gestillt wird, zu einer Erkrankung des Selbstbewußtseins führt und das Geschlechtswesen in seinen Wurzeln angreift. Ihr war es nicht um körperliche Liebe zu tun; ihr Blut war unbewegt wie das Wasser in einem Schacht; nur dienen konnte sie dem Freund und Gefährten, sich ihm hingeben wie einem Freund eben, mit dem man alles zu teilen vermag, und ihn so, mit List und Selbstopferung, aus der verderblichen Spannung lösen. Das bißchen Verstellung, das sie hierzu anwenden mußte, kostete keine große Mühe; als Frau beherrscht man das Spiel, und sich davon nicht betrügen zu lassen, sind nur wenige Männer imstande.

Der heroische Entschluß war aber nicht bloß vergeblich, sondern steigerte das Unheil noch. Es geschah, was dem verblendeten Willen immer geschieht, wenn er sich eine Fähigkeit zutraut, die ihm der Körper verweigert. Der Reiz überwog die Kraft. Der Zweck lähmte die Funktion. Die Folge war Niederlage auf Niederlage. Die ganze Schmach war nun offenbar. Jetzt war er als Mann endgültig geschlagen. Doch wollte er sich nicht für geschlagen erklären, und das gab seiner Ohnmacht einen Zug ins Selbstmörderische. Er glich einem Ringer, der sich mit hohem Fieber zum Zweikampf anschickt und das Fieber für einen besonderen Beweis seiner Unbesiegbarkeit hält. Das Schauerliche war, daß er das

Gefühl nicht los wurde, sich mit einem Gegner messen zu müssen, von dem er sich wie von einem Spion beobachtet wähnte und von dessen Stärke er, durch Maries Andeutungen aufs höchste irritiert, förmliche Wahnvorstellungen hegte. Er, der Neunundvierzigjährige, wollte den Dreiundzwanzigjährigen herausfordern und es ihm gleichtun, dem spurlos von der Bildfläche verschwundenen, feig geflüchteten Rivalen; denn so sah er ihn, so dachte er über ihn. Aber das Bestreben, seinen Charakter zu verkleinern und zu verzerren, half nicht dazu, seiner Herr zu werden und ihn aus dem Gedächtnis und aus dem Blut Maries zu tilgen. Das war die zugrunde liegende fixe Idee; als ob es erreicht werden könnte, daß Marie von dem Tausch nichts bemerkte, als ob das leidenschaftliche Erlebnis ihrer Sinne einfach mit ihm, dem Gatten, fortgesetzt werden könnte, wie man eine Kartenpartie mit einem neuen Partner fortsetzt und Marie nicht nur dazu bereit wäre, sondern auch sich nichts Besseres wünsche. Ein Irrtum immer kläglicher als der andere.

Es war eine unsägliche Folter für Marie. Sie nahm sie auf sich. Während sie die zärtlich Liebende vorzutäuschen hatte, war sie Samariterin. Wenn alle Kunst ihrer Liebkosungen erfolglos geblieben war, tröstete sie ihn. Sein verstörtes Erstaunen zerschnitt ihr das Herz. Sein jagender Puls erfüllte sie mit banger Sorge. Sie schlang die Arme um ihn und flüsterte ihm zu: »Laß doch, sei doch ruhig, hab Geduld, dein Körper ist weiser als du …« Sie hatte einen Knaben im Arm, einen unglücklichen Sohn, ein törichtes, beschämtes, schluchzendes Kind.

Tiefer konnte man nicht sinken. Es war ihm nichts mehr verblieben von seinem inneren Besitz, von seiner Person und Würde, von seinem Wissen und Wirken, von der Schätzung der Welt. Leer. Fertig. Ausgeplündert. Eines Abends nahm er im Laboratorium im Stadthaus eine Tube mit schnellwirkendem Gift aus einem Behälter und steckte sie in die Westentasche. Als er dann nach Lindow zurückkam, fand er eine Depesche vom holländischen Kolonialministerium vor. Sie enthielt die Anfrage, ob es ihm möglich sei, sechs Monate nach Java zu gehen, um eine endemische Gehirnkrankheit zu studieren, die unter den Eingeborenen wütete. Ein Fingerzeig? Weisung der höheren Mächte? Er zuckte die Achseln. Eine halbe Stunde später trat er zum offenen Kaminfeuer, warf die Tube hinein und sah trüben Blickes zu, wie sie in der Flamme mit lautem Knall zerplatzte.

10.

Zwei Menschen, die sich krampfhaft aneinander festhalten in der Hoffnung, daß sie vereint dem saugenden Strudel eher entkommen werden als jeder für sich: das ist der Vorgang. Marie läßt sieben gerade sein; der Haushalt auf Gut Lindow verwahrlost ein wenig. Ihr graut vor dem Winter. Jeder werdende Tag schiebt eine Ödnis vor sich her. Jede einzelne Stunde der Nacht hat ihr besonderes Schreckensgesicht. Warum kann man nicht verlöschen wie eine niedergebrannte Kerze? fragt sie sich. So zu leben ist ein Verbrechen an der Natur. Wenn das seltsame, alles Augenscheinliche umlügende Delirium über sie kommt, flackern die Blutgeister empor, und das Verrückteste hat einen Schimmer von Möglichkeit, daß er plötzlich an der Tür steht, der geliebte Flüchtling, und um Einlaß bittet; daß das Telefon läutet und sie hingeht und seine Stimme hört; daß Joseph ihn ruft, vielleicht nur, um mit ihm abzurechnen, ihn gewissermaßen vor Gericht zu laden und sie ihn einmal noch, ein einziges Mal, sehen kann. Darein mischen sich, wenn es wieder finster in ihr wird, aufregende Rachegelüste. Sehnsucht schlägt um in Haß. So durfte er sie nicht sich selber überlassen. So durfte er nicht seinem Meister entlaufen, dem Mann, der ihn geformt, ihn erst richtig auf zwei Beine gestellt, ihm den Begriff gegeben hat, was eine menschliche Seele ist.

Eines Nachts, sie sind in der Philharmonie gewesen, wo der Donkosakenchor gesungen hat, sagt sie: »Ein Brief von dir, Joseph … wenn du ihm ein paar Zeilen schreiben würdest … es wäre eine Erleichterung … für dich, für ihn, für mich »… – Kerkhoven verfärbt sich. Er starrt düster auf seinen Teller. »Schreiben? Ihm?« stößt er mit brüchiger Stimme hervor. »Komische Idee. Was versprichst du dir davon? Was für eine Erleichterung meinst du?« – Marie greift über den Tisch mit beiden Händen nach seiner Rechten. »Daß du ihm verzeihst«, sagt sie kaum hörbar und sieht ihm inständig flehend ins Gesicht, »es wäre das einzige, was uns retten könnte.« Sie sagt »uns«, sie wollte sagen »dich«; der Gedanke ist ihr während des Konzerts gekommen, und im selben Moment hatte sie aufgeatmet als wäre ihr ein Block von der Brust gefallen. Sie muß diesen Mann dem Leben wieder zurückgeben. Sie muß ihn zu sich selbst zurückführen und ihre ganze Macht einsetzen, damit er sich aus der Verstörung erhebe. Es ist ihre Pflicht, ist ihre dringlichste Schuldigkeit, und der Weg, der sich ihr beim Anhören der ergreifenden Gesänge gezeigt, erscheint ihr als der einzig gangbare. »Ich sehe in der Tat nicht, wie es sonst mit dir oder mit mir wieder aufwärts gehen soll«, sagt sie. – Kerkhoven ist aufgestanden und marschiert wie ein Automat um den runden Tisch herum. »Wie soll ich ihm denn schreiben, da ich gar nicht weiß, wo er ist?« murrt er unwillig. »Niemand weiß es. Niemand.« Widerstrebend spürt er, wie er dem Einfluß von Maries Worten und Wesen erliegt; es ist bereits eine vollendete Form der Hörigkeit, denkt er unzufrieden. – »Du warst doch einmal mit seiner Mutter in Verbindung«, tastet sich Marie zaghaft vor. – »Als ich ihr zuletzt schrieb, wohnte sie in Baden-Baden«, antwortet er. Dann: »Es ist sinnlos, Marie. Es geht gegen den Stolz. Ich kann das nicht. Man vergibt sich zuviel.« – »Wirklich? Vergibt man sich etwas, wenn man vergibt? Du überschätzt alle diese Dinge. Du bist nicht mehr du. Wärst du's noch, alles wäre anders.« – In einem sonderbaren Anfall von Bewußtlosigkeit redet Kerkhoven vor sich hin: »Eines könnt' ich tun … müßt' ich tun … ihn suchen … Schließlich müßte man ja erfahren können, wo …« Seine Züge verzerren sich, er ballt die Faust. – »Schau mich doch an«, bittet Marie mit gefalteten Händen. Sie sitzt in der Ecke, in einem blausamtenen Schlafrock vor der purpurrot tapezierten Wand, ihr Gesicht mit den geschlossenen Augen ist so weiß wie gefrorene Milch. – »Auch ich sehe keinen Schritt weiter, Marie«, sagt Kerkhoven hart, und seine tiefe Stimme tönt wie in einer Kirche, »ich stehe vor dem Nichts.«

Plötzlich tritt er dicht an sie heran und legt seine mächtige Hand auf ihren Scheitel. Ihre Haare sind wunderbar warm, wie Heu in der Sonne. Sie blickt matt lächelnd zu ihm empor, schüchterne Erwartung in ihren Augen, den »blassen Blumen«. Und da sagt er das Wort, das wie der erste Strahl eines neuen Tages ist: »Du bist im Element getroffen worden, Marie. Soviel weiß ich jetzt. Dort, wo die allerdunkelsten Kräfte wohnen. In der Urnacht könnte man sagen. Das geschieht selten. Die meisten Menschen bleiben davor bewahrt. Wir müssen trachten … man muß die lichten Kräfte versammeln, damit sich die Einbruchstelle wieder schließt. Wie eine Wunde sich schließt. Denn mit ihr weiterleben können wir nicht.«

Dies hören und aufspringen und die Arme ausbreiten und mit einem Schrei des Dankes den Mann an sich pressen ist für Marie das Tun zweier Sekunden. »Joseph«, seufzt sie und drückt das zuckende Gesicht an seine Schulter.

11.

Immerhin ist es eine Brandstätte. Man muß den Schutt wegräumen und sehen, was sich von den Trümmern für den Neuaufbau verwenden läßt. Eine Generalrevision. Die Gespräche, die sie führen, bewegen sich nicht mehr in den Abgrund hinunter, sie nehmen allmählich die Richtung nach oben. Der unterste Punkt scheint überwunden, obwohl sich ringsum noch überall die Weglosigkeit des Nachtbezirks ausbreitet.

Sie sind schier unzertrennlich. Nie haben sie in so herzlicher Vereinigung gelebt. Es ist, als lernten sie einander erst kennen. Sie machen die lehrreiche Erfahrung, daß ihre Ehe ein zehnjähriger Entfremdungsprozeß war. Sie werden einander neu. Das schafft eine neue Fremdheit, aber eine fruchtbare. Es gelingt Marie, ihn zu Entschlüssen zu bekehren, bei denen er die Illusion hat, als habe er sie aus eigener Kraft gefaßt. Er bezwingt die selbstzerstörenden und Marie zerstörenden Begierden. Ohne den Frieden der Nerven und der Sinne sind alle Rettungsversuche kindisches Bemühen. Der Frevel, den er begangen hat, wird ihm bewußt. Das Gebot der Entsagung formt sich als erste Stufe des Aufstiegs. Marie geht nicht von ihrer Überzeugung ab, daß man eine Frau, die man liebt, vor allem einmal freigeben muß. Er denkt lange darüber nach und gibt es endlich zu. Er fragt, ob es, in seinem und ihrem Fall, nicht zu spät sei. Nein, dazu ist es nie zu spät. Er ist also willens, es zu tun. Sie soll so frei sein, daß kein Gedanke von ihm, kein Wunsch sie mehr bindet und verpflichtet. Als wenn er selber unsichtbar wäre, nur noch als Schutzgeist vorhanden. Schwer. Aber gibt es wahrhafte Entsagung, die leicht ist?

So könnte er möglicherweise die Überlegenheit wiedergewinnen, um sie aus der Verstrickung zu lösen. Könnte die Angst von ihr nehmen. Könnte die Leidenschaftserinnerungen vermauern. Es müßte freilich mit äußerster Behutsamkeit geschehen. Sie dürfte die Absicht nicht merken. Es wäre ein Anfang. Dann müßte er ihr allerdings frische Lebensspeise geben, etwas, wovon sie sich seelisch nähren und sättigen könnte, eine Spannung, eine tragende Bewegung, denn so weit ist er ja nun in der Kenntnis ihrer Natur gelangt, daß er in diesem Liebeserlebnis nicht mehr etwas Zufälliges und Gesetzloses sieht, den leichtfertigen Treubruch einer ihm zugehörigen Frau, sondern einen Akt der Herzensnot, eine dämonische Entfaltung. Das muß man wissen, sagt er sich, sonst kann man einen solchen Menschen nicht verstehen.

Aber Marie, deren Inneres alle seine Regungen seismographisch registriert, findet, daß er dabei nach der entgegengesetzten Seite übers Ziel schießt. Warum es denn so schwer nehmen, fragt sie, warum es mit Zentnergewichten beladen? Er möge sich doch, unbeeinflußt von seinem persönlichen Anteil, vorstellen, was tatsächlich und wirklich passiert sei. Nichts, nichts, nichts. Ihm nämlich nicht: der sich aufführe wie ein Mann, dem das bitterste Unrecht widerfahren ist. Er solle es doch natürlich und vernünftig betrachten, Joseph-Kerkhovenisch, nicht mit dem Pathos eines Leidtragenden, der seine Liebe bestatten muß, denn gerade diese Liebe sei in keiner Weise in Mitleidenschaft gezogen. Das alles sei nicht mehr wahr, es sei sogar ein wenig mauvais genre, sehe er das nicht ein?

Immer wieder kommt sie darauf zurück, und obwohl ihr durchaus nicht scherzhaft zumute ist, bemüht sie sich, um ihn heller und leichter zu machen und weil sie nur aufzuatmen vermag, wenn er nicht wie die verkörperte Düsternis durchs Haus wandelt, sein Verhalten ins Komische zu ziehen, und manchmal lacht sie ihn direkt aus. Sie hat so viel Humor, und wo es eine Gelegenheit zu spotten gibt, läßt sie sie schwerlich vorübergehen, auch wenn sie zwei Minuten vorher nicht gewußt hat, wie sie sich aus ihrem Jammer retten soll. Bisweilen lächelt Kerkhoven auch wirklich; es erscheint ihm nicht ausgeschlossen, daß er sich mit der Zeit in die souveräne Haltung würde hineinleben können, die Marie mit der Ungeduld einer nervös Ermüdeten von ihm fordert. Jedoch es ist der Körper, der Widerstand leistet, der dumpfe, plumpe, schwunglose Mannsleib, dem seit Jahrhunderten und Generationen die unerschütterliche Vorstellung vom garantierten Besitz einer Frau innewohnt, so daß er es als Mneme in sich trägt und sich grimmig wehrt gegen Raub und Entehrung. Das liegt im Blut, keine Wandlung der Sitte und der Zeiten macht es alt und überlebt. Eine Frau ist kein Versatzobjekt und kann nicht ausgeliehen werden und nicht dem ersten besten Wegelagerer als vorübergehendes Eigentum zufallen, das verwüstet die Ordnung, greift ein in heilige Form, entzieht der Familie und wahren Ehegemeinschaft den Boden; und die angenehm temperierte Gewohnheit der Sinnenliebe, Palliativ gegen alle Gelüste und Abenteuer, einem wohlbehüteten Herdfeuer zu vergleichen, wird zum fragwürdigen und umstrittenen Recht.

Das ist nicht erlaubt, das darf nicht sein, es ist eine mißverstandene Freiheit.

Marie schüttelt trostlos den Kopf. Dieses ewige Bohren im Vergangenen – zum Verzweifeln! Sie reden tagelang, nächtelang; kein Fertigwerden, man dreht sich im Kreis. Doch umgibt er sie dabei mit einer unvergleichlich zarten Sorgfalt. Er findet Mittel, sie abzulenken, die äußerlich scheinen, aber auf listige Weise ins Innere wirken. Sie unternehmen gemeinsame Fahrten in die Landschaft, Wanderungen durch die Wälder. Kerkhoven läßt seltene Früchte, seltene Blumen aus der Stadt kommen, alte Stiche, alte Drucke, die Marie liebt. Er, dem es immer ein Mißbehagen verursacht hat, an die Überflüssigkeit des Lebens zu denken, das Schmückende und Verschönende, erkennt auf einmal ihre Bedeutung an und ist unermüdlich in der Herbeischaffung. Es macht manchmal den Eindruck, als wolle er sich in der Obsorge betäuben. Aber es liegt eine tiefere Absicht dahinter. Er hat erfahren müssen (bei einem ganz bestimmten Fall, wir werden gleich davon zu sprechen haben), daß die geschlechtliche Ohnmacht auf das ganze geistige und seelische Gebiet übergegriffen hat, und er sieht in dem inneren Wiederaufbau, den er an Marie vornimmt, die einzige Möglichkeit, wie er wieder Arzt werden kann. Von der Liebe aus. Von einer Halluzination des Herzens aus. Sonst geht es auf keine Weise mehr, alle andern Wege hat er bis zum Ende abgeschritten.

12.

An einem dieser Tage war ein Mann zu ihm gekommen, der bereits in der Stadtwohnung mehrmals dringend nach ihm gefragt, sodann einen seitenlangen, höchst verworrenen Brief geschrieben hatte, worin er bat, ihn in Lindow besuchen zu dürfen, die Unterredung sei seine letzte Hoffnung. Obschon Kerkhoven den Ton kannte, Hunderte sprachen und schrieben so, hatte er nicht den Mut, den Mann abzuweisen, und so erschien er eines Vormittags zur bezeichneten Stunde.

Er hieß Karl Buschmann und war ein schmächtiger, phthisisch aussehender Mensch von achtundzwanzig Jahren. Er war vor ein paar Wochen aus dem Zuchthaus entlassen worden, wo er sechs Jahre wegen Hochverrats verbüßt hatte. Er und sein jüngerer Bruder Erich hatten einer staatsfeindlichen Organisation angehört, beide waren am selben Tag verurteilt worden. Es schien, daß ein Falscheid dabei eine Rolle gespielt hatte. Der Bruder war nach anderthalb Jahren in der Strafanstalt gestorben. Karl hatte außer ihm keinen Menschen auf der Welt gehabt und auch keinen geliebt. Beide waren wie eine einzige Person gewesen, das Leben hatte sie zu einer Art von Identität verschweißt. Sie stammten aus guter Familie, der Vater war Hüttendirektor und im Krieg gefallen, sie hatten dieselben Schulen besucht, Gymnasium und Technikum; schon mit siebzehn Jahren waren sie Mitglieder einer radikalen politischen Gruppe geworden und hatten sich an den Spartakuskämpfen beteiligt. Sie hatten dieselben Anschauungen und Ziele, lasen dieselben Bücher, schliefen im selben Bett, nichts unterschied sie voneinander als der Taufname. Als Karl den Tod des Bruders erfuhr, lag er vierzehn Tage lang starr auf seiner Pritsche, erbrach alle Nahrung und war vorübergehend blind. Tatsächlich, nicht bloß eingebildet. Nachher verlor er das Zeitgefühl, litt an Zählmanie und schweren Nervenkrisen. Einmal wurde er von einem Zellengenossen körperlich mißbraucht, und als er es anzeigte, wurde er in einer Nacht halbtot geprügelt. Aber alles das war nicht der Grund seines Kommens. Sondern was sich seit seiner Entlassung mit ihm ereignet hatte. Er könne es nicht anders bezeichnen denn als eine völlige Verkümmerung seiner Sinne und Organe. Die Speisen blieben ihm im Schlund stecken, Verdauung habe er fast keine, vor Wasser graue ihm genau wie vor Alkohol, Farben sehe er nicht, die Haut sei wie ertaubt, Geräusche könne er nicht differenzieren, die Stimmen der Menschen klängen ihm wie Trompetengeschmetter, Papierrascheln wie Klirren von Glas, eine ungeheure, gräßliche Angst vor der Welt habe sich seiner bemächtigt, und diese Angst weiche nur von ihm, wenn er ein Weib in den Armen halte; davon allerdings könne er nie genug bekommen, es sei das einzige Gefühl und die einzige Kraft, die ihm geblieben, es sei damit rein zum Tollwerden und quäle ihn wie ein ununterbrochener brennender Durst; die Frauenzimmer schienen es zu wittern, sie würfen sich alle nur so hin an ihn, aber lange könne er es nicht mehr machen, auch da drohe bereits das Grausen, und wenn man so ohne jede Beziehung zu sich selber lebe, ohne die Spur von höherem Trieb und Interesse, nur mit einer ungefähren Erinnerung an das, was früher war, daß man einmal ein ganzer Mensch gewesen und jetzt nur ein halber, seit sie den Erich umgebracht ... was solle man denn noch, man versteht ja nichts mehr von dieser Schweinewelt, die so bedreckt sei wie ein Stiefel im Schlamm. Herrgott, Herrgott, könne ihm der Herr Professor nichts geben, was ihm helfen könne?

Kerkhoven schaute den Mann still prüfend an. Er hatte eigentlich immer darauf gewartet, daß ihm die Zeit eines Tages einen richtigen Golem vor Augen führen würde. Da war einer. Jedenfalls ein golemnaher Mensch, Erzeugnis gott- und schöpfungswidriger Mächte. Es mußte so kommen. Was sollte man da sagen und raten? Dieses Extremste mußte eintreten, um ihm die endliche Gewißheit seiner Impotenz zu geben, ihn erkennen zu lassen, daß er mit den bequem gewordenen Methoden in Gefahr war, zum Betrüger und Selbstbetrüger zu werden. Es war falsch, es vereitelte den Heilzweck in einem höheren Sinn als dem individuellen, wenn man einem Menschen sein Schicksal abnahm und auf sich nahm; damit stürzte man ihn nur in den Wahn, als ob eine mechanische und äußerliche Hilfe möglich wäre, als ob er ohne sein Zutun und den härtesten, sittlich-physischen Kampf gerettet werden könne, ohne den Kampf jedes Organs, jedes Nervenstrangs, jeder Hirnzelle um eine wahrere Existenz. Hineinstellen mußte man ihn in sein Geschick, hineinpressen, ihm die Verantwortungen grausam eröffnen, den Willen schulen, zu Selbstentscheidungen über das Nein und Ja erziehen, zu denen die Todesneigung oder die Erneuerungsbereitschaft der eigenen Natur ihn nötigten.

Das war ein Umsturz des Systems. Aber vorläufig konnte man noch nichts damit anfangen. Es fehlten die Grundlagen und die Erfahrung, die ohne geduldige Arbeit und Selbstverwandlung nicht zu erreichen waren. Und ohne Entsagung nicht, auch hier. Als sein forschender Blick den glitzernden Augen des Mannes begegnete, sagte er sich: Es liegt eine Pupillenstörung vor. Aber was es auch sein mochte, es kam nicht in Betracht. Er fragte dies und jenes, befühlte den Puls, maß den Blutdruck, prüfte die Reflexe, dann verschrieb er ein Mittel, eine Drüsenmischung, es hätte ebensogut ein anderes Mittel sein können, er sah nichts, er empfand nichts, er wußte nichts, er entließ den keineswegs Beruhigten mit üblichen Redensarten, und als er ihn zur Tür begleitete und seinen schwankenden Gang wahrnahm, dünkte ihn eine Sekunde lang, als gehe sein Doppelgänger von ihm weg, ein gestorbener anderer Kerkhoven, der Golem. Er blieb den Tag über abgekehrt und schweigsam.

13.

Der letzte Oktobertag. Sie hatten den Nachmittag im Freien verbracht, am Abend, nach dem Essen, sagte Kerkhoven: »Ich muß über etwas Bestimmtes mit dir sprechen.« – Marie sah ihn erwartungsvoll an. – »Du hast dich wahrscheinlich gewundert, daß ich meine ganze gewohnte Arbeit aufgesteckt habe«, sagte er und korrigierte sich, als Marie den Kopf schüttelte, »na vielleicht nicht, vielleicht warst du froh darüber, aber du hättest dich doch wundern müssen.« – »Schön, nimm an, ich hätte mich gewundert.« – Er schaute blinzelnd in die Höhe, den Kopf schräg, wie ein Vogel. »Es wäre eben in keinem Fall länger gegangen. Das Stück war abgespielt. Ich habe immer deutlicher gespürt, daß ich in den Leerlauf gerate.« – »Was nennst du Leerlauf? Man hört das Wort jetzt so oft, aber was war es bei dir?« – »Das Mißverhältnis zwischen dem Wirkungsfeld und der inneren Dynamik.« – Marie wurde immer aufmerksamer. »Ich verstehe ... innere Dynamik ... du meinst, was im Widerspruch zum Praktischen steht, zu den praktischen Aufgaben?« – »Ja, zum Betrieb ganz einfach. Man verfällt der Wiederholung des Gleichartigen. Eine unendliche Reihe ohne Summe. Selbstwiederholung. Jede Handfertigkeit, jede Geistfertigkeit läuft auf Selbstwiederholung hinaus.« – »Gut, aber anders kann man doch nicht in die Breite wirken, und du willst doch in die Breite wirken.« – »Ich weiß nicht. Früher vielleicht wollte ich es. In die Breite wirken heißt darauf verzichten, in die Höhe und in die Tiefe zu wirken. Es ist das große Problem heute. Wir kämpfen sozusagen um eine neue Dimension. Beim Ausbau der alten haben wir das Edelmetall des Lebens zugesetzt und nichts dafür hereinbekommen als wertlose Schlacken.« – »Was willst du aber tun?« – »Schluß machen. Von vorn anfangen. Umkehren und den Punkt suchen, wo man in die falsche Bahn eingebogen ist.« Er sagte das alles scharf betont und auffallend hastig. – »Ich kann mir noch nichts Greifbares darunter vorstellen«, gestand Marie zögernd. – »Paß auf und erschrick nicht über das, was ich dir jetzt sage, Marie«, er nahm ihre Hand zwischen seine beiden, »man muß die Praxis für eine Weile an den Nagel hängen. Mit allem Bisherigen brechen. Man darf nicht vom Beruf leben wollen, wenn man nicht mehr die Überzeugung hat, daß man ihn so restlos ausfüllt wie ein Körper seine Haut. Man muß der Herr des Metiers sein, nicht sein Knecht, nicht sein Hund. Das ist alles so einfach, wie wenn du guten Tag sagst; sieht man näher zu, so ist es eine Frage auf Leben und Tod.« – Marie blickte so heftig interessiert in sein Gesicht, als wolle sie eine Geheimschrift entziffern. »Es wäre ja nicht das erstemal, daß du alles über den Haufen wirfst«, bemerkte sie nachdenklich, »schon vor fünfzehn Jahren hast du es getan. Nicht zu deinem Schaden. Es ist offenbar dein Gesetz.« – Er nickte. »Auch damals ist es im Zusammenhang mit dir geschehen. Das gibt zu denken … Machst du dir auch klar, was ein solcher Entschluß von uns fordert?« – »Ich glaube, ja.« – »Wir haben in den letzten Jahren gelebt wie Börsenspekulanten.« – »Ich bin zu allem bereit, Joseph. Ich bin keine Henne, die um den Brutplatz zittert.« – »Das sagt sich so leicht … Überlege einen Augenblick … Du hast gewisse Neigungen … Liebst es, dich elegant zu kleiden, hast dich an die Sorglosigkeit im Geldausgeben gewöhnt.« – »Ich bin nicht davon abhängig, Joseph. Ich kann mich jeden Tag umstellen. Es muß nur etwas da sein, wofür ich es tue, und offengestanden: ich warte darauf.« – »Schön. Wir müssen Lindow verkaufen. Das Haus in Berlin verkaufen. Die Anstalt abgeben. Was vom Erlös bleibt, nach Tilgung aller Verpflichtungen, muß erstens verwendet werden, um dich und die Kinder vor Mangel zu schützen; ich selber bringe mich durch, wie, das gehört in einen anderen Teil unserer Unterhaltung, und zweitens schwebt mir seit langer Zeit ein Projekt vor, über das ich aber jetzt nicht reden möchte. Nur damit du ungefähr im Bild bist … Es handelt sich um die Errichtung einer Heilstätte, wie ich sie mir träume, im kleinsten Stil vorläufig, irgendwo im deutschen Süden … Aber bis dahin hat es jedenfalls gute Wege.« – »Warum?« fragte Marie. »Warum es aufschieben?« – »Weil, …« er stockte, »ich habe eine weitläufige Arbeit vor. Ich habe dir davon erzählt. Ein Buch über den Wahn.« – Sie warf ihm einen durchdringenden Blick zu. »Das ist nicht der wirkliche Grund, Joseph. Du verbirgst etwas.« – »Stimmt. Aber ich weiß nicht, Marie, weiß nicht, ob du … es ist das Schwerste von allem, was ich dir zu sagen habe.«

Ein leichter Schauer lief über Maries Schultern. Sie ahnte es. Sie mochte ihn aber nicht bedrängen. Sie ließ kein Auge von ihm. Seine Haltung, der leicht zurückgelehnte Oberkörper, das mächtige Haupt ruhig dem Licht zugekehrt, das machte plötzlich einen großen Eindruck auf sie. Prachtvoll sieht er aus, mußte sie denken. Keine innere Besetztheit, keine andersgerichtete Beschäftigung konnte sie daran hindern, das Sinnfällige wahrzunehmen und vom Standpunkt der Schönheit aus zu beurteilen. Diejenigen, die sie nicht genau kannten, nahmen bisweilen sogar Anstoß daran und nannten sie eine hoffnungslose Ästhetin.

14.

Aus tiefem Schweigen heraus sagte sie: »Auch ich ... du begreifst, ich kann nicht zuschauen, bis mir die gebratenen Tauben in den Mund fliegen. In all den Jahren hab' ich nicht viel Ersprießliches geleistet. Ja, das Gut ... Aber wenn man bloß zu befehlen braucht ... Nicht einmal um meine Kinder hab' ich mich richtig gekümmert. Es ist so, glaub' mir. Ich hab' sie wachsen lassen, das war alles. Wie lang wird's dauern, und man muß sie hinausschicken. Sie sind nicht vorbereitet für das, was kommt. Eines Tages werden sie einem vor die Hunde gehen, und man hat sie in der Watte aufgezogen.« – »Du hast nicht unrecht. Es kommt eine finstere Zeit. Seit einem Jahrtausend war keine ähnliche.« – »Und ich selber«, fuhr Marie fort, »ich hab' gelebt wie eine Prinzessin. Es gibt Aufgaben. Schön, was du vom Wiederanfangen gesagt hast, Joseph. Es gilt auch für mich. Was ich tun will ... ich weiß noch nicht genau. Ich hab' nur ein dunkles Bild davon. Darf ich dir erzählen, was mir letzte Nacht geträumt hat? Ich bin geflogen. Immer höher und höher. Dabei war mir angst und bang, weil ich das Gefühl hatte, ich sollte dich nie wiedersehen. Auf einmal war ich so hoch oben, daß ich wußte, jetzt bin ich nah bei Gott. Und ich hatte nur die einzige Sehnsucht, daß mich sein Blick treffen sollte. Es erschien mir wichtiger als das Leben, daß er mich sah, und ich wechselte immerfort den Platz, um seinen Blick zu erhaschen, es war aber umsonst, und in meinem Kummer darüber fing ich entsetzlich zu weinen an. Im selben Moment fiel ich wieder herunter, ganz langsam, und darüber war ich selig, ich fühlte, Gottes Blick hielt mich jetzt, sonst hätte ich nicht so langsam fallen können. Je näher ich der Erde kam, desto glücklicher wurde ich; und dann wachte ich auf ... wie in einem Rausch von Glück, immer noch mit dem Gefühl: sein Blick hält mich jetzt. Sonderbarer Traum, nicht?« »Ja, sonderbar«, sagte Kerkhoven kopfschüttelnd.

Nach einer Weile begann Marie wieder: »Jetzt mußt du mir auch gestehen ... Was ist denn das Schwere, was du mir zu sagen hast? Du brauchst dich nicht zu fürchten. Ich werde nicht feig sein.« – Kerkhoven beugte sich so weit vor, daß die zwischen den Schenkeln gefalteten

Hände fast den Teppich streiften; es war die Haltung, die er oft bei entscheidenden Mitteilungen annahm. »Es ist allerdings schwer«, gab er zu, »sehr schwer. Doch ist es das einzige Mittel um … Wenn du mir nicht mit allen deinen Kräften dabei hilfst, Marie, geht es wohl kaum … Ich dachte es mir ziemlich einfach, es dir zu sagen … indessen …« Mit einem Ruck warf er den Kopf hoch, sein Gesicht war fahl geworden. »Wir müssen uns trennen, Marie. Und zwar für lange Zeit.« – Marie, ebenfalls blaß, schaute ihn stumm an. – »Wenn du mich nach den Gründen fragst«, führ er fort, »kann ich dir keinen einzigen nennen, der vollauf zureichend wäre. Es ist ein Entschluß, zu dem du nur ja oder nein sagen kannst.« – Auf den Ellbogen gestützt, schaute ihn Marie regungslos an. Nur die Haut des Halses bebte wie von krampfhaftem Schlucken. – »Wir haben etwas mitsammen durchgelebt, Marie … Na, erspar mir den Kommentar. Ich kann nicht als Ruine eines Mannes bei dir bleiben. Dazu bist du mir zu viel. Diese Liebe … Ich habe sie ja erst jetzt entdeckt. Sie war natürlich da, aber von ihrem Ausmaß hatte ich keinen Begriff. Das muß vorausgeschickt werden, damit du besser überblickst, worum es sich handelt. Nicht bloß um unsere Beziehung … obgleich … in ihr liegt der Schlüssel. Es hilft nichts, es zu verhehlen … Ich bin ein Entmannter auch als Arzt. Weiterschustern würde das Übel irreparabel machen. Da heißt es: Abstinenz. Alle Bindungen müssen für eine Weile zerschnitten werden. Ein Mensch wie ich kann sich kaum mehr vorstellen, was das praktisch bedeutet. Möglich, daß ich diesen Andergast suche. Erschrick nicht, Liebste, es ist vielleicht eine Wahnidee. Ich habe zuviel seelisches Kapital in den Menschen gesteckt. Damit ist er durchgegangen wie ein Defraudant. Kann sein, ich brauche ihm nur drei Sekunden in die Augen zu sehen, und ich hab' ihn, wo ich ihn haben will.« – »Nein«, rief Marie mit einer kalten, wehen Stimme, »denk nicht mehr daran!«

Kerkhoven erhob sich und ging mit großen Schritten zwischen Wand und Wand auf und ab. »Gut, gut, gut«, sagte er vor sich hin, »das sind Velleitäten. Aber ich habe nicht die Absicht, etwas zu unterlassen, was mir den Rücken frei macht. Es geht ums Ganze. Um die Probe auf Blut und Nieren. Wenn man seinen Impulsen stets ausgewichen ist, lohnt sich sogar mal eine Dummheit. Als Namenloser kann ich mir das unter Umständen leisten. Verstehst du, was ich will? Namenlos werden, hauslos. Wo hab' ich das Wort her, das mir beständig durch den Kopf geht, vom Gang in die Wüste? Erinnerst du dich noch an die Flucht des achtzigjährigen Tolstoi? Wie er in einer kleinen Bahnstation in der Steppe starb? Du warst schon ein erwachsener Mensch damals, du mußt dich erinnern. Grandiose Sache. Ein Memento. Gelebte Prophetie. Na … sterben werd' ich nicht gerade. Nein, will ich gar nicht. Man hat ein untrügliches Gefühl vom Sinn dessen in sich, was mit einem geschieht. Die biologische Sicherheit; fundamental. Nur fordert es vom andern unbedingtes Vertrauen; in diesem Fall von dir. Hast du das Vertrauen, so erschaffst du mit, was aus mir wird.«

Er hatte ziemlich erregt gesprochen, und auf Maries scheue Frage »Ich werde also nicht wissen, wo du bist?« antwortete er, die Hand an die Stirn pressend: »Ich kann's noch nicht sagen. Das Schlimmste sind Halbheiten. Zunächst will ich mich treiben lassen. Ohne Programm. Vor ein paar Tagen hab' ich einen Antrag der holländischen Regierung bekommen. Ich soll einer Studienkommission beitreten, die nach Java geht. Ich überlege noch. Ich habe vier Wochen Zeit, mich zu entscheiden, und viereinhalb Monate bis zur Reise. Es garantiert wenigstens die äußere Existenz. Aber du darfst mir nicht nachforschen, was immer passiert. Es ist hart, aber es muß sein. Es muß ganzer unabänderlicher Ernst sein, Marie. Eines Tages werde ich dir schreiben. Bist du dann so bereit wie ich, dann steht kein Hindernis mehr zwischen uns.«

15.

Von der Stehuhr im Nebenzimmer schlug es eins. Marie stand auf, trat ans Fenster, schob den Vorhang beiseite und sah in die Nacht hinaus. Ihr Gefühl war heillos verwirrt. Das Vernommene dünkte sie so abenteuerlich, so drohend und finster überraschend, daß sie Mühe hatte, an die Worte zu glauben. Der Mann, der hinter ihr noch immer in gleichmäßigem Rhythmus auf und ab ging, erschien ihr als ein anderer denn der, den sie kannte. Einer, der nie brüderlich und liebend ihr Leben geteilt, der so fremd, so streng, so ungeahnt entschlossen war, daß sie auf einmal schmerzliche Sehnsucht nach ihm verspürte, wie wenn er bereits Abschied genommen und unerreichbar weit weg wäre. Konnte sie ertragen, was er ihr auferlegen wollte? Das war die Frage. Und wenn sie der Prüfung nicht standhielt und zerbrach? Wenn die innere Aufgabe, die sie auch ihrerseits sich gestellt und die sie bis jetzt nur in allgemeinen Umrissen sah, bloß ein Wunschtraum war? Wenn sie gar nicht fähig war, als Frau allein ihr Leben zu gestalten? *Wenn* die schmeichelhaften Stimmen, die ihr eine Eigenentfaltung versprachen, selbstverliebte Täuschung waren? Wenn sie die Kraft, die sie sich zugetraut, gar nicht besaß, auch nicht die Kraft, zu warten? Und wo war die Gewähr dafür, daß er nicht stürzte und an sich und seinem Ziel endgültig verzweifelte? Konnte sie wissen, ob er je zu ihr zurückkehrte? Wissen, wohin es ihn verschlug? Eine ungeheure Natur, ja, ein Baum, aber gerade solche werden oft jäh gefällt, und was dann?

Während sie die Stirn an die kühle Scheibe drückte, irrte ihr Blick zur Höhe, und sie sah einen Stern fallen. Es war wie das Aufblitzen einer feurigen Lanze. Sie fuhr zusammen. Sie dachte an ihren Traum. Sie neigte den Kopf: War das Gottes Blick? Da spürte sie Kerkhovens Hände auf ihren Schultern. Sie lehnte sich gegen ihn zurück. Sie tastete nach seinen Händen, und als er ihre Gelenke umgriff, sagte sie leise, im Ton der Gelobung: »Ja, Joseph, ja.«

16.

Die Ordnung seiner Angelegenheiten nahm ihn zwei Wochen in Anspruch. Er hatte mit den Behörden zu tun, mit der Ärztekammer, hatte lange Besprechungen mit seinen Assistenten, die Forderungen mußten beglichen, die Außenstände eingetrieben werden. Die Auflösung beider Haushalte besorgte Marie. Für den Verkauf von Lindow wurde ein Sachwalter bestellt. Sie hatte das Gut in den letzten Jahren ausgezeichnet bewirtschaftet, es meldeten sich auch alsbald mehrere Interessenten. Nach Kerkhovens Abreise wollte sie mit den Kindern eine kleine Wohnung in Berlin beziehen, aber nur für ein halbes Jahr, später gedachte sie an den Bodensee zu übersiedeln, wo sie für Johann, ihren älteren Knaben, eine passende Lehranstalt ausfindig machen wollte. Das war auch der Wunsch Kerkhovens, der nicht nach Berlin zurückkehren wollte.

Nicht ein einziges Mal, weder mit Mienen noch mit Andeutungen, versuchte sie seinen Entschluß zu erschüttern. Sie fragte ihn nicht aus, sie verriet keine Schwäche, sie ließ den Kopf nicht hängen, und das stille Einverständnis, das sie ihm zeigte, täuschte ihn über die nagende Sorge hinweg, gegen die sie nur wehrlos wurde, wenn sie allein war.

Ein Handkoffer und eine Ledertasche waren sein ganzes Gepäck. An jedes Stück, das er einpackte, knüpfte er die Überlegung, ob er es wirklich brauche oder ob er sich nur einbilde, es zu brauchen. »Der viele Plunder, den man durchs Leben schleppt, nimmt einem innerlich Platz weg«, sagte er, »besitzen heißt besetzt sein.« – »Ich will mir's merken«, sagte Marie und verkaufte ein paar Tage später den größten Teil ihres Schmucks.

Über den Abschied wollen wir nicht viel Worte verlieren. Marie, im Vorsatz, es ihm leicht zu machen, zwang sich sogar zur Heiterkeit. Bis fünf Minuten vor der Trennung. Da mußte sie sich Gewalt antun, um nicht laut herauszuweinen. Plötzlich erschien ihr sein Unternehmen als frevelhafte Herausforderung des Schicksals. Ist es denn wirklich nötig? wollte sie aufschreien, aber er ließ es nicht zu; in seinem Blick lag eine so ruhige Bejahung, daß sie die Zähne aufeinanderbiß und sich mit zitternder Kinnlade zu den Kindern wandte, die den Vater traurig und neugierig anschauten. »Gib acht auf sie, gib acht auf dich«, war sein letztes Wort.

17.

Die Verhandlungen mit Holland zogen sich wochenlang hin. Er mußte zweimal nach Amsterdam fahren, und Mitte Dezember traf er mit einem Vertreter des Ministeriums in Düsseldorf zusammen. Endlich wurde vereinbart, daß er und drei andere Herren der Kommission am 20. April mit dem Dampfer »Wilhelmine« nach Batavia in See gehen sollten. Er teilte es Marie mit.

Bevor dies verabredet war und nachher, verlor er sich ziemlich spurlos in vielen Städten. Um die Jahreswende hielt er sich in der kleinen Universitätsstadt auf, in der er als junger Arzt praktiziert hatte. Er lebte zu seinem Anfang zurück und ging die Wege Irlens und der achtzehnjährigen Marie. Er mied jeden Verkehr. Er wählte meist ein Quartier, wo er sicher sein konnte, daß sein Name unbekannt war. Dauernd beschäftigte ihn das Buch, für das er seit Jahren Material gesammelt; das Dutzend Notizhefte hatte er mitgenommen. Der vollständige Titel lautete: Pathologie der Wahnvorstellungen und ihr Einfluß auf Religion, Gesellschaftsform und Gesetzgebung. Wenn er zu Wissenszwecken, um eine Bibliothek, eine Anstalt, eine Klinik zu besuchen, Beziehungen anknüpfte, bediente er sich eines Decknamens und einer Empfehlung, die ihm ein Berliner Kollege auf diesen Namen ausgestellt hatte. Erst als er in Zürich arbeitete, wohin ihn der Ruf eines großen Gehirnanatomen gezogen hatte, verzichtete er auf die Maske, die ihm lästige Erklärungen erspart hatte, ihm aber hinderlich gewesen wäre, wenn er, wie es sein Plan war, von Übersee aus wieder hierher zurückkam, um die begonnenen Studien fortzusetzen. Denn das Gehirn, sein Bau und seine Funktionen, trat nunmehr in den Vordergrund seines Interesses.

Er hatte nie so mitten in der Wirklichkeit und zugleich so außerhalb der Wirklichkeit gelebt. Es war die gewünschte Endkettung auf der einen und eine neue Verschmiedung auf der andern Seite. Seine Sinnesorgane betätigten sich mit unvergleichlich größerer Schärfe und Genauigkeit. Er arbeitete vierzehn Stunden des Tages ohne die Spur von Ermüdung. Wenn er einen mehrstündigen Marsch gemacht hatte, genügten vier Stunden Schlaf und ein kaltes Bad, und er war wieder frisch und gespannt. Um seinen Körper in jeder Weise an die veränderten Bedingungen zu gewöhnen, lebte er ausschließlich von Gemüse, Obst und Milch. Er nahm fünfzehn Pfund ab und fühlte sich um fünfzig leichter. Die Säfte gesundeten. Die Nerven waren empfindlicher und folgsamer. Er verlegte sich auf das Studium seiner Atmung, seines Herzschlags, seines Bewegungsrhythmus, ganz sachlich und unpersönlich. Von den schulmäßigen Anschauungen, den von Halbdilettanten gepredigten asiatischen Disziplinen hatte er nie viel gehalten, da seine Überzeugung von der individuellen Verschiedenheit der Rasse, der er angehörte, unbeirrbar war und er an eine spezifische Verwüstung des europäischen Lebens und Lebensvorrats glaubte, die in ihren Anfängen Jahrhunderte zurückreichte, weshalb ein allgemeines Gesetz wirksam zu machen, konnte es selbst formuliert werden, auch wieder generationenlang dauern mußte. Aber wenn man, als Arzt seiner selbst, den Instinkt für den eigenen Körper systematisch verfeinerte, wenn es gelang, Gesicht und Gehör nach innen zu richten und sie zur höchsten Aufmerksamkeit und Erfahrungsbereitschaft zu erziehen, dann durfte man auch ungewöhnliche Leistungen von dem so verwandelten und in Zucht gehaltenen Organismus erwarten. Es ging da nicht um Schmerzvermeidung oder Krankheitsverhütung, überhaupt nicht um egoistische Ängste, sondern prinzipiell darum, diesen kurzlebigen Kloß, das ungeheure Protoplasma Mensch über seine von außen her verkürzten Maße zu treiben und bisher unbekannte helfende oder beispielgebende Fähigkeiten in ihm zu entwickeln.

18.

Eines war aber dawider. Eine folternde Unruhe wich nicht von ihm. Sie war das stärkste Hindernis für den Reinigungsprozeß. Bemüht, das Wesen der Wahnvorstellungen zu erforschen und sie tiefer zu fassen, als es bis jetzt geschehen war, stieß er auf eine verderbliche, an der sein eigenes Gehirn erkrankt war. Sie versetzte ihn bald in die Stimmung grauer Mutlosigkeit, bald quälte sie ihn als unbezähmbares Vergeltungsgelüst. Bisweilen schwebte ihm etwas wie ein Duell vor, natürlich keins auf Pistolen, kein handgreifliches, sondern eine geistige Auseinandersetzung, eine letzte Abrechnung, ein Sühneakt. Zu ungeheuerlich war die ihm widerfahrene Beleidigung, zu schmählich der Undank; er konnte es nicht verwinden und vergessen. Er lechzte nach Genugtuung in irgendeiner Form, als Reue, als Abbitte, als Erklärung, als Bekenntnis, als Beichte eines seit dem begangenen Verbrechen unerträglichen Lebenszustandes. Schon dies wäre Entsühnung gewesen. Aber nicht zu wissen, was der Verrat im Verräter bewirkt hatte, sein Sich-aller-Verantwortung-Entziehen mit dem schweigenden Hohn gegen Gericht und Urteil, damit konnte man sich nicht abfinden. Vernunftgründe waren ohnmächtig. So weit war er damals noch nicht, daß er sich kraft eigener Seelendiätetik von dem Druck eines Erlebnisses hätte befreien können, das mit demselben Gewicht auf ihm lastete wie ein öffentlich erlittenes Unrecht oder eine schandvolle Anprangerung. Und wenn er sich mit Maries Worten vorsagte, daß er in einer verstorbenen Begriffswelt lebe, mit unwürdigen Ressentiments und lächerlichen Schemen von Mannesehre, so erstickte dies nicht für einen Augenblick sein Bedürfnis nach gerechtem Ausgleich.

Man muß eben bedenken, was Etzel Andergast ihm gewesen war. Die Sohngestalt im Überleiblichen. Der geistige Erbe. Auf solche Sohnschaft ist der schöpferische Mensch stärker angewiesen als auf die blutmäßige. In Etzels Person hatte er die Jugend als Nachfolge gewonnen. Die bedingungslose Anhänglichkeit des Jüngers und Schülers hatte ihn beglückt. Sie war von dem unabhängigsten Charakter dargebracht worden, der ihm je begegnet war. Sie beruhte auf einem Erfahrungsreichtum, wie ihn nur ein außergewöhnliches Schicksal und eine keimträchtige Zeit in einem jungen Menschen aufspeichern konnten. Er hatte etwas wie einen Helden in diesem Andergast gesehen, einen jungen Herakles, einen künftigen Führer, und seine Liebe und Verehrung hatten ihm wohlgetan, waren ihm Bestätigung und Ansporn gewesen. War es möglich, war es denkbar, daß ein so aufrichtig ergebenes Herz vorsätzlichen Verrat geübt, zu gemeiner Heuchelei seine Zuflucht genommen hatte? Was für Rechtfertigungen hatte er vorzubringen? Es konnte ja ein Mißverständnis obwalten, das unaufgedeckt geblieben war, von dem sogar Marie nichts ahnte. In Maries Geheimnis war er eingedrungen, in das des Mitschuldigen nicht. Marie war geläutert aus der Untersuchung hervorgegangen, der Mitschuldige hatte sich noch nicht einmal gestellt. Somit war der Fall nicht zum Austrag gelangt. Somit war die Ordnung in Kerkhovens innerer Welt noch gestört.

Vielleicht hätte es den ungestillten Aufruhr seines Gemüts schon besänftigt, das war der Sinn der Andeutung, die er gegen Marie hatte fallenlassen, wenn der Treubrecher stumm vor ihm gestanden wäre und er in seinen Mienen das Verlangen nach Absolution gelesen hätte. Aber er fragte sich unzufrieden, ob darin nicht eine verwerflichere Rachsucht steckte als die banale, die einen Feind vor die Mündung einer Schußwaffe fordert. Er litt jedoch. Die Wunde vernarbte nicht. Und so, mehr getrieben als wollend, begab er sich auf die Suche nach dem »Feind«.

19.

Er hatte keinen andern Anhaltspunkt als den Wohnsitz Sophias von Andergast, mit der er vor Jahren einige Briefe gewechselt. Wenn er sich ihrer Briefe erinnerte, sah er das Bild einer Frau und Mutter, die unter schweren Kämpfen den inneren Frieden gefunden hatte. Ihr gegenüberzutreten war ein Wagnis. Seine Gedanken schreckten davor zurück. Konnte er ihr nicht als der Beschützer und Lehrer des Sohnes nahen, der er einst in ihren Augen gewesen, so kam er in eine üble Situation.

Aus Baden-Baden war sie schon vor anderthalb Jahren verzogen. In der Villa am Hebelweg, in der sie ein Geschoß innegehabt, empfing ihn eine würdig aussehende alte Dame, die sich anfangs mißtrauisch verhielt, sich aber alsbald schwärmerisch über die einstige Hausgenossin äußerte. Obgleich es sich um einen unerheblichen Fall handelte, nahm Kerkhoven zu seiner Beruhigung wahr, daß seine Gabe, Menschen aufzuschließen und ihnen in scheinbar beiläufigem Gespräch Verschwiegenes zu entlocken, neu erstarkt war. Das konnte er spüren, wie ein Rechner es spürt, wenn er schärfer und schneller denkt.

Sie hatte Nachrichten von Sophia, die bis zum Sommer des vergangenen Jahres reichten. Im letzten Brief war der Plan erwähnt, ein Haus im Fex zu mieten. »Dort wohnt sie auch oder hat dort gewohnt«, sagte die alte Dame, »ich weiß es von meiner Tochter, die oben in Zuoz von ihr gehört hat.« Kerkhoven bat, sich einen der Briefe ansehen zu dürfen, die geordnet in einer Schatulle lagen. Er war von der Handschrift frappiert. Es waren enge, saubere, minutiöse Züge mit großen Zwischenräumen zwischen den Zeilen und einem breiten seitlichen Rand, wodurch ein klares Schriftbild entstand. »Ich besitze Briefe von Frau von Andergast«, sagte Kerkhoven, »aber in denen weist die Schrift einen total verschiedenen Duktus auf, groß, locker und flüchtig. Wie kann sich eine Handschrift so verändern, und welche Einflüsse waren da bestimmend?« »Sie haben recht«, gab die alte Dame zu, »es hat mich auch gewundert, ich habe ihr sogar einmal darüber geschrieben.« – Kerkhoven bemerkte nachdenklich: »Die Ursache kann nur in einer Gemüts- oder Sinnesumstellung liegen, und zwar in einer, die sich bis in die automatischen Lebensäußerungen auswirkt. Es sind alle Zeichen einer bewußten Konzentration vorhanden.« – »Das wird wohl so sein«, erwiderte die alte Dame etwas zurückhaltender, »aber leider kann ich Ihnen darüber keine Auskunft geben.« Als Kerkhoven dann scheinbar absichtslos von Etzel zu sprechen anfing, schüttelte sie nur betrübt den Kopf und seufzte.

Drei Tage später, um die Mittagszeit, stieg er in Sils-Maria aus dem Engadiner Omnibus und wanderte ins Fextal hinauf. Er hatte schon die Höhe erklommen, als ihm einfiel, daß er sich im Ort hätte erkundigen sollen; er wußte eigentlich kein Ziel. Doch mochte er nicht umkehren. Die Talsohle war noch mit Schnee bedeckt, die Atmosphäre war berückend rein, der Himmel zeigte ein rosig durchglühtes Blau. Bisweilen pfiff ein verfrühtes Murmeltier. Die Höhe und das Emporklimmen auf dem steilen Pfad hatten ihn angestrengt, in der Nähe eines Gehöftes, das einer alten Burg glich, blieb er stehen, starrte erst auf den schimmernden Gletscher und schloß dann wie geblendet die Augen. Als er sie wieder öffnete, sah er unweit von sich, an den Torbord des Gehöfts gelehnt, einen hochgewachsenen Menschen, die Hände in den Taschen, eine englische Pfeife im Mund, den in sich versunkenen Fremden ironisch musternd. Kerkhoven grüßte, der andere grüßte zurück. Er sah wie ein ansässiger Bauer aus, es erwies sich aber, als sie sich später miteinander bekannt machten, daß er ein Maler aus dem Prätigau war, der hier oben seine Wohnstätte und sein Atelier hatte.

Als Kerkhoven den Namen Andergast nannte, leuchtete es in dem wettergebräunten Gesicht des Schweizers verständnisvoll auf. Er deutete mit der Pfeife gegen ein mäßig großes Haus am benachbarten Hang. Alle Fenster waren mit Läden vermacht; kein Zweifel, daß es unbewohnt war. »Sie ist also fort?« fragte Kerkhoven. – »Sie und er«, antwortete der Maler in seinem freundlichen Lakonismus. – Kerkhoven gab sich Mühe, gleichmütig zu scheinen. »Er? War denn ein Mann bei ihr?« – »Der Sohn. Den ganzen Winter über.« – »Kannten Sie ihn?« – »Das nicht.« – »Gesehen?« – »Ja. Oft.« – »War wohl nicht umgänglich?« – »Nein. Hat nicht ausgeschaut wie einer, der gern mit Leuten zu schaffen hat.« – »Und wo sind die beiden jetzt?« – »Könnt ich Ihnen genau nicht sagen.« – »Vielleicht ungenau »... – »Was so herumgesprochen worden ist.« – »Und was ist gesprochen worden?« – »Sie sind wohl besonders interessiert?« – »Allerdings.« – »Die Frau soll drunten in Chur leben. Auf der Post in Sils können Sie es erfragen.« – »Und der Sohn?« – »Er sei nach Rußland gegangen, heißt es.« – »Nach Rußland? Woher will man das wissen?« rief Kerkhoven mit einem heftigen Ruck des Kopfes. – »Ist's ein Verwandter von Ihnen? Ich meine nur … weil Sie so erschrecken.« – »Nein, kein Verwandter. Aber doch »... – »Brauchen es nicht zu erklären. Ja, nach Rußland. Die Dame hat, wie er weg war, noch den halben März in Sils gewohnt und hat Briefe von ihm aus Moskau bekommen.« – »Und das ist sicher?« – »In einem kleinen Ort erfährt man so was.«

Kerkhoven blickte grüblerisch vor sich hin. Vergeblich, alles vergeblich. – »Wollen Sie nicht ein wenig eintreten?« fragte der Mann, der ihn teilnehmend betrachtete. Kerkhoven folgte ihm mechanisch in das geräumige, helle Atelier, trank einen Kirsch, verfiel aber alsbald in hölzerne Stummheit und nahm nach einer Viertelstunde eilig Abschied. In Sils wurde ihm mitgeteilt, Frau von Andergast wohne in der Weißkreuzgasse in Chur, im sogenannten Domherrenhaus. Am Abend des folgenden Tages traf er in Chur ein und nahm ein Zimmer in einem Gasthof. Er kam sich wie der Detektiv in einer Kriminalgeschichte vor.

20.

Seltsame Irrfahrten; Jagd nach einem Schatten. Was wollte er noch? Daß ihm die Mutter sagte: Er ist vor dir bis ans Ende der Welt geflohen? Was außerdem voraussetzte, daß sie wußte, wie es um ihn stand. Wohin sollte das alles führen? Es war wie seelischer Starrkrampf. Noch einen Schritt weiter, und er konnte das Kreuz über sich machen. Aber vor diesem Schritt bewahrte ihn sein guter Genius.

Er hatte wenig geschlafen; schon um sechs Uhr morgens verließ er das Haus. Die altertümlichen Gassen lagen noch im Dunst des Sonnen-aufgangs. Ziellos schlenderte er herum. An einen Besuch ließ sich natür-lich noch nicht denken. Er wollte zunächst das Haus ausfindig machen. Er fragte ein paar Passanten. Alsbald stand er vor einem schönen Gebäu-de; er begab sich auf die gegenüberliegende Straßenseite und blickte versonnen auf die schmale Fassade. Die Fenster waren mit steinernen Blumengewinden verziert.

Er mochte zehn Minuten so gestanden sein, als sich drüben die Haustür öffnete und eine Frau heraustrat, schwarz gekleidet, einen schwarzen Schal um den Kopf, in geschult straffer Haltung, das Gesicht lang und blaß, die Augen gesenkt. Bei ihrem Anblick wich er unwillkür-lich einen Schritt zurück, obgleich ihn die Breite der Straße von ihr trennte. Sie war es ohne Zweifel, die er gesucht. In der Gestalt, etwas Undefinierbares von Ausdruck, Gang, Gebärde, war der Sohn enthalten; die Ähnlichkeit war unmöglich zu verkennen. Es hätte die ältere Schwester sein können. Ohne aufzuschauen, ohne sich umzuschauen eilte sie die Gasse entlang und die Höhe gegen den St. Lucius-Dom hinauf. Er folgte ihr in einer Entfernung von etwa zwanzig Schritten. Einen Augenblick hob sich die dunkle Figur wie schwebend gegen den metallisch glänzenden Himmel ab, dann verschwand sie durch ein Sei-tenportal der Kirche.

Er zögerte. Er überlegte, ob er warten, ob er ihr weiter folgen, ob er sie anreden solle. Unter welchem Vorwand? Ernstlich erwogen gab es keinen einzigen, den sie gelten lassen würde, wenn er sie und ihr gegen-wärtiges Leben richtig beurteilte. Indessen trieb es ihn unwiderstehlich in ihre Nähe. Er betrat die Kirche durch denselben Eingang wie sie. Der jähe Wechsel von Licht zu Dunkelheit verringerte seine Sehkraft. Nur die brennenden Kerzen auf dem Altar zeigten ihm den Weg. Er blieb stehen, bis sich die Augen an die Dämmerung gewöhnt hatten, dann schritt er langsam gegen den Altar hin. Auf den Stufen davor kniete Sophia. So hingenommen, ja hinversunken, daß er sein Zuschauen wie sträfliche Neugier empfand. Wenn man von einem verkörperten Gebet sprechen könnte, das war es. Zwiesprache mit einem unbekannten Wesen im Unendlichen. In der Nackenbeuge, der Senkung der Schultern, der Gelöstheit der Glieder, dem Fall des Kopftuchs sogar drückte sich etwas aus, was Kerkhoven wie die Kunde aus einer andern Welt berührte. Es lenkte sein ganzes Denken und Fühlen mit einem Schlag in eine neue Richtung. Wenn es das gibt, dachte er bestürzt, dann weiß ich vom Leben nicht mehr als ein Elementarschüler. Gewiß, viele knien und beten, doch im Vergleich zu dieser waren sie hohle Schemen. Diese war in einem Sinne wirklich, wie nur die Tat und der Leib wirklich sind. Ohne Frage war die an Zerrüttung grenzende Seelenverfassung Kerkhovens die Ursache, daß er in weit höherem Maße als je zuvor für ein Erlebnis empfänglich war, das außerhalb seiner Wirkungssphäre, seines Denkkreises, ja seines Begreifens lag. Er konnte nur hinahnen, es ahnend in Zukünftiges einbeziehen. Er stand gleichsam an der untersten Windung einer Spirale, deren Aufwärtsbewegung bis ins Unsichtbare hinauf ihn fesselte wie ein architektonischer Traum.

Als er sich von der Knienden abwandte und auf Fußspitzen die Kirche verließ, trat er an der Schwelle in den Sonnenschein wie in ein lichteres, größeres Dasein. Der aufreizende Schatten war entwichen. Die kniende Mutter hatte ihn entsühnt. Auch dies Gefühl war für Kerkhoven neu: daß er Absolution gewährt hatte. Gnadenspende – Gnadenempfang. Er lächelte. Es war das erstemal seit langem, daß er wieder lächelte.

21.

Er hatte noch vier Tage Zeit bis zur Abfahrt des Schiffes. Im badischen Freiburg unterbrach er die Reise nach Rotterdam, um einen Jugendfreund zu treffen, der an der Universität habilitiert war. Er aß zu Mittag in einer Weinstube mit ihm, dann verabredeten sie sich noch für den späten Abend. Als er zu seinem Hotel ging, las er auf einer Litfaßsäule die Ankündigung eines Vortrags von Alexander Herzog, einem Schriftsteller, der ihn seit Jahren interessierte und dessen Bücher er zum großen Teil kannte. Da die Veranstaltung am selben Abend stattfand und er Zeit hatte, ging er hin. Vorspiel einer Begegnung, die von weittragenden Folgen sein sollte.

Es war keine Rede über ein bestimmtes Thema, wie er erwartet hatte, sondern die beinahe freie Rezitation einer Geschichte, wobei die erzählerische Illusion dadurch verstärkt wurde, daß sie im Ichton gehalten war. Ein Bauer bezichtigt sich des Mordes an seinem einzigen, spätgeborenen Sohn und begründet die Tat mit seiner unabänderlich gewordenen Einsicht in die Mißratenheit des Erben seines Namens und Besitzes. Im Verlauf eines dramatisch erregten Verhörs bringt ihn der Untersuchungsrichter, der zugleich der Erzähler der Begebenheit ist, zu dem Geständnis, daß die Selbstbeschuldigung falsch war, daß der Sohn sich aus eigenem Entschluß umgebracht hat, gänzlich vernichtet vom Leben an der Seite des starr-unnahbaren Vaters, und daß der Bauer die Schuld auf sich genommen, weil er sich nach der letzten Aussprache mit dem Sohn, die ihm die Augen geöffnet, als seinen seelischen Mörder betrachten muß.

Kerkhoven lauschte gespannt. Das Problem schlug in die Gedankenwege, auf denen er sich in der letzten Zeit tastend bewegt hatte. Recht auf Leben und Tod des andern. Befugnis, unwertes Leben auszuscheiden, wenn seine Schädlichkeit erwiesen, der sittliche Endzweck des Richtenden über jeden Verdacht erhaben ist. Revolutionäre Umwälzung der geltenden Gesetze und Anschauungen vor allem für den Arzt, denn sie betraf die Heiltätigkeit am Gesamtleib der Gesellschaft und hatte wenig mehr zu tun mit gewissen gängigen Theorien von Eugenik und Sterilisation. Höchst gefährliches Experiment freilich, wollte man es ausführen, verbrecherisch geradezu ohne die Sicherstellung selbstloser Läuterungsabsicht. Und wo blieb dann der paracelsische Arzt der Barmherzigkeit? Versunkenes Ideal; wenn es wieder auferstehen sollte, mußte eine mildere Zeit anbrechen, eine, in der die Menschen wieder knien und beten konnten. Offensichtlich ging es in der Herzogschen Erzählung um Wert und Rang des Einzellebens, denn der Sohn verübte ja nur deshalb Selbstmord, weil der Vater es durch seine übermächtige Persönlichkeit verstanden hatte, das Bewußtsein seines Unwerts und damit den Todeswillen in ihm zu erzeugen. Das wäre immerhin ein Fingerzeig, dachte Kerkhoven, es scheint, die Dichter sind unsere Schrittmacher.

Noch stärkeren Eindruck als das Werk machte auf ihn der Autor selbst. Alexander Herzog war ein Mann von mittlerer Größe und einer angenehm sonoren Stimme. Er hatte schwere, dunkle Augen und verhaltene Gesten. Er war nahe an die Sechzig, sah aber aus, als wäre er kaum

Fünfzig. Das Auffallendste an seinem Gesicht war die Stirn. Sie war so hoch und beherrschend, daß sie im Vergleich mit den übrigen Teilen wie ein künstlicher Aufbau wirkte. Die Züge waren durchtränkt von einer schmerzlichen Melancholie. Dadurch bekamen sie den Ausdruck ununterbrochener, von innen her regierter Bewegung, und es entstand das Bild eines geistig leidenden und sinnlich verstrickten Menschen, der in der Welt ebenso gefangen war wie in sich selber, jedoch augenscheinlich immer wieder Fluchtmöglichkeiten fand, um einem Dämon zu entrinnen, der ihn gezeichnet hatte, sichtbar für jeden, der sehen konnte. Dieses Bild wurde je eindringlicher, je länger Kerkhoven dem Manne zuhörte und unter dem Bann seiner Rede stand. Es grub sich so tief in sein Gedächtnis, daß er es nicht mehr vergessen konnte. Es begleitete ihn übers Meer, es tauchte bisweilen während seiner Fahrten und Wanderungen auf Java mit erstaunlicher Lebendigkeit vor ihm auf, und wir werden erfahren, daß darin etwas wie vorbestimmte Verkettung lag.

22.

Die Versetzung auf die tropische Insel bewirkte ziemlich genau das, was Kerkhoven erwartet hatte, einen seelischen Stoff- oder Substanzwechsel, der anfangs wie Selbstverlust wirkte, indem er die Erinnerungen an das frühere Leben fast gänzlich verwischte. Die Frage blieb natürlich offen, ob ein Mann, der an der Schwelle der Fünfzig steht, so vergessen darf, wenn er nicht seine moralischen und geistigen Verantwortungen aufheben will, und welchen Mächten er sich an deren Stelle unterwirft.

Er hatte nichts vom Meer gewußt. Während der Fahrt trat zuweilen eine sonderbare Illusionsverschiebung ein; er wähnte sich im vertikalen Sinn fortbewegt; das senkrecht strömende Licht hob in seiner verwirrenden Fülle die Entfernungen in der Horizontale auf. Auch von der Sonne hatte er nichts gewußt. Sie war ein neues Element. Sie glühte gestocktes Blut und gestockte Gefühle aus. Für die Dauer von Stunden lebte man ohne Schwere.

Andere Menschengesichter, Wolkengesichter, Blumengesichter. Die Natur gigantisch und maßlos, die Vegetation wie unter dem Einfluß keimtreibender Gifte wuchernd, die Wetter urweltliche Entladungen, Klima und Atmosphäre gefährlich aufrüttelnd in den Höhen, tödlich erschlaffend in den Niederungen. Achtunddreißig Vulkane, wie unheimliche Schmiedewerkstätten, rasselten im Bauch der Erde.

Überwältigender noch die Farben. Das Auge des nordischen Menschen, wohltätige Mattheit und schwimmende Übergänge gewöhnt, erfuhr schmerzhafte Blendungen durch die Intensität jedes Farbenfeldes und die Schärfe seiner Grenzen. Alle Dinge flammten, belebte und unbelebte, mit rotierendem Leuchtkern und aus violetter Schwärze herausgeschnittener Kontur. Das Rot, Grün, Blau, Gelb von Blumen, Stoffen, Lufterscheinungen, Insekten war die Eruption aus einem verborgenen Farbenkrater und schlug in die Netzhaut hinein wie ein Hieb.

Sosehr dies einerseits Steigerung des Lebens und der Sinneseindrücke war, so verwandt war es andererseits dem Tod. Er mußte sich gestehen, daß er das Todeserlebnis noch nie mit solcher Heftigkeit erfahren hatte wie in dieser Zeit der hohen Nervenspannungen. Er hatte den Tod nur beobachtet, nur festgestellt, nur bekämpft, nie als im eigenen Körper ansässige Macht empfunden. Insofern war er wahrscheinlich als Arzt unzulänglich. Der europäische Mensch des zwanzigsten Jahrhunderts ist in sein Ich hineinerstarrt wie die Spinne in den Bernstein. Es bedarf eines Schmelzprozesses, um ihn herauszulösen. Er begriff etwas Neues: den Tod im Intervall; Sterben in fortgesetzten kleinsten Zeiträumen, bis der Leib seinen Endtod aus sich selbst erzeugt hat. Das bedeutete, daß Krankheit und Krankwerden wie auch Verbrechen und Wahn auf unreifem Tod beruhen.

23.

Die wissenschaftlichen Untersuchungen und Forschungen führten ihn und seine Kollegen häufig ins Innere der Insel. Die spezifische Form der Enzephalitis, die in weit auseinanderliegenden Gebieten zahlreiche Opfer forderte, war kurz nach dem großen Kommunistenaufstand ausgebrochen, dauerte sonach schon über fünf Jahre. Eine verbreitete Laienannahme wollte die Ursache in dem Biß einer bestimmten Giftschlange sehen. Eine andere Hypothese bezeichnete ein von Chinesen eingeschlepptes und in den Handel gebrachtes Rauschgift als solche, während manche europäische Ärzte von komatöser Malaria sprachen. Einige Gehirnsektionen, die Kerkhoven vornahm, überzeugten ihn von der organisch-lokalen Pathogenese. Da der Verdacht einer infektiösen Einwirkung von

Boden und Wasser in ihm entstand und durch eine Reihe von Beobachtungen zu annähernder Gewißheit wurde, schlug er der Regierung in einer Denkschrift die zeitweilige Verpflanzung der Bewohner aus den verseuchten Distrikten in verschonte vor. Die Maßregel wäre zu kostspielig gewesen und stieß deshalb auf Widerstand, zumal sie von der Kommission nicht einstimmig empfohlen wurde. Es gelangen ihm mehrere Heilungen, deren allgemein therapeutischen Wert er jedoch selbst skeptisch beurteilte. Sie verschafften ihm aber großen Ruf, so daß eines Tages ein malaiischer Arzt aus Buitenzorg bei ihm erschien und sich mit rührender Demut als Schüler antrug. Er wehrte lächelnd ab: Es sei nicht so weit her mit seiner Kunst, wie es den Anschein habe.

24.

Er glaubte sich in einer Traumwelt zu bewegen, wenn er mit seinen Gefährten oder nur mit einem Diener über die weitgedehnten Terrassenfarmen ritt, an überwachsenen Stadt- und Tempelruinen vorbei, an denen die Vollendung und Schönheit des Mauergefüges auffiel. Wenn er vor den Steinbildern der uralten Hindugottheiten verweilte, der achtarmigen Lora jonggrang, die auf dem Rücken eines knienden Stiers stand, den Kolossalfiguren der »Tausend Tempel« von Ghandi Sewa, dem siebenfach ummauerten Tempel von Borobodo mit seinen vierhundert Statuen, die wie Werke von Riesen aussahen. Das gespenstische Geschrei der wilden Pfauen begleitete seinen Weg, und bei ihrem schrägen Flug warfen sie mit den herrlich irisierenden Schweifen lange, dunkelblaue Schatten.

Daneben wirkte europäische Zivilisation kläglich. Die Lebensformen und Regierungsmethoden Europas, übertragen auf die Art und Form der angestammten Bevölkerung, ließen sich mit dem Bemühen eines unglücklichen und schwerkranken Menschen vergleichen, einen gesunden und glücklichen von der Vortrefflichkeit und Wünschbarkeit seines Zustands zu überzeugen und ihn ebenso krank und unglücklich zu machen, wenn nicht im Guten, so mit Gewalt. Gleichwohl hatte er den Eindruck, daß das System im ganzen, was Milde und Verständigkeit betraf, sich von den sonst geltenden kolonialen Gepflogenheiten zu seinem Vorteil unterschied. Da er es aber in jedem Fall vermeiden wollte, durch Kritik Anstoß zu erregen, schränkte er den Verkehr mit den ansässigen Europäern, reichen Pflanzern und hohen Beamten, so viel wie möglich ein. Nur mit einem jungen Ehepaar freundete er sich mit der Zeit lebhaft an, einem englischen Konsularbeamten William Hardy und seiner Frau. Die Frau war schön; sie hieß Mabel.

25.

Unerschöpflichen Stoff zum Nachdenken und zur Prüfung ihres tieferen Gehalts boten ihm die kultischen Bräuche der Eingeborenen, das, was der Europäer in seinem Dünkel und seiner Unwissenheit als Aberglauben bezeichnet. Für das Vorhandensein unbekannter Kräfte im Menschen und in der Natur brauchte er nicht eigens Belege und Beweisführungen, er so wenig wie jeder Forscher, der nicht in der rohen Materie erstickt ist. Aber es war oft nicht leicht zu unterscheiden zwischen dem äußerlich Gewohnheitsmäßigen und dem, was geheimnisvoll und ehrwürdig von Religion und Mythos herkam. Er legte seine Beobachtungen in zahlreichen Notizen nieder, die er dann in seinem Buch über den Wahn verarbeitete.

Wenn der Beginn der Regenzeit sich verzögerte, konnte es vorkommen, daß zwei Männer einander mit Ruten den nackten Leib blutig peitschten. Das Blut, das sie sahen und an sich rinnen fühlten, gab ihnen die Gewißheit des nahen Regens. Sie hielten die Seele für einen Vogel, daher steckte eine Mutter ihr Kind, wenn es die ersten Gehversuche machte, in einen Hühnerkorb und lockte es mit dem Ruf *Kluck-Kluck*. Erde und Himmel und Menschenleib dünkten ihnen verschwistert, weshalb sich nach der Aussaat der Bauer und sein Weib des Nachts auf dem Felde ehelich vereinigten, um die Fruchtbarkeit des Ackers zu sichern. In einer Familie ereignete sich ein Unglücksfall, da wurde ein Kessel mit Wasser und vielen Kräutern aufs Feuer gestellt, die Frau hielt den Kopf dicht über das Gebräu, atmete die betäubenden Dämpfe ein, und während sie in Verzückung und Krämpfe verfiel, trieb sie mit irren Worten und Gebärden den bösen Geist aus dem Hause. Es gibt einen Tag der Dämonenvertreibung, den Tag des schwarzen Mondes. An einem Kreuzweg werden Speisen hingestellt, Früchte und Fleisch. Ein Horn ruft die Dämonen zur Mahlzeit. Die Männer zünden ihre Fackeln an der heiligen Lampe an und ziehen nach allen Richtungen in die Dunkelheit, die daheimgebliebenen Frauen, Greise und Kinder erzeugen durch Klappern auf Balken und Reisblöcken einen ohrenbetäubenden Lärm. Da flüchten die Dämonen zum Kreuzweg, und wenn der letzte angelangt ist, folgt dem Aufruhr ein Todesschweigen, das bis zum Morgen dauert. An die Türen werden Dornenkränze gehängt, um Freunde zu warnen; die Kranken werden aus den Verstecken geholt, wohin man sie gebracht hat, damit die Dämonen nicht zu ihnen zurückkehren, denn jede Krankheit hat ihren eigenen Dämon. Der Reis, der sie nährt, ist ein Gott, mit höchster Verehrung sprechen sie von ihm. Die Erntefeier besteht in einem Hochzeitsfest, bei dem sich der Reisbräutigam und die Reisbraut vermählen. Sie werden als Garben in eine geschmückte Scheune gebracht, und vierzig Tage lang darf niemand die Scheune betreten, um das junge Paar nicht zu stören.

26.

Da ihn seine wissenschaftlichen Arbeiten täglich mit den Eingeborenen in Berührung brachten und seine Sympathie ihm half, sie zu verstehen, setzte er ihrer Bilder- und Vorstellungswelt nicht den vorurteilsvollen Widerstand entgegen, den der Europäer sich in solchen Fällen schuldig zu sein glaubt.

Die bedeutsamste Erfahrung war für ihn die Ruhe ihrer Seelen und daß die Seelen von allen wie eine einzige waren und daß Erschütterung des Geistes und Krankheit des Leibes wie Schuld empfunden wurden. Versündigung an der Gemeinschaft. Verrat an der Gottheit. Ein Mann, der an einer Splenomegalie litt, schmerzhafter Milzvergrößerung, trat eines Tages nackt vor die versammelte Gemeinde und forderte die Ältesten und die Priester auf, ihn zu töten, da er, siech und von den Göttern verworfen, nicht mehr würdig sei, unter ihnen zu weilen.

War es nicht das Irlen-Erlebnis, das ihm, entscheidender als vor fünfzehn Jahren, wiederum den Weg vorschrieb? Und sah er nicht durch unerwartete Fügung, die wie Freundlichkeit des Schicksals wirkte, das Gesetz vom biologischen Gewissen unmittelbar bestätigt, der Syneidesis, das der große Forscher in Zürich gefunden und verkündigt hatte? Er dachte oft an den Abend, da er dem gewaltigen Mann gegenübergesessen war, der fünfundsiebzigjährig, auch körperlich ein Riese, von dem Thron seiner Weisheit auf das Menschengewimmel, Leben und Sterben, mit dem verwunderten Lächeln herabsah, das das unbestreitbare Vorrecht der Genien ist.

Er sagte zu Mabel Hardy, mit der er in der letzten Zeit seines Aufenthalts fast täglich beisammen war: »Wenn ich meine Existenz hier in einer Formel ausdrücken müßte, würde ich sagen, sie erscheint mir als Vorbereitung für eine künftige andere, deren Umrisse nur allmählich sichtbar werden. Ich meine damit nichts Übernatürliches, wie Sie vielleicht denken, sondern eine reale, irdische Fortsetzung. Ich habe das schon einmal erlebt. Klar: So wie man hineingegangen ist in den Glühofen, kommt man nicht wieder heraus.«

Solche Äußerungen machten auf Mabel Eindruck, da sie mit allen ihren Träumen an jener Überwelt hing, von der er sich soeben mit einiger Vorsicht distanziert hatte. Aber sie nahm seine Worte nicht für bare Münze. Sie hielt ihn für einen Erleuchteten, und in ihrem inbrünstigen Glauben an ihn redete sie sich ein, daß er sich über die ihm verliehenen Gaben und Kräfte täusche, zum Schaden derer, an denen sie sich fruchtbar erweisen sollten. Sie hatte an schweren nervösen Depressionen gelitten, und er hatte sie davon geheilt; ohne besondere Künste oder Mittel, ohne daß sie es recht merkte, natürlich nur auf dem Weg freundschaftlichen Übereinkommens, zu praktizieren war er ja nicht befugt. Seitdem stand er in ihrer Meinung so hoch wie kein anderer Mensch sonst. Sie blickte mit ungemessenem Vertrauen zu ihm auf, das kindlich und unschuldig war, wie auch ihr Anspruch auf seine Person der Unschuld eines siebzehnjährigen Mädchens entsprach, nicht einer reifen Frau von sechsundzwanzig Jahren. »Daß ich Sie gefunden habe, betrachte ich nicht als Glücksfall«, pflegte sie zu sagen (sie hatte lange in Deutschland gelebt und beherrschte die deutsche Sprache vollkommen), »es mußte sein. Ich habe darauf gewartet.« Dabei liebte sie ihren Mann, der jung, gescheit und ein nobler Charakter war.

Kerkhoven verstrickte sich und wurde unruhig. Die Frau ließ etwas in ihm erblühen, worauf er in seinen Jahren nicht mehr gefaßt war.

27.

Das Ehepaar Hardy wollte im Oktober nach England zurückkehren; sie fuhren mit demselben Schiff wie Kerkhoven und die anderen Herren der Kommission. Während der Seereise befestigte sich das zarte Verhältnis immer mehr. Mabels »Schönheit« war vielleicht nur eine besondere Art von hübschem Gesicht, mit edlen Formen, sehr englisch. Und dieses

Gesicht erregte bei den meisten Menschen, nicht bloß Männern, eine gewisse Verblüffung hauptsächlich durch die Reinheit der Züge und ihren weichen sanften Ausdruck. Manchmal, wenn Kerkhoven neben ihr saß oder stand, hatte er das Gefühl, noch nie einer so lieblichen Frauenerscheinung begegnet zu sein, so still in sich ruhend, mit einem Lachen und Lächeln, daß man ihr gleich gut sein mußte wie einem Kind. Aber es ist anzunehmen, daß ihn der Zustand von Bezauberung, in dem er sich befand, mit innerem Unbehagen oft, zu Übertreibungen verführte. Auch davon sprach er mit ihr, wenn sie auf den Deckstühlen nebeneinanderlagen oder die üblichen Promenaden entlang Reling machten. »Hätte ich eine erwachsene Tochter, was leicht sein könnte, ich wäre Ihnen gegenüber wohl gelassener«, sagte er. – »Fehlt es Ihnen denn an Gelassenheit?« fragte sie erstaunt. »Das ist mir entgangen.« – »Doch, ich habe mich in etwas hineinphantasiert, was sich für meine Jahre nicht schickt.« – »Reden Sie doch nicht immer von Ihren Jahren«, versetzte sie, »warum soll ich mir eine Zahl vorsagen, wenn mir die Zahl nichts bedeutet?« – »Aber ich fühle ihr Gewicht.« – »Mit Unrecht. Waren Sie vor zehn Jahren leichter, vor zwanzig? Sehen Sie. Und kommt es zwischen uns auf die Jahre an? Sagen Sie doch … Sie wissen es ja selbst.« Ihre großen, schokoladebraunen Augen ruhten mit inständiger Bitte auf ihm. Was war es, um das sie bat? Immer das eine: Nicht zu zagen, nicht zu zweifeln, an sich nicht, an ihr nicht, das erkannte sie als seine Gefahr, und das machte ihre Sorge aus.

Solange er sich einseitig als Ziel ihrer Verehrung gefühlt hatte, war seine Gemütsruhe wenig erschüttert worden; es war nur schmeichelhaft, im Brennpunkt der Aufmerksamkeit einer solchen Frau zu stehen; als er sich aber an der eigentümlich kühlen Flamme versengt und seine gütige Passivität sich in zaghafte Anbetung verwandelt hatte, zaghaft, weil er sich das Liebesrecht gründlich und illusionslos absprach, geriet er in diesen Zwiespalt, den Mabel fürchtete und bedauerte. Sie war arglos bis in den Grund ihrer Seele.

Mit Begierde hörte sie ihm zu, wenn er von seinen Plänen und Ideen erzählte. Dann war ihr ganzes Wesen Anfeuerung, Glaube, Erwartung. Es steckte etwas von einem Missionar in ihr, von einer Menschheitsbeglückerin. In streng christlichen Anschauungen erzogen, hatte sie sich zu einem gemütsbestimmten Christentum durchgerungen, das ohne kirchliche und ohne sektiererische Neigungen war, aber sich leicht ins Schwärmerische verlor: namentlich in allem, was die Gestalt Jesu betraf.

Auch von seinem vergangenen Leben sprach er mit ihr, seinem Anfangsweg, seiner ersten Ehe, dem schweren Ringen um Durchbruch, der Freundschaft mit Irlen, von seinen zwei kleinen Söhnen. Und von Marie, immer wieder von Marie, ihrem großen Charakter, ihrem moralischen Mut, ihrem graziösen Geist, ihrer Liebenswürdigkeit und Seelenkraft und der Tiefe und Unerschütterlichkeit ihrer gegenseitigen Beziehung. Mabel sagte sinnend: »Das habe ich alles gewußt. Schon bevor ich Sie kannte. Sonderbar, nicht? Ich bewundere Ihre Frau. Unsinnig bewundere ich Sie. Es muß schwer sein für sie … Ich möchte ihre Freundin sein. Wir könnten uns viel geben.«

Kerkhoven stand seiner eigenen Vergangenheit mit dem Gefühl gegenüber, das man für eine Mietwohnung hat, aus der man längst ausgezogen ist. Er hatte, seit vielen Jahren, so sehr verlernt, über sich und seine privaten Verhältnisse zu reden, daß es ihm dieselbe Schwierigkeit bereitete, als sollte er Vorgänge aus einem früheren Jahrhundert berichten, die er von ungefähr aus Geschichtsbüchern kannte. Nur Mabels glühende Teilnahme lockte Stück um Stück aus ihm hervor. Und er schaute sie dabei nie an. Er schaute weg, als schäme er sich. Als ginge es gegen die Scham, von sich zu sprechen. Aber es war gut, daß er es tat. Jede Frau, die man liebt, ist eine wiederauferstandene Mutter: Erlöserin.

Sie verabredeten, miteinander in Briefwechsel zu bleiben. Im Frühjahr wollte Mabel mit ihrem Mann auf den Kontinent reisen. Sie besaßen am Genfer See ein kleines Gut. Beim Abschied schenkte sie ihm ihr Bild. Als sie ihm zum letztenmal die Hand drückte, wandte sie sich eilig ab, um ihre Tränen zu verbergen. Und er verkroch sich drei Tage in ein Hotelzimmer in Genua, ehe er sich entschloß, Marie zu telegrafieren und weiterzureisen.

28.

An einem der letzten Novembertage des Jahres 1929, Marie hatte eine Woche zuvor ihre Dreizimmerwohnung in der Niebuhrstraße bezogen, hatte der kleine Robert heftiges Fieber. Sie telefonierte der Ärztin Ellen Ritter, einer alten Freundin des Hauses. Sie war Vorsteherin der Aufnahmestelle im Kinderhospital am Prenzlauer Berg. Sonst nicht eben mitteilsam, war sie an diesem Tag infolge eines traurigen Vorkommnisses ziemlich erregt und konnte sich nicht enthalten, mit Marie darüber zu sprechen. Ein achtjähriges Mädchen, das alle Ärzte und Schwestern gern gehabt hatten, war mit einem zu spät erkannten Gehirntumor eingeliefert worden und während der Operation gestorben. Die Schilderung der häuslichen Verhältnisse, in denen das Kind gelebt hatte, wirkte auf Marie alarmierend. »Ist denn das menschenmöglich!« rief sie aus und drückte schaudernd die Schultern zusammen. »Gibt es denn das?« Ellen Ritter verzog die Stirn, als wollte sie sagen: Da könnte ich noch mit ganz anderem aufwarten. »Wenn Sie sich mal den Luxus gestatten würden, für eine Stunde auf meine Station zu kommen, würden Sie allerlei erleben, Verehrteste«, antwortete sie in ihrer schnauzischen Manier. – »Ja? Darf ich? Ich komme gern«, sagte Marie rasch, aber die andere nahm es nicht ernst und wechselte das Thema.

Am zweitfolgenden Tag, um zehn Uhr morgens, erschien Marie im Aufnahmeraum und saß zweieinhalb Stunden wie versteint auf dem Platz, den ihr Ellen Ritter angewiesen hatte. Danach faßte sie ihren Entschluß.

Von Stunde an ertrug sie es nicht mehr, am Rande des Entsetzens zu leben und nur vom Hörensagen davon zu wissen. Auswendig, so wie man weiß: in China verhungern jährlich zwei Millionen Menschen. Schön, China ist weit; zwei Millionen, wer stellt sich das vor. Könnte man's, man würde wahrscheinlich sofort tot umfallen. Aber hier! Rings herum! Im Bereich ihrer Hände und ihrer Augen! Wo hatte sie sich denn eingemauert?

Die Frage war: Was beginnen? Wie es beginnen? Wahllos etwas so Ungeheures auf sich nehmen, wie es Menschendienst ist, wirklicher, nicht angeblicher, das lag ihr nicht, das vermochte sie nicht. Beamtung, Vorschrift, Auftrag, das waren Umwege, die den Schwung in ihr gelähmt hätten. Sie hätte das Gefühl gehabt, als sollte sie erst beim Magistrat um die Bewilligung zum Feuerlöschen nachsuchen, während die Stadt in Flammen stand.

Doch das Massenhafte erschreckte sie. Es stellte ihr die Aussichtslosigkeit des Einzeltuns zu kraß vor Augen. »Wie soll man's machen, wenn man die Sklavin seiner Sympathien ist«, klagte sie gegen Ellen Ritter, »muß man das persönliche Gefühl unter allen Umständen ausschalten?« – »Bis zu einem gewissen Grad, ja. Ich möchte sogar sagen, ganz und gar.« – »Aber ich bin eine hoffnungslose Individualistin, Ellen. Alle sozialen Grundsätze können mir gestohlen werden, wenn sich's um den Menschen handelt, der vor mir steht. Ich muß lieben können, wenn ich helfen soll. Ich weiß, Sie finden das altmodisch und schädlich, aber was soll man dagegen tun?« – »Sie müssen vom hohen Roß herunter! Mit der Liebe werden Sie nicht weit kommen«, sagte die Ärztin kalt, »keinem von uns wird eine Extrawurst gebraten. Was wollen Sie eigentlich?« – »Ich meine, in solchen Dingen kommt es auf das Beispiel an. Wenn ich zehn oder fünf oder drei dieser Geschöpfe wirklich rette, habe ich mehr erreicht, als wenn ich mich mit Hunderten plage, denen ich schließlich doch nicht helfen kann, weil ja die Einrichtungen versagen. Dächte jeder so, dann wäre das ganze Elend nicht. Man muß die Menschen zwingen, so zu denken.« – »Optimistin«, erwiderte Ellen Ritter achselzuckend, »die Menschen kann man nur durch das Schießgewehr zwingen, nicht durch das Beispiel. Schaun Sie mal im Kalender nach, ich fürchte, Sie leben noch im neunzehnten Jahrhundert, meine Gute.«

Marie hatte aber bereits ihren Plan.

29.

Sie mietete zu den drei Zimmern, die sie innehatte, drei hinzu, die auf demselben Trakt zufällig frei waren. Indes die Räume mit den sparsamsten Mitteln eingerichtet wurden, hielt sie Umschau. Auf der Station, wohin sie anfangs fast täglich ging, wurden neunzig Prozent der zur Prüfung eingebrachten Kinder in Spitalspflege übernommen. Tuberkulose, schwere Hautkrankheiten, Hungerödeme bildeten die Mehrzahl der Fälle. War der Befund unverdächtig, so wurden sie für die Fürsorge vorgemerkt. Meistens zeigten sich aber dann psychische Defekte von so bedenklicher Art, daß eine sachkundige Behandlung geboten war. Um nicht müßig herumzustehen, besorgte Marie die telefonischen Anrufe, informierte die Fürsorgeämter oder beaufsichtigte einen Transport. Die Entlassenen bedurften zunächst keiner Hilfe, da sie in halbwegs guter Verfassung waren. Doch unter dem aufgehäuften Schriftenmaterial befanden sich unzählige Bittgesuche von Eltern und Vormündern und grauenerregende Schilderungen der Fürsorger und Fürsorgerinnen. Es war wie ein Meer. – Eines Tages, als Marie vor einem Stoß solcher Papiere saß, fragte sie Ellen, ob sie sich einige Adressen aufschreiben und sich von dem Notstand der Betreffenden selbst überzeugen dürfe. »Nur zu, nur Mut«, sagte die Ärztin mit ihrem schroffen Lachen, »Unterstützung jederzeit willkommen, mit den öffentlichen Geldern sieht's ohnehin schon windig aus bei uns, was, lieber Hansen, Aussterbeetat heißt die Losung.« Der Angeredete war ein junger Arzt, der Ellen Ritter zur Assistenz beigegeben war. Zu ihren Mißbehagen hatte Marie bemerkt, daß er ein unziemliches Interesse an ihr nahm. Manchmal stand er stocksteif da und starrte sie durch die Gläser seiner Hornbrille an, als sei er über irgend etwas an ihrer Person vollkommen hoffnungslos. Wie lästig, dachte sie dann, wie peinlich …

30.

Sie machte sich auf den Weg. Mit einem Ausweis versehen, begab sie sich in die verschiedenen Quartiere. Sie erblickte Dinge, Menschen, Zustände, die ihr das Herz im Leibe auseinanderrissen. Nie wird man wieder lachen können, nie wird man sich wieder freuen können, war ihr steter Gedanke. Da waren Kinder, die sie mit verwilderten Augen anglotzten wie den bösen Feind. Weil die Fürsorge überall gefürchtet und gehaßt war, hatte man ihnen die dümmsten Lügen eingebleut, die sie angstvoll und trotzig herplapperten. Manche standen vor ihr wie galvanisierte kleine Leichname; die verblödeten Mienen erregten den Verdacht, als verständen sie die menschliche Sprache nicht. Mit dem Mißtrauen waren sie auf die Welt gekommen, alle. Hunger, Schmutz, Roheit, Hoffnungslosigkeit waren ihre natürlichen Lebensbedingungen, von andern ahnten sie nicht einmal etwas. Auch in den Augen der Aufgeweckten wohnte meist eine unergründliche tierische Traurigkeit. Sie hausten in übelriechenden Löchern, gepfercht wie Schafe. Ihre Haut war graugelb, wie die Haut mancher Pilze. Wenn sie die Lippen öffneten, sah man farbloses Zahnfleisch.

Zum Weinen ist keine Zeit, sagte sich Marie, wenn ihr der Atem stockte und die Hände kalt wurden, zum Weinen haben wir kein Recht, wir, die mit verschränkten Armen dasitzen wie freche Götzen; wie stellen es nur diese Leute an, die aus der sogenannten Hilfsaktion einen Beruf machen? Wie kommt es, daß sie ruhig in ihren Häusern wohnen, daß sie essen und schlafen können. Wie sollen wir nach dem, was Tag für Tag geschieht, vor unseren Kindern bestehen? Was sollen sie von uns denken, wenn ihnen später einmal klar wird, daß wir sie mit Phrasen und Unwahrheiten gefüttert und ihnen eine Welt voll Grausamkeit und Irrsinn hinterlassen haben?

Sie hatte fünf oder sechs Kindern Unterkunft geben wollen, aber als sie es einmal begonnen hatte, war es schwer, die Grenze zu ziehen. Sie durfte vor allem ihre Mittel nicht überschreiten, sonst war der Anfang auch schon das Ende. Sie brauchte freiwillige Helferinnen für die Pflege. Die fanden sich. Ellen Ritter empfahl ihr mehrere, unter denen sie wählen konnte. Sie entschied sich für zwei junge Mädchen, Fräulein Bertvani, Tochter eines Studienrats, und Grete Kohl, ein rothaariges, etwas vertrocknetes, aber gutherziges Geschöpf. Eine Zeitlang hatte Marie auch an Aleid gedacht, ihre Tochter aus erster Ehe; sie war in dem Alter, daß sie der Mutter hätte beistehen können. Marie hatte ihr geschrieben, jedoch eine ausweichende Antwort bekommen; die Groß-mutter wolle sie nicht fortlassen; sie könne sich jetzt nicht gut von Dresden trennen, gewisse Beziehungen hielten sie fest und dergleichen mehr. Sie wußte längst, daß sie Aleid verloren hatte. Man verliert eben Kinder, auch wenn man sich noch so sehr um sie bemüht hat.

Manches Kopfzerbrechen bereitete ihr die Frage, wie sie die veränderte Haushalts- und Lebensform Robert und Johann, ihren zwei Knaben, begreiflich machen sollte. Fünf- und neunjährige Buben sind Autokraten, die Mutter erscheint ihnen als ihr ausschließliches Eigentum. Zudem hatte sich Marie seit der Abreise ihres Vaters auf das innigste mit ihnen befaßt. Die Zumutung, ihre Mutter mit einer Anzahl wildfremder Jungen und Mädel zu teilen, konnte das neugeschaffene Verhältnis ernstlich gefährden. Am ehesten waren sie durch List für die Sache zu gewinnen, durch Hinweis auf Spiel und Unterhaltung. Sie fand sie zugänglicher, als sie erwartet hatte. Besonders Johann war Feuer und Flamme. Die Beschützer- und Helferrolle, die sie ihm zugedacht hatte, schmeichelte ihm. Der kleine Robert schwankte zwischen Neugier und Eifersucht, faßte aber das ganze schließlich doch als Abenteuer auf. Blieb immer noch das Problem der Zeiteinteilung. Sie hatte bis jetzt viele Stunden täglich mit den beiden verbracht. Fühlten sie sich vernachlässigt, gerieten sie in Trotz gegen sie (die schwersten Verluste erleidet man durch Trotz), so büßte sie auf der einen Seite ein, im Bereich des Bluts sozusagen, was sie auf der andern, im Bereich des Dienstes, gewann.

Aber was gewann sie denn? Sie hatte sich alles viel einfacher, natürli-cher und leichter vorgestellt, als es war. Sie hatte nur mit sich, mit der Kraft ihres Wollens, mit der Erfülltheit ihres Herzens gerechnet, nicht aber mit den Menschen, mit denen sie zusammenstieß.

31.

Wenn sie es nicht als Seelenwerk betrachten konnte, fehlte von vornherein der Antrieb. Die Leidenschaftlichkeit, die ihr eigen war, verlieh ihrem Unternehmen schon mit dem ersten Schritt einen andern Charakter als den einer philantropischen Fleißaufgabe. Lauheit und Halbheit waren ihr so zuwider, daß ihre Nerven nur dann in Schwingung kamen, Körper und Geist nur dann gehorchten, wenn sie restlos, ja mit einer gewissen Trunkenheit in einer Idee, einer Tat, einer Liebe, einem Menschen aufgehen konnte. Und sie gehörte zu der Gattung Frauen, die seelisch hinwelken, wenn ihnen das Leben solchen Rausch versagt. Dazu kam die ruhelose Wißbegier, die bei ihr der unterste Grad aller Sympathie-Entzündung war. Packen, aufschließen, hineinschlüpfen, bewegen, bewegt werden, danach regelten sich ihre Beziehungen zu Menschen überhaupt, und in diesem Fall besonders. Daher war es nicht immer der unmittelbare Druck einer schlimmen Situation, der sie zum Einschreiten veranlaßte, sondern ihr fast unbewußt das Auge, der Blick, die Stimme des betreffenden Kindes, ein Etwas von Persönlichkeit, von Differenziertheit, und das war von Übel, es schuf Konflikte und trübte ihr Urteil.

Zudem mußte sie sich überzeugen, daß die körperliche Versorgung allein weder für sie befriedigend noch für ihre Schützlinge, wenigstens für den Durchschnitt, förderlich war. Es war nicht viel geleistet, wenn man sie von Schmutz und Ungeziefer befreit, sie in reinliche Kleider und reinliche Betten gesteckt und die hungrigen Mäuler mit anständiger Nahrung gestopft hatte. Auch damit nicht, daß man ihnen Zerstreuungen bot, Geschichten vorlas, sie zu Spielen anregte und in Kindergärten schickte. Es waren Kunstgriffe. Genaugenommen Erleichterungen für die Obsorger. Ein Sichherumdrücken war das Eigentliche. Es blieben immer zwei Bezirke, die keine Berührung miteinander hatten. Das eisig Trennende war nicht zu überbrücken. Es lag nicht an den Jahren oder an den Kastenunterschieden oder den eingefleischten Vorurteilen oder an der Bequemlichkeit hier und der geschlechterlangen Unterdrückung und Entbehrung dort; es lag tiefer. Marie kam nicht dahinter. Sie dachte sich das Hirn wund und kam nicht dahinter, woran es lag.

32.

Der erste, dessen sie sich annahm, war ein achtjähriger Junge, Heinz Binder. Er und seine vier jüngeren Geschwister waren in einer einfenstrigen Kammer untergebracht, in der außerdem noch die Eltern und drei Arbeitslose schliefen. Der Vater war Gewohnheitstrinker; er hatte nie für die Familie gesorgt. Da er in seinen Trunkenheitsexzessen eine Gefahr für das Leben der Frau und der Kinder wurde, erreichte man seine Internierung in einer Entziehungsanstalt. Die Frau blieb mit den fünf Kindern allein, konnte sie aber nur kümmerlich ernähren, da sie immer schwerer und seltener Beschäftigung fand. Eines Tages, als sie wieder einmal von vergeblicher Arbeitssuche zurückkehrte, entschloß sie sich zu sterben. Die vier jüngeren Kinder waren bei einer Nachbarin, Heinz war in der Schule. Als er zu Mittag nach Hause kam, fand er die Mutter am Fensterkreuz, an einem Strick hängend. Sie röchelte noch. Geistesgegenwärtig holte er eine Schere aus der Tischlade, schnitt den Strick durch und rief die Nachbarn herbei. Die Frau konnte noch rechtzeitig in die Klinik gebracht werden. Marie besuchte sie dort, um wegen Heinz mit ihr zu sprechen. Sie war erst neunundzwanzig Jahre alt. Marie traute ihren Augen nicht, als sie es erfuhr. Gesicht und Figur waren die einer Fünfzigerin. Zwei von den Kindern mußten ins Spital transportiert werden; das eine hatte eine Rückgratsverkrümmung, das andere litt an hochgradiger Anämie. Zwei andere nahm eine Chauffeursfrau zu sich, die im Hause wohnte. Heinz wollte nicht mit Marie gehen. Er musterte sie mit finster erstaunten Blicken; sie trug einen Pelzmantel und Handschuhe. Er wußte nicht, was die Erscheinung einer solchen Frau in seinem Leben bedeuten sollte. Als sie ihn dann bei der Hand nahm und zu ihm sprach, und zwar aus einem richtigen Instinkt heraus mit leiser Stimme, begann er vor sich hin zu lächeln. In diesem Lächeln war alles mögliche enthalten: Verachtung, Unglauben, Bestürzung, Bewunderung, äußerstes Mißtrauen. Er zog die Brauen in die Stirn und tippte vorsichtig mit dem Zeigefinger auf das Zifferblatt von Maries goldener Armbanduhr. Dann ließ er sich widerspruchslos wegführen …

Ähnlich erging es ihr mit der zehnjährigen Sabine Sämisch, von der man ihr berichtet hatte, daß sie seit einer Woche bei einem Kohlenhändler in dessen stockfinsterer Kellerwohnung lebe. Sie war zwei Monate lang in der psychiatrischen Klinik gewesen, weil sie einen Selbstmordversuch gemacht hatte. Angeblich als geheilt entlassen, weigerte sie sich standhaft, nach Hause zurückzukehren. Sie hatte sieben Geschwister im Alter zwischen zwei und vierzehn Jahren. Die Mutter befand sich seit dem Sommer in der Irrenanstalt. Dadurch gerieten der Haushalt und die Kinder in die ärgste Verwahrlosung. Der Vater war Möbelpacker und wurde stellenlos. Das hinderte ihn nicht, jede Nacht ein Frauenzimmer heimzubringen, fünf oder sechs im Laufe der Zeit. Sie blieben oft auch tagsüber da und mißhandelten die Kinder. Das alles hätte Sabine noch ertragen, wenn nicht die wüsten Auftritte in der Nacht gewesen wären. Entweder prügelte der Vater die Weiber, daß ihr Geschrei durchs ganze Haus gellte, oder, was noch ärger war, die Kinder mußten Zeugen seiner Ausschweifungen sein. Da setzte Sabine eines Tages ihr Bett mit Petroleum in Brand. Im letzten Augenblick zog man sie aus den Flammen …

Was konnte man diesem verstörten Wesen sagen, das nicht abgestanden und hölzern klang? Man hätte ein Gott sein müssen, um einen Freudenschimmer auf seine Stirn zu zaubern. Dennoch versuchte es Marie. Und als Sabine immerfort auf die Stiefelspitzen der schönangezogenen Dame starrte, hatte die schönangezogene Dame Herzweh … Und ließ am anderen Tage ihren Pelz zu Hause und hüllte sich in einen unscheinbaren Stoffmantel. Auch wieder Regiekünste. Umlernen in einem grausigen Spiel. Anpassungsversuche mit fragwürdigem Erfolg. Eines Tages gab man ihr die Adresse eines Buttergeschäftes in der Köhlerstraße. Dort war ein vierjähriger Bub aufgegriffen worden, von dem man nach unendlichem Befragen nur erfuhr, daß er Chaim heiße. Ein Ostjudenkind. Gänzlich abgerissen und verhungert. Er war offenbar von zu Hause entlaufen und hatte sich Tage lang, Gott weiß, wo herumgetrieben. Die polizeilichen Aufrufe und Nachforschungen hatten kein Ergebnis. Die mitleidige Frau des Händlers hatte das Kind zu sich genommen, aber sie konnte es nicht behalten, sie hatte selber einen Haufen Kinder und war arm. Es war das scheueste Geschöpf, das Marie bis jetzt gesehen hatte. Wenn sie es an der Hand nahm, riß es sich los, kroch unters Bett und begann zu schluchzen. Aber ganz plötzlich faßte es Zutrauen. Es hatte herrliche, sammetglänzende, große Augen. Als es Marie zu sich in ihre Wohnung brachte, blieb es in freudigem Schrecken über die Räume, die ihm märchenhaft schön erschienen, vollkommen stumm und erstarrt. Marie hatte gleich eine tiefe Sympathie für den kleinen Jungen, und er wurde ihr nur noch lieber, als sie bald darauf um ihn kämpfen mußte, fast wie um ein eigenes Kind.

33.

Eine Woche später meldete sich nämlich die Mutter; sie kam zu Marie und forderte das Bübchen barsch zurück. Sie hieß Marie Papier, hatte noch ein halbes Dutzend anderer Kinder, mit denen sie in einem Scheunenraum in der Rückertstraße wohnte. Das Recht, den Knaben zu verlangen, konnte man ihr nicht abstreiten; seinen Aufenthalt hatte sie nach endlosen Laufereien und Erkundigungen ausfindig gemacht; allein der kleine Chaim sträubte sich mit Händen und Füßen dagegen, ihr ausgeliefert zu werden. Als sie ins Zimmer trat, verzerrte sich sein blasses Gesichtchen krampfig, er lief zu Marie und klammerte sich fest an ihren Rock. Marie wunderte sich; für ein Judenkind war ein solches Verhalten ungewöhnlich, da doch bei Juden, wie sie wußte, zwischen Eltern und Kindern ein wahrer Kultus der Zusammengehörigkeit herrschte. Es erschütterte sie nicht weniger, als sie später den Grund dieser unerklärlichen Aufsässigkeit erfuhr. Der Knabe war von den christlichen Kindern der Nachbarwohnungen wegen seines jüdischen Namens und Aussehens Tag für Tag beschimpft und verprügelt worden; zum Schluß hatte sich eine derartige Angst und Verzweiflung seiner bemächtigt, daß er eines Abends einfach weggelaufen, einfach in die Welt hinausgelaufen war. Und jetzt kam zu alledem noch dazu, daß er eine seltsame, halb rührende, halb phantasievolle Leidenschaft für Marie gefaßt hatte. Die fremde Frau, die wie ein Engel in sein düsteres Leben getreten war, erschien ihm überirdisch gut und schön, so daß der Gedanke, sie verlassen zu sollen, von ihr fortgenommen zu werden, ihm das größte Unglück dünkte, das ihm widerfahren konnte. Marie, die, wie gesagt, sein heftiges Sträuben zunächst nicht begriff, es war immerhin die Mutter, die ihn zurückbegehrte, dem Äußeren nach eine rechtschaffene und gutmütige Frau, hatte Erbarmen mit seinem Zustand und erlangte durch diplomatisches Zureden von Frau Papier eine achttägige Frist, während welcher sie das widerspenstige Kind gefügig zu machen versprach. Die Frau schien damit zufrieden und entfernte sich.

Am andern Tag mußte Marie in ein Haus in der Memeler Straße, weit draußen an der Frankfurter Allee. Sie war schon eine Woche zuvor dort gewesen. Es handelte sich um zwei Kinder eines Schuhmachers, zehn- und elfjährige Mädchen, von denen ihr besonders die jüngere, Hede mit Namen, am Herzen lag und Sorgen einflößte. Die Behausung der Familie war eher ein Stall als eine menschliche Zufluchtsstätte, der Mann verdiente nichts und soff (neunzig Prozent aller dieser Männer und Väter waren unheilbare Alkoholiker), die Frau lag seit Weihnachten krank darnieder. Es war zwischen acht und neun Uhr abends, als Marie hinkam; sie war in der Station bei Ellen Ritter aufgehalten worden, dann hatte sie den Doktor Hansen nicht loswerden können, der trotz ihrer Ablehnung dabei beharrt hatte, sie ein Stück Wegs zu begleiten. Auf der Stiege vernahm sie entsetzlichen Lärm. Leute rannten schreiend auf und ab, riefen nach der Schupo, nach dem Rettungswagen, auf dem Treppenabsatz vor der Wohnung des Schusters war ein Gedränge von Männern und Weibern; ein Frauenzimmer, das unter einem grellroten Schal nur ein Hemd anhatte, berichtete Marie in kaum verständlichem Berlinerisch und mit aufgeregter Hast, was vorgefallen war: Sie hatte vom Nebenraum aus alles mit angehört. Vor einer halben Stunde war der Mann sternhagelvoll heimgekommen. Die Frau lag ächzend vor Schmerzen im Finstern, die zwei Mädchen hatten sich auch schon niedergelegt, der besoffene Kerl brüllte und tobte, weil er die Kerze nicht finden konnte. Bei seinem Suchen schmiß er Gläser, Teller und Flaschen auf die Erde, daß die Scherben den ganzen Fußboden bedeckten, endlich entdeckte er einen Kerzenstumpf und zündete ihn an. Da sich die Frau nicht rührte, um ihm zu helfen, überhäufte er sie mit greulichen Flüchen, und als sie ihn um Gotteswillen bat, still zu sein, sie halte es nicht mehr aus, fiel er mit der Schusterahle über sie her, stach blindlings auf sie los und verletzte sie schwer an Brust und Hals. Die Mädchen sprangen aus ihrem Bett, die älteste lief auf den Flur und schrie. Hede stellte sich schützend vor ihre Mutter, doch konnte das schmächtige und kraftlose Kind gegen den Wüterich nichts ausrichten, er stach auch auf sie los, so daß sie blutüberströmt zusammenbrach. Da erhob sich die kranke Frau mit einem dumpfen Wehelaut von ihrem Lager, schleppte sich mit letzter Kraft zum Fenster, riß es auf und stürzte sich, vier Stock hoch, in den Hof hinunter, gerade in dem Augenblick, als die Nachbarn in die Stube drangen, um den Unhold zu bändigen.

Es war wie ein Angsttraum. Das Durcheinander von Stimmen, das Gewühl der Leiber, die Gerüche von Schweiß, Blut, Schnaps, der Krankendunst und Pfeifenrauch umnebelten Maries Sinne. Sie wollte zu dem kleinen Mädchen hinein. Während sie sich gegen die Tür drängte, sagte jemand auf der Stiege, die Frau sei tot, ein anderer widersprach und behauptete, sie atme noch, aber es gehe mit ihr zu Ende. Als die Helme einiger Schupoleute auftauchten, war Marie schon in der Stube drinnen. Vier Männer hielten den tobsüchtigen Schuhmacher fest. Marie konnte später nicht sagen, wie es zugegangen war, daß der Mensch sich losgerissen hatte, während sie vor dem bewußtlosen Kind kniete und ihm das Blut von Mund und Augen wischte; ob er sie oder die Ohnmächtige schlagen gewollt, ließ sich natürlich auch nicht mehr ermitteln; jedenfalls taumelte er in kochender Wut, geifernd und röchelnd, auf sie zu, und ehe sie dem Schlag ausweichen konnte, traf sie seine steinharte Faust an der Schläfe. Als sie wieder zur Besinnung kam, lag sie im Rettungsauto; auf ihre geflüsterte Bitte schaffte man sie in ihre Wohnung, die erschrockene Grete Kohl kleidete sie aus und brachte sie zu Bett, indes Anna Bertram nach der Doktorin Ritter telefonierte. Diese stellte einen Nervenschock mit achtunddreißig Grad Fieber fest. »Ich glaube, wir müssen unsern wilden Eifer dämpfen«, sagte die Ärztin mißbilligend. Marie antwortete mit leichtem Frösteln: »Den Eifer kann man dämpfen, Ellen, aber man weiß doch jetzt – man weiß doch …«

34.

Am andern Tag, gegen Abend, ließ sich zu ihrem Befremden Doktor Hansen bei ihr melden. Sie wollte ihn nicht im Bett liegend empfangen und ließ sagen, sie danke ihm für den Besuch, es gehe ihr wesentlich besser. Er aber hatte sich draußen an den kleinen Johann herangemacht und es zu bewerkstelligen gewußt, daß dieser ihn ins Zimmer der Mutter zog. Verlegene Entschuldigungen stammelnd, stand er an der Tür. »Geh, Johann, geh hinaus«, sagte Marie hart. Der Bub gehorchte betroffen, Doktor Hansen rührte sich nicht von der Stelle. Er sagte kaum hörbar: »Erlauben Sie mir, fünf Minuten bei Ihnen zu sein. Nur fünf Minuten. Ich war krank vor Sorge. Ich hielt es nicht aus. Ich mußte Sie sehen.« – »Was soll das alles, Herr Doktor?« fragte Marie unwillig und wies mit schwacher Bewegung auf einen Stuhl. »Ich verstehe Sie nicht. Ist es Ihr Ehrgeiz, aufdringlich zu sein?« – Hansen beachtete die karge Aufforderung zum Sitzen nicht. »Kann ich mir denken, daß Sie mich nicht verstehen«, stieß er mit gesenktem Kopf hervor, »verstehʼ ich mich doch selber nicht. Ich bin verrückt. Ich bin verrückt. Ich … ich will ja nichts. Nur Sie anschauen, Ihre Stimme hören. Nichts weiter.« Marie betrachtete ihn kalt. Er hatte ein mageres, glattes Gesicht mit vorstehendem Kinn und einem Ausdruck des Verzehrtseins, Verbranntseins, der sie abstieß. Sie war ratlos und unglücklich, denn daraus konnte nur Verdruß entstehen. Last, Bedrängnis, Mühsal; nur Ungutes und Bitteres. Es widerstrebte ihrer redlichen Natur, Dinge zu sagen, die eine Frau in dieser Situation vorzubringen pflegt, mahnende, belehrende, vernünftig scheinende, selbstgerechte oder auch dem andern gerechte: Nein, sie war ernstlich verwirrt, sie wußte nicht aus und ein, und schließlich wandte sie den Blick von dem stumm mit ineinandergekrampften Händen dastehenden Mann ab und heftete ihn auf die Karte, auf der der Name Eugen Hansen stand; feindselige, häßliche Zeichen, wie ihr dünkte.

Er machte Anstalten zu gehen. Mit einer mutlosen Geste strich er über seine Stirn und wandte sich zur Tür. Da hörte man von draußen eine zeternde Weiberstimme: ein fettes, gutturales, vulgäres Organ. Es war Frau Papier, die trotz der Vereinbarung ihren Sohn holen wollte. Alles war Marie plötzlich leid, die Zuversicht verließ sie, der Glaube an ihre Kraft. »Tun Sie mir den Gefallen, Doktor, und bringen Sie das Weib zur Ruhe«, sagte sie, »sie will ihr Kind wiederhaben, der Bub möchte so gern dableiben, vorgestern hat sie versprochen, ihn mir noch zu lassen.« Hansen verbeugte sich, alsbald hörte sie ihn im Flur mit Malke Papier parlamentieren, auch Grete Kohl und die Bertram redeten auf sie ein, derweil ging leise die Tür zu den Kinderzimmern auf, und durch den Spalt schob sich zaghaft der kleine Chaim. Er trippelte in die Mitte des Raums, weiter schien er sich nicht zu trauen, und hob flehentlich die gefalteten Händchen gegen Marie. Sie winkte ihn zu sich her, legte den Arm um seine Schulter und flüsterte ihm zu: »Du bleibst schon da, Bübchen, fürcht' dich nicht, du darfst dableiben.« Der Junge schaute sie mit glühender Dankbarkeit an und sagte stolz: »Ich will auch beten für dich. Ich kann ein Gebet.« Das bewegte sie, sie küßte ihn auf die Stirn, und da es draußen wieder ruhig geworden war, gebot sie ihm freundlich, zu den anderen Kindern zurückzukehren. Als er das Zimmer in eiligem Gehorsam verlassen hatte, verspürte sie große Schwäche und brach in Tränen aus.

35.

Es nützte nichts. Malke Papier kam erst täglich, dann jeden Tag drei-, viermal und forderte mit jammerndem Geschrei ihr Kind. Sie überschüttete Marie in ihrem gurgelnden Jiddisch mit Verdächtigungen und Beschimpfungen, drohte mit der Polizei und ließ durchblicken, daß das Kind um sein Seelenheil komme, wenn es noch länger in einem Christenhaus leben müsse. Man versteckte den Buben vor ihr. Man ersuchte das Fürsorgeamt um einen Schiedsspruch, da man nachweisen konnte, daß das Kind zu Hause ohne Aufsicht war. Marie bot der Frau Geld, sie nahm es, blieb drei Tage unsichtbar, dann begannen die widerlichen Auftritte von neuem. Es nützte nichts, man mußte ihr das Kind ausliefern. Chaim war wie verdonnert, als es so weit war; Marie versprach ihm hoch und heilig, ihn so oft wie möglich zu besuchen. Kaum war er bei der Mutter und den Seinen, da erkrankte er an Scharlach in der virulentesten Form und schwebte tagelang zwischen Tod und Leben. In der vierten Woche trat eine Lymphdrüsenschwellung mit Vereiterung ein. Er lag in Ellen Ritters Spital, Doktor Hansen behandelte ihn und unterrichtete Marie regelmäßig über das Befinden des Kindes.

So formbar und schmiegsam fand sie keines der Kinder mehr, denen sie ein Asyl bereitete; die meisten setzten ihrem Werben eine unbesiegliche Störrigkeit entgegen. Es war nicht der einzelne, an dem sie sich vergeblich abmühte, es war immer seine ganze Welt. Und diese Welt lernte sie mehr und mehr fürchten, sie flößte ihr die Bangigkeit ein, die der gestaltete Mensch vor der amorphen Masse empfindet, und wenn sie noch dazu an Josephs Wort von den »Kommenden« dachte, verzweifelte sie an der Möglichkeit, ihre Träume vor ihr zu schützen. Immer war sie die Angeklagte vor diesen unerbittlichen Kinderaugen, das kalte Grauen blieb nie hinter ihr, sie rang sich nicht hindurch, es lag vor ihr, hüllte sie ein und hatte kein Ende, so, wie der Tod kein Ende zu haben scheint. Ihre Waffen waren armselig, die Hilfsmittel armselig, die Worte armselig, sie hatte nichts zu bieten, sie war selber armselig.

Eines Abends vor dem Schlafengehen kam sie mit einem Korb Äpfel in die Kinderstube, wo sich alle vor der Bettzeit zu versammeln pflegten. Jedes erhielt seinen Apfel, alsbald hörte man sie nur noch beißen und knabbern. Da fiel ihr Blick auf einen Jungen, der abseits in einem Winkel stand, als bocke er. Es war ein Sechsjähriger, hieß Kurt Muchler, Kind eines Buchbinders, der nach Argentinien ausgewandert war und die Familie mittellos zurückgelassen hatte. Marie trat auf ihn zu, den letzten Apfel in der Hand, und fragte: »Na, Kurt, was ist dir denn über die Leber gekrochen?« Der Kleine ruckte mit den Schultern, wollte nicht mit der Sprache heraus, dann deutete er mit dem Daumen auf einen andern um ein Jahr älteren Jungen, der sich mit verschmitztem Lachen an seinem Bett zu schaffen machte, und stieß beleidigt hervor: »Der Walter Gieseke sagt, es gibt keinen lieben Gott. Auch einen Jesus gibt's nicht, sagt er. Det is allens Mumpitz, sagt er.«

Marie schaute betroffen drein. Sie setzte sich auf einen Schemel, rief die dreizehn Kinder, auch ihre eigenen waren dabei, zu sich her, nahm den befangen sich sträubenden Walter bei den Armen und fragte: »Woher willst du denn das wissen, Walter?« Der Junge machte ein überlegenes Gesicht: So eben, das wisse man eben; wenn's anders wäre, war' doch alles anders. Er blickte sie herausfordernd an. Schön, räumte Marie etwas kleinlaut ein, es sei aber möglich, daß Gott trotzdem da sei und sich nur nicht allen Menschen so kundgebe, wie sie es erwarteten. Der Knabe lächelte ungläubig. Ja, schon, antwortete er schlau, darin gerade stecke ja der Mumpitz. Er hatte zuviel gesehen mit seinen sieben Jahren, er wußte zuviel …

Marie betrachtete der Reihe nach die ihr zugewandten jungen, ach so jungen Gesichter und die winzigen Gestalten, die in uniformen Schlafanzügen aus billigem blaugestreiftem Kattun steckten. Und dreizehn Paar Augen waren mit der nämlichen stummen Frage und mit jener kühlen Skepsis gespannt auf sie geheftet, die die ewige Scheidewand zwischen der kindlichen Welt und der der Erwachsenen bildet. Aus ihrer vorgewußten Erfahrung heraus rufen sie diesen plumpen, lügenhaften großen Leuten ihr unbeugsames Nein entgegen, das, wortwörtlich, wie die Stimme des Jüngsten Gerichtes ist. Nein, sagen sie, wir billigen euch nicht, wir trauen euch nicht, wir glauben euch nicht, nein und nein.

Marie begriff. Zum erstenmal begriff sie es. Sie zog den kleinen Gottesleugner auf ihre Knie, und indes sie mit der Hand über seine Haare strich, sagte sie: »Eigentlich hast du recht, Walter. Wir wissen beide nichts Genaues darüber. Aber siehst du, bevor wir uns kennengelernt haben, du und ich, haben wir auch nichts voneinander gewußt. Ich hätte ruhig sagen können, den Walter Gieseke, i wo, den gibt's ja gar nicht; und doch bist du da, und man kann dich anfassen, und wer's nicht glaubt, den lachst du aus.« Ein kicherndes Gelächter entstand.

Walter machte ein begossenes Gesicht. Er fühlte sich ein wenig übers Ohr gehauen, der logische Trugschluß in Maries Exegese entging ihm nicht, aber er konnte ihn nicht widerlegen und war verärgert. Auch Marie war verärgert. Sie spürte, daß sie sich über eine Schwierigkeit mit einem Trick hinweggeholfen hatte, sogar einem nicht ganz einwandfreien. Jetzt schämte sie sich dessen, erhob sich ziemlich abrupt, führte den verschlossen dreinschauenden Walter in die Mitte seiner Kameraden und Kameradinnen, und da fiel ihr ein Vers ein, der ihr aus alten Zeiten im Gedächtnis geblieben war, und mit eigentümlich feierlicher Stimme sagte sie ihn den Kindern vor:

»Ich bin in der finstern Welt
eine unentzundene Kerz,
sei still, streitsüchtig Herz,
ich weiß ja, wer mich hält.«

Sie sahen zu ihr auf, baß verwundert. Aber das war auch alles. Nein, es nützte nichts. So ging es nicht ...

36.

Und es nützte auch nichts, daß sie dem Doktor Hansen auswich, wo sie nur konnte. Und daß sie ihm, wenn er sie dennoch zu Begegnungen und Erörterungen zwang, das Törichte, Verwegene, Aussichtslose seines Beginnens vorhielt. Er hörte ihr zu, zerknirscht, gierig, andächtig, und ließ nicht ab. Er verfolgte sie auf Schritt und Tritt. Auf rätselhafte Weise wußte er immer, wo sie war. Er telefonierte, um ihr irgendwelche, manchmal ganz belanglose Nachrichten zu übermitteln. Er schickte ihr Blumen, die sie zurückwies. Er schrieb ihr Briefe, deren Adresse mit der Maschine geschrieben war, damit sie sie öffnete. Es waren Liebesbriefe, in einer maßlosen Sprache, einem überspannten Ton abgefaßt, ohne daß die Grenze des Respekts, ja der ehrfürchtigen Bewunderung überschritten war. Doch aus seiner verbissenen Entschlossenheit, sie zu gewinnen, machte er kein Hehl: »Und wenn ich Ihnen bis nach Grönland folgen müßte und wenn zehn Jahre Zuchthaus darauf stünden.« Ein Wahnsinniger, dachte sie und wußte nicht, wie sie sich seiner erwehren sollte. Eines Sonntagnachmittags, als er sie wieder einmal telefonisch um eine

Unterredung gebettelt hatte, ließ sie ihn kommen. Sie hatte Angst vor der Begegnung, aber sie vertraute der natürlichen Überlegenheit, die ihr ein klarer Kopf über einen Besessenen gab. Wider Erwarten betrug er sich ruhig und gelassen. Nur in seinen Augen loderte bisweilen die unheimliche Flamme auf. Anderthalb Stunden redete er ausschließlich von sich, von seiner Jugend in einer herabgekommenen, innerlich verfaulten Bürgerfamilie, von seiner Einsamkeit, seinem verödeten Leben, seinem Unglauben an Menschheit, Welt und Gott und Wissenschaft und daß ihm als einzige Rettung aus diesem Zustand, immer am Rand des Selbstmords, diese unselige Leidenschaft in die Brust geworfen worden sei. »Sie werden sagen, es ist ein typisches Schicksal für einen typischen Menschen«, fuhr er fort, ohne sie einen Augenblick zu Wort kommen zu lassen, »gut, aber ich versuche wenigstens mein Letztes, Frau Marie … Nein, zucken Sie nicht zusammen, erlauben Sie mir den Namen auszusprechen … Selbstverständlich, Sie können mich zertreten wie eine Laus, was bin ich denn wert … Aber bedenken Sie, daß ein Mensch wie ich ohnehin erstickt unter dem Fluch seiner Gewöhnlichkeit oder, wenn Sie wollen, Typischkeit, unter dem Fluch des Berufs »… – »Fluch des Berufs«, warf Marie erstaunt ein. – Er lächelte kränklich. »Ja, Fluch des Berufs. Ich weiß, ich rede zu Joseph Kerkhovens Frau. Aber was bedeutet ein Schiller gegen einen kleinen Zeilenschinder? Was haben wir Nichtse von den Schillers? Und schließlich ist jeder Schiller ein unheilbarer Phantast, wenn nicht ein Scharlatan, der den Leuten Sand in die Augen streut. Charakter, ja; wer hat Charakter? Wer sich ihn leisten kann. Kleinzeug wird zermalmt. Und wenn Kleinzeug sich mal aufrafft und nach einem Stern langt, na, dann sieht es eben aus, wie ich aussehe.«

Die offensichtliche Wollust der Selbsterniedrigung und Selbstzerfleischung wirkte wie eine persönliche Schmähung auf Marie. Sie konnte ihm in ihrem Innern nicht unrecht geben, wenn er seine Existenz als trostlos, sich selbst als hoffnungslosen Fall bezeichnete. Aber sie hatte mit einem Menschen dieser Art noch nie zu tun gehabt. Sie wußte keinerlei Zuspruch. Jedes Argument erschien ihr so verlogen, wie wenn sie einem Krüppel hätte sagen sollen: Du brauchst dich nur zu recken und bist kein Krüppel mehr. Und ihre Neigung, Krüppel pädagogisch zu behandeln, war gering. Dem Mitleid konnte sie sich nicht verschließen. Aber Mitleid ist eine Form der Verachtung, und das war der einzige Punkt, wo Eugen Hansen die Beherrschung verlor. Was ihn außerdem rabiat machte, war ihr Wohlfahrtswerk. Sie setze ihren Adel, ihre Freiheit, ihre weibliche Persönlichkeit aufs Spiel, kurz alles, was sie über diese Schand- und Schundwelt erhebe; er habe neulich von einem kostbaren Juwel geträumt, das in einer Schachtel voll Kot lag; die psychoanalytische Anwendung liege auf der Hand. Dann schwieg er und sah sie mit dem bohrenden Mannsblick an, der ihr eiskalt machte und die Schamröte in die Wangen trieb.

Alles blieb stumm und kritisch in ihr. Sie brachte ihn nicht über die Verfinsterung und Verzweiflung hinaus. Sie konnte ihm nicht helfen. Sie war zu armselig, auch hier.

37.

Da fragte sie sich, woran fehlt es mir? Was macht mich so schwach, unzulänglich und zauberlos? In den Nächten ihres einsamen Grübelns verspürte sie eine Leere in sich, einen Hohlraum. Sie hatte die Empfindung, daß dort, wo Wachstum und Fruchtbarkeit hätten sein sollen, steinige Dürre war. Wenn sie nachforschte, seit wann es so war, konnte sie keine Zeit in ihrem Leben finden, da es anders gewesen wäre. Kein Zweifel, das Leben, das sie gelebt, war allmählich unter ihr verkohlt, und die verkohlte Masse hatte die Keime getötet. Wohl hatten der Seelen- und Sinnenaufruhr der letzten Jahre und die entscheidende Auseinandersetzung mit Joseph auflockernd gewirkt und sie aus der selbstsüchtigen Leidensversenkung herausgeführt. Ein Gefühl der Befreiung war da; es war, als hätte sie einen Raum verlassen, dessen Wände, Decke und Fußboden aus Spiegeln bestanden. Doch hatte sie nicht die Gesetzlosigkeit dafür eingetauscht, die Willkür eines Lebens, dem sie gestattet hatte, ihr nah zu rücken? Das geht, man kann das Leben hautnah an sich herankommen lassen, man soll es vielleicht, aber dann muß man den Mut haben, der vor nichts zurückschreckt, vor keiner Bedrohung und vor keiner Demütigung. Statt dessen hatte sie gegen Zweifel und Angst anzukämpfen und konnte den Sinn des Neuen nicht in sich finden, der sie geschützt hätte wie eine Festung. Ihr bangte nach der leitenden Hand, unter der sie sich zu bergen gewohnt war. Aber bei ernstlicher Prüfung erkannte sie, daß sich diese Sehnsucht nicht auf den abwesenden Kerkhoven bezog; sie ging vielmehr auf halberloschene Erinnerungen zurück, auf vergessene Träume, unterdrückte Regungen von Jugend auf, unbeantwortet gebliebene Fragen, einst leuchtend gewesene und dann verblaßte Bilder, eine Herzensnot, ein verwehtes Bild, ein in Schatten gesunkenes Gesicht.

Manchmal verspürte sie eine fremdartige Glut in sich. Es war ein Gefühl wie Verliebtheit in einen Unbekannten und setzte sie in Verwirrung. Sie mußte sich gestehen, daß nach und nach alles versagt hatte, worauf sie sich hoffend und gläubig gestützt, die Hingabe an Menschen, die kleine Werktätigkeit im Hause, die Liebe zur Kunst, die Bücher, sogar die Natur, mit der sie so lange in vertrautem Umgang gelebt. Aber nicht aus persönlicher Enttäuschung, nicht weil sie resignierte und sich fallen ließ, suchte sie einen Zugang in einen neuen Bezirk, der ihr vorläufig so verschlossen war wie eine Landschaft auf dem Mond. Es geschah in ihr. Es setzte sich gewissermaßen gegen sie selber durch. Es vollzog sich im Auftrag der Zeit und beschwert von deren grenzenloser Not. Unter den Menschen, die um uns leben, gibt es welche, die sind wie Uhrzeiger. Sie melden die geistige Stunde. In aller Stille sammelt sich in ihnen, was als Wunsch und Entbehrung unergründet in der Brust von Zahllosen wohnt. Wie diese hatte sie gedankenlos darüber hinweggelebt, jetzt hingegen litt sie bis zu körperlicher Qual an der Aufblicklosigkeit ihrer Welt, ihrem kahlen Zweckdienst, ihrer Verwilderung, ihrem Haß, ihrer Blutgier und ihren Lügen. Schon im Zusammenleben mit Joseph hatte sie manchmal diese würgende Weltangst empfunden, trotz der Reinheit seines Wollens, trotz seiner Opferbereitschaft und Geistesmacht. Wohin, Mann? hätte sie ihm zurufen mögen. Du bist ja behext, hast ja keinen Himmel über dir, keinen Anhalt außer dir, keine Mitte in dir! Sie hatte Erbarmen mit ihm gehabt. In einem Brief, den sie ihm zu Anfang des Sommers schrieb, kam die Stelle vor: »Es ist zu wenig los mit dem irdischen Dasein, es ist zu wenig los mit der Menschheit. Bei nur einigem Nachdenken stößt man auf allen Seiten auf die Frage: Wo geht es weiter? Wo ist der Sinn, wo die Erfüllung? Damit, wie es ist, kann es unmöglich sein Bewenden haben, es wäre ein zu stümperhaftes, zu unseliges Werk.«

Was sie so drängend gegen das Unaussprechliche hinauftrieb, gegen ein oberes Herrschendes, dunkel Gewußtes, war durch und durch chaotisch, getragen allein von einem Enthusiasmus, der als uferlose Flut in ihr strömte. Sie hatte keinen Namen dafür, vielmehr sie wagte nicht, ihm einen zu geben. Nannte sie es Gott, was war damit gesagt? Ein Hilfswort, von Jahrtausenden zerlaugt, zerdacht, entzaubert; Gesicht und Gestalt bekam es dadurch nicht, es blieb ein geisterhafter Strahl, ein Sternenblick. Dieses Zurückweichen vor der Wesenserfassung lähmte wieder das Verlangen in ihr, die widerstrebende Kreatur neben sich, alle diese verlorenen Väter, Mütter und Kinder, in die Arme zu schließen und emporzutragen, wenn nicht zu Gott, der war ja nirgends anzutreffen, außer vielleicht in der unvorstellbarsten Versenkung, so doch in das göttliche Vorreich. Denn dieser Begriff, »das Göttliche«, war nicht so schaurig fern, grenzte nicht so ans Unerdenkliche wie das Bild von Gott, das zu schauen dem Menschen nicht die Fähigkeit verliehen war.

Man kann sich leicht den kühnsten religiösen Spekulationen überlassen, wenn sie nicht durch Pflicht und Zwang des Alltags, des stetig wiederkehrenden Lebenskampfes auf ihre Echtheit und ihren wahren Gehalt erprobt werden. Da gerät man in die Schwärmerei, und Schwärmerei war Marie bis in den Tod verhaßt. Und da sie gerade in diesem Punkt streng mit sich ins Gericht ging, blieb ihr auch auf die Dauer nicht verborgen, woran es lag, daß sie die Seelen der Kinder nicht gewinnen, nicht über den trennenden Abgrund zu sich herüberziehen konnte. Höchstens zum Schein, nicht in Wirklichkeit. Obwohl ihr jedes Kind, dem sie ein Asyl bot, Anlaß zu besonderer Herzensleistung wurde. Schicksal, Herkunft, Familie, Vergangenheit, alles bezog sie mit ein. Und sie glaubte nicht an einen hoffnungslosen Fall, nicht an Unverbesserlichkeit, nicht an angeborenes Laster. Sie hielt nicht die menschliche Natur im allgemeinen, aber die kindliche für verwandelbar. Was sie als Möglichkeit berückte, ohne daß es vielleicht mehr war als eine traumhafte Formel, war eine pädagogische Provinz der Liebe. Und das, eben das erwies sich als nicht verwirklichbar. Warum? Sie schob es zuerst auf die Stadt. Gewiß, auch die Stadt war schuld, dieser ungeheure Wabenstock, dieser von der Erde ausgespiene Riesenklumpen, in dem alle Wurzelfasern bis zur Unkenntlichkeit verdorrt waren; dieses Mastodontengehirn im Präpariertiegel mit bloßgelegten Windungen und Blutadern; dieses schreckliche Scheinbild des Organischen, das organisierter Tod war. Wer etwas Reines und Gutes wollte, wurde nicht damit an- und aufgenommen, er machte bestenfalls von sich reden und spielte auf einer Schaubühne vor einem mäßig interessierten Publikum. Sie wünschte sich fort; sie mußte weg, und zwar bald, wenn noch was aus ihr und mit ihr werden sollte.

Aber nicht nur darum gelang es nicht. Sondern weil ihr die Gnade fehlte. Die wahrhaftige, große, begnadete Demut. Die sich vor aller Erscheinung ehrfürchtig beugt, sei es Aussatz oder Wahnsinn, Bosheit oder Mord. Die von keiner Ungeduld mehr weiß, von keiner Nervenqual, fast von keiner Sorge mehr. Die nichts ist als Gefäß, auffangender Krug in einer unsichtbaren Hand. Sie wußte es genau. Eines Tages stand das Bild mit unerbittlicher Schärfe vor ihr. Und ebenso genau wußte sie, daß sie von der Erfüllung so weit entfernt war wie von der gewissen Landschaft auf dem Mond. Sie hätte erst den Schlüssel haben müssen, um die Tür aufzusperren, hinter der sie als die anscheinend unabänderlich geprägte Person Marie Kerkhoven gefangen saß. Sie hätte das Gehäuse Marie Kerkhoven sprengen müssen. Und an dieser Aufgabe verzweifelte sie: aus Anhänglichkeit an ihre Form, aus Furcht vor dem damit verbundenen Leiden, aus Liebe zu sich selbst.

Was war zu tun? Wo gab es einen Menschen, dessen Tat oder Sein oder Schicksal ihr zur Überwindung helfen konnte? Denn ohne einen lebendigen Menschen, einen irdischen und sinnlich greifbaren, war es nicht möglich. Sie sollte ihn finden, diesen Menschen.

38.

Den Entschluß, Berlin zu verlassen, faßte sie ganz plötzlich; den Anstoß gab Eugen Hansen. Eines Abends kam sie von einem Gang in die Apotheke nach Hause. Es war ziemlich spät, der warme Juniabend hatte sie noch in den nahen Park gelockt, in der Wohnung war schon Schlafensruhe. Als sie ihr Zimmer betrat und das Licht aufdrehte, fuhr sie zurück: Hansen saß auf einem Stuhl am Fenster, stumm und steif, als ob er ihr Kommen nicht bemerkt hätte. »Was soll das heißen …? Wer hat Sie hereingelassen?« stammelte sie. Er kehrte ihr langsam, mit einem verzerrten Grinsen, das Gesicht zu. »Kleine Verschwörung«, murmelte er, »regen Sie sich nicht auf, Frau Marie.« Nachher stellte es sich heraus, daß er dem Mädchen vorgelogen hatte, er habe der gnädigen Frau etwas Wichtiges mitzuteilen und müsse unbedingt auf sie warten. »Das geht zu weit«, sagte Marie zornig, »ist man wehrlos gegen Überfälle?« Er erhob sich und schritt auf sie zu. »Sie wollen Ihre Leute herbeiklingeln«, sagte er mit unheimlicher Ruhe, als sie eine Bewegung nach der elektrischen Klingel machte, »aber bis die kommen, wird alles vorüber sein.« Damit zog er einen Revolver aus der Rocktasche und entsicherte ihn.

Einen Augenblick lang lief es Marie kalt über den Rücken. Daß der Mann keinen Spaß machte, daran war nicht zu zweifeln, das spürte sie. Sein Benehmen war gänzlich untheatralisch, die Haltung salopp, die

Miene finster und gleichgültig. »Fürchten Sie nichts für sich«, begann er wieder mit dürrer Stimme und sonderbar grellem Lächeln, »obwohl … es wäre eine nette Sensation … Mord und Selbstmord in der Niebuhrstraße … Was meinen Sie, was das für ein Fressen für die Zeitungen wäre … Frau des berühmten Joseph Kerkhoven Opfer eines unglücklich Verliebten und so weiter … Aber davon ist nicht die Rede. Der Plan war eigentlich … ich wollte mich hier erledigen, bevor Sie zurückkamen. Sie sollten sehen, was Sie aus mir gemacht haben. Bißchen rachsüchtig, ich geb's zu. Indessen … es ging nicht … Wollte Sie noch einmal … mit dem letzten Blick auf Ihr wunderbares Gesicht, Marie … Ihr Leben ist kostbarer als meins; das beste, was ich dafür tun kann, ist, es Ihnen vor die Füße zu werfen … Man demonstriert eben, wenn man sonst keinen Ausweg sieht …«

Er umfaßte den Griff des Revolvers, legte den Finger an den Hahn und hob den Blick langsam bis zu Maries Mund. Trotz der unerträglichen Spannung des Moments hatte sie dieselbe peinliche Empfindung, die sie stets überkam, seit ihren Mädchenjahren, wenn ihr ein Mann auf den Mund schaute. Sie wich ein wenig zurück, gegen die Wand, um sich zu stützen. Nicht aus Schwäche oder Angst, keineswegs. Die Hände flach an die Mauer gedrückt, den Kopf in den Nacken werfend, sagte sie: »Also los! Schießen Sie! Wozu das Geschwätz? Es ist nicht schade um so einen. Los!«

Zehn Sekunden Schweigen. Der Ausdruck in Hansens Gesicht erinnerte an den eines Hundes, der in einem Anfall von Raserei durch das befehlende Wort seines Herrn stutzig wird und ihn betroffen anstarrt. Der Arm mit der Waffe sank schlaff herunter. Der ganze Mensch schwankte unmerklich. Marie ging mit etwas schleppenden Schritten zum Sofa, setzte sich hin, deutete mit der Hand auf den danebenstehenden Stuhl und sagte: »Wollen Sie mich einen Augenblick anhören? Nehmen Sie, bitte, Platz.« Er gehorchte zögernd, immer noch mit dem Ausdruck verstörter Unschlüssigkeit. Die Haare hingen ihm schweißnaß in die Stirn. Marie fuhr fort: »Wenn Sie glauben, Sie können mich durch Erpressung willfährig machen, sind Sie im Irrtum. Schweigen Sie, es ist eine Erpressung. Ich will Ihnen was sagen: Ich gehöre nicht zu denen, die sich prinzipiell entsetzen, wenn ein Mann von ihnen verlangt, daß sie mit ihm schlafen sollen. Das liegt mir nicht. Aber mich dazu vergewaltigen lassen? Nein. Erst hätten Sie mir beweisen müssen, daß Sie wer sind. Wenn Sie sich eine Kugel in den Kopf jagen, läßt mich das genauso kalt, wie wenn Sie mir eine Tausendmarknote auf den Tisch legen als Preis für eine Nacht. Es geht mich nichts an. Es rührt mich nicht. Ich kenne Sie ja kaum. Was soll mich für Sie einnehmen? Von Rücksicht oder Zartheit oder Männlichkeit haben Sie mir bis jetzt nichts gezeigt. Bloß weil Sie sich's in den Kopf gesetzt haben, soll ich mich fügen, weil Sie daherkommen wie ein Wegelagerer, der rauben will, was man ihm nicht schenkt? Nein, lieber Freund, so tun wir nicht. So nicht.« Sie schüttelte verächtlich den Kopf.

Hansen hatte den Arm auf die Lehne des Sessels, das Kinn in die Hand gestützt und hörte zu, vernichtet. »Was Sie sagen, ist fürchterlich wahr«, sprach er dumpf vor sich hin, »aber es bringt mich keinen Schritt weiter. Ich frage Sie jetzt, wie man einen … wie ich Joseph Kerkhoven fragen würde, wenn er vor mir stünde: Was soll ich machen? Wie soll ich wieder zu einer Art Seelenruhe kommen?« – »Unsinn«, entgegnete Marie lebhaft, »niemand kann Ihnen raten und helfen außer Sie selber. Der Wille ist ein Herr.« – »Verzeihen Sie, das sind philosophische Küchenabfälle.« – »So, finden Sie? Ach, ich weiß, alles, was ein Mensch dem andern sagt, kann zum Schlechten mißbraucht werden.« – »Ich habe Verwandte in Schweden. Die würden mich aufnehmen. Ich könnte mich um das Rockefeller-Stipendium bewerben »… – »Ja, ja, also«, rief Marie. – »Wenn ich mir vorstellen könnte, Frau Marie, daß Sie nur mit einem Funken Ihres Herzens an mich glauben, daß ich nicht bloß ein Dreck in Ihren Augen bin »… – »Unsinn Nummer zwei, Doktor Hansen. Der leiseste Versuch, aus der Tollheit herauszukommen, rettet Sie für mich. Daß ich achten kann, ist meine Lebensgrundlage. Wenn ich nicht mehr achten kann, bin ich verloren. Ich, nicht der andere.« – »Ist das wahr?« – »Es ist wahr. Und sehen Sie, auch ich würde Ihnen gesagt haben: Gehen Sie weg, nach Schweden, in die Südsee, wohin Sie wollen, bauen Sie sich ein Schicksal, stellen Sie sich eine Aufgabe, machen Sie Schluß mit dem Selbsthaß und dem Welthaß, aber ich bin selber im Aufbruch, selber auf der Flucht, meine Existenz brennt an allen Ecken und Enden. Hätten Sie das nur bemerkt, die Gedanken nach mir wären Ihnen vergangen.«

Hansen schaute eine Weile schweigend zu Boden. Dann stand er auf und sagte in verändertem Ton: »Ich werde Sie zu vergessen suchen, Frau Marie. Nicht Ihr Bild, das kann ich nicht, aber das andere … den Irrtum. Klingt es nicht abgedroschen, wenn man sagt: Sie haben einen neuen Menschen aus mir gemacht? Gibt es das überhaupt? Jedenfalls gibt es so jemand wie Sie auf der Welt. Das genügt.« Marie schüttelte wehmütig abwehrend den Kopf, doch er wiederholte: »Das genügt. Das genügt.«

Als er fort war, ließ sich Marie in die Kissen des Sofas fallen und lag regungslos bis über Mitternacht. Sie war unsäglich müde. Warum denn, warum denn so müde? rief sie sich verzweifelt zu. Wo sollen denn da die Kräfte herkommen, mit denen ich von vorn anfangen? Und immer wieder hörte sie die erschütternde Frage des jungen Arztes: Einen neuen Menschen, gibt es das überhaupt?

39.

Vierzehn Tage später befand sie sich mit ihren Söhnen in Dürrwangen, einem Nest an der fränkisch-schwäbischen Grenze. Dort wollte sie bis zum Ende des Sommers bleiben und dann weiter nach Süden ziehen. Die Schwester ihrer Freundin Tina Andenrieth, eine warmherzige junge Frau, die mit dem Automobilfabrikanten De Ruyters verheiratet war, hatte ihr vom Herbst ab ein Landhaus in der Nähe von Mersburg samt einem kleinen Betriebskapital zur Verfügung gestellt, damit sie es als Heim für verwahrloste und obdachlose Kinder einrichte. Sie hatte sich noch nicht endgültig entschieden. Sie fühlte sich der Aufgabe noch nicht gewachsen. Sie brauchte Sammlung. Sie war auch Josephs wegen unruhig. Seit Ende Mai war sie ohne Nachricht. Zuweilen verspürte sie heftige körperliche Sehnsucht nach ihm. In ihren Träumen sah sie ihn in Gefahr. Mit ungerechter Bitterkeit sagte sie sich, ein Mann mute einer Frau zuviel zu, wenn er sie ohne zwingende Not zu so langer Witwenschaft verurteile. An gewissen Tagen erinnerte sie sich nicht mehr an sein Gesicht. An andern wieder hörte sie seine tiefe Stimme so deutlich, als ob er neben ihr stünde und zärtlich zu ihr rede. Die Kinder fragten ungeduldig, ja unwillig nach dem Vater. Sie betrachteten seine Abwesenheit als etwas für sie Schimpfliches und glaubten der Mutter nicht ganz, wenn sie ihnen Bewundernswertes von seiner Person und seinem Leben erzählte. Marie liebte es, von ihm zu erzählen. Dadurch wurde ihr der Mensch, der Mann, der Freund, der Gatte wie nie zuvor Besitz. Es beglückte sie zu erfahren, wie unendlich viel er ihr war und bedeutete. Noch vier Monate, dachte sie im August, noch drei im September, nicht auszuhalten, wie schneckenlahm die Zeit ist. Sie war noch so jung mit ihren achtunddrei-ßig Jahren, daß sie die Zeit hassen konnte, weil sie nicht schneller verging. Dabei war es noch immer so, daß ihre Existenz »an allen Ecken und Enden brannte«, wie sie zu Eugen Hansen gesagt hatte. Mehr noch ihr Herz als die Existenz.

40.

Zwei Gründe hatten sie bewogen, den weltverlorenen Ort als Aufenthalt zu wählen. Kindheitserinnerungen verbanden sie mit ihm und der Landschaft. Die Großeltern väterlicherseits hatten da gelebt; sie war oft bei ihnen zu Besuch gewesen. Das alte Fachwerkhaus unfern der Stadtmauer stand noch wie damals. Jetzt wohnten fremde Leute drin. Es tat wohl, mitten in diesem zerwühlten, aufgepeitschten Reich und Volk auf einem Stück friedlicher deutscher Erde zu weilen, wo frühe Zeit von später Zeit umschleiert war, wie eine Ruine von Efeu.

Was sie außerdem hergelockt hatte, war der Umstand, daß ihr alter Lehrer Kaspar Neidhardt seit zwanzig Jahren hier lebte. Er war ein Freund ihres Großvaters gewesen; nach seiner Pensionierung hatte sich der Reichsgerichtsrat Martersteig nach Dürrwangen, das seine Heimat war, zurückgezogen und hatte Neidhardt mitgenommen und ihm ein Häuschen geschenkt, damit er sich für den Rest seines Lebens seinen philosophischen und musikalischen Neigungen widmen könne. Marie hatte dem Mann viel zu verdanken. Er war der Bildner ihrer Jugend gewesen, ein Humanist von der Art, die jetzt ausgestorben ist. Bis in das Jahr 1925 war sie mit ihm in Briefwechsel gestanden, danach war die Beziehung abgebrochen, sie hatte ihn nahezu vergessen, erst in den allerletzten Tagen in Berlin hatte sie sich seiner wie eines vorwurfsvollen Mahners erinnert. Da hatte sie sich entschlossen, ihn aufzusuchen.

Es war zu spät. Er lebte zwar noch, aber dieses Leben war ein verlöschendes Flämmchen. Kaum daß er sie erkannte. Kaum daß er noch wußte, wer sie war. Seine Fragen waren kindisch, sein Benehmen verlegen. Den größten Teil des Tages kramte er mit seniler Geschäftigkeit in vergilbten Papieren oder saß stundenlang mit halbgeschlossenen Augen am Bett seiner Enkelin. Er war einmal ein berühmter Organist gewesen; es schien, als habe die Last der Jahre auch die Musik in ihm begraben; viele Wochen hindurch berührte er das Instrument nicht, aber eines Tages konnte es geschehen, daß er an zwei Stöcken in die gegenüberliegende Kirche humpelte, sich in den Chor hinauftragen ließ und, als wäre er nicht vierundsiebzig, sondern fünfzig, mit einem Feuer und einer Kraft zu spielen begann, daß die wenigen Zuhörer, die sich dann immer einfanden, nachher davon sprachen wie von einem Ereignis. Man hatte es Marie erzählt. Sie wünschte ihn zu hören. Sie erinnerte sich eines gewaltigen Kindheitseindrucks: Wie er an einem Karfreitag in der Schloßkirche gespielt und sie das Gefühl gehabt hatte, sie müsse sterben; wenn sie weiterlebte, begehe sie ein Todsünde. Die Leute in Dürrwangen berichteten, im vergangenen Jahr habe er nur zweimal gespielt; jede Aufforderung oder Bitte finde ihn taub, man müsse warten, bis der Geist über ihn käme. Es fügte sich, daß Marie ihn hören durfte, aber da hatte ein anderes Erlebnis derart von ihr Besitz ergriffen, daß ihr die Musik, sogar die heiligste, wie unerlaubte Schwelgerei erschien.

41.

Es handelte sich um Neidhardts Enkelin. Sie war als Sechzehnjährige bei einem übermütigen Spiel mit Freundinnen von einer Leiter gestürzt. Seitdem, seit sechseinhalb Jahren, lag Johanna gelähmt im Bett, sie konnte kein Glied rühren. Sie lag auf dem Rücken, den Blick nach oben gerichtet, Tag und Nacht, denn sie schlief nur wenig, auch nahm sie nur flüssige Nahrung zu sich, ein halbes Glas Milch am Tag, manchmal etwas verdünnten Honig. Die Ärzte konnten den Sitz des Leidens nicht erkennen. Es wurde eine sogenannte Motilitätsstörung angenommen.

Es gab Zeiten, wo sie frei von Schmerzen war. In einer solchen Periode, die schon wochenlang dauerte, lernte Marie sie kennen. Als sie sie zum erstenmal auf dem schmalen Lager sah, die zu Skeletten abgemagerten, förmlich ausgedörrten weißen Hände über der Brust gefaltet, den schönen, großen, geduldigen Blick auf sich ruhen fühlte, war sie tief bewegt. Sie konnte aber damals noch nicht wissen, welche Kräfte in dem Mädchen schlummerten. Krankheit, Siechtum, langsames Hinsterben und der Heroismus, mit dem der Geist es auf sich nimmt, das war schließlich nichts Außerordentliches; hier kam noch etwas anderes hinzu.

In der zweiten Septemberwoche traten wieder die Schmerzen auf. Sie waren so furchtbar, daß die Kranke zeitweilig ohne Besinnung schien. Die Arme verdrehten sich unter Konvulsionen, der Nacken wurde steif, das Gesicht grau wie Asche. Medikamente zu nehmen, hatte sie sich seit jeher geweigert; der Großvater hatte ihr feierlich versprechen müssen, daß er sie niemals durch irgendwelche Mittel betäuben lassen werde. Sie klagte nicht, auch bei unerträglicher Qual nicht. Im Gegenteil, eine seltsame Heiterkeit verbreitete sich dann über ihre Züge. Am ersten Tag ließ man Marie nicht zu ihr; der alte Mann ging fortwährend im Hause herum und murmelte Gebete. Erst am Abend des zweiten Tages durfte sie zu Johanna ins Zimmer. Die Petroleumlampe war mit einem Tuch verhängt. In der Ecke saß eine Klosterschwester, regungslos wie eine Wachsfigur. Kaspar Neidhardt stand in der geöffneten Tür und sprach das Vaterunser. Zwei Schritte vor Johannas Bett verharrte Marie wie an den Boden gewurzelt. Ein inbrünstiges Lächeln belebte die Züge des Mädchens. Jedes Anwachsen des Schmerzes, und man spürte es wie durch Übertragung, wenn dies der Fall war, verstärkte die Glut dieses Lächelns. Es hatte etwas Unirdisches. Unirdisch: Noch nie war Marie der abgebrauchte Begriff so sinnfällig geworden.

Ähnliche Erscheinungen sind bekannt. Wir wissen von Steigerungen angeblich krankhafter oder abnormer Seelenzustände an der Grenze des Mystischen, die für die Wissenschaft so wenig zugänglich sind wie für die gewöhnliche Erfahrung. Bei Johanna war es noch nicht dieses Äußerste, Weltgelöste, wo der Mensch durch das Leiden in eine neue Form hinübergeführt wird. Sie hatte bis jetzt die Bindung an ihre Umgebung keineswegs verloren. Sie war weder entrückt, noch ereigneten sich irgendwelche Wunder mit ihr. Das Lächeln jedoch, das die übermäßigen Qualen auf ihr Gesicht zauberten, stammte immerhin aus einer fremden Region. Es war von einer Beschaffenheit, daß sich Maries Vorstellung von dem, was ein Mensch innerlich über sich vermag, grundlegend änderte. Nicht als wäre sie plötzlich andern Sinnes und andern Strebens geworden; so gehen ja diese Dinge nicht vor sich. Es vollzieht sich eine leise Ablenkung, ein Einbiegen in einen neuen Weg, der scheinbar noch die Richtung des früheren hat und sich nur sehr allmählich wendet. Marie war noch zu nah ihren Bedrängnissen, zu nah der Angst, als daß es mehr hätte sein können denn ein kleiner Schritt gegen das Geheimnis hin, das noch tief in ihrer Ahnung und in ihrem Gewissen ruhte.

Das eben zeigte sich am folgenden Morgen, als sie in der Kirche saß, während der alte Neidhardt im Chor spielte. Er war die ganze Nacht über wach gewesen. Marie war um elf Uhr abends nach Hause gegangen, seitdem war er nicht mehr von Johannas Bett gewichen. Am Vormittag sprach er davon, daß er in die Kirche gehen wolle. Was das bedeutete, wußten seine Leute. Wahrscheinlich bestand ein Zusammenhang zwischen den Schmerzparoxismen der Gelähmten und diesem spontanen Bedürfnis, sich in der Musik von seiner Herzensnot zu befreien. Marie saß mit ihren Kindern gerade beim Frühstück, als die Klänge der Orgel in das Zimmer des kleinen Gasthauses drangen, in dem sie wohnte, fünf Minuten Wegs von der Kirche entfernt. Sie erhob sich hastig und eilte hinüber.

Und da geschah es, daß sie sich wehrte und verschloß gegen die Wirkung der Musik, als sei es eine unzulässige Verführung und Betörung; als sei sie nicht fähig, in den überweltlichen Sinn der Töne zu dringen, und als sei der weltliche nur genießerisches Mißverstehen; als dürfe kein sinnlicher Rausch, keine wollüstige Harmonie an die Entfaltung des zarten Keims rühren, von dem sie noch nicht wußte, welchen Raum, welche Wurzeltiefe er in ihrem Innern brauchte. Man muß aufmerksam sein, war ihr Gefühl, man darf sich nicht dort hingeben, wo das einge-lullte Herz sich sein Tun abschmeicheln läßt; Standhaftigkeit ist nötig, Gegenwart ist nötig, Unrührbarkeit gegen das, was lockt und schwächt und aufweicht.

Sich diesem Gebot zu unterwerfen, fiel ihr schwer; sie war ja eine ly-rische Natur, abhängig von Träumen. Sie liebte nicht nur die Musik, sie verstand auch etwas davon, hatte sich nie leer schwärmend von einem Tongewoge tragen lassen. Schönheit war ihr ein Lebenselement gewesen; ohne die Kunst war ihr die Welt blütenlos erschienen; wenn sie eine Zeitlang den Anblick schöner Bilder und Plastiken hatte entbehren müssen, wie in den Jahren auf Lindow, oder nicht die Muße, die Kraft gefunden hatte, sich in eine Dichtung zu versenken, war ein quälender seelischer Hunger über sie gekommen. Die Schranke, die sich nun in ihrem Innern dagegen aufrichtete, überraschte sie selbst. Es war der Ruf nach Bewahrung. Sie hatte es oft genug an sich erlebt, daß die ausschwei-fende Hingabe an das Schöne von den Menschenverpflichtungen entbin-det und auf Gewissenseinschläferung hinausläuft.

Nachher war sie schlechter Verfassung. Ihre Nerven waren so gespannt, daß sie das Geplauder der Kinder nicht ertrug. Es ist die Sehnsucht, dachte sie, es kann nichts anderes sein. Aber wenn sie sich genauer prüfte, lag unterhalb der Sehnsucht das dunklere Gefühl, eine drückende Ungewißheit und Unsicherheit, als ob sie einen schweren Verlust erlitten hätte und es noch nicht wüßte. Gegen Abend trat sie an Johannas Bett; am liebsten wäre sie hingekniet, um von der Siechen Trost zu erflehen. Das Mädchen lag noch immer in schmerztrunkener Verlorenheit, doch hatten die Krämpfe nachgelassen. Auf einmal heftete sie den geisterhaft strahlenden Blick auf Marie. Es war ein tiefer Mitleidsblick, schwesterlich, seherisch, und da wußte Marie, daß sie in einer bestimmten Gefahr schwebte, daß mit Joseph etwas geschah oder geschehen war, was unheilvoll in ihrer beider Leben eingriff. Von Sorge verdüstert, schickte sie eine Kabeldepesche an ihn. Es war sonst nicht ihre Gewohnheit, den telegrafischen Apparat zu bemühen. Drei unerträgliche Tage vergingen, bis seine beruhigende Antwort kam. Ihre Bangigkeit verminderte sich dadurch nicht. Fast mit Schrecken erkannte sie die Leidenschaftlichkeit ihres neuerwachten Gefühls. Wieder wehrte sie sich, wollte sich retten vor dem Süßen und Betäubenden, aber diesmal umsonst.

42.

Ein Mensch allein kann die Herrschaft über sich behalten und für sich einstehen; ein vom Schicksal zusammengefügtes Paar unterliegt anderen Gesetzen; das Doppelwesen stellt eine Verklammerung dar, derzufolge die Wege, die sie als einzelne genommen, schon rein physikalisch, wie durch den Einfluß der Schwerkraft, verändert werden. Dies spürte Marie am ersten Tag der Wiedervereinigung mit Joseph Kerkhoven. Darin lag etwas von dem Magischen jeder blutbedingten Ehe. Die Freude des Wiedersehens, Einander-wieder-Habens war ein Sturm; niederreißende Gewalt. Nichts mehr von Schwäche bei ihm; kein Erloschener; in ihr keine Angst mehr, kein räuberisches Bild eines andern. Nur durch Ruhe, durch meisternde Überlegenheit war sie in der Umarmung zu gewinnen, und jetzt besaß er sie, die Ruhe, die Marie berauschte und in der Lust untergehen ließ. Es gab Augenblicke, in denen sie vor Glück schluchzend an seinem Hals hing und alles vergaß, was in den Monaten der Einsamkeit an ihr genagt hatte, das tiefe Ungenügen innen, die Bitternis und Finsternis der Schicksale außen. Ja, sie vergaß es, für eine Weile wenigstens; das Blut in ihr vergaß, das Weib in ihr vergaß. »Dürfen wir denn so jung sein, so verrückt?« fragte sie verwundert. »Es kommt mir fast gottlos vor.« – Kerkhoven antwortete: »Nur die Furcht vor dem Altwerden macht alt. Wir sind, was wir uns scheinen. Gottlos? Aber Marie! Für diese eine Nacht habe ich ein Jahr meines Lebens geopfert.« Marie stutzte. Es klang nicht ganz aufrichtig. Es war eine kaum merkbare Übertriebenheit im Ausdruck, die sie betroffen machte.

Sie war ihm bis Mailand entgegengefahren. Die Kinder hatte sie bei Freunden in Stuttgart gelassen. Von Mailand fuhren sie ins Tessin und blieben ein paar Tage in einem stillen Ort zwischen Weinbergen. Sie gingen viel in der Landschaft herum; Kerkhoven erzählte und Marie erzählte. Doch es war immer, als verhehle jeder dem andern das Eigentliche und Wesentliche, das, woran jeder fortwährend dachte und was ihn zutiefst beschäftigte. Der Unterschied war nur der, daß Marie mit ihrem Spürsinn alsbald dahinterkam und Kerkhoven nicht. Sie fand nicht die Möglichkeit, nicht die Worte, vielleicht auch wegen dessen, was er vor ihr verbarg, nicht das Vertrauen, von dem schweren inneren Erlebnis zu sprechen, das sie in eine Krise gestürzt hatte und das jetzt von neuem, da das Leben wieder sein Alltagsgesicht bekam, in ihr zu wühlen anfing; und er, nun, er fragte nicht. Er war noch um einen Grad versponnener und in sich gekehrter, als sie ihn gekannt. Mochte sein, daß er sich nach dem langen Müßiggang, zu dem ihn die Reise verurteilt hatte, nach der Arbeit sehnte. Er hatte ja von vorn zu beginnen, wußte aber noch nicht recht, wo und wie; er besprach allerlei Projekte mit ihr, aber dahinter war eben noch das andere, und Marie spähte und suchte; manchmal durchforschte ihr heimlicher Blick mit geschärftester Aufmerksamkeit sein sonnverbranntes Gesicht, die von wechselnden Schatten und Lichtern belebte Stirn, die sinnenden Augen unter den halbgesenkten Lidern. Was hat der Mann? fragte sie sich. Was geht mit dem Mann vor?

43.

Es fiel ihr auf, daß er ziemlich regelmäßig Briefe aus England erhielt. Daß er sie ebenso regelmäßig beantwortete, darüber blieb sie nicht lange im Zweifel. Er hatte ihr erzählt, daß er sich drüben mit einem jungen Ehepaar angefreundet, in einem Ton von gemachtem Gleichmut, der nicht erraten lassen sollte, daß das Interesse an der Frau das an dem Mann überwog. Als er zum erstenmal den Namen Mabel nannte, glaubte Marie ein verdächtiges Vibrieren seiner Stimme zu vernehmen. Es gehörten allerdings ihre Ohren dazu, um eine Nuance aufzuspüren, die jeder andern entgangen wäre. Sie war ungeheuer listig in Fragen. Es ergötzte sie, wenn er rot wurde wie ein kleiner Junge. »Na, rück schon heraus«, sagte sie eines Tages lächelnd, »gesteh doch, daß du dich verliebt hast.« – »Ach was, verliebt«, entgegnete er ärgerlich, »mutest du mir Dummheiten zu?« – »Es scheint aber so«, neckte Marie, »du bist leider ein schlechter Heuchler, du dauerst einen, wenn du lügst.« – »Und du, Marie, siehst das Unsichtbare, das ist dein alter Fehler.« – »In diesem Fall könntest du mich von dem Fehler heilen«, versetzte Marie schlagfertig, »sicher hat sie dir ihr Bild geschenkt, deine Mabel.« – »Meine Mabel? Aber Marie!« Marie lachte laut heraus. »Siehst du! Wenn du ein guter Kamerad wärst, müßt' ich dich nicht erst danach fragen.«

Ein wenig beschämt kramte er die Fotografie aus seinem Koffer hervor. Marie hielt das Bild eine Minute lang vor sich hin, sah es an, schwieg, verfärbte sich leicht, und als sie es ihm zurückgab, sagte sie: »Schöne Person.« Weiter nichts. Und von diesem Tag an erwähnte sie die Sache überhaupt nicht mehr, schien auch ihr stilles Graben und Beobachten eingestellt zu haben. Vier Wochen später, Kerkhoven hatte um diese Zeit bereits ein Anwesen in der Nähe von Steckborn am Bodensee gekauft und war in voller Tätigkeit, das Hauptgebäude seinen bescheidenen Plänen anzupassen, während Marie mit einem Teil des Geldes, das ihr Frau de Ruyters zur Verfügung gehalten, einen geräumigen Gartenpavillon für ihre Kinderhilfe einrichtete, erschien unvermutet Mabel Hardy; das heißt, sie befand sich auf der Durchreise nach Genf im Inselhotel in Konstanz, allein, ohne ihren Mann. Sie telefonierte Kerkhoven, daß sie da sei und ihn erwarte. Sie wollte eine Woche bleiben.

Diese Woche wurde für Marie zu einer Folter, dergleichen sie bis jetzt noch nicht gekannt hatte.

44.

Kerkhoven fuhr täglich zu Mabel hinüber. Immer war er zeitbedrängt, aber so groß war die Bedrängnis nie, daß er nicht die zwei oder drei Stunden für diese Frau übrig hatte. Und wenn er von ihr kam, war er befeuert, beflügelt, um zehn Jahre verjüngt. »Ich finde, es geht dir ausgezeichnet«, sagte Marie anscheinend erfreut, »so eine amouröse Kür wirkt offenbar riesig erfrischend.« – »Du mußt sie unbedingt kennenlernen«, sagte Kerkhoven. – Marie antwortete spitz: »Ich sehe nicht, was sie hindern sollte, uns zu besuchen.« Sie unterstrich das »uns«. Am andern Tag brachte er sie mit. Marie war durch das Bild auf eine ungewöhnliche Erscheinung vorbereitet, aber die Wirklichkeit übertraf ihre

Erwartung. Sie war verblüfft. Für nichts war sie empfänglicher als für weiblichen Scharm, nichts bewunderte sie so sehr wie die Schönheit einer andern Frau. In dieser Hinsicht war sie so neidlos, als wäre sie die Mutter aller schönen und anmutigen Frauen auf der Welt, obgleich es ihr selbst an jugendlicher Anmut nicht gebrach. Die freie Natürlichkeit und arglose Offenheit, mit der ihr Mabel entgegenkam, wie sie sich ihr mit dem ersten Wort gleichsam unterordnete und ihr auf undefinierbare Weise zu verstehen gab, daß sie ihre Grenzen so genau kenne wie Maries Rechte, das gewann ihr die Sympathie Maries vollends, obschon sich zur selben Zeit Zorn und Abneigung in ihr regten. Sie konnte sich des Gefühls nicht erwehren, daß jene in aller Gutmütigkeit und Ahnungslosigkeit auf Einbruch ausging. Eben war der neue Bund zwischen ihr und Joseph geschlossen und befestigt, man war mit der Vergangenheit endgültig fertig geworden, alles war Verheißung, alles schien leichter in der neuen Vereinigung, da kam diese Fremde, strahlend unwissend, mit einem romantischen Ideal von Freundschaft im Kopf, und zertrat das junge Wachstum, verstellte die Wege!

Marie gab sich die äußerste Mühe, ihre freundliche Haltung zu bewahren. Sie nahm sich vor, kaltblütig zu bleiben. Wenn sie nicht klug und voraussehend handelte, war Zerwürfnis und Bruch unvermeidlich. Doch was nützt solcher Vorsatz, wenn das Gefühl der Würde verletzt wird, wenn etwas wie heimliche Verabredung vorzuliegen scheint, wenn man eine Beziehung spürt, die einen zum störenden Dritten macht. Das geht gegen den Stolz, und in diesem Punkt war Marie verwundbar. Im weiteren Verlauf des Zusammenseins kam sie sich wie ausgestoßen vor, wie die Teilnehmerin an einem Komplott, das man ihr verschwieg. Zweifellos steigerte sie sich in diese Empfindung selbstquälerisch hinein, aber so viel war sicher, daß sie Joseph noch nie so gesprächig, so heiter, so angeregt gesehen hatte; es schmerzte sie wie ein Biß. Für eine Weile verließ sie das Zimmer; als sie zurückkam, saßen sie nah beieinander; es machte den Eindruck, als wären sie Hand in Hand gesessen und hätten einander erschrocken losgelassen. Marie lächelte unbefangen, aber in ihr trübte sich alles. Kerkhovens umstricktes, erregtes, werbendes Wesen empörte, beleidigte sie. Sie fand ihn überaus töricht. Sie genierte sich für ihn. Schließlich wußte sie auch nicht mehr, was sie von der guten Mabel denken sollte. War sie blind? War sie dumm? Hatte sie wirklich keine Ahnung, was sie anstellte? Unverzeihlich, daß eine Frau so instinktlos war. Als das Mietauto gemeldet wurde, das Mabel ins Hotel zurückbringen sollte, hielt Kerkhoven es für selbstverständlich, sie zu begleiten. »Sie kommen doch mit«, wandte sich Mabel an Marie, und als diese den Kopf schüttelte und Geschäfte vorschützte, bat sie so beweglich, so kindlich unschuldig, Marie möge ihr den Wunsch nicht abschlagen, daß sie sich bestimmen ließ, ja sogar angesichts dieser entwaffnenden Herzlichkeit ihren Groll vergaß.

Sie saßen zu dritt im Fond des Wagens, Kerkhoven zwischen den beiden Frauen. Während der Fahrt wurde es Abend, das Gespräch war ins Stocken geraten. Es ging durch eine andere Übermittlung als durch die Augen vor sich, daß Marie die Gewißheit erhielt, Mabel habe ihren Arm unter den Kerkhovens geschoben. Es war zu dunkel, als daß sie es hätte sehen können, auch wenn sie sich vorgebeugt hätte. Sie spürte es aber wie durch eine elektrische Leitung, und indem sie schweigend vor sich hinblickte, war ihr zumute, als müsse sie aus dem fahrenden Wagen springen, so unsäglich peinvoll war ihr die sinnliche Schwülnis, die, wie sie sich einbildete, von dem Mann an ihrer Seite ausströmte. Ja, sie bildete sich's vielleicht nur ein, jedoch ihr Kummer war keine Einbildung. Zuletzt waren für ihr Gefühl und Urteil immer Geschmacksfragen entscheidend. Schwülnis war ihr, geschmacksmäßig, das Ärgste auf der Welt. Aber durfte sie sich auch nur eine Regung der Mißachtung gegen den Mann gestatten, von dessen Menschenwert und -macht sie den höchsten Begriff hatte, da doch niemand, keiner seiner Patienten, seiner Freunde oder Schüler, stärkere Beweise dafür besaß als sie? Obwohl ihr Intellekt schneller war als seiner, ihr Temperament beweglicher, ihre Beobachtungsgabe verläßlicher, ihre Menschenkenntnis unbestechlicher und obwohl sie dies wußte, hatte sie sich außer bei scherzhaften Anlässen, seinen komischen Zerstreutheiten und Inkonsequenzen, mit ihrer Kritik niemals an ihn herangewagt, denn er war das Absolute in ihrem Leben, das allein Gültige, der dauernde Halt. Man konnte sich über ihn ärgern, wenn er in kleinen Dingen versagte, er konnte einen ungeduldig machen durch seine Dumpfheit und Schwere, aber da war alles aus einem Guß, da war Gestalt und Format und deshalb dies unheimliche Sich-selber-treu-Sein in Fehlern und Vorzügen, der unbeirrbare Gang eines Schlafwandlers oder Verzauberten. Um dies so klar sehen und ermessen zu können, bedurfte es jener glücklichen Mischung von Phantasie und Verstand, die Marie eigen war. Jede andere Frau wäre an der Aufgabe, die ihr ein solcher Mann stellte, gescheitert.

Das alles ging ihr durch den Kopf, während das Auto in der Lichtbahn der Scheinwerfer durch die schwachbeschneite Landschaft glitt. Und auch dies, daß er sich, seit sie ihn kannte, noch niemals erotisch verstrickt hatte. Die schönsten, verführerischsten Frauen waren Luft für ihn gewesen, und wenn ihm eine gar zu auffallend entgegenkam, hatte er sich gutmütig über sie mokiert. Marie hatte es bei seiner entschieden sinnlichen Veranlagung nie recht begriffen. Es schmeichelte ihr keineswegs. Sie schrieb es nicht ihrer körperlichen Anziehungskraft zu, sondern seinem Beharrungswillen, der eingefleischten Abneigung gegen Abenteuer, die in seiner Bequemlichkeit wurzelte, und seinem fanatischen Werkfleiß. Was hatte diese Einbrecherin mitgebracht, das ihn aus der Bahn riß? Was für Eigenschaften waren es, die ihn in einen liebeglühenden Knaben verwandelten? Oder war es nur der sogenannte Johannistrieb? Unsinn. Der Mann stand im Mittag seines Lebens, der vergab sich nicht, weil er nichts mehr zu vergeben hatte.

Aber es tat weh. Wie sollte man darüber hinwegkommen? Wie handelte man am klügsten? Es großmütig geschehen lassen, mit dem Lächeln einer, die am Ende doch die Siegerin bleibt? Es war was Schmähliches drin. Solche Klugheit schlägt sich oft selber. Szenen machen, auf seine Rechte pochen? Vulgär. Jedenfalls aufmerken, sich keinen Überraschungen aussetzen, sich in der Gewalt behalten.

Richtig gedacht, aber Programme und Vorsätze zerbrechen an brutalen Tatsachen. Als der Wagen vor dem Hotel angelangt war, sprang Kerkhoven zuerst hinaus, reichte Mabel ritterlich die Hand (Marie erinnerte sich nicht, ihn je ihr gegenüber so artig gesehen zu haben) und sagte dreimal nacheinander: »Leben Sie wohl, Mabel.« Und wieder und wieder: »Leben Sie wohl.« Dabei wußte Marie bereits, er hatte sich kurz vorher unvorsichtig verraten, daß sie einander duzten. Und die zärtliche Stimme, die aufleuchtenden Augen! Das Herz schnürte sich ihr zusammen. War es am Ende doch nur die blöde, gemeine Eifersucht?

Während der Rückfahrt blieb sie stumm, unheilvoll stumm. Auch Kerkhoven schwieg, aber in anderer Art, wie ein Mensch, den freudige Bilder umgeben. Es schien, als wäre Marie nicht mehr vorhanden. Und sie blieb stumm, als sie zu Hause waren, stumm, als sie bei Tisch saßen, sie war für ihn noch immer nicht vorhanden. Sie begab sich früher in ihr Zimmer, als es ihre Gepflogenheit war. Doch als er sich niedergelegt hatte, nach Mitternacht, er hatte noch an seinem Buch gearbeitet, und eben das Licht auslöschen wollte, kam sie im Schlafanzug herein und setzte sich an sein Bett. Er schaute sie erstaunt an, denn er merkte auch jetzt noch nicht, wie aufgewühlt sie war.

45.

»Was hast du eigentlich im Sinn, Joseph?« fragte sie hart, härter, als sie wollte; und als er fortfuhr, sie anzustarren: »Ich meine, was du dir bei alledem denkst. Das möchte ich wissen. Du bildest dir doch nicht ein, daß ich euch hier den wohlwollenden Zuschauer abgebe.« – Kerkhoven erschrak sichtlich. »Ich verstehe keine Silbe, Marie«, stammelte er. – »Du mußt dir klarwerden«, sagte Marie mit der klirrenden, hohen Stimme, die sie hatte, wenn sie erregt war und sich mit aller Kraft beherrschte, »entweder ist es bloß ein Spiel, dann mach Schluß, und zwar sofort. Oder es ist Ernst, dann geh' ich.« – »Marie! Was redest du! Ich beschwöre dich … Ich hatte keine Ahnung, daß du … Spiel, Ernst … Eines kommt so wenig in Frage wie das andere »… – »Ich weiß, daß du keine Ahnung hast«, bemerkte Marie bitter, »um so notwendiger, daß ich dir sage, wie die Dinge stehen.« – »Welche Dinge? Was meinst du denn?« – Marie sah ihm in die Augen wie einem Kind, das aus Bestürzung lügt. »Es ist dir nicht angenehm, überrumpelt zu werden, kann ich mir lebhaft denken«, spottete sie, »es war dir immer lästig, wenn man dich gestellt hat. Aber siehst du, Joseph, ich vertrage nicht, daß etwas mit mir geschieht, wobei ich das Opfer einer … na, sagen wir einer Gedankenlosigkeit bin. Ich vertrage die kleinen Schwindeleien und Mogeleien nicht, die sich ein Mann mit einer Frau erlaubt, um sie dummschlau hinters Licht zu führen. Da mußt du früher aufstehn, wenn du damit Erfolg haben willst.« – Kerkhoven war ehrlich entsetzt. Er war ein wenig in der Lage eines Mannes, der sich mit der Angelrute vergnügt an ein Ufer setzt, um zu fischen, und sich sehr verwundert, wenn er erfährt, daß das Fischen in diesem Wasser strafbar ist. An eine solche Möglichkeit hatte er gar nicht gedacht. Daß Marie Einspruch erheben könne, war ihm nicht in den Sinn gekommen. Sie hatte nicht die mindeste Ursache, wollte ihm dünken. Und hierin betrog er nicht sie, er betrog sich selbst. Zwar hatte er ihrer nicht geachtet, aber so, wie man zuweilen des Kostbarsten, das man besitzt, nicht achtet, weil es ja da ist, verwahrt und versperrt.

Er sagte mit großem Ernst: »Deine Voraussetzung ist falsch, Marie. Nicht einfach, dir alles zu erklären. Zwischen Mabel und mir ist nichts, was dich beunruhigen könnte. Es ist ... ja, es ist fast etwas Märchenhaftes. Sogar die Bezeichnung Freundschaft trifft daneben ... Mabel ist das ungewöhnlichste Geschöpf, dem ich je begegnet bin »... – »Mann! Mann!« rief Marie fassungslos. – »Ich meine, in einer gewissen Art, in ihrer Einstellung zur Liebe«, verbesserte er sich erschrocken, »das Pflanzenhafte, Schlummernde, Sanfte ... und ... fünfundzwanzig Jahre ... Ich kann nicht leugnen ... dazu dieses Gesicht ... Willst du mir nicht den unschuldigen kurzen Traum lassen, Marie?« – Marie hatte die Finger ineinandergekrampft und das Kinn auf die verschränkten Hände gelegt. »Ich will dir einmal was sagen«, begann sie leise, bemüht, ihre Verzweiflung zu verbergen, »kurzer Traum oder wie du es sonst nennst, das konzedier' ich nicht. Hab ein Verhältnis mit ihr, schön; nimm sie zu dir ins Bett, wenn sie nicht zu tugendhaft oder zu bürgerlich dazu ist; konzedier' ich ohne weiteres. Warum auch nicht? Aber dieses Schmachten und Anbeten, das verschwärmte Getue mit dem Hintergrund von Begehrlichkeit, der Überwertung des Verzichts auf das, worum es schließlich doch geht, das, verzeih, das ertrag' ich nicht, davor widert's mich, davor graut mir.« – »Du läßt an Deutlichkeit nichts zu wünschen übrig«, sagte Kerkhoven verletzt. – »Das war die Absicht. Nun kannst du dich danach richten. Wie benimmst du dich denn! Leben Sie wohl, leben Sie wohl ... flötest wie ein Tenor ... Natürlich, du wirst sagen: Diese Marie, was erlaubt sie sich, sie hat ja Butter auf dem Kopf, macht den Aufpasser ... Aber siehst du: Ich passe eben auf ...« Sie erhob sich, doch Kerkhoven legte seine beiden Hände schwer auf ihre Schultern. »Einen Augenblick, Marie. Geh nicht so weg. Du mußt wissen ... brauch' ich's denn erst zu sagen ... was uns verbindet, hat mit dieser Sache nichts, aber auch nichts zu schaffen. Ohne dich bestünde sie gar nicht. Du bist in meinem Leben das oberste Prinzip ... der oberste Mensch »...– »Ich glaube dir nicht, es ist nicht wahr, ich glaub' dir nicht mehr, Joseph!« schrie Marie auf, warf sich vornüber auf das Bett und weinte, als wollte ihr das Herz brechen. Ein halb gütiges und weises, halb schuldbewußtes Lächeln trat auf Kerkhovens Lippen. Er beugte sich über sie. Er streichelte ihre Arme und ihre Haare. Er sprach zärtliche, beschwichtigende Worte. Er zog sie langsam an seine Brust. Sie hörte auf zu weinen. Sie umklammerte ihn. Sie hielt sich an ihm fest, immer stärker, wie wenn sie fürchtete, tief hinunterzufallen, sobald sie ihn losließ. Ihr Mund suchte seinen. Ihr Körper flog und brannte. Er löschte das Licht aus.

So hatte er sie nie in den Armen gehalten, auch in der Nacht der Wiedervereinigung nicht. Sein Erstaunen wurde zur Erschütterung. Das war nicht mehr Hingabe, es war ein neuer Zustand, eine in der Glut zerschmolzene Form. Von der kühlen, sich selbst bewachenden, schwer erringbaren Marie war nichts mehr übrig. Frauen können sich in der Liebe entscheidender verwandeln, als der liebendste Mann zu begreifen vermag. Es war Marie in ihrem purpurnen Rausch und Jubel noch bewußt, daß sie ein Bild in dem Gatten auszulöschen hatte, und er, wer weiß, ob er nicht dieses Bild mitumarmte, als er mit Marie eines Leibes wurde, inniger denn je. Unglaublich, daß man fünfzig Jahre alt werden muß, um das zu erleben, ging es Kerkhoven durch den Kopf; vor dem allmächtigen Schicksal sind wir alle wie kleine Kinder und werden niemals älter …

46.

Am andern Tag hatte er mit Mabel ein Gespräch, dessen Leitmotiv war: Wir müssen voneinander lassen, auch nicht das lockerste Band kann bestehen bleiben. Was sich zwischen ihm und Marie ereignet hatte, verschwieg er. Sie bedurfte der Erklärung nicht. Sie erriet. Sie verstand. Sie senkte den Kopf, ihre Lippen zitterten, sie legte ihre Hände in seine. »Du weißt, ich habe nichts gewollt«, flüsterte sie, »ich halte mich für genauso gebunden wie du. Es war mir genug, zu wissen, daß du auf der Welt bist, und wird mir auch weiterhin genug sein.« – Er antwortete: »Meine Existenz ist dort verankert … bei ihr. Mit ihr steh' und falle ich. Du, Mabel, du warst, du bist … Womit soll ich's vergleichen? Es gibt Begegnungen, die einen andern Menschen aus einem machen. Aber jedes Wort ist zuviel, sonst vergeh' ich mich an ihr … Begreifst du es, Mabel? Es ist so schwer, man müßte eine Geistersprache dafür haben »… – »Ja, eine Geistersprache«, hauchte Mabel, »das ist es. Und lieben, als ob man keine Gegenwart und keinen Körper brauchte. Und leben, als ob es keinen Tod gäbe …« Sie beugte sich rasch nieder und küßte seine Hand. Sie war ein phantastisches großes Kind, ohne Heimat in der Wirklichkeit. Kerkhoven wußte es längst, so wie er wußte, daß sie sofort zerbräche, wenn er mit dem Anspruch seiner Wirklichkeit zu ihr käme. Von ihr träumen und um sie trauern, mehr blieb nicht; und auf seinem und ihrem Mund der stumme Dank, mit dem sie auseinandergingen. Am nächsten Morgen fragte Marie: »Ist sie fort?« – »Ja, sie ist fort. Ganz und gar fort.« Einige Sekunden sahen sie sich fest in die Augen. Dann trat Marie auf ihn zu, und es geschah weiter nichts, als daß sie langsam das Haupt niederbog.

47.

Damit verlassen wir einstweilen den inneren Bereich des Kerkhovenschen Lebens und treten in den äußeren, der sich uns stufenweise erschließen wird bis zu dem entscheidenden Zusammentreffen mit Alexander Herzog.

Es waren zwei bedeutsame Tatsachenkomplexe, die den allmählichen Übergang bildeten. Obwohl er in beide fast gleichzeitig hineingezogen wurde, standen sie untereinander in keiner Verbindung. Doch erwies sich jeder einzelne als weitgreifend in den Ursachen wie in den Folgen und stellte ihn gebieterisch vor die Lösung von Fragen, mit denen er seit Jahr und Tag in seinem Innern gerungen hatte. Daher hatte er ein Gefühl wie beim Glockenschlag der bestimmenden Stunde.

48.

Eines Tages Ende Dezember erhielt er folgendes Telegramm aus Lugano: »Mein Vater Martin Mordann hat schweren Nervenzusammenbruch erlitten. Erbitte Drahtbescheid, ob Sie ihn in Anstaltsbehandlung nehmen wollen. Agnes Mordann.«

Während er die Depesche mehrere Male mechanisch las, überlegte er. Auch einer von den Gestrandeten der alten Ära, dachte er stirnrunzelnd; was will er bei mir, was soll ich mit ihm? Ein solches Geschick läßt sich nicht aufhalten; es ist morsch und zum Untergang reif, daran rühren heißt Flickschusterei treiben, und gerade das hab' ich mir doch verschworen ...

Hier scheint uns ein kurzer Kommentar notwendig. Vor zwanzig, vor fünfzehn Jahren noch war der Name Martin Mordann das Banner einer großen Partei von Unzufriedenen gewesen, der lärmendste journalistische Ruhm der Kaiserzeit. Sein Aufstieg hatte um die Wende des Jahrhunderts begonnen. In ihm verkörperte sich der Geist der rücksichtslosen Opposition, der leidenschaftlichen Verneinung. Unleugbar hatte er eine gewisse Verwandtschaft mit Rochefort, dem Mann der Pariser »Lanterne«; die ihm schmeicheln wollten, nannten ihn auch den nordischen Aretin. Das Verdienst konnte ihm nicht abgesprochen werden, daß er mit oft bewundernswerter Furchtlosigkeit grobe politische und gesellschaftliche Mißstände aufgedeckt hatte; andererseits war seine Zeitung der geometrische Ort der meisten Skandale, die innerhalb dreier Jahrzehnte die deutsche Welt erregt und beunruhigt hatten. Wenn man von einem giftigen Feuer sprechen könnte, so entfachte er es mit seiner Feder. In den Artikeln, die er schrieb, paarte sich Geschmeidigkeit des Stils mit einer geradezu furiosen, hohnvollen Erbitterung. Seine Feinde waren deshalb Legion. Besonders in gewissen vaterländischen Gruppen war sein Name verfemt, der Haß gegen ihn unauslöschlich. Jetzt erinnerte sich Kerkhoven auch, daß er vor ein paar Wochen von einem nächtlichen Überfall gelesen hatte, der in Berlin gegen ihn verübt worden war. Der in dem Telegramm erwähnte Nervenzusammenbruch war vermutlich die Folge davon.

Nach einigem Zögern entschloß sich Kerkhoven zu einer zusagenden Antwort. Für ihn als Arzt gab es keinen triftigen Grund, seine Hilfe zu verweigern. Zwei Tage darauf traf Mordann mit seiner Tochter im Haus Seeblick ein; so hieß die Kerkhovensche Heilstätte.

49.

Ein fetter, gedunsener Mann mit bartlosem Eunuchengesicht und lodernden Augen, die tief in dicken Wülsten lagen. Sechziger. Obgleich er schwerfällig aussah wie ein Nilpferd, war er von akrobatenhafter Beweglichkeit. Dies wirkte unheimlich, als spotte er der eigenen Natur. Alles an ihm schien darauf berechnet, einen gewünschten Eindruck hervorzurufen, zu überraschen, zu blenden, zu imponieren. Sogar die Stimme hatte etwas Verblüffendes, da nicht zu erwarten war, daß aus einem so verfetteten Körper ein so hellkrähendes Organ dringen würde. Er hatte durchaus den Habitus des Flüchtlings, typische Krankenfigur im Nachkriegseuropa, schien sich aber in der Rolle des Märtyrers zu gefallen. Aber aus diesen ersten Wahrnehmungen wollte Kerkhoven noch keine Schlüsse ziehen.

Die Tochter war eine hagere, verblühte, verbittert aussehende Person, Doktorin der Philosophie. Offensichtlich trieb sie eine Art Abgötterei mit dem Vater. Er war wohl der einzige Mensch auf Erden, an den sie glaubte. Sie hielt ihn für einen nationalen Heros und Wahrheitsapostel, Opfer seiner Sendung und Überzeugung. Sie war in Sorge um ihn. In den letzten Tagen, so berichtete sie Kerkhoven, hatten sich Anzeichen von Verfolgungswahn bemerkbar gemacht. Er litt an Schlaflosigkeit. Tag und Nacht schrieb er an alle möglichen Leute endlose Briefe zu seiner Rechtfertigung. In jedem Zimmer, in dem er weilte, sperrte er die Türen ab und saß da, horchend, zitternd, von kaltem Schweiß überströmt. Schon vor dem Attentat war er schwer irritiert gewesen, jahrelang. Nachher hatte er sich drei Wochen in der Klinik aufgehalten, und nach der Entlassung hatte sich sein Zustand wieder verschlimmert. Die Ärzte hatten ihr geraten, mit ihm so schnell wie möglich in den Süden zu reisen.

Sie befanden sich im Sprechzimmer. Es war Abend, vom See herüber klang das Tuten eines Dampfers. Agnes Mordann saß mit übereinandergeschlagenen Beinen und rauchte ununterbrochen Zigaretten. »Hatte der Anschlag ein bestimmtes Motiv, oder war er nur allgemein politischer Natur?« erkundigte sich Kerkhoven. – Das Fräulein zögerte mit der Antwort. »Ist es nötig, darüber zu sprechen?« fragte sie finster. – »Ich muß es wissen.« – »Zwei Tage vorher, nachts um drei, fand ein Einbruch in unserer Villa statt. Am Schreibtisch des Vaters wurden alle Laden und Fächer aufgesprengt, die ganze Bibliothek durchwühlt. Die Diebe fanden aber nicht, was sie suchten.« – »Und was suchten sie?« – »Briefe.« – »Was für Briefe?« – »Familienbriefe.« – »Darf ich Sie bitten, etwas deutlicher zu sein? Ich frage ja nicht aus Neugier.« – »Es handelt sich um die Briefe, die der verstorbene Graf Brederode an seine Mätresse geschrieben hat.« – »Und wie ist Herr Mordann in ihren Besitz gelangt?« – »Man hat sie ihm zum Kauf angeboten.« – »Kompromittierenden Inhalts also?« – »Ja.« – »Politisch kompromittierend?« – »Auch.« – »Darf ich erfahren, in welcher Hinsicht?« – »Ich weiß nicht, ob ich dazu befugt bin.« – »Je besser Sie mich informieren können, je leichter wird meine Aufgabe.« – »Der alte Graf war in die Separatistenverschwörung verwickelt. Die Unterzeichnung des Versailler Vertrags hatte ihn zum glühenden Feind des herrschenden Regimes gemacht. Er verhandelte auch mit Frankreich. Es ist einer der vielen Fälle, wo ein Mann aus Vaterlandsliebe zum Hochverräter wird. Das ganze Trachten des jungen Grafen ging darauf aus, die Briefe wiederzubekommen.« – »Und aus welchem Grund konnte das nicht geschehen? Sie verzeihen, aber das sind Dinge, die die Gemütshaltung des Patienten beleuchten.« – Nicht ohne Schärfe erwiderte Agnes Mordann: »Es gehört zu den Prinzipien meines Vaters, nichts aus der Hand zu geben, nicht den kleinsten Fetzen Papier, der ihm als Material dienen kann.« – »Material wofür? Was nennen Sie Material?« – »Dasselbe, was für einen Anwalt und einen Richter die Akten sind. Martin Mordann ist der Anwalt und der Richter der Zeit. Er braucht Zeugen und Zeugnisse.« – »Das bedingt allerdings eine ungeheure Aufhäufung von … von Material »… – »Gewiß.« – »Diese Akten umfassen also den ganzen Kreis seines Wirkens, das heißt alle Persönlichkeiten, die im öffentlichen Leben stehen oder standen?« – »Ja.« – »Wie läßt sich das praktisch realisieren?« – Das Fräulein lächelte nachsichtig. »Haben Sie nie von dem berühmten Zettelkasten meines Vaters gehört? Er enthält mehr als achtzehntausend Namen mit chiffrierten Angaben.« – Kerkhoven erhob sich und schritt hastig auf und ab. Er war auf einmal merkwürdig angeregt. »Zettelkasten, aha«, sagte er vor sich hin, »höchst interessant. Eine gefährliche Sache, wenn man bedenkt »…– »Es ist alles in sicherem Gewahrsam«, unterbrach ihn Agnes Mordann hochmütig. – »Sie mißverstehen mich. Das meine ich nicht. Ich meine, ein solcher Apparat bildet auf die Dauer eine erdrückende Bewußtseinsbelastung. Oder sagen wir lieber Phantasiebelastung. Es ist, wie wenn ein Mensch jahrelang Kisten voll Sprengstoff in seinem Haus aufbewahrt. Er muß jeden Augenblick das Gefühl haben, daß er im nächsten zum Mörder einer ganzen Stadt werden kann. Offenbar liegt hier der Schlüssel. Offenbar. Sehr interessant »… – Das Fräulein verfolgte ihn bei seinem Aufundabgehen mit erstaunten Augen. Sie begriff kein Wort von dem, was er sagte. – »Gut, man wird sehen«, beendigte er die Unterhaltung, »zunächst müssen wir für zwei, drei Nächte ruhigen Schlaf sorgen. Dann … man wird sehen …«

50.

Die Geschichte mit dem Zettelkasten wollte ihm nicht aus dem Kopf. Es war, als hätte man ihm von den Lebensgewohnheiten eines unentdeckten, äußerst seltsamen Insekts Kunde gegeben. Je tiefer er dem Phänomen auf den Grund ging, je anhaltender beschäftigte es ihn. Welch eigentümlich gebautes Gehirn, was für eine fanatische Sammlerseele! Ein Aktuar in Überlebensgröße, der siebzehn Stunden täglich am Schreibtisch sitzt, um ein moralisches Schuldenregister von ungezählten Tausenden seiner Nebenmenschen anzulegen; ein gigantischer Detektiv, der imstande ist, jede öffentliche Person in ihren Handlungen zu lähmen und unter Verdacht zu setzen, weil er sich für alle Fälle und lange vorher mit belastenden Indizien versehen hat; denn wer ist dagegen gefeit, wessen Leben so rein, wessen Charakter so fleckenlos, daß es keinen dunklen Punkt, keine verschwiegene Verirrung darin gäbe? Großsiegelbewahrer aller Geheimnisse von halb Europa; Sittenwächter und allmächtiger Gendarm, gestützt auf ein System raffinierter Spionage und mit Ameisenfleiß zusammengetragener Tatsachen, die im einzelnen vielleicht nicht viel besagen, aber in ihrer Gesamtheit, durch richtige Verwendung, halbe Deutlichkeit, halbe Giftigkeit, zur tödlichen Waffe werden: beispielloser Vorgang. Einen solchen Mann mußte man von seinen Fundamenten her verstehen. Von der Macht her, die er ausgeübt, von dem Machtgefühl, das er in sich aufgehäuft und das ihn zum Meinungsdiktator einer vierzigjährigen Geschichtsepoche hatte werden lassen, ob zu Recht oder zu Unrecht, zur Ehre oder zur Schande der Zeit, war nicht zu untersuchen. Da er nunmehr von ihr ausgestoßen war und mit seinem ganzen Tun und Sinn und Sein so gut wie verspielt hatte, war nur noch die Maske von ihm vorhanden, das Gespenst von ihm, das geheilt werden wollte – fragte sich nur: wozu? Das blieb zu entscheiden. Es liefen schon so viele lebende Gespenster herum, daß man nachgerade fürchten mußte, die Erde werde ihre Bewohnbarkeit durch sie einbüßen.

51.

Am zweitfolgenden Tag ließ ihn Mordann zu sich holen. Die kleine Assistentin, die Kerkhoven aufgenommen hatte, Fräulein Wys-Wiggers, kam mit bestürztem Gesicht und meldete, der Patient beschwere sich tobend, weil der Professor noch nicht bei ihm gewesen sei. »Ungebärdig?« sagte Kerkhoven leichthin. »Nun, wir werden ihn zur Ruhe bringen. Ist seine Tochter bei ihm? Sagen Sie ihr, ich möchte mit ihm allein sein.«

Mordann bewohnte das größte Zimmer des Hauses, ein Eckzimmer mit der Aussicht auf Garten und See. Beim Eintritt fielen Kerkhoven die zahlreichen Flaschen und Dosen auf dem Toilettentisch auf. Alle möglichen Wässer und Salben standen da beieinander, für das Haar, für den Mund, für die Zähne, für die Haut, für die Nägel, außerdem Bürsten und Bürstchen, Feilen, Scheren, Messer, Puderquasten, Parfümspritzen; man hätte glauben können, im Ankleideraum einer Schauspielerin zu sein. Dabei herrschte die peinlichste Ordnung und Sauberkeit. Den Tag zuvor hatte Kerkhoven einen Blick in das nebenan gelegene Zimmer der Tochter geworfen; dort sah es aus wie in einer Studentenbude; überall lagen Kleider, Bücher und Hefte herum. Der Gegensatz gab zu denken.

Nach der ersten mürrischen Begrüßung, wobei er kaum die Hände aus den Hosentaschen nahm, sagte Mordann bissig: »Man kann Ihnen nicht den Vorwurf machen, daß Sie Ihre Pfleglinge belästigen, geschätzter Professor. Bin ja nicht zu meinem Vergnügen hier. Schon in Berlin, vor Jahren, hat man mir von Ihren souveränen Manieren erzählt. Na, damit werden Sie bei mir kein Glück haben. Weiß nicht, warum meine Tochter gerade auf Sie versessen war. Habe mich mit euch Quacksalbern nie verstanden. Schweninger, ja. War der einzige. Kannten Sie Schweninger? Ein Genie. Hielt nichts von der ganzen Nerventherapie, der Mann, kann ich Ihnen im Vertrauen mitteilen. Wo ihn die Natur nicht stützte, ließ er die Hände weg. Na, und was werden Sie mit mir beginnen, Professor, falls Sie die Gnade haben, sich mit meinem Fall zu befassen?«

Manische Redesucht, notierte Kerkhoven im stillen. Laut sagte er: »Sie irren, wenn Sie sich von mir vernachlässigt glauben. Es gibt auch eine mittelbare Obsorge und Beobachtung. Sie ist oft wichtiger als die direkte.« – »Ach was, medizinisches Larifari.« – »Sie sind nicht sehr höflich. Ich will mich nicht an Ihrer reichen Erfahrung messen, Herr Mordann. Wie steht es denn mit der Kopfverletzung? Verspüren Sie Nachwirkungen?« – »Ja. Bei feuchtem Wetter besonders. Der Schmerz zieht sich dann bis über die Augen. Kann nicht lesen, kann nicht schreiben. Gräßlich.« – »Es war wohl eine Fraktur?« – »Ich habe manchmal Angst, das Gehirn ist in Mitleidenschaft gezogen.« – »Dafür scheint mir kein Anzeichen vorzuliegen.« – »Können Sie das so schnell erkennen?« – »Ich denke.« – »Ein Blick, ein Nein? Zauberer? Gratuliere.« – »Darf ich sehen, wie die Wunde verheilt ist?« – Mordann setzte sich seufzend auf einen Stuhl, und Kerkhoven, vor ihm stehend, befühlte den von wolligen grauen Locken bedeckten Schädel. Seine Fingerspitzen liefen über eine feuerrote Narbe, die sich wie eine Schnur von der Kranznaht bis zur Lambdanaht zog. »Komische Hände haben Sie aber«, sagte Mordann und blickte unbehaglich an Kerkhoven empor. – »Wieso komisch? Was meinen

Sie?« – »Weil einem so sonderbar wird … ja, ganz komisch …« Er duckte den Kopf, um sich der Berührung zu entziehen, und sprang vom Stuhl auf. »Ein bißchen Zauberer scheinen Sie ja doch zu sein … Es wird einem kalt, wenn Sie einen anrühren … Ich liebe das nicht … hab' kein Talent zum Kaninchen … Wenn Sie das wieder machen, pack' ich meine Koffer.« – »Es ist mir nicht erinnerlich, daß ich mich um Ihren Besuch beworben habe«, sagte Kerkhoven kühl, »Sie müssen mir mitteilen, was Sie von mir erwarten, Nachsicht mit einem ungeduldigen Hausgast oder Behandlung eines Leidenden. Danach können Sie sich entschließen, ob Sie bleiben oder nicht.« – Mordann zuckte die Achseln. Plötzlich lachte er meckernd und hielt dabei den fetten Handrücken vor den Mund, eine Gewohnheitsgeste, durch die er seine kariösen Zähne verbarg. »Sie haben Recht«, sagte er, »ich bin ein Greuel. Nichts für ungut, Professor, mir wurde gar zu übel mitgespielt. Also legen Sie los. Wahrscheinlich wollen Sie doch verschiedenes wissen. Übrigens kann ich nicht leugnen, daß Sie mir imponieren. Was wollen Sie wissen?« – »Erzählen Sie mir, wie der Überfall vor sich ging. Wurden Sie gewarnt? Waren Ihnen die Leute oder einer von den Leuten bekannt?« – »Nein. Es war Nacht. Eine Regennacht. Halb drei. Ich war im Presseklub. Fuhr mit einem Taxi bis Halensee und wollte dann zu Fuß nach Hause. Pflegte das seit dreißig Jahren zu tun, wenn ich abends ausging. Die einzige Leibesbewegung, die ich mir gestattete. Was wollen Sie, ein Sklave der Feder, mitleidswerte Kreatur. Gewarnt? Ja doch. Freunde warnten mich. Erhielt auch anonyme Drohungen. Glaubte es verachten zu sollen. Hybris. War nie feig in meinem Leben. Ich ging also unter meinem Regenschirm, rasch, wie es meine Art ist, da, zwischen Herbert- und Lynarstraße, standen auf einmal vier Kerle um mich herum, alle in gelben Windjacken, vier, merken Sie wohl, derlei Burschen wagen nur was, wenn sie nichts wagen; die Gesichter könnt' ich nicht ausmachen, eh ich noch einen Gedanken fassen oder um Hilfe rufen konnte, hatt' ich schon eins überm Kopf, daß ich alle Engel im Himmel jubilieren hörte. Dann lag ich wie ein Haufen Kleider auf dem Pflaster. Sie dachten wohl, es sei aus mit mir, die Meuchler. O die Meuchler, die Schandbuben, das Mordgesindel! Und glauben Sie etwa, man hätte sich bemüht, sie dingfest zu machen? Alle Recherchen – Spiegelfechterei. Man wollte die Sache vertuschen und im Sand verlaufen lassen. So sieht der Dank Deutschlands aus gegen den Mann, der achtunddreißig Jahre lang seine Augiasställe gesäubert hat. Dessen verrückte Leidenschaft es war, den

Drohnen, Sykophanten und Blutsaugern das dunkle Handwerk zu legen und mit der Pechfackel in die Kamarillen hineinzuleuchten, von denen eine die andere ablöste wie die Eitergeschwüre, in der Monarchie wie in der Republik, im Frieden wie im Krieg. Das ist der Dank. Das ist der Dank!«

Die Stimme überschlug sich. Ihr tonloses Krähen hatte nichts Menschliches mehr. Das Gesicht war fahlgelb. Heller Schweiß perlte auf der gebuckelten Stirn. Kerkhoven sah nicht klar: War die Empörung echt oder gefiel sich der Mann in der Raserei? Schwer zu unterscheiden. Manches sprach für die Annahme, daß da ein unheimlich großartiger Komödiant eine meisterhafte Szene spielte. Aber zu welchem Ende? Für welches Publikum? Nur um den Arzt zu täuschen oder zu verwirren, der zudem in seiner Meinung gewiß nicht sonderlich hoch stand? Hier war ein Rätsel, das zu lösen verführerisch war. Eine neue Figur, eine noch unerforschte Seelenverfassung.

Offen zutage lag die Angst. Das Attentat, abgesehen von dem physischen Schaden, mußte einen fürchterlichen Eindruck auf ihn gemacht haben. Es hatte vor allem einen unheilbaren Bruch des Selbstbewußtseins zur Folge gehabt. Aber bei diesem Gedanken stieß Kerkhoven auf eine Schwierigkeit. War dieses Selbstbewußtsein nicht schon in der Anlage verzerrt, und handelte es sich nicht vielmehr um eine der Formen von pathologischer Eitelkeit, die das moralische Wesen austilgt, um es in ein spinnenhaftes, frevlerisch autonomes Geistwesen zu verwandeln? Deshalb auch die völlige Abwesenheit jeden Schuldgefühls, der tolle Wahn des Literaten, der das Bild der Welt in Händen zu haben vermeint, wenn er heimlich ihren Spiegel zertrümmert hat. Erleuchtung über Erleuchtung für den Arzt Kerkhoven …

52.

Mordann hockte auf dem Rand seines Bettes. Er war in einen schäbigen Schlafrock gehüllt. Kerkhoven stand am Fenster. »Wenn ich recht berichtet bin, hing aber doch das Attentat mit gewissen Briefen zusammen«, sagte er möglichst unbefangen, »Sie mußten, kommt mir vor, auf Gewaltmaßnahmen gefaßt sein.« – Mordanns Kopf schnellte hoch. »Hat Agnes aus der Schule geschwatzt?« belferte die Eunuchenstimme erbost. – »Ich kann nichts für Sie tun, wenn Sie nicht aufrichtig mit mir verfahren«, erklärte Kerkhoven mit einer Schärfe, die er absichtlich übertrieb. Mordann machte eine Geste wie eine Katze, der man den Topf mit Milch wegnimmt. Er entschloß sich einzulenken. »Schon gut«, knurrte er, »schon gut.« Und dann: »Sie sollten mal mein Herz untersuchen, Professor. Wäre wichtiger, als daß Sie sich um meine Privatangelegenheit kümmern. Fürchte, ich habe einen Klaps weg.« – »Diese Privatangelegenheit gibt mir notwendige Richtlinien. Ich kann über Ihr Herz nichts aussagen, wenn ich nicht Ihr Leben kenne.« – »So? Putzig. Was wollen Sie denn wissen?« – »Ich will wissen, warum Sie dem jungen Brederode die Briefe nicht zurückgegeben haben. Die Familie hat doch wahrscheinlich ein sehr begreifliches Pietätsinteresse daran.« – »Gewiß, gewiß«, quiekte Mordann und zog leise kichernd die Beine zum Türkensitz auf das Bett, was bei seiner schwerfälligen Gestalt grotesk aussah. – »Man hat sie auch wohl nicht ohne Entschädigung von Ihnen verlangt?« – »Nö, nö … zwanzigtausend Mark wollten sie zahlen.« – »Ich frage mich, welchen Vorteil Ihnen der Besitz der Briefe sicherte. Ihre Zeitung hatte seit einem Jahr aufgehört zu erscheinen. Daß Sie Ihre frühere Tätigkeit wieder ausüben könnten, damit hatten Sie wohl damals schon nicht gerechnet, und heute stehen die Aussichten nicht besser.« – Mordann hatte beide Hände um die Fußknöchel geschlungen und starrte Kerkhoven feindselig-bestürzt an. »Sie meinen, weil man mich zum Invaliden gebleut hat? Steht es so? Bin ich etwa ein Todeskandidat in Ihren Augen? Heraus mit der Sprache! Sie brauchen mir nichts zu verhehlen.« Hysterische Angst war in seinen Mienen. Der Mund öffnete sich zu einem schwarzen Loch, das eingerahmt war von den schadhaften Zähnen. – »Ich bin kein Fernheiler, stelle keine auswendigen Diagnosen, Herr Mordann. Aber Ihnen, der auf allen Gebieten beschlagen ist, brauche ich doch nicht auseinanderzusetzen, daß es einen Rhythmusablauf gibt. Wir alle bekommen es zu spüren, und wenn er eintritt, sagt der eine: Die Zeit ist nicht mehr für mich, der andere: Die Umstände haben sich geändert. Sie hätten sich nicht von außen zwingen lassen sollen, die Maschine zu stoppen. Der freiwillige Entschluß hätte einen wesentlichen Unterschied in Ihrer Gemütslage bedeutet.« – »Das sagen Sie so. Ich bin aber der Mann nicht, der freiwillig abdankt. Ich hasse Fontainebleau.« – »Eben. Das ist die Gefahrenquelle. Ich halte mich an Ihr Gleichnis: Was nützen Ihnen die Briefe auf Sankt Helena?« – »Herr, ich lasse mich nicht geistig vergewaltigen. Man kann mir den Schädel einschlagen, bon. Aber vor Erpressern kuschen? Ausgeschlossen! Lieber krepier' ich.« –

»Bevor es zu dem Attentat kam, hat man aber doch verhandelt?« – »Hat man, jawoll. Nur … es sind unersetzliche Dokumente. Den Jungs, die nach dem Krieg das Heft in die Hand bekamen, den heimlichen Drahtziehern überall, hat es beliebt, meinen Namen mit Dreck zu beschmieren und mich zum Verräter und Brandstifter zu stempeln. Ich werde der Welt zeigen, wo die wirklichen Verräter und Brandstifter zu suchen sind. Wenn einmal die authentische Geschichte dieser Zeit geschrieben wird, ist dafür gesorgt, von mir gesorgt, daß diesen Volksbetrügern, diesen meineidigen Privilegienjägern die Heuchlermaske vom Gesicht gerissen werden kann. Hat man mir auch mein gutes Schwert entwunden, die Gewißheit bleibt mir, daß ich einem meiner Diadochen die Mittel liefere, es wieder zu schleifen. So verhält sich das, mein verehrter Herr.«

Kerkhoven konnte nicht umhin, die Fanfare zu bewundern. Er sah das wahre Gesicht des Tribunen, der allgewaltig ist im Wort, den erst die Leidenschaft des Wortes hinreißt zur Leidenschaft der Tat, einer im tieferen Sinn ohnmächtigen Tat. Während ihn Mordann herausfordernd fixierte, dachte Kerkhoven nach. Die Verschanzung, die der Mann um sich gebaut hatte, war schier undurchbrechbar, denn sie bestand nicht aus festem Stoff, sondern war tückisch und nachgiebig wie Sumpf. Verzweifelte Sache, sich so einem zu nähern und ihn aus seinen Sicherheiten zu locken, zu ringen mit ihm, damit man erfuhr, von welcher Beschaffenheit er war, von welcher Gefährlichkeit, wieweit man ihn zu fürchten, wieweit man ihn zu schonen hatte. »Wir können nicht erwarten, daß Ihr Aufenthalt hier im Hause verborgen bleibt, Herr Mordann«, sagte er trocken, »bei Ihrem Ruhm … Es wird sich wie ein Lauffeuer verbreiten. Der Versuch, der einmal mißlungen ist, wird sich wiederholen. Ich weiß nicht, ob ich Sie nachhaltig schützen kann »… – »Wie …? Sie glauben im Ernst, man würde es wagen?« stammelte Mordann erschrocken. »Befinden wir uns nicht auf Schweizer Boden?« – »Davon dürfen Sie sich nicht zuviel versprechen. Man hat Beispiele »… – Mit einem Satz sprang Mordann vom Bett und schoß schnaufend durch das Zimmer. Im Vorübergehen griff er nach einer Flasche auf dem Toilettentisch, die mit einem Zerstäuber versehen war, und besprizte sich das Gesicht mit Kölnischwasser. Dabei drang immerfort das eigentümliche Schnaufen aus seinem Mund, und schließlich gähnte er vor Aufregung. Kerkhoven betrachtete ihn mit einer Art von Sachneugier. Diese Angst eines gejagten Huhns bildete einen halb lächerlichen, halb tragischen Kontrast zu dem stolzen »lieber krepier' ich« von vorhin und enthüllte die unheimliche Zwitternatur des Mannes. Aber darauf hatte es Kerkhoven angelegt. Er wußte nun schon ziemlich viel. Nach einer Weile trat er auf ihn zu, packte ihn beim Arm und sagte freundlich: »Einen Augenblick ... bleiben Sie ruhig stehen.« Er schlug Mordanns Schlafrock auseinander, streifte das Hemd zur Seite und legte das Ohr an die von einem zottigen grauen Pelz überwachsene Brust. Indes er mit herabgebeugtem Gesicht horchte und immer länger horchte, faltete sich seine Stirn bedenklich. Das sieht allerdings böse aus, sagte er sich, und horchte und horchte. Sehr lauter erster Ton an der Spitze; diastolisches Schwirren; Insuffizienz der Klappen ... böse. Er richtete sich auf, und dem gespannten Blick Mordanns begegnend, sagte er lächelnd: »Alles in schönster Ordnung.« – Mordann seufzte erleichtert. – »Ja ... und um für diesmal abzuschließen«, sagte Kerkhoven mit unveränderter Heiterkeit, »komme ich noch mit einer Verordnung, Herr Mordann.« – »Und die wäre?« – »Die Briefe müssen ausgeliefert werden.« – Mordann stieß einen Tierlaut aus, halb Kreischen, halb Röcheln. Seine Augen wurden grün. »Nanu, Sie haben wohl 'n Druckfehler im Kopf, verehrter Herr«, schrie er. – »Sie werden die Briefe ausliefern«, wiederholte Kerkhoven ruhig, »ich lasse Ihnen Zeit, überlegen Sie es, Sie können mir auch alle Ihre Einwände sagen, aber die Briefe werden zurückgegeben.« Damit nickte er dem Sprachlosen liebenswürdig zu und ging.

53.

Eine halbe Stunde lang tobte Mordann. Er brüllte nach seiner Tochter. Als sie kam, verlangte er, man müsse sofort abreisen, dieser Professor sei ein unmöglicher Mensch, vollkommen verdreht, und überschreite in unverschämter Manier seine Kompetenzen. »Abreisen? Gut, aber wohin?« fragte Agnes bedrückt und wollte wissen, was vorgefallen war. Sonderbarerweise schwieg sich Mordann darüber aus. Plötzlich klagte er über Beklemmungen und rang nach Atem. Agnes rief die Assistentin, und sie brachten ihn zu Bett. Den Eisbeutel schleuderte er zornig zu Boden und schrie krähend nach dem Professor, als wolle er diesem zeigen, was er angerichtet, als wolle er sich rächen durch den Anblick seines Zustands. Viele Herzkranke sind auf ähnliche Art rachsüchtig. Kerkhoven war nach Friedrichshafen gefahren, um eine Patientin zu holen, eine gewisse Frau Thirriot aus Kolmar, die sich im Friedrichshafener Spital befand und die in Behandlung zu nehmen ihn der dortige Kollege ersucht hatte. Es war ein außerordentlich merkwürdiger Fall von sogenannter gekreuzter Neurose.

Als er dann kam, war Mordanns Betragen geradezu unterwürfig. Er bat, Kerkhoven möge ihm die Hand auf die Brust legen. »Bei Ihnen wird man tatsächlich zu einem abergläubischen alten Weib«, murmelte er und wollte immer wieder hören, daß das Herz gesund und nur nervös irritiert sei. Schließlich forderte er eine Röntgenaufnahme, die auch am Nachmittag vorgenommen wurde. Die meisten Laien haben ein ehrfürchtiges Vertrauen zu den wissenschaftlichen Apparaten. Der Körper des Mannes war übrigens schwer vergiftet. Er rauchte fünfzehn Havannazigarren täglich und trank unendliche Mengen starken schwarzen Kaffees. Als Kerkhoven diesen Konsum einschränkte, wehrte er sich erbittert. Leute wie er sind gleichzeitig lieblos gegen ihren Organismus und verliebt in ihren Leib. Sie muten der Natur das Äußerste zu, und wenn sie sie im Stich läßt, tun sie, als wären sie von ihr verraten worden. Es war alles so bodenlos und so kurzsinnig in einem solchen Menschengebilde; nirgends war Halt und Bestand, nirgends Grenze. Wie alle Nur-Geistigen fing Mordann erst in der Nacht zu leben an. Da er mit seinen zerstörten Nerven nicht zu arbeiten, das heißt zu schreiben, fähig war, füllte er die leeren Stunden mit exaltierten Projekten, zwang seine Tochter, bis um drei, vier Uhr morgens bei ihm zu sitzen, und besprach mit ihr die Niederschrift seiner Lebenserinnerungen, die er ihr diktieren wollte, sobald er wieder hergestellt war, und in deren Veröffentlichung er ein historisches Ereignis sah, auf das die Welt mit angehaltenem Atem wartete.

Doch seit Kerkhoven die Sache mit den Brederodeschen Briefen zur Sprache gebracht hatte, war er so beunruhigt und gereizt, daß für keinen andern Gedanken in seinem Kopf mehr Platz war. Person und Wesen des Arztes hatten ihn fasziniert. Dies gestand er sich jedoch nicht zu, teils aus jener rätselhaften Eifersucht, die für derartige Charaktere bezeichnend ist, teils aus allgemeiner Skepsis gegen menschliche Wirkung überhaupt, sofern es nicht seine eigene war. Er riet herum und grübelte, welchen Beweggrund der Mann haben mochte. Dergleichen war ihm noch nicht vorgekommen. Es regte ihn geradezu auf. Er konnte es nicht aushalten, darüber im Ungewissen zu bleiben. Geborener Polemiker, der er war, Polemiker aus unstillbarem Ehrgeiz, aus dem krankhaften Bedürfnis nach Macht und Einfluß, aus leidenschaftlicher Geltungssucht, hatte er keine Rast und Ruhe mehr, bevor das nicht bereinigt war, was Kerkhoven mit so befremdender Entschiedenheit von ihm gefordert hatte, und schon in der gleichen Nacht ließ er Kerkhoven unter dem Vorgeben eines Kollapses zu sich bitten. Und das geschah auch in den folgenden Nächten. Er verbiß sich. Dabei spielten Wahn- und Angstvorstellungen mit. Vielleicht bin ich einem Spitzel in die Hände gefallen, sagte er sich. Vielleicht ist er von meinen Gegnern besoldet und will mich unschädlich machen. Mittel und Wege hierzu gibt es genug. Man belauert mich. Man hat mich in eine Falle gelockt, und wenn ich den geringsten Versuch unternehme, zu fliehen, bin ich verloren. Ob nicht Agnes schon alles weiß? Ob sie nicht mit im Komplott ist? Dieser irrsinnige Verdacht quälte ihn besonders, weil sich am wenigsten Anhaltspunkte dafür fanden. Agnes war in den letzten Jahren seine Sekretärin und einzige Vertraute gewesen, sie war in alle seine Geschäfte, in alle Heimlichkeiten seines Lebens eingeweiht; das gab zu denken. Allein die blinde Vergötterung, die sie ihm zollte, ließ ihm andererseits jeden Argwohn als Verrücktheit erscheinen, und daß er dieser Verrücktheit anheimfallen könnte, nährte wieder seine Angst.

Es entstand ein erbitterter düsterer Kampf zwischen den beiden Männern, in welchem Kerkhoven allmählich notgedrungen alle Reserve aufgeben und sich zu grausamer Offenheit entschließen mußte. Zum Entsetzen von Agnes, die nur die Wirkungen zu spüren bekam. Eines Tages stellte sie ihn und zischte ihm die Worte zu: »Was treiben Sie? Sie morden ihn ja. Sehen Sie nicht, daß er verfällt? Ist das Ihre Absicht? Ist das Ihre Kur?« – »Warten wir das Resultat ab«, antwortete Kerkhoven. Er war aber nicht so sicher, wie er sich gab. Das Experiment war gefährlich.

54.

Er weigerte sich, Kerkhoven als moralische Instanz anzuerkennen: Auf diese Formel legte sich Mordann fest. Kerkhoven entgegnete, von einem moralischen Eingriff oder Urteil sei nicht die Rede; es gehe lediglich um die Aufhebung eines psychischen Drucks, etwas wie operative Entfernung eines Fremdkörpers. Mordann kreischte höhnisch. »Inwiefern denn, Herr Zauberer? Medizin mit Seelsorge fress' ich nicht. Brauch' ich einen Theologen, bin ich um Adressen nicht verlegen. Aber Martin Mordann und die Theologie sind lächerliche Unvereinbarkeiten, das können Sie sich an den Fingern abzählen.« – »Ich weiß es. Immerhin, Seelsorge ist ein weiter Begriff. Wir stecken da noch in den Anfangsstadien. Sie ist, wenn Sie schon die Theologie hereinziehen, noch so weit von Gott entfernt wie … na, wie die Staatskunst vom Völkerfrieden. Erlauben Sie mir, auf meine Weise Arzt zu sein.« – »Habe nichts dagegen. Nur … mit welchem Fug vergreifen Sie sich an meiner Lebensidee? Was Sie fordern, ist nicht mehr und nicht weniger, als daß ich zum Verräter an ihr werde.« – »Es würde mich wundern, wenn der eminente Schriftsteller, der vor mir sitzt, nicht Argumente fände, die ihn gegen jeden Angriff decken.« – »Sie werden nicht erleben, daß ich Ihnen dankbar die Hand lecke, weil Sie mir den Hof machen. Sie müssen es schlauer anpacken.« – »Die Briefe als solche interessieren mich nicht. Nur als Symptom.« – »Was soll das heißen, zum Donnerwetter? Symptom wofür?« – »Symptom eines Lebensirrtums.« – »Was sagen Sie da! Das ist hirnverbrannt!«

Kerkhoven sah unschlüssig aus. Sollte er das Messer ansetzen und den Schnitt in die kranke Seele wagen? Es war nicht minder verantwortungsvoll, als wenn der Chirurg vor einer Operation auf Leben und Tod steht. Dem Chirurgen helfen Chloroform und Lokalanästhesie gegen den aufsässigen Körper, womit aber war der unbetäubbare, verzweifelt um sich schlagende Geist zu bändigen? Und war seine, des Arztes, Erkenntnis sakrosankt? War er unfehlbar, war die Diagnose richtig, und war die »Operation auf Leben und Tod« nicht doch mehr ein moralisches Gericht als eine Rettungstat? Welcher Mensch ist sich so klar über alle seine Motive, daß er jene Beweggründe ausschalten könnte, die er sich, um an seiner Sache nicht zweifeln zu müssen, verheimlicht? »Ich sehe schon, Herr Mordann«, begann er, »ich muß Ihnen vor Augen führen, was Sie mit Ihrem großen Scharfsinn eigentlich wissen sollten, oder Sie wären nicht der glänzende Psychologe, als den Sie alle Welt bewundert. Der Aufdecker und Entdecker von Geheimnissen. Schön. Das war Ihr Verdienst und Ihr Ruhm; es ist zugleich die Ursache Ihrer gegenwärtigen Nervenkatastrophe.« – »Nanu, nanu, nanu!« rief Mordann, dreimal, mit schlecht verhehltem Schrecken. »Was malen Sie mir denn da für einen Teufel an die Wand!« – »Es gilt, den Dingen ins Gesicht zu sehen, dann kann man die Folgen abwenden. Der Zusammenhang ist evident. Sie haben sich im Lauf Ihres Lebens so vieler menschlicher Geheimnisse bemächtigt, ob auf legale oder illegale Weise, untersuche ich nicht … Das kommt auch nicht in Betracht … Der Zweck kommt in Betracht … Der Zweck ist ja immer der Verderber … Es war Ihnen um Macht zu tun … Macht um jeden Preis, Macht über einzelne, über Gruppen und Parteien, über ein ganzes Land. Ich gehe sicher nicht fehl in der Annahme, daß Sie eine unterdrückte, entbehrungsreiche Jugend hatten. Ich entsinne mich, irgendwo in Ihren Schriften sprechen Sie von einem Helotendasein. Das erklärt natürlich vieles. Die Machtgier hat alle andern Triebe verdrängt und erstickt. Ihre Natur, Ihre Lebensform, Ihr Gemütshaushalt haben sich ausschließlich darauf eingestellt. Geheimnisse wissen, durch das Wissen von ihnen herrschen, die Welt unter Druck setzen, gefürchtet sein, Zuchtmeister, Präzeptor, den Höchstgestellten noch mit dem Bewußtsein gegenübertreten: Ich kann dich zerschmettern, wenn ich will, denn ich habe dein Geheimnis … Ich verstehe, man fühlt sich zum Gott werden, zum Rachegott, zum Sühnegott … Da braucht man dann keine – wie sagten Sie? keine Theologie. Gott selber braucht keine Theologie. Nur hatten Sie eines dabei vergessen: Ihr menschliches Maß, Ihre Tragfähigkeit, das, was in jedem von uns und folglich auch in Ihnen als Blutsgewissen, als Seelengewissen steckt. Das ist keine moralische Feststellung, sondern eine dynamische, im Sinn des Kräftespiels. Was ich versuche, ist eine Deutung des Phänomens Martin Mordann, eine, die ihm vielleicht die Möglichkeit zur Reorganisation bietet. Sie sind sechzig, nicht wahr? Über Sechzig … Ich glaube, ich habe schon einmal über den Rhythmusablauf mit Ihnen gesprochen. Dem liegt ein wunderbares Gesetz zugrunde, für das ich noch keine befriedigende Formulierung gefunden habe. Die menschliche Natur neigt, wahrscheinlich nach siebenjährigen Perioden, immer dann am stärksten zum Tode, wenn sie ihre seelischen Bestände verwirtschaftet hat. Um die sechzig herum stellt sich die letzte entscheidende Frage; das Leben nachher und seine Dauer beruhen auf der gewonnenen biologischen Weisheit, wenn es überhaupt Leben ist und nicht eine der vielen Altersformen von stationärer Agonie. Deshalb gibt es auch nichts Großartigeres als das Wiederaufflammen der Genialität bei Greisen. Denken Sie an Tizian, an Verdi, an Goethe oder Tolstoj. Sie sagen, daß ich Sie zum Verrat an Ihrer Idee verleiten will. Aber diese Idee haben Sie ja selber längst verraten. Brausen Sie nicht auf, es ist so. Und zwar durch die Abwürgung Ihrer warnenden Instinkte. Haben Sie nicht eines Tages gemerkt, daß Ihnen die Zeit den Rücken kehrte? Bestimmt haben Sie es gemerkt, Sie wollten es nur nicht wissen. Es ist eben das: Die Macht, mit der man sich übernimmt, zerschellt schließlich an der Macht, die das letzte große Geheimnis auch für Sie bildet. Und das besitzen Sie nicht in Ihrem Zettelkasten, Herr

Mordann. Wenn Sie die Briefe ausliefern, beendigen Sie quasi einen natürlichen Prozeß. Sie vollziehen damit eine Symbolhandlung, gegen deren wohltätige Folgen sich nur noch eine abgestorbene Erscheinungsform von Martin Mordann sträubt. Der Geist, der böse Geist sozusagen, der sich das Rebellieren nicht abgewöhnen kann, nicht der Mensch.«

Mordann saß am Tisch, den Kopf geduckt, die krampfhaft geballte Faust ans Kinn gepreßt, gnomenhaft, vollständig starr. Kerkhoven hatte die Hände über den Knien gekreuzt und sah ihn erwartungsvoll an. »Wo sind die Briefe deponiert?« fragte er leise. – »In einem Banksafe in Basel«, kam es wie aus einer Versenkung. – »Würden Sie gestatten, daß ich an den jungen Brederode ein paar Zeilen schicke?« – »Nein!« schrie Mordann außer sich und wandte ihm das verstörte Gesicht zu. »Sie quasseln, Herr. Sie wollen mich einschüchtern. Sie nützen Ihre Situation sträflich aus. Sie sind bezahlt, um mich klein zu kriegen, weiter nichts.« – Kerkhoven sagte kalt: »Ich habe sehr oft die Erfahrung gemacht, daß Leute, deren Beruf das Schreiben ist, auffallend wenig Einbildungskraft besitzen.« – »Ja, bin ich denn nach Ihrer Meinung bloß ein Skribent, der seinen eigenen Tod überlebt hat?« schäumte Mordann, in seiner Eitelkeit bis zur Qual getroffen. »Wenn ich, nach Ihrer Theorie, nur meinen Machthunger hätte stillen wollen, hätte ich einen andern Gebrauch von meiner Wissenschaft machen können, als es tatsächlich geschehen ist. Das Unterste zuoberst hätte ich kehren können, nicht ein Stein wäre auf dem andern geblieben, zehn Jahre früher wäre der große Kladderadatsch hereingebrochen. Im kritischen Moment habe ich immer erst die Belastungsprobe angestellt, ob das, was zerstört werden mußte, das aufwog, was erhalten werden mußte.« – »Das ist eben Ihr Wahn: daß zerstört werden mußte. Und, verzeihen Sie das furchtbare Wort: Ihr Dünkel, daß Sie etwas erhalten konnten.« – »Ja, um Himmels willen, Herr, ich hatte die Mission. Ich hatte den Auftrag.« – »Von wem?« – »Was heißt das: Von wem? Von wem hat man den Auftrag, zu sein, wer man ist?« – »Da sind wir beim springenden Punkt«, sagte Kerkhoven und stemmte beide Arme auf die Tischplatte, »der Mensch steht genau in der Mitte zwischen Freiheit und Schicksal. Die Instinktverluste, die einer erleidet, und das ist ein Existenzproblem ersten Ranges, richten sich danach, wieviel Freiheit er sich anmaßt und wieviel Schicksal er zu tragen gewillt ist, er selbst, er allein. Nicht zu verhängen, zu tragen!« – »Versteh' ich nicht. Ist mir zu tief. Obschon ich ungefähr ahne, wo Sie hinauswollen. Na, und? Was hab' ich schon davon gehabt? Bin ich etwa ein reicher Mann? Ich habe kaum zu leben. Hat man mich geehrt? Ich bin verschrien wie ein toller Hund. Wo ist mein Lohn, wo sind meine Pfründe, wo meine Genugtuungen? In mir drin. Nirgends sonst als in mir drin.« Er schlug sich dröhnend auf die Brust, daß es klang, wie wenn man auf eine leere Kiste schlägt. – »Es ist das Schreckliche bei einem Mann wie Ihnen«, sagte Kerkhoven trüb, »daß er sich im Hader der Dialektik verzehrt und nicht sieht, nicht spürt, die lebendige Welt nicht, das einfache Leben nicht. Geben Sie doch nach! Lassen Sie sich doch einmal fallen! Der selbstmörderische Geist ... den habe ich gemeint vorhin, als ich von dem Mangel an Einbildungskraft sprach. Stellen Sie sich vor ... der junge Mensch ... dieser junge Graf Brederode ... ich habe Nachrichten eingezogen »... – »Aha, aha, mein ahnungsvolles Gemüt »... – »Nichts von dem, was Sie vermuten ... selbstverständlich nicht ... Die Recherchen gingen auf unauffälligen Umwegen ... Es handelt sich da um einen Fall von Vaterkult ... Der bloße Gedanke, daß ein Hauch von Unglimpf das verehrte Bild beflecken könnte, macht ihn zu jedem Verbrechen fähig ... Nie würde er glauben, und wenn er's schwarz auf weiß vor Augen hätte ... Die Unantastbarkeit des Vaters ist für ihn ein religiöses Dogma ... Daß die Briefe eine Fälschung sind, steht für ihn fest ... trotzdem zittert er vor der ehrenrührigen Beschuldigung. Erinnern Sie sich nicht an sein Gesicht? Er war dreimal bei Ihnen. Ist nicht der Eindruck einer überzeugenden Wahrhaftigkeit in Ihnen haftengeblieben, oder spielt das keine Rolle? Stellen Sie sich vor: Auf der einen Seite ein Mensch, dem das Fundament einzustürzen droht, dem Sie gewissermaßen ein Ideal schenken, auf der andern ein Haufen Papier in einem Safe »... – »Ich habe keine Ideale zu verschenken, man hat mir keine übriggelassen, Herr!« – »Sie entscheiden nicht über ihn dabei, Sie entscheiden über sich.« – »Nein, ich tu's nicht«, knirschte Mordann und erhob sich wankend, »scheren Sie sich zum Teufel! Nein, nein und nein!«

Kerkhoven packte ihn, um ihn zu stützen. Er selbst war einen Augenblick vor Erschöpfung schwindlig. Aber die Züge des andern, den er um die Schulter gefaßt hatte, waren vom Tod gezeichnet.

55.

Die weittragenden Folgen, die die Befassung mit der gemütskranken Frau Thirriot nach sich ziehen würde, hatte Kerkhoven nicht voraussehen können, als er sie in das Haus Seeblick brachte. Es war, als ob eine unsichtbare Hand sich zu einem hohen Zweck seiner bediente. Das Geschehnis, in das er dadurch verstrickt wurde, war sogar für ihn, den in Schicksalen und Schicksalswendungen Erfahrenen, dermaßen beklemmend, daß er sich manchmal des Schauderns nicht erwehren konnte. In gewisser Weise erinnerte es ihn an die erstaunliche Entschleierung der Unschuld jenes Leonhart Maurizius, der neunzehn Jahre im Zuchthaus gesessen und dem der sechzehnjährige Etzel Andergast zum Befreier geworden war; nur daß es sich hier um ein junges Paar handelte, das seit nunmehr sechs Jahren zu lebenslänglicher Kerkerhaft verurteilt, und es in diesem Fall nicht ein Knabe war, der einen ungeheuerlichen Justizirrtum aufklärte, sondern im Verein mit Marie und der Schwester Wys-Wiggers eine fünfundvierzigjährige schwer irritierte, beinahe unzurechnungsfähige Frau. In einem so gesetzhaften Leben wie dem Kerkhovens bewegen sich die entscheidenden Begebenheiten in konzentrischen Ringen.

Hier der Sachverhalt, was den angedeuteten Gerichtsprozeß betrifft. Im Dezember 1925 wurde in einer westschweizerischen Kantonshauptstadt der Apotheker Karl Imst, ein Mann Mitte der Dreißig, unter dem dringenden Verdacht verhaftet, gemeinsam mit seiner Geliebten Jeanne Mallery seine Ehefrau Selma durch Gift aus dem Weg geräumt zu haben. Die sofort einsetzende Untersuchung enthüllte ein ungewöhnlich finsteres Familien- und Ehebild. Imst hatte die Frau kennengelernt, als er noch Student war, und sie geheiratet, nachdem ihm ein ererbtes väterliches Vermögen den Kauf der Apotheke ermöglicht hatte. Die Beziehungen zwischen den beiden Gatten waren von Anfang an die mißlichsten. Die Frau beklagte sich über die Kälte und Lieblosigkeit des Mannes, er wiederum zieh sie der Zanksucht, der Kleinlichkeit und Herrschgier. Er behandelte sie schlecht, sie behandelte ihn noch schlechter. Wegen des nichtigsten Anlasses brach sie einen Streit vom Zaun, wenn nicht mit ihm, so mit der Magd, etwa weil diese beim Feuermachen ein Zündholz zuviel verbraucht hatte. Die Geburt eines Kindes nach fünfjährigem Zusammenleben besserte das Verhältnis mit nichten. Als er anfing, seine

Vergnügungen außer Hause zu suchen, beschuldigte ihn die Frau des liederlichen Wandels, später behauptete sie sogar, er habe ihr während einer nächtlichen Szene geraten, ein Pülverchen einzunehmen, wenn es ihr bei ihm nicht mehr passe. Die beiden Leute fanden wohl auch physisch kein Glück beieinander; der Mann fühlte sich sinnlich nicht angezogen, die Frau war fordernd, kaum ersättlich, aber von tiefer Kälte. Da machte Imst bei einem Osterausflug die Bekanntschaft von Jeanne Mallery. Sie war eine Genferin, studierte Mathematik und hielt sich bei Verwandten in Langenthal zu Besuch auf. Eine Ferienfreundschaft entwickelte sich zu leidenschaftlicher Liebe. Jetzt nahmen die Ehezwistigkeiten überhaupt kein Ende mehr, oftmals äußerte sich Imst zu seiner Geliebten, er führe ein Leben wie in der Hölle. Was die Frau betrifft, so verzeichnete sie seit Jahr und Tag jeden Wortwechsel mit dem Mann, jede Beleidigung und Zurücksetzung, die sie erfuhr, in einem Tagebuch, und dies war bei einer sonst so wenig gebildeten und noch weniger zur Selbstrechenschaft geneigten Person ein unheimlicher Charakterzug, denn dieses Tagebuch spielte bei dem Prozeß wie auch späterhin eine bedeutende Rolle. Doch um nicht vorzugreifen, die Beziehung zwischen der hübschen jungen Jeanne und dem Apotheker Imst konnte nicht verborgen bleiben, die schmählichen und aufreibenden Eifersuchtsszenen ließen den häufig erwogenen Scheidungsplan in den Vordergrund treten, die Frau erklärte sich einverstanden, aber die Verhandlungen wurden mit großer Bitterkeit und Erbitterung geführt, keiner ersparte dem andern einen Vorwurf, keiner übte Schonung. Hauptsächlich wegen des Kindes kam es zu heftigen Erörterungen; die Frau wollte es dem Mann gänzlich entziehen und ihm nicht einmal die gesetzlich gewährleisteten Besuche gestatten. Nach langwierigen und erschöpfenden Prozeduren, auch solchen materieller Art, wurde endlich im November 1924 die Scheidung ausgesprochen. Als dem überwiegend schuldigen Teil wurde dem Mann zur Wiederverheiratung mit der Geliebten eine Wartefrist von einem Jahr auferlegt, eine Maßregel, die viele Unzuträglichkeiten und Schwierigkeiten im Gefolge hatte. Da ihm Jeanne in jeder Weise unentbehrlich geworden war, auch in seinem Berufe, hausten sie unter einem Dach; dies erregte gehässiges Gerede, überdies setzte sich Imst dadurch einer Strafverfolgung wegen Konkubinats aus.

Weit verhängnisvoller jedoch waren die Begegnungen, die er mit der geschiedenen Frau hatte. Den Vorwand lieferte das Kind. Imst liebte das kleine Mädchen über alles. Er konnte die Trennung von ihm nicht verwinden. Als er nun, nach Monaten, die Frau wiedersah, zeigte sie sich ihm in einem andern Licht. Sie war schwer bedrückt; ihr ganzes Wesen wartete auf Aussprache. Das Kind, offenbar von ihr bearbeitet, setzte sich dem Vater auf die Knie und bat ihn unter Liebkosungen, er möge wieder zur Mutter zurückkehren. Dazu lag ihm die Frau mit beweglichen Klagen in den Ohren, sie könne die Einsamkeit nicht aushalten, sie habe keinen Menschen, der sich ihrer annehme; schließlich, als sie merkte, daß der Mann ihr teilnahmsvoll zuhörte, wurde sie kühner und deutlicher und sprach von der Möglichkeit einer neuen Heirat. Nicht jetzt, nicht gleich, sie könne ruhig ein, zwei Jahre warten; wenn sie nur wieder ein Ziel vor Augen hätte, sei ihr schon geholfen. Sie sehe ein, daß sie ihn oft gekränkt und sich gegen ihn vergangen habe, aber das werde alles anders werden. Imst war im Grunde ein weichherziger Mann; er widerstand solchen Bitten nicht leicht. Wie alle schwachen Charaktere, war er nur zu sehr geneigt, das ihm widerfahrene Böse zu vergessen und an Schwüre und Gelöbnisse zu glauben, die eine Sinneswandlung beim andern annehmen ließen. Das tägliche Beisammensein mit dem Kind bestärkte ihn in dem Wunsch, dem zärtlich geliebten Wesen wieder ein Elternheim zu geben, und er versprach, Selma wieder zu heiraten und so das dem Kind durch die Scheidung zugefügte Unrecht gutzumachen. Aber als er dann zu Jeanne zurückkehrte, wurde ihm der Zwiespalt, in den er durch diese Zusage geraten war, erst in seiner ganzen Tragweite bewußt. Er hatte sie, die er liebte, die mit unbedingter Treue zu ihm stand, die ihm ein vorher unbekanntes Glück gegeben hatte, aufs schnödeste verraten. Er fand aber die Kraft nicht, ihr offen zu bekennen, was er getan. Sie jedoch fühlte es, ahnte es, und als er ihr dann das Geständnis nicht länger vorenthalten konnte, hatte er wiederum nicht die Kraft, folgerichtig den einen Weg zu gehen, zu dem er sich selber verurteilt hatte. Gleichzeitig bedrängt von der Geliebten und der Frau, von der Leidenschaft, die ihn zu jener trieb, dem mißverstandenen Pflichtgefühl, das ihn von neuem dieser verhaftet hatte, verlor er den Boden unter den Füßen; er schwankte kläglich hin und her, und eine krankhafte Freud- und Entschlußlosigkeit kam über ihn. Jeanne berief sich auf das Recht ihres Herzens, auf die düsteren Erfahrungen, die der Freund bereits in der Ehe mit Selma gemacht. Sie verdoppelte die Beweise ihrer Ergebenheit und Treue, ohne dabei einen moralischen Druck auf den unglücklichen Mann auszuüben, eine Schonung, deren sich die andere keineswegs befleißigte; während Jeanne sich noch auf Bitten und Flehen

verlegte, hatte die Nebenbuhlerin, kühl und berechnend, das standesamt-
liche Aufgebot besorgt und mit ihrem Anwalt einen Plan zur finanziellen
Abfindung Jeannes ausgearbeitet. Vor soviel Tatkraft wich Imst mutlos
zurück und überredete die Freundin, für einige Zeit zu Bekannten ins
Appenzellische zu reisen. Sie willfahrte ihm, beschwor ihn aber in flehentlichen Briefen, sie nicht im Stich zu lassen, sie habe ja keinen
Menschen auf der Welt außer ihm. Zu alledem war es schon zu spät.
Die Wiederverheiratung der geschiedenen Eheleute hatte inzwischen
stattgefunden, Selma war mit ihrem Kind in das Haus des Mannes gezogen, und als Jeanne an einem Novemberabend krank und elend dort
eintraf, erfuhr sie das Geschehene von der Dienstmagd. Was sollte sie
nun tun? Wohin sollte sie gehen? Sie begehrte die Frau zu sprechen,
Selma empfing sie auffallend freundlich und bot ihr mit Rücksicht auf
ihren trostlosen Zustand ein Obdach für die Nacht an; alles weitere
sollte nach der Rückkehr des Mannes, der über Land gefahren war, ge-
regelt werden. Diese Regelung bestand darin, daß Jeanne Mallery vorläufig im Hause verblieb. Die Siegerin, großmütig gestimmt, wollte sie beherbergen, bis sie sich eine neue Existenz gegründet hatte. Jedenfalls
schlossen die beiden Frauen miteinander Frieden, sie teilten sich in die
Arbeit im Hause, Jeanne bediente wie früher die Kunden in der Apotheke
und war im Laboratorium tätig, Selma führte die Wirtschaft, und für
Imst war diese Lösung des Konflikts ein Glücksfall, auf den er nicht zu
hoffen gewagt hatte.

Es waren trügerische Maßnahmen, war ein Scheinfrieden. Zu vermuten
ist, daß sich in der Frau ein unterirdischer Groll sammelte, als sie sah,
daß die neu geschlossene Ehe das Verhältnis zwischen ihrem Gatten
und Jeanne nicht zu zerstören vermocht hatte. Vielleicht war es ihre
Absicht gewesen, die beiden auf die Probe zu stellen, und indem sie sie
unter den Augen behielt, konnte sie den verhohlenen Haß gegen die
Rivalin nähren und sich wiederum die Qualen schaffen, durch die allein
sie sich noch ein Leben der Sinne vortäuschte. Eines Abends, als Imst
zu spät zu Tisch kam, brach die unterdrückte Erbitterung aus; ohne auf
seine Entschuldigungen zu hören, fuhr sie ihn bösartig an, überhäufte
ihn mit Schmähungen und tat, wie wenn er schon die ganze Zeit, statt
seine Pflichten zu erfüllen, ein Lumpenleben geführt und die Nächte in
Wirtshäusern verbracht hätte, eine völlig aus der Luft gegriffene Beschuldigung. Der Mann brauste auf und antwortete hart, jetzt habe er zwei
Jahre Ruhe gehabt, wenn sie wieder in der alten Weise anfange und ihre

Versprechungen nicht halte, könne sie ihre Sachen packen und gehen. Auf eine so energische Sprache war Selma nicht gefaßt. Sie allein glaubte die Macht über Frieden und Krieg zu besitzen; als sie sich nun in Gegenwart Jeannes wie ein Dienstbote behandelt sah, begann ein unstillbarer Zorn an ihr zu nagen. Imst bereute seine Heftigkeit, aber alle Versuche, die Frau wieder zu versöhnen, stießen auf ihren verächtlichen Trotz; am andern Morgen wurde sie plötzlich bettlägerig, klagte über Kopfschmerz, Schwindel und Brechreiz, Imst fragte sogleich besorgt, ob sie ein Mittel eingenommen habe, sie verneinte es, er wollte nach dem Arzt telefonieren, sie sagte, sie brauche keinen Arzt, und da die Beschwerden sich nicht steigerten, beschloß Imst, noch zu warten, brachte ihr aus seiner Apotheke etwas Pantopon und Silicose und verordnete eine entsprechende Diät. In den nächsten zwei Tagen wechselte das Befinden ständig, am Abend des dritten zeigten sich jedoch Symptome einer schweren Magen- und Darmerkrankung, der Puls war klein, kalter Schweiß hatte sich eingestellt, verbunden mit Sehstörungen und Herzschwäche. Imst rief den Arzt, auch dieser fragte sie, ob sie etwas eingenommen habe, sie leugnete es wieder, sagte nur, um drei Uhr nachmittags sei ihr auf einmal furchtbar schlecht geworden, und seitdem fühle sie sich mit jeder Stunde elender. Eine klare Diagnose ergab sich nicht. An Vergiftung dachte der Arzt erst, als keine Hoffnung mehr vorhanden war. Um elf Uhr nachts verschied sie. Am folgenden Tag wurde auf Betreiben des Arztes und mit Imsts Einverständnis die Leiche seziert. Bei der chemischen Untersuchung fanden sich ganz abnormale Mengen von Arsen. Nach weiteren zwei Tagen wurden sowohl Imst wie auch Jeanne Mallery verhaftet.

56.

Obwohl am Anfang des Verfahrens auch die öffentliche Meinung noch schwankte, ob Mord oder Selbstmord vorlag, nahm der Untersuchungsrichter den Mord als gegebene Tatsache an und ging in seinen Nachforschungen und Inquisitionen von der unerschütterlichen Überzeugung aus, daß über die Schuld der beiden Verdächtigten nicht der leiseste Zweifel obwalten könne. Daher wurden sie nicht als Häftlinge behandelt, denen das Verbrechen erst nachgewiesen werden mußte, sondern von der ersten Stunde der Haft bis zum Wahrspruch der Geschworenen, acht Monate lang, als überführte Giftmörder. Es wurden ihnen keinerlei Erleichterungen gewährt. Sie durften keine Bücher lesen. Sie bekamen keine Wäsche, keine Seife, keine Extrakost, und als im Januar strenge Kälte einbrach, mußten sie frieren. Umsonst bemühten sich die Freunde von Imst und Jeanne Mallery, wenigstens ihre physische Lage zu verbessern, der untersuchende Richter, in seiner Voreingenommenheit, verschloß sich jeder menschlichen Regung, lehnte sämtliche Bittgesuche ab, war gegen alle Vorstellungen taub. Er konnte es, er durfte es, es war seine Befugnis. Das aber war nur der äußere Rahmen einer geradezu mittelalterlichen Tortur, der das unglückliche Paar unterworfen wurde. Zu schweigen von den persönlichen Herabwürdigungen, Beleidigungen und Drohungen, mit denen er sie zu einem Geständnis zu zwingen suchte, hatte er sich eine Taktik von Fangfragen zurechtgelegt, durch die sie sich ahnungslos in Widersprüche verwickelten. Die unschuldigste Äußerung wurde ihnen so lange im Mund verdreht und wieder und wieder vorgehalten, bis sie sich in ein Indiz verwandelte; keine Zeugenaussage, die nicht eine absichtliche Mißdeutung erfuhr; verdächtig, daß Imst den Arzt nicht rechtzeitig gerufen; verdächtig, daß Jeanne die Kranke gepflegt hatte; verdächtig das eine Mal die Schweigsamkeit des Mannes nach dem Tod der Gattin, das andere Mal, daß er da und dort zuviel geredet. Und was er geredet; an jede Silbe sollte er sich erinnern, an jeden Blick und jeden Schritt; irrte er, versagte sein Gedächtnis, war es ein Schuldbeweis. Erregung war Schuldbeweis, Fassung war Schuldbeweis, die verletzte Stimmung in der Stadt: Schuldbeweis; das Umstellen eines Möbelstücks im Vorzimmer, drei Tage vor dem Tod: Schuldbeweis; dadurch nämlich habe man Platz für das Hinaustragen des Sargs schaffen wollen! Daß er den bedenklichen Zustand der Kranken nicht erkannt zu haben behauptete; daß er im Gegensatz zu einigen Zeugen nicht bemerkt haben wollte, daß die Sterbende in den letzten Stunden weiße, steife Hände mit blauen Fingernägeln gehabt; daß Jeanne Mallery nicht sagen konnte, ob sie an dem Nachmittag, da die Frau über quälende Schmerzen geklagt, Tee oder Kaffee gekocht und, als sich endlich herausgestellt, daß es Kaffee gewesen, warum Kaffee und nicht Tee; daß sie nicht wußten, wer die Apotheke zuletzt betreten, wer zuletzt mit dem vorrätigen Arsen zu tun gehabt: Das alles bildete ein hinterhältiges System des Erwischenwollens und der Einschüchterung, wovon die verhängnisvolle Folge war, daß der objektive Tatbestand immer mehr verdunkelt und jedes der unzähligen, zu jeder Stunde des Tages und der Nacht

ohne Rücksicht auf die seelische und körperliche Verfassung der Ange-
schuldigten vorgenommenen Verhöre in eine Kette von immer wiederholten Einzelfragen zerlegt wurde. Dadurch verloren sich allmählich die
wesentlichen Spuren des Geschehens, zum Beispiel die Herkunft des
Giftes, der Aufbewahrungsort und die Zeiten der Einnahme, die
Krankheitserscheinungen und ihre Steigerungen. Ebensowenig wurden
die anklägerischen, zum Teil offensichtlich unwahren Äußerungen im
Tagebuch der Frau Imst ernsthaft nachgeprüft; der Sachverhalt lag ja
vermeintlich klar zutage: auf der einen Seite ein schmählich betrogenes,
in seiner Ehre gekränktes und mißhandeltes Weib, ein edles und von
hoher Pflichttreue erfülltes Wesen, Opfer seiner Gattenliebe, auf der
andern ein roher Trunkenbold und seine gewissenlose Mätresse, der als
einziges Ziel vorschwebte, den unsittlichen Bund zu legitimieren, selbst
auf Kosten eines Verbrechens, und die den willensschwachen Mann
dahin zu bringen wußte, das unbequeme Hindernis ihres Ehrgeizes zu
beseitigen. So war die Auffassung des Volkes, so die des Gerichts und
der Geschworenen; vergeblich die feierlichen Unschuldsbeteuerungen
der beiden Angeklagten, vergeblich die scharfsinnigen und überzeugenden
Plädoyers der Verteidiger, vergeblich die Warnung einzelner Besonnener
vor einem ungerechten Spruch, das lebensvernichtende Urteil wurde
gefällt, Imst und Jeanne Mallery wanderten in ihr steinernes Grab, und
die Welt, von kurzem Gedächtnis, wie sie ist, schien ihrer alsbald vergessen zu haben.

57.

Eines Tages geschah es, daß Marie Kerkhoven mit der Assistentin Wys-
Wiggers ins Gespräch kam und diese plötzlich anfing, ihr von dem Fall
zu erzählen. Nicht von ungefähr; es stellte sich heraus, daß sie bis ins
Herz davon erfüllt war. Sie war eine Verwandte von Karl Imst; er war
ihr leiblicher Vetter. Sie kannte ihn von Jugend auf. Sie war von seiner
Schuldlosigkeit durchdrungen. Sie hielt ihn des Verbrechens, dessen
man ihn beschuldigt, für vollkommen unfähig. Sie hielt auch Jeanne
Mallery für schuldlos. Sie war überzeugt, daß an den beiden ein Justiz-
mord begangen worden sei. Von diesem Gedanken war sie besessen wie
von einem Leiden, das ihre Existenz untergrub. Alles, womit sie sich
sonst beschäftigte, war nur Betäubung und leeres Tun. Während Imst

in Untersuchungshaft gewesen, hatte sie durch ihre unablässigen Bemühungen einmal die Erlaubnis erhalten, ihn zu besuchen. Seitdem war der letzte Zweifel an seiner Unschuld in ihr geschwunden. Als sie diese Begegnung schilderte, wurde sie totenbleich und verstummte vor Entsetzen, jetzt noch, nach vielen Jahren. Sie hatte der Gerichtsverhandlung beigewohnt, hatte Karl und Jeanne beobachtet, die Zeugen beobachtet, die Reden mit angehört und gestand, es habe ihrer ganzen Selbstbeherrschung bedurft, um bei der Urteilsverkündigung nicht aufzuspringen und in den Saal zu schreien: Halt, halt! Um Gottes willen, halt! Ihr seid es, die mordet! Sie sind unschuldig, der Mann und das Weib! Nachher war sie wochenlang krank. Sie besaß sämtliche Zeitungsberichte über den Prozeß, Abschriften der Verhörsprotokolle und der Sachverständigengutachten und war mit der Materie so vertraut, als hätte sie selber die Verteidigung geführt.

Marie hatte zuerst geglaubt, die junge Person sei von einer fixen Idee besessen. Aber Else Wys-Wiggers machte keineswegs den Eindruck einer Phantastin; auch Kerkhoven rühmte stets ihre Ruhe und Verläßlichkeit. Und je öfter sich Marie mit ihr unterhielt, je stärker wurde ihr Interesse, je unabweisbarer das Gefühl, daß hier wirklich zwei Unschuldige fälschlich gerichtet worden waren. Sie vertiefte sich in die Lektüre der Akten und Berichte, und das Gefühl wurde langsam zur Gewißheit. Dies aber brachte ihre Seele in Aufruhr. Plötzlich war sie eng beteiligt; plötzlich war sie selber in den Maschen des Geschehens drin; plötzlich war sie es, die Sühne zu fordern hatte für die beleidigte Gerechtigkeit und Wahrheit. Sie hatte keinen Frieden mehr; ständig kreisten ihre Gedanken um die zwei Menschen im Zuchthaus und wie ihnen zumute sein mußte im Bewußtsein der Unschuld. Kaum zu ertragende Gedanken. Dabei empfand sie es als eine schier unheimliche Fügung, daß sie gleichsam das Kernerlebnis des Menschen übernahm, der ihr einst zum Schicksal geworden war und sie aus einer Träumerin zu einer Wachen gemacht hatte, aus einer abseitigen Zuschauerin zu einem lebendigen und handelnden Weib. Ohne daß er es gewollt und gemeint freilich, aber als Träger der Bestimmung. Das verlieh ihr Zuversicht und Kraft, denn die unserm Schicksal innewohnende spürbare Folgerichtigkeit ist es, die unser Herz stählt und uns vor uns selbst bestätigt.

»Aber hören Sie zu, Else«, sagte sie eines Abends zu der Assistentin, »wenn weder Karl Imst noch Jeanne Mallery etwas mit dem Verbrechen zu schaffen haben, wer hat die Frau getötet?« – »Wer?« fragte die andere mit großen Augen zurück. »Wer? Das fragen Sie!« – »Ich weiß, ich weiß«, flüsterte Marie, »es gab ja immer nur die zwei Möglichkeiten: Mord oder Selbstmord. Ich sehe nur den Grund nicht, weshalb sie sich hätte umbringen sollen. Natürlich, sie war schwer verbittert und verzweifelt, vor allem hatte sie nicht mehr den Glauben an sich … Aber sie hing doch so am Leben … und solcher Entschluß »… – »Sie sehen wirklich nicht den Grund? Wirklich nicht? Er liegt doch so nah, daß man ihn mit Händen greifen kann!« Sie schauten einander starr in die Augen. Marie erbebte. »Das läßt sich nicht zu Ende denken«, murmelte sie verstört. – »Denken Sie es ruhig zu Ende, und Sie werden richtig denken«, sagte die Wys-Wiggers finster. – »Nein, ich kann nicht, ich weigere mich, es wäre die schwärzeste Hölle«, beharrte Marie. – Die andere zuckte die Achseln. »Beweisen müßte man es können«, erwiderte sie dumpf, »solange die Beweise fehlen, gibt es keine Revision. Und wenn nicht ein Gott eingreift, kann man's nicht beweisen.«

Revision des Urteils, das war ihr einziges Ziel. Sie war unermüdlich gewesen in Umfragen und Erkundungen. Sie korrespondierte mit den Anwälten des Imst und der Mallery, mit hohen Gerichtsfunktionären, mit Chemikern und Rechtsgelehrten. Für eine nachhaltige Aktion hatte sie die Mittel nicht. Ihre geheime Hoffnung war, Marie und durch diese Joseph Kerkhoven zu gewinnen. Wenn ein Mann wie Kerkhoven sich mit dem Gewicht seines Namens für die Sache einsetzte und ihr die Wege in die Öffentlichkeit ebnete, war ein großer Schritt getan. Marie, von ihrer Glut mit ergriffen, in jener heiligen Ungeduld, die das verletzte Recht in den Seelen derer wachruft, die noch an Recht und Gerechtigkeit glauben, sprach wieder und wieder mit Joseph darüber. Sie weihte ihn in den Fall ein. Es gelang ihr, ihn zum Studium der aktenmäßigen Darstellungen zu überreden. Er verstand sehr genau, worum es ihr ging. Der geistige Ursprung ihrer Bewegung blieb ihm nicht verborgen; er sah darin einen Läuterungsvorgang, der das Bild Maries mit neuen Zügen bereicherte, ja ihm einen neuen Begriff ihrer Natur gab. Seine Bedenken richteten sich gegen die eigenen Möglichkeiten. »Es ist nicht meines Amtes«, sagte er, »es führt ins Unabsehbare; so etwas verlangt alle Zeit, die man hat, vielleicht das ganze Leben. Denk an Andergast; es hätte ihn beinahe den Hals gekostet. Es ist eine andere Welt als die meine. Man muß achtgeben … Aber ich will's mal überlegen … Ich werde nicht drüber hinweggehen, Marie, sei unbesorgt …« Und abermals war es die besondere Fügung, die den Gang der Dinge förderte und Kerkhoven, rascher, als er geahnt und gewollt, zu tätigem Anteil zwang.

58.

Die Gemütskrankheit der Emilie Thirriot äußerte sich seit ungefähr drei Jahren in steigendem Maße als eine nicht gewöhnliche Form von Bewußtseinsverwirrung und Selbstpeinigung. Sie hatte eine siebzehnjährige Tochter und bildete sich ein, die Hebamme habe ihr bei der Geburt ein falsches Kind untergeschoben, und zwar ein Mädchen statt des Knaben, den sie nach ihrer Meinung zur Welt gebracht hatte. Den Namen der Hebamme hatte sie vergessen, da sie in einer Gebäranstalt entbunden hatte, hingegen war in ihrem Gedächtnis ein Bild der Frau haftengeblieben, ein von ihr erfundenes freilich, viel mehr zwei oder drei Einzelheiten eines Bildes; sie glaubte sich eines Kapotthütchens mit rosa Bändern zu erinnern, sodann schwarzer russischer Röhrenstiefel; immerhin eine wunderliche Kombination, aber das waren eben die Merkmale ihres Zustands. Eines Tages begann sie, überall nach der schuldigen Hebamme zu suchen. Sie sammelte auf der Straße und in allen Mülleimern alte Zeitungsfetzen mit Inseraten, fragte in den Spitälern herum, machte polizeiliche Anzeigen und schlurfte in Filzschuhen tagelang durch die Stadt, um nach weiblichen Personen auszuspähen, die ein Kapotthütchen und Röhrenstiefel trugen. Oft faßte sie Verdacht und sprach fremde Leute an, lief, wenn sie sich abkehrten, hinter ihnen her und beschimpfte sie, so daß sie schließlich zur Beobachtung ihres Geisteszustandes interniert wurde. Da man sie nicht als gemeingefährlich bezeichnen konnte, ließ man sie nach einer Weile wieder frei, betraute aber vorsichtshalber einen jungen Psychiater mit ihrer Beobachtung. Der nahm dann die bedenklichen Symptome an ihr wahr, die sich mit der Zeit immer stärker herausbildeten und zu ihrer dauernden Anstaltsbehandlung führten. Sie war sehr arm und lebte mit ihrer Tochter, die in einer Fabrik arbeitete, in einer Zweizimmerwohnung mit Küche. Es fiel auf, daß sie das Zusammensein mit der Tochter mied, wie man die Gesellschaft eines Menschen meidet, den man vor Ansteckung schützen will. Beim Sprechen sah sie ihr nie ins Gesicht; wenn jene ins Zimmer trat, verkroch sie sich in einen Winkel, wurde bleich und zitterte; nichts, was dem Mädchen gehörte, berührte sie, kein Kleidungsstück, den Stuhl nicht, auf dem das Kind saß, das Bett nicht, worin es lag. Von einem gewissen Tag ab weigerte sie sich, die gemeinsamen Mahlzeiten zu kochen, wie sie es bis dahin getan. Sie hatte sich beim Kartoffelschälen in den Finger geschnitten. Mit den Zeichen ungeheuerster Aufregung lief sie zur Wasserleitung, wusch das Blut ab und, als die Wunde längst nicht mehr blutete, rieb sie noch immer mit Bürste und Seife krampfhaft ihre Hände. Sodann warf sie sämtliche Kartoffeln ins Herdfeuer, die geschälten und die ungeschälten, das Messer, mit dem sie sich verletzt, und als sie auf dem Fußboden einen Tropfen Blut wahrnahm, holte sie Schaff und Lappen herbei, kniete hin und begann keuchend und mit erstickten Seufzern so lange zu schrubben, bis jede Spur des Bluts verschwunden war. Hier, wie bei verschiedenen andern, ähnlichen Anlässen, machte sie den Eindruck eines Menschen, der von seinem bösen Gewissen bis zur Unerträglichkeit verfolgt wird.

Es war ein Rätsel, vor dem die Ärzte kopfschüttelnd standen. Die Angstzustände häuften sich. Sie wurden eine Gefahr für das junge Mädchen, das nicht mehr wußte, was es von der Mutter denken sollte, wenn diese zu wimmern und zu heulen anfing, sobald das Kind in ihre Nähe kam. Man mußte trachten, Mutter und Tochter voneinander zu trennen. Ein Bruder der Frau, der in Friedrichshafen lebte, fuhr nach Kolmar, um sie zu holen. Nach einiger Zeit brachte er sie dann in die Klinik. Von dort, wie schon berichtet wurde, übernahm sie Kerkhoven. Zunächst sah auch er sich vor einer Unerklärlichkeit. Eine dunkle Seele, nicht aufschließbar, beladen mit einer Angst, die uralt schien, wie von den Ahnen her. Er ging behutsam vor. Seine Fragen zogen anfangs einen weiten Kreis, ehe sie sich ins Persönliche und Erlebte wagten. Allmählich erkannte er, daß es sich um ein tief verlagertes Phänomen des Wahnlebens handelte. Schicht um Schicht tat sich auf. Wieder einmal enthüllte sich das scheinbar Einfache, ja Erdhafte, als das Verworrenste und Nächtigste. Indem er ihr, fast spielend, ein Interesse für ihre Person einflößte wie für die Heldin einer spannenden Geschichte, machte er sie neugierig auf ihre eigene Vergangenheit und auf verborgene Regungen ihres Gemüts. Er drückte ihr gleichsam die Schaufel in die Hand, mit der sie grub. (Aber mißverstehen wir seine Absichten nicht; das Ziel war nicht, wie bei gewissen Schulen von Aufgräbern, daß die unterirdischen Bestände als Schutt zutage kamen, der fortgeräumt werden sollte, sondern als Baumaterial, das, weil verschüttet, sich bis nun der Verwendung entzogen hatte, ein von dem üblichen grundsätzlich abweichendes Verfahren.)

Der Wahn war schrecklich genug. Sie glaubte, ihr ganzer Körper bestehe aus Gift, insonderheit Speichel, Blut und Atem und alle Ausscheidungen, und dieses Gift wirke sich lediglich gegen die leibliche Tochter aus. Ihre organische Beschaffenheit, so nahm sie an, war derart, daß sie unweigerlich und ohne daß sie das geringste dazutat, den Tod der Tochter herbeiführen müsse, daß sie also zu irgendeiner Zeit, es konnte morgen, es konnte in einem Jahr geschehen, zur unfreiwilligen Mörderin des jungen Mädchens werden mußte, eben durch jene fürchterliche Eigenschaft ihrer giftigen Natur. Deshalb hatte sie das Blut mit solchem Entsetzen von ihren Händen gewaschen; deshalb räumte sie alle Dinge, die sie angerührt hatte, aus dem Weg, wenn ihr das Kind vor die Augen kam. Auf einer oberen Stufe des Wahns war sie überzeugt, ihr Kind zu lieben, mit einer aufrichtigen, mütterlichen Liebe; in Wahrheit jedoch lag unter dieser Decke von Liebe ein unergründlicher, elementarer Haß, der von ihrem Bewußtsein allerdings abgedrängt war, der aber mit den Jahren ihr Leben zerrieben und ihr durch den Konflikt zwischen Vernichtungswunsch und weiblicher, menschlicher Pflicht das Dasein zur Folter gemacht hatte.

Geheimnisvolle Finsternis, die die stumme Menschenseele aus sich heraus gebiert! War das Verlangen nach dem Knaben und die Enttäuschung über die Tochter der unterste Grund der Verstörung? Zweifellos gibt es Frauen, in denen der Wille zum Sohn gebieterisch wie ein Naturgesetz ist und die sich von der göttlichen Ordnung betrogen fühlen, wenn sie ihr Leib darum betrügt. Dann war auch die Suche nach der Hebamme mit dem Kapotthütchen und den russischen Stiefeln nur ein Vorwand, um dem Geschick einen Schuldigen entgegenstellen zu können, denn aufgehäufte Schuldenrechnung und Abwälzung der Verantwortung ist das Kennzeichen fast jeden Wahns, und daß sie diesen Schuldigen, eine Schattenfigur ohne Gesicht und Namen, nur mit den äußeren Attributen einer Karikatur versehen, nicht zu finden vermochte, zwang ihre kranken Sinne in die Bahn der Selbstvernichtung, eine so umwegige und abstruse, wie keine Vernunft es erdenken konnte. Aber wahrscheinlich lag alles noch viel weiter zurück, als Erinnerungen, Bilder und Eindrücke reichten; weiter als die unglückliche Ehe, über die sie nur spärliche Andeutungen machte, so, als ob der Mann sie an Stelle einer andern geheiratet hätte; daher auch die Wahnidee von den vertauschten Kindern;

bis auf die Mutter zurück, die sie in früher Jugend zu fremden Leuten gegeben; bis in die Geschlechter zurück, harte Bauern und Handwerker, die ihres Glaubens wegen verfolgt aus Frankreich hatten fliehen müssen und sich erst nach der Revolution wieder in der elsässischen Heimat niedergelassen hatten. In jedem Einzelleben verkörpert sich ein Teil der Stammes- und Volksgeschichte; was eine Familie in Jahrhunderten erlitten und erfahren hat und alle ihre Zugehörigen schweigend mit ins Grab genommen haben, kommt plötzlich und ohne ersichtlichen Grund in einem sonst ganz unbedeutenden Glied der Kette zum Ausbruch, und in einem solchen Fall pflegt die Natur gerade das ahnungslose oder gedächtnislose Individuum gleichgültig zu opfern.

Von Aussehen war sie eine rundliche, freundlich dreinblickende, sauber gekleidete Frau von etlichen vierzig Jahren, an der nur die katzenartig bernsteingelben Augen auf etwas Ungewöhnliches hindeuteten. Diese Augen konnten einen Ausdruck annehmen, wie man ihn bei Menschen trifft, die mit dem zweiten Gesicht begabt sind. Kerkhoven war sehr bald darauf aufmerksam geworden und hatte beschlossen, dem Anzeichen nachzugehen. Er beobachtete sie heimlich, und wenn sie ihm zuerst, in ihrer kranken Einbildung, als sei sie eine vom Schicksal gezeichnete Mörderin, wie eine jener Spukgestalten erschienen war, derengleichen in Grimmschen Märchen vorkommen, mythische Unholdin, Koboldwesen mit einem Zug finsterer Gemütlichkeit; so zeigte sich dann, infolge einer unmerklichen Drehung gleichsam oder durch den Pendelausschlag nach der andern Seite, das Gegenbild, von einer übernatürlichen Fähigkeit getragen, übernatürlich im Sinn der Ratio-Menschen und der Zwei-mal-zwei-ist-vier-Leute, die noch immer in banaler Zweifelsucht belächeln und zu leugnen bestrebt sind, was ein Mann wie Kerkhoven, zur Genüge belehrt über die Ausweitbarkeit der menschlichen Seelenkräfte, längst nicht mehr zu den Wundern rechnete. Sein Staunen galt dem speziellen Fall. Es war tatsächlich etwas wie Umkehr einer Wahngebundenen unter Abstreifung des kranken Ichs.

59.

Ohne Frage wirkte die Atmosphäre des Hauses wohltuend auf die Frau. Die Stille und Entlegenheit, die gleichmäßig-schonungsvolle Behandlung, die heiteren, blumengeschmückten Räume – es war Marie, die täglich für frische Blumen sorgte –, das alles trug nicht nur zur Aufhellung ihres Gemüts bei, es veränderte auch die starre Innenrichtung ihrer Gedanken. Sie hatte seit Jahren keinen Umgang mit Frauen gehabt. Außer mit ihrer Tochter hatte sie mit keinem weiblichen Wesen gesprochen. Die Sanftheit und geschulte Rücksicht der jungen Assistentin stimmten sie weich; mit Ungeduld wartete sie jeden Tag auf ihren Besuch und ließ während ihrer Gegenwart nicht die Augen von ihr. Dieselbe Anhänglichkeit, noch um einen Grad scheuer, bezeigte sie gegen Marie, seit diese sich ein paarmal freundlich mit ihr unterhalten hatte. Es war eine Art Schwärmerei; wenn sie sie nur von ferne sah, strahlte sie übers ganze Gesicht. Wie sie nach und nach darauf kam, daß Schwester Else unter dem Druck einer dauernden Sorge lebte und unaufhörlich mit einem einzigen Gedanken beschäftigt war, der ein bestimmtes Willensziel hatte, konnte später nicht mehr ergründet werden; Kerkhoven, als er einmal darüber sprach, neigte zu der Ansicht, daß die mediale Gabe schon bei den ersten Begegnungen wirksam gewesen sei. Eines Tages saßen Marie und Schwester Else im Garten und erörterten den Inhalt einer Broschüre, die vor ihnen auf dem Tisch lag. Sie war von einem jungen Juristen verfaßt und entwickelte trocken, aber gewissenhaft, Zug für Zug den Verlauf des Prozesses Imst-Mallery. In gewissen Zeitabständen meldete sich immer wieder eine Stimme, die die Gerechtigkeit des Urteils in Zweifel zog, wie wenn das Gewissen des Landes in heimlicher Gärung wäre. Auch dieser Autor gelangte zu dem Schluß, daß ein Fehlspruch vorliege, mußte aber zugleich einräumen, daß die für ein Wiederaufnahmeverfahren unerläßlichen neuen Tatsachen nicht zu beschaffen seien. Else Wys-Wiggers, durch die Lektüre des Heftes in jene leidenschaftliche Erregung versetzt, die jedes Aufrühren des Themas bei ihr zur Folge hatte, las Marie die letzten resignierten Worte der Druckschrift vor und warf dann das Heft mit einer hoffnungslosen Gebärde auf den Tisch. In dem Augenblick kam die Emilie Thirriot mit ihrem watschelnden Gang daher, zögerte ein wenig und fragte schüchtern, ob sie sich zu den beiden Frauen setzen dürfe. Marie nickte freundlich. Dabei fiel ihr schon der Ausdruck in den Augen der Frau auf, mit dem sie die Assistentin anstarrte. Ihr Gesicht hatte auf einmal etwas Verwaschenes und Leeres, so, als ob jemand mit einem Pinsel darübergefahren wäre und die charakteristischen Formen ausgewischt hätte; im Gegensatz hierzu war in den bernsteingelben Augen ein dumpfes, tiefes Licht, ein saugender Glanz, etwas beängstigend Fremdes von Neugier und Wissen, aber jenseits der Selbstkontrolle.

Schwester Else sprang ungestüm auf und lief ins Haus, Marie sah ihr mit einem traurigen Blick nach, die Anwesenheit der Thirriot hatte sie ganz vergessen, da sagte diese, wie aus einem Traum erwachend, mit seltsamem Stammeln: »Ich weiß jetzt … ich seh' jetzt … eine Frau … ein Mann … im Zuchthaus … ich sehe …« Marie zuckte zusammen und schaute sie groß an. Doch da veränderten sich die Züge der Frau wieder, und mit gleichfalls veränderter Stimme fuhr sie fort: »Das Schönste an Ihren Haaren, Frau Professor, ist der braune Schimmer, wie bei den ersten Kastanien im Herbst. Erinnern Sie sich, wie schön die schimmern?« Marie lächelte wie zu der ungeschickten Schmeichelei eines Kindes; sie erhob sich und ging, von widerstreitenden Gefühlen bedrängt. Die Broschüre ließ sie auf dem Tisch liegen. Nach einer Weile fiel der Blick der Frau Thirriot darauf, sie griff nach dem Heft, schlug es auf und begann zu lesen. Nach Art ungebildeter Leute bewegte sie die Lippen beim Lesen. Ein Beobachter hätte nicht schlüssig werden können, ob das Gelesene irgendwelchen Eindruck auf sie machte. Es schien sie eher zu ermüden, als zu fesseln. Aber in Marie hallten die Worte vom Zuchthaus nach, die die Wirre zu ihr gesprochen hatte.

60.

Als sie es Schwester Else mitteilte, stand diese eine Minute regungslos. »Mein Gott, wenn das möglich wäre!« flüsterte sie mit gefalteten Händen. – »Was, wenn was möglich wäre?« – »Ist es denkbar, daß wir auf telepathischem Weg … Es fällt mir nur so ein … Die Frau ist in letzter Zeit so komisch … Ich muß mit dem Professor reden … Man kann doch nicht annehmen, daß gerade eine Neurotikerin … Ich muß sofort mit dem Professor sprechen.«

Kerkhoven hörte sie aufmerksam an. »Ich komme eben von ihr«, sagte er, »sie hat mir das Heft da für Sie gegeben.« – »Hat sie es gelesen?« – »Ja. Aber viel kapiert scheint sie nicht davon zu haben.« – »Glauben Sie, daß sie in die Einzelheiten eingeweiht sein müßte, wenn »… – »Sie meinen, wenn wir einen Versuch mit ihr machen? Ich glaube nicht. Es ist keinesfalls von Nachteil, wenn sie die faktischen Voraussetzungen kennt, ist aber nicht ausschlaggebend. Es handelt sich ja um eine Bewußtseinsspaltung, und der eine Komplex steht mit dem andern in keinerlei Verbindung. Der beste Beweis ist, daß sie vorläufig keine Ahnung zu haben scheint, daß zwischen dem Inhalt der Broschüre und Ihrer Person ein Zusammenhang besteht.« – »Aber widerspricht der ganze Krankheitsfall der Frau nicht der Annahme, daß eine telepathische Befähigung in ihr steckt? Eine solche Vereinigung findet sich doch selten. Es kommt mir vor, als wären es Elemente, die einander ausschließen, negative und positive »... – »Ihre Bemerkung ist sehr scharfsinnig, Schwester. Sie zeigt mir, daß Sie Blick und Instinkt für unser Fach haben. Es war auch mein erster Gedanke. Doch wir können der Natur nicht in die Werkstatt schauen. Sie überrascht uns immer aufs neue. Es sind polare Kräfte, gewiß. Aber was Sie positiv und negativ nennen, könnte ebensogut ein kausales Verhältnis sein, ein verschleierter Genesungsprozeß, ähnlich wie man physisch Paralyse durch Malaria heilt. Verstehen Sie, was ich meine?« – »O doch, ganz genau, Herr Professor. Man könnte es also wagen?« – »Man könnte es ruhig wagen.« – »Und wenn man Erfolg damit hat, ich will sagen, wenn man unbekannte Tatsachen damit aufdeckt, was hat es juristisch, was hat es praktisch zu bedeuten?« – »Das bliebe abzuwarten. Ganz aussichtslos ist es wohl nicht. Aber spannen Sie Ihre Erwartungen nicht zu hoch. Solche Experimente schlagen oft fehl. Zu alledem hat man den Unglauben einer Welt gegen sich. Wir müssen jemand haben, der nicht im Verdacht günstigen Vorurteils steht und das Protokoll aufnimmt. Ich denke an Fräulein Mordann. Wir können gleich heute abend ans Werk gehen.« Schwester Else preßte die Hände auf die Brust und ging weg, als trete sie auf schwankenden Boden.

61.

Die Sitzung fand in Kerkhovens Arbeitszimmer statt, das unter dem Dach des Hauses lag und das unverkleidete Gebälk als Decke hatte, ein Raum von zwanzig Schritt Länge und elf Schritt Breite. Fünf oder sechs hohe Stehlampen beleuchteten ihn, außerdem eine Anzahl Glühbirnen, die hinter den Balken versteckt waren. Die verhängten Fenster waren hoch in der Mauer angebracht. Marie und Else Wys-Wiggers saßen nebeneinander auf einer geschnitzten Bank; Agnes Mordann, die sich nach einigem Zaudern bereit erklärt hatte, die Protokollführung zu übernehmen, hatte sich an einem mit Büchern beladenen Tisch in der Mitte niedergelassen, Schreibpapier und ein halbes Dutzend gespitzte Bleistifte vor sich; Emilie Thirriot kauerte mit ängstlichen Mienen auf dem Rand eines breiten Lederfauteuils, und Kerkhoven, nachdem er eine Weile auf und ab marschiert war, nahm ihr gegenüber Platz auf einer Wandbank beim Kamin.

»Wir möchten, Frau Thirriot, daß Sie uns etwas über gewisse Vorgänge erzählen, die uns nahe angehen, am nächsten die Schwester Else«, begann er mit leiser Stimme, die die Frau zu größter Aufmerksamkeit nötigte, »Sie müssen jetzt vergessen, wo Sie sind, und sich zurückversetzen in ein bestimmtes Haus. Können Sie das Haus finden? Es leben drei Leute darin, eigentlich vier. Der Mann heißt Karl, die Frau Selma, noch eine Frau, ein Fräulein vielmehr, namens Jeanne, und eine Magd. Was geht eigentlich vor in dem Haus, Frau Thirriot? Die Frau scheint krank zu sein, es ist ein Tag im Dezember ... Die Frau hat sich zu Bett gelegt ... Können Sie uns sagen, was mit ihr ist?« – Der Blick der Thirriot wandte sich langsam gegen Schwester Else und gegen Marie, um dann erschrocken ins Leere zu fallen. Wieder nahmen die Züge den verwischten Ausdruck an, als sei ein Pinsel mit grauer Farbe darübergefahren; wieder erschien in den bernsteingelben Augen das dumpfe, tiefe Licht. Sie seufzte und nickte ein paarmal bedächtig vor sich hin. »Och, das ist ein langes Übel«, sagte sie in schläfrigem Ton, »die haben schlecht miteinander gelebt. Ein miserables Leben war das. Warum hat sie denn der Mann wiedergeheiratet, wo er sie doch endlich los war? Es tut ja nicht gut. Ließe er wenigstens die Jeanne nicht im Haus. Die Frau ist ganz rabiat darüber, wenn man's ihr auch nicht anmerken kann; wenn sie's auch selber so gewollt hat. Aber das war nur zum Schein. So ist es immer bei ihr. Sie denkt sich was Arges aus, und wenn die Folgen kommen, hat der andere schuld. Och, mit der ist nicht gut Kirschen essen.« – »Was hat es denn zwischen den Eheleuten gegeben, bevor sich die Frau ins Bett gelegt hat?« fragte Kerkhoven. – »Och, da hat es bösen Streit gegeben. Ja ... warten Sie mal ... was die ihm alles sagt ... Und er nimmt sich auch kein Blatt vor den Mund ... Wie die Verrückten gehen sie aufeinander los. Die Jeanne will Frieden stiften, der Karl will ja gern abbitten, aber die Selma faucht ihn böse an, und draußen sagt die Jeanne zu ihm: Bereust du jetzt, was du getan hast? Siehst du's ein? Da packt er ihre Hände und schüttelt sie und schaut zum Himmel hinauf. Derweil sitzt die Selma ... ja, warten Sie mal ... da hat sie ein Schreibheft ... da schreibt sie immer auf, was geschehen ist. Und ihre Gedanken schreibt sie auch hinein. Aber wie ist denn das? Sie schreibt ja lauter falsche Sachen ... Sie lügt ja ... Och, was ist denn das für eine ... Das sind ja lauter Lügen ... Warum macht sie denn das?« Sie hielt inne und rieb sich mit den Fingern über die Stirn. Schwester Else gab es einen Ruck. Mit bebenden Wimpern schaute sie der Thirriot ins Gesicht und wollte etwas sagen. Kerkhoven winkte ihr zu, still zu sein. »Sprechen Sie nur weiter, Frau Thirriot«, sagte er, »wir sind ganz im Bilde. Die Frau, die Selma, macht also lügenhafte Angaben in ihrem Tagebuch. Sehr interessant. Was bezweckt sie denn damit?« – Die Thirriot rieb immer noch mit den Fingern über die Stirn. »Sie hat einen Plan ... einen niederträchtigen Plan ... Ich kann's noch nicht recht sehen ... Nein, ich weiß noch nicht ... Kann sein, sie weiß es selber nicht genau ... Es ist ihr zumut, als müßte sie alles um sich in Stücke reißen ... Am liebsten möchte sie das Haus anzünden. Alles fiebert nur so an ihr. Sie hat schon einmal den Versuch gemacht, sich und das Kind umzubringen. Das war im Juni. Dann ist sie wieder davon abgestanden. Sie hat gehofft, dadurch wird sie den Mann kleinkriegen, er hat es immer gleich mit dem Mitleid. Und einmal hat sie auch ihn vergiften wollen. Fortwährend sind Mordgedanken in ihrer Seele. Och, eine Zerrissene ist das, eine Heillose ...«

Ihr Gesicht krampfte sich zusammen. Es schien sie eine qualvolle Anstrengung zu kosten, die innerlich erschauten Vorgänge festzuhalten. Marie und Schwester Else getrauten sich kaum zu atmen. Sogar Agnes Mordann warf die Zigarette weg und blickte die Thirriot gespannt an. »Bleiben wir vorläufig bei dem Abend, an dem der furchtbare Streit stattgefunden hatte, Frau Thirriot«, sagte Kerkhoven ruhig, »ich möchte, daß wir Stunde für Stunde verfolgen, was hernach geschah. Hoffentlich fällt es Ihnen nicht zu schwer.« – »Ich will mal sehen. Warten Sie mal ...« Bei dieser ständig wiederkehrenden Phrase sank ihr Kopf gegen die Brust, und die Augen fielen ihr halb zu. – »Welche Zeit mag es gewesen sein, als der Mann nach Hause kam? Halb zehn vorüber, scheint mir »...– »Nein, früher, sieben Minuten vor halb.« – »Ist eine Uhr im Zimmer?« – »Ja, auf der Kommode steht eine alte französische Uhr.« – »Und als der Streit vorüber ist, wieviel zeigt die Uhr da?« – »Viertel elf.« – »Ist es das Schlafzimmer der Selma?« – »Ihr Bett steht drin, ja.« – »Und nachdem der Karl und Jeanne das Zimmer verlassen haben, legt sie sich nieder?« – »Ja, sie zieht sich aus. Sie hat eine weiße Nachtjacke an mit Perlmutterknöpfen.« – »Sie können das ganz genau sehen?« – »Ja, ganz genau.« – »Dann können Sie gewiß auch beschreiben, was sie von da an vornimmt und wie überhaupt die Nacht verläuft?« Alle warteten erregt auf die Antwort; am Morgen nach dieser Nacht hatte ja die Todeskrankheit der Selma Imst begonnen.

Etwa anderthalb Minuten lispelte Frau Thirriot unhörbar vor sich hin, und alle neigten den Kopf vor, um sie zu verstehen. Allmählich wurden die Worte deutlich. Durch die Suggestion, die von ihnen ausgeht, befindet man sich im Schlafzimmer der Selma Imst. Auf dem Nachttisch brennt das elektrische Licht. Im Haus ist es vollkommen still. Selma horcht und horcht. Plötzlich verzerren sich ihre knochigen Züge, und sie gebärdet sich wie rasend. Sie schlägt mit den Fäusten um sich, dreht den Kopf hin und her und beißt ins Kissen. Dabei schluchzt und stöhnt sie ununterbrochen, alles in der Absicht, dadurch den Mann aufmerksam zu machen und ihn zu zwingen, daß er zu ihr komme. Aber es rührt sich nichts. Gegen Mitternacht dreht sie das Licht ab. Sie findet keinen Schlaf. Gegen halb zwei macht sie wieder Licht, steht auf, setzt sich an den Tisch und schreibt ein paar Zeilen in ihr Tagebuch. Sie schreibt: Es wird ihm heimgezahlt werden, was ich leiden muß, das Schicksal wird ihn schon strafen. (Das war die wirkliche Fassung der betreffenden Stelle im Tagebuch, Frau Thirriot hatte davon unmöglich wissen können.) Dann kriecht sie wieder ins Bett und wälzt sich bis halb fünf Uhr schlaflos herum. Dann steht sie abermals auf, geht in die Küche und stellt Wasser auf den Spiritusbrenner, um Tee zu kochen. Mit der gefüllten Tasse kehrt sie ins Schlafzimmer zurück. Sie stellt die Tasse auf den Nachttisch und wandert in ihren Pantoffeln ruhelos im Zimmer auf und ab. Bisweilen wühlt sie alle zehn Finger in die Haare und heult leise vor sich hin. Einmal bleibt sie vor dem Spiegel stehen und betrachtet ihr übernächtiges Gesicht. Es ist jetzt dreiviertel sechs. Sie geht zur Kommode hin und rüttelt an der zweiten Lade. Die Lade ist versperrt, sie sucht den Schlüssel. Sie ringt verzweifelt die Hände, endlich findet sie den Schlüssel, er liegt hinter der französischen Uhr. Sie sperrt die Lade auf, beginnt wieder hastig zu suchen, wirft Strümpfe und Taschentücher durcheinander, bis sie auf eine längliche Schachtel stößt, die mit einem Seidentuch umwickelt ist. Sie öffnet die Schachtel, ein weißes Pulver ist drin, sie geht zum Nachttisch, schüttet von dem Pulver, mehr, als auf einen Eßlöffel geht, in die Teetasse, rührt um, murmelt etwas mit zuckenden Lippen und trinkt die Tasse in einem Zug leer. Dann schüttet sie von dem weißen Pulver noch einmal so viel, wie sie schon genommen hat, auf ein Blatt Papier, dreht es an den Enden zusammen, daß es wie ein Säckchen aussieht, und versteckt es in der Nachttischlade unter einen

Bausch Watte. Hierauf geht sie mit der Schachtel hinaus auf den Abort, schüttet das ganze Pulver in die Schale und läßt es mit der Wasserspülung ablaufen. Sie beugt sich sogar noch herunter, um nachzusehen, ob kein Rest von dem Pulver an der Schale klebengeblieben ist. Dann überlegt sie, wo sie die Schachtel verstecken kann. Die Schachtel muß sie um jeden Preis aus dem Weg räumen. Sie möchte sie verbrennen, aber im Herd ist noch kein Feuer, die Magd ist noch nicht aufgestanden. Sie hat Eile, jeden Augenblick können die Schmerzen beginnen. Wenn die Magd das Frühstück bringt, will sie die zweite Portion von dem Gift nehmen. Vielleicht aber erst mittag oder nachmittag, je nachdem die Wirkung ist. Jedenfalls will sie sichergehen, und von dem Pulver im Nachttisch darf nichts übrigbleiben. Sie steht schlotternd im kalten Flur und denkt nach. Da fällt ihr Blick auf das eiserne Kamintürchen. Schnell hebt sie den Riegel, öffnet das Türchen und wirft die Schachtel in das rußige Loch hinein. Dann geht sie in ihr Zimmer, schlüpft ins Bett und streckt sich lang aus, die Arme auf der Decke, und so um halb sieben herum fangen ihre Eingeweide an zu brennen, und es wird ihr gräßlich übel; da läutet sie nach der Magd, die jetzt schon in der Küche ist ...

62.

Keine Wiedergabe dieser Vision könnte dem Eindruck auch nur nahekommen, den sie auf die Zuhörer übte. Das übergroße Gesicht der Hellseherin mit den verloschenen Zügen; die schlaffe, schläfrige Stimme; das scheue Dasitzen, wie wenn sie jemand mit Gewalt auf den Sessel niedergedrückt hätte und festhielte; die fleischigen Hände, die unbeweglich auf den dicken Schenkeln lagen; dazu nun der Bericht eines sechseinhalb Jahre alten Geschehens, so, als ob es sich in der gegenwärtigen Stunde zutrüge; mit einer Fülle verblüffender Einzelheiten, von denen bis jetzt kein Mensch Kenntnis gehabt noch Kenntnis hätte erlangen können; die unheimliche Richtigkeit des geschilderten Charakters sowie die sich aufdrängende Wahrheit der Situation, die innere wie die äußere: das alles hätte den Kaltblütigsten aus dem Gleichgewicht bringen müssen, es wirkte wie die Aufhebung der Gesetze von Zeit und Raum, Vergangenheit war Täuschung, Ursache und Folge waren anders geschaltet, das Leben bekam unter diesem Schaupunkt ein anderes Antlitz; auch Kerkhoven war nicht völlig imstande, seine ärztliche Gelassenheit zu bewahren. Jeder spürte, daß das Geschick zweier Menschen an dieser Stunde hing. Mehr noch: Der wahnhafte Irrtum von der Heiligkeit der geltenden Rechtsnormen wurde erschüttert.

Wenn es sich bestätigte, daß die Schachtel, in der das Gift gewesen, in das Kaminloch geworfen worden war, hatte man damit ein schwerwiegendes neues Beweisstück zustande gebracht, wie es das Gesetz zur Wiederaufnahme des Verfahrens forderte. Und um es gleich vorwegzunehmen: Drei Wochen später, als der von der Unschuld der Verurteilten noch immer überzeugte Anwalt auf Grund des Kerkhovenschen Protokolls Nachforschungen in der gewiesenen Richtung anstellte, wurde das Corpus delicti an dem bezeichneten Ort wirklich entdeckt. Es lag ganz hinten an der Mauer, unter einer dicken Rußschicht begraben. Das Haus gehörte immer noch dem Apotheker Imst; seit der Verhaftung des Besitzers war es unbewohnt; niemand hatte es mieten wollen. Der Fund erregte sowohl bei den Gerichten wie im Publikum das größte Aufsehen; jedenfalls war er geeignet, die Einseitigkeit und Nachlässigkeit, mit der der voruntersuchende Richter seines Amtes gewaltet, ins Licht zu stellen. Nicht nur hatte er sich nicht um Aufklärung bemüht, woher der oder die Täter das Gift genommen, aus der Apotheke oder aus einem schon vorhandenen Vorrat, und wohin sie es nach dem Gebrauch geschafft hatten, er hatte nicht einmal eine gründliche Durchsuchung des Hauses veranlaßt. Allerdings konnte die Schachtel auch von Karl Imst oder der Mallery in das Kaminloch geworfen worden sein; wenn man sich gegen die mediale Entschleierung des Falles überhaupt skeptisch verhielt, lag dieser Einwand nahe genug und wurde auch vielfach erhoben, zumal während der Zeit, da weit schlagendere Angaben des Protokolls noch nicht bekannt waren. Das Überraschendste unter diesen neuen Fakten war, daß Selma Imst kurz nach der Scheidung von ihrem Gatten ein Verhältnis mit einem zwanzigjährigen Studenten gehabt hatte, einem Griechen, und daß sie damals angefangen, Arsen zu essen, hauptsächlich, um ihre körperliche Liebesfähigkeit zu steigern. Ein solcher Anwurf gegen eine Frau, deren sittliche Reinheit vom Untersuchungsrichter wie vom Staatsanwalt immer mit besonderem Nachdruck betont worden war, wog natürlich außerordentlich schwer. Die Erhebungen wurden mit Umsicht und Eifer gepflogen, und abermals ergab sich ein beispielloses Versäumnis des Vorprozesses: Die Angaben der Thirriot bewahrheiteten sich Punkt für Punkt. Die Freundin, bei der Selma in Aarau gewohnt hatte, mußte einräumen, daß diese häufig von einem jungen Mann besucht worden war; der Name des Studenten ließ sich nicht mehr ermitteln, er war im Frühling 1926 mit unbekanntem Ziel abgereist, aber nicht nur fanden sich in dem Quartier jener Freundin, in einer Kiste, die man auf dem Dachboden verstaut hatte und die allerlei Briefe und Dokumente enthielt, die der Selma Imst gehörten, einige Zettel sehr intimen, sehr verräterischen Inhalts; es lag auch bei den Akten ein anonymer Brief, geschrieben drei Tage vor der Urteilsfällung, worin der Schreiber dem Gericht mitteilte, er habe die Verstorbene aus vertrautestem Umgang gekannt, und nach allem, was er von ihr wisse, könne er die Meinung nicht verhehlen, daß sie durch Selbstmord geendet habe; der Hang hierzu sei tief in ihrem Gemüt gelegen, eine ihrer stehenden Redensarten sei gewesen, wenn sie ein gewisses Ziel nicht erreiche, werde sie sich an dem Tag umbringen, an dem sie einsehen werde, daß es keine Hoffnung mehr für sie gebe. Unbegreiflicherweise war dem Brief keinerlei Beachtung geschenkt worden; nicht einmal dem Verteidiger war er wichtig genug erschienen, sich darauf zu berufen und seinen Verfasser ausforschen zu lassen. Für Kerkhoven stand es fest, daß es dieser geheimnisvolle junge Mensch war, der die Selma Imst zum Giftgenuß verführt hatte, wahrscheinlich infolge seiner eigenen perversen Veranlagung, und durch diese wieder war es ihm gelungen, eine Person mit so übermäßig stark entwickeltem Willen in seinen Bann zu schlagen, trotz des großen Altersunterschieds und trotz ihres prüden und vorurteilsvollen Charakters.

Da die ganze Art der Enthüllungen der Thirriot ein Zurückgehen vom Ende gegen den Anfang war, also analytisch Motiv an Motiv kettend, konnten ihrer merklichen Erschöpfung wie auch der Fülle des Stoffes halber verschiedene Umstände bei dieser Sitzung nicht völlig sichergestellt werden, unter anderm der schon während des Prozesses so oft erörterte Zeitpunkt der zweiten Gifteinnahme, jener Portion, die sie in dem Papiersäckchen aufbewahrt und im Nachttisch verborgen hatte. Offenbar hatte sie diese als Reserve zurückbehalten, falls sich die zuerst eingenommene Menge als ungenügend erwies, sie zu töten. Welche Entschlossenheit, welche Raserei, welche teuflische Planmäßigkeit! Denn daß ihr Tun auf einem vorher bis ins Kleinste überlegten Plan beruhte, darüber ließ die Darstellung der Thirriot keinen Zweifel aufkommen; das allermerkwürdigste an ihrem Bericht war ja die Abneigung, ja das unverhohlene Grauen, mit welchem sie von der Selma Imst sprach, obgleich sie den eigentlichen furchtbaren Antrieb zu dem Selbstmord nur immer allgemein umschrieb, als scheue sie sich, in diesem Punkt präzis zu sein. Gerade das Verdeckte und bei aller Schonung Durchsichtige wirkte aber auf die Zuhörer mit der Wucht eines unmenschlichen Vorgangs, namentlich auf Marie; Schwester Else hatte es im Grunde schon geahnt, für sie war es nur die ausdrückliche Beglaubigung ihres Gefühls; Marie war jedoch so erschüttert und verstört, daß sie nach Beendigung der Sitzung, obwohl es schon weit nach Mitternacht war, ihren Mann bat, ihr noch eine halbe Stunde Gesellschaft zu leisten, sie könne nicht zu Bett gehen, ohne mit ihm gesprochen zu haben. Im übrigen sei erwähnt, daß die Thirriot am andern Tag eine Reihe schwerer Ohnmachtsanfälle erlitt und deshalb an eine Wiederholung des Versuchs vorläufig nicht gedacht werden konnte. Eine solche fand erst viele Wochen später im Beisein mehrerer Advokaten und Sachverständigen statt.

63.

»Vor allem sag mir«, begann Marie, ehe Kerkhoven noch die Tür hinter sich geschlossen hatte, »hältst du es für denkbar? Hältst du es für möglich, daß ein Mensch etwas Derartiges aussinnt? Eine Frau! Und nicht nur aussinnt, auch vollbringt »?... – »Da du so fragst«, erwiderte Kerkhoven, zu Boden starrend, »scheinst du von der Annahme auszugehen, daß ...« Er zögerte. – »Sprich es nur aus«, rief Marie, »daß sie sich umgebracht hat, um sich an ihrem Mann und an der Mallery zu rächen.« – »Das ist allerdings möglich, es ist sogar wahrscheinlich«, gab Kerkhoven zu, »es ist nur nicht gleichbedeutend mit der Absicht, sie unter Mordanklage zu bringen.« – »Nicht? Geh doch, Joseph! Gibt es da einen Zweifel? Etwas so tückisch Ausgeklügeltes wie das mit der Schachtel ... Und wie sie alles vorbereitet hat ... wie sie den Arzt nicht kommen lassen wollte ... wie die Eintragungen im Tagebuch schon darauf berechnet sind, den Verdacht auf die beiden zu lenken ... den Mann zu belasten, seinen Charakter zu entstellen ... Und da willst du mir einreden »... – »Du hast mich gefragt, ob es möglich ist, und es zeigt sich, daß du meine Antwort gar nicht brauchst«, entgegnete Kerkhoven mit schwachem Lächeln, »das ist unlogisch. Du begehst den gewöhnlichen Fehler, eine bewußte Tat vorauszusetzen, wo vermutlich nur eine Instinkthandlung vorliegt. Gewiß, eine solche kann viel folgerichtiger und grausamer sein als die klar überlegte, aber sie untersteht nicht derselben Verantwortlich-

keit. Es sind sozusagen nur die ausführenden Faktoren da, die Befehls-
gewalt aber nicht.« – »Ach was, Instinkthandlung!« widersprach Marie
heftig. »Das sind Deuteleien. Der Mensch ist etwas Ganzes, er läßt sich
nicht in eine anwesende und eine abwesende Hälfte zerteilen. Wenn mir
eure Wissenschaft weismachen will, daß das Böse, das Grundböse von
sich selber nichts zu wissen braucht, dann kommt sie mir wie ein Götze
vor, der sich von seinen Priestern bereden läßt, die Verbrechen und die
Sünden zu einem Erwerbszweig zu machen.« – »Nicht darum geht es,
Marie«, sagte Kerkhoven, noch immer mit dem Lächeln des Mannes,
der Geduld üben muß, weil es sein Beruf ist, geduldig zu sein, »nicht
darum«... – »Doch, doch, doch«, unterbrach ihn Marie mit leidenschaft-
lichem Kopf schütteln, »was ich hier sehe, ist ein solches Übermaß von
Verworfenheit, etwas so scheußlich Abgefeimtes, dreh und wend es, wie
du willst, daß man sich ernstlich fragt, ob es noch was zu tun hat mit
unsern Begriffen von Seele und Gefühl und Liebe und so weiter. Ein
Weib noch dazu! Ein Weib! Eine meines Geschlechts!« Sie kehrte sich
um, drückte die Stirn gegen den Türpfosten und schluchzte hilflos. –
Kerkhoven ging eine Weile schweigend auf und ab. »Die Tränen ehren
dich, Marie«, sagte er dann bewegt, »wahrhaftig, ich weiß nicht, was ich
dir noch sagen könnte ... außer ... daß es eben unsere Aufgabe ist, uns
mit der Menschenwelt abzufinden. Und vielleicht noch etwas mehr. Sogar
in einem Fall wie diesem ... zugegeben selbst, die Frau hätte das bösartige Gewebe mit Vorbedacht geknüpft ... Bedenk doch, die unsinnige
Kraft, die dazu nötig war! Sie ignoriert den eigenen Tod dabei! Der
ungeheure Traum: Der Mann und seine Geliebte von ihr, der Toten,
bestraft, von ihr, der Toten, ins Zuchthaus geliefert! Sie wirkt noch, sie
richtet noch, sie herrscht noch im Tode!« – »Jaja; nun? Nun«, murmelte
Marie, »also?« – »Ich finde, es hat Größe; oder, wenn du das Wort nicht
annimmst, es ist eine Erscheinung, wie ein Sturm eine Erscheinung ist.
Ich wenigstens, ich stehe staunend davor. Neulich hat man mir eine
tolle Geschichte erzählt. Im Hospital von Alicante in Spanien brach eine
Revolte unter den Leprakranken aus. Sie überfielen die Wärter, stürmten
aus dem Haus, drangen in ein Dorf in der Nähe und forderten von den
Bauern, daß sie sie küssen sollten. Ich weiß nicht, warum ich gerade
heute daran denken mußte. Stell dir das vor: Lepröse, die geküßt werden
wollen! Und stell es dir vor: Diese Selma Imst, deren letzte Wollust es
ist, zu wissen, daß sie im Tod, und nur im Tod, Vergeltung üben kann
für alles, was sie gelitten!« – »Hat sie es denn gewußt? Es hätte ja auch

anders kommen können.« – »Ja, siehst du, das ist das Sonderbare bei solchen Triebmenschen. Sie verrechnen sich eigentlich nie. Es ist, wie wenn sie im Einklang mit einer Macht handelten, die das Böse genauso bejaht wie das Gute.«

Marie stand da mit gesenktem Kopf und schaute ihre Finger an. Ihr war kalt am Leibe. In ihren Zügen war etwas bang Horchendes. In der Tat war ihr zumute, als höre sie eine Stimme, die ihr zurief: Wenn du noch einen Schritt weitergehst auf diesem Weg, bist du verloren. Sie sah den Abgrund. Den Abgrund des Wissens und Erkennens. Wie ihm entkommen, da doch ihr ganzes Inneres ebenso nach Wissen und Erkennen lechzte wie nach dem andern, Uniehrbaren, Unerfaßbaren?

Kerkhoven spürte, was in ihr vorging. War er doch selbst in der Schwebe. Wie nahe er daran war, die Realwelt preiszugeben und sich zum Anwalt der Marienwelt zu machen, das erfuhr er zu seiner eigenen Verwunderung schon am Tag darauf während einer Auseinandersetzung mit Martin Mordann.

64.

Mordann lag im Bett. Er klagte über Atemnot und Stiche im Herzen. Die Stirnhaut glänzte feucht. Auf einem verstellbaren Tisch über der Bettdecke lagen Stöße von Büchern, Briefen und Manuskripten. Das Fenster war offen, und da er sich vor dem Luftzug fürchtete, hatte er eine graue Sportmütze auf dem Kopf. Am oberen Glied des Daumens der linken Hand trug er einen riesigen alten Siegelring, wie ein Bischof. Alle diese Sonderbarkeiten hatten etwas Paradoxes und Herausforderndes. Seine Bewegungen waren fahrig und erinnerten an die einer launenhaften, kränklichen Frau. Denn bei ihm verschanzte sich die wirkliche Krankheit hinter einer zur Schau getragenen Kränklichkeit.

»Na, ich habe gehört, Sie haben sich gestern abend okkultistisch betätigt«, empfing er Kerkhoven mit einem stillen Feixen, »man kann meiner Tochter nicht nachsagen, daß sie eine Adeptin ist, aber was sie erzählt, klingt recht doll. Ich sagte ihr, du hast 'n Frost im Kopp, liebes Kind; hast dich hereinlegen lassen. Also, ich lache mich schief.« – »Freut mich, daß ich Ihnen Grund zur Heiterkeit gebe, Herr Mordann«, antwortete Kerkhoven, »leider war die Sache selbst nicht gerade vergnüglich.« – »Weiß es, weiß es«, winkte Mordann ab, »Sie wollen der Tigerin Justitia eine Beute aus den Klauen reißen. Wird Ihnen nicht gelingen. So nicht. In dieser Schule hab' ich auch mein Lehrgeld bezahlt. Die Jean Galas und die Dreyfuß sind ja heutzutage keine Seltenheiten mehr, man kann sich kaum mehr was drauf einbilden, wenn man sich zu ihren Voltaires und Zolas macht. Ist zu billig geworden. Aber mit der Geisterbeschwörung habe ich's nie versucht. Ganz originell. Mal was anderes als die blöde gesunde Vernunft.« – »Ja; mit der gesunden Vernunft ist man eben auf keinen grünen Zweig gekommen«, bemerkte Kerkhoven lächelnd. – Mordann musterte ihn scharf hinter verkniffenen Lidern. »Unter uns, Professor, halten Sie ernstlich was von dem Humbug? Hand aufs Herz »… – Kerkhoven setzte sich an den Bettrand und befühlte den Puls des Patienten. »Hm … Humbug …«, sagte er, »Sie meinen damit gewisse unbekannte Bluts- und Seelenkräfte? Ich will Ihnen zugeben, daß man gegen den Strom schwimmt, wenn man … wenn man sie einzubeziehen sucht.« – »Na sehen Sie. Jedes Gericht wird Ihnen was blasen. Es kommt mir vor, wie wenn einer mit dem Kindersäbel in den Schützengraben geht.« – »Immerhin gibt es bereits so etwas wie eine Kriminaltelepathie«, versetzte Kerkhoven, »nur offiziell wird sie noch nicht gehandhabt.« – »Gehandhabt ist gut«, kicherte Mordann, »ist sogar sehr gut. Sie glauben also tatsächlich, daß ein übergeschnapptes, dummes altes Weib, gestützt auf sogenannte hellseherische Gaben, daß sie … na, sagen wir mal beispielsweise, daß sie imstande wäre, Ihnen zu verraten, was ich am sechzehnten Mai achtzehnhundertdreiundneunzig, ein historisches Datum, Verehrter, was ich an diesem sechzehnten Mai mit dem Fürsten Bismarck gesprochen habe. Es gab keine Zeugen bei diesem geheimen Gespräch. Kein Mensch auf Erden weiß eine Sterbenssilbe davon. Ich habe es nur für mich notiert. Und Sie glauben, die erstbeste Gauklerin und Psychopathin könnte …« Er hatte sich aus den Kissen aufgerichtet und starrte Kerkhoven mit höhnischem Triumph ins Gesicht. – »Ich glaube es nicht nur, ich halte es sogar für äußerst wahrscheinlich«, versetzte Kerkhoven, »es hängt von bestimmten Einflüssen ab, bestimmten Konzentrationsmöglichkeiten »… – »Das ist barer Quatsch, Herr … man muß sich an den Kopf greifen »… – »Es ist nützlich, wenn man sich manchmal an den Kopf greift. Sie können kein Urteil haben, weil Ihnen die einschlägige Erfahrung fehlt.« – »So entschlüpfen Sie mir nicht«, krähte Mordann erbost, »die Tricks kenn' ich. Eure Erfahrung! Wer die Augen offenhält und sich keinen blauen Dunst vormachen läßt, wird aus der Gemeinde der Gläubigen ausgeschlossen und kommt in den Kirchenbann. Damit führen uns seit jeher die Pfaffen aller Fakultäten an der Nase herum. Worauf läuft's denn hinaus? Ich soll eine gesicherte geistige Position aufgeben und einen metaphysischen Luftkurort beziehen, wo mir dermaßen schwindlig wird, daß ich zu allem Hokuspokus Ja und Amen sage. Probates Mittel, den Verstand zu diskreditieren und die Welt auf den Hund zu bringen, auf dem sie ohnehin bereits angelangt ist. Zum frommen Schluß heißt es dann wohl: Wie hältst du's mit der Religion? Oder irr' ich mich darin?« – »Es könnte sein, daß es sich auf diese Frage zuspitzt. Ich stelle sie nicht. Es hat mit der Religion zunächst nichts zu schaffen.« – »Sondern?« – »Mit Gehorsam. Einer Form des Gehorsams. Mit Selbstgehorsam.« – »Versteh' ich nicht.« – »Führt auch zu weit, Herr Mordann.« – »Na, hören Sie, Männeken, mich können Sie so weit führen, wie Sie wollen, fragt sich nur, ob Ihnen nicht die Puste ausgeht.« – »Nein. Wir stehen in verschiedenen Zeitaltern und sprechen in verschiedenen Sprachen zueinander.« – »Ist mir neu. Bisher war mir nichts Menschliches fremd.« – »Aber alles Göttliche.« – Mordann stutzte. »Was sagen Sie da? Donnerwetter noch mal …« Seine vorquellenden Augen irrten wie erschreckt im Zimmer herum. Plötzlich kreischte er belustigt auf. »Vorzüglich, Geschätztester. Jetzt hab' ich Sie erwischt! Ich höre ordentlich, wie sich der heilige Darwin und der heilige Häckel im Grab umdrehen. Hochmoderne Nebelfabrikation der mystisch erleuchteten Wissenschaftler, die auf das Göttliche schlagen und ihre Zauberkunststückchen meinen …« Er lachte kollernd hinter seinem Handrücken. Mit einemmal ging das Gelächter in einen krampfartigen Husten über, der sich von Sekunde zu Sekunde verstärkte und den ganzen Körper durchschüttelte. Die Arme bewegten sich flatternd, der Kopf wackelte hilflos auf dem fetten Hals, das Gesicht bekam eine zyanotische Färbung, die Schläfenadern schwollen an wie Stricke.

Kerkhoven läutete Sturm nach der Schwester. »Kampferspritze!« rief er ihr zu, als sie hereinstürzte. Indessen schien es, als wolle der harte, trockene Husten die Brust des Mannes zerreißen. Es war ein Geräusch zwischen Bellen und Röcheln, es keuchte wie aus einem Blasebalg, knarrte wie verrostete Wagenräder, es hatte etwas so Schauerliches wie lautgewordener Todeskampf und drang bis in die entferntesten Räume des Hauses. Kerkhoven packte den verzweifelt sich Windenden und Umsichschlagenden bei den Armen und hielt sie unter größter Kraftanstrengung in die Höhe. »Großer Gott, er stirbt!« sagte eine rauhe Stimme neben ihm. Es war Agnes Mordann. Halb angekleidet und in Strümpfen stand sie vor dem Bett, eine brennende Zigarette zwischen den Fingern der erhobenen Linken. »Werfen Sie die Zigarette weg!« herrschte Kerkhoven sie an. – »Jaja«, hauchte sie bestürzt und warf den Stummel zum Fenster hinaus. Als die Schwester mit der Spritze eintrat, hörte der Husten so jäh auf, wie er begonnen hatte. Der Mann lag still da, mit geschlossenen Augen und geballten Fäusten, unregelmäßig atmend. Agnes beugte sich zu ihm nieder. »Wünschst du etwas, Vater?« hauchte sie. Dann, zu Kerkhoven gewendet, kaum vernehmlich, so daß er die Worte nur von ihren Lippen ablas: »Ist noch Hoffnung?« – Er machte eine warnende Geste und trat in die Mitte des Zimmers. Sie folgte ihm mit dem beharrlich fragenden Blick. »Für den Augenblick besteht durchaus keine Gefahr«, sagte er. – »Können Sie ihn denn retten«, forschte sie mit finsterer Miene, »liegt es in Ihrer Macht? Oder haben Sie ihn schon zum Tod verurteilt?« – Kerkhoven sah sie mit zusammengezogenen Brauen an. Er verbarg seine Betroffenheit. – »Es ist Ihnen doch klar, was für ein Mann mit ihm stirbt?« fragte sie fast drohend. – »Ja, es ist mir klar.« – »Aber das eine können Sie schwerlich wissen: daß ich entschlossen bin, ihn nicht zu überleben.« Sie lachte kurz und scharf auf, es klang dem Lachen des Vaters zum Verwechseln ähnlich, und kehrte sich schroff zur Tür. Ihre großen Füße in den braunen Strümpfen wirkten seltsam abstoßend.

65.

Das alles war sehr ungewöhnlich, sehr unheimlich, fast wie ein eingespielter Vorgang mit blendendscharf herausgehobenen Einzelheiten, die sich dann kurze Zeit überdunkelten, denn während des gemeinsamen Abendessens hatte Kerkhoven einen familiären Streit mit Marie, weil er seinem Sohn Johann erlaubt hatte, die Schule zu schwänzen. Ohne besonderen Grund; der Bub hatte ihn einfach so lange bestürmt, bis er schwachmütig nachgegeben hatte. »Und weißt du, wozu er den Nachmittag gebraucht hat?« fragte Marie böse. »Bei der eingestürzten Gartenmauer hat er sich mit seinen Gesponsen zu schaffen gemacht, und dir hat er vorgelogen, er hätte Kopfweh. Wenn du fortfährst, ihm auf solche Schwindeleien hereinzufallen, werden wir wenig Freude an ihm erleben. Überhaupt deine Erziehungsmethoden, großer Joseph Kerkhoven. Daß Gott erbarm! In dem Punkt bist du wahrhaftig mit Blindheit geschlagen.«

Kerkhoven sah schuldbewußt drein. Nur bei der Erwähnung der Gartenmauer hatte er ein wenig gelächelt. In der vorvorigen Nacht war ein etwa zwölf Meter langes Stück der Mauer mit großem Lärm zusammengebrochen. Am nächsten Abend hatte Marie in der Zeitung gelesen, daß in Japan um diese Stunde ein Erdbeben gewesen sei. Kurz zuvor hatte sie mit dem Baumeister über die Wiederaufrichtung der Mauer gesprochen und war über den Kostenvoranschlag entsetzt gewesen. Als sie dann die Zeitung aus der Hand gelegt, hatte sie sich mit der unmutigen Bemerkung an ihren Mann gewandt: »Na, dieses Erdbeben wird uns mindestens tausend Mark kosten.« Er hatte laut herausgelacht. »Du bist also fest überzeugt, daß zwischen dem japanischen Erdbeben und unserm Mauerschaden ein Kausalnexus besteht?« fragte er. Ja, sie war fest überzeugt. Sie wollte es sogar gespürt haben. Es war halb drei Uhr nachts gewesen, und sie war mit einem Bangigkeitsgefühl aufgewacht; plötzlich hatte sie draußen die Steine poltern hören. Es mag sein, sagte sich Kerkhoven nachher, Frauen haben in diesen Dingen eine ganz andere Art der Sensibilität, und Marie besonders. Aber daß jetzt Erdbeben und eingestürzte Mauer in Verbindung mit einem pädagogischen Mißgriff auftraten, den er begangen, ergötzte ihn so sehr, daß er sich nicht enthalten konnte, Marie damit zu necken. Sie nahm es übel. Sie fand, er drücke sich um seine väterlichen Aufgaben. Ihr falle immer das Verbieten zu, er mache sich die Sache bequem durch gedankenloses Gewähren. So werde in den Kindern das Gefühl erweckt, als sei die Mutter die unerbittliche Straferin und Tadlerin, der Vater aber der, dem man alles abschmeicheln und ablisten könne. »Siehst du das nicht ein, Joseph? Begreifst du nicht, daß das auf die Dauer eine unhaltbare Stellung ergibt? Du, der du so weise bist in allen Weltverhältnissen, so unbeirrbar in deinem Urteil über Menschen, versagst den eigenen Kindern gegenüber so kläglich, daß ich das größte Unheil voraussehe.« – »Du übertreibst, Marie, wirklich, darin übertreibst du maßlos.« – »Nein, Joseph, ich übertreibe nicht. Daß du das glaubst, ist ja, verzeih, ein Teil meiner Sorge. Es stimmt so wenig mit allem andern in dir überein. Die Liebe, die man sich auf solche Weise erkauft, ist zu teuer bezahlt, sie wird einmal zur Schuld.«

Er sah es ein; er begriff es. Sie hatte ja einen so leuchtenden Verstand, das Sonderbare war nur, daß er sich als Mann, als in seinem Stolz und seiner Überlegenheit beleidigtes Mannsbild, immer ein wenig zur Wehr setzte gegen ihre unerbittlichen Schlußfolgerungen. Er machte dann den Eindruck eines überführten Diebes, der sich sittlich entrüstet, wenn man die gestohlenen Gegenstände in seinen Taschen findet. Was nicht hinderte, daß er jedesmal, so auch jetzt, den Vorsatz faßte, sich zu bessern. Aber auch dieser Vorsatz war eine Schwäche. Er mußte wissen, daß man gegen den eigenen Charakter machtlos ist, so machtlos wie gegen ein Naturgesetz. War doch auch Marie machtlos gegen ihre Überzeugung, das Erdbeben in Japan habe den Einsturz der Gartenmauer verursacht. Unsere Einbildungen und unsere Selbstgewißheiten verhalten sich zur Wirklichkeit wie Legenden zu den historischen Tatsachen.

Der Kuß, mit dem er sich von Marie verabschiedete, enthielt Reue und Beteuerung. Sie verstimmt und unversöhnt zurückzulassen bereitete ihm ein Gefühl, wie wenn er in einem Gasthaus die Rechnung nicht beglichen hätte. Und es drängte ihn von ihr weg. Sie mußte ja gemerkt haben, daß er bei dem Gespräch nur zur Hälfte gegenwärtig gewesen. Das Problem Martin Mordann hielt ihn um und um besetzt. Das fette, boshafte, geistreiche Gesicht wich nicht von seinem innern Auge, dieses Gesicht eines rebellischen alten Haudegens, den man in den Ruhestand versetzt hat. Und der fürchterliche Hustenanfall blieb ihm fortwährend im Ohr wie das Gebelfer eines Dämons; und das wachsbleiche Gesicht der Tochter, die in hassender Anbetung an den Vater fixiert und zweifellos ihm nachzusterben gewillt war, wie wenn sie nichts so sehr fürchtete wie die Erlösung von seiner vernichtenden Nähe. Ja, es war durch und durch unheimlich, das alles. Nie war ein Arzt so fehl am Ort, war Kerkhovens Gedanke, während er, die Hand an der Stirn, in seinem saalartigen Arbeitsraum unablässig auf und ab marschierte; nie war ein Tod so notwendig und gerecht; nie ein Schicksal so zu seinem logischen Ende gediehen. Aber was heißt das: einen Menschen bewußt sterben lassen? Heißt es nicht wirklich, ihn zum Tod verurteilen, wie diese Agnes rätselhaft scharf gesagt hatte? In der Theorie hatte man gut verfügen: Der kranke Mensch kann nicht gerettet werden, wenn er sich nicht selber rettet; wenn er nicht, hineingestellt in sein Geschick, die Verantwortungen übernimmt, die der Heiler dem todsüchtigen und todesreifen Körper allein niemals vermitteln kann. Schon recht; aber der Arzt hat gegen den Tod anzutreten, er darf sich nicht mit dem Tod verbünden. Es gibt kein Recht des Arztes auf Leben und Tod, die unendliche Seele entzieht sich dem menschlichen Gericht, und wäre Siechtum auch ein Laster und Krankheit die Folge von Wahn und Verbrechen, wer sich zum Henker aufwirft, wo noch eine einzige Zelle zur Erneuerung strebt, der vergreift sich an der Welthorme. Seltsam, daß ihm dieser geheimnisvoll klare und umfassende Begriff, den der große Forscher und Freund in Zürich geformt hatte, plötzlich so tönend ins Bewußtsein trat. Welthorme: Gott-Leib, Gott-Hirn, Gott-Substanz, und im ergänzenden Gegensatz dazu das unbekannte Treibende im Innern des Menschen, jenes Etwas, das wie ein pochendes Geisterherz ist, Träger des »vitalen Programms« nach den Worten des wunderbaren Mannes, die Syneidesis, das unbetrügbare, ursprüngliche, unzerstörbare Gewissen des Plasmas und des Zellenstaates.

Es war schon elf Uhr, als er zu Mordann ging, um seiner Pflicht zu genügen und sich über den Zustand des Kranken zu vergewissern. Die elektrische Lampe auf dem Tisch war mit einem dicken grünen Tuch verdeckt. Am Bett saß Agnes in angestrengt steifer Haltung und mit starroffenen Augen. Sie nahm von der Anwesenheit Kerkhovens keine Notiz, bewegte nicht einmal die Pupillen. Er trat dicht an das Bett, beugte sich zur Brust des anscheinend tief Schlafenden nieder und horchte die Atemzüge ab. Auf dem Nachttisch lag ein Zettel mit der Fieberkurve. Die letzte Eintragung von der Hand Schwester Elses war 38,6. Kerkhoven richtete sich auf. Sein zugleich verträumter und durchdringender Blick haftete minutenlang unbeweglich auf Mordanns Gesicht.

Da lag er nun, der Mann des Zettelkastens. Der Aufrührer, der Furchterwecker, der ruhlose Schreiber, der Beherrscher des Worts. Da lag er, sterbender Tribun. Und der verträumt-durchdringende Blick Kerkhovens bohrte sich ins Innere des Schädels, in die illuminierte und arbeitsame Nacht des Gehirns. Er sah die Windungen, die gleich Maschinenbändern bebenden gelbgrauen Stränge, die teigigen Geflechte, die membranhaft zuckenden Häute und Häutchen, die verborgenen Schaltungen und in zarte Kanäle eingebetteten Flüssigkeiten. Er sah die Gedanken von Station zu Station eilen, signalgebend, von Todesahnungen bedrängt; er sah die Bilder aufsteigen und versinken, die sechzig Jahre Leben in ein Fieberpanorama verwandelten; er sah die Angst, die einer bleichen Nebelmasse glich, die ehrgeizigen Träume, die wie Kügelchen rannen, den Wahn, der wie dicker schwarzer Saft um die feinsten Fleischfasern quirlte: ein Reich, ein ungeheures, unvergleichlich organisiertes Reich. Und wo waren da Gut und Böse, Wahrheit und Lüge, Recht und Unrecht, zu Hassendes und zu Liebendes? Wo das Maß dafür, wo die gültige Formel, wo der Anhalt für Nutzen oder Unnutzen? Es konnte in diesem Augenblick sein, es konnte morgen oder in drei Tagen sein: Eine Hundertstelsekunde, und ewige Ruhe herrschte in diesem engummauerten Kosmos, der die Unendlichkeit enthielt; die Illumination war aus, der sogenannte Tod, unfaßlich wie das sogenannte Leben, überdeckte alles mit Finsternis.

Es geschieht, ob ich es will oder nicht, ging es Kerkhoven durch den Sinn; ob ich es zu hindern trachte oder nicht; vielleicht hätte ich das Ende hinauszögern können; vielleicht habe ich es unbewußt unterlassen; aber da ist die Grenze der Natur, da erhebt sich die Forderung, dem eigenen Instinkt zu vertrauen und sich in Harmonie mit einem zuinnerst gewußten Daseinsgesetz zu bringen. Und er erinnerte sich, wie er einst dem todgeweihten und nach dem Tod verlangenden Irlen die tödliche Giftdosis gegeben: Mörder aus Erbarmen und Liebe. Damals, in seiner ersten Existenz, war es der Freund gewesen, der einzige, den er je besessen. Auch dieser Körper war ihm, bei einem unvergeßlichen Anlaß, zur Organvision geworden. Heute stand er mit verschränkten Armen, dem Tod den Weg freigebend, am Sterbebett des Feindes. Nicht seines Feindes; des Art- und Blutfeindes, des Gottesfeindes …

Still, fast unhörbar schlich er aus dem Zimmer. Agnes hatte sich während der ganzen Zeit nicht gerührt.

66.

Am Morgen berichtete ihm Schwester Else zu seiner Verwunderung, Agnes Mordann sei nach Basel gefahren, offenbar im Auftrag ihres Vaters. Der Kranke schien sich merkwürdigerweise von dem gestrigen Anfall erholt zu haben. Er war auffallend agil, hatte sogar der Tochter schon vor dem Frühstück einen langen Brief diktiert. Gegen Mittag kam Agnes zurück, und kurz darauf trat die Wys-Wiggers bei Kerkhoven ein und sagte: »Herr Mordann wünscht Sie zu sprechen«; zögernd fügte sie hinzu: »Was da los sein mag; die zwei streiten miteinander wie die Teufel.« Kerkhoven ging eilends hinunter. Aber als er einen Augenblick vor der Tür von Mordanns Zimmer lauschte, vernahm er keinen Laut. Er klopfte, und da niemand antwortete, trat er ein. Agnes lehnte in feindseliger Haltung am Tisch, die Arme nach rückwärts gegen die Platte gestemmt. Mordann lag finster starrend; seine auf der Bettdecke ruhenden Hände umfaßten ein mit einem blauen Band umschnürtes Briefpaket. Er schien zu frieren; trotz des warmen Märztages waren die Fenster zu, und in dem breiten weißen Kachelofen prasselte ein frisches

Feuer. Bisweilen zuckte er nervös zusammen; er konnte das Geprassel des brennenden Holzes nicht ausstehen; wenn es noch Kohlen gewesen wären. Aber Kerkhoven war, aus hygienischen Erwägungen, nicht nur gegen mechanische Heizanlagen, sondern ließ auch im ganzen Haus ausschließlich mit Buchenscheiten heizen. Darüber hatte sich Mordann täglich erbost; jeder Ofen war ihm ein vorsintflutliches Monstrum, und in seiner barocken Launenhaftigkeit zog er manchmal statt der Ofenwärme vor, im kalten Zimmer zu liegen.

Daß ein Wortwechsel stattgefunden hatte, spürte man in der Luft. Als Kerkhoven Agnes fragend anblickte, zuckte sie wortlos die Achseln. »Sie soll gehen«, knurrte Mordann. – »Ich muß wissen, was du tust, ich muß wissen, was hier vorgeht«, brauste Agnes auf, »ich werde mich nicht einmischen, ich werde kein Wort reden, aber ich muß dabeisein.« Erregt ging sie zu dem nischenartig ausgebauten Mittelfenster, warf sich in einen Strohsessel und zerrte aus einem Stoß Zeitungen, der auf dem Sims lag, eine heraus, um sie geräuschvoll auseinanderzufalten. Mordann sagte bissig: »Da haben Sie's, Professor. Dazu hat man Kinder.« – »Du hast keine Kinder, Gott sei Dank, du hast nur ein Kind«, kam die Antwort, die wie ein schriller Pfiff klang. – »Stimmt, stimmt, hat was für sich«, gab Mordann asthmatisch kichernd zurück.

Eine Weile herrschte Schweigen. Und aus dem Schweigen heraus fragte Mordann mit dürrer Stimme: »Wieviel Zeit geben Sie mir noch zu leben, Professor? Ich wünsche einen aufrichtigen, unverklausulierten Bescheid. Ich muß die Wahrheit wissen.« – Aus der Fensternische kam ein kurzes gequältes Auflachen. – »Nur ein Ignorant und Scharlatan hätten den Mut, Ihnen darauf präzis zu antworten«, sagte Kerkhoven, »ich bin weder das eine noch das andere.« – »Gut gebrüllt, Löwe. Aber das macht mir keinen Eindruck. Es ist die gewöhnliche standesgemäße Ausflucht. Feigheit, jawohl. Raffen Sie sich auf. Handeln Sie wie ein ehrlicher Mann.« – »Sie überschätzen meine Fähigkeiten.« – Mordann richtete sich mühselig aus den Kissen empor. Seine Augen flackerten in wilder, dringlicher Bitte. »Hören Sie zu, Mann«, knarrte seine Stimme in jammervoller Luftnot, »ich brauche notwendig noch sechs Wochen. Bieten Sie alle Mittel Ihrer Wissenschaft auf, Gifte, Zaubertränke, Zaubersprüche, was immer Sie wollen, aber die sechs Wochen muß ich haben.« – Kerkhoven verdrehte in seiner komischen Weise, wie ein Vogel, den Hals. »Ist es vorwitzig, wenn ich mich erkundige, zu welchem Zweck?« fragte er ohne tiefere Neugier. – »Können Sie getrost erfahren.

Bevor ich ins Gras beiße, müssen die Lügen und Verleumdungen widerlegt werden, die über mich in der Welt umlaufen. Über und über bedeckt
mit schweinischem Unrat, Herr ... so kann man nicht sterben. Ich muß
der Bande die Mäuler stopfen, die nicht davor zurückschrecken wird,
noch mein Grab zu bespeien. Ich bin es mir schuldig, bin es meiner
Vergangenheit schuldig. Mit einem Wort, es handelt sich darum, die
Geschichte der letzten zwanzig Jahre meines Lebens zu Papier zu bringen.« – »Ich verstehe. Aber warum wollen Sie, selbst wenn ich die
Möglichkeit eines baldigen Todes zur Diskussion stelle, was zu tun ich
mich weigere, warum wollen Sie sich die Frist, die Sie noch haben, mit
unfruchtbaren Auseinandersetzungen vergällen, mit überflüssiger
Rechtfertigung, mit Groll und Haß und Anklage? Suchen Sie doch lieber
den Frieden in Ihrem Innern.« – »Gottverfluchtes Gesabber, Mann! Ihr
habt ja alle den Verstand verloren! Die dort redet mir auch zu, ich soll
mich nicht auf posthumes Prozeßführen einlassen, soll mich schonen,
was ich erstritten und vollbracht, wird für sich selber zeugen. Widerlicher
Kohl. Habt Ihr 'ne Ahnung? Kapiert Ihr denn nicht, daß ich auf der
Welt nichts besitze als meinen Namen, nichts hinterlasse als mein
fleckenloses Schild? Wenn sie sich an meinem Namen vergreifen, die
Hunde, wie sie sich an meiner Person vergriffen haben, dann mögen sie
vor der Hand zittern, die sich aus meinem Sarg nach ihnen streckt.«

Diese gellenden Worte, ein Aufschrei fast, hatten etwas Erschütterndes
für Kerkhoven. Sie enthüllten ihm, neben allen Anzeichen der Manie
des Verfolgtseins, eine Form des Wahns, die er noch nicht kannte. Den
Wahn des Tribuns; den Wahn von papierener Unsterblichkeit; den Wahn
von der Dauer des gedruckten Worts, von der Dauer des bloßen Namens,
als stünde dahinter wirkliches Werk und wirkliche Tat und nicht leerer
Schall, nicht eitler Machtrausch, nicht ein Zettelkasten mit achtzehntausend Nummern. Denkwürdige Erfahrung. Denkwürdige Zeit, die ein
solches Menschengebilde hervorgebracht hatte.

»Sie sehen, was auf dem Spiel steht«, fing Mordann wieder an, »wenn
Sie mir helfen, dann will ich ... ich hab' mir das mit den Briefen überlegt
... dann will ich Ihnen die Brederodeschen Briefe ausliefern. Martin
Mordann läßt sich nichts schenken. Sichern Sie mir noch sechs Wochen
Leben zu, noch fünf, und Sie können die Briefe haben. Agnes hat sie
aus Basel geholt. Hier sind sie.« Er hielt Kerkhoven das Paket in der
ausgestreckten Hand mit einem grausig verführerischen Lächeln wie eine
Lockspeise hin. In diesem Augenblick erhob sich Agnes, schleuderte die

Zeitung zu Boden und verließ in erbittertem stummem Protest das Zimmer. Kerkhoven setzte sich an das Bett und legte seine Hand auf Mordanns Schulter, als müsse er einen Delirierenden beruhigen. »Nehmen Sie Vernunft an, Herr Mordann«, sagte er mit einem Ton von Güte, den er sich bis dahin gegen diesen Mann nicht hatte abringen können, »wie ist es möglich, daß ein Geist wie der Ihre einem derartigen Aberglauben verfällt? Ich kann Ihrem Leben nicht eine einzige Minute hinzufügen. Nur Sie selber vermögen das. Wie und wodurch? Ich habe es Ihnen schon einmal angedeutet.« – Mordanns Züge verzerrten sich zu einem Ausdruck der Raserei und Verzweiflung. »Kommen Sie mir am Ende wieder mit dem … mit dem Göttlichen«, lallte er mit schwerer Zunge, »mit dem – wie sagten Sie? – mit dem Gehorsam? Mit all dem schwachsinnigen, obskurantischen Zeugs da … Scheren Sie sich zum Teufel, Mann … Ich will Sie nicht mehr sehen … Ich kündige Ihnen das Quartier … Schicken Sie mir Ihre Rechnung …« Es würgte ihn in der Kehle, die Worte waren zur Hälfte unverständlich; als Kerkhoven sich mitleidig-widerstrebend erhob, warf er die Decke ab, sprang aus dem Bett, lief, die umschnürten Briefe in der Hand, auf abstoßend behaarten und abgemagerten Beinen zum Ofen, und ehe Kerkhoven es verhindern konnte, hatte er das Eisentürchen aufgerissen und das Paket ins Feuer geworfen. Danach brach er zusammen und war nur noch ein von einem lächerlich karierten Hemd bedeckter Haufen Fleisch.

Doch der Tod trat erst achtundvierzig Stunden später ein. Und am dritten Tag schon meldeten alle Zeitungen Europas mit sensationeller Schlagzeile das Ableben des berühmten Publizisten Martin Mordann, des letzten großen Kämpfers für Freiheit und Demokratie.

Zweites Buch: Alexander und Bettina

Ganna oder die Wahnwelt

67.

Seine Leiche wurde eingeäschert. Die Urne nahm Agnes mit nach Vitznau am Vierwaldstättersee. Drei Wochen später, am neunten April, fuhr sie während eines Sturms in einem kleinen Boot nach Beckenried hinüber. Das Boot kenterte, und sie ertrank. An demselben neunten April starb in Zürich der große Gelehrte, Kerkhovens Halt und Aufblick, der Führer in bisher unerschlossene Gebiete des Wissens und der Erkenntnis. Am Abend vorher hatte er Kerkhoven, der sich für eine Woche freigemacht hatte, um unter der Leitung des Freundes in dessen hirnanatomischem Institut seine Studien zu betreiben (was er seit seiner Rückkehr aus Java in regelmäßigen Zeitabständen zu tun pflegte), noch seine letzte Arbeit vorgelesen: Recht und Verbrechen in biologischer Beleuchtung. Dann, um halb ein Uhr nachts, hatte der Vierundsiebzigjährige, am Schreibtisch sitzend, die Feder hingelegt und war für immer eingeschlafen. Vorbildlicher Tod, ohne Aufheben, ohne Lärm, ohne Krankheit, ohne Schmerz, mitten im unvollendetvollendeten Werk. Wenige trauerten um ihn, wenige wußten überhaupt von ihm, sein Ruhm lag in der Zukunft. Als Kerkhoven an seiner Leiche stand, liebte er den Tod. Es war ein großartiges Bild der Sammlung, der Ruhe und der Kraft.

Und am gleichen neunten April, am Abend, lernte er in einer kleinen Gesellschaft von Freunden und Kollegen, die sich versammelt hatten, um das Gedächtnis des Hingegangenen zu ehren, Bettina Herzog kennen.

68.

Einige erläuternde Angaben über den Umkreis und die Richtung seiner Forschungen dürften hier am Platze sein.

Vor allem beschäftigte ihn das große Gebiet der Störungserscheinungen im Gehirn. Die Rhythmusstörungen; die Säftestörungen im besonderen;

die Störungen im Zottengewebe; die Veränderungen, die durch psychotische Wahnerkrankungen bewirkt werden oder deren Ursache sind; die dunklen Zusammenhänge zwischen Gefäß- und Nervenfunktion; die schwierige Frage der Wärmestauungen; die Feststellung der sogenannten Blutgehirnschranke, der Barrieren, hämoenzephalen oder ekdomesodermalen, da ja Haut und Hirn durchsetzt sind von Blut und Geweben und diese durch bestimmte Grenzwälle voneinander geschieden sind, besser ausgedrückt: durch Filter von den Stoffen im Blutkreis. Der Verstorbene hatte die These verfochten, diese Stoffe, Autacoide, seien gehirnschädigend; sie würden nicht von außen in den Menschen hineingetragen, sondern entstünden in seinem Innern, ja, sie seien als sein biologisches Schicksal seiner Physis, infolgedessen auch seiner Seele verhaftet.

Dies gab unerhörte Ausblicke. Einerseits schuf es neue Grundlagen für die Diagnose und erweiterte das Feld der Therapie ins vorläufig noch Unabsehbare; andererseits ging es auf gewisse antike Anschauungen zurück (wodurch eine sinnvolle Einheit aller Erkenntnis hergestellt wurde), jene uralte Humoralpathologie, die der geniale Tote bewußt in sein System einbezogen hatte. Da war denn der menschliche Leib, bewegt und regiert von einem allbeständigen, im wahrsten Sinne oberen Geist oder Organwesen, keine mehr oder minder vollkommene Maschine mehr, kein vitalistischer Automat, kein bloßes Produkt chemischer Bindungen und Reaktionen, sondern weit darüber hinaus, einstweilen über das Vorstellbare hinaus, ein in das große All-Leben gewobenes und der Ewigkeit angehörendes, ja von ihr unzertrennliches Kräftezentrum, das, so lautete die krönende, seltsam unwissenschaftlich und unzeitgemäß klingende Formel des Meisters, zusammengehalten wurde durch die Liebe. Der folgende programmatische Satz war eine seiner letzten Manifestationen: »Die Auseinandersetzung des innersten Ich mit dem All sowie mit den unser Tun und Lassen bestimmenden biologisch-physiologischen Kräften gehört zu den höchsten, das Lebensglück des Menschen schlechthin sichernden Verrichtungen des Zentralnervensystems.«

69.

Bettina Herzog befand sich gewissermaßen auf der Flucht. Ihr Aufenthalt in Zürich war eigentlich ein befristetes Exil. Dessen war sie sich bewußt, das wußten auch die zwei oder drei Freunde, die zu sehen und mit denen zusammen zu sein ein treibendes Motiv ihrer Reise gewesen war.

Einer dieser Freunde, ein junger Röntgenologe, hatte sie, um sie aufzuheitern und ihren traurigen Gedanken zu entreißen, ungeachtet ihres Widerstands in jenes Haus mitgenommen, wo sie die Bekanntschaft Joseph Kerkhovens machte.

In einem niedrigen, stark überheizten Bücherzimmer saßen eng gedrängt zehn bis zwölf Personen, darunter nur vier Frauen.

Mit dem Augenblick, da sie das Zimmer betrat, überkam Bettina eine gespannte, unbehagliche Empfindung, die ihr nicht neu war. Sie hatte jedesmal mit ihr zu kämpfen, wenn sie im selben Raum mit einem Menschen war, von dem eine bestimmte atmosphärische oder körperliche oder geistige Wirkung ausging, gleichviel, ob die Gesellschaft groß oder klein war. Und je länger sie sich dieser Wirkung aussetzte, je mehr steigerte sich das hinstrebende Unbehagen, dem das instinktive Bemühen zugrunde lag, den Ort der magnetischen Anziehung festzustellen.

Sie forschte unauffällig in den verschiedenen Gesichtern, bis ihr Blick auf eines traf, von dem sie dann sofort wußte, daß es der Urheber der geheimen Beunruhigung war. Obenhin betrachtet, sah der Mann aus wie ein wohlhabender Bauer oder Grundbesitzer, wie solche in der Schweiz auch in bürgerlichen Kreisen vielfach verkehren, aber da es eine Zusammenkunft von Ärzten und Wissenschaftlern war, schloß sich dies wohl aus. Er trug ein kurzes Kinnbärtchen, das im Zwielicht gelblich schien, sich aber nachher als angegraut erwies. Er saß auf einem für seine mächtige Figur viel zu kleinen Stuhl, der in den Schatten gerückt war, vermutlich nicht ohne Absicht. Er hatte die Beine nicht übereinandergelegt, was die unbequeme Gezwungenheit seines Dasitzens noch stärker betonte.

Bettina konnte nicht anders, sie mußte fortwährend seine Hände anschauen, die breit, knochig und vollständig unbeweglich auf den Knien lagen. Sie erinnnerten an zwei kauernde Zwillingstiere. Etwas Wachsames, Fremdartiges und Schützendes war um sie.

Er war ihr natürlich vorgestellt worden, doch sie hatte den Namen nicht verstanden. Leise erkundigte sie sich bei der Hausfrau, wer der Mann sei. Diese klärte sie auf. »Haben Sie nie von ihm gehört?« fragte sie verwundert. Bettina mußte ihre Unwissenheit bekennen. Da vernahm sie die Stimme des Mannes. Er machte eine ruhige Bemerkung zu seinem Nachbarn. Ach so, war Bettinas naiver und befriedigter Gedanke, wenn einer eine solche Stimme hat … Es gelang ihr aber im Lauf des Abends nicht, mehr als ein paar gleichgültige Worte mit Kerkhoven zu wechseln. Er war von einer höflichen, anscheinend schwer besiegbaren Wortkargheit.

70.

Als sie am zweitfolgenden Tag im Waldhaus Dolder den Tee nahm und Kerkhoven ein paar Schritt von ihr entfernt an der Terrassenbrüstung sitzen sah, hatte sie zunächst das verwirrende Gefühl, als habe sie ihn hierher bestellt. Und genau wie am vorgestrigen Abend war sie wieder in derselben unerklärlich erregenden Weise alarmiert.

Sie hatte einen noch bezwingenderen Eindruck von seiner Person. Haltung und Miene bekundeten eine natürliche Abgeschlossenheit, eine ins Unbewußte gedrungene Loslösung von Neugier, ein strenges und schweres In-sich-selber-Ruhen. Sie hoffte, er werde sie bemerken, dabei ärgerte sie sich über diesen Wunsch. Zu verrückt, dachte sie, was will ich denn von ihm? Ein Arzt außerdem. Sie hatte nicht viel übrig für Ärzte. Doch als sein Blick in die Richtung ging, wo sie saß, und eine Viertelsekunde auf ihrem Gesicht haftete, nickte sie einen lächelnden Gruß hinüber. Unwillkürliche Bewegung, die nicht mehr als ein Zeichen des Wiedererkennens sein sollte. Er stutzte und grüßte artig zurück. Bei seinem vermeintlich bäurischen Wesen hatte sie eine so höfliche Geste kaum erwartet. Nach einer Weile erhob er sich nicht ohne Schwerfälligkeit und trat an ihren Tisch. »Frau Alexander Herzog, wenn ich mich recht erinnere?« fragte er mit der erstaunlichen Stimme, die Bettina schon allein Zutrauen einflößte. Leicht spottend korrigierte sie: »Ja, Bettina Herzog, Herr Professor.« Einen Moment lang sah er sie mit dem wie ein Instrument unter die Haut dringenden Blick an, den nur Ärzte haben. Dann bat er um die Erlaubnis, ihr ein wenig Gesellschaft leisten zu dürfen.

Das geschah zwanzig Minuten nach fünf. Und als er sich von ihr trennte, in der Halle des Hotels, wohin er sie begleitet hatte und wo sie schließlich als die einzigen Gäste in einem Winkel gesessen waren, war es fünf Minuten vor neun. Sie vergaß, daß sie nicht zu Abend gegessen hatte, ging in ihr Zimmer und warf sich erschöpft und aufgewühlt ins Bett.

71.

Begonnen hatte das Gespräch damit, daß sich Kerkhoven mit großer Lebhaftigkeit nach Alexander Herzog erkundigte und Bettina den Eindruck schilderte, den ihm damals in Freiburg die Herzogsche Vorlesung gemacht. Dann erwähnte er, daß ihm das unendlich zerquälte Aussehen des Mannes aufgefallen sei, und fragte Bettina, ob dafür eine bestimmte Ursache vorhanden gewesen. »Nicht nur gewesen«, antwortete sie, »die Ursache besteht noch immer.« Zögernd und mit halben Worten berichtete sie von einem organischen Leiden, das er sich infolge jahrelanger schwerer Aufregungen zugezogen. Und als Kerkhoven wie beiläufig hinwarf, auch sie biete nicht eben ein Bild strahlender Gesundheit, sie wirke mehr als angegriffen, wirke gleichgewichtslos, streifte ihn ein schneller Blick aus grüngrauen Augen; sie zuckte apathisch die Achseln und murmelte: »Wär's anders, es wäre ein Wunder.«

Sie war sichtlich gehemmt. Vor allem durch den Zweifel, ob sie sich eine Offenheit, die sich als unbedacht erweisen konnte, durchgehen lassen dürfe; dann durch die Erwägung, daß der Mann, der ihr so ungewohnten Anteil bezeigte, Mitwisser und Mitträger von allzuvielen Menschenleiden sein mußte. Sie sah es ihm an. Nach und nach faßte sie Mut, und endlich hatte sie überhaupt keine Bedenken mehr. Wie das zuging, war ihr rätselhaft; sie mußte sprechen. Sie mußte alles, alles sagen. Sie konnte sich nicht helfen, es war wie ein Sturzbach, aufgestaut seit unerträglich langer Zeit. Und während sie es in hastige, fliegende Worte kleidete, kam es ihr so unglaubwürdig, so unwahrscheinlich, so toll phantastisch vor, daß sie sich beklommen fragte, ob sie der Mann nicht für eine hysterische Lügnerin halten würde, obwohl sie sich nicht annähernd imstande fühlte, das Erlebte in seinem ganzen Umfang wiederzugeben, weder in der Reihenfolge noch in den Verursachungen. Sooft sie einen prüfenden Blick in sein Gesicht warf, wurde sie unsicher. Meist hielt er den Kopf gesenkt und die Augen halb geschlossen. Seine Finger sammelten unsichtbare Brotkrumen auf der Glasplatte des Tisches. Bisweilen nickte er ihr zu, mit einem Ausdruck, als wisse er alles schon seit hundert Jahren.

»Nun haben Sie einen ungefähren Begriff«, sagte sie nach zweistündigem atemlosem, halblautem Erzählen, »mein Leben heißt Ganna. Alexander Herzogs Schicksal heißt Ganna. Unser beider Unglück heißt Ganna.«

Er dachte nach. Dann fragte er sie, ob sie einen Brief von der Frau habe, etwas von ihrer Hand Geschriebenes. Sie besann sich; ja, sie hatte einen Brief. Sie öffnete ihre große Ledertasche, durchwühlte sie und brachte einen kuvertierten Brief zum Vorschein, den sie aus dem Umschlag zog und Kerkhoven reichte. Er hielt den aufgefalteten Bogen vor sich hin und betrachtete, ohne zu lesen, die großen spitzigen, eiligen Buchstaben, denen etwas unheimlich Fanatisches anhaftete. Er las, begann von vorn, las zur Hälfte, verdeckte einen Teil des Blattes mit seiner riesigen Hand und schaute dann wie träumend in die Luft, wobei seine Züge sich verfinsterten. Plötzlich fragte er unerwartet: »Haben Sie Nachricht von Ihrem Gatten?« – Bettina fuhr zusammen. »Nachricht? Nein. Warum?« – »Seit wann sind Sie von zu Hause fort?« – »Seit sechs Tagen. Warum?« – Da sagte er mit ebenso unerwarteter Bestimmtheit: »Ich weiß nicht, ob es richtig war, daß Sie ihn in diesem Moment allein gelassen haben.« – Sie wurde um eine Schattierung blasser. »Ich konnte nicht mehr weiter«, flüsterte sie.

Sie war darüber verstimmt, daß er den Schwerpunkt seines Interesses in die Richtung verlegte, wohin sie ihm, in einem Gefühl alt- und starrgewordenen Trotzes, nicht folgen mochte. Jetzt nicht. In dieser Stunde nicht. Lange genug war sie nicht vorhanden gewesen. Jetzt wollte sie einmal vorhanden sein. Er erriet, was in ihr vorging. Er schüttelte bedächtig den Kopf und sagte ernst: »Ich verstehe Sie ausgezeichnet.« – Sie atmete erleichtert auf. »Haben Sie denn Grund zu Befürchtungen?« forschte sie widerstrebend und ihrer eigenen Sorge gleichsam den Rücken kehrend. – »In bezug auf ihn? Allerdings, gnädige Frau.« – »Und was raten Sie mir zu tun?« – »Das läßt sich so rasch nicht sagen.« – »Finden Sie es falsch oder unüberlegt, daß ich mich Ihnen anvertraut habe?« – Er legte seine Hand, eigentlich nur die Fingerspitzen, auf ihren Arm. »Ich bitte Sie. Ich bitte Sie …« Sie murmelte: »Man denkt nicht nach. Brandschatzt die Zeit eines andern Menschen. Es ist sonst nicht meine Art.« – »Ich bitte Sie«, wiederholte er etwas ungeduldig, »beruhigt es Sie, wenn ich Ihnen sage, daß ich keine eigene Zeit besitze?« – »Um so mehr muß man aufpassen«, antwortete Bettina. Sie schlang die Hände um die Knie und beugte sich vor. »Komisch«, flüsterte sie, »erst jetzt spür' ich, es war der allerkritischste Augenblick.« – »Das ist immer so, gnädige Frau.« – Sie sah ihn fragend an, von unten her. – »Es handelt sich um Sekrete, wenn Sie es im Doppelsinn nehmen«, erklärte er in leichtem Ton, »es gibt ein Organ in Ihnen, das die Katastrophe unterdrücken will.« – »Sie glauben also an eine Katastrophe?« – »Ich kann mich dem Eindruck nicht entziehen. Hauptsächlich, wie gesagt, im Hinblick auf Alexander Herzog.« – Es war Bettina, als rutsche ihr Herz ein Stück herunter. Offenbar war sie eines Versäumnisses schuldig. Sie hatte sich das Entscheidende nicht klargemacht. »Können Sie denn helfen?« stammelte sie und erschrak vor ihrer eigenen Kühnheit. – Er lächelte etwas zurückhaltend. – »Ich weiß, es ist eine alberne Frage«, fuhr sie schüchtern fort, »aber liegt das überhaupt im Bereich menschlicher Macht?« – »Menschliche Macht ist gering und nicht unbegrenzt«, erwiderte er. »Soviel ich bis jetzt sehe, ist es ein ziemlich einzigartiger Fall, so typisch er wieder in anderm Betracht ist. Nur »... – »Nur?« – »Es ist besser, Sie dringen jetzt nicht in mich. Ich muß es mir sorgfältig überlegen. Ich weiß noch zuwenig. Alles, was ich weiß, ist, daß dieser Mann gerettet werden muß.« Da sich Bettinas Gesicht jäh verfärbte, fügte er hinzu: »Und er kann nur gerettet werden, wenn Sie ...« Er blickte sie fest an, mit einem Ernst, der ihr durch und durch ging. Ihr wurde kalt im Rücken. Sie hatte Lust, aufzustehen und wegzugehen. Er fragte so leise, daß sie die Worte nur mit den Nerven vernahm: »Ich vermute, Sie lieben ihn nicht mehr?« – Bleich, verstört starrte sie ihre Fußspitzen an. »Das ... wie kann man ... o nein ... das läßt sich doch nicht ...« Sie brach ab und senkte den Kopf noch tiefer.

72.

Kerkhoven war sich nicht im unklaren darüber, daß es das zwölfjährige Leben in der Einsamkeit war, das sie so bedürftig nach Welt, nach Mitteilung, nach Menschen gemacht hatte. Ja, fast zwölf Jahre, seit ihrem achtundzwanzigsten Jahr, hatte sie mit Alexander Herzog tief im steirischen Gebirge in einer Art Klausur gelebt und war unter dem ständig anwachsenden Druck eines beispiellosen Geschehens nahezu zerbrochen. Das Geständnis, das sie ihm gleich zu Anfang des Gesprächs machte, daß sie seit Monaten aufgehört habe, wie ein normaler Mensch zu schlafen, daß jeder Brief, jedes Telegramm, jedes Telefonsignal in ihrem Herzen eine wahre Klopforgie bewirke (so drückte sie es aus), ließ auf eine bedenkliche Gemütsverfassung schließen. Nur vergessen, das war ihre Sehnsucht Tag und Nacht; nur mit Leuten beisammen sein, die von neutralen oder abliegenden Dingen redeten, von freundlichen, heiteren, hübschen Dingen. Nichts mehr wissen von dem Schauerlichen, Grausigen, Hoffnungslosen, das dort in ihrem Heim die Sonne verhängte und die Luft vergiftete. Sie übertreibt, dachte Kerkhoven, sie hat einen beweglichen Geist, eine künstlerische Phantasie, es ist nicht anders möglich, sie übertreibt. Aber wenn er sie dann anschaute, fand er, daß diese Vermutung wahrscheinlich grundlos war. An ihrem klaren, nüchternen, alles Tatsächliche prägnant zusammenfassenden Bericht war ihm gerade das Fehlen jeder Übertreibung angenehm aufgefallen. Die Mischung von äußerer Kühle und innerer Glut erinnerte ihn ein wenig an Marie. Die Berührung beider Elemente gab der ganzen Person etwas wunderlich Bebendes. Auch bei Marie war es so. Nein, das stimmt schon alles, sagte er sich, mit der hat es schon seine Richtigkeit. Als sie ihm weiterhin bekannte, daß sie von Haus aus Musikerin sei, Geigerin, und in früheren Jahren ein paar gar nicht üble Lieder und Sonaten komponiert habe, ging ihm ein Licht über ihre hochgradige Reizbarkeit und Erschütterbarkeit auf. Aber sie versäumte nicht hinzuzufügen, daß sie seit langem von der Musik Abschied genommen habe, von aller Musik, der Geigenkasten mit der Guarneri liege zu Hause im Schrank wie auf einem Kirchhof. Sie hatte einfach für Gaben und Kräfte, deren sie sich lebhaft, ja ungestüm bewußt war, keine Verwendung mehr; der Verkümmerungsprozeß, von dem sie sich bedroht sah, hatte eine an Schwermut grenzende Hypochondrie in ihr erzeugt. Primitive, animalisch veranlagte Naturen können dagegen unter Umständen ihre Vorkehrungen treffen; ein so durchgebildetes, zu sinnvoller Eigenentfaltung bestimmtes Geschöpf wie sie war ohne einen rettenden Arm verloren. Kerkhoven starrte sie mit großen Augen ununterbrochen an, als sie ihm in knappen Umrissen ihr Leben während der letzten sechs Monate beschrieb. Es war abenteuerlich …

»Spät«, sagte er, sich erhebend, »Sie haben Ruhe nötig. Wahrscheinlich werden Sie mich in den nächsten Tagen brauchen. Ich bleibe noch bis Ende der Woche in Zürich. Zwischen zehn und zwei Uhr bin ich telefonisch erreichbar.« Er schrieb ihr die Nummer auf. Sie dankte ihm bewegt. Sie ahnte nicht, wie bald und wie sehr sie ihn brauchen würde. Als es so weit war, am nächsten Tag schon, fragte sie sich mitten in ihrem Kummer und in ihrer Ratlosigkeit bestürzt: Ist er denn ein Prophet?

73.

Mit der Frühpost erhielt sie einen Brief von Alexander, der folgenden Wortlaut hatte: »Seit Du fort bist, liebe Bettina, liegt auf meinem Schreibtisch eine angefangene Arbeit, die die sonderbare Überschrift trägt: Bekenntnisse eines Gottlosen. Ich hatte sie mir als einen Versuch gedacht, hinunterzugraben bis an die Wurzel der geistigen Existenz, um den Urirrtum zu finden. Denn ohne solchen Irrtum, solche Grundverfehlung, das wirst Du zugeben, wäre eine Lage nicht möglich wie die, in der ich mich befinde. Aber als ich heute das Geschriebene überlas, erkannte ich die Bemühung als eitel. Jeder Schriftsteller hat im Lauf seines Lebens einen derartigen Massenverbrauch an Worten, daß die Worte allgemach ihr Gesicht und ihr Gewicht verlieren. Nie ist das Ausgesagte das Letztgültige, das Unumstößliche. So auch hier. Es ist der schlagende Mut nicht drin, die große Schonungslosigkeit nicht. Ich blätterte zurück und zurück, und jede Seite stierte mich an wie ein aufgeschmücktes Stück Verwesung.

Was hat es gefrommt, Bettina, das Formen und Schmieden? Zwanzig oder mehr Bücher in die empfindungslose Zeit hineingeworfen: Was hab' ich ausgerichtet damit? Was hat die herzverzehrende Plage gewirkt? Wo ist die Ernte von all dem Säen, jetzt, in meinem neunundfünfzigsten Jahr? Nicht einmal aus meinem engsten Umkreis hab' ich die Fratzen und Nachtmare bannen können; trauriges Vorbild für die, die ich zu einem trügerischen Glauben an mich verführt habe. Welchen Zweck soll es haben, weiterzubauen auf einem Fundament, das nicht trägt, an einem Bau, den niemand für bewohnbar, ja nur für vorhanden hält als ich selber? Auch die Bücher waren nur Gespenster, Schwaden aus der Wahnwelt. Vertan, vertan. Es gibt eine Krankheit des Schaffens, wie es eine Krankheit des Tuns gibt, jenes Tuns, das Flucht vor der Tat ist. Wohl gibt es auch ein Schaffen, das Tat ist, aber dieses ist verwandelnd und gottnah; seinen begnadeten Bezirk wagt der Teufel nicht zu betreten, der Atem geht ihm darin aus.

Es ist eine unmenschliche Traurigkeit in mir, Bettina. Sie schnürt mich ein wie eine Zwangsjacke. In meinem Denken ist kein System und keine Folge mehr. Ich begehre dumpf nach etwas, kann aber nicht ergründen, was es ist. Vielleicht ist es mein Selbst, nach dem ich begehre. Es kommt mir vor, als sei mir dieses, mein Selbst, vor unbestimmbarer

Zeit auf rätselhafte Weise gestohlen worden. Ich habe es nachher gesucht und überall reklamiert, doch ich habe es nicht mehr zurückerhalten. Ich kämpfte mit der Lust, die Handschrift der erwähnten Bekenntnisse ins Feuer zu werfen. Ich kann mich nicht dazu entschließen. Wahrscheinlich, weil ich nicht fähig bin, die letzte Konsequenz zu ziehen. Mein ganzes Ich, der geistige, seelische und physische Teil, ist in einer heillosen Unordnung. Ich kann meine Empfindungen gleichsam nicht beaufsichtigen, mein Zeitgefühl ist gestört, bisweilen ist mir zumut, als ginge ich mit dem Kopf nach unten. Es war wohl ein Sieg über Pappfiguren, den man errungen hat im lichtlosen Weltgewühl, gekettet an Haus und Hof und Weib und Kind und Soll und Haben. Gestern sagte ich mir in einem Moment inneren Stupors: Es muß ein ungeheurer Sinn darin liegen, daß Männer, die ihrem Selbst oder ihrem Gott begegnen wollten, in die Wüste gegangen sind. Wäre nicht unser Söhnchen, unser Helmut, ich weiß nicht, was mit mir geschähe. In der Tiefe der Brust ist ein Befehl, man kann ihn nur nicht deutlich verstehen. Deine Briefe, was ist's denn damit? Ihr Ton hat so was Verloschenes, als seist Du in China oder Kalifornien. Manchmal geh' ich mitten in der Nacht durch die Zimmer und wundere mich über die verschlossenen Türen und Fenster ...«

74.

Als Bettina den Brief gelesen hatte, wurden ihre Wangen und ihre Hände zu Eis. Sie brauchte über zwei Stunden, um sich zum Ausgehen fertig zu machen. Gerade als sie das Hotel verlassen wollte, wurde sie aus Ebenweiler, ihrem Wohnort, dringend angerufen. Die Stimme des Hausmädchens, einer Vertrauensperson Bettinas, sagte gepreßt: »Gnädige Frau, wir wollten Sie nicht aufregen «... – »Was ist los, Anna? Rasch, rasch!« – »Herr Herzog ist seit drei Tagen verschwunden «... – »Was soll das heißen, um Gottes willen, wie? Verschwunden? Abgereist meinen Sie?« – »Nein, gnädige Frau. Er ist Donnerstag abend mit dem Rucksack weggegangen. Er hat niemandem was gesagt und auch keine Nachricht gegeben.« Der Hörer in Bettinas Hand wurde bleischwer. »Habt ihr Meldung gemacht? Bei der Gemeinde? Bei der Gendarmerie? Habt ihr Leute ausgeschickt?« – »Wir haben alles getan, gnädige Frau.« – »Weiß man nicht, welchen Weg er gegangen ist?« – »In Steinach soll er gesehen worden sein. Und Samstag nachmittag im Lossachtal ... ein Jäger«...

– »Im Lossachtal? Das ist ja fünf Bahnstunden von uns »... – »Ja, gnädige Frau. Leider muß man fürchten, daß ihm etwas passiert ist »... –
»Ich fahre sofort nach Hause, Anna«, rief Bettina mit erstickter Stimme
in die Muschel, »setzt euch mit dem Bürgermeister in Verbindung. Und
mit der Expositur im Markt. Laßt an alle Ortschaften telefonieren. Verständigt das Radio. Ich komme mit der schnellsten Gelegenheit ...«

Sie warf den Hörer auf die Gabel. Ihre Zähne klapperten. Weiß bis
in die Lippen erkundigte sie sich bei der Hotelleitung nach der Abfahrt
des Wiener Flugzeugs. Freilich hätte sie von Wien aus noch sieben
Stunden Eisenbahnfahrt gehabt. Dazu der Aufenthalt. Das Flugzeug,
wurde ihr mitgeteilt, starte täglich um sechs Uhr morgens. Ein Auto
mieten war ihr nächster Gedanke. Doch es war eine Dauerfahrt von
fünfzehn Stunden, falls sich ein geeigneter Wagen fand und ein Chauffeur, der zu solcher Kraftleistung willens war. Das Herzogsche Auto war
nicht verfügbar, Ganna hatte es beschlagnahmen lassen, sonst hätte
Bettina es ermöglichen können, daß ihr der Wagen auf halbem Weg
entgegenkam. Blieb nur der fahrplanmäßige Schnellzug, der um elf Uhr
abends ging. Sie war dann am andern Mittag zu Hause. Indes sie alles
überlegte und mit den gefälligen Angestellten erwog, meinte sie, das
Herz müsse ihr vor Ungeduld bersten. Das Kursbuch in der Hand, lief
sie zum Telefon und rief Kerkhoven an. Sie tat es, ohne sich zu besinnen,
wie man die Polizei anruft, wenn Räuber in der Wohnung sind. Zwanzig
Minuten darauf war er da. Sie empfing ihn in ihrem Zimmer.

75.

Während sie das Vorgefallene berichtete, rannte sie vom Fenster zur
Tür, von der Tür zum Fenster, im Tempo einer Gehetzten. Dazwischen
öffnete sie den Koffer, griff nach herumliegenden Gegenständen, nach
einem Kleid, ein Paar Schuhen, einem Buch, ließ alles wieder stehen,
erinnerte sich an Alexanders Brief, fand ihn nicht gleich, durchstöberte
verzweifelt ihre Schreibmappe, ihre Ledertasche, und Kerkhoven sah ihr
an, wie unglücklich sie der Gedanke machte, er könne sie für schlampig
halten, obgleich er schon beim Betreten des Zimmers bei sich festgestellt
hatte, daß Akkuratesse und Ordnungsliebe zu ihren wesentlichsten Eigenschaften gehören mußten. Dergleichen läßt sich in dem Raum, den
eine Frau bewohnt, nicht verkennen. Endlich entsann sie sich, daß sie

den Brief sorglich in ihrem Suitcase aufbewahrt hatte, und dort lag er auch. Sie reichte ihn Kerkhoven. Er las ihn mit großer Aufmerksamkeit durch. Er begann mehrmals von vorn, weil es ihm Mühe bereitete, die winzige Schrift zu entziffern. Bei der Stelle vom Gang in die Wüste stutzte er. Er ließ das Blatt sinken und schüttelte betroffen den Kopf. Bettina, die beim Aufundabgehen ununterbrochen die Hände gegeneinander knetete, blieb stehen. »Was ist es, was haben Sie, was fällt Ihnen auf?« fragte sie angstvoll. – »Sonderbar, das«, sagte er und machte mit dem Zeigefinger eine Bewegung, als wolle er an der betreffenden Zeile ein Loch in den Brief bohren, »sehr sonderbar. Auch ich ... Das Wort ist mir nicht fremd ... Wie gut versteh' ich ihn »... – »Welches Wort?« – »Der Gang in die Wüste ... Wie gut versteh' ich ihn ... Merkwürdige Analogie ...«

Bettina, schmal und blaß, stand nachdenklich da. Kerkhoven sagte mit entschlossener Herzlichkeit: »Nun setzen Sie sich einmal ruhig hin, verehrte Frau, hören Sie auf, Ihre armen Hände wundzupressen, erzählen Sie mir noch einmal ganz genau, was man Ihnen am Telefon gesagt hat, und dann wollen wir die Sache friedlich besprechen.« Sie sah, ihn gespannt an, mit dem dankbaren Vertrauen, das seit gestern in ihr emporgewachsen war wie eine jener sagenhaften Pflanzen, die unter den Blicken eines Fakirs sichtbar sprießen sollen. Denn sie bedurfte des Vertrauens zu einem Menschen. Nach nichts in der Welt verlangte sie mit solcher Inbrunst. Sie gehorchte also, setzte sich ihm gegenüber und wiederholte Punkt für Punkt ihre Unterhaltung mit dem Mädchen zu Hause. Den Arm auf das Knie, den Kopf in die Hand gestützt, hörte Kerkhoven zu. »Haben Sie vor Ihrer Abreise Streit mit ihm gehabt oder nur eine Meinungsverschiedenheit?« fragte er, als sie geendet hatte. – »Nicht im mindesten.« – »Haben Sie eine Verstimmung an ihm beobachtet?« – »Verstimmung ... mein Gott ... er ist verstimmt seit Jahr und Tag ... ein schwacher Ausdruck: Verstimmung »... – »Gut. Einen abnorm freudlosen Zustand nehme ich ohnehin an, dafür zeugt auch der Brief ... Ich meine nur, ob ein besonderer Anlaß zu irgendeiner ... einer Extravaganz vorlag?« – »Ich wüßte nicht ... nur das Gewöhnliche ... das tägliche Brot des Schreckens ...« Sie lächelte etwas fahl. – »Er ist wohl überhaupt kein Mensch, der zu Extravaganzen neigt ... zu plötzlichen Ausbrüchen? Oder?« – »Nein, ganz und gar nicht. Er ist der gelassenste, gleichmäßigste, ausbalancierteste aller Männer »... – »Das würde ich auch denken.« – »Ja, schon ...«, sagte Bettina matt, »aber wenn man unter der Peitsche lebt, verfolgt von siebenunddreißig Advokaten, jeden Tag den Gerichtsboten im Haus, Prozesse, daß man nicht mehr weiß, wo einem der Kopf steht ... kein Aufatmen, keine Lebenssicherheit, keine Hoffnung, daß es je wieder besser wird ...« Plötzlich verkrampften sich ihre Züge, alle Beherrschtheit schwand, und vollkommen verzweifelt schrie sie auf: »Warum kann man sie denn nicht umbringen? Warum kann man sie denn nicht von der Erde vertilgen? Warum denn nicht?« Sie kehrte sich ab, schlug die Hände vor das Gesicht und preßte fassungslos ihre Stirn auf die Lehne des Sessels. Kerkhoven erhob sich und legte still die Hand auf ihren Scheitel. »Verzeihen Sie«, murmelte sie, heiß vor Scham, »verzeihen Sie mir. Es ist ja eine Sünde ... Und es ist dumm. Aber manchmal glaub' ich, ich kann nicht weiter ... Und jetzt noch das mit Alexander ... Mir ist so entsetzlich bang ...«

Kerkhoven sagte: »Hören Sie mich an, gnädige Frau, Sie werden in aller Ruhe nach Hause fahren. Lassen Sie sich nicht quälen, wenn Ihnen die Stunden zu lang werden. Bestellen Sie sich ein Bett für die Nacht. Ich bringe Ihnen ein Schlafmittel, das keinerlei üble Nachwirkungen hat, und Sie werden sieben Stunden schlafen wie ein Säugling.« Sie lächelte mit nassen Augen. »Und wenn Sie mir Glauben schenken wollen«, fuhr er freundlich fort, »ich habe nicht den Eindruck, daß Ihrem Mann etwas Ernstliches zugestoßen ist. Was ich vermute, ist, daß er seine Spuren verwischen wollte. Ich habe von einer Analogie gesprochen. Ich werde es Ihnen gelegentlich einmal erklären. Nun, meine Vermutung, die fast eine Gewißheit ist, beruht auf einem Analogieschluß. Er hält sich irgendwo verborgen. Er mußte aus der Kette heraus, verstehen Sie? Meiner Berechnung nach dürften Sie in zwei, längstens drei Tagen Nachricht von ihm haben.«

Bettina, voll Zutrauen und neuer Hoffnung, schaute zu ihm empor wie ein Kind zu seinem Lehrer. »Ja«, sagte sie, »ja ... ich danke Ihnen ja so sehr ... Ich wüßte gar nicht, was ich ohne Sie »... – »Lassen Sie das«, unterbrach er sie lächelnd. »Was ich Ihnen hauptsächlich ans Herz legen möchte, ist dies: Es könnte sein, es ist sogar höchst wahrscheinlich, daß Alexander Herzog ... Ich meine, das alles wird nicht ohne Folgen bleiben ... Eine Gemütsverfinsterung wird sich einstellen ... Sie kann krankhafte Formen annehmen ... Offenbar sind seine Nerven in hohem Grad zerrüttet ... In diesem Fall benachrichtigen Sie mich. Telegrafieren Sie mir oder rufen Sie mich an; Steckborn, Haus Seeblick. Ich stehe zur Verfügung. Erscheint es Ihnen notwendig, auch nur wünschenswert, daß ich komme, so werde ich kommen.« Bettina schnellte auf und streckte ihm beide Hände hin. »Das ist das Tröstlichste, was Sie mir sagen konnten«, rief sie, »jetzt brauch' ich doch nicht ganz zu verzagen!«

76.

Am Nachmittag kam er noch einmal für eine Stunde. Um halb elf Uhr abends begleitete er sie zur Bahn. Er gab ihr bestimmte Verhaltungsmaßregeln, falls sich seine Voraussage über Alexander Herzog bestätigte. Er sprach auch ausführlich mit ihr über ihre eigenen Schwächezustände und nervösen Störungen und namentlich, mit einer ihr fast unbegreiflichen Kenntnis der faktischen und seelischen Hintergründe, über jene Frau, Ganna Herzog, und ihre vernichterischen, manischen Umtriebe gegen Alexander und Bettina. Er erzählte ihr die Geschichte von Karl Imst und Jeanne Mallery, um ihr zu zeigen, in welche äußerste, schwärzeste Finsterkeit ein Weib versinken könne, wenn Liebes- und Lebensenttäuschung alle menschlichen Regungen in ihr ersticken. Bettina schauderte. »Aber hier ist es doch anders«, wandte sie ein, »er hat neunzehn Jahre mit der Frau gelebt. Er hat sich um sie gemüht, er hat sie getragen, er hat kein Opfer gescheut. Sie hat drei Kinder von ihm. Er ist ein Mann, der etwas bedeutet in der Welt, auf den viele Menschen gläubig blicken ... Ist der Gedanke zu ertragen, daß eine Besessene die Macht haben soll, ihn einfach zu morden?« – Kerkhoven mochte ihr nicht gestehen, daß sie damit den Punkt seines tieferen psychologischen Interesses berührte. Er hatte die Witterung für das Außerordentliche. Bettinas Aussehen, ihre Art zu sprechen, zu schauen, sich zu geben, Alexander Herzogs Flucht, der Brief, den er an seine Frau gerichtet, das alles setzte ihn als Arzt in den Stand, die Umrisse der dämonischen Figur nachzuzeichnen, die das Leben dieser beiden Menschen mit solchem Unfrieden, solchem Leid, solchem Schrecken erfüllte. Er hatte bei derartigen Phänomenen von den seelischen Wirkungen aus häufig die Natur und den Aktionsradius des Urhebers feststellen können; er schloß vom Rande der Bewegung auf die Mitte der Bewegung. Die Probe hatte fast immer gestimmt. Und wenn er diesen Fall mit all seinen Ausstrahlungen und mittelbaren Erschütterungen erwog, mußte er sich sagen, daß da ein schwieriges Werk seiner harrte.

Bettina konnte nur immer wieder ihren Dank stammeln. Als sie sich von Kerkhoven verabschiedet hatte und sich in ihr Abteil begab, hatte sie das Gefühl der schmerzlichen Trennung von einem Freund. Er blieb auf dem Bahnsteig stehen und winkte, bis die Nacht den Eisenbahnzug verschluckt hatte.

77.

Es verhielt sich tatsächlich so, daß niemand im Hause Alexander Herzog hatte fortgehen sehen. Es war daher auch nicht zu ergründen, in welche Richtung er gegangen war. Als am Mittwoch die Zeitungen die Nachricht von seinem rätselhaften Verschwinden brachten, meldeten sich verschiedene Personen, die ihn da und dort bemerkt und erkannt haben wollten. Der Umstand, daß er nur den Rucksack mitgenommen hatte, ließ die Befürchtung entstehen, er sei in den Bergen verunglückt; aber alle Nachforschungen waren vergeblich.

Er selbst erinnerte sich später nicht mehr, ob ihm ein bestimmtes Ziel vorgeschwebt hatte. Zum Bahnhof ging er ganz mechanisch und setzte sich in den ersten einfahrenden Zug. Um zehn Uhr abends stieg er um und fuhr mit einem andern Zug weiter. Um Mitternacht rüttelte ihn der Schaffner wach, denn er war eingedämmert. Er stieg aus, fand sich in einem größeren Ort und übernachtete in einem Bauernwirtshaus. Am Morgen hatte er so heftige Kopfschmerzen, daß er im Bett blieb und erst am Nachmittag das Gasthaus verließ. Er ging auf die Station, um mit der Bahn weiterzufahren, änderte aber dann seinen Entschluß und marschierte vierzehn Kilometer auf der Landstraße bis zum nächsten Marktflecken. Dort suchte er wieder ein Wirtshaus auf. Die Angaben, die er nach seiner Auffindung über die ersten Tage seines planlosen Herumirrens machte, waren alle ziemlich unsicher; offenbar waren nur vorüberhuschende Bilder und Eindrücke in seinem Gedächtnis haftengeblieben.

So hatte er beim Marschieren manchmal das unangenehme Gefühl, als sei er doppelt. Er ging neben sich selber her und philosophierte mürrisch über sein unverständliches Tun. Eine wiederkehrende, obschon dumpfe und undeutliche Überlegung war die, daß es möglich sein müsse, lebendigen Leibes aus der Welt herauszukommen. Es wurde zur Zwangsidee, dieses »Heraus aus der Welt«. Jedenfalls war es ein beschwerlicher und undramatischer Weg; mit dem Wandern war es auch nicht mehr wie einst. Zuweilen fiel ihn die Müdigkeit an wie ein Schlag mit dem Hammer. Er beklagte den Verlust seiner Spannkraft. Ich habe zuviel geschleppt, sagte er sich, ich habe zuviel Leben verpulvert; man meint, es sei noch Vorrat im Speicher, schaut man aber nach, ist nichts mehr da.

Der Marsch durch ein einsames, endloses Tal bei Regen verursachte ihm besondere Mühe. Einmal warf er sich ins nasse Moos, Rücken und Füße schmerzten. Da fragte er sich, was er vorhabe, wo er hinwolle. Eine öde steinige Lichtung breitete sich um ihn, der Nebel hing bis zum Boden. Er fand sich dem König Lear auf der Heide nicht unähnlich. Fehlte nur der Narr, fehlte auch Cordelia. Die Cordelia hatte er verloren; der Narr folgte ihm als Schatten; aber es war ein tödlicher Narr, der bitterste aller Narren, der beständig hinter ihm her schrie mit einer hohlen, tobenden, fordernden Stimme. Der Ganna-Stimme.

Auch dies Bild grub sich ein: Wie er einen abgeholzten Hang erklomm und der Sack auf seinem Rücken steinschwer wurde; geschälte Stämme glänzten in der Nässe wie Goldbarren; eine verfallene Sägemühle in einer Mulde; er zwängte sich in den Verschlag neben dem zermorschten Wasserrad, drückte sich in einen Winkel, schob den Rucksack unter den Kopf und fiel in einen zwölfstündigen Erschöpfungsschlaf.

Irgendwo, irgendwann fuhr er ein paar Stunden mit dem Autobus. Unterhielt sich mit Bauern, mit einem jungen Lehrer, mit einem Eisenbahnarbeiter. Der Lehrer hatte ihm gefallen; ein ernster, denkender Mensch. Als er wieder allein war, wurde ihm eine Szene gegenwärtig, die er vor Monaten in einer deutschen Stadt erlebt hatte. Nach einer Ansprache, die er gehalten, hatten sich achtzig bis hundert junge Leute um ihn versammelt und ihn mit unzähligen Fragen bestürmt, deren Beantwortung lebenswichtig für sie war. Er sah noch die dringlichen Augen, die erglühten Mienen, die hellen Gesichter … Unfaßlich, daß sie ihn, gerade ihn erwählt hatten als Berater und Wegweiser, ihn, der nun ausgegangen war, sein Selbst zu suchen.

Den Tag über hatte er in der Hütte eines Holzfällers gerastet und sich am Abend plötzlich zum Aufbruch entschlossen. Die Helligkeit über den Bergen hatte ihn verlockt. Perlgrau schimmernde Monddämmerung lag über der Stille. Fast gierig stieg er in die Höhe, die Nebel blieben unten, er trat in die obere Nacht wie in einen blauen Dom. Ein Ziegenpfad wand sich über die Felsen. Er folgte ihm stundenlang, der Mond hing wie eine gelbflammende Frucht am Himmel, jeder Grashalm warf scharfen Schatten. Auf einmal war der Pfad verschwunden. Er suchte ihn, bis es Tag wurde. Mit dem Tag zog das Gewölk herein, man ging hundert Schritte und war wieder an der nämlichen Stelle, wo man vor hundert Schritten gewesen. Etwas Dunkles ragte auf: die Felswand? Der Nebelkern? Eine Gestalt? Sein Selbst? Wenn es sein Selbst war, konnte es ihm endlich erklären, warum er bis an die Schwelle des Alters außerhalb von sich gelebt hatte, ohne Bruder, ohne Freund, ohne Cordelia; ihm erklären, warum eine Ganna wider ihn aufstehn mußte, um dem heiligen Wahn, dem er gedient, denn schließlich war es ein heiliger Wahn, das Zerr- und Widerbild entgegenzuhalten in fesselloser Gottlosigkeit. Er bedurfte der Erklärung, der Erleuchtung, einer wenn auch noch so geringen Gnade bedurfte er, eines Strahls von oben, einer Deutung, eines Sinns …

War es erlaubt, umzukehren, wenn man solches erwartete? Er keuchte tiefer ins Felsige hinein, schlüpfte in die wolligen Nebel, taumelte über die Schneehalden, verspürte Durst, stopfte eine Handvoll Schnee in den Mund, schaute auf die Uhr: Die Uhr war stehengeblieben. Unheilvolles Zeichen für einen Mann, der sozusagen mit der Uhr in der Hand gelebt hatte, dem jede vergangene Stunde als Gewissenszeugin dienen mußte. Er wandte sich rechts, wandte sich links, ein Rudel Gemsen hüpfte geisterhaft über einen Grat, sein Herz begann wild zu pochen, die Einsamkeit ertönte wie eine gewaltige Glocke: Nicht umkehren! Nicht umkehren!

Und er kehrte nicht um.

Gegen Abend fanden ihn zwei Jäger bewußtlos im Zwergholz und trugen ihn auf gekreuzten Ästen zu Tal. Da er sich weigerte, Auskunft über sich zu geben, auch keine Papiere bei sich hatte, brachte man ihn in das nächste Bezirkskrankenhaus.

78.

Am Donnerstag traf Bettina zu Hause ein, zärtlich begrüßt von dem kleinen Helmut, der sie mit der Ahnungslosigkeit seiner sieben Jahre eifrig nach dem Vater fragte. Sie setzte sich sogleich mit den Behörden in Verbindung, ließ Plakate drucken und eine genaue Personenbeschreibung in alle benachbarten Gegenden versenden, schickte ein Dutzend

Telegramme ab und brachte das ganze Dorf in Bewegung. Zwei martervolle Tage verflossen, in denen sie nicht aß, nicht schlief, ja nicht einmal
zu Bett zu gehen wagte. Am Freitag erhielt sie eine aufgeregte, halb
sinnlose Depesche von Ganna Herzog; sie beantwortete sie nicht. Telefonische Anrufe folgten; sie ging nicht an den Apparat. Da sie aber um
jeden Preis verhindern wollte, daß die Frau kam, deren Gegenwart, deren
Nähe sie vollends um den Verstand gebracht hätte, ließ sie sagen, es sei
alles in Ordnung, man habe bereits günstige Nachrichten. Am Samstag-
mittag, endlich, kam ein Telegramm von dem Vorsteher des Kranken-
hauses, in dem er lag. Der Arzt, der ihn dort behandelte, hatte die Aufrufe gelesen und ihn agnosziert. Eine halbe Stunde darauf war sie in einem Mietauto unterwegs. Um fünf Uhr nachmittags kam sie nach vier-
stündiger Fahrt in dem Spital an. Man versicherte der erleichtert Aufat-
menden, daß der Kranke transportfähig sei. Man könne eine regelrechte
Krankheit überhaupt nicht konstatieren, meinte der etwas schnauzige
Provinzdoktor halb ratlos, halb mißbilligend; er liege nur so da und
döse vor sich hin. Um sechs saß sie mit ihm im Wagen, um halb elf
Uhr nachts, bei Regen und Sturm, hielt das Auto vor dem Haus in
Ebenweiler. Mit Annas Hilfe brachte sie ihn zu Bett. Während der ganzen
Fahrt hatte er nicht zehn Worte gesprochen. Eingehüllt in Decken, hatte
er sich in den Winkel des Wagens gedrückt und hohläugig ins Leere
gestarrt. Bettina aber war so namenlos erschöpft gewesen, daß sie trotz
des Gerüttels auf den elenden Straßen in somnolenter Unempfindlichkeit
dagesessen war und nur seine Hand in ihrer gehalten hatte.

79.

Sein Zustand änderte sich im wesentlichen nicht. Es konnte sein, daß
er nach stundenlangem mattem Hinbrüten ein Buch zur Hand nahm,
aber die Augen liefen teilnahmslos über die Zeilen, und alsbald ließ er
es wieder fallen. Das Essen, das ihm serviert wurde, wies er mit Zeichen
des Ekels zurück. Bisweilen haschte er nach Bettinas Hand und drückte
seine Lippen darauf. Nur wenn Helmut, von seiner Mutter beschworen,
recht leise zu sein, auf Zehenspitzen an das Bett trat und neugierig und
besorgt den Hals reckte, lächelte er ein wenig. Der Arzt im Ort, ein alter
Medizinalrat, kannte sich nicht aus. Er sagte dies und sagte das. Er
wußte eher mit handfesten Krankheiten Bescheid. Hier war keine

handfeste Krankheit, sondern etwas, worüber weder das Lehrbuch noch die bisherige Praxis Aufschluß gaben. Mit Rezepten war nicht viel zu machen, Fragen brachten einen nicht weiter. Das Gemüt, ja ... der Geist ... ein schwankes, unsicheres Feld, eigentlich gehörte da ein Psychiater her, er wollte es nur nicht anraten, es klang zu peinlich, weiß Gott, was die Frau dann glaubte.

Schon am Sonntag hatte Bettina das Haus Seeblick in Steckborn angerufen. Sie sprach zwölf Minuten mit Kerkhoven. Sie schilderte ihm, wie sie Alexander gefunden; sie beschrieb die sensorische Apathie, in der er hindämmerte, so präzis, daß er scherzend bemerkte, sie habe unleugbar ihren Beruf verfehlt, ihre Angaben gereichten jedem ärztlichen Routinier zur Ehre. Er bat sie, ihn am Dienstag wieder anzurufen, er werde ihr dann seinen Entschluß mitteilen. Am Dienstag dann, als sie ihm ihren ziemlich verzweifelt klingenden Bericht gegeben hatte, fragte er ohne Umschweife, ob es ihr eine Beruhigung wäre, wenn er käme. Ein paar Sekunden lang versagte ihr die Sprache. »Wenn Sie das tun wollten ...!« Mehr vermochte sie nicht zu antworten. Sie hatte dieselbe Empfindung, die sie in ihrem Hotelzimmer gehabt, als er ihr seine mächtige Hand auf den Scheitel legte. »Schön«, hörte sie die tiefe Stimme sagen, deren Resonanz durch die Entfernung von fünfhundert Kilometern nicht verringert wurde, »dann bin ich am Donnerstag bei Ihnen.«

80.

Alexander auf den Besuch vorzubereiten war unerläßlich, gleichviel welches Maß von Teilnahme er dafür aufbrachte. Am selben Abend setzte sie sich zu ihm ans Bett und fing an, ihm von ihrer Begegnung mit Joseph Kerkhoven zu erzählen. Sie vermied es zunächst, von ihm als dem berühmten Neurologen zu sprechen; sie beschränkte sich auf das rein Persönliche und Private; da Alexander ihre impulsive Art kannte, sich an Menschen anzuschließen, die ihr etwas bedeuteten und ihrem Leben neuen Inhalt gaben, konnte er nichts Verdächtiges darin finden, wenn sie den Nachdruck auf die Sympathie und das Interesse legte, die der Mann in ihr erweckt hatten; vorausgesetzt, daß er überhaupt zuhörte. Sie war dessen nicht ganz sicher, und um ihre wehe Betrübnis über sein stumpfes Daliegen nicht merken zu lassen, übertrieb sie und trug zu starke Farben auf. Das wiederholte sich am folgenden Tag, und da sprach sie schon von der Möglichkeit, daß Kerkhoven auf einer beruflichen Reise nach Wien in Ebenweiler Station machen würde; selbstverständlich würde er dann im Hause wohnen. Alexander kennenzulernen sei sein dringender Wunsch, »er hat deine Bücher gelesen«, fügte sie schmeichlerisch-werbend hinzu, »er schätzt sie, er liebt sie, er hat dich auch im vorigen Jahr in Freiburg gehört und hat mir viel von dem Abend erzählt und dem Eindruck, den er gehabt …« Eine flüchtige Neugier zeigte sich in Alexander Herzogs Zügen, ein Strahl jener Befriedigung, deren sich kein Schriftsteller erwehren kann, auch auf seinem Totenbett nicht, wenn er vernimmt, daß man ihn bewundert; aber als Bettina hierauf die wissenschaftlichen und ärztlichen Leistungen ihres neuen Freundes rühmte und daß er, wie sie aus verläßlichen Quellen erfahren, die gesamte Nervenheilkunde durch seine Forschungen revolutioniert habe (auch darin ließ sie sich zu einigermaßen unsachlicher Übertreibung hinreißen), spürte sie, wie sich Mißtrauen und Argwohn in Alexander regten. Er sagte aber nichts. Er blieb beharrlich stumm. Er schaute die Finger seiner gespreizten Hand an. Und plötzlich begann Bettina zu weinen. Da erblaßte er um die Augen herum und machte eine Bewegung, als wolle er sie an sich ziehen.

81.

Sie holte Kerkhoven von der Bahn ab. »In früheren Jahren waren solche Reisen ein Kinderspiel für mich«, sagte er, »jeden Monat war ich mindestens zweimal tagelang unterwegs. Heute … nicht als ob ich müde wäre, durchaus nicht, aber das Verhältnis zur Zeit hat sich verändert. Vielleicht, weil man immer ärmer daran wird. Vielleicht, weil man die Selbsttäuschung merkt, die im Abspinnen der Lebensgeschäfte liegt.« – »Müde kann man sich Sie nicht denken«, sagte Bettina. – Er lachte. »Nein, ich war immer betriebsam«, entgegnete er, »bei mir war der Fleiß fast ein Laster. Ausruhen, das hieß schon ein schlechtes Gewissen haben. Kein Programm, kein Ziel vor sich sehen, von keiner Spannung getragen werden, eine Stunde lang von Menschen nicht gebraucht werden, und schon war der Tag wertlos, schon stand die ganze Existenz vor einem wie ein abgebranntes Haus.« – »Genau mein Fall«, sagte Bettina. – »Schlimm, schlimm, Frau Bettina. Ich habe gelernt zu atmen. Wissen

Sie, was das heißt: Mit seinem ganzen Selbst atmen? Sie müssen es auch lernen.« – »Wenn Sie mich unterrichten wollen, wie gern.«

Sie führte ihn in sein Zimmer. Als sie mit ihm durch die offene Tür auf den kleinen hölzernen Balkon trat und sich die zauberische Landschaft mit See und Wald und Felsgebirge und dem fernen krönenden Gletscher vor ihnen ausbreitete, konnte Kerkhoven einen entzückten Ausruf nicht unterdrücken. »Na, da haben Sie's aber herrlich«, sagte er, »da läßt sich's schon aushalten.« – »O ja«, erwiderte Bettina, »jetzt, im Frühling und an einem Tag wie heut. Aber bedenken Sie, fünf oder sechs Monate Winter, manchmal wochenlang kein Strahl Sonne, feuchte Kälte, feuchte Nebel, weit und breit kein Mensch, mit dem man ein vernünftiges Wort reden kann, immer mit sich und seinem Jammer allein, der Mann vergraben in seine Arbeit ... Aber was ist denn das«, unterbrach sie sich ungeduldig, »ich lamentier' Ihnen schon wieder was vor, das geht absolut nicht.« – »Nun, nun«, beschwichtigte er freundlich, »mir gegenüber brauchen Sie sich nicht zusammenzunehmen. Sollen es auch nicht. Sagen Sie nur alles, wozu es Sie treibt. Es wird Ihnen guttun. Denn sehen Sie, das ewige Sichzusammen-Nehmen führt unvermeidlich in die Gepreßtheit, in die Abschnürung, in die Lebensangst.« – »Das ist wahr«, sagte sie, »schrecklich wahr.«

Dann zeigte sie ihm ihr Arbeitszimmer, auf das sie stolz war, denn sie hatte es im Lauf der Jahre mit vielen schönen Dingen geschmückt, die sie gesammelt oder geschenkt bekommen hatte, alten Möbeln, chinesischen Farbdrucken und Vasen, Landschafts- und Blumenbildern, gutem Porzellan. Die Wände waren mit einer französischen Tapete aus dem Zweiten Empire bekleidet, mit Engel- und Blumenvignetten auf türkisblauem Grund, weshalb es das blaue Zimmer genannt wurde. Überall herrschte jene stäubchenlose Sauberkeit und Aufgeräumtheit, die so wohltuend in die Augen fiel und für Kerkhoven nun schon zum Bild Bettinas gehörte. Der geräumige Schreibtisch war bedeckt von Papieren, und als Bettina zum Telefon gerufen wurde, der Apparat befand sich, wie er unzufrieden feststellte, bezeichnenderweise in ihrem Schlafzimmer, warf er einen Blick auf die Stöße von Skripturen. Es waren Advokatenbriefe, Gerichtsbriefe, Vorladungen, Exekutionsformulare. Als Bettina wieder ins Zimmer trat, etwas blasser und sichtlich erregt, blieb er ruhig an seinem Platz stehen und sagte: »Ich bin indiskret, wie Sie sehen. Aber es ist mein Beruf. Und das alles, Frau Bettina, obliegt Ihnen?« – »Das alles obliegt mir. Alexander hat längst den Überblick verloren, abgesehen von … Es gibt keine ruhige Stunde mehr. Ich kämpfe mit Nägeln und Zähnen. Um den Mann, um das Kind, um das Haus, um die Zukunft … Es ist mir nicht an der Wiege gesungen worden, daß ich mein Leben in dem Kampf mit Anwälten, Behörden und einer … ach, ich weiß kein Wort … würde zusetzen müssen. Jetzt eben …« Sie verstummte, denn die Tür ging auf, und Alexander Herzog erschien, rasiert, gebadet, angekleidet. »Alexander, du!« rief sie freudig erstaunt. – »Ich wollte doch unsern Gast begrüßen«, sagte er etwas schüchtern und ging mit ausgestreckter Hand auf Kerkhoven zu. – »Ich bin sehr froh, Sie zu sehen«, sagte Kerkhoven.

82.

Bettina ließ die beiden Männer allein. Auch nach dem Tee. Auch an den folgenden Tagen, so oft es zwanglos geschehen konnte. Sie schützte Geschäfte vor. Den eigentlichen Zweck seiner Gegenwart nicht einen Augenblick übersehend, verzichtete sie darauf, mit Kerkhoven länger als eine Stunde beisammen zu sein, sosehr ihr seine Gesellschaft Bedürfnis war, soviel sie sich auch von ihr versprochen hatte. Erschloß er ihr doch eine unbekannte Welt. Gab ihr das Gleichmaß zurück, die Zuversicht, das Selbstvertrauen, das Selbstgefühl, das Wertgefühl. Die Art, wie er mit ihr sprach, ein Thema, das ihr am Herzen lag, eingehend und wie mit einem geistesnahen Freund abwandelte, ohne den schlechtverhehlten besserwissenden Hochmut, dessen sich oft die taktvollsten Männer nicht erwehren können, wenn eine Frau die Anerkennung geistiger Ebenbürtigkeit verlangt oder nur in der Unterhaltung für voll genommen werden will, war für sie ein langentbehrtes Glück. Denn auf Alexander, gegen den sie in diesem Betracht keinen ernstlichen Vorwurf erheben konnte, war nicht zu rechnen. Er war der schweigsamste Gefährte. Er steckte unzugänglich in sich selber drin, wie die Nuß in der Schale. Man konnte seiner nur habhaft werden, wenn man die Schale zerbrach. Was keine erfreuliche Aufgabe für Bettina war. Sie liebte nicht das Nüsse-Aufklopfen, war aber allzuhäufig in die Notwendigkeit versetzt, es zu betreiben.

In seinen Gesprächen mit Alexander Herzog ging Kerkhoven mit der äußersten Behutsamkeit vor. Er erlaubte sich keine Anspielung auf seinen Zustand, kein verfrühtes Eindringen in den Ganna-Bereich. Schon deshalb nicht, weil er nunmehr ziemlich sicher war, daß Alexander durch eine tragische Verkettung von Schwächen und Versäumnissen eine schwere Sündenschuld gegen Bettina auf sich geladen hatte, eine Schuld, die ihn drückte und die zu begleichen es zu spät schien. Geboten war: Unauffällig seine Aufmerksamkeit wecken; sich auf seine Gedankenwege begeben; sich stellen, wie wenn es sich nur darum handle, als Mann der praktischen Seelenforschung Erfahrung auszutauschen mit dem visionären Psychologen und Gestalter. Es gelang nicht übel. Alexander Herzog machte den Eindruck eines verschüttet Gewesenen, der sich den Sand aus den Augen reibt und nicht aufzustehen wagt, weil er das Gefühl der Erdlast, unter der er gelegen, nicht loswerden kann. Seine Verwunderung über Kerkhoven hatte etwas Kindliches. Das abgesonderte, verkrochene, fast mönchische Leben, das er seit Jahren geführt, hatte ihn aus allen geselligen Bindungen gerissen und die Vorstellung der Verlassenheit in ihm erzeugt. Er hatte eine ausgebreitete Korrespondenz mit allen möglichen Leuten in Europa und Amerika, Menschen, die sich in schwierigen Lagen und geistigen Kämpfen um Rat an ihn wandten, aber seine persönlichen Beziehungen waren spärlich. Den Umgang mit Männern hatte er geradezu verlernt, die nahen Freunde, die er gehabt, waren gestorben. So hatte er sich seelisch immer mehr auf Bettina und seinen kleinen Sohn konzentriert, derart, daß es ihn die größte Überwindung kostete, aus diesem engsten Kreis herauszutreten, und den Ersatz für die äußere Welt bot ihm die Arbeit. Kerkhoven überzeugte sich, daß es bei ihm eine Wahrheit und tiefe Erkenntnis war, was er in dem Brief an Bettina geschrieben: Es gäbe eine Krankheit des Schaffens. In der Arbeit begrub er sich; hinter seinen Träumen und Visionen, den Bildern einer für ihn wirklicheren Welt als der ihn umgebenden, machte er sich unsichtbar, wenn der Ganna-Sturm ihn umheulte und die reale Existenz jeden Tag in Trümmer zu stürzen drohte. Doch kann man sich nicht gänzlich ausschalten aus Leben und Mitleben; auf die Dauer ist keine Flucht möglich vor der augenscheinlichen, handgreiflichen Wirklichkeit. Wenn der Boden erbebt und die Mauern des Hauses bersten, kommt auch den in sich gekehrtesten Eremiten das Entsetzen an; plötzlich schaut er empor und bemerkt, daß er in einer Ruine sitzt; und nicht nur um ihn herum ist alles zerstört, verkohlt, verwüstet, sondern auch in ihm drin. Er hat keine Illusionen mehr; die Geisterwelt, die er aufgebaut, ist ein Gespensterspuk; die Ideen, in denen er gelebt, werden zu Lügen; die Menschen, die er geliebt, hat er in seiner Versponnenheit gedankenlos preisgegeben: ein Kataklysmos.

Das war die Situation, als Kerkhoven in Erscheinung trat, und er übersah sie mit voller Klarheit, obwohl Alexander Herzog sich in keiner Weise zu Geständnissen geneigt zeigte. Mit Hilfe der ihm eigenen Naivität und Fähigkeit zur Selbsttäuschung räsonierte er sich über den Zweck und Anlaß von Kerkhovens Besuch hinweg und schien tatsächlich zu glauben, er sei nur aus freundschaftlichem Interesse für Bettina gekommen. Das hatte von Anfang an eine gewisse Eifersucht in ihm erregt, von der getrieben er seine innere Verstörtheit zuzeiten gleichsam vergaß und um Kerkhoven warb wie eine Frau, die eine Nebenbuhlerin ausstechen will. Mit steigender Verwunderung entdeckte er in ihm einen Gesprächspartner, der ihm nicht nur gewachsen, sondern in mancher Hinsicht auch überlegen war. An Fülle der Einsichten und praktischer Erfahrung konnte er sich keinesfalls mit ihm messen; die Sicherheit des Urteils, die Weite des Blicks, die genaue Kenntnis von Menschen aller Klassen und Schichten verblüfften ihn. Was für ein Leben mußte der Mann hinter sich haben! Und wie wenig Wesens er davon machte! Alles, was er sagte, war so angenehm beiläufig, so gänzlich uneitel. Und er verstand das Halbgesagte, das Angedeutete, ja, oft das nur Gedachte und hatte die Liebenswürdigkeit, es einem zu lassen, nicht es einem aus dem Mund zu nehmen und als Eigengut zu verkünden. Mit einem solchen Mann ließ sich reden. Endlich einmal ein Mann, mit dem sich reden ließ. Über ein Buch; über eine Figur; über bedrängende Fragen der geistigen Existenz; über das Erlebnis einer Landschaft; über die Rätsel der Selbstwahrnehmung; und über das Schwerste des Schweren, das seit langem auch Alexander Herzogs Kernproblem bildete: den menschlichen Wahn.

Alexander merkte gar nicht, wie er von Tag zu Tag, von Stunde zu Stunde mehr aus sich herausging. Kerkhoven merkte es wohl. Darauf war ja sein Plan aufgebaut.

83.

Kerkhoven und Bettina wanderten den schmalen Weg am See entlang. Er hatte den ganzen Vormittag mit Alexander verbracht und stand noch unter dem Eindruck des Beisammenseins. »Ein dunkler Mensch«, sagte er, »ein außerordentlich dunkler Mensch. In einem Grad seinen Instinkten ausgeliefert, wie ich es noch selten gesehen habe. Rechenschaftsablegung, Gewissenserforschung, davon ist er voll, dazu treibt es ihn ständig; das ist das eine; andrerseits haben alle seine Handlungen die unbewußte, die Urtendenz, Entscheidungen hinauszuziehen und Entschlüsse zu verhindern. Aus diesem Zirkel kommt er nicht heraus.« – »Damit haben Sie ihn richtig charakterisiert«, gab Bettina bedrückt zu, »natürlich darf man die Leistung nicht vergessen, die dahinter steht. Man vergißt sie leider oft. Man, das heißt ich. Einen solchen Menschen kann man vielleicht nur aus der Distanz richtig einschätzen.« – »Ganz bestimmt. Es verhält sich damit wie mit den Bergmassiven, die auch nur aus der Entfernung in ihrer Totalität erfaßt werden können, wie zum Beispiel bei den erdmagnetischen Messungen klar wird. Zweifellos ist er so ein Massiv. Wuchtig und weitläufig; und schwer zugänglich. Leute wie er sollten keinen Anhang haben. Nicht Weib noch Kind. Sie negieren durch ihr Dasein die sogenannte Heiligkeit der Familie. Doch muß ich Ihnen gestehen, er gefällt mir. Dummer Ausdruck: gefällt mir. Es ist viel mehr. Es hat gar nichts mit dem zu tun, was Sie die Leistung nennen. Selbstverständlich … die auch … Man ist ja kein Barbar … Aber er leuchtet mir unmittelbar ein, der Mann. Ich möchte sogar sagen, Sie werden es nicht mißverstehen, er bewegt mich. Ich hätte nicht gedacht, daß ich … in meinen Jahren … Manchmal stimmt er einen direkt zärtlich …« Er lachte. – »Es freut mich unendlich, was Sie da sagen«, antwortete Bettina, »und wenn ich ehrlich sein soll, ich habe es nicht anders erwartet. Das alles hab' ich schon gewußt und gefühlt, als ich mich Ihnen aufs Geratewohl an den Hals warf. Sie verzeihen, aber so war's doch.« – »Es ist noch nicht ausgemacht, wer dabei mehr gewonnen hat oder gewinnen wird«, bemerkte Kerkhoven listig und artig. – »Nach diesem Austausch chinesischer Höflichkeiten, lieber Professor, darf ich fragen, wie Sie den Fall Alexander Herzog beurteilen?« – Er zögerte mit der Antwort. »Es ist nicht einfach, Frau Bettina. Ich will reinen Wein einschenken. Der Zusammenbruch ist viel weiter fortgeschritten und geht viel tiefer, als es äußerlich den Anschein hat. Im Konnex mit dem alten organischen Leiden zeigt sich das Bild eines manisch-depressiven Zustands. Daneben laufen zyklische Stimmungsschwankungen, die mit aller schöpferischen Tätigkeit verbunden sind, ein krankhaftes Auf und Ab der Seele, periodische Schwingungen und Lähmungen. Sie brauchen nicht zu erschrecken, das allein ist nicht beängstigend. Was mir zu denken gibt, ist das andere

… diese Frau, die auf Sie wie auf ihn, aber auf ihn unvergleichlich viel stärker, wie das Fallbeil auf einen aufs Brett Geschnallten wirkt; ich habe so was überhaupt noch nicht erlebt. Sie haben mir ja den historischen Hergang in den Hauptzügen erzählt, trotzdem steh' ich vor einem Rätsel. Mit ihm hab' ich noch nicht darüber gesprochen, mal eine Anspielung, das war alles; er weicht aus; es ist, als fürchte er sich, den Gegenstand zu berühren. So tief liegt das. Ich habe den Eindruck … na, wie wenn ein Geschwür sich in die inneren Gewebe gefressen hat. Diese Gewebe bestrahlt man dann …« Er unterbrach sich. »Sagen Sie, liebe Freundin … wäre es möglich, ihn zu veranlassen … Aber es könnte wohl nicht von Ihnen aus geschehen … ich müßte selbst »… – Bettina fragte mit banger Hoffnung: »Was ist es? Was meinen Sie?« – »Ich denke an einen Befreiungsakt. An eine seelische Selbstbefreiung.« – »Ich verstehe nicht.« – »Wir greifen häufig zu dem Mittel der Selbstdarstellung. Nur auf ihn angewandt … auf diese Fähigkeit und Leidenschaft, sich zu identifizieren und zugleich vom Objekt zu scheiden … mit diesem Vermögen, Wahrheit über der Gemeinwahrheit zu geben, der Faktenwahrheit … mit dem unentrinnbaren Detail, verstehen Sie … wenn er das Erlebnis niederschriebe von Anbeginn an … Zug für Zug, Jahr für Jahr …« Eine alte Bauersfrau ging mit einem Korb auf dem Kopf vorbei; sie grüßte Bettina und schielte mißtrauisch auf ihren fremdartig aussehenden Begleiter. Bettina schaute versonnen auf den See. Nach einer Weile sagte sie: »Ich glaube, es wäre ein Weg. Vielleicht die Lösung.«

Und sie gingen, ohne ein weiteres Wort zu wechseln, bis zum Parkeingang zurück. Erst da riß sich Kerkhoven aus seinen Gedanken. Er blickte in das dichte Gewühl der aus leuchtendem Moos sich erhebenden hochstämmigen Fichten und Tannen und sagte: »Wirklich herrlich; ein herrlicher Besitz.« – »Der uns morgen oder übermorgen wegversteigert werden wird«, versetzte Bettina, »vielleicht nicht ganz so schnell, aber immerhin … Besitz ist eine Übertreibung.« – »Die Frau? Ganna? Auch darauf legt sie ihre Hand?« – »Worauf nicht? Auf alles.« – »Dagegen kann man sich doch wehren?« – »Jaja, fragt sich nur, ob es was nützt.« – »Was tun Sie also?« – »Ach, man reicht immer wieder Oppositionsklagen ein. Unter anderm »… – »Sie sprechen ja wie ein gewiegter Jurist.« – »Allerdings; dahin hab' ich's gebracht«, gab sie bitter zurück, »was wollen Sie … corsaire … corsaire et demi …«

84.

Am Abend, nachdem Bettina gute Nacht gesagt hatte und in ihr Schlafzimmer gegangen war, begaben sich Kerkhoven und Alexander Herzog in die Bibliothek. Alexander drehte die elektrischen Kerzen des Mittelleuchters ab und ließ nur die beiden Stehlampen brennen. Er setzte sich auf die eine Seite des großen, mit Büchern bedeckten Lesetisches, Kerkhoven auf die andere. »Morgen ist meine Zeit um«, begann Kerkhoven das Gespräch, »ich muß wieder heim, bin ohnehin sträflich lange fortgeblieben.« – »Schade«, sagte Alexander Herzog, »drängt es denn so? Sie werden mir fehlen.« – »Das rechne ich mir an«, entgegnete Kerkhoven lächelnd, »ich kann ruhig das gleiche sagen. Und hinzufügen, daß wir uns bestimmt bald wiedersehen werden.« – »Die Erwartung teile ich nicht ganz. Ich bin ein Höhlenbär.« – »Das sind Sie. Das weiß ich. Dennoch werden Sie in fünf bis sechs Wochen zu mir kommen.« – Herzog blickte scheu empor. »Ist das eine Einladung oder ein Befehl?« – »Beides. Ich habe nämlich eine Aufgabe für Sie. Und da Sie Herr Ihrer Zeit sind und ich nicht, werden Sie sich wohl oder übel zu einem Gegenbesuch bequemen müssen.« – »Eine Aufgabe? Machen Sie sich über mich lustig?« – »Darf ich einen Augenblick so zu Ihnen sprechen, als wenn ich die Auszeichnung hätte, Ihr Freund zu sein?« – »Wozu die feierliche Frage? Sie beschämen mich.« – »Ist das wirklich Ihr Gefühl? Warum eröffnen Sie sich mir dann nicht freimütig? Warum können Sie sich nicht entschließen, mir zu sagen, was Ihnen auf der Seele lastet? Sie ringen ja immerfort mit dem Vorsatz. Warum verstecken Sie sich?« – Alexander Herzog schwieg finster. Er blätterte mechanisch in einem Buch. Nach einer Weile sagte er: »Ich bin ein alter Mann, Professor Kerkhoven. Ich will's nicht wahrhaben, aber ich bin's. Beichten, Mensch gegen Mensch, Aug in Aug, kann meine Sache nicht mehr sein. Dazu spür' ich zu deutlich, zu schmerzlich die Unveränderbarkeit alles Geschehens und daß man aus dem eigenen Charakter nicht heraus kann. Die Erleichterung, die man sich einredet, wenn man einem andern etwas von dem Unrat und dem Grauen zu schleppen gibt, das sich mit der Zeit in einem angehäuft hat … ich bitte Sie. Das kann mir nicht helfen.« – Kerkhoven schüttelte den Kopf. »Erstens sind Sie nichts weniger als ein alter Mann. Sie sehen aus wie fünfundvierzig. Kein graues Haar. Zum Erstaunen. Es ist eine Pigmentzauberei. Und dann, was hat das

Alter mit dem Vertrauen zu schaffen, das man unter so gebieterischen Umständen einem ... nochmals mit allem Respektsvorbehalt ... einem Freund schuldig ist?« – »Sie sind sehr gütig, Professor Kerkhoven. Aber sehen Sie, es ist so fürchterlich schwer. Wenn mein Zimmer voll Rauch und Qualm ist, kann ich die Fenster aufmachen und den Stank abziehen lassen. Wenn aber das ganze Leben davon bedeckt ist, Vergangenheit und Zukunft, das Herz, der Geist, die Phantasie, und wenn man sich außerdem noch sagen muß: Du hast nichts dagegen getan, hast keine Vorkehrungen getroffen, hast ruhig zugesehen, wie alles versaut ist, hast deine Seele, statt sie zu wahren, statt ihrer zu achten, dem Moloch Arbeit in den Rachen geworfen, solange in den Rachen geworfen, bis sie, wie das Zeug da auf dem Tisch, zu Makulatur geworden ist ... Was versprechen Sie sich da noch vom Fensteraufmachen?« – Wieder schüttelte Kerkhoven den Kopf. »Was Sie über Ihre Arbeit sagen, ist eine psychotische Verirrung. Widerspräche ich Ihnen nicht, Sie wären mit Recht ungehalten. Lieber, Verehrter, Sie sind doch heute ein Mann, der ... Aber wozu Worte verlieren? Darüber kann Sie Ihr Bewußtsein nicht täuschen. Was man wahrhaft wirkt, strömt zu einem selbst zurück. Das andere ... da sehe ich nicht so klar. Aber vielleicht ist auch darin Ihre Blickeinstellung anormal und liefert Ihnen Zerrbilder.« – »Nein, lieber Freund, nein. Nein. Es ist ja nicht das Auge allein. Es ist der ganze Sinnes- und Empfindungsapparat. Mag sein, daß ich sinnes- und empfindungskrank bin, mag sein. Aber wodurch es bewirkt worden ist, das ist eine schreckliche Realität.«

Kerkhoven ließ ein paar Sekunden verstreichen, dann fragte er leise: »Sagen Sie mir, wie lange haben Sie mit jener Frau gelebt?« – »Fast neunzehn Jahre.« – »Und hatten drei Kinder mit ihr?« – »Ja. Einen Sohn und zwei Töchter.« – »Und die Kinder sind erwachsen?« – »Der älteste ist dreißig, die jüngste sechzehn.« – »Und das Verhältnis zu den Kindern ist gut?« – »Ja. Im ganzen gut. Die Jüngste ist mir besonders ans Herz gewachsen.« – »Und die älteren? Haben Sie eine moralische Stütze an ihnen?« – »Das nicht. Sie werden hin- und hergerissen zwischen Vater und Mutter. Seit ihrer frühen Kindheit. Die Mutter ist ein Vulkan an Energie und etwas Unnennbares an Haß, Glücklosigkeit, Maßlosigkeit. Gewissermaßen mußte ich die Kinder opfern. Es hieß damals: ich oder sie. In ihrem Innern haben sie es wohl nie verwunden.« – »Warum haben Sie die Frau geheiratet?« – »Mein Gott ... warum heiratet man ... Ich war achtundzwanzig. Hatte kein Heim, keine Zuflucht »... – »War es

Liebe?« – »Ich weiß nicht ... O ja, es war Liebe. Anfangs bestimmt»...
– »Hm. Man müßte es wissen«, sprach Kerkhoven vor sich hin, »hier
kommen wir zum Wesentlichen ... Welche Art Liebe? Man müßte bis
an die Wurzel gehen. Haben Sie sich je bemüht, es zu ergründen? Den
Verlauf, den Stufengang, die sozialen Bedingungen, den Grad von Frei-
willigkeit ... Es müßte nachgeprüft werden ... Es würde vieles mit einem
Schlag aufhellen ...« Er hatte sich erhoben und ging, die Hände auf dem
Rücken, mit dumpfen, regelmäßigen Schritten auf und ab. Alexander
Herzogs Augen verfolgten ihn unruhig und erregt.

85.

Auf die andere Seite des Tisches abschwenkend, blieb Kerkhoven dicht
vor Alexander stehen. »Jetzt begreifen Sie vielleicht«, sagte er, »die Auf-
gabe wäre eine umfassende Klar- und Darstellung. Nichts, was etwa einer
Anamnese ähnlich wäre. Um Gottes willen nicht. Ein Werk, ein richtiges
Werk, im Sinne Ihrer Beziehung zur Wirklichkeit. Im Rahmen Ihrer
Weltanschauung, Ihrer instinktiven Erfahrung, Ihres sicheren Könnens.
Es wäre ein Dokument. Es wäre, für Sie, die einzig mögliche Loslösung.
Die Natur, Ihr geistiges Gesetz schreibt es Ihnen vor.« – Alexander
Herzog sah mit seinen großen, schokoladebraunen Augen wie gebannt
an Kerkhoven empor. »Sie glauben ...?« stotterte er. »Sie halten das für
... Entschuldigen Sie, ich bin im Moment zu verwirrt ... Der Gedanke
ist ... Jaja, man könnte »... – »Ich habe das Gefühl, als sei die Frucht
längst reif, und Sie brauchen nur die Hand auszustrecken«, fuhr Kerkhoven fort, »ich zeige Ihnen nur, wo sie hängt und zu pflücken ist. Bedenkt man's recht, so hat Ihnen das Leben ein großes Geschenk gemacht,
wie immer Sie schicksalsmäßig dazu stehen. Qual und Not und Jammer,
darin darf jeder verkommen und ertrinken, wenn's ihm über dem Kopf
zusammenschlägt, nur Sie nicht. Sie haben die Pflicht, es zu meistern.
Und wenn's nur das eine wäre: Diese Frau, diese Ganna, nach allem,
was ich bis jetzt von ihr weiß, scheint sie ja ein beispielloses Menschenwesen zu sein. Eine Figur, wie sie unser Herrgott nicht oft auf zwei
Beine stellt. Aber wenn ich Sie jetzt ausfrage, neugierig wie ich bin, und
Sie versuchen es, mir den Charakter verständlich zu machen, die und
die Eigenschaften aufzuzählen, diese und jene Verrücktheiten und Un-
geheuerlichkeiten ... ich werde die Person trotzdem nicht sehen, trotzdem

nicht begreifen, das Gesicht nicht, die Art nicht. Sie werden schließlich daran verzweifeln und mir sagen: Das muß man eben erlebt haben. Richtig. Ich will es erleben. Lassen Sie mich's erleben! Muß ich Ihnen, gerade Ihnen, das Wunder und Geheimnis der Gestaltwerdung erklären? Es wäre eine schöne Überheblichkeit. Oder Ihnen sagen, daß es eine andere Erlösung vom Übel wahrscheinlich nicht gibt?«

Alexander Herzog sprang auf. »Wo haben Sie das her?« fragte er erstaunt. – Kerkhoven lächelte in sich hinein. »Man kommt auf mancherlei Ideen«, sagte er leichthin. – Jetzt war es an Alexander Herzog, aufgeregt längs und quer durch das Zimmer zu marschieren. Die Worte, die er vor sich hin murmelte, klangen zusammenhanglos. »Sonderbar … als wenn ein Engel vom Himmel … daß ich nie daran gedacht habe … Alles ist ja fix und fertig da … in zwei Monaten … in vier Wochen … Etwas Tolleres läßt sich nicht träumen …« Er sprach wie in einem Rausch. – »Ich darf Ihnen nicht verschweigen«, sagte Kerkhoven in den Tumult hinein, den er in dem Mann aufgerührt hatte, »daß ich den Brief gelesen habe, den Sie an Ihre Frau nach Zürich schrieben. Es ist da von den Bekenntnissen eines Gottlosen die Rede. Bekenntnisse … ja, nun … ich habe nicht viel übrig dafür. Es ist meist zuviel Krampf darin, zuviel introvertierte Eitelkeit. Und gottlos? Da finge unser Hauptdisput erst an. Ein Mensch, der Menschen formen kann oder sagen wir Menschenbilder, ist nicht gottlos. Es ist ein gewaltiger Unterschied zwischen der Traurigkeit der Gottlosen und der Melancholie der Gottsüchtigen. Wenn wir uns wieder treffen, erzähl' ich Ihnen mal vom Tode Martin Mordanns. Er starb in meinem Haus. Ja, der …! Sein ganzes Leben war das Bekenntnis eines Gottlosen, ungewollt. Und einen traurigeren Tod hab' ich nie gesehen. Aber Sie wollten etwas sagen«…
– Alexander Herzog hatte Kerkhoven geistesabwesend angestarrt. Offenbar hatte er gar nicht zugehört. »Zu fürchten ist nur«, sprach er grüblerisch, »daß bei einem solchen Unternehmen, es führt ja in alle Abgründe und Höllen des Daseins hinunter, daß da zuviel Verrat geschehen muß … Sie wissen, was ich meine … schonungslose Aufdeckung, erbarmungslose Entblößung. Es gehört ein Mut dazu, der vor nichts zurückschreckt »…– »Gewiß, vor keiner Wahrheit.« – »Wahrheit ist ein Relativum.« – »Was Sie Verrat heißen, ist in jedem Fall abgegolten durch das Leiden. Das heißt, in dem Augenblick, da Sie über das Leidensmaß hinausgehen, gehen Sie über die Wahrheit hinaus. Den Kompaß, den tragen Sie in Ihrer Brust. Sie werden Ihre Instinktbasis nicht verlassen. Sie können es

gar nicht, selbst wenn Sie wollten.« – »Das ist ein Trost.« – »Ich denke.«
– »Man muß eine Welt aufbauen, Stein für Stein.« – »Ton in des
Schöpfers Hand, verehrter Freund.« – »Und wenn ich erlahme?« –
»Halte ich für ausgeschlossen. Der erste Schritt wird Sie beflügeln.« –
»Es kommen Momente, da einem vor den eigenen Gebilden angst wird.
Und wenn ich mein Tun und Sein, meine Irrtümer und Sünden vor
mich hinstellen soll, mich, meine hier befindliche Person, als wäre sie
eine Phantasiefigur ... Ich habe es bisher noch nie gewagt ... die
menschliche Scheu und Scham haben mich gehemmt ... Kann ich mir
selbst das wahre Gesicht geben? Werde ich mir glauben, daß ich es bin,
ich selber? Darf ich's sein? Darf man sich das leisten?« – »Auch das
hängt mit dem Erlittenen zusammen. Es ist eine Frage der Versenkung,
scheint mir. Natürlich, ich spreche als Laie. Ihr Auge darf nicht nach
außen abirren. Sie stehen sozusagen zwischen Himmel und Erde in einem
leeren Raum. Allein mit sich und Ihrem Gott, wie Moses auf dem Sinai.«
– »Das klingt sehr großartig. Aber vielleicht überschätzen Sie meine
Kraft. Vorläufig verhält es sich noch so, daß ich meiner Mittel nicht
sicher bin, daß ich nicht weiß, wie ich die Zeit vom Morgen bis zum
Abend durchleben soll. Möglich, daß ich mitten auf dem Weg nicht
mehr weiter kann. Auf dem Weg zum Sinai.« – »Wenn dieser Fall eintritt, und wahrscheinlich wird er eintreten, schon weil Ihre Situation
hier ziemlich gefährdet ist, dann packen Sie Ihre Koffer und kommen
ins Haus Seeblick. Es dürfte sich auch in anderer Hinsicht empfehlen.
Wir haben mancherlei miteinander auszukochen, glauben Sie mir. Ich
habe Ihnen ja gesagt, in fünf bis sechs Wochen werden wir uns wiedersehen. Ich verschaffe Ihnen unbedingte Ruhe. Sie werden unauffindbar
sein, als ob Sie sich auf eine polynesische Insel zurückgezogen hätten.«
– »Fünf bis sechs Wochen ... wenn ich wirklich in Fluß komme ...
wenn der Bann gebrochen ist »... – »Bei Ihrem Tempo«, sagte Kerkhoven
lächelnd, »ich könnte mir denken, daß Sie in dieser Zeit eine ganze irdische Komödie zu Papier bringen.« – »Jedenfalls fühle ich, daß Sie mir
einen unermeßlichen Dienst geleistet haben, einen ganz unschätzbaren
Dienst«, erwiderte Alexander Herzog mit gesenktem Kopf. – »Das ist
fein«, sagte Kerkhoven, »nichts hör' ich lieber. Daraufhin werden wir
einen guten Schlaf tun. Wir haben ihn beide nötig. Gute Nacht, Herr
Herzog.«

Er ging auf ihn zu, um ihm die Hand zu reichen, sah ihn aber so in
sich versunken, daß er umkehrte und zur Tür schritt. Er hatte diese

noch nicht erreicht, als ihm Alexander nacheilte, seine Rechte ergriff und sie länger als eine halbe Minute stumm in seiner eigenen hielt. Dann schieden sie.

86.

Bettina begleitete Kerkhoven bis Salzburg. Sie hatte noch vieles mit ihm zu besprechen. Nebstbei war es eine willkommene Gelegenheit, der Vernichtungsschlacht, die gegen sie und ihr Haus tobte, für einen halben Tag zu entrinnen. Ganna Herzog ging nunmehr daran, mit Hilfe dienstfertiger Advokaten den bürgerlichen Ruf Alexanders und damit auch den Bettinas zu untergraben. Sie drohte mit einer Bigamieklage, wobei sie sich auf einen Formfehler stützte, der bei der Trennung der Ehe geschehen war. Sie bezichtigte ihn ferner der Vermögensverschiebung, da er nicht mehr imstande war, ihren unaufhörlichen Geldforderungen zu genügen, und sie wider alle Vernunft und trotz der nachweisbaren Tatsache, daß er sich für seine erste Familie bis zum Weißbluten geopfert, fest überzeugt war, er habe beizeiten ein beträchtliches Kapital in Sicherheit gebracht. »Und wir besitzen nichts«, rief Bettina aus, »nicht so viel Erspartes, um einen Monat davon leben zu können!« – »Aber das alles ist ja der helle Wahnsinn«, sagte Kerkhoven. – »Gewiß, der helle Wahnsinn, vor dem einen die finsteren Gesetze nicht schützen«, entgegnete Bettina mit funkelnden Augen.

Eine Weile schwieg sie, von peinigenden Gedanken erfüllt. Denn sie überlegte, wie sie es anstellen sollte, mit Kerkhoven über die Verrechnung seiner Auslagen zu reden, und schließlich hatte er auch, wie jeder andere Arzt, Anspruch auf Entgelt für seine Hilfeleistung. Nach einigem Schlucken und Atemholen begann sie: »Es ist mir äußerst fatal, daß mir das mit unsern finanziellen Schwierigkeiten gerade jetzt herausgerutscht ist. Es sieht aus wie ein avis au lecteur. Ich wollte Sie nämlich bitten … nicht wahr, Sie werden mir nicht böse sein »?… – »Ach, Sie meinen, ich soll Ihnen sagen, wieviel Sie mir schulden?« fragte Kerkhoven trocken. – »Ja.« – »Das kann ich tun. Hunderttausend Franken.« – Als er ihr bestürztes Gesicht sah, schmunzelte er. »Hunderttausend Franken, Frau Bettina, oder nichts. Weniger kann ich nicht annehmen. Und da wir um das bißchen weniger doch nicht feilschen wollen, bleibt's beim Nichts.

Die Kosten für die Fahrt teil' ich Ihnen gelegentlich mit. Den Rest schreiben Sie mir im Buch Freundschaft gut. Einverstanden?«

Sie brachte keine Silbe hervor.

87.

Alexander Herzog war zu ungewöhnlich früher Stunde aufgestanden. Einen Teil des Vormittags verbrachte er grübelnd und umhergehend in der Bibliothek, versuchte ein paar Briefe zu schreiben, warf die angefangenen Bogen wieder beiseite, legte Manuskriptblätter vor sich hin, kramte alte Tagebücher aus einer Lade, ging ins Kinderzimmer, um ein wenig mit Helmut zu plaudern; hielt es auch dort nicht lange aus, wanderte bis zum Mittagessen im Dorf herum, nahm nach Tisch zwei Bromtabletten, um seine Nerven zu beruhigen, las die angekommene Post, wühlte zerstreut und lustlos in dem Bücherhaufen auf dem Lesetisch, stand dann eine Weile unbeweglich am Fenster, in den Anblick seines Lieblingsbaumes versunken, einer majestätischen Weißbuche, deren Äste sich ausbreiteten wie ein Wald. Und während er in das Laubgewirr blickte, kam ihm der Gedanke: die Wahnwelt. Die Wahnwelt: Das Wort schoß ihm wie eine Feuergarbe ins Gehirn. Plötzlich setzte er sich an den Schreibtisch, ergriff den zierlichen Federhalter, dessen er sich bei seinen Arbeiten bediente, und begann zu schreiben, ungefähr wie einer, der vor einem Berg steht, sich mit dumpfer Entschlossenheit anschickt, das erste Loch für den Tunnel zu bohren.

Er schrieb bis in die tiefe Nacht. Er kam nicht mehr los. Tag um Tag verging, er kam nicht mehr los. Vorgang kettete sich an Vorgang, Bild an Bild, Gesicht an Gesicht, das Gewesene wurde Gegenwart, vergessene Zeit rückte in glühende Nähe, das gelebte Leben war ein dunkles, süßes, schauerliches Spiel, Spiel von Wolken, Spiel von Schatten, Wirrsal, Schuld und Schmerz. Er aber, ein träumender Lenker von Geschicken, die sich außerhalb seines Traumes satellitenhaft weiterbewegten, blieb besonnen und kühl, ohne Liebe wie ohne Haß.

Was er schrieb, melden die folgenden Seiten. Auf dem ersten Blatt stand:

Ganna oder Die Wahnwelt

Spiegel der Jugend

Sechs vom gleichen Stamm

Sie hatte fünf Schwestern, vier ältere und eine jüngere. Die sechs Mewi-stöchter waren stadtbekannt. Bei gemeinsamem Auftreten wirkten sie wie eine kleine Armee von Amazonen, von der klassisch schönen Lydia bis zur graziösen Traude eine geschlossene Phalanx. Als Heerführer und Vater der Professor Gottfried Mewis, Leuchte der juristischen Fakultät, markige Erscheinung, eine Art Barbarossa. Sechs Töchter und kein Sohn, das war immerhin ein interessantes Naturspiel. Spöttische Propheten sagten als Nachkommenschaft einen ganzen Volksstamm voraus. Frau Mewis, Alice mit Vornamen, war eine geborene Lottelott aus Düsseldorf. Lottelott & Grünert, vereinigte Stahlwerke. Sie hatte ein großes Vermögen geerbt. Die Familie, geachtet und beneidet, lebte in behaglicher Breite in einer Cottage-Villa.

Entlein

Zweifellos stand Ganna, was körperliche Vorzüge betrifft, hinter ihren Schwestern zurück. Dessen war sie zu ihrem Schmerz sehr früh innege-worden. Die Spiegel sagten es aus, die Haltung der Menschen verriet es; ihre Rolle war ein wenig die des häßlichen Entleins unter fünf Schwänen. Sonach war es ihre Aufgabe, sich als unscheinbares Entlein durchzusetzen gegen fünf hochmütige Schwäne. Mit dem bloßen Sichdurchsetzen war es aber nicht getan; Ganna wollte auch über sie triumphieren. Sie war von unbändigem Ehrgeiz beseelt. Sie träumte von einer großen Zukunft. Es waren nicht allgemeine, banale Mädchenträume, sondern Bilder und Vorstellungen von erstaunlicher Bestimmtheit. Sie fühlte sich auserwählt, wennschon sie ihren Weg noch nicht kannte.

Schon als Kind war sie schwer zu behandeln. Ich habe mir erzählen lassen, daß es beständig Szenen und Aufregungen mit ihr gab. Um ihr zehntes Jahr herum pflegte sie Professor Mewis zweimal in der Woche prophylaktisch zu prügeln, um ihr das Lügen abzugewöhnen. Eine bar-

barische Maßregel, die ihren Zweck verfehlte und Ganna nur überflüssige Leiden verursachte. Denn diese Lügen waren ja sicherlich nur Schutz- und Phantasielügen. Die Züchtigungen machten sie verstockt und trieben sie in das Übel erst hinein. Wenn sie geschlagen wurde, schrie sie wie am Spieß. Manchmal warf sie sich schreiend auf den Boden und strampelte mit Armen und Beinen. Das machte den Professor vollends wild. Einmal ließ die Mutter den Arzt holen, weil sich Ganna gar nicht beruhigen wollte. Jedoch Irmgard, die nächstältere Schwester, zuckte die Achseln und meinte herzlos, das sei alles Verstellung, Ganna spiele »epileptischen Anfall«, da sie einige Tage zuvor einen solchen bei einer Mitschülerin beobachtet habe.

So wurde mir berichtet. Auch daß der Professor sie bei anderer Gele- genheit schwer mißhandelt und ihr in seiner Raserei, in der er sich selbst genoß wie alle Tyrannen, die Worte ins Gesicht schleuderte: »Du bist der Nagel zu meinem Sarg!« Ganna soll sich dabei auf die Knie geworfen und flehend die Arme zu ihm erhoben haben. Mehrere Schwestern hatten mit lüsternem Gruseln hinter der Türe gelauscht. Seitdem nannten sie Ganna, wenn sie unter sich waren, den Sargnagel. Woraus erhellt, daß ein Entlein keinen leichten Stand hat gegen fünf Schwäne. Schwäne sind grausame und anspruchsvolle Vögel.

Sie dünkt sich mehr als wir, sagten die Schwestern, und bisweilen er- hoben sie sich gegen sie und machten gemeinsame Sache gegen sie wie eine feindliche Partei. Ganna entzieht sich allen häuslichen Pflichten, so mag sie herhalten für alles häusliche Ungemach. Sie richtet durch ihre Fahrigkeit so viel Schaden an, daß man ihr die Schuld an jeglichem Schaden zuschreibt. Eine Schachtel Büttenpapier ist abhanden gekommen; die Badewanne ist übergelaufen; eine Vase liegt in Scherben auf dem Teppich; in eine weißlackierte Tür sind tanzende Männchen eingeritzt: Wer war die Verbrecherin? Ganna. Seht doch, wie sie dasteht, sagten die Schwestern, wie sie mit züchtig gesenkten Augen verschmäht, sich zu verteidigen, Märtyrerin von Kopf bis Fuß; gib dir keine Mühe, Ganna, du bist durchschaut!

Sie wollen, daß man lügt

Pünktlichkeit war strenge Vorschrift im Hause Mewis. Das väterliche Gesetz verlangte, daß man auf die Minute genau beim Mittagessen zu erscheinen hatte. Immer wieder geschah es, daß alle bei Tische saßen:

Lydia, Berta, Justine, Irmgard, Traude, der Professor, Frau Mewis, die alte Kümmelmann, nur Gannas Stuhl war leer. Gannas tief eingewurzelte Abneigung gegen Zeiteinteilung gehörte zu den Familienüberlieferungen. Professor Mewis tut, als merke er nicht, daß Ganna fehlt, aber seine Stirn zuckt unheilvoll. Frau Mewis wirft unruhige Blicke nach der Tür; sie leidet Qualen. Endlich schießt in irrer Eile ein Wesen ins Zimmer, das Gesicht violett verfärbt, die Augen entsetzt aufgerissen, die Frisur zerrauft, und während der grimmgeladene Vater, den roten Bart in der Faust zerknüllend, den finsteren Drohblick nicht von ihr wendet, schmunzeln die Schwestern, fünf Muster der Tugend, still vor sich hin, weil kein Zweifel darüber besteht, daß Ganna jetzt eine ihrer berühmten Geschichten erzählen wird, an denen kein wahrer Faden ist, so meisterhaft sie vorgetragen sind. Arme Ganna. Sie dauert einen. Sie stottert, sie verhaspelt sich, sie ist so rührend in ihrer großen Not, man müßte sie ein wenig streicheln, acht Augenpaare sind auf sie gerichtet, keines freundlich, keines hilfreich, und nichts Meisterhaftes ist an der Geschichte, im Gegenteil, ihre Rede wird immer verworrener, endlich schweigt sie verzweifelt und beginnt die Suppe zu löffeln. Da ich ähnliche Szenen späterhin miterlebt habe, bin ich ziemlich sicher, daß sie sich stets in derselben Weise abgespielt haben.

Jedenfalls wurde Ganna zur Überzeugung gebracht, man müsse lügen, um sich mit einigem Erfolg seiner Haut zu wehren. Sie wollen es nicht anders. Sie zwingen einen dazu. Das Lügen ist eine unentbehrliche Waffe für Ganna, wie für den Tintenfisch die schwarze Flüssigkeit, die er ausströmt, um sich unsichtbar zu machen. Die einfache Wahrheit leuchtet ihnen nicht ein, sie lassen sie nicht gelten, man schafft sich keinen Frieden mit ihr. Dadurch wird alles Erleben zu einem etwas anrüchigen Abenteuer, und nach und nach gefällt sich der Geist nicht mehr in der farblosen Wirklichkeit.

Mehrere Schwäne verlassen den heimischen Teich

Um das Jahr 1895, als Ganna siebzehn war, begann das Heiraten der älteren Schwestern. Eine nach der anderen, wie durch Ansteckung, verliebte sich, verlobte sich, verehelichte sich, gründete einen Hausstand und war dann nur noch in Gesellschaft des betreffenden fremden Mannes zu sehen, gegen den sie sich mit unschicklich wirkender Vertraulichkeit benahm. Die Erinnerung an drei Hochzeiten innerhalb kurzer Frist war für Ganna ausgesprochen peinlich. Es war die Verquickung von Liebe und Niederlassung, von Mitgift und heimlichem und öffentlichem Gekose, die ihr idealistisches Empfinden beleidigte. Wenigstens nehme ich es an. Sie machte aus ihrer Verachtung kein Hehl: Die edlen Schwäne hatten ihr Gefieder beschmutzt. Ich las einmal in einem ihrer Mädchentagebücher eine Stelle aus jener Zeit. Da hieß es treuherzig: Niemals könnte ich mich einem Manne hingeben, der mich geistig enttäuscht. Als einmal Lydias Gatte, der ein berufsmäßiger Schürzenjäger war, eine zärtliche Annäherung bei Ganna versuchte, biß sie ihn so kräftig in den Daumen, daß er tagelang einen Gummifinger tragen mußte. »Ein verfluchter kleiner Satan«, sagte er nachher wütend, wenn von ihr die Rede war.

Obwohl die drei makellosesten Schwäne solcherart das Feld geräumt hatten, blieben immer noch zwei, die wegen der Altersnähe die unbequemeren waren. Auch ließen sich die verheirateten nicht abhalten, ihren exemplarischen Wandel und Charakter weiterhin gegen die einsame Ganna auszuspielen, und genossen dabei die Unterstützung ihrer glückstrahlenden Ehemänner, die allen Grund hatten, auf soviel Ehrbarkeit, Verstand und Häuslichkeit stolz zu sein.

Gannas Sonderwelt

Sie parierte in keiner Weise. Was ihr nicht frei gewährt wurde, verschaffte sie sich heimlich. Darin war sie voller List. Wenn ein Mensch ertrotzen muß, was er fordern dürfte, wird er verschlagen. Sogar ihre Zerstreutheit nützte sie zur Erlangung kleiner Vorteile aus. Die Leute zum Lachen bringen heißt sich milde Richter sichern. Ich kenne närrische Personen, die es mit so viel Bewußtsein sind, als sie brauchen, um von der Narretei leben zu können. Die Konfusionen, die Ganna anrichtete, bildeten die ständige Erheiterung ihrer Bekannten und der Familie. Vertauschte Briefe, verwechselte Namen, vergessene Verabredungen, verwirrende Zeit- und Ortsangaben, stehengelassene Schirme, verlorene Handschuhe, Hinausgehen durch falsche Türen, verkehrte Antworten, sinnlose Wege: eine fortgesetzte Komödie der Irrungen. »Wißt ihr schon das Neueste von Ganna Mewis?« war eine stereotype Frage in ihrem Freundeskreis. Dann wurde etwa erzählt, wie sie neulich in der Sommerfrische des Morgens mit der Haarbürste unterm Arm träumerisch in den Wald gewandelt sei, fest überzeugt, sie habe »Jenseits von Gut und Böse« mitgenommen. Entzückend, sagten die Leute und lachten Tränen. Es war ja sehr unschuldig, das alles, sehr liebenswürdig. Das Gewinnendste dabei war, daß sie selber über ihre zahllosen Verstöße lachen konnte, mit einem reizenden Lachen, das sogar mit den groben Taktfehlern versöhnte, die sie oft in ihrer Traumverlorenheit beging. Sie lebte in einer Sonderwelt, die eigens für sie gezimmert schien.

Dem Vater am ähnlichsten

Professor Mewis zerbrach sich nicht den Kopf über erzieherische Probleme. Wo der Machtspruch versagte, gab es nur noch die Gewalt. Ganna war ihm ein Ärgernis. Der Geist der Auflehnung, von dem sie erfüllt war, machte ihn hart gegen sie. »Wären wir sie nur schon los«, pflegte er zu seiner Frau zu sagen, »hätten wir sie nur schon unter der Haube.« Frau Mewis schüttelte dann bedenklich den Kopf. Sie war der Meinung, bei Gannas etwas dürftigen weiblichen Reizen bestehe wenig Aussicht, daß ihm ein annehmbarer Mann diesen Dienst leisten würde. Sie hat mir dies später einmal lachend gestanden.

Dennoch dünkte den Professor manchmal, als sei sie mehr seines Geistes und Fleisches als die Wohlgearteten. Der stämmige Körper, die trotzige Stirn, der kühne Blick; dazu das eigensinnige Beharren auf ihrem Recht, vermeintlichem oder wirklichem; die Herrschsucht und Hitzköpfigkeit: Es war, als sei die Natur schon halbwegs entschlossen gewesen, einen Sohn aus ihr zu machen, und hätte sich im letzten Augenblick anders besonnen. Keine der Schwestern konnte sich mit ihr an Kraft und Zähigkeit messen. Das sprach zu ihren Gunsten. Und noch etwas kam hinzu. Oft, wenn er vor Ungeduld und Wut glaubte bersten zu sollen, erschien sie ihm auf einmal so unwiderstehlich komisch, daß er eilends ins nächste Zimmer rannte, damit sie seine Heiterkeit nicht merkte und die Autorität nicht Schaden litt.

Was der Vater ihr bedeutet

Sie ihrerseits fürchtete ihn. Er war das Finstere über ihrer Jugend, Last und Bann. Der Furcht gesellte sich tiefer Respekt. Im Grunde empfand sie seine eiserne Hand als Glück. In der Kindheit war ihr dies stärker bewußt gewesen als in den Jahren der Entwicklung. Es war vielleicht jener geheimnisvolle Instinkt, der den Seelenkern so lange schützt und einhüllt, bis Sucht und Wille ihn allmählich aufzehren. Aber auch als junges Mädchen spürte sie zuzeiten noch die dunklen Drohungen, die von ihrem eigenen Wesen ausgingen, und daß sie des Gebieters bedurfte, der packenden Faust, wenn nicht alles in ihr zerfallen sollte. So träumte sie einmal, eine flammende Peitsche sause vom Himmel herab, und die fürchterliche Angst, mit der sie dem Hieb zu entgehen bemüht war, half ihr über einen Abgrund hinweg, in den sie sonst rettungslos gestürzt wäre. Ungeachtet der dauernden Revolten gegen ihn, der vielen kleinen Schwindeleien, mit denen sie ihn betrog, anerkannte sie seine Macht unbedingt, ja ihre ganze Physis stimmte dieser Macht zu. Sosehr die körperlichen Züchtigungen sie empörten und verstörten – war sie ihnen doch bis in ihr achtzehntes Jahr ausgesetzt –, eine mysteriöse kleine Wollust regte sich stets in ihr, wenn er sie schlug. Er allein hatte die Befugnis. Er allein unter allen Menschen der Erde war gegen sie im Recht. Dröhnte seine gewaltige Stimme durchs Haus, so daß sich alle feig duckten, dann war unterhalb der Furcht eine seltsame Zufriedenheit in ihr, ein Etwas, das sagte: der Herr; gut, daß ein Herr da ist. Seine Zornanfälle erschienen ihr wie großartige Elementarereignisse, bewundernswert wie siedender Geisir oder Feuersbrunst. Können Eigenschaften aufgebraucht werden? Gibt es einen Vorrat von Demut in der Brust, der spurlos versickert, wenn keine Erneuerung stattfindet? Nie wieder, das kann ich wohl behaupten, bei keiner Begegnung, in keinem Verhältnis, traf Ganna den Menschen, dessen Gegenwart und Einfluß sie zu fühlen zwang: gut, daß ein Herr da ist, der Herr auch über mir. Und das war ihr Verderben.

Unfug der Literatur

Nun komme ich auf ein heikles Thema. Zu jener Zeit gefielen sich die gebildeten Stände in einem scheinheiligen Interesse für Schrifttum und Dichtkunst. Es gehörte zum guten Ton, über die moderne Bewegung zu sprechen, »Germinal« oder die »Kreutzersonate« gelesen zu haben und beim letzten Theaterskandal gewesen zu sein, wobei es wieder schlechter Ton war, sich zu stark für diese Dinge einzusetzen. Die Namen der Werke und der Verfasser hatte man zu kennen, man mußte imstande sein, die Unterhaltung damit zu bestreiten, im übrigen hatten sie nicht mehr Bedeutung als die Namen der Speisen auf einer Menükarte. Die jungen Leute redeten viel vom »Leben«, ohne sich ihm ehrlich zu stellen;

während sie vorgaben, sich für die Kunst zu begeistern, waren sie bestrebt, sich eine eitle Überlegenheit zu sichern und Urteile nachzuplappern, die sie aus der Zeitung bezogen oder aus dem Munde einer unverdächtigen Autorität gehört hatten. Ein Mann, der in einem Beruf stand, durfte nur eine gemessene Teilnahme für ein Dichtwerk zeigen, sonst wurde er nicht für voll genommen. Den Frauen hingegen war das literarische Gebiet bis zu einem gewissen Grad freigegeben. Da sie den Geschmack diktierten und die Mode machten, trugen sie das Ihre zu einer gründlichen Verwässerung bei, denn mit ihrem Herzen hingen sie, genau wie die Männer, am Zweit- und Drittrangigen; vom Erstrangigen nahmen sie überhaupt keine Notiz. Es war die Zeit des Simili und des verfälschten Geistes.

Mit Ganna verhielt es sich ein wenig anders.

Sie dichtet sich ihre Welt

Sie war überzeugt, an der Spitze der wahren Kenner zu marschieren, ganz vorn, wo Neuland gewittert wird, wo der jüngste, der zarteste Ruhm noch schüchtern sproßt, um von liebevollen Händen in die Unsterblichkeit getragen zu werden. Und in der Tat hatte sie etwas von einer Erglühten an sich. Sie konnte sich an einer Dichtung berauschen. Sie wußte ungefähr von den Kategorien. Sie verachtete das Mittelmäßige. Zweimal im Monat versammelte sie gläubige junge Freunde und Freundinnen um sich, denen sie beglückt ihre Funde mitteilte, auch, was sie selbst zu Papier gebracht, schamhaft und erregt vorlas. Ihre sonst helle, durchdringende Stimme klang dann gedeckt und heiser, als sei ihre Kehle mit Mehl verstopft. Als es ruchbar wurde, daß der Kritiker einer ersten Zeitung von ihren philosophischen Aufsätzen gesagt hatte, sie trügen den Stempel einer unverkennbaren, obschon zuchtlosen Genialität, frohlockte ihre Anhängerschar, indes sie selbst deren Jubel aufgeregt-bescheiden zu dämpfen bemüht war. Die literarischen Sitzungen fanden im kleinen Salon des Mewisschen Hauses statt. Sie hatten einen okkulten Charakter. Keine der Schwestern durfte wagen, den Raum zu betreten; Ganna traf Anstalten wie eine Priesterin, die den Gottesdienst vor profaner Störung schützen muß. Wäre ein Unberufener in das Heiligtum eingedrungen, sie hätte ihn mit Blicken erstochen. Alle im Haus wußten es. Man ließ sie gewähren.

Es war kein Zeitvertreib, kein Sport, nichts Vorgetäuschtes. Wie weit und wie tief es ging, ließ sich damals nicht entscheiden. Für Ganna war es die »höhere Welt«, ein Begriff, der ihren Kreisen in spöttischer Weise geläufig war. Aber war sie etwas Wirkliches, diese »höhere Welt«? Übte sie einen veredelnden, läuternden Einfluß aus? Schwer zu sagen. Gewöhnlich ist es ja so, und das wirft ein eigentümliches Licht auf die menschliche Natur, daß die enthusiastische Vorliebe für Dichtung und Gedicht oft nur einen inneren Hohlraum umkleidet und dort, wo sie zu Lebensverantwortungen zwingen müßte, in selbstvergessene Schwärmerei zerfließt. Ist gleich die Hingabe echt, so soll doch ein Geschäft mit ihr gemacht und die sittliche Schlußfolgerung vermieden werden. Ob es sich auch mit Ganna so verhielt, war, wie gesagt, damals noch nicht ergründbar. Eines Tages mußte sie wohl an den Scheideweg gelangen. Zu jener Frühzeit schwankte sie noch, tastete sie noch, suchte ihr Gesetz, suchte vor allem einen Spiegel. Menschen konnten nicht ihr Spiegel sein, die Wirklichkeitswelt konnte es auch nicht sein, nur aus den Büchern kam ihr ein Wesen ihresgleichen entgegen, so wähnte sie, ein Dämmerwesen voll Begeisterung, Zutraulichkeit und Aufrichtigkeit. Das Bild entzückte sie, es war ja ihr eigenes Gedicht, ihre eigene Schöpfung, sie verliebte sich in es, es machte sie in ihren Augen wahr und gut.

Es versteht sich also beinahe von selbst, daß ein Dichter, wenn er als solcher beglaubigt war, für Ganna den verkörperten Sinn des Universums bildete, der Erlöser von der abstoßenden Trivialität des Mewis-Reiches war, des Sumpfes mit den fünf musterhaften Schwänen. Und sie träumte von der Rolle und der Sendung einer Aspasia. Um eine Aspasia zu sein, braucht man aber einen Perikles und ein Athen. Um nur eine Rahel Varnhagen zu sein, braucht man einen Goethe. Aber wo waren ein Perikles, ein Goethe zu finden in der heroenlosen Welt von 1898? Nun, dazu sind ja die Träume da, daß man das Unwirkliche wirklich macht.

Ich

Im Mai dieses erwähnten Jahres geschah es, daß ich von München nach Wien verzog. Ich hatte kurz zuvor einen Roman veröffentlicht, »Die Schatzgräber von Worms« hieß er, und das Buch war nicht ohne Widerhall geblieben. Manche Fachleute strichen es sogar über Verdienst heraus und beehrten mich mit dem Titel eines »Neutöners«, einer damals trotz ihrer Geschmacklosigkeit beliebten Bezeichnung. Vielleicht imponierte ihnen die Finsterkeit des Stoffes und die genialisch erscheinende Ordnungslosigkeit der Darstellung; heute wundere ich mich über die zahlreichen freundlichen Stimmen und achtungsvollen Urteile, zu denen das unreife Erzeugnis eines Fünfundzwanzigjährigen Veranlassung gab.

Es war ein sogenannter literarischer Erfolg. Meine ziemlich trostlose materielle Lage damit zu verbessern war mir nicht gelungen. Ich hatte München fluchtartig verlassen, erstens, um meinen Gläubigern zu entrinnen, zweitens, weil eine Liebesaffäre so viel Klatsch und niederträchtige Ränke gegen mich aufgerührt hatte, daß meine besten Freunde von mir abfielen und die anständigen Bürger sich bekreuzigten, wenn man mich ihnen auf der Straße zeigte. In Wien hatte ich wenig Beziehungen, ein halbes Dutzend Verehrer, das war alles, und auf Verehrer kann man nur bauen, wenn man ihrer Hilfe nicht bedarf. Wovon ich leben sollte, da ich nur auf Zufallseinnahmen angewiesen war und jede Brotarbeit hochmütig verschmähte, war mir ein Rätsel. Glücklicherweise traf ich hier und da vermögende Leute, die nicht nur ein wenig Sympathie für mich hegten, sondern auch eine gewisse Portion Snobismus im Leibe hatten; die halfen mir gelegentlich mit einem Darlehen aus.

In einem stillen Viertel hinter der Votivkirche, Lackierergasse 8, mietete ich ein riesengroßes Zimmer mit Möbeln, die in Eile aus einer Trödlerbude zusammengerafft schienen. Die Tage verschlief ich, die Nächte verbrachte ich mit allerlei Berufskollegen im Caféhaus oder im sommerlichen Prater, wo es damals ein sonderbares Vergnügungs-Etablissement gab, Venedig in Wien geheißen, eine äffische und lächerliche Nachahmung venetianischer Stadtlandschaft mit Brücken und Kanälen. Wenn ich zu später Stunde heimkehrte, sang ich in den öden Gassen laut vor mich hin und strich wie ein betrunkener Student mit der Stockspitze lärmend über die eisernen Rolläden der Geschäftsauslagen.

Eines Tages aber hatte ich genug von der Stadt, hängte den Rucksack um und machte mich auf die Wanderschaft: durch die mährische Ebene, in die Berge im Süden, in den Böhmerwald, die Donau entlang, nie anders als auf Schusters Rappen, selten mit mehr als zehn Kronen in der Tasche, gern allein, ebenso gern mit einem Gefährten, mit dem sich vernünftig plaudern ließ. Da war zum Beispiel ein junger Mensch namens Konrad Fürst, der sich mir gleich in den ersten Tagen meines Wiener Aufenthaltes mit einer Art von Gefolgschaftstreue angeschlossen hatte; er hatte schriftstellerischen Ehrgeiz, war jedoch ein ziemlich oberflächlicher Bursche, der mit Vorliebe den Kavalier spielte und nichts im Sinn hatte als Weibergeschichten. Daß er mit mir auf die Walze ging, rechnete ich ihm hoch an und schrieb es der Bewunderung zu, die er für mich hegte. Davon habe ich mich immer fangen lassen. Dann war da ein gewisser David Muschilow, ein rothaariger Jude, der Theater- und Kunstberichte für Zeitungen schrieb und sich auf seine Unbestechlichkeit und seinen beißenden Witz viel zugute tat. Mit der Unbestechlichkeit war es nicht so weit her, wie er meinte, und der Witz ging mir ein wenig auf die Nerven. Gegen witzige Leute war ich von jeher mißtrauisch. Aber sie waren gute Kameraden, beide, das darf ich ihnen nicht vergessen, sie glaubten an mich, sie teilten ihr Brot und ihr Geld mit mir und waren immer zu munteren Späßen aufgelegt.

Im allgemeinen war ich mit der Veränderung meiner Lebensumstände zufrieden und fühlte mich in der leichteren Luft und unter den freundlicheren österreichischen Menschen wie neu geboren. Als der Herbst dem zigeunerischen Vagabundieren ein Ziel setzte, kehrte ich in das ungemütliche Quartier zurück, das mir die Hausfrau gegen geringes Entgelt offengelassen, mietete zu dem vorhandenen traurigen Möbelkram ein altes brauntastiges Pianino und trommelte zum Schrecken aller musikalischen Ohren der Nachbarschaft mehrere Stunden des Tages wie besessen darauf herum. Dann packte mich auf einmal die Lust zu neuer Arbeit. Ich hatte die Quelle schon vertrocknet geglaubt, und Nacht für Nacht, wenn ich von dem Zusammensein mit den Zufallsfreunden nach Hause kam, saß ich zwei Stunden am Schreibtisch und gab mich meinen Gebilden hin.

Wirkung eines Buches

Sonderbarerweise war es ihr Vater, durch den Ganna die »Schatzgräber von Worms« kennenlernte. Ein Universitätskollege hatte eines Tages dem Professor Mewis das Buch in die Hand gedrückt und ihm gesagt, das müsse er unbedingt lesen. Der Professor hatte mürrisch erklärt, er lese grundsätzlich keine Romane, hatte es aber in die Tasche gesteckt. Mit Abneigung begann er zu lesen, wurde widerwillig gefesselt, und als er zu Ende war, mußte er zugeben, daß an der Sache »was dran« sei. So hat er mir selbst nachher erzählt. Ihn als Juristen hatte die Darstellung eines kriminellen Vorgangs interessiert; dieser war freilich nur der Rahmen um ein tieferes Geschehen, das ihm nicht zugänglich war. Die künstlerischen Qualitäten, die das Buch sicherlich besaß, spürte er nicht, die leidenschaftliche Diktion und die düstere Stimmung über dem Ganzen waren ihm unbehaglich. Dennoch soll er zu jenem Kollegen, der ihm das Buch empfohlen, gesagt haben: »Nicht übel; den Mann muß man sich merken.« Für einen Staatsrechtslehrer alles mögliche.

Zufällig kam Ganna in sein Zimmer und sah das Buch auf dem Tisch liegen. Sie wußte von ihm, es stand längst auf ihrer Liste. Sie nahm es mit, es war sieben Uhr abends, und um drei Uhr nachts hatte sie es fertiggelesen. Hatte es einfach verschlungen. Hastig, wie man ein Elixier verschlingt, aus Angst, ein Tropfen könne verschüttet werden. Was traf sie so unmittelbar daran? Warum mußte sie sich's mit solcher Gier einverleiben? Das habe ich mich später oft gefragt. War es doch unbeschreiblich fremd für sie, mußte ihr fremd sein, eher abschreckend als werbend, reizvoll nur im Sinn des Metiers, verständlich nur für den, der in ähnlichem Zustand gelebt hatte. Sei dem, wie ihm wolle, der Eindruck, den sie empfing, war unverlöschlich und zweifellos echt. In der Folge sprach sie oft darüber, und es ist nicht ausgeschlossen, daß sie dann jedesmal den ersten Eindruck ein klein wenig übertrieb, ungefähr wie der Gewinner eines Haupttreffers, wenn er schwört, seine Finger hätten prophetisch gezuckt, als er das Los kaufte. Sicherlich war Ahnung im Spiel, die Überzeugung von Seelenverwandtschaft. Kurz darauf entdeckte sie in einem Verlagskatalog mein Bild. Sie schnitt es heraus und heftete es mit Reißnägeln an die Tapete neben ihrem Bücherregal. Dabei soll sie das Gelöbnis geleistet haben, so wurde mir später nicht nur von ihr, sondern auch von einer ihrer literarischen Gesponsinnen glaubhaft versichert, nicht zu ruhen und zu rasten, bevor sie meine persönliche Bekanntschaft gemacht. Das betreffende Konterfei von mir war übrigens sehr geschmeichelt. Es ist verlorengegangen, aber wenn ich mich nicht irre, sah ich darauf aus wie ein idealisierter Räuberhauptmann.

Eine Vermittlerin findet sich

Die Dinge spielten sich folgendermaßen ab. Im Sommer des Jahres 1899 erfuhr Ganna von einem ihrer Freunde, daß ich seit länger als einem Jahr in Wien wohnte. Er lebt aber in großer Verborgenheit, wurde ihr gesagt, ihn kennenzulernen ist nicht leicht. Ganna hatte übertriebene Ideen von der Existenz eines Schriftstellers und dachte zuerst an eine Art Hofhaltung, wie bei einem königlichen Prinzen. Als Wissende sie eines anderen belehrten und mich als armen Schlucker schilderten, hörte sie unwillig darüber weg. Sie haßte es, in ihren Einbildungen gestört zu werden. Sie hätte mir geschrieben, wenn nicht die Furcht sie abgehalten hätte, meine Wohnung sei von derartigen Briefen überschwemmt wie ein Postamt. Blieb der Brief aber unbeantwortet, so hatte sie überhaupt keine Aussicht mehr, meiner habhaft zu werden. Sie kundschaftete meinen Umgang aus und suchte Beziehung zu einzelnen Personen, die man ihr genannt hatte. Sie sagte mir einmal, es sei ihr zumut gewesen, als werde sie im Feuerkreis versengt, wenn sie denen nahte, die mir nahe standen. Sie hörte immer häufiger von mir, traf Leute, die wieder andere Leute kannten, in deren Gesellschaft ich mich täglich befand. Sie beneidete diese Leute, sie war eifersüchtig auf sie. In den ersten Briefen, die ich von ihr erhielt, war davon oft die Rede. Eines Tages, es war mittlerweile Spätwinter geworden, mußte sie eine alte Freundin ihrer Mutter besuchen, eine Frau von Brandeis. Diese führte ein Haus, wie man zu sagen pflegt, obschon in bescheidenster Weise. Ich hatte ein paarmal bei ihr gegessen. Gannas Mund floß stets von dem über, wovon ihr Herz voll war, und so beichtete sie der blaustrümpfig angehauchten Dame, was sie sich so innig wünschte. Frau von Brandeis sagte: »Wenn's weiter nichts ist, dem Mädchen kann geholfen werden. Ich lad' ihn dir einfach ein. Komm am nächsten Dienstag zum Souper.« Sie hat mir selber erzählt, Ganna sei in freudigem Schrecken blaß und rot geworden und habe ihr wortlos die Hand geküßt.

Erste Begegnung

Eine sonderbare Eigenschaft, unter der ich noch heute leide, zwingt mich, jedem Ruf, jeder Aufforderung zu folgen, die an mich ergehen, so, als ob ich fürchten müßte, diejenigen zu verletzen oder nur zu verstimmen, die sich vergeblich um mich bemühen. Manchmal freilich steckt nichts als Trägheit dahinter: Man geht gedankenlos in die Richtung, in die man geschoben wird. So sagte ich auch ohne Zögern zu, als mich Frau von Brandeis einlud, obgleich ich mich bei früheren Besuchen in ihrem Hause unsäglich gelangweilt hatte.

Nur undeutlich erinnere ich mich an den Eindruck, den mir Ganna an jenem Abend gemacht. Es verblieb das Bild eines etwas bunt gekleideten, überbeweglichen, höchst unruhigen jungen Mädchens. Ob sie gut oder schlecht angezogen war, weiß ich nicht. Dafür hatte ich keine Augen. Sie liebte schreiende Farben und die malerische Verbrämung mit kleinen Schals und flatternden Schleifen. Bei Tisch erzählte sie lachend, mit einem Seitenblick auf mich, daß sie auf der Stiege zur Brandeisschen Wohnung einen Schwindelanfall gehabt habe. Ihr exaltiertes und hastiges Sprechen fiel mir unangenehm auf, doch Frau von Brandeis hatte mich darauf vorbereitet, in welche Erregung sie durch meine Gegenwart versetzt sei, und so beurteilte ich ihr allzu lebhaftes Betragen mit Milde. Zwei- oder dreimal musterte ich sie flüchtig. Sie hatte ein unhübsches Gesicht mit angestrengten Zügen, sommersprossiger Haut und heftig blickenden, blauen Augen; die Backenknochen traten stark hervor; sehr anziehend war dagegen der sinnliche Mund mit herrlichen Zähnen und dem reizend unschuldigen Lächeln. Die ungewöhnlich kleinen, nervigen Hände hatten bestimmte wiederkehrende Gesten, die etwas Zackiges und Rechthaberisches an sich hatten, was sie in manchen Momenten spürte und zu mäßigen beflissen war.

Dieses ziemlich getreue Porträt hat sich wohl erst nach einer Reihe von Begegnungen in mir geformt. Zunächst war mein Interesse an Fräulein Ganna Mewis nur gering. Ich dachte mehr an meine Arbeit als an die Umgebung. Ich soll auch keineswegs gewinnend oder unterhaltsam gewirkt haben, auch nicht eben weltmännisch. Ich trug damals, wenn ich in Gesellschaft ging, einen bis zu den Knien reichenden Gehrock, der an den Rändern und Ellbogen spiegelte und nicht ganz sauber war, ein vorweltliches Kleidungsstück, das durch die pittoresk geschlungene schwarze Seidenkrawatte nicht salonfähiger wurde. Nach beendeter Mahlzeit begab ich mich ins Rauchzimmer, nahm auf einem unbequemen Sesselchen Platz, und alsbald gesellte sich Ganna zu mir. Ich hatte es erwartet. Wir kamen ins Gespräch. Ich wunderte mich über vieles, was sie sagte. Ich vergaß ihre aufgeregte, knisternde Beweglichkeit. Sie erschien mir originell. In allen ihren Äußerungen war eine seltsame Mischung von Torheit und Scharfsinn. Das reizend unschuldige Lächeln ließ mich bisweilen mitlächeln. Am stärksten berührte mich das Sucherische an ihr, das bittende Werben, das Umsichgreifen wie im Traum. Merkwürdiges Geschöpf, dachte ich immerfort. Aber schon, als ich nach Hause ging, wußte ich nichts mehr von ihr. Und wenn ich mich ihrer dringenden Worte und Blicke entsann, der glühenden Verehrung, von der ihr ganzes Wesen durchströmt war, überlief mich ein Unbehagen.

Briefe, Winke, Zauberworte

Am andern Tag erhielt ich einen Rohrpostbrief von ihr. Warum so eilig, fragte ich mich. Es stand durchaus nichts Eiliges drin. Die Schriftzüge waren ebenso dringlich wie ihre Rede. Große, spitze, stürmische Buchstaben, die einer Versammlung von Aufrührern ähnelten. Ich weiß nicht mehr, ob ich geantwortet habe. Mir kommt es vor, es war erst der dritte oder gar vierte Brief, der mich bestimmte, zu antworten. Denn sie schrieb mir fast täglich. Immer mit der Rohrpost. Wenige Zeilen, sorgsam stilisiert. Ich dachte spöttisch: Wenn man mit einem Schriftsteller korrespondiert, macht man geistig Toilette. Und der Inhalt? Ein Stimmungsbild: Glückliches Staunen über den neuen Aufschwung, den jetzt ihr Leben genommen habe; die Bitte, sie nicht völlig aus meinen Gedanken zu verstoßen; ein Gruß, weil der Himmel blau war; ängstliche Frage nach meinem Befinden, da sie einen bösen Traum gehabt. Sie war erfinderisch in Anlässen.

Warum habe ich mich eigentlich zu antworten entschlossen? Ich weiß es nicht. Wenn man sich grenzenlos bewundert fühlt, wird man schwach. Auch die verhärtetsten Menschenverächter haben eine Stelle, wo sie der Eitelkeit zum Opfer fallen. Und ich war kein Menschenverächter, ganz im Gegenteil. Trotz üblen Erfahrungen begann ich, Menschen erst dann zu mißtrauen, wenn sie mir, bildlich gesprochen natürlich, das Genick umgedreht hatten. Vielleicht hatte Ganna auf Antwort nicht zu hoffen gewagt, aber vom Augenblick der ersten Antwort an hatte sie ein für allemal das Recht auf Antwort erworben. So verstrickt man sich eben.

Ich hatte die schlechte Gewohnheit, Briefe, die ich erhielt, achtlos herumliegen zu lassen. Um diese Zeit hatte ich ein Verhältnis mit einer kleinen Schauspielerin, einer klugen, netten Person. Die erwischte eines Tages einen von Gannas Briefen, las ihn trotz meines Einspruches ironisch lächelnd durch, dann sagte sie: »Vor der nimm dich in acht.« – »Warum, was meinst du?« – »Ich kann's dir nicht erklären, aber nimm dich in acht. Ein Gefühl, weiter nichts.« – Sie war die erste Warnerin. Nach vielen Jahren habe ich noch dran denken müssen.

Beim Firnistag der Sezession traf ich Frau von Brandeis. Sie erkundigte sich, wie mir Ganna Mewis gefallen habe. Sie sang Gannas Lob in den höchsten Tönen. Geistreiches Wesen; ideal veranlagt; ein Herz von Gold; die Familie ein Hort bürgerlicher Tugenden. Sie packte mich beim Ärmel und raunte mir geheimnisvoll zu, der sei gut aufgehoben, der eine Mewistochter ergattere; ein gemachtes Bett für alle Zeiten; man bedenke, ein einfacher Professor, der jeder seiner Töchter achtzigtausend Kronen mitgebe! Ich machte mich etwas ungeduldig von der indiskreten Dame los, allein es nützte nichts, ich muß es gestehen, die Zahl schwirrte mir im Kopf herum. Es ist leider nicht anders: Ein Mann, der nicht weiß, wie er am Monatsende seine Miete bezahlen soll, kann leicht in die Versuchung kommen, sich auszurechnen, daß er mit einer solchen Riesensumme sechzig bis siebzig Jahre in Frieden seine Zelle bewohnen könnte. Eine sarkastische Betrachtung, mehr war es nicht, und doch …

Indessen hatte ich an neutralen Orten einige Zusammenkünfte mit Ganna gehabt. Nachgiebigkeit zeugt Nachgiebigkeit. Ich darf aber nicht verschweigen, daß sie mir von Mal zu Mal besser gefiel. Sie hatte etwas unwiderstehlich Stürmisches an sich, das meine schwerflüssige Natur in Bewegung brachte. Sie erschien mir als ein außerordentlich geschlossener und einheitlicher Charakter. Dauernd störte mich nur eine gewisse Emphase in ihrer Redeweise. Eines Tages sagte sie, der Abglanz des Werkes, an dem ich arbeite, leuchte sichtbar von meiner Stirn. Ich erwiderte frostig, ich liebe an Menschen trockene Hände und eine trockene Sprache, an Feuchtem könne man sich nicht anhalten. Da erschrak sie und stimmte mir leidenschaftlich-reuig zu. Auch das war zuviel. Es war, wie wenn man zu einer einfachen Melodie das Pedal tritt. Nicht wenig betroffen war ich, als sie mir während eines gemeinsamen Spazierganges die Grundidee meines entstehenden Buches darlegte. Da ich mit keinem Menschen darüber gesprochen hatte, war ich mit gutem Grund erstaunt. Es war ein Untergangsmotiv, abgewandelt in einer bestimmten sozialen Schicht, getragen von einem modernen Parzivalcharakter. »Nur Sie können das machen«, sagte sie ergriffen, »Sie und kein anderer.« Ich hatte das unbehagliche Gefühl einer Hausfrau, die entdeckt, daß sich die Katze in die Vorratskammer geschlichen hat. Die Türe war versperrt, die Fenster waren vermacht, ein Loch in der Mauer ist nicht zu finden, folglich kann es nicht mit rechten Dingen zugegangen sein. Divination? Vielleicht. Ganna ließ jedenfalls die Annahme zu. Sie gab mir damit zu verstehen: Ich lebe in deiner Sache drin, sie ist mein Fatum, sie ist ein Teil von mir. Es ist freilich möglich, daß ich die Allgemeinheit der Formulierung überhörte; auch lag der Vorwurf damals in der Luft; es war auch denkbar, daß sie mir eine Andeutung entlockt hatte, deren ich mich nicht mehr erinnerte. Trotzdem, etwas von einer Zauberin hatte Ganna entschieden an sich. Ich hielt sie jedoch für eine segensreiche

Zauberin, für eine starke, energische, mutige kleine Fee. Und daß sie magdhaft demütig nach meiner Nähe verlangte, nach meinem sparsamen Gespräch, meiner kargen Belehrung, tat mir wohl, denn darin war ich nicht verwöhnt.

Es kommt, wie es kommen muß

So schmeichelte sie mir das Versprechen ab, sie einmal in ihrem Elternhaus zu besuchen. Wir vereinbarten Tag und Stunde, und Ganna traf Anstalten wie für den Empfang des Thronfolgers. Sie ließ das Verbot an die Schwestern ergehen, daß man ihr Beisammensein mit mir um keinen Preis störe. Späterhin beklagten sich Irmgard und Traude bei mir bitter über das Absperrungssystem, das Ganna in jener ersten Zeit rigoros durchgeführt hatte. Sie hätten so gerne einmal mit mir gesprochen, sagten sie, aber Ganna hätte es ihnen nicht erlaubt. Als ich in die Halle trat, verschwand blitzschnell eine Gestalt durch eine offene Tür, aber die Sekunde hatte genügt, daß ich einen groß-erstaunten Blick aus schwarzen Augen auffangen konnte. Und als ich nach einer Weile, von Ganna geleitet, wieder in der Halle stand, entfloh ein anderer Schatten durch eine andere Tür, und wieder musterte mich ein erstauntes Augenpaar, ein blaues diesmal.

Ich kam dann öfter ins Haus. Ganna bewirtete mich mit guten Brötchen und vortrefflichem Tee. Ich hatte beschlossen, das kleine Erlebnis sollte vorüber sein, wenn ich mich wieder auf die sommerliche Wanderschaft begab. Aber dann hätte ich Ganna nicht meinen Reiseplan verraten dürfen; hätte ihr nicht alle Orte nennen dürfen, wo ich mich aufzuhalten gedachte. Und nicht nur das; in meiner gedankenlosen Mitteilsamkeit sagte ich ihr außerdem, daß ich mich für den Frühherbst mit einigen Freunden am oberen Mondsee verabredet hätte; dort wollte ich mich in einem Bauernhaus verstecken und mein Buch beendigen. Ganz heiß vor Freude, antwortete sie, das treffe sich herrlich, die Mutter habe in der Nähe, am Attersee, eine kleine Villa gemietet, sie bliebe mit den Schwestern wahrscheinlich bis Oktober draußen, und wenn sie sich aufs Rad setze, könne sie in einer halben Stunde bei mir sein. Ich erschrak ein wenig. Ich ärgerte mich über meine Schwatzhaftigkeit. Doch was hätte ich tun sollen? Über irgend etwas muß man reden, und wenn man eine gewisse Furcht vor Gesprächen über hohe Dinge hat und vor Fragen, die, obwohl mit kindlicher Bangigkeit gestellt, nicht beantwortbar sind, weil sie fortwährend an Intimes rühren, rettet man sich in die groben Tatsachen. Ganna hatte mich immer wieder beharrlich ausgeholt; die Tränen schossen ihr in die Augen, wenn ich sie freundlich abwies oder unbestimmt vertröstete. Sie habe keinen Menschen, dem sie vertrauen könne, versicherte sie bewegt, in der Familie lebe sie als Fremde, die Schwestern seien ihre Feindinnen, Vater und Mutter verstünden sie nicht, sie sei verloren, wenn ich ihr nicht mehr von dem Himmelsbrot zu essen gäbe, das die einzige Nahrung ihrer Seele sei. Solche Worte rührten mich. Daß sie unter den Ihren das Aschenbrödel war, hatte ich schon gemerkt. »Werden Sie mir schreiben?« fragte sie mit dem hungrigen, verschlingenden Blick, der immer gleich das Äußerste zur Entscheidung stellte. Ich zögerte. Ich wich aus. Sie drang in mich. Schließlich versprach ich es. »Ja«, sagte ich, »ich will sehen.« Mit einem sonderbaren Raubtiergriff, den ich nie vergessen konnte, packte sie meine Hand. »Wirklich? Werden Sie wirklich schreiben?« Ich hatte plötzlich Angst, aber das reizend unschuldige, beseligte Lächeln ließ mir das Versprechen gefahrlos erscheinen.

Einige durchaus verspätete Glossen

Und da kamen wieder die Briefe. Eilbriefe. Da marschierten wieder die spitzen, rebellischen Buchstaben auf. Sie fügten sich zu Worten, und die Worte sprachen von ewiger Ergebenheit und Dankbarkeit, von geistiger Zwillingsschaft und herzgeborener Zugehörigkeit. Ich stutzte. Ich fragte mich: Sind denn diese Dinge so billig, daß man sie ohne Scheu und Bestimmung zu Papier bringen darf? Aber um die Wahrheit zu sagen: Ich las alles nur halb. Im Ohr blieb der Klang der bedrückend großen Worte. Manchmal, wenn ich einen ihrer Briefe öffnete, war es, als müßte ich die winzige Hand wegschieben, die mit dem sonderbaren Raubtiergriff nach mir langte. In diesem Sommer hätte ich noch offenen Weg vor mir gehabt, wenn ich mir die Situation ehrlich klargemacht hätte. Ich tat es nicht. Ich schwindelte mich darüber hinweg. Freiheit ist ein unschätzbares Gut; läßt man sie sich ablisten, dann wehe, an der Schuldenrechnung hat man zu zahlen, bis der blutige Schweiß aus den Augen rinnt. Jedoch ich hatte in frühem Kindesalter die Mutter verloren.

Wenn ich zurückschaue und mich selber betrachte, komme ich zu der Ansicht, daß ein Charakter wie der meine nur von seiner abgründigen Versponnenheit aus beurteilt werden kann. Alle meine Vorzüge und

Fehler sind hier verankert. Ich stand immer so dicht bei der Wirklichkeit, wie ein Mann, der eine Maschine bedient, bei ihrem Schwungrad steht, und doch gewahrte ich sie nicht. Ich erschöpfte mich im Bemühen, sie zu erkennen, aber die Bilder, die sie mir lieferte, die Erfahrungen, die sie mir vermittelte, wurden durch den Galvanisierungsprozeß, den sie in der Phantasie erlitten, bis in den Stoff hinein verändert. Leichtes wurde schwer, Helles trüb, Warnung fand mich taub, ja Schmerz und Freude waren oft nur wie Hauch auf einer Glasscheibe. Es war ein so tiefes In-mir-selber-Stecken, ein so entrückter Rip-van-Winkle-Schlaf, daß der Zwang zum Handeln den ganzen Organismus erschütterte und die Seele aus ihrem entlegenen Versteck scheuchte und zu einem Hundertmeilenweg nötigte.

Das mag vieles erklären. Denn als Ganna eines Vormittags im September vor dem einsamen Bauernhaus, in welchem ich das Giebelzimmer bewohnte, vom Zweirad sprang und ich hinuntereilte, um sie zu begrüßen, sah ich nicht ein blaurot erhitztes Gesicht, eine schweißdurchnäßte Bluse, einen verworrenen, beinahe fieberkranken Blick; das zu sehen wäre mir widrig gewesen, es hätte mich abgestoßen für lange. Ich sah ein Geschöpf meiner eigenen Form und Vision. Ich empfand Mitleid. Vielleicht war es das übertragene Mitleid der Dichter, wenn sie aus einem leibhaftigen Menschen eine Figur ihrer Eingebung machen und sie mit dem Geheimnis umkleiden, das sie allein reizt und trägt. Ein gequältes Wesen, sagte ich mir, und ich fühlte, wie mein Herz für sie schlug. Eine Flüchtende, eine Liebende trat mir entgegen, eine Ergriffene auf dem Opfergang, eine Gehetzte, die um Obdach flehte und eine Brust suchte, um sich anzuklammern, über und über entflammt, der Zärtichkeit und Beschwichtigung bedürftig. Hätte ich mich zusperren sollen, hätte ich den Bedenklichen spielen und sagen sollen: Geh weg von mir, es ist kein Platz für dich in meinem Leben? Es war doch Platz. Freilich, daß ich sie so sah und fühlte, wie meine jäh erbarmende Hingegebenheit sie mir zeigte, dieser eine trächtige Augenblick, der dreißig Jahre Schicksal im Schoß trug, das hatte auch Gannas übermächtiger Wille vermocht, ihre blindmachende Zauberkunst. Aber das wußte ich damals nicht.

Fast eine Beichte

Mit ihr über den See rudernd, durch die herbstlichen Wälder schlendernd, erzählte ich ihr von meiner Vergangenheit. Ich war nun siebenundzwanzig Jahre alt, und etwas anderes als Mangel und Sorgen kannte ich eigentlich nicht. Besah ich's recht, so war jeder Tag ein ordinärer Kampf um den Fraß gewesen, um das Bett zum Schlafen, die Schuhe an den Füßen. Das einzelne ließ ich unerwähnt, das Erniedrigende, die Fülle des Häßlichen. Wozu hätte ich es vor ihr ausbreiten sollen? Ich genierte mich. Es hätte wie Klage und Anklage geklungen. Vielleicht spürte ich auch, daß sie niemals die richtige Vorstellung davon haben würde, eine im Luxus Aufgewachsene. Außerdem hatte ich den unklaren Verdacht, als seien ihr solche Geständnisse lieb, als bestärkten sie sie in einer Hoffnung, die ich durchaus nicht in ihr zu nähren wünschte. Ich muß aber doch mehr, als ich gewollt, aus mir herausgegangen sein, denn sie sah mich manchmal an wie eine Mutter ihr krankes Kind. Ich sprach viel von meinen Wanderungen, und daß ich nur in der Landschaft die Einsamkeit ertrug, in den Städten zermalmte sie mich; die Städte gaben mir nur gerade das nackte Brot, oft nicht einmal das. Warum man dabei nicht ganz und gar verzweifelt? Was einen aufrecht hält? Woher die unsinnig scheinende Zuversicht kommt? Was es für ein Licht im Innern ist, das einen führt? Warum man sich nicht in den finstern Fluß gleiten läßt, an dem man kauert auf der Flucht vor den Menschen? Warum man sich nicht zum Sterben hinlegt, wenn das Gehirn nichts mehr gebiert als Ekel und Grauen? Ja, siehst du, Ganna, werde ich wohl gesagt haben, es ist sehr seltsam, etwas Seltsames begibt sich da. Die Augenblicke der Todessucht und -bereitschaft haben immer noch eine kleine Flamme, die das Herz glühen und aufzucken macht. Da erscheint ein Kamerad, den du vergessen hast. Da begegnet dir ein Mädchen, das du nie gesehen hast, und schaut dich an und weiß alles von dir und lächelt dir zu. Unten in den Tiefen ist das kleinste Glück noch was unendlich Kostbares. So ist es denn auch zu jenem Liebeserlebnis gekommen, in das ich drei unwiederbringliche Jahre hineingeworfen habe, wie in einen bodenlosen Brunnen, und das mich, als es vorbei und mit Schmerzen abgetan war, so verarmt in der Seele zurückgelassen hat, wie ich am Leibe von jeher gewesen ... *Was geht in Ganna vor?*

So oder ähnlich werde ich wohl zu Ganna gesprochen haben, genau weiß ich es natürlich nicht mehr. Und sie? Zunächst war sie wie vor den Kopf geschlagen. Hier muß ich etwas Komisches erwähnen. Seit den ersten Tagen unserer Bekanntschaft hatte sie eine Art Merkbuch über mich geführt. Es war mit Gedanken und Reflexionen über meine doch reichlich uninteressante Person vollgeschrieben, enthielt verwickelte

Deutungen meines Wesens und seitenlange Abhandlungen über die ethische Idee meines Werkes. Ich erfuhr es lange Zeit später, und ich verhehle nicht, daß ich herzlich lachen mußte, als sie mir das Heft zeigte. Echt Ganna, sagte ich mir; es kommt mir vor, wie wenn jemand von einer großen Liebe ergriffen wird und nicht säumt, seinen beschwingten Zustand zum Thema einer Doktorarbeit zu machen. Aber als ich diesen nüchternen Vergleich anstellte, war ich schon einigermaßen kritisch gestimmt. Es stand ja mit Ganna so, daß ihre Begriffe vom Leben aus Büchern stammten und sich zur Wirklichkeit verhielten wie ein gemalter Tiger zu dem, der einem die Pranke in die Schulter schlägt. Trotzdem war durch meine Erzählungen alles in ihr über den Haufen geworfen, wobei ich zugleich das deutliche Gefühl hatte, daß ich ihr nicht mehr so unerreichbar schien wie früher. Ihre Erschütterung war unverkennbar, aber es wurde ihr klar, daß sie etwas zu bieten hatte, was ich, wie sie hoffte, nicht ohne weiteres von der Hand weisen konnte. Meine Umgebung, meine Lebensweise mußten sie belehren, daß sich meine Lage im wesentlichen nicht gebessert hatte. Ich lebte von Erwartungen, vom Glauben an meine inneren Quellen, von der Freundlichkeit meiner Freunde und der vorsichtigen Großmut meines Verlegers. Ich hatte keine wirtschaftliche Basis. Ich war mit meinen Plänen und Gestaltungen aufs Ungewisse gestellt. Mein Gesicht war von Sorgen gezeichnet. Die Melancholie, die mich bisweilen übermannte, konnte ich nicht aus meinen Augen herausreißen. Das mochte in Gannas ingeniösem Kopf zu sehr nachdrücklichen Erwägungen führen. Wozu ist sie denn reich? Wozu haben die Lottelotts geschuftet und ein Vermögen zusammengescharrt? Her damit. Es steht in ihrer Macht, dem Menschen, den sie liebt, zu helfen. Und mit der bloßen Hilfe ist es nicht getan, sie kann ihn auch in seine geistigen Hoheitsrechte einsetzen. Es ist ein Jubel in ihr, der beweist, daß sie den Schlüssel zu diesem Manne hat, dem sie die Welt erobern will. Ich mißverstand ihre glänzenden Augen und beteuernden Blicke nicht. Aber Geduld, Ganna, Geduld: Willst du ihm das, was du deinen Reichtum heißt, bedingungslos und dich selbst auslöschend antragen, so oder so, heute oder morgen, in einem enthusiastischen Sturm und unter Umgehung der bürgerlichen Bahnen und Verträge? Es wäre ein wundervoller Impuls, gleichviel, ob er sich als durchführbar erwiese oder nicht. Oder bedarf es eines festen Pfandes hierzu, müßte die Person, die Zukunft, der ganze Mann mit Haut und Haar als Pfand dienen? Sprich!

Es ist wahr, diese Frage wurde niemals wörtlich formuliert, sie schwebte nur unbestimmt über den Wechselreden. Doch schien es mir, daß Ganna ihren tieferen Sinn nicht begriff. Weshalb sollte der Mann das Pfand nicht geben, sagte sie sich offenbar, da doch alle Schwierigkeiten damit gelöst, alle Finsternisse zerstreut sind? Erklärt er sich dazu bereit, dann will sie ihn unerhört glücklich machen, dann will sie ihn hüten wie ihren Augapfel, dann wird sie seine Sklavin sein, seine Großschatzmeisterin, seine Muse, die Verwalterin seines Ruhms, die Verkünderin seiner Größe. Alles für ihn, sagen ihre leuchtenden Augen und beschwörenden Blicke: ihre Träume, ihren Ehrgeiz, ihre Gaben, ihr Leben für ihn.

Aber ich war eigentlich noch immer ahnungslos.

Weil es neu ist

Bis sie eines Tages damit herausplatzte. Ohne Vorbereitung und mit demselben Mut, mit dem sie sich vor kurzem aufs Zweirad gesetzt hatte und losgefahren war, obgleich sie es nie ordentlich gelernt hatte. Ich war sehr betroffen. Die längste Zeit wußte ich nicht genau, was sie meinte. Sie hütete sich, es genau zu sagen. Sie hatte Angst. Doch begann sie immer wieder von neuem. Jedesmal um einen Ton vernehmlicher, mit etwas beredterer Ausmalung der praktischen Möglichkeit, etwas bewegterem Hinweis auf die großartige Lebens- und Werkentfaltung, die sie mir mit seherischer Glut voraussagte. Wenn ich heute daran zurückdenke, muß ich lächeln, denn instinktiv machte sie es wie der Verkäufer in einem Laden, der so tut, als zeige er die wertvollsten Gegenstände ungern her, und sie erst zuletzt auf den Tisch legt, wenn er den Kunden schon ein wenig müde geredet hat. Als ich endlich begriffen hatte, worauf sie hinauswollte, war ich um eine schickliche Antwort verlegen. An dergleichen hatte ich nie auch nur im entferntesten gedacht. Es war, als hätte mir jemand vorgeschlagen, ich solle mich auf dem Mond ansiedeln. Ich lachte sie aus. Ich behandelte das Ganze als einen närrischen Einfall. Ich sagte, ich sei vielleicht derjenige Mann in Europa, der am allerwenigsten Sinn und Eignung für die Ehe habe.

Aber wie es so geht, nach und nach brachten mich einige ihrer Argumente zum Nachdenken. War ich am ersten Tag entsetzt, so am zweiten nur verärgert und am dritten mäßig ungeduldig und abwehrend. Nicht zu jeder Frist konnte ich mich ihrem stammelnden Drängen, der feurigen

Angelobung und einer Dienstbereitschaft entziehen, von der sie durchzittert war wie von einem Fieber. Nicht ganz wenigstens. Schließlich hatte sie mir ja den Beweis geliefert, obschon nicht den vollgültigen, daß sie nicht mit sich sparte. Das konnte unmöglich Berechnung gewesen sein. Ihre Zärtlichkeit war überströmend. Ihr Eifer, mir zu gefallen, mir jeden Wunsch von den Augen abzulesen, grenzte an Besessenheit. Ich schämte mich oft. Hätte ich geahnt, daß diese Scham eine von mir nicht gewußte Schutzmauer war, ich hätte vielleicht anders gehandelt. Wohl fand ich sie komisch in ihrer Verworrenheit, ihrer Hilflosigkeit und Traumverfangenheit; aber auch liebenswert. Man kann ein Weib liebenswert finden, ohne es zu lieben; das führt ins gefährliche Halbe, wo Entschlüsse sich kreuzen und einander aufheben. Wenn ich ihr meine Hand überließ, konnte sie still verzaubert dasitzen, als sei die Minute eine singende Ewigkeit, dann beugte sie sich nieder und preßte ihre Lippen mit einer Andacht auf meine Finger, die mich manchmal zu sagen zwang: Tu das doch nicht, laß das doch. Es war mir neu. Die Frau, die ich geliebt hatte, erstmalig, uneingeschränkt, zu jeder Torheit, ja zum Verbrechen bereit und auch dem Verbrechen nah, hatte meine Liebe kühl geduldet und mich schmählich betrogen und ausgenützt. Es war eine Wunde, die noch nicht aufgehört hatte zu schwären. Wie wohltuend, einmal zu empfangen, statt immer geben zu müssen, unbedankt, ja verhöhnt.

Willst du oder willst du nicht?

Indessen ließ ich den Dingen ihren Lauf. Ich sagte nicht ja und sagte nicht nein. Das Ja hätte mein Leben umgestülpt, so daß es einem Planetensystem geglichen hätte, worin ein frecher Komet das Gesetz der Schwerkraft aufgehoben hat. Das Nein wiederum ... es war schwer. Nicht, als wäre ich lüstern gewesen nach den Fleischtöpfen Ägyptens. Ich leugne nicht, daß ich ein wenig müde war. Müde der unbeglichenen Rechnungen, der verlegenen Gesichter meiner Bekannten, wenn ich sie um ein Darlehen bat, der Löcher in meinen Strümpfen, die niemand stopfte, der zerfransten Manschetten in meinen Hemden und der täglichen kleinen Demütigungen, die ich von Leuten hinnehmen mußte, die nichts so verachteten wie die Armut. Ich hätte gern einmal nichts mehr gewußt von den Bitternissen und Kränkungen, wäre gern einmal abends im Bett gelegen, ohne mir das Hirn zu zermartern, womit ich die Erlaubnis, darin zu schlafen, zahlen solle. Ich wäre gern einmal sorglos gewesen. Ich konnte Ganna nicht unrecht geben, wenn sie fand, die vielen kleinen Lebensplagen würden mich langsam aufreiben. Aber es fiel mir nicht ein, deswegen nach den reichbesetzten Tafeln der Wohlhabenden zu schielen, ihren gefüllten Weinkellern und eifersüchtig bewachten Geldschränken. Eine Welt schied mich von ihnen.

Jedoch war eine meiner verhängnisvollsten Eigenschaften die, daß ich gegen einen Willensmenschen hauptsächlich deshalb unterlag, weil mich das Phänomen der Willenskraft an sich in so nachhaltiges Staunen versetzte, daß ich mich zu einem Entschluß erst dann aufraffte, wenn der andere bereits über mich verfügt hatte. Dann redete ich mir ein, ich hätte das meinige getan, und war froh, daß mir die Mühsal weiteren Kampfes erspart blieb. Und Ganna verfügte über mich. Ihre Augen hatten in diesen Tagen einen Ausdruck, den man bei Wettläufern beobachtet, die um jeden Preis siegen wollen und den Blick mit unheimlicher Starrheit gegen das Ziel richten. Was erfüllte sie mit solcher Verlustangst, solcher Zeitangst? Ich bemühte mich, ihr Ruhe einzuflößen. Sie dankte mir überschwenglich, doch sah es aus, als sei in ihrem Innern alles wund. Mir ahnte, wie sehr sie die Gefangene ihrer Triebe war, und wenn ich nicht als trauriger Stümper vor ihr stehen wollte, mußte ich trachten, sie aus ihrem Kerker zu befreien. Dadurch wurde ich selber an die Kette geschmiedet.

An einem regnerischen Nachmittag kam sie wieder einmal abgehetzt und keuchend auf ihrem Rad daher, stürmte in meine Stube hinauf, warf sich mir an die Brust, stemmte die Arme gegen meine Schultern und schaute mich an, wie wenn sie in derselben Stunde aufs Schafott geschleppt werden sollte. Ich fragte erschrocken, was ihr sei, sie schüttelte mit geschlossenen Augen den Kopf. Sodann riß sie sich los, lief auf den kleinen Balkon, erstieg mit einem Satz die Brüstung, drehte sich zu mir zurück und sagte mit einem hysterischen Klirren in der Stimme: »Wenn du mich nicht zu dir nimmst, spring' ich hinunter ins Wasser; auf Ehre und Seligkeit, ich tu's. Entweder heiratest du mich, oder ich spring' hinunter.« – »Ganna!« rief ich sie an. Das Haus lag dicht am See. An die Westmauer klatschte das Wasser. Ein Sturz von sechs Meter Höhe war unter allen Umständen kein Spaß. Ihrer Tollheit war es zuzutrauen. »Ganna!« rief ich noch einmal. Sie sah mich an, halb verklärt, halb fanatisch, und streckte die Arme aus. Ich packte sie am Knöchel und sagte unwillig: »Ich bitte dich, laß das, Ganna.« – Und sie: »Willst du, oder willst du nicht?« – Ich wußte nicht, sollte ich lachen oder zornig sein. »Ich will ja, ich will ja«, sagte ich hastig, nur um die peinliche Szene abzukürzen, doch war mir im selben Moment zumut, als hätte ich unversehens etwas Giftiges geschluckt. Sie sprang zurück, fiel vor mir auf die Knie und bedeckte meine Hand mit Küssen.

Später, viel später dachte ich oft über diesen Vorfall nach. Genaugenommen, so überlegte ich mir, war es nicht viel anders als ein Überfall mit dem Revolver. Hände hoch, oder es wird geschossen. Ob der Revolver geladen war, tut nichts zur Sache. Es war auch nicht mehr festzustellen. Schlimm, wenn er geladen war, schlimmer, wenn er nicht geladen war. Aber damals, da es geschah, war ich vollkommen arglos. Der Gedanke, es könne sich um ein Manöver handeln, kam mir gar nicht in den Sinn. Manöver, mit einem so groben Wort wäre es auch nicht abzutun gewesen. Ich jedenfalls sah eine von ihrer elementaren Empfindung Hingerissene. Ich kann nicht mehr ergründen, ob es geschmeichelte Eigenliebe oder Erbarmen war, aber ich sagte mir, ich dürfe sie nicht von mir stoßen, wenn ich sie nicht für immer zerstören wollte. Ich glaubte die Verantwortung nicht übernehmen zu können, wenn sie sich ein Leid antat. Ich bewunderte ihren Mut, ihre Entschlossenheit, dies kühne Alles-oder-Nichts. Und seltsamerweise war mein hastiges Ja die Folge eines sinnlichen Reizes gewesen. Während ich ihren schmalen Knöchel umfaßte, war mir zumut als hielte ich den bebenden, glühenden Leib in meinen Armen. Sie erschien mir so zart, so gebrechlich. Das Zarte und Gebrechliche an Frauen hat stets meine Zärtlichkeit erweckt und mein Blut entzündet. Bis dahin hatte ich mich nur still dem Ansturm ihres Gefühls gebeugt.

Ich weiß nicht, ob ich das mit dem Revolver nicht besser verschwiegen hätte. In ihrer inneren Verworrenheit konnte sie nicht unterscheiden zwischen dem, was zulässig und was verwerflich war. Der Trieb beherrschte sie, der blinde, kreatürliche Trieb. Der vom Berghang fallende Stein überlegt nicht, ob er den Kopf eines Wanderers treffen wird. Und dieser Trieb, diese stumme Wucht wirkte auf mich wie ein Naturereignis.

Fedora

Wir waren eine kleine Kolonie dort, die sich aber, weil die Jahreszeit schon vorgeschritten war, nach und nach aufgelöst hatte. Nur meine Freundin Fedora Remikow war geblieben, eine junge Pianistin aus Petersburg, und mit ihr der Doktor Eduard Riemann, ein außerordentlich gescheiter und unterrichteter Mensch in meinem Alter, Philosoph, Privatgelehrter, wohlhabender Lebemann. Ihm schloß ich mich immer fester an, denn einen klareren Kopf und einen unbestechlicheren Geist habe ich selten getroffen. Den beiden, die auch untereinander in freundschaftlicher Beziehung standen, war mein zerstreutes und unzufriedenes Wesen aufgefallen, und da sie mich mehrmals in Gannas Gesellschaft gesehen hatten, glaubten sie nicht fehlzuschließen, wenn sie in ihr die Ursache meiner Verstimmung erblickten. Fedora stellte mich offen zur Rede. Ich wich ihr aus, aber eines Tages fragte ich sie, ob ich das Mädchen mit ihr bekannt machen dürfe. Ich wollte Fedoras Urteil erfahren. Ich wollte wissen, wie Ganna auf einen so reinen und unbefangenen Menschen wie Fedora wirke. Wir verabredeten ein Zusammensein zur Teestunde. Auch Riemann sollte dabeisein. Der Versuch fiel ziemlich unglücklich aus. Ganna war über die Maßen aufgeregt. Sie hatte das Gefühl, als solle sie von meinen Freunden auf Herz und Nieren geprüft werden. Sie ging hin wie eine Angeklagte zur Gerichtsverhandlung. Im Bemühen, sich von der vorteilhaftesten Seite zu geben, verkrampfte sie sich. Fedora spürte ihre Gepreßtheit und schaute sie mitfühlend an. Zufällig kam das Gespräch auf das damals vielgelesene »Buch eines Rembrandtdeutschen«, und es entspann sich eine Debatte zwischen Ganna und Eduard Riemann, der das Buch nicht sonderlich schätzte; wenn ich mich recht erinnere, nannte er es eine Paradoxensammlung für den geistigen Mittelstand. Ganna widersprach. Leider übernahm sie sich dabei. Sie war dem gründlichen Wissen und der überlegenen Logik Riemanns in keiner Weise gewachsen, wollte es aber nicht wahrhaben und kehrte etwas backfischhaft die philosophisch Geschulte heraus. Riemann wippte gutmütig lächelnd auf seinem Stuhl. Seine Repliken waren schonungsvoll, aber vernichtend. Fedora verhielt sich schweigsam. Wenn sich unsere Blicke begegneten, war ein befremdet fragender Ausdruck in ihren Augen. Ich bewunderte Gannas Mut, ihre Belesenheit und Schlagfertigkeit. Die Mißbilligung der Freunde empfand ich schmerzlich. Wie wenn ich selbst verkannt würde, wie wenn widrige Umstände verhindert hätten, daß sich Ganna mit ihren wahren Vorzügen zeigte, fühlte ich mich solidarisch mit ihr.

Ganna hatte gemerkt, daß sie nicht den ersehnten Eindruck auf Fedora und Riemann gemacht, und trachtete ihn zu verbessern. Das hätte sie nicht tun sollen. Weiß Gott, warum sie sich einbildete, sie müsse in

Fedora eine Parteigängerin gewinnen. Darin mangelte ihr schon damals jeder Instinkt. Sie handelte immer so, als ließen sich Sympathien erzwingen. Sie brachte Fedora selbstgepflückte Blumen und schrieb ihr Briefe mit heftigen Erklärungen ihrer Liebe. Anfangs war sie der Meinung gewesen, zwischen mir und Fedora habe ein innigeres Band als bloße Freundschaft bestanden. Als Fedora sie mit ein paar kühlen Worten aufklärte, ungefähr, wie man eine falsche Zeitungsmeldung richtigstellt, fiel ihr Ganna um den Hals und küßte sie ab. Ein unverzeihlicher Fehler. Kurz darauf, einen Tag vor Gannas Abreise nach Wien, Ganna war gekommen, um sich von ihr zu verabschieden, beging Fedora ihrerseits einen schweren Fehler. Sie war töricht genug, Ganna von der Ehe mit mir abzuraten; sie suchte sie zum Verzicht zu bewegen. Sie sagte: »Wenn nicht um Ihretwillen, so doch um seinetwillen.« Da antwortete Ganna mit empört blitzenden Augen: »Was fällt Ihnen ein, Fedora? Wie können Sie so etwas sagen? Alexander und ich gehören für die Ewigkeit zusammen.«

Fedora erzählte mir dies ein paar Tage nachher mit kaltem Auflachen. Ich sehe sie noch, wie sie in der Einbuchtung des Flügels lehnte, das weiße Taschentuch vor dem Mund. Da sie an krankhafter Verfettung litt und beim Spielen häufig Asthmaanfälle bekam, hatte sie sich angewöhnt, das mit einer lösenden Flüssigkeit getränkte Taschentuch regelmäßig zum Mund zu führen. Sie besaß aber trotz der unförmigen Figur viel Anmut; auf dem fülligen Körper saß ein wahres Belliniköpfchen mit durchdringend klugen Augen. Sie fragte mich, was nun geschehen würde, wie es zwischen Ganna und mir stehe. Ich erwiderte, Ganna werde mit ihrem Vater reden. Sie wollte wissen, ob ich Ganna dazu ermächtigt hätte. Und als ich es bejahte: Ob mein Gewissen dabei ruhig sei. Ich verlor die Geduld und warf ihr vor, sie sei ungerecht gegen Ganna, verstehe nicht deren großangelegte Natur, sperre sich zu in weiblicher Ungroßmut. Sie zuckte die Achseln und entgegnete leise: »Es sind subtile Dinge, Freund, furchtbar subtile Dinge …«

Am andern Morgen bekam ich einen Brief von ihr. Ich habe ihn jahrzehntelang aufgehoben, bei der Übersiedlung nach Ebenweiler ist er mir verlorengegangen. Sie habe Angst um mich, schrieb sie. Ich solle den Schritt, den ich zu tun gedächte, reiflich überlegen. Ich solle mich prüfen, ich solle warten, ich solle nichts überstürzen, sie bitte mich innig darum. »Sie lieben doch Ihre Zukunft«, hieß es weiter, »Sie müssen sie lieben, wie eine Schwangere ihr unbekanntes Kind liebt. Sie tragen eine gewaltige Verantwortung in sich. Sie setzen so Ungeheures aufs Spiel. Respektieren Sie, was das Schicksal mit Ihnen vorhat. Ich bin tief betrübt. Es ist die bitterste Enttäuschung, wenn ein Freund nicht hält, was er der Freundschaft versprochen hat, denn das hat er der Welt versprochen. Haben Sie sich also bereits endgültig gebunden, so ist mir das wie Verrat, und wir wollen uns lieber nicht mehr sehen.«

Diese Sätze sind mir genau in Erinnerung geblieben. Sie riefen aber nicht die Wirkung hervor, die Fedora beabsichtigt hatte. Ich war innerlich erkältet. Ich suchte nach Beweggründen, die dem makellosen Charakter Fedoras fern lagen. Ich stellte mich völlig und nicht ohne Trotz auf die Seite Gannas. Mich dünkte, es genüge nicht, ihre Liebe zu erwidern, sondern ich müsse auch ihr Ritter und Beschützer sein. Am Tag darauf hörte ich, daß Fedora mit Riemann abgereist sei.

Ganna schwört

Etwas habe ich vergessen zu berichten, obwohl es keine besondere Wichtigkeit hat. Nur damals hatte es eine gewisse Bedeutung für mich, da es mir an jeder Welterfahrung gebrach. Am vorletzten Abend vor der Trennung von Ganna saßen wir am Seeufer. Nach einem langen Schweigen kehrte ich mich ihr zu und sagte: »Schön, Ganna. Es sei, wie du es willst. Unter einer Bedingung. Du mußt mir feierlich geloben, daß du mich freigibst, sobald ich es von dir fordere.« Ganna, ganz unschuldiges Kind, gekränktes und mißhandeltes Kind, antwortete vorwurfsvoll: »Ach Alexander, wie kannst du nur denken, ich würde mich weigern! Da wäre ich ja deiner nicht wert.« – »Nichts da, ach Alexander«, beharrte ich, »du mußt es mir geloben. Du mußt es vor Gott geloben.« Sie sah mich an mit dem magdhaften Blick und, die Hand erhoben, gelobte sie es vor Gott. Ich war beruhigt.

Ihr mögt es glauben oder nicht, ich war beruhigt. Welche Verkennung des Wortes und dessen, was die Zeit bewirkt, und dessen, was der Name Gottes in einer philosophisch aufgeklärten Seele wie der Gannas war! Es war der Einfall eines Toren. Wann hätte je ein liebender Mann einer solchen Zusicherung bedurft und wann ein Weib, das einen Mann haben will, sie nicht unbedenklich gegeben, vor Sonne und Mond und Gott und allen Engeln des Himmels? Die Jahre verwandeln den heiligsten Schwur in einen Spaß, und das Gedächtnis ist ein gefälliger Kuppler.

Und als sie weg war, dachte ich mit großer Zärtlichkeit an sie. Es gab Augenblicke, da ich dieses Gefühl für Liebe hielt, aber dann sagte ich mir wieder: Liebe ist eine Quecksilberkugel, sich ihrer zu versichern kostet das halbe Leben, will man sie fassen, zerteilt sie sich, man kriegt nie das Ganze. Kameradschaft lockte mich. Übereinstimmung der Seelen, redete ich mir ein, macht Liebe entbehrlich. Sich lieben lassen kann keine Sünde sein, wenn man imstande ist, etwas dafür zu geben. Und was ich geben konnte, war eben Zärtlichkeit, zärtliches Verständnis, zärtliche Schonung, zärtliche Führung, zärtliches Vertrauen. Das war der Weg. Ich war überzeugt, es sei der rechte Weg. Ich merkte nicht, daß ich mich in eine Kasuistik der Gefühle verlor.

Verwunderung im Hause Mewis

Ganna hatte mir versprochen, über unser Verlöbnis zu schweigen, aber sie konnte sich nicht bezähmen, nach drei Tagen wußten es alle, die Schwestern, die Mutter, die Bekannten, die Verwandten. Frau Mewis verhehlte ihre schweren Besorgnisse nicht. Heute sehe ich ja die Dinge anders als vor dreißig Jahren; vieles Lächerliche fand ich durchaus in der Ordnung. Es gehörte zu den Abgeschmacktheiten der Epoche, daß man in den reichen Bürgerfamilien von Mesalliancen sprach, wie in der Hocharistokratie. Der einzige, der die längste Zeit nichts wußte, war der Professor. Frau Mewis zitterte Tag und Nacht. Verweigerte er seine Einwilligung, so waren die gräßlichsten Szenen zu gewärtigen, und die Schuldige war wie immer sie. Sie hatte Vorschub geleistet, hatte Ganna nicht in Zucht gehalten. Die Angst vor ihm, unter der sie seit Beginn ihrer Ehe litt, hatte nach und nach ihr Gemüt zerrüttet. Der auf ihr lastende Druck glich dem, den das Wasser auf ein versunkenes Schiff ausübt. Es ist eine Frage der Zeit, wann das Wrack in Stücke fallen wird. Die Aufmerksamen unter den Töchtern beobachteten seit langem wiederkehrende Zeichen seelischer Krankheit an ihr. Es war die Krankheit von vier Fünftel aller Frauen der bürgerlichen Gesellschaft, die Krankheit des leeren Betriebs, der hohlen Repräsentation, des automatischen Kindergebärens. An dem Tag, da Ganna ihrem Vater das Geständnis machte und unerklärlicherweise alles glimpflich ablief, atmete die alte Dame auf. »Ich dachte, er wird sie erschlagen«, sagte sie zu Irmgard und Traude, »ein Schriftsteller; ein Mensch, der nichts ist und nichts hat.

Eigentlich verstehe ich Väterchen nicht.« Irmgard hat mir das später berichtet.

Wie es kam, daß der Professor die Mitteilung seiner Tochter Ganna gefaßt und unerzürnt aufnahm, kann ich mir selbst nicht erklären. Gut, er hatte mein Buch gelesen. Sicherlich hielt er mich nicht für ein so überflüssiges und hoffnungsloses Subjekt, wie es seine Gattin tat. Aber ein leutselig geduldeter Bücherschreiber und ein offizieller Schwiegersohn, das sind sehr verschiedene menschliche Positionen. Er hat mir später einmal unter schallendem Gelächter versichert, er habe Ganna kein Sterbenswort geglaubt; er sei fest überzeugt gewesen, das phantastische Geschöpf sei die Beute von Einbildungen, und habe zunächst abzuwarten beschlossen, ob ich mich melden würde. »Na, und du hast dich ja gemeldet«, rief er triumphierend und schlug mir auf die Schulter, daß mir alle Knochen weh taten. Es war ein wenig verräterisch. Ich sah daraus, wie glücklich er gewesen war, Ganna los zu sein. Die Schwestern aber konnten sich nicht lassen vor Verwunderung. Sie sagten: »Den Alexander Herzog hat sie herumgekriegt, den Vater hat sie herumgekriegt, da muß sie schön gehext haben, die gute Ganna.« Hexen hieß in der Sprache der Schwäne dasselbe, was ich als Gannas dunkle pythische Macht empfand.

Freier

Das Gespräch mit dem Professor habe ich mir damals in den Hauptpunkten in meinem Tagebuch notiert. »Sie wollen also meine Tochter heiraten?« begann er, als ich ihm gegenübersaß. – »Ich will es eigentlich nicht, Ganna will es«, sagte ich. Er schaute mich groß an. »Bon«, versetzte er nachgiebig, »sagen wir also, Sie sind im Prinzip nicht dagegen.« – »Nein, im Prinzip nicht.« – »So dürfen wir also die praktische Seite der Angelegenheit ins Auge fassen. Ich nehme an, Sie können eine Frau ernähren.« – »Diese Illusion muß ich Ihnen rauben, Herr Professor. Ich kann nicht einmal mich selbst ernähren.« – »Eine lobenswerte Aufrichtigkeit. Aber das dürfte doch nicht immer so bleiben.« – »Sie irren. Es wird sich voraussichtlich nicht ändern.« – »Wie das? Sie sind als Autor bekannt und geschätzt.« – »Trotzdem besitze ich nichts.« – »Aber wovon leben Sie?« – »Von Schulden.« – »Wie hoch sind die Schulden?« – »Ungefähr dreitausend Mark.« – »Das geht an. Sie sind noch jung. Eines Tages wird sich der äußere Erfolg einstellen.« – »Möglich, aber ich fürchte ihn.« – »Sie fürchten ihn?« – »Es wäre ein Zeichen, daß ich Konzessionen gemacht habe. An den Geschmack. An die Mode. Ich will keine Konzessionen machen.« – »Ein Standpunkt, den ich achte. Allein, wie stellen Sie sich dann die Ehe mit meiner Tochter vor?« – »Um ehrlich zu sein, Herr Professor, ich dürfte nicht daran denken, sie zu heiraten, wenn ich nicht wüßte, daß sie Vermögen besitzt.« – Der Professor lachte in seiner dröhnenden Weise. »Sie meinen, daß ich Vermögen besitze?« – »Ja, das meine ich.« – »Sie sind ein Mann, dem vor der Wahrheit nicht bange ist.« – »Das ist mein Beruf, Herr Professor. Ich mache mir nichts aus Geld. Ich mache mir nichts aus Wohlleben. Ich will Ganna zur Lebensgefährtin haben. Ich glaube, wir passen zueinander. Aber ich müßte auf sie verzichten, wenn von mir verlangt wird, daß ich im bürgerlichen Sinn Brotarbeit leiste. Ganna weiß, daß ich in dieser Beziehung frei sein muß. Ich bin auch nicht gekommen, Sie, wie man so sagt, um Gannas Hand zu bitten, obgleich es so aussieht. Ich wollte Ihnen offen meine Verhältnisse darlegen, weil Ganna davon durchdrungen ist, daß sie nur mit mir glücklich werden kann.« – »Schön; Ganna. Und Sie?« – »Ich habe Ganna sehr lieb. Ich erwarte das Höchste von ihr. Aber für mich ist die Ehe keine conditio sine qua non.« – »Ich verstehe. Aber Sie wollen mit alledem doch nicht sagen, daß Sie nicht irgendwann, in Jahren vielleicht, zu einem Ihrer Begabung entsprechenden Einkommen gelangen werden?« – »Ich halte es nicht für wahrscheinlich. Ausgeschlossen ist es nicht. Es gibt solche Zufälle. Nicht immer ist die Strenge der Haltung eines Schriftstellers von Einfluß darauf. Wir leben in einem barbarischen Zeitalter, Herr Professor.« – »So? Das ist mir neu. Ich dachte, wir lebten im Schoße einer glücklichen, einer wachsenden Zivilisation.« – »Ich fürchte, das ist eine Täuschung.« – Der Professor erhob sich. »Der Zinsenertrag des Kapitals, das ich meiner Tochter mitgebe, schützt euch beide vor Not. Das ist aber auch alles.« – »Mehr ist nicht erforderlich.« – Der Professor streckte mir die Hand entgegen und sagte mit Wärme: »Dann sind wir also gewissermaßen einig. Dann darf ich Sie also als Mitglied meiner Familie begrüßen.« Am selben Tage hatte er noch eine kurze Unterredung mit Ganna, nach der sie, vor Glückseligkeit lachend und weinend, sein Zimmer verließ.

Negerdorf

Jede Familie ist ein Saugapparat. Gierig saugt sie den Fremdling in sich auf, der ihr angehören soll und sich, durch Scheu gehemmt, dagegen sträubt. Als ich die fünf künftigen Schwägerinnen, die drei Schwäger, die verschiedenen Onkel und Tanten, die Enkelkinder, die Hausfreunde kennengelernt hatte, brauchte ich geraume Zeit, um sie alle voneinander zu unterscheiden und mit den richtigen Namen oder Titeln zu benennen. Es war wie in einem personenreichen Theaterstück, wo man anfangs immer den Zettel studieren muß, um nachzusehen, welcher Schauspieler auf der Bühne steht. Daß ich selber mitspielen sollte, vergaß ich. Schwer wurde mir die Zeremonie der allgemeinen Verbrüderung. Ich sah keinen zwingenden Grund, weshalb ich zu Leuten, die mir bis jetzt ganz unbekannt gewesen, plötzlich du sagen sollte. Die Selbstverständlichkeit, mit der man es erwartete und mir gegenüber übte, versetzte mich in das größte Erstaunen. Ich erfuhr eine Fülle neuartiger Sitten. Das meiste von dem, was ich tat oder sagte, war ein unbeabsichtigter Verstoß gegen diese Sitten. Sie sollten mir als etwas Geheiligtes erscheinen, aber in den ersten Tagen und Wochen kamen sie mir wie die Konventionen eines Negerdorfes vor, und manchmal war mir auch zumute wie einem Reisenden in einem Negerdorf. Das ganze Treiben schüchterte mich ein. Die Bankette, die Familientage, die gemeinsamen Unternehmungen, die Gespräche waren ebenso lärmend wie anstrengend. Aber allmählich verlor sich diese Empfindlichkeit. Man hält im allgemeinen den Vorgang der Anpassung für etwas Segensreiches, ich weiß aber nicht, ob er nicht in vielen Fällen auf einer Trübung der Sinne und einer Abstumpfung der Nerven beruht. Ich war eine ungeschliffene Person in ihren Augen, und sie machten sich mit Emsigkeit daran, mich zu schleifen. Bereitwillig und vielleicht sogar ein wenig geschmeichelt, nahmen sie mich in den sakralen Kreis der Verwandtschaft auf, zugleich hatten sie aber Angst vor meiner Fremdlingsnatur und brachten mich in einer Art unsichtbarem Käfig unter, dem Familienkäfig, wie ein exotisches Tier, das man gegen Eintrittsgeld zeigt, auch wenn es noch so zahm ist und nicht daran denkt, auszubrechen.

Das sind posthume Betrachtungen, und ich könnte deren noch mehr hinzufügen, wenn ich nicht fürchtete, daß die Härte meines heutigen Urteils in allzuschroffem Gegensatz steht zu meinem damaligen Verhalten und Gefühl. Denn alsbald war ich ganz und gar der ihre, gehörte ganz und gar dazu. In meiner Neulingsnaivität ließ ich mich umstricken und mit ihren Interessen füllen, in ihre Beziehungen flechten, mir den Geschmack an ihren Vergnügungen beibringen und glaubte allen Ernstes, das Negerdorf, in dem sie sich geschäftig tummelten, sei die große Welt. Ich war begeistert von ihnen. Der Luxus, an dem ich teilnehmen durfte, umnebelte meinen Blick. Jedes der prunkvollen Häuser, in denen ich präsentiert wurde, erschien mir wie ein Abbild des kaiserlichen Hofes. In jedem Bankdirektor erblickte ich einen Mann von allmächtigen Befugnissen. Die Öde ihrer Gesellschaften entging mir; in ihren Gesichtern die geistlose Spannung von Menschen, die mit einem Strohhalm zwischen den Lippen Seifenblasen machen und sich eifervoll überbieten, wer die größte und schillerndste verfertigen kann, entging mir. Daß sie die Werte nicht unterschieden; daß alles Tun eine Richtung ins Folgenlose hatte; daß sie äußerlich zusammenhielten wie die Kletten und im Innern kein Gefüge war: ich sah es nicht, und wenn ich es sah, ließ ich mich einlullen wie ein Schläfriger von einer Schmeichelmusik. Ich begriff noch nicht das Gesetz des Krals, die unheimliche Macht des Krals, obwohl er mich bereits mit seinen Fangarmen umschlungen hatte. In allen Familien war es das gleiche: Schwestern, Brüder, die Angeheirateten und deren gesamter Anhang, die Neffen und Nichten, die sich Jahr für Jahr vermehrten, sie alle zählten zum Kral, ihr Wohl und Wehe war des Krals Wohl und Wehe, die Welt außerhalb war etwas Feindliches, Beargwöhntes und eigentlich Unbekanntes. Was faszinierte mich denn daran so? Wenn man einem wilden Präriepferd den Lasso um den Hals wirft, beginnt es zu zittern und rührt sich nicht mehr vom Fleck. Aber war das wirklich meine Situation? Nicht vielmehr die eines Überläufers, eines Abtrünnigen? Ich gab mir nur keine Rechenschaft darüber. Ich kann aufrichtig sagen, ich wußte es nicht. Freilich, ganz sicher war ich meiner selbst nie. Diese heimliche Unsicherheit wird wohl der Grund gewesen sein, weshalb ich Freund Riemann bei Mewis einführte. Der Vorwand bot sich leicht, ich hatte Ganna, ihren Schwestern und einem der Schwäger, den ich besonders schätzte, versprochen, einige Kapitel aus meinem neuen Buch vorzulesen. Dies geschah auch, und mich dünkte, daß ich mich über Mangel an Verständnis nicht beklagen konnte. Oder war es nur Gannas leidenschaftliches Entzücken, das mich über die Wirkung auf die andern täuschte? Nahmen sie es nicht ein bißchen auf wie Erwachsene, die den bewegten, aber unzweifelhaft erfundenen und deshalb belächelnswerten Erzählungen eines indianerspielenden Knaben zuhören? Oder wie Leute, denen eine magische Laterne die Bilder kleiner Spielfiguren auftanzen läßt, Engelchen und Teufelchen? Allerdings, in eine Seele, die abgewendet gewesen war, fiel der Same und ging auf: in die Irmgards. Aber das erfuhr ich erst nach Jahren.

Das Zerflossene

Mit Ganna hatte sich indes eine wunderbare Veränderung ereignet. Keine Aufsässigkeit mehr, keine Szenen, nichts mehr von Sargnagel. Eine fügsame Tochter, eine liebevolle Schwester. Wenn der Vater am Abend nach Hause kam, stürzte sie in sein Schlafzimmer, holte die pelzgefütterten Schuhe, kniete nieder und schnürte die Bänder seiner Stiefel auf. Den Vormittag über stand sie in der Küche, diesem vordem gemiedenen Ort, Schauplatz des Ungeistes, und bestrebte sich zu ergründen, was man mit Mehl, Öl, grünen Blättern, Zucker und Gewürz alles zaubern kann. Es war nicht interessant, sie würde es bestimmt niemals lernen, nicht wie man ein Ei kocht, würde sie lernen, aber man mußte es tun, es war der Brauch, die Eingeweihten behaupteten, es gehöre zu einer guten Ehe. Unter dem Einfluß der Zeitliteratur und als gläubige Jüngerin Nietzsches und Stirners hatte sie die Familie und alle Familientraditionen aufs tiefste verachtet. Nun aber vergoldete das Glück, das sie wie eine Sonne im Busen trug, den Geringsten im Hause, den letzten Dienenden. Sogar die alte Kümmelmann, mit der sie in Feindschaft gelebt, seit sie denken konnte, erfreute sich der besorgtesten Rücksicht von ihr. »Was hast du aus unserer Ganna gemacht?« fragten mich die Schwestern und die Mutter. »Sie ist nicht wiederzuerkennen.« Wenn man mir erzählte, wie händelsüchtig, wie unbotmäßig sie immer gewesen, was für tolle Streiche sie angestellt, machte ich ein ungläubiges Gesicht, denn ich wußte ja von keiner anderen Ganna als von der, die ich sah, einer sanften, verträumten, lächelnden, zarten und zärtlichen Verlobten.

Sonderbar berührte mich nur eines. Wie konnte es geschehen, daß ihr Gehirn, bis jetzt erfüllt von Versen, großen Namen und idealem Ehrgeiz, plötzlich zum Register von zwanzig bis dreißig Geburtstagen, Sterbetagen, Ehrentagen und Familienjubiläen wurde? Daß sie von heute auf morgen eine weichherzige Pietät gegen die entlegensten Anverwandten in sich entdeckte und jeder verschollenen Kusine, jedem Vatersvetter, jeder Schwagersmutter einen Besuch abstattete? Die Schwäne sagten: Sie will ihr Glück spazieren tragen, sie will mit ihrem Alexander

Herzog renommieren. Eine boshafte Auslegung. Vielleicht war es eine Wiedergutmachungsaktion. Sie hatte so lange als frecher Racker und enfant terrible gegolten, daß es sie jetzt drängte, für ein gutes Gedenken zu sorgen.

Ich weiß nicht, warum mich dieser neue Zug an ihr beunruhigte. Ich sah etwas Krampfhaftes darin, etwas Hektisches, eine ungesunde Mischung von Politik und Sentimentalität. Es fiel mir auf die Nerven. Aber ich hatte nicht den Mut, es ihr zu sagen. Wenn sie merkte, daß mir etwas an ihr nicht recht war, geriet sie gleich in die größte Verzweiflung und fragte mich so lange aus, bis ich vorzog, alles abzuleugnen, nur, um nicht ihre unglücklichen Augen sehen zu müssen. Bei einem bestimmten Anlaß konnte ich mich aber doch nicht enthalten, ihr meinen Verdruß zu zeigen. Da wohnte in einer Winkelgasse der inneren Stadt ein greises Ehepaar namens Schlemm, das auf schwer feststellbare Weise mit einem abgestorbenen Zweig der westfälischen Lottelotts zusammenhing; denn es gab auch kölnische Lottelotts. Diese Schlemms waren unsagbar langweilige Personen; er schwerhörig und schwachsinnig, sie geschwätzig wie eine Henne. Ganna machte ihnen den Hof, redete ihnen nach dem Mund, streichelte ihnen die runzligen Hände, sagte Onkelchen und Tantchen, schwärmte von ihrer weisen Abgeklärtheit und ihren herrlichen Charakterköpfen. Eines Tages ließ ich mich bereden, mit ihr zu Schlemms zu gehen. Sie sagte, die lieben Alten hätten nur den einzigen Wunsch, mich vor ihrem Tode einmal zu sehen. Das hatte sie sich so ausgedacht. Nun, ich ging mit ihr hin, was verschlug's. Es war wie in einem Marionettentheater, wo die Puppen das alleridiotischste Zeug reden. Die halbe Stunde nahm kein Ende. Geradezu qualvoll war mir aber Gannas gerührte Zerflossenheit. Ich begriff sie einfach nicht. Wo war das Motiv, wo der Sinn? Zwei seelenlose, alberne Gerippe, und dieser Aufwand an Gefühl? »Sie tun mir so leid«, entschuldigte sie sich nachher, als ich meinen Ärger nicht bezähmen konnte, »Onkelchen hat immerfort Leberschmerzen, und Tantchen pflegt ihn schon seit dreiundvierzig Jahren.« Sie sah mich mit einem schmelzend-bittenden Blick ihrer großen, blauen Augen an, und mir wurde ein wenig bang, ich wußte nicht recht wovor.

Der Ehevertrag

Zwischen Weihnachten und Silvester, einige Tage vor Anbruch des Jahres 1901, und damit des zwanzigsten Jahrhunderts, wurde ich vom Anwalt der Familie Mewis zu einer benannten Stunde in dessen Kanzlei gebeten. Als ich hinkam, war der Professor bereits da, der Advokat, ein forschtuender Herr mit einem Feldwebelgesicht, begrüßte mich nicht ohne Feierlichkeit, und auf einem lederbezogenen Kanapee, wo er sich einen Platz aus Akten und juristischen Zeitschriften ausgegraben hatte, saß, eine Virginiazigarre im Mundwinkel, der Notar. Dieser überreichte mir ein kalligraphisch vollendet ausgeführtes Dokument, damals waren Schreibmaschinen in den Kanzleien noch nicht im Gebrauch, und dieses Schriftstück hatte ich durchzulesen. Ich gab mir Mühe, es zu tun. Die Höhe der Mitgift war ziffernmäßig bezeichnet; die vermögensrechtlichen und eherechtlichen Bestimmungen waren in einem vollkommen unverständlichen Deutsch abgefaßt. Es stand auch etwas da von einer Widerlage im Fall der Ehetrennung. Was das Wort zu bedeuten hatte, wußte ich nicht. Da ich nicht fragte, fand sich niemand bemüßigt, mich aufzuklären. Es langweilte mich. Ich unterschrieb. Ich dachte: Der Professor ist ein Ehrenmann, weshalb sollte ich nicht unterschreiben? Es erschien mir nicht anständig zu fragen. Fünfundzwanzig Jahre später erfuhr ich, was ich unterschrieben hatte. Ein Vierteljahrhundert verstrich, bevor mir ein Licht darüber aufging, daß man mich hineingelegt hatte. Im Geist der Familie natürlich und durchaus loyal. Ich hätte ja fragen können. Ich hätte ja auch meinerseits zu einem Anwalt gehen können. Aber dergleichen kam mir gar nicht in den Sinn. Es war das erstemal, daß ich mit einem Notar zu tun hatte. Ein Notar, dachte ich, das ist das Gesetz in Person, da kann einem nichts geschehen. Dafür mußte ich büßen.

Riemann

Mit unbehaglicher Verwunderung hatte ich wahrgenommen, daß die Freunde, mit denen ich bis jetzt verkehrt, sich von mir zurückgezogen, auch Fürst und Muschilow gebrauchten allerlei Ausflüchte, wenn ich ihnen ein Beisammensein vorschlug. Ich ahnte natürlich den Grund; sie billigten meine Heirat nicht, allerlei Klatsch und Gerede über Ganna war unter ihnen im Gang, einer schrieb mir sogar einen empörten Brief, worin er mir, fast wie Fedora, die Freundschaft kündigte und die impertinente Bemerkung machte, daß ich im Begriff sei, mich wegzuwerfen. Ich schmiß den Brief ins Feuer. Schmerzlicher berührte es mich, daß Eduard Riemann mich seit einiger Zeit mied, ich wollte eine Aussprache herbeiführen, und da ich wußte, daß er allabendlich im Schachklub war, zu dessen Mitgliedern ich gehörte, ging ich eines Nachts hin, es war schon reichlich spät, bat ihn in ein Zimmer, wo wir allein waren, und stellte ihn klipp und klar zur Rede. »Ich weiß, was Sie gegen mich haben«, begann ich heftig, »die gute Fedora hat Sie aufgehetzt. Ich verstehe nichts, nichts, nichts. Es ist eine Verschwörung. Wodurch hat sich Ganna eure Ungnade zugezogen? Genügt es nicht, daß ich sie liebe? Hätte ich erst euern Konsens erbitten sollen?« – »Die Frage stellt sich nicht so, mein lieber Alexander«, erwiderte er mit seiner komisch nasalen Stimme, »so liegen die Dinge nicht. Sie haben ein paar Dutzend Freunde, hier und anderswo, die Ihren Weg mit ganz bestimmten Erwartungen verfolgen. Sehr hohen Erwartungen. Denen ist der Gedanke, daß Sie sich verkaufen, verzeihen Sie, daß ich es so unverblümt heraussage, schwer erträglich.« – »Verkaufen? Riemann! Das kann doch nicht Ihr Ernst sein. Verkaufen! Bedenken Sie doch, was Sie reden!« – »Was sollen wir uns aber vorstellen? Wir finden nicht, daß Ganna Mewis die Frau ist, die zu Ihnen paßt.« – »Warum nicht?« – »Das läßt sich allerdings nicht erklären. Wir fürchten für Sie. Sie kommen in eine falsche Bahn. Sie kommen in ein falsches Milieu. Wir fürchten, daß Sie gegen Ihre Überzeugung handeln.« – »Es gibt keinen Preis der Welt, Riemann, für den ich mich, wie Sie es nennen, verkaufen würde. Kennen Sie mich nicht? Muß das erst beteuert werden?« – »Direkt würden Sie es gewiß nicht tun.« – »Wie denn indirekt?« – »Die Formen sind oft sehr verschleiert, die Möglichkeiten der Selbsttäuschung unbegrenzt.« – »Ich habe mich redlich und lange geprüft.« – »Glaub’ ich Ihnen ohne weiteres. Trotzdem: Machen Sie es ungeschehen. Fahren Sie auf und davon. Jetzt. Sofort. Fahren Sie nach Indien, nach Kapstadt, wohin Sie wollen, und wenn Sie die Mittel nicht haben, ich stelle Ihnen jede Summe zur Verfügung. Ich übernehme auch die Lösung der Angelegenheit.« – »Aber Mensch! Um Gottes willen! Was für ein Unsinn! Dazu ist es auf alle Fälle zu spät.« – »Bestreite ich.« – »Ich … ich kann aber ohne Ganna nicht leben.« – »Das ist etwas anderes, aber ich glaube es nicht.« – »Was soll das alles, Riemann? Ich bin ja nicht angeschmiedet. Geht die Sache schief, kann ich immer noch Schluß machen.« – Riemann betrachtete mich mit seltsamer, wohlwollender Ironie. »Sie werden niemals ein Menschenkenner sein, Alexander«, sagte er, »meinen Sie wirklich, daß es da ein Loskommen gibt?« – Ich war bestürzt; ich wollte zornig aufbrausen, aber er fuhr gelassen fort: »Und noch etwas, mein Bester. Haben Sie sich einmal die Mutter genau angesehen? Die Frau ist psychisch schwer irritiert. Und da drücke ich mich noch schonend aus. Eine solche Erbbelastung ... Gewiß, es sind viele Kinder ... Aber Ganna ist von der absteigenden Linie. Ihr seelisches Gleichgewicht ... Ich weiß nicht ... wenn man Augen dafür hat «... – Die Andeutung war mir peinlich. Ich schob das Argument von mir weg. Leider habe ich das bei unbequemen Argumenten stets getan. »Darüber will ich nicht nachdenken«, erklärte ich, »das führt zu weit, das hieße, Gott ins Handwerk pfuschen.« – »Das können wir ohnehin nicht lassen, lieber Freund, das ist seine Manier, uns in Bewegung zu bringen.«

In dieser Nacht ging ich nicht mehr zu Bett. Erst lief ich durch Wind und Schnee ziellos durch die Gassen, dann saß ich bis zum Morgengrauen in einer Vorstadtkneipe, wo Fuhrleute und Marktweiber verkehrten.

Geschenke

Ich stand mit Ganna vor den aneinandergeschobenen Tischen, auf denen die Hochzeitsgeschenke zur Schau gestellt waren. Da gab es grellbunte Sofakissen mit sezessionistischen Mustern, abenteuerlich geformte Lampenschirme, verdrehte Bronzefiguren, metallene Frösche und Hunde als Kerzenhalter, Stephansturm und Mediceergrab als Briefbeschwerer, Nymphen mit Löchern im Kopf als Parfümflaschen, venetianische Gondeln als Schreibtischgarnituren, Fotografierahmen mit goldenen Tannenzapfen. Daneben auch Nützliches, Praktisches, Bücher, Tafelsilber, Porzellan, Anweisungen auf Wäsche und Mobiliar. Wir wollten uns ja nicht häuslich niederlassen, sondern zunächst ein Jahr lang auf Reisen gehen. Ich war sehr erbaut von den Geschenken. Noch nie hatte ich über ein solches Warenlager von Habe verfügt, von richtiger Habe. Alles erschien mir schön, alles erschien mir gut. Freilich hatte ich nicht die Empfindung von Wirklichkeit. Was war mir denn wirklich? Nicht einmal mein Hemd, nicht einmal meine Schreibfeder. Die beständige schweigende Übereinkunft mit jenen, die das bloß Scheinende als Wahres nahmen, war ungeheuer anstrengend. Nicht nur das. Es kam mir bisweilen vor, als mordete es etwas in mir. Ich wußte nicht, was es war, aber bestimmt mordete es etwas. Folgerichtigerweise konnten sie ja nicht anders, als das Wahre für Schein nehmen, es war ihre Natur. Hier, am Auslagentisch der Geschenke, quälte mich hinter all der törichten Sachfreude zum erstenmal die Furcht, auch Ganna könnte an den fortgesetzten kleinen Mordversuchen beteiligt sein, sie, die ich führen, die ich in mein Leben aufnehmen sollte. Denn was bedeutete das Leuchten in ihren Augen, was bedeutete der Jubel? Gewiß, sie lebt mit zerteiltem Bewußtsein, halb unter den Menschen, halb unter den Sternen. Eine Prinzessin, die Hochzeit macht. Ein Märchenwesen, das in unbekannte Glückseligkeitsregionen entschwebt ist. Sie erkennt niemand mehr. Sie verwechselt Gegenstände mit Gesichtern und umgekehrt. Wenn man frühmorgens mit dem Gefühl erwacht, man ist eine Rose oder eine besonnte Wolke, kann man nicht in der gewohnten Sprache mit den Menschen verkehren, man stammelt, man redet ein wenig irre. Falsche Gotik, falsches Barock, falsche Renaissance: was kümmerte einen das? Es waren Liebeszeichen, Siegeszeichen.

»Schau her«, sagte sie andächtig, »das ist von Tante Jettchen, und das von Onkel Adalbert, und das von der Hofrätin Pfeifer, wie lieb, daß sie daran gedacht hat!« Und Gannas Entzücken teilte sich mir mit, als hätte sie mir einen Zaubertrank eingegeben.

Die Hochzeit

Und der blieb auch am Tag der Hochzeit wirksam, einem schneedurchwirbelten Januartag. Meine Erinnerung, laßt mich nachdenken, ruft mir stundenlangen, unbeschreiblichen Lärm zurück. Kreischende Frauenstimmen, mißtönige Männerstimmen, Tellergeklirr, Stühlerücken, Pfropfenknallen, Bratengerüche, süßen und sauren Geschmack auf der Zunge, unabläßliches Auf und Zu von Türen und Kommen und Gehen, phrasenhafte Telegramme, Hände, die man drücken mußte, trockene und feuchte, fleischige und dürre, warme und kalte, rauhe und glatte, bewegliche und starre. Eine Trauungszeremonie, demütigend und verletzend, weil hohle Formeln sich anmaßten, die sittliche Freiheit zu beschränken, wie wenn man einem Sträfling die Gefängnisordnung vorliest. Das Bild einer Ganna ferner, die, weiß angetan, schlafwandlerisch über dem Erdboden zu schweben schien und mit dem eigentümlich schamhaft wissenden Lächeln der konventionellen Bräute an der Tafel saß. Das Bild der Mutter auch, wie sie den Arm um meine Schulter legte, mich in eine Fensternische und auf eine dort befindliche Bank zog und, umtobt vom Getriebe, mit schreckhaft abirrenden Augen und unheimlichem Lachen krause, unerwartete Dinge sagte, Gespenst in einer Festversammlung, von niemand gehört und wahrgenommen außer von mir. Es war ein beharrender, weiterbohrender Eindruck.

Dann Tischrede auf Tischrede. Reden der Schwäger, die mit Bildung und Gelesenem prunkten; der Hausfreunde, die sich darauf vorbereitet hatten, witzig zu sein; eines Kollegen des Professors, von der philosophischen Fakultät, der wie bei einer Denkmalenthüllung mit Donnerstimme Gannas Tugenden pries; eines Feldzeugmeisters schließlich, leibhaftigen Generals, noch nie war ich mit einem General bei Tisch gesessen, der den »begabten und sympathischen jungen Gatten« hochleben ließ und den Wunsch ausdrückte, er möge »fürderhin wie bisher auf der Bahn der Wissenschaft und Kunst fortschreiten«. Alles zusammen, überleg' ich's heute, war wie der konzentrierte Abriß einer Sittengeschichte der Zeit. Leben des reichen Bürgers als Nachmittagsvorstellung unter Begleitung eines leicht angesäuselten Orchesters von vier Mann. Ich fühlte mich aber durchaus nicht als unbeteiligter Zuschauer. Ich war im Spiel, ich wirkte tätig und ergriffen mit. Als zuletzt die sechs Töchter und die eingesessenen Schwiegersöhne nebst einem halben Dutzend eigens zu dem Zweck herbeigeholter Enkelkinder am Stuhl des Professors vorüberdefilierten, um ihn nach seiner markigen Schlußansprache auf die Stirn zu küssen; als er sich dann erhob, ragend in ihrer Mitte, königlicher Patriarch und unumschränkter Herr des Krals, so daß man im Geist die Geschlechterreihe bis ins nächste Jahrtausend fortgesetzt sah, zu welcher Zeit seine Person schon Sage und Symbol sein würde; und als Ganna, überwältigt von der Größe des historischen Augenblicks, ihm an die Brust sank und schluchzend für alles dankte, was er ihr gegeben, da war ich selber hingerissen und blickte zu dem rotbärtigen Stammvater empor wie zu meinem Schirmherrn.

Sodann hastiges Verschwinden, Aufatmen in frischer Winterluft, Fahrt zum Bahnhof in einem rumpelnden Wagen, allein mit Ganna, die jetzt Ganna Herzog hieß.

Das Zeitalter der Sicherheiten

Problem des Zuzweitseins

Wir reisten in langen Etappen, mit vielen Aufenthalten, vom tirolischen Gebirge bis nach Sizilien. Wir waren sehr glücklich.

Ich hatte noch nie mit einem Menschen länger als drei Tage im selben Raum gehaust, weder mit einem Kameraden noch mit einer Frau. Gut, daß ich an räumliche Beschränkung gewöhnt war und mich an keiner Enge stieß. Wir waren übereingekommen, unser Wanderleben auf das bescheidenste einzurichten. Ganna fand es wundervoll, einen Mann zu haben, der sein Geschäft im Kopf trug und seine praktischen Angelegenheiten auf jedem Wirtshaustisch in zehn Minuten erledigen konnte.

Die neue Sorglosigkeit war wie ein Traum. Doch trat sie als etwas Fremdes in mein Leben. Wenn eine jahrelang getragene Last plötzlich von einem abfällt, ist der Zustand nachher nicht immer eine Erleichterung. Man hat zu kämpfen. Es ergeben sich andere Atmungsverhältnisse. Ich hatte immer so viel Einsamkeit gehabt, wie ich irgend bedurfte; jetzt hatte ich überhaupt keine mehr, nicht bei Tag und nicht bei Nacht. Ganna war beständig da, wollte gesehen und gehört, behütet und geliebt werden. Und Liebe geben. Wenn man Liebe aus dem Erdboden schaufeln könnte, sie hätte sie aus dem Erdboden geschaufelt, nur um mir zu beweisen, wie unerschöpflich ihr Vorrat davon war.

Aber es kommt zu allerlei Zwischenfällen, die schwer vermeidbar sind, wenn man in einer Stube mit zwei Betten haust und in den Ecken und neben den Türen die Reisekoffer getürmt stehen. Ich sitze zum Beispiel still bei einem Buch. Um mich nicht zu stören, schleicht Ganna auf Zehenspitzen durchs Zimmer. Doch, o weh; ein Stuhl steht im Weg, und sie wirft ihn um. Großes Gepolter. Oder ein Wasserglas fällt ihr aus der Hand. Oder ein Kofferdeckel knallt zu. Tausend behende Entschuldigungen. Sie hat entschieden Pech. Man muß sie trösten, wenn sie Pech hat. Sie lebt in einem Dauerkrieg mit den Objekten. Sie verliert ihre Geldbörse; Entsetzen. Sie wirft einen Brief in den Schlitz an einer Haustür statt in den Postkasten; beweglicher Jammer. Man muß sie trösten. Man kann ihr unmöglich böse sein, wenn sie völlig unbekannte Herren und Damen zutraulich und mit seraphischem Flöten anspricht, als seien es lauter Onkelchen und Tantchen Schlemm; sie irrt sich eben; sie ist zu verträumt. Oder wenn sie auf einem Spaziergang in Erwartung einer Rast so viel Bücher mitschleppt, wie man braucht, um ein Staatsexamen zu bestehen. Es ist komisch. Man muß lachen. Sie sieht ein, daß man lachen muß, und lacht mit. Das hat aber nicht zur Folge, daß sie es ein anderes Mal anders macht. Sie lebt mit Inbildern. Und mit denen macht sie es wie die berühmten Vögel, die von des Appelles gemalten Trauben picken wollen. Ich möchte ein wenig Ordnung in ihr Gemüt bringen, ein wenig Zusammenhalt. Schwer. Ganna gehört zu den Naturen, die nicht fähig sind, Erfahrungen zu machen und auf Grund von Erfahrungen zu handeln. Und mitgeteilt werden kann Erfahrung sowenig wie Schmerz. Mir ahnt alsbald, daß ich sie formen müßte. Ich müßte ihr eine Gestalt geben, denn sie hat noch keine. Es hat lange, sehr lange gedauert, bis ich dahinter kam, daß man sie nicht formen konnte. Nicht ihrer Weichheit oder ihrer Härte wegen. Das Weiche wie das Harte läßt sich formen. Nur was dazwischen ist, das Fließende, das Gallertige, das, was ewig seine Substanz wechselt, läßt sich nicht formen.

Seelchen

In ihrer Unschuld wähnte sie, man brauche sich einem geliebten Mann nur hinzugeben, um ihn zu beglücken. Ihre Sinne waren ohne Differenziertheit. Zu einer vollkommenen Hingabe war sie unvermögend, weil der Wille in ihr nie ganz erlosch. Sie wollte willenlos werden, weiter ging es nicht: Keim eines Verhängnisses. Dem Blut nach war sie eine ungebändigte Naturkraft, an der jede Verfeinerungsabsicht scheiterte. Sie hielt es ihr Leben lang für einen brutalen Eingriff in ihre Persönlichkeit, wenn man das finster Elementare in ihr zügeln und veredeln wollte. Sie verstand nicht einmal die Bemühung. Und der Bluttrieb war der einzige, der sie zwischen poetisierender Geistigkeit und erdhafter Bindung mitteninne hielt, in gefährlicher Schwebe. Ich begriff instinktiv, daß ich ihr darin die Unbefangenheit nicht rauben durfte.

Ich war auch der Mann nicht, der in diesem Betracht erzieherisch hätte wirken können. Ich hatte eine so bannende Ehrfurcht vor dem unabänderlichen So-und-nicht-anders-Sein jeder Kreatur, daß ich den Mut nicht aufbrachte, gerade das Nächtigste und Urgeheimste eines Menschen zu bilden und aufzuhellen. Mit Feigheit im Leibe kann man nicht erziehlich wirken. Ich war auch kein Meister in der Liebe, schon deshalb nicht, weil meine Sinne durch eine Art schuldvoller Dunkelheit unfrei waren. Dies alles muß gesagt werden, es ist die verborgene Wurzel von allem Folgenden, niemand könnte sonst verstehen, wie sich die Dinge entwickelt haben.

Schuld: Ich scheue das Wort; dennoch lag von Anfang an Schuld in meinem Verhältnis zu Ganna. Insofern nämlich, als ich keine Leidenschaft für sie empfand. Darauf kam ich nicht gleich. Es wurde mir erst langsam klar. Als es mir klargeworden war, mußte ich Gannas jähe Anfälle von Leidenschaft mit heimlichem Schrecken abwehren. Sie mißverstand mich. Sie mußte mich mißverstehen, sonst wäre sie ja aus allen Himmeln gestürzt. Das durfte ich nicht auf mich nehmen. Ich mußte dafür sorgen, daß sie möglichst lange in ihren Himmeln blieb. Es war nicht sehr schwierig. Sie flüchtete in eine Fiktion. Sie machte mich zu einem Robert Browning und sich zu einer Elisabeth Barrett. Das Vorbild einer hochgeistigen Ehe ermöglichte es ihr, meine wachsende Unlust an Liebesbeteuerungen, nach denen sie hungerte, in eine metaphysische Verbundenheit umzudeuten. Ich bewunderte die Kraft, mit der sie in einer Fiktion zu leben vermochte. Meine Bewunderung für sie war überhaupt ungeschwächt. Ich konnte alle meine Arbeitspläne mit ihr besprechen. Nach kurzer Zeit beherrschte sie die Handwerksausdrücke wie ein hartgesottener Literat. Als die Nachrichten, die ich aus Deutschland erhielt, keinen Zweifel mehr zuließen, daß mein Buch nicht nur einen künstlerischen, sondern auch einen materiellen Erfolg hatte (was freilich nicht zu erheblichen Einnahmen führte, da ich den Verleger gewechselt und der frühere eine hohe Abstandssumme und die Rückzahlung von Vorschüssen gefordert hatte), merkte ich, daß sie die Ruhe und Ausgeglichenheit verlor, die bis dahin über ihrem Wesen gelegen war wie Schmelz. Es hatte den Anschein, als fühle sie sich meiner plötzlich nicht mehr so sicher. Ich fragte sie offen, ob dem so sei. Sie gab es zögernd zu. Sie fand, es sei ihres Amtes, die Verlockungen der Welt und die Süßigkeiten des Ruhms nicht an mich heranzulassen. »Warum?« fragte ich verwundert. »Wovor hast du Angst?« Sie meinte, sie hätte keinerlei Bürgschaften für die Zukunft. »Braucht man denn Bürgschaften, Ganna?« fragte ich. Selbstverständlich, erwiderte sie, die Gegenwart sei zu wenig. »Aber du kannst mich doch nicht«, sagte ich, »wie die Känguruhweibchen ihre Jungen, in einer Hautfalte mit dir herumtragen?« Doch, das könne sie, das wünsche sie, versetzte sie mit ihrem liebenswürdig-schlauen Lächeln. Sie hatte nicht genug Sicherheit. Sie dürstete nach größerer Sicherheit. Sie räumte es ein. Ich streichelte beschwichtigend ihre Haare. Ich nannte sie Seelchen, mit dem zärtlichsten Namen, den die deutsche Sprache hat.

Bankkonto und Ananke

In Taormina logierten wir in einem steingepflasterten Loch in einer Spelunke. In den Betten waren Wanzen. Die Moskitos fraßen uns auf, Netze waren nicht vorhanden. Ganna setzte am Abend allerlei Räuchereien in Brand, aber dann erstickte man nachts in Qualm und Gestank. Hätten wir täglich zwei Lire mehr ausgegeben, wir hätten menschenwürdig wohnen können. Davon wollte Ganna nichts hören. Das Budget einzuhalten war ihre bangste Sorge. Budget war eines der Zauberworte, von denen sich nach und nach viele am Horizont unserer Ehe erhoben gleich Leuchtkäferchen bei zunehmender Dunkelheit. Der Begriff Budget war verschwistert mit dem Begriff Bankkonto. Das Bankkonto war der größte Leuchtkäfer, der unheimlichste, ebenfalls ein Zauberwort. Der Vater hatte ihr eingeschärft, unter keinen Umständen das Kapital anzugreifen, niemals einen Heller mehr zu verbrauchen als die Zinsen. »Ein Mensch, der vom Kapital zehrt, ist zu jedem Verbrechen fähig«, hatte das drohende Diktum des Professors gelautet. Ganna hatte es zu ihrem Leitsatz gemacht. Der Vater, je mehr angebetete Figur, je mehr er in die Ferne rückt, war gewissermaßen der Oberpriester des »Kapitals«, eines höchst verehrten Fetischs, und er hielt seine mächtige Hand über der geheimnisvollen Institution jener mündelsicheren Papiere, auf denen das Bankkonto beruhte. Es waren lauter Sicherheiten.

Ganna wußte natürlich, daß sich die herrlich runde Summe von achtzigtausend Kronen um den Betrag verringert hatte, der zur Bezahlung meiner Schulden nötig gewesen war. Sie hatte einen Finanzplan entworfen, der den Fehlbetrag wieder hereinbringen sollte. Demnach durften wir in den nächsten Jahren statt des viereinhalbprozentigen Zinsertrags von dreitausendsechshundert Kronen nur dreitausend verbrauchen, der Rest sollte zum Kapital geschlagen, der Mehrverbrauch von meinem Einkommen bestritten werden. Dies erschien mir als eine geniale Lösung. Äußerste Sparsamkeit war also geboten. Jede Wanze und jeder Moskito in Signor Pancrazios jämmerlichem Quartier veranschaulichte in gewissem Sinn das Garantiesystem mit dem Oberpriester und dem mündelsicheren Tabernakel. Was für eine rührende Mühe gab sich Ganna, mir zu beweisen, daß meine spöttische Verachtung dieser gottähnlichen Sicherheiten Leichtsinn und Unkenntnis seien. Sie sprach beschwörend vom Ethos der Selbstbeschränkung und der sittlichen Pflicht, dem Schicksal das Schwert aus der Faust zu winden, mit dem es die Edlen ständig bedroht. In die Lektüre Platos vertieft, den Bleistift in erhobener Hand, mit dem sie Notizen an den Rand der Seiten schrieb, die Kinderstirn gerunzelt, wies sie auf die Ananke hin, diese alles durchdringende Macht, vor der man sich zu beugen habe. Es machte Eindruck auf mich. Ich stimmte ihr zu. Genaugenommen war ich ja nicht Herr über das Geld. Wiewohl das Bankkonto auch auf meinen Namen lief, unterwarf ich mich allen Sparmaßnahmen Gannas widerspruchslos. Ich war durchaus in der Lage eines Mannes, dem der Stolz und die Selbstachtung verbieten, fremde Gerechtsame anzutasten.

Ein Urwesen?

Ich unternahm einen Ausflug auf den Ätna und hatte Ganna versprochen, am Abend des dritten Tages wieder bei ihr zu sein. Ich verirrte mich aber in den Lavafeldern, zudem schlug das Wetter um, und ich mußte in der Hütte eines Hirten Zuflucht nehmen. Dadurch verspätete sich meine Rückkehr um sechs Stunden. Ganna hatte in wachsender Erregung auf mich gewartet. Schon um sechs Uhr nachmittags alarmierte sie Signor Pancrazio und seine Leute. Zwei Stunden darauf verlangte sie weinend, man solle die Polizei verständigen und eine Abteilung Carabinieri aussenden. Um elf Uhr ließ sie sich durch die Bitten der gesamten Familie des Wirts und der deutschen Logiergäste nicht abhalten, ihren Regenmantel umzuwerfen und schluchzend die stockfinstere Landstraße hinunterzulaufen, hinter ihr Pancrazios zwei Söhne, die sie endlich zur Umkehr bewogen. Als ich gegen Mitternacht kam, stürzte sie mir mit einem gellenden Schrei an die Brust wie eine Irre. Pancrazio und die Seinen, von so hoher Gattenliebe erschüttert, behandelten sie von da ab mit der ehrfürchtigen Rücksicht, deren nur Italiener fähig sind. Ein vierzehnjähriges Mädelchen äußerte mit entzückender Altklugheit die Vermutung, die fremde Signora sei wohl guter Hoffnung. Was sich alsbald auch bestätigte. Als zwei Tage später der Südwind den gelben Staub der Sahara auf die Insel herüberwehte, gelbe Dämmerung die Landschaft einhüllte, der Ätna Feuergarben spie und die erschrockene Bevölkerung Prozessionen veranstaltete, sagte Ganna mit großem Sybillenblick: »Begreifst du jetzt meine Angst? Ich hab's gefühlt. Es war schon in mir.«

Ich fragte mich bedrückt, wie ich mich fernerhin derartigen Hemmungslosigkeiten gewachsen zeigen solle. Ich war nicht abgeneigt zu glauben, daß es einen Zusammenhang gab zwischen ihr und den dunklen Kräften der Natur. Verwundert grübelte ich darüber nach, wie ein solches Urwesen dem nüchternen Schoß der Familie Mewis entschlüpft sein konnte.

Rückkehr

Die Schwangerschaft war wider das Programm. Wir hatten uns vorgenommen, in den ersten zwei Jahren kein Kind zu haben. Man kann nicht mit einem Kind hauslos in der Welt herumziehen. Es war in Rom, als sie mir, zitternd vor Glück, das große Geständnis machte. Ein Monarch kann sich nicht verantwortlicher dünken als Ganna in der Erwartung des Mutter-Werdens. Sie ließ sich medizinische Spezialwerke aus Wien kommen. Sie befolgte eine entbehrungsreiche Diät eigener Erfindung. Sie suchte einen deutschen Arzt auf und beriet stundenlang mit ihm. Sie behandelte ihren Körper mit liebevoller Schonung. Sie ging innen und außen auf Zehenspitzen. Ihr einziger Gedanke war das Kind. Ihre einzige Sorge war, ob es schön werden würde, schön und bedeutend. Sie war überzeugt, dies stehe in ihrer Macht. Wie eine Bäuerin glaubte sie an Versehen und hütete sich vor häßlichen Eindrücken. Täglich verbrachte sie die Vormittage in den vatikanischen Sammlungen und saß mit bannendem, saugendem Blick vor Meisterwerken der Plastik. Sie kaufte eine Fotografie des Neapler Wandgemäldes, das den Narkissos hingelagert darstellt. Sie hängte das Bild über ihrem Bett auf und betrachtete es vor dem Einschlafen und beim Erwachen mit selbsthypnotischer Hingegebenheit. Sie traute ihrem unbändigen Wollen auch einen Einfluß auf den Vorgang der Menschwerdung zu. Ich durfte sie darin nicht irre machen, sonst wurde sie böse. Ironische Bemerkungen erzürnten sie. Sie hatte für Ironie kein Organ. Sie fand sich nicht belächelnswert, sie fand sich heilig. Und noch etwas kam hinzu. Die endgültige Sicherheit, nach der sie schmachtete, die besaß sie jetzt. Da sie ihr Kind nicht in einer fremden Stadt zur Welt bringen und in der Nähe ihrer Familie sein wollte, kehrten wir im Herbst nach Wien zurück.

Das gelbe Zimmer

Mir bangte davor. Ich fürchtete die Ansprüche der Familie, die Unbekümmertheit, mit der sie meine Person beschlagnahmen würde. Ich fürchtete die ummauerte Existenz. Wenn ich mich ein für allemal zum Dasein des Bürgers und Steuerzahlers entschloß, mit dem Bankkonto im Rücken gegen alle Fährnisse gedeckt, Schoßkind und Stolz der Mewis, Schlemms und Lottelotts, dann war es aus mit dem Flammengang und Simsonskampf, dann hatten Fedora und Riemann recht, dann war ich verkauft und verraten. Aber Ganna wußte mir meine Ängste auszureden. Sie sprach mit solcher Zuversicht und Begeisterung von einem Leben in stiller Häuslichkeit, daß ich mich gläubig fügte.

Nach vielem Suchen mieteten wir weit draußen in der westlichen Vorstadt, weit auch vom Hause Mewis, eine möblierte kleine Gartenwohnung, die den Winter über frei war. Ganna wollte sich noch nicht endgültig niederlassen. Die Einrichtung hätte zuviel Geld gekostet. Hinausschieben war für sie wie Sparen. Die eine Front der Wohnung ging nach einer wurmartig gewundenen Straße mit einstöckigen Häusern und kleinen Vorgärten. Alle zwanzig Minuten rasselte eine Dampftramway am Haus vorbei. An der Lokomotive war eine Glocke angebracht, die man von fern her und lange, nachdem sie vorüber war, bimmeln hörte. Was Ganna an dem Quartier bestochen hatte, war ein saalartiges Zimmer mit einer Glaswand gegen den Garten, das vorne von Licht durchströmt, hinten aber so finster war, daß man auch bei Tag die Gasflamme brennen lassen mußte. Es war der Staats- und Empfangsraum, Wohn- und Eßzimmer, meine Arbeitsstätte, und außerdem schlief ich auf einem Diwan zwischen zwei Mauerfragmenten in den Wochen vor Gannas Niederkunft darin. Es war zitronengelb getüncht und durch eine zitronengelbe Stoffportiere in zwei Hälften geteilt. An der Wand links befand sich der sterbende Gallier, an der Wand rechts der Dornauszieher, beide auf stoffbehangenen Kisten als Postamente, beide in Gips; römische Erinnerungen. Ich verweile dabei so lange, weil der Raum viel Schicksalhaftes für mich hatte. Man weiß noch wenig vom Einfluß der Räume auf die Stimmung, die Gedanken, die Entschlüsse. Ein Zoll mehr oder weniger in Höhe oder Breite, und das Lebensgefühl ist verändert. Ich kam mir wie in einem zu weiten, beim Trödler gekauften Anzug vor, der einem um den Leib schlottert. Ich war nie richtig zuhause in dem Zimmer. Wenn ich in der Nacht aufwachte, sickerte das Schneelicht durch die

Spalten des Vorhangs; dann wäre ich am liebsten durchs Fenster in den Garten gestiegen, um etwas Bübisches anzustellen, vielleicht das lächerliche Zimmer mit Schneebällen zu bombardieren. Oder ich wünschte, Heinzelmännchen möchten kommen, sich an den Schreibtisch setzen und die Arbeit schaffen, die mir nicht gelingen wollte, an der ich mich wund rieb seit Wochen, während die schellenklingelnde Lokomotive frech durch meinen Schädel donnerte. Es ist nicht gut, mit einem vielgeschäftigen Weib zu sein, wenn man zartes Bild zu malen, zartes Gewebe zu spinnen unternimmt. Es ist nicht eine einzelne Frau, es sind viele, so viel wache Stunden der Tag hat, so viele Gannas sind es, und jede will was anderes, jede ist voll von sich, jede freut sich, regt sich auf, plant etwas, hat ein Anliegen, und manche kenne ich noch gar nicht, ich müßte ihnen erst vorgestellt werden.

Ich kriege Taschengeld

Kinderwäsche muß beschafft werden. Die Miete muß bezahlt werden. Dienstleute müssen entlohnt werden. Ich brauche einen Winteranzug. Ganna braucht einen Mantel. Die Zinsen langen nicht. Das Kapital muß angegriffen werden, Gannas böser Traum. Man muß etwas von den »Mündelsicheren« verkaufen, Gannas Entsetzen. Der heilige Respekt vor dem Bankguthaben hat mich bereits angesteckt. Es gibt nichts Penetranteres als das Geld und den Geist des Geldes. Am Monatsersten gehe ich zur Bank, um die für den Haushalt nötige Summe zu beheben. Es ist mir zumut wie einem Dieb. Der Kassier am Schalter, ein hagerer Mann mit goldgeränderter Brille, ist der Stellvertreter des alten Mewis auf Erden; sofort wird er mich einem strengen Verhör unterwerfen. Ein Mensch, der das Kapital angreift, ist zu jedem Verbrechen fähig. Gannas winzige Hände umschließen das Bankkonto wie eine Gesetzesrolle. Der Kassier läßt die Geldscheine auf die marmorne Platte flattern, das Kapital rauscht. Ich zähle sie scheu nach, und als ich sie in die Brieftasche stecke, habe ich das Gefühl, den Mann am Schalter überlistet zu haben und mit unrechtmäßig erlangtem Geld das Weite zu suchen. Ich entferne mich mit den Schritten eines Defraudanten. Ich habe keine Ruhe, bis ich Ganna das Geld auf Heller und Pfennig abgeliefert habe. Ganna schreibt auf, Ganna verrechnet, Ganna gibt mir mein Taschengeld. Ja, mein Taschengeld, wie einem Pensionär. Ich finde es selbstverständlich. Wozu braucht man bares Geld, wenn man in Kost und Logis lebt? Ich habe nicht übel Lust, dies dem Mann am Schalter das nächstemal zu meiner Verteidigung mitzuteilen. Er wird mich dann milderen Auges betrachten.

Es klappt nicht alles, wie es soll

»Gibt's nicht bald was zu essen?« frage ich verdrießlich, wenn es auf der Pendeluhr in dem gelbgetünchten Heuschober zwei Uhr schlägt. »Gleich, Alexander«, haucht Ganna bestürzt, eine von den vielen täglichen Gannas, »sofort«. Aber was dann das schmuddlige »Mädchen für alles« auf den Tisch bringt! Dinge, die ihre Natur verleugnen. Fleisch, das wie Holzkohle aussieht. Torten, die an Bücherdeckel erinnern. Suppen, deren einziger Vorzug ist, daß sie dampfen. Alles mit mächtigem Eifer hergestellt, unter Gannas unendlicher Bemühung. Gannas Bemühung, das ist ein Kapitel für sich. Denkt euch eine rasante Stoßkraft, auf die nichts erfolgt, einfach nichts, die verpufft, spurlos. Eine beinahe wissenschaftliche Gründlichkeit, den ernstesten Vorsatz, und das Resultat ungefähr so, wie wenn jemand mit dem Schmiedehammer eine Fliege auf einer Fensterscheibe erschlägt. Alles ist genau erwogen, es ist ein radikales Vorgehen, aber die Fensterscheibe geht dabei in Trümmer, was jeder andere voraussehen würde, nur Ganna nicht. Ganna wundert sich baß. Die Küchenschürze umgebunden, steht sie am Herd, rührt mit dem Kochlöffel den Teig in der Pfanne, und auf der Anrichte liegen aufgeschlagen die Gedichte von Hölderlin, in die sie träumerisch hineinschielt. Wenn der Teig unten schwarzgebrannt ist, weiß sie sich nicht zu helfen und schimpft mit dem Mädchen. Ich erkenne den Kern des Übels und sage belehrend: »Siehst du, Ganna, Hölderlin lesen und Pfannkuchen backen, das geht nicht zusammen. Du mußt dich für eins von beiden entscheiden.« Ganna sieht es ein, aber es ist schwer, da sie immer zugleich des Gottes und des Zweckes voll ist. Man kann ruhig sagen, daß sie vor Bemühung schwitzt. Wenn sie mir dienen will, ist ihr kein Weg zu weit, keine Unbequemlichkeit zu groß. Aber alles scheitert am Übermaß der Anstalten. Immer wenn sie daran geht, mir bei der Arbeit Ruhe zu verschaffen, geschieht es, daß sie den erwähnten symbolischen Stuhl umschmeißt. Es gibt Hausteufelchen, die wollen ihr nicht wohl. Ihre glühende Strebsamkeit zerschmilzt alles, wonach sie greift. Ich finde es interessant, atemberaubend sogar, doch es ist nicht eben das, was man unter einem friedlichen Dasein versteht. Man kommt sich vor wie auf einem Schiff, das durch die Ungeschicklichkeit des Steuermanns fortwährend in der Brandung herumtanzt.

Dann die dienstbaren Geister. Das erste Mädchen blieb sechs Tage, das zweite drei, das dritte vierzehn, von den folgenden keine länger als drei Wochen. Ganna kann sich die Sache nicht erklären; auch ich stehe vor einem Rätsel. Erst nach und nach geht mir ein Licht auf. Ich mache die Entdeckung, daß unter Gannas Herrschaft jeder Fehler eines Menschen alsbald zum Laster wird. Es ist geheimnisvoll. Wenn eine als Nascherin kommt, geht sie als Diebin fort. Die Unordentliche verwandelt sich in eine Verwüsterin. Da Ganna keine Ahnung hat, wie man ein Bett macht und eine Türklinke putzt, werden ihre Befehle mit stillem Hohn aufgenommen. Sie weiß nie, wieviel Zeit eine Arbeit beansprucht. Entweder fordert sie Unmögliches, oder sie wird betrogen. Sie versteht das Volk und seine Sprache nicht. Ihre etwas geschwollene Ausdrucksweise macht die Leute stutzig, und sie mißtrauen ihr. Erst ist sie honigsüß, und ohne Übergang wird sie grob. Der bürgerliche Hochmut der Mewistochter und ihre literarische Bildung erlauben ihr nicht, die dienenden Menschen als Wesen ihresgleichen zu betrachten. Sie möchte manchmal gern, aber es gelingt ihr nicht. Beim geringsten Streit erbost sie sich, und ihre Augen lodern wild. Anfangs kann ich beschwichtigend einwirken, späterhin wendet sich ihr Zorn in solchen Fällen auch gegen mich. Ich bin gezwungen, sie gewähren zu lassen, sonst wäre der häusliche Kleinkrieg zu ermüdend. Da war eine Resi, die es fertigbrachte, Ganna um den Finger zu wickeln, weil sie ihr die dicksten Schmeicheleien sagte; die raubte eines Abends den Wäscheschrank aus und verschwand. Da war eine Kathi, die hatte mehrere Liebhaber, und wenn Ganna einen von ihnen in der Küche überraschte, gab es ein Riesengeschrei von beiden Seiten. Da war eine Pepi, die wurde von der Polizei abgeholt, weil sie im Verdacht einer Brandstiftung stand. Da war eine Hanna, von der sich herausstellte, daß sie schwer syphilitisch war; als wir sie entließen, schlich sich ihr Galan nachts ins Haus und bedrohte mich mit dem Revolver. Da kamen Aushilfsmädchen, so schmierig und verschlampt, als hätte man sie bei einer Razzia aufgelesen. Da kamen Bedienerinnen, die unter ihren Röcken Mehl, Reis und Einmachgläser fortschleppten. Den ganzen Vormittag riecht es nach verbrannter Milch. Mädchen kommen, Mädchen gehen. Stundenlang steht Ganna bei Vermittlerinnen herum. Am Abend strahlt sie: Sie hat eine »Perle« entdeckt. Zwei Tage später stellt es sich heraus, daß die Perle eine verfaulte Erbse ist. Ganna hat Anfälle von Mutlosigkeit, und ich muß sie trösten. Bisweilen erscheint eine der Schwestern, um Ganna beizustehen. Sie tun es nicht ohne Schadenfreude. Sie sehen die Zukunft schwarz. Ganna mag etwas von Büchern verstehen, sagen ihre Mienen, vom Leben hat sie keinen Dunst.

Einsiedelei

Während der Wehen Gannas ergriff ich die Flucht. Ich weiß, daß ich mich dieses Geständnisses zu schämen habe, allein es war der Überdruß am Nest, der mich forttrieb. Ich hielt mich den ganzen Nachmittag bei den Raubtieren in Schönbrunn auf. Etwas Kaltes und Glitschiges saß mir im Nacken. Ich hatte Ganna schreien gehört. Sie schrie tobender als andere Frauen, die kreißen. Ihre Natur setzte sich mit ungeheurer Wildheit gegen den Schmerz zur Wehr. Was, ich, Ganna, soll leiden, ich, die Mewistochter, Alexander Herzogs Frau, soll leiden? Es nützte nichts, sie mußte leiden. Ich litt mit ihr, aber ich wollte es nicht sehen. Nicht nur aus gemeiner Mannsfeigheit, sondern weil es ja nicht meine Leidenschaft war, durch die ich sie leiden gemacht.

Als ich heimkam, lag etwas Schwarzes, Haariges auf weißem Linnen. Es war richtig ein Sohn, wie Ganna vorausgesagt hatte. Er wies aber vorläufig keine Ähnlichkeit mit dem Narkissos auf. Im blütensauberen Bett, die rostroten Haare unter einem blaugebänderten Häubchen, streckte mir Ganna mit seligmattem Lächeln die winzige Hand entgegen. Ihr Anblick rührte mich tief. »Findest du es schön?« fragte sie. – »Ja, sehr schön«, antwortete ich, und mein Gesicht wird wohl etwas dumm ausgesehen haben. Als ihr das Kind an die Brust gelegt wurde, feuchteten sich ihre Augen. Es war, als gebe sie dieses Schauspiel der ganzen Welt, als habe noch nie eine Frau ein Kind geboren, noch nie eine Frau ein Kind gesäugt. Nun ja, sagte ich mir, manche Menschen erleben die Dinge, wie die ersten Menschen sie erlebt haben. Wir nannten das haarige Amphibium Ferdinand, abgekürzt Ferry. In der Tat wurde es ein ungewöhnlich schönes Kind, auch hier hatte Ganna ihren Willen durchgesetzt.

Immer öfter fragte ich mich, durch welche Macht ich stets diesem Willen erlag. Ich bin nicht willenlos; willensschwach nur insoweit, als meine Natur jedem falschen Kräfteaufwand entgegenwirkt. So zog ich mit ihr in eine Gegend, wo die Füchse einander gute Nacht sagten, als

wir im Frühjahr die Wohnung mit dem gelben Zimmer verlassen mußten. Es war ein Wirtshaus, die Einsiedelei genannt, seitdem ist es verdien-
termaßen vom Erdboden verschwunden. Ein trauriges und übles Logis
war das, viel ärger als Signor Pancrazios Spelunke. Es erinnerte mich an
das Mordwirtshaus im Märchen, in welchem die erschlagenen Gäste
stets im Keller verscharrt werden. Einen Vorzug hatte es: Es war billig.
Das war ausschlaggebend für Ganna. Doch war sie auch der Bevormun-
dung ihrer Schwestern satt, und noch viel mehr der höllischen Placke-
reien mit Dienstboten. Also auf in die romantische Baracke. Ganna
sagte, sie wolle sich nun endlich wieder ihren höheren Aufgaben widmen.
Ich stimmte ihr zu. Ich fand es an der Zeit. Zwar wußte ich nicht ganz
genau, worin die höheren Aufgaben bestanden; ich kreditierte sie
gleichsam, aber Näheres wußte ich nicht von ihnen.

Ich arbeitete in einer finstern Zelle, durch deren Decke der Regen
drang, indes bei schönem Wetter das Johlen der Ausflügler im Wirtsgar-
ten und bei jedem andern Gannas Gezänke mit der Kinderpflegerin
meine Gedanken zerfetzte. Wozu war das alles, ging es mir zuweilen
durch den Sinn, wenn ich nun leben soll wie der letzte Vagabund? Ein
Bankkonto, so überlegte ich, ist offenbar eine Art Büchsenkonserve wie
Gänseleber; es in frischem Zustand zu genießen scheint verpönt zu sein.
Was jene Pflegerin betrifft, Oprcek hieß sie, so war sie eine ausgemachte
Verrückte. Das Einschläfern des Kindes bewirkte sie mit unzüchtigen
Liedern, und wenn Ganna mit ihr stritt, verneigte sie sich kichernd, hob
die Röcke bis ans Knie und murmelte tschechische Verwünschungen
vor sich hin.

Ich entsinne mich einer Nacht, da ich von dem durchdringenden
Kreischen meines Söhnchens erwachte. Ganna flattert aufgeregt im
Zimmer herum und kocht beim Schein einer qualmenden Kerze Kamil-
lentee. Die Oprcek hält das Kissen mit dem Säugling in hocherhobenen
Armen und vollführt unter greulichen Gesängen einen Niggertanz.
Ganna fleht mich an, ich solle einen Arzt holen. Es ist weit bis zum
nächsten Arzt, aber Gannas Angst besiegt meine Schlaftrunkenheit. Ich
ziehe mich an und gehe in die Nacht hinaus. Und während ich in den
Vorort hinuntergehe, ergreift mich eine gestaltlose, bittere Sehnsucht,
die mich nur so hintaumeln läßt durch die gewitter- und regenschwere
Finsternis … Ich habe die Stunde nie vergessen können.

Das andere Gesicht

Im Herbst machten wir uns endlich seßhaft. Wir bezogen den oberen Trakt einer stattlichen Villa an der Grenze des dreizehnten Bezirks. Möbel, Spiegel, Geschirr, Vorhänge, Teppiche, Lampen mußten gekauft werden. Verheerender Eingriff ins Bankkonto. Ganna hatte schlaflose Nächte.

Das Haus gehörte einem alten Ehepaar namens Ohnegroll. Nie ist mir ein lügenhafterer Name vorgekommen. Der Mann war tückisch und boshaft, die Frau eine Megäre. In den Gartenbeeten standen farbige Terrakottazwerge mit Kegelhütchen. Über diese Zwerge ärgerte ich mich täglich derart, als hätten sie mir meine Barschaft gestohlen. Eine Mansarde unter dem Dach diente mir als Arbeits-, oftmals auch als Schlafstätte. Sie gewährte Ausblick auf eine zerrupfte Wiese, auf der tagsüber unter Leierkastenbegleitung ein Karussell sich drehte. Aber abends und nachts war es totenstill, und da habe ich den ganzen Winter hindurch ungestört gearbeitet.

Als es Frühling wurde, kam die Reiselust über mich. Ganna wollte sich nicht von ihrem Kind trennen, so verabredete ich mich mit Konrad Fürst, und wir fuhren in den Süden. In Ferrara ging meinem Gefährten das Geld aus; bei der Rückkehr war er mir an siebenhundert Kronen schuldig. Es verging nicht eine Woche, da bestellte mich Fürst in ein Cafehaus und bat mich fast unter Tränen, ich möge ihm noch weitere tausend Kronen leihen; es handle sich um eine Spielschuld, er habe sein Ehrenwort verpfändet, wenn er bis zum andern Tag das Geld nicht aufbringe, müsse er sich erschießen. Ich antwortete kühl, mit solchen Kavaliersfaxen dürfe er mir nicht kommen; sei er in Not, gut, dann müsse ich ihm helfen, doch hielte ich es für geraten, daß wir einander die nächste Zeit nicht sähen. Es war ein verschleierter Bruch. Die frivole Lebenshaltung Fürsts und seine Großmannsallüren hatten mich seit langem mehr und mehr abgestoßen.

Da ich eine größere Zahlung von meinem Verleger erwartete, glaubte ich das Loch im Konto stopfen zu können, bevor Ganna es entdeckte. Indes verzögerte sich diese Zahlung, und ich war genötigt, Ganna das Geschehene mitzuteilen. Auf einen Ausbruch des Ärgers war ich gefaßt, nicht aber auf eine solche Flut von Empörung und Erbitterung. Zuerst starrte sie mich sprachlos an. »Na, weißt du, Alexander«, stotterte sie blaulippig und wieder: »Na, weißt du, Alexander ...« Wie ein Mensch, vor dessen Augen Ideale zusammenbrechen. Mit ihren hackenden Schritten und winzigen Füßen stapfte sie auf und ab, zerrte die Decke vom Tisch, stieß mit den Knien die Stühle aus dem Weg, rieb die kleinen Zähne knirschend aufeinander, preßte die winzigen Hände an die Schläfen und schmähte endlos vor sich hin: Ein sauberer Freund; ein schönes Lümpchen; unerhört, die Gutmütigkeit und den Leichtsinn eines Menschen, der Familienvater ist, zu mißbrauchen; sie werde sich die Schurkerei nicht bieten lassen; sie werde dem geschniegelten Hochstapler einen Brief schreiben, den er nicht an den Spiegel stecken werde …

Sie hatte Grund, ungehalten zu sein. Sparte sie sich doch die Seele aus dem Leib, drehte jede Krone dreimal um, ehe sie sie ausgab, feilschte mit jedem Händler um den Korb Gemüse; gönnte sich kein neues Paar Schuhe, wenn die alten nicht schon in Fetzen gingen. Gut. Aber so hätte sie sich nicht aufführen dürfen. Da war das Unrecht, dessen ich mich schuldig gefühlt, plötzlich kein Unrecht mehr. Obgleich sie mich bald hernach wegen ihrer Heftigkeit weinend um Verzeihung bat, blieb ein Stachel, der sich einbohrte. Ich hatte ein anderes Gesicht gesehen. Sogar in ihrem reizend unschuldigen Lächeln war es drin, das andere Gesicht.

Im Konzert

Wie wenn Fäden auf einer trüben Flüssigkeit schwimmen und langsam zusammenschießen, um irgendwelche krause Figuren zu bilden, so machte der Unfriede in Ganna ihr Leben undurchsichtig und ihr Verhältnis zu Menschen und Dingen gesetzlos. Gewisse wiederkehrende Szenen sind dafür bezeichnend, deren typischer Ablauf Engramm geworden ist. Ich habe Karten für das Philharmonische Konzert besorgt. Es beginnt um sieben. Fünfundvierzig Minuten muß man für die Fahrt in die Stadt rechnen. Um dreiviertel sechs ermahne ich Ganna, sich anzuziehen. Sie liegt träumerisch auf der Terrasse, in der Rechten ein Buch über die mystische Geistesrichtung der Präraffaeliten, in der Linken den obligaten Bleistift. »Gleich, sofort«, haucht sie erschrocken, legt das Buch achtlos auf das Blechsims, wo es auch verbleibt und am andern Morgen vom Regen durchweicht gefunden wird, und eilt ins Schlafzimmer. Es vergehen zehn, vergehen zwanzig Minuten, ich, schon in Hut und Mantel, schaue alle Augenblicke auf die Uhr, dann fass' ich mir ein Herz und sehe nach, was mit Ganna los ist. Sie steht halbnackt im Badezimmer und wäscht sich die Haare, jetzt, um sechs Uhr zehn. Ich bin wütend. Ganna fleht, ich möge sie um Gottes willen nicht hetzen, sie beeile sich ohnehin soviel sie könne. Sie ist das Opfer widriger Umstände. Ihre besten Absichten werden von tückischen Zufällen durchkreuzt. Alle treten mit Füßen auf der armen Ganna herum. Auch ich. Unter Seufzen, Keuchen, Klagen ist sie um sechs Uhr fünfunddreißig fertig. Noch ein »Sprung« ins Kinderzimmer, inbrünstiger Abschied von Ferry, hastige, aber (weil man doch auf »die Person« angewiesen ist) mit schmelzender Stimme erteilte Verhaltungsmaßregeln an die Pflegerin (ich weiß nicht, die wievielte es ist), und man rennt zur Dampftrambahn. Dort wartet man weitere zehn Minuten, Ganna mit beleidigtem Gesicht und verpreßten Lippen. Kaum hat sie Platz genommen, so entdeckt sie, daß sie ihr Täschchen mit dem Opernglas und dem Geld vergessen hat. Vorwürfe. Das alles passiert nur, weil man sie »hetzt«. Sie findet, »das« hat sie nicht verdient. Sie gibt sich doch »solche« Mühe. Sie hadert ohne Aufhören. Ich geniere mich vor den Mitfahrenden; Ganna geniert sich keineswegs vor den Mitfahrenden. Das gehört zu ihrem Souveränitätsbewußtsein. Warum antworte ich ihr? Warum schweige ich nicht? Sie dauert mich, darum. Sie quält sich ab. Ich will sie versöhnlich stimmen. Es ist mir nicht wohl, wenn sie hadert und quengelt. Vielleicht ist es ihre Zauberkunst, die mich so nachgiebig macht. Vor dem Saal müssen wir wieder warten bis zur nächsten Pause. Noch immer rede ich auf sie ein, um ihr zu beweisen, daß sie im Unrecht ist, das sicherste Mittel, sie im Gefühl ihres Rechts zu bestärken. Doch ihr Ärger klingt nur noch als leeres Geplapper fort. Dann sitzt sie hingebungsbereit und mit verschwärmter Miene auf ihrem Platz. Musik wirkt auf sie wie Branntwein. Ich weiß längst, daß sie unmusikalisch ist wie ein Stück Holz, daß sie nicht das leiseste Verständnis für den Bau eines Werkes hat, das Gesamtgefüge, die Motiveführung, für Wert oder Unwert, Gehalt oder Leere, daß man ihr ruhig eine bessere Operettenouvertüre als Brucknersymphonie aufreden könnte, und sie käme prompt ins Schwelgen; aber das hindert mich nicht, an die Intensität ihres Gefühls zu glauben, an die Echtheit ihrer Erschütterung. Ich empfinde ja Ganna wie ein Stück von mir selbst. Ich kann nicht anders; täte ich es nicht, es wäre um mich geschehen. Natürlich kommt es vor, daß der Anblick ihrer Trunkenheit mein Schamgefühl verletzt, meinen urteilenden Sinn beleidigt; dann brauche ich mich nur zu erinnern, mit welcher feurigen Andacht, welcher helfenden Leidenschaft sie mir zuhört, Stunden und Stunden, wenn ich ihr meine Arbeiten vorlese, wie ich da ihr mitpochendes Blut spüre und ihr ganzes Wesen beglückte Zustimmung ist. Da ist mir die Trunkenheit eben recht; darf ich sie also verdammen, wenn sie sich an anderem Ort hemmungslos auswirkt? Es sei denn, alles miteinander wäre Irrtum und Täuschung.

In Gesellschaft

Mit den meisten früheren Freunden und Bekannten hatte ich keinen Umgang mehr. Entweder hatte sich die Beziehung totgelebt, oder sie waren in Ämtern und Stellungen, oder sie verloren sich in der geistigen Unterwelt. Viele sagten, ich sei ein kaltherziger Menschenverbraucher. Vornehmlich die sagten es, die mich ihrerseits nahezu verbraucht hatten. In allen Menschen steckt eine bösartige Freßgier. Wer sich ihnen einmal gegeben hat, den wollen sie bis auf die Knochen verzehren; sträubt er sich, so nennen sie ihn treulos. Ich galt auch für hochmütig. In Wirklichkeit war ich in hohem Grad schüchtern und bin es noch. Ich vertrug nur nicht die selbstgefällige Unwissenheit der Bürger in bezug auf meine Person und mein Tun, eine überhebliche Duldung, sowie man sich mit einem Nachbarn abfindet, der sein kümmerliches Gärtchen mit einer Festungsmauer umgibt.

Ganna predigte mir Weltlichkeit. Sie sagte, ich müsse aus meinem Turm heraus. »Du mußt unter Menschen, du brauchst Eindrücke«, sagte sie. Ich war nicht abgeneigt, unter Menschen zu gehen, doch leider meinte sie damit Leute, die einen Jour oder Rout gaben und berühmte Namen bei sich sehen wollten. Es war ihr Ehrgeiz, mir die gebührende Stellung in der großen Welt zu verschaffen; doch was sie für große Welt hielt, waren gewisse Intellektuellen- und Finanzkreise, in denen sie sich auch als Mädchen bewegt hatte. Sie war stolz darauf, Frau Alexander Herzog zu sein, und wollte ihren sozialen Rang genießen. Jede Einladung war ihr eine ehrenvolle Bestätigung dieses Ranges. Für den Rang der Gesellschaft aber, in der sie sich genügte, fehlte ihr das Unterscheidungsvermögen. Wenn sie hinter sich ihren Namen wispern hörte, drang ihr das Wohlgefühl bis unter die Haarwurzeln. Wenn ihr ein Advokat oder ein Universitätsdozent die Hand küßte, strahlte sie. Wenn sie einen Sektionschef als Tischherrn hatte, war sie aufgeregt wie eine Theaterelevin, der man eine große Rolle zuerteilt. Ich war durchaus willens, all diesen Herren den Kredit einzuräumen, den ihnen Ganna so verschwenderisch bewilligte. Ich war ja ein kleiner Mann. Mein Selbstgefühl war schwach entwickelt. Geistige Leistungen haben mich nie übermütig werden lassen. Ich dachte, Ganna, erfahren in den Bräuchen ihrer Sphäre, werde schon das Richtige treffen. Ich ließ mich mitschleppen. Ich ging fromm »in die Häuser«, wie ich es manchmal sarkastisch nannte. Hier und da fiel mir bei, daß man sich eigentlich für die Einladungen revanchieren müßte. Ganna behauptete, das sei überflüssig, von einem Künstler erwarte man das nicht. Da es mir bequem war, glaubte ich ihr und stellte mich damit auf dieselbe Stufe mit dem Tenor, dessen man sich auch nur versicherte, weil seine Name in der Zeitung stand, auf eine niedrigere noch, denn der Tenor bezahlte für die Ehre, die man ihm erwies, indem er gelegentlich etwas zum besten gab. Leute zu bewirten hätte zudem seine Schwierigkeiten gehabt; man aß furchtbar schlecht bei uns. Wenn Ganna ein Familienessen veranstaltete, wozu sie sich noch am ehesten entschloß, erhob sich manchmal verdächtiges Gekicher über den Geschmack und die rätselhafte Beschaffenheit eines Gerichts. Ganna hatte keine Ahnung, daß es schlecht war. Ihr selbst war es vollständig gleichgültig, was man ihr vorsetzte. Sie verzehrte eine halbgare Kartoffel mit demselben fühllosen Eifer wie eine Ananas.

An einem Abend waren wir bei Bankdirektor Bugatto geladen, der damals eine gefeierte Finanzgröße war. Ich entsinne mich genau einer ganzen Reihe von unangenehmen Gefühlen, die mich bestürmten. Ich sehe, wie Ganna in ihrem Element ist. Sie bildet Cercle. Ein Kranz von Professoren, Doktoren, Rechtsanwälten, Statthaltereiräten, Industriellen samt einigen zugehörigen Damen umgibt sie. Sie stellt kühne Behauptungen auf und verficht sie bis zum äußersten. Es sind anfechtbare Paradoxe; es sind Lesefrüchte; aber sie freut sich des Beifalls; sie hat unstreitig Erfolg. Ein hochorigineller Kopf, sagen die Leute. Ich bin sehr zufrieden mit ihrem Erfolg, das versetzt sie in gute Stimmung für Tage. Es liegt mir daran, daß ihre glänzenden Eigenschaften anerkannt werden. Ich habe es dann leichter mit ihr. Peinlich ist mir nur, daß sie zehnmal öfter als notwendig »mein Mann« sagt. Ich hasse dieses besitzergreifende Fürwort.

Bei alledem wird mir die Langeweile schier unerträglich. Das öde Herumsitzen; das geistlose Frage- und Antwortspiel; der ordinäre Klatsch. Und Gannas liebedienerisches Wortgeplänkel: Ich kann mir nicht länger verhehlen, daß sie sich ausbietet; ihr Geflöte, ihre provinzlerische Koketterie, ihre fahrige Aufgeregtheit: es macht mich leiden, macht mich wahrhaft leiden, spürt sie es denn nicht, nicht meine Scham, meine zweideutige Situation, ihre eigene Übertriebenheit, ihre Knechtseligkeit vor Perlen, Toiletten, Renten und Titeln? Nein, sie spürt es nicht. Sie geht auf wie Hefe. Sie blüht. Zwei-, dreimal nähere ich mich ihr und mahne zum Aufbruch. Sie fleht stumm, noch bleiben zu dürfen. Sie unterhält sich so herrlich. Auf dem Nachhauseweg fragt sie, was ich gegen sie hätte. Alle seien reizend nett gegen sie gewesen, nur ich hätte durch meine brummige Laune das schöne Beisammensein getrübt.

Sie versteht nicht, was soll man da tun? Sie fährt fort, zu stochern und sich zu beschweren, bis mir die Geduld reißt und ich eine zornige Antwort gebe, durch die ich mich ins Unrecht setze. Darauf hat Ganna nur gewartet. Sie nützt den Vorteil rachsüchtig aus. Sie findet, ich mache mir die Menschen systematisch zu Feinden und dürfe mich daher nicht wundern oder beklagen, wenn es mir an Publikum fehle. Eine giftige Bemerkung, die dadurch nicht weniger verletzend ist, daß sie zwei verschiedene Kategorien rabulistisch verquickt. Rede, Widerrede, Ganna ergibt sich nicht. Es nimmt kein Ende, nimmt dermaßen kein Ende, daß nachts um zwei Uhr die Ohnegrolls mit einem Besenstiel von unten an die Decke stoßen. Ganna überhört es. Sie verbeißt sich in jedes meiner Worte. Kein Gesäusel und Geflöte mehr wie im Salon der Würdenträger und der Renten, sondern rechthaberisches Zetern und eine Suada, die keinen rhetorischen Kniff verschmäht, um den Gegner in die Knie zu zwingen. Das Tolle ist, daß ich wirklich in die Knie breche. Das hat mich immer wieder in starres Staunen versetzt. Bedenk' ich's heute, so kann ich nicht umhin zu glauben, daß die Sinnlichkeit daran mitschuldig war, der augenlose Trieb, in dem etwas wie Betäubungssucht steckte.

Treibhaus der Gefühle

Mit Schrecken erinnere ich mich an Tage, da der kleine Ferry krank war. Beim leisesten Anzeichen von Fieber geriet Ganna außer sich. Zunächst wurde das Kinderfräulein einem strengen Verhör unterzogen. Hatte sie eine Verfehlung begangen, in der Diät oder in der Wartung, dann brach das Unwetter über ihr los, und ihr wurde gekündigt. (Wenn das Fieber sank, wurde die Kündigung widerrufen.) In solchen Fällen versammelten sich in Gannas Hirn die Bilder aller erdenklichen und möglichen Krankheiten und durchrasten ihre Phantasie wie eine entfesselte Meute. Jede Exaltation rechtfertigte sich bei ihr durch die eingebildete Gefahr. Aber die Gefahr kann vermieden werden, wenn man beizeiten die Ursache erkennt. Der Mensch, will sagen Ganna, hat alles in der Hand, Glück und Unglück, Leben und Tod. Hält er sich an die Ratschläge der Ärzte und die Vorschriften der Wissenschaft, so kann ihm nicht viel passieren. Das größte Übel sind die Bazillen. Den Kampf gegen die Bazillen stellt sich Ganna im Grund als eine Art Flohjagd vor. Man ist immun, wenn man den Doktoren und Professoren den Trick abgeguckt hat, durch den sie diese bösartigen Organismen zähmen und dressieren. Da Ganna fast bei allen Krankheiten genau sagen kann, wie man sich die Krankheit zugezogen, gibt es auch immer eine Schuld und einen Schuldigen. Wenn sie Gliederreißen bekommt, weiß sie nach Wochen noch, daß ich ihr abgeredet habe, den Pelz anzuziehen, als wir an einem bestimmten Tag, den ich längst vergessen habe, zu Tante Klärchen fuhren. Ganna schaut der Natur auf die Finger. Sie glaubt an die Ärzte wie ein frommer Katholik an das Sakrament. Bei der geringsten Unpäßlichkeit wird der Arzt gerufen, ja, wie sich von selbst versteht, der Spezialist für das betreffende Leiden. Jeder Arzt ist in ihren Augen ein allmächtiger bürgerlicher Gott. Aber wehe dem Gott, wenn ihm nicht rasche Heilung gelingt. Dann begeht sie Blasphemie und ruft, Tochter des heidnischen Krals, einen andern Gott zu Hilfe.

Ich habe oft dagegen angekämpft. Ich habe sie belehrt, gewarnt, beschworen. Vergeblich. Es sind Ausschweifungen des Gefühls, sagte ich mir dann, man lebt in einem Treibhaus der Gefühle. Der Alltag ist etwas Gemeines; das Gefühl verschlingt ihn. Das Gefühl wird Spiegel und Norm der Welt. Ganna in den Arm zu fallen und die Richtung ihrer Bewegung zu verändern ist so aussichtslos, als wolle man einen Orkan bitten, sich nach einer andern Himmelsgegend zu wenden. Ich begann ihre Maßlosigkeit zu fürchten. Da meine Kraft auf anderm Feld gebunden war, fehlte sie mir, wenn ich sie ihr gegenüber brauchte. Manchmal schloß ich einfach die Augen, wenn ich sah, was zu sehen mich nicht freute. Ich bemühte mich, das Erlebnis Ganna als meine Bestimmung hinzunehmen. Je mehr die Wirklichkeit auf mir lastete, je mehr entlastete mich das Bild, das ich mir von Ganna schuf. Es war wie aus Erz, unzerstörbar für lange. Ein dämonischer Mensch, sagte ich mir. Es war das erste Aufblitzen einer Erkenntnis, die später, viel später, wie ein Feuerbrand über mich kam. Dämonisch; an sich besagt das Wort ja wenig. Es ist ein Ausredewort, eine falsche Münze. Es soll etwas Unerklärliches billig erklären und seelische Unzulänglichkeit einer unbekannten Macht in die Schuhe schieben. Zu jener Zeit war Ganna aber noch nicht aus den Fugen. Ich hätte sie noch in die Gewalt bekommen können, wenn ich aufmerksam, wenn ich wachsam, wenn ich härter gewesen wäre.

Kleine Momentaufnahmen von Ganna

Doch war es damals noch außerordentlich schwer, sich gewissen bestrickenden Zügen ihres Wesens zu entziehen, ihren drolligen Vergeßlichkeiten, ihren närrischen kleinen Tölpeleien, ihrer Traumverfangenheit. Das hatte alles noch den Reiz der Jugend und wurde durch das Glück verschönt, von dem sie noch getragen war.

Sie liegt mitten in der greulichen Unaufgeräumtheit ihres Schlafzimmers selig hingegossen auf dem Diwan und versieht Goethes Italienische Reise mit Bleistiftstrichen und Marginalien. Im Kinderzimmer brüllt der Säugling, denn sie hat indessen das zweite Kind geboren, meine Tochter Elisabeth, im Wohnzimmer hackt Ferry auf dem Klavier herum, im Flur liefern sich Köchin und Hausmädchen eine Schlacht, in der Gartenveranda unten keift Frau Ohnegroll mit der Stimme eines boshaften Kläffers. Dies alles berührt Ganna nicht. Sie hört es nicht. Sie schwelgt im Geiste. Da fällt ihr zufällig nach außen dringender Blick auf eine Rose, die ich ihr den Tag zuvor gebracht. Sie lächelt, erhebt sich und trägt das Glas mit der Rose zu ihrem Toilettenspiegel hinüber. Jetzt hat sie zwei Rosen, im Spiegel ist noch eine …

Oder dies. Es ist Mai. Der Begriff »Mai«, gleichviel, wie das Wetter sein mag, ist für Ganna nicht zu trennen von den Begriffen »Sonne« und »blauer Himmel«. Infolgedessen geht sie in einem dünnen Sergekleid und mit einem gebrechlichen Miniaturschirm ins Freie, wo ein eisiger Nordwind weht und alle Viertelstunde ein Regenschauer niederprasselt. Tut nichts. In ihrer Vorstellung ist »Mai«. Sie kommt zu einem Obststand und gewahrt die ersten Kirschen des Jahres. Herrlich, denkt sie, ich werde für Alexander Kirschen kaufen. Sie ersteht ein Pfund Kirschen. Man reicht sie ihr in einer Papiertüte. Diese hat aber unten ein Loch, und indes sie träumerisch heimwärts wandelt (wenn sie allein ist, braucht sie sich nicht zu »hetzen«, da »genießt« sie das Gehen), indes sie also die eingebildete Mailuft »genießt«, fällt Kirsche um Kirsche durch das Loch in der Tüte. Einige Leute drehen sich nach ihr um und grinsen. Das Trottoir hinter ihr ist in regelmäßigen Abständen mit roten Kirschen betüpfelt. Eine mitleidige Frau macht sie endlich aufmerksam. Wer vermöchte ihren Schrecken zu schildern! Gott sei Dank, die Straße ist nicht sehr belebt; sie geht zurück und sammelt die Kirschen sorgsam wieder auf …

Ja, eine weltfremde, tapsige, rührende Ganna. Eine Ganna, die man vor Beschädigungen und Wunden bewahren möchte. Wäre nur nicht der Krater im Untergrund, das aus der Tiefe herauflangende finstere Element, von dem man nie weiß, wann es losbrechen und was für Unheil es anrichten wird.

Weiblicher Don Quijote

Mit Irmgard hatte ich mich immer mehr angefreundet. Aus flüchtigen Gesprächen waren ernsthafte geworden, danach hatten wir uns zu gemeinsamen Ausflügen zusammengetan, denn im Gegensatz zu Ganna war Irmgard eine ausgezeichnete Fußgängerin und Touristin. Sie hatte, ebenfalls im Gegensatz zu Ganna, eine geringe Meinung von sich und war mir dankbar für die Mühe, die ich mir gab, ihr Lebens- und Selbstgefühl zu kräftigen. Dessen bedurfte sie am meisten, obgleich sie ein fester und bestimmter Charakter war; doch hatte sie als Weib schon verschiedene Enttäuschungen erlitten, die sie mutlos gemacht hatten. Sie hatte eine besondere Art von Schönheit. Sie sah aus wie gewisse Plastiken von ägyptischen Prinzessinnen.

Eigentlich stand es mit uns so, daß wir uns jeden Augenblick hätten ineinander verlieben können. Es geschah nicht. Was es verhütete, war ein Etwas, das zwischen uns war, wie ein von Ganna gezogener Zauberstrich. Irmgard hatte altmodische und sehr ehrenhafte Begriffe von ehelicher Liebe und Treue. Außerdem: Der Mann der Schwester; der Gedanke ließ sie zurückschaudern. Auch ich wagte nicht, den Zauberstrich zu überschreiten. Gannas Argwohn wecken hieß eine Feuersbrunst entfachen. Schon lauerte der Argwohn. Sooft Irmgard davon sprach, zitterte sie wie ein Kind im Finstern, und mir erging es nicht viel besser. Immer wieder betonten wir voreinander die Reinheit unserer Gefühle und waren im Darauf-Achten so zurückhaltend, daß jeder Händedruck eine eigene Kühle, jeder Gruß eine überlegte Vorsicht bekam; dennoch schaute uns Ganna zu. Ganna stand unsichtbar daneben und paßte auf, daß ihr nichts von ihrer Sache gestohlen wurde, kein Blick, kein Hauch, kein Lächeln, kein Gedanke.

Vielleicht war es nur weibliche Neugier, ein bißchen Eifersuchtsneugier, die Irmgard eines Tages zu der Frage veranlaßte, was mich an

Ganna feßle. Sie habe viel darüber nachgedacht und könne sich's nicht erklären. Ich wußte zuerst keine rechte Antwort. Dann sprach ich von Ganna als dem ordnenden Prinzip in meinem Leben. »Wieso«, fragte Irmgard verständnislos, »Ganna ordnend? Ganna?« Ich sah ein, daß ich dies Irmgard schwer begreiflich machen konnte. Nach einigem Überlegen fand ich den Ausweg und nannte zum erstenmal das geistige Bild mit Namen, zu dem mich Ganna inspiriert hatte; ich sagte, es sei ein neuer Typus, der weibliche Don Quijote. Irmgard schüttelte den Kopf. Es war ihr zu hoch. Sie kannte doch ihre Schwester Ganna. Die Laufbahn vom Sargnagel zur idealistischen Windmühlenkämpferin leuchtete ihr offenbar nicht ein. Zaghaft bemerkte sie, es sei wohl eine dichterische Hilfskonstruktion von mir. Ich leugnete es.

Ein paar Tage darauf kam Ganna zu Irmgard, pflanzte sich steif vor ihr auf und sagte im Ton eines Polizisten, der eine Verhaftung vornimmt: »Ich verbiete dir, mit meinem Mann zu flirten.« – Irmgard erwiderte unwillig: »Ich habe nicht gewußt, daß Alexander dein Gefangener ist.« – »Verschaff dir selber einen Mann und laß meinen gefälligst in Frieden«, fuhr Ganna fort; Irmgard sagte nachher bitter, sie habe den Ton eines Hökerweibes gehabt, das bei einem Straßenauflauf seinen Gemüsestand verteidigt, »die Versuche, hinter meinem Rücken mit ihm anzubandeln, finde ich unerhört«, rief Ganna aus. Sie hatte eine besondere Art, das Wort unerhört auszusprechen; der Ton lag langgedehnt auf der letzten Silbe. Irmgard konnte sich nicht helfen, sie mußte lachen. Sie wies nach der Tür: »Skandal kannst du bei dir zu Hause machen. Es scheint, du willst dich über Alexander beschweren. Ich bin aber seine Gouvernante nicht.« Als Ganna zornentbrannt gegangen war, konnte sich Irmgard wiederum nicht helfen: Sie weinte.

Nachdem sie mir den Zwischenfall erzählt hatte, fragte sie spitz: »Wie ist das nun mit dem weiblichen Don Quijote? Willst du mir verraten, wo du da eine edle Narrheit siehst, lieber Schwager?« Ich war verlegen. »Man darf Ganna nicht nach einzelnen Handlungen beurteilen«, erwiderte ich, »man muß sie als Ganzes nehmen, als die ungebändigte Natur, die sie ist. Ihre Irrtümer, ihre Leidenschaften, ihre Fehlschlüsse, dem allen liegt eine grandiose Einheitlichkeit zugrunde. Warum nicht, edle Narrheit? Ihr habt sie doch immer verspottet. Das Lächerliche steckt sehr tief, dort, wo sie mit Phantomen kämpft. Alles wird ihr zum Phantom: die Menschen, die Welt, du, ich, sie selber. Von der Wirklichkeit weiß sie gar nichts.« Irmgard sah mir mit ihrem ehrlichen Blick versonnen ins Gesicht. »Armer Alexander«, flüsterte sie. – »Warum armer Alexander?« – »Ach, ich meine nur so »… – »Was meinst du?« – »Ich meine, vielleicht bist du es, der von der Wirklichkeit nichts weiß.«

Das »Menschliche«

Ich merke, daß Ganna lebhaft beunruhigt ist. Sie horcht, sie spioniert, sie sieht mich mit dem traurig forschenden Blick an, den die verlassenen Geliebten auf der Bühne haben. Um mich auszuholen, stellt sie mir schlaue kleine Redefallen. Wenn ich mich nicht fange, probiert sie es mit gröberem Geschütz. »Ich bin die unglücklichste Frau auf der Welt!« ruft sie aus und geht kreuz und quer durchs Zimmer, als wolle sie die Wände niederreißen. – »Du siehst Gespenster, Ganna, das Unglück existiert nur in deinem Kopf. Irmgard ist ein viel zu anständiger Mensch, um sich auf fragwürdige Abenteuer einzulassen.« – »Irmgard? Die geht über Leichen.« – »Aber Ganna?« – »Und du? Du würdest mich betrügen?« – »Es steht mir der Sinn nicht danach, Ganna.« – Sie wirft sich mir an die Brust. »Wirklich? Du schwörst es mir? Du schwörst, daß du kein Verhältnis mit ihr hast?« Ich muß lachen. Es ist so roh, wie sie es vorbringt, man fühlt sich wie auf die Nase geboxt; warum lacht man eigentlich? Sie nimmt meine Hand zwischen ihre beiden, besieht aufmerksam den Handteller und sagt mit einem Ausdruck, als sehne sie sich nach meinem Widerspruch, um das harte Urteil mildern zu können: »Die Herzlinie ist verkümmert. Hast du am Ende kein Herz, Alexander?« – »Ganz gut möglich«, entgegnete ich, »aber worauf du deutest, ist, soviel ich weiß, die Verstandeslinie.« – »So?« sagt sie erleichtert. »Gott sei Dank.«

Sie kommt zu dem Schluß, daß sie mir vielleicht etwas mehr zu bieten haben, als Frau verlockender sein müßte. Sie schafft sich für teures Geld ein mondänes Parfüm an und gießt gleich einen ganzen Kaffeelöffel voll über sich aus, was des Guten entschieden zuviel ist. »Ich bin nicht raffiniert genug«, klagt sie mit einem Unterton von Stolz, »ich habe kein Talent zur Kokotte.« – »Nein, das hast du in der Tat nicht, Ganna«, bestätige ich und nehme die Gelegenheit beim Schopf, ihr zu sagen, daß sie immerhin zu Hause nicht schlumpig herumgehen müsse, wie sie zu tun pflegt. Sie zieht es sich zu Gemüt und kauft für bare fünfunddreißig Kronen einen falschen japanischen Kimono, in dem sie aussieht wie der Sarastro in der Zauberflöte. Aber die Pantoffeln, die sie zu dem Prachtstück trägt, sind schmierig und zertreten, und da sie die Strümpfe nicht befestigt, solange sie sich nicht zum Ausgehen fertigmacht, hängen sie ihr herunter und schauen unten aus dem Kimono hervor wie leere Wursthäute. Als sie meine Mißbilligung wahrnimmt, sagt sie ungehalten: »Ja, gut, die Bänder sind abgerissen, aber das hat doch mit dem Menschlichen nichts zu tun.« Natürlich nicht, ich hatte es auch nicht behauptet. Aber das »Menschliche« ist doch kein Geheimfonds, aus dem man nur in gehobenen Stunden schöpft, und im übrigen der Permiß für falschen Kimono, zerlumpte Pantoffeln und nachschleifende Strümpfe ...

Schrei in der Nacht

In dieser Zeit stellt sich folgendes bei Ganna ein. Wenn tagsüber ein Streit, eine Meinungsverschiedenheit zwischen uns geherrscht hat, verdichten sich ihre Bitternisse und Unzufriedenheiten, die beständig zunehmen, im Schlaf, und sie befreit sich von ihnen in Form einer Explosion. Dann schreit sie. Es ist in der Regel ein einmaliger, gellender, fürchterlicher Aufschrei, der durchs ganze Haus schallt und alle Bewohner aus dem Schlaf schreckt. Nach und nach wird dieser Schrei zu einem grauenhaften Ereignis für mich, zu einem lebensverfinsternden Einschnitt. Ich erwache, wenn er ertönt, in einer Art, als ob mir eine lange Nadel von einem Ohr zum andern durch den Schädel getrieben würde. Ich beuge mich im Finstern über sie, ich frage, ich will sie beruhigen. (Späterhin, als wir nicht mehr im gleichen Raum schliefen, stürzte ich, aufgeschreckt von dem Schrei, in ihr Schlafzimmer, während mir kalte Schauer über den Rücken liefen; manchmal kam mir der böse Verdacht, daß sie mich durch das gräßliche Röhren an ihr Bett zwingen wollte; sicherlich nicht bewußt; aber um nicht allein zu sein; um mich nicht vergessen zu lassen, daß sie vorhanden sei und meinen Lebensraum ausfülle; aus Eifersucht auf meinen Schlaf; wer konnte das bei ihr ergründen?) Sie erzählt mir den Traum, der in dem Schrei gegipfelt hat. Seltsame Träume sind es oft, Träume einer martersüchtig ans Schicksal verratenen, ausblicklosen Seele; Träume, die etwas Finsteres und Urweltliches haben, etwas Abstruses wie alles an ihr, was unterhalb ihres Wachseins vorgeht. Sie hat zum Beispiel von Irmgard geträumt, die rothaarig und mit blutendem Mund vor ihr stand; und der Mund war darum blutig, weil sie Gannas Herz in der Hand hielt und von Zeit zu Zeit hineinbiß wie in einen roten Apfel.

Die ich in Armen halte, um ihr Zuspruch zu spenden, ist die Mutter meiner Kinder, nicht das Weib, nicht die Gattin. Ihre aufgesammelten Schmerzen, Klagen und Vorwürfe ergießen sich wie ein Katarakt. In ihrer fieberhaften Beredsamkeit kommt sie vom Hundertsten ins Tausendste, vermengt Gestriges mit längst Vergangenem, Eingebildetes mit Wahrem und Halbwahrem, und wenn ich die eine Beschuldigung widerlegt habe, beginnt sie mit einer dreimal widerlegten von vorn. Es ist so unheimlich, wie wenn jemand, ohne das gewebte Muster zu kennen oder anzuschauen, die wirren Fäden auf der Rückseite des Teppichs mit wunden Fingern aufdröselt. Ihr Hirn ist ein Behältnis für alle unreinen Wässer, die im Verlauf von Tagen hineingeströmt sind und jetzt überlaufen. Irmgard und immer wieder Irmgard. Wo ich sie getroffen, wie lange wir beisammen gewesen, wovon wir geredet. »Wenn du mich hintergehst, Alexander, ich weiß nicht, was dann passiert, ich nehme mir das Leben.« Dann: Daß ich ihre Autorität bei den Dienstleuten untergrübe. – »Du hast ja keine Autorität, Ganna.« – Ich widerriefe ihre Anordnungen. – »Gewiß, wenn sie unsinnig sind.« – Hätte ich mir nicht vorgestern seelenruhig die Frechheiten angehört, die das Fräulein zu sagen gewagt? – »Ich konnte dir nicht beistehen, du hast sie behandelt wie einen Hund.« Die Antwort macht sie rasend, »na, weißt du, Alexander, na, weißt du ...« Unaufhaltsam sprudeln die unreinen Wässer aus ihr heraus, in die Dunkelheit starrend, meine ich, der Kopf müsse mir springen. Nun kommt das Budget an die Reihe. Daß ich keinmal mit dem Taschengeld auslange; daß das Kapital von Jahr zu Jahr schmelze wie Schnee in der Sonne; daß der Schuft, der Fürst, noch keinen Heller zurückgezahlt habe. Ob ich die Kinder dem Elend preisgeben wolle? Und meine Kälte, meine Lieblosigkeit. »Aber Ganna! Ganna! Ich und lieblos!« – Ja; wo ich nur könne, verleugnete ich sie; ließe mich von meinen aristokratischen Bekannten einladen und ginge heimlich hin. Schämte ich mich denn ihrer? »Sag mir offen, Alexander, schämst du dich meiner?« – Um mich dreht sich alles. »Schlaf endlich«, sage ich, »sei endlich still ...«

Tod des Vaters, Wahnsinn der Mutter

Im Sommer 1905 starb Professor Mewis an einem Herzschlag. Gannas Schmerz war seltsam ungebärdig. Bis dahin war sie vom Schicksal so verwöhnt worden, daß sie dem Tod gewissermaßen noch keine Beachtung geschenkt hatte. Wie konnte sich der Tod erlauben, und so jählings noch dazu, das geheiligte Haupt der Familie Mewis zu fällen? Sie begann, mit dem Verstorbenen Abgötterei zu treiben. Sie sammelte Reliquien, sammelte Bilder und Aussprüche von ihm. Sie wob Legenden. Sie ging mit dem Plan um, seine Biographie zu schreiben. Sie gab sich zum Ärger der Schwestern für seine Lieblingstochter aus; und daran glaubte sie selbst unverbrüchlich.

Doch der Herr war nicht mehr, der Mann mit der Eisenfaust. Dessen Name, nur genannt, sie innerlich hatte aufmerken lassen. Der Bilder- und Götzendienst war der letzte Respektszoll, den sie ihm erwies. Nun brauchte sie keinen Herrn mehr zu fürchten.

Bald nach dem Tod des Professors mußte Frau Mewis, immer für ein paar Monate des Jahres, in einer Anstalt interniert werden. Das Wrack war dem Druck des Wassers gewichen. Das Aufhören des seelischen Zwangs hatte die Krankheit frei gemacht. Ganna besuchte die Mutter wöchentlich ein- oder zweimal. Jedesmal quälte sie mich, ich solle sie begleiten. Eines Tages ging ich mit ihr. Wir wurden in einen Raum mit vergitterten Fenstern geführt. In einem Lehnstuhl saß die Irre und zerriß mit sonderbarer Wildheit eine Zeitung in kleine Fetzen. Sie mußte stets etwas zerreißen oder zerstören, Briefe, ein Buch, ein Kleidungsstück. Manchmal beschmierte sie auch die Wände mit Unrat.

Sie bezeigte keine Freude über unser Kommen. Mit hektisch glänzenden Augen und heiserer Stimme beschwerte sie sich, daß man sie widerrechtlich gefangenhalte; sie habe deswegen an Seine Majestät den Kaiser geschrieben. Ganna sprach zärtlich auf sie ein, mir waren die Lippen versiegelt. So sympathisch mir die alte Dame in ihren ruhigen Tagen war, so abstoßend fand ich sie jetzt, so hassenswert in ihrer Krankheit. Der kranke Geist erregt nicht Mitleid wie der kranke Körper, sondern Furcht und Abneigung. Daß in den Adern meiner Kinder etwas vom Blut dieser Verstörten floß, war mir ein schlimmer Gedanke. »Ist er immer so auf den Mund gefallen, dein Herzallerliebster, oder hast du ihn erst so weit gebracht?« wandte sie sich mit anzüglichem Feixen an ihre Tochter. Ganna betrachtete dies als Aufforderung, ein Loblied auf mich und unsere Ehe anzustimmen. Darauf begann die Kranke in peinlich übertriebenen Ausdrücken von meinem letzten Buch zu schwärmen und versicherte, sämtliche Patienten des Hauses hätten es mit Begeisterung gelesen. Ich konnte es nicht mit anhören. »Wir wollen gehen, Ganna«, drängte ich. Als wir vors Tor traten, verabschiedete ich mich hastig von ihr und rannte davon.

Zweierlei Tempo

Dahinter liegt sehr viel Inhalt. Es geht bis in die Nerven, in die Stimmung, bis in die Umarmung. Am deutlichsten zeigt es sich natürlich in Gang und Schritt. »Geh mit uns spazieren«, bittet Ganna, »laß die Verabredungen sein, geh mit mir.« Ich willfahre ihr. Aber das froh begonnene Unternehmen endet in Hader und Mißvergnügen. Sie ist keiner körperlichen Anstrengung gewachsen, will es jedoch nicht wahrhaben und bezichtigt mich, ich ermüde sie absichtlich, um ihre Untauglichkeit beweisen zu können. Ich lasse den häßlichen Anwurf unwidersprochen, ich kann nicht allen ihren Beschuldigungen widersprechen, die Ganna-Dialektik bringt einen um den Verstand. Mit ihr in die Landschaft wandern, schön. Aber die Lust vergeht mir schon, wenn sie ihre Vorbereitungen trifft. Sie hält sich nicht an die vereinbarte Zeit. Ich will unbelastet sein, sie hingegen schleppt alles mit, was ihr unentbehrlich dünkt: ein Buch, einen dicken Mantel, eine Decke zum Lagern, den Schirm für etwa einfallenden Regen, auch wenn kein Wölkchen am Himmel ist, die umfängliche Tasche mit Mundvorrat, Notizblock, Salben, losen Blättern, und den Strohhut, der am Gummiband an ihrem Arm hängt. Sie kann nicht alles allein tragen, ich muß mitschleppen. Ich will marschieren, sie will schwelgen. Ich hasse es, die Gegend anzuschwärmen, sie ist verzückt über jeden grünen oder dürren Hügel. In ihrer Wonne schiebt sie ihren Arm in den meinen, aber da mich dies zwingt, mit ihr Schritt zu halten, das heißt, nachdenksam Fuß vor Fuß zu setzen wie ein Invalide, reiß' ich mich ungeduldig los und eile voraus. (Denn ich ging so schnell, wie ich schnell atmete, schnell aß und schnell lebte; wie konnten wir da zur Gleichart und Gleichbewegung gelangen? Es war eine organische Unmöglichkeit.) Da bricht nun Gannas Erbitterung aus. Eine Frau, die zwei Kinder geboren und jedes acht Monate lang gestillt habe, verdiene Rücksicht und nicht ein so rüpelhaftes Benehmen wie das meine, so unglückliche Mienen, so herzloses Drängen und Jagen. Es ist wahr;

ich bin nicht schonend genug; ich lasse sie die physische Schwäche fühlen; ich bin nicht ritterlich genug; es ist wahr. Hätte sie nur das vom Kindergebären nicht gesagt. Kindergebären und Stillen ist in ihren Augen dasselbe, was für einen Feldherrn die gewonnenen Schlachten sind, preiswürdige Taten, für die sie mit dem Materdolorosa-Kranz zu ehren ist, als ob Kinder nur mittels einer geheimnisvollen Tücke des Mannes erzeugt würden und die Frau, als unschuldiges Opfer, lebenslange Tributleistung für den schnöden Vertrauensbruch zu fordern habe. Wenn Ganna einmal eine dialektische Bastion erobert hat, stürmt sie unverdrossen vorwärts. Warum, so fragt sie in den Himmel hinauf, ist gerade ihr das Los beschert worden, an der Seite eines rohen Egoisten leben zu müssen, ihr, die so lächerlich bescheiden ist, die sich längst, Gott ist ihr Zeuge, längst abgewöhnt hat, etwas für sich zu wollen, die Tage und Tage mutterseelenallein zu Hause hockt, während er sich seine Zerstreuung anderswo verschafft …

Es mag wahr sein, Ganna, manches mag wahr sein, aber hör doch endlich auf, schau doch, wie die Leute uns nachgaffen. Sie hört nicht auf, den ganzen Nachhauseweg nicht, beim Abendessen nicht, es ist ein eiferndes Gegrolle, ein schaurig-einfältiges Gewebsel, bisweilen schweig' ich, bisweilen braus' ich auf, ich kann mich nicht immer meistern, ich kann vor allem Ganna nicht meistern, es ist alles zweierlei, zweierlei Fühlen, zweierlei Schauen, zweierlei Tempo. Schließlich weiß ich mir keinen andern Rat mehr, als daß ich mich an den Flügel setze, ein Notenheft aufschlage und mit ungeschickt stolpernden Fingern, jeden Lauf, jedes Allegro erschwindelnd, ein Chopinsches Prélude, ein Stück aus den Davidsbündlern heruntertrommle. Auf einmal ist Ganna wie verwandelt. In einem Sessel liegend, lauscht sie mit den groß geöffneten Augen eines betenden Kindes. Was reizt mich eigentlich daran, sie mit meinen elenden musikalischen Stümpereien in Begeisterung zu versetzen? Vielleicht, weil da das zweierlei Tempo zum rhythmuslosen Chaos wird? Weil sie dann Abbitte leistet und mich herzt und auf Knien vor mir liegt? Der Unterschied zwischen uns war der: Sie vergaß alles, von einer Stunde zur andern, wie nur Engel oder Dämonen vergessen, ich vergaß nichts, in Ewigkeit nichts. Dabei wurde es immer dunkler in meinem Gemüt.

Das mystische Band

Aus der Zeit, da Irmgard sich mit dem Bergwerksingenieur Leitner verlobte, finde ich folgende Eintragungen in meinem Tagebuch: »Für Irmgard war ich nur ein Ruhepunkt, Station für ihre Sehnsucht. Seit sie mich aufgegeben hat, ist es, als hätte sie sich selbst aufgegeben, etwas Welkes liegt über ihr. Wer sich aber selbst aufgibt, dem kann kein Gott mehr helfen, nur die beflügelte Seele bleibt jung, ihr ist die Liebe eingeboren, sie braucht sie nicht zu empfangen, sie gibt, weil sie hat, und ihre Bekümmernis kommt aus der Fülle, nicht aus dem Mangel.« Und die andere: »Es gibt eine Traurigkeit, daß man sich der Länge lang auf die Erde legen möchte, um zu weinen; daß man mit einer wunden Zunge redet; daß die Luft wie ein Gebirg auf den Schultern wuchtet. Und doch ist alles nach der Natur der Dinge verlaufen. Wie schön, wenn zwei Menschen in Freiheit nebeneinander gehen und gleichsam im Bilde einander gehören. Dann ist auch im Schmerz des Verlustes ein bitterer Wohlgeschmack, und was so unbestimmt und unbeschwert hingeglitten ist zwischen Leidenschaft und Geschwistergefühl, ist noch nicht einmal zerschellt, weil es sich golden in die Erinnerung geschmeichelt hat. Meine Angstträume jede Nacht! Gestern abend im Park, nachdem wir uns zum letztenmal ausgesprochen und sie unbeweglich und mit weißem Gesicht vor mir stand, flog ein leuchtender Meteor in ungeheurem Bogen über den Himmel …«

Seit auch die jüngste Schwester Traude geheiratet hatte, ihr Mann war ein Berliner Industrieller namens Heckenast, fühlte sich Irmgard als allein Übriggebliebene nicht mehr wohl zu Hause. Und so griff sie zu, als der sympathische und kluge Leitner um sie warb. Mein Gefühl für sie hatte nichts an der ursprünglichen Frische eingebüßt, obgleich ich zu dieser Zeit begonnen hatte, mit anderen Frauen in Beziehung zu treten. Ihr Bild war mir teuer. Ich war sehr abhängig von Frauen. Ohne erotischen Rausch, ohne die zauberische Verstrickung der Sinne lebte ich nur halb. Irmgard wußte es. Sie erhob niemals einen Anspruch auf mich. An jenem Abend, von dem ich gesprochen habe, haschte ich nach einem langen Schweigen nach ihrer Hand und preßte meine Lippen darauf. Sie zuckte erschrocken zurück. Plötzlich fragte sie, nur so vor sich hin: »Wie stehst du eigentlich mit Ganna?« – Ich erwiderte: »Es hat sich nichts verändert. Es kann sich nichts verändern.« – Und sie: »Hast du nie daran gedacht, dich von ihr zu trennen?« – Ich schüttelte den Kopf. Ich sagte, der Gedanke sei mir nie gekommen; mir wäre, fügte ich hinzu, als ginge ein solcher Entschluß ans Leben. – »Aber du betrügst sie doch fortwährend«, flüsterte sie mit leiser Verachtung, »und zugleich schläfst du mit ihr ... Machst ihr ein Kind nach dem andern ... Was denkst du dir dabei?« – »Du hast recht«, gab ich bedrückt zu, »trotzdem ... meine Ehe mit Ganna steht über jeder Diskussion. Abgesehen von den Kindern ... Es ist da etwas ... Ich kann's dir nicht erklären, du mußt die Tatsache nehmen, wie sie ist.« – »Mit den andern spielst du also bloß?« – »Unsinn, Irmgard. Du weißt sehr gut, daß ich nicht mit Menschen spiele. Versteh mich doch, es ist ein mystisches Band.« Genau das sagte ich. Irmgard antwortete mit einem scheu zweifelnden »Ja«? Sie glaubte mir nicht. Sie fühlte aber weder die Kraft noch das Verlangen in sich, mich in dem Glauben an das »mystische Band« irre zu machen. Vielleicht wollte sie auch nicht zu denen zählen, die mir die Gewissenskonflikte erleichterten, indem sie das »mystische Band« nicht berührten. Doch täuschte sie sich, wenn sie annahm, dieses Band existiere in Wirklichkeit gar nicht. Es war da. Es bestand aus Schuldgefühl und Gespensterangst. Es war durchwirkt von der Ahnung kommenden Verhängnisses, denn ich glaube, ich gehöre zu den Menschen, die ihr zukünftiges Geschick unwissend-wissend als lebendige Substanz in sich tragen.

Gannas Toleranz

Entsinne ich mich recht, so fiel meine sinnliche Abkehr von Ganna ziemlich genau in die Zeit, da wir die Villa Ohnegroll verließen. Die Wohnung war zu klein geworden, und wir zogen in ein Mietshaus am nördlichen Rande der Stadt, im Weinberggelände am Fuß des Kahlenbergs. Dort war vorerst nur der Halbstock frei; es war im November, als wir einzogen, und bis zum Mai mußte ich mit meiner Arbeit abermals in einer Dachkammer Zuflucht suchen. Ich war nicht ungehalten darüber. Ich schlief und lebte unterm Dach wie in einer Sonderwelt. Die Decke war so niedrig, daß ich sie mit dem ausgestreckten Arm berühren konnte. Wenn ich die eiserne Tür hinter mir verriegelt hatte, war ich mit meinen Gebilden unerreichbar allein. Als ich dann nach Monaten in den Ganna-Bezirk übersiedelte, war mir längst nicht mehr so wohl, obgleich ich in einem abgetrennten Trakt hauste. Es war eine wachsende Friedlosigkeit um Ganna. Sie lag im Kampf gegen alle Menschen. Sogar mit dem Hausmeisterehepaar hatte sie beständig Streit, entweder wegen Benützung der Waschküche oder zu zeitiger Torsperre oder Verhetzung einer Köchin oder verleumderischer Reden in der Nachbarschaft. Immer war etwas los. Immer mußte ich vermitteln, beschwichtigen und Abbittgänge machen. Und an schönen Abenden vollführten die Volkssänger in den Weinschenken der Umgebung einen rührseligen Lärm. Was blieb mir anderes übrig, als das Haus zu fliehen, wenn mir unbehaglich darin wurde?

Als Ganna allmählich die Gewißheit erlangte, daß ich ihr nicht mehr treu war, erregte ihr dies großen Kummer. Was aber in ihrem tiefsten Innern dabei vorging, habe ich nie ganz erfahren können. Manchmal traf ich sie in Tränen, manchmal kam es zu einem erbitterten Ausbruch, manchmal schien es mir, als finde sie sich ab und habe beschlossen, meine Seitensprünge zu dulden, ungefähr, wie viele Frauen es hinnehmen, daß der Mann ins Wirtshaus geht. Da ich, um sie zu schonen, meist sehr heimlich verfuhr, tröstete es sie, wenn sie die Betreffende nicht kannte. Sie redete sich dann ein, daß auch andere Menschen sie nicht kannten. Und war dieses Versteckenspiel nicht aufrechtzuerhalten, so hatte sie einen anderen Trost; sie sagte sich, es handle sich ja nur um eine »Geliebte«, Trägerin einer Nebenfunktion. Denn sie, Ganna, war die angetraute Frau. Daran war nicht zu rütteln. Auch war der Welt der Glaube beizubringen, daß sie, Ganna, bei meinen Liebesverhältnissen gewissermaßen die Oberaufsicht führte. Sobald nun ein neues weibliches Wesen in meinen Lebenskreis trat, das meine Gedanken und mein Herz gefangennahm, suchte Ganna vor allen Dingen die Gefährlichkeit der Rivalin festzustellen, das heißt, bis zu welchem Grad Gannas Besitzrechte unangetastet blieben. Ihr Gesamtverhalten entwickelte sich dann nach den Richtlinien einer Hauspolitik. Es war ungemein seltsam, wenn sie denen, die ihr nahestanden, auseinandersetzte (oft wurde mir dies zurückerzählt), ein Mann wie ich müsse seelisch verarmen ohne frische Zufuhr von Erlebnissen; es sei wichtig für sein Schaffen, daß er nicht in der Familie einroste, zudem plage er sich mit seiner Arbeit so erbärmlich, daß man ihm einige Zerstreuungen gönnen müsse. Das ergab, wenn ich es klar hätte beurteilen wollen, wovor ich mich hütete, eine Praxis, die im Grunde auf eine literarische Kapitalsanlage der Liebeserlebnisse hinauslief. Was auf der einen Seite an Leidenschaften, an Zeit, auch an Geld, zum Beispiel für Reisen und Geschenke, verausgabt wurde, kam auf der anderen in gedichteter Form mit Zins und Zinseszins wieder herein. Jede Seelenbewegung, jeder Aufschwung setzte sich um in den Stoff zu einem Buch; das Buch wird gedruckt und bezahlt, und hat es gar noch Erfolg, so sind die Unkosten reichlich gedeckt. Das war Gannas Einsicht. »Man muß Einsicht haben«, sagte sie und ermahnte mich nur, nicht allzuviel von mir herzugeben, ihr zuliebe, als werde das Soll und Haben in ihrer Buchführung durch erotische Vergeudung ungünstig beeinflußt, »alle diese Frauen sind Vampire, sie wollen dir das Blut aus den Adern saugen«, warnte sie mich, und zum Beweis dessen, daß entartete Weiber ihr Vernichtungsgeschäft an arglosen Männern in alter und neuer Zeit ungehindert betrieben hatten, las sie mir gelegentlich einschlägige Stellen aus der Christlichen Mystik von Görres vor.

Das sittliche Postulat

Ob Ganna sich innerlich grollend ins Unvermeidliche ergab oder ein Auge zudrückte, hing natürlich auch von meiner jeweiligen Freundin ab. So erregte die schöne Belgierin Yvonne ihr besonderes Wohlgefallen, weil sie ihr bei den spärlichen Besuchen in meinem Hause mit ängstlicher Rücksicht entgegenkam. Man hatte ihr ein Wort Yvonnes zugetragen, das sie entzückte, vielleicht nur, weil sie dessen tieferen Sinn nicht erfaßt hatte. »Niemals würde ich es wagen, dieser Frau den Mann abspenstig zu machen«, hatte sie gesagt, »daraus würde das schrecklichste Unheil entstehen.« Yvonne wußte wohl schwerlich, wie prophetisch ihre Äußerung war. Sie gestand mir einmal, Ganna sei der beunruhigendste Mensch, der ihr je begegnet sei. Es kam vor, daß sie sich so verstört aus meinen Armen löste, ganz plötzlich, wie wenn ihr Gannas winzige Faust die Kehle zugedrückt hätte. Als ich ihr vorschlug, ich wolle mit ihr reisen, wohin sie wolle, für wie lange sie wolle, erbebte sie und hauchte entsetzt: »Um Gottes willen nicht. Du mußt bei ihr bleiben. Für mich wärst du doch immer bei ihr.« In diesem Fall war Ganna ihrer Sache sicher. Ihre Schwester Justine erzählte mir eines Tages spöttisch, Ganna habe ihr mit einem diskreteinwollenden Alkovenlächeln mitgeteilt: »Denk dir, er hat jetzt ein Verhältnis mit einer belgischen Komtesse.« Sogar die etwas stumpfe Justine war von dieser sonderbaren Prahlerei unangenehm berührt, und mich betrübte und empörte sie.

Wenn meine Freunde, die dieses lesen, den Kopf schütteln sollten, wird niemand ihre verwunderte Mißbilligung besser verstehen als ich. Ich höre sie fragen: Wie hast du es ausgehalten? Hast du keine Ahnung gehabt von der furchtbaren Gefahr, die du blind neben dir, hinter dir, um dich herum wachsen ließest? Wie war es vereinbar mit deinem Gefühl für Wahrheit und Anstand, daß du die Frau immer tiefer ins seelische Leiden und in die Lebensunsicherheit gestoßen hast? Denn ein Leiden war es doch, mochte sie sich in ihrem unzerstörbaren Optimismus noch so sehr darüber täuschen. In dem ganzen Verhältnis war doch Lüge; etwas in deiner Existenz war doch morsch ... Wie konntest du sie fortführen?

Das alles trifft nicht zu. Man darf das Bild, das ich hier male, nicht mit dem verwechseln, das ich in jener Epoche meines Lebens sah. Es ist schwer genug, die Erfahrungen von weiteren zwanzig Jahren, die dazwischen liegen, halbwegs auszuschalten, so daß eine zeitbedingte Wahrheit entsteht von dem Ausmaß, wie ich sie in meiner damaligen Lage erkennen konnte. Das Schicksal verfährt oft mit uns wie der Verfasser eines Detektivromans. Stück für Stück und Schritt für Schritt enthüllt es uns einen Sachverhalt, der uns bis zur endgültigen Aufhellung verborgen war, und die Überraschung, die wir dann erleben, rührt nur davon her, daß mit unserm Scharfsinn und unserer Urteilskraft ein geschicktes Spiel getrieben wurde.

Ich hatte ja einen unerschütterlichen Glauben an Ganna. Wenngleich es mich immer häufiger zu andern Frauen trieb und ich einer sinnlichen Verlockung nie widerstehen konnte, blieb ich ihr doch in einer mir selbst rätselhaften Weise verbunden, und diese Verbundenheit, die bei ihr mit der Gewalt einer Naturkraft in Erscheinung trat, war ein ehernes Gesetz, das mein Dasein bestimmte. Unmöglich, dagegen zu wirken, unmöglich, es zu übertreten. Alles andere konnte nur zeitweilige Abirrung sein. Dies beteuerte ich ihr auch, und die wiederholte heilige Beteuerung bestärkte ihr Sicherheitsgefühl und machte sie zügellos. Aber wenn sie auch noch so verwegen die Grenzen überschritt, die ihr gezogen waren, und diese Verwegenheit nahm allerdings von Jahr zu Jahr zu, so änderte dies doch nichts an meinem inneren Vertrauen, an meiner Bewunderung für die Außergewöhnlichkeit ihres Charakters, an dem Glauben an ihre geistige und seelische Kameradschaft, um so weniger, als ich dergleichen Übergriffe oft nicht einmal sah oder als solche erkannte. Es ereignete sich unter anderm, daß sie ohne mein Vorwissen in einer deutschen Wochenschrift einen umfänglichen Aufsatz über mich und mein Werk veröffentlichte, eine verständige und ganz lesenswerte Abhandlung, wennschon mit den gängigen ästhetischen Floskeln jener Zeit reichlich gespickt. Einige meiner Freunde machten mich auf die Bedenklichkeit eines solchen Vorgangs aufmerksam; die Ehefrau eines Schriftstellers könne doch nicht als Dolmetsch seiner Ideen auftreten, meinten sie. Dem widersprach ich. Der Essay sei glänzend geschrieben, hielt ich ihnen entgegen (das war er nicht), und wer wolle der Gattin verbieten, sich objektiv und würdig über das Schaffen des Gatten zu äußern? Ich war nicht sehr überzeugt von der Triftigkeit meiner Argumente, aber ich konnte ja Ganna nicht im Stich lassen.

Noch mehr erstaunten die mir Nahestehenden, als mein Buch »Die sieben Totentänze«, an dem ich volle vier Jahre gearbeitet hatte, mit einer feierlichen Zueignung an Ganna erschien, worin sich der Dank für die Helferin und Versteherin mit dem Ausdruck der Liebe für die Gattin und Gefährtin vereinigte. Diese Verherrlichung Gannas geschah aufrichtigen Herzens. Ich habe nie eine Zeile niedergeschrieben, in der ich mich verleugnete, bin nie imstande gewesen, ein Gefühl schönfärberisch zu überschminken. Es war ein freies Geschenk, das ich ihr damit darbrachte; und doch, es gibt Geschenke dieser Art, die durch geheimnisvolle Mittel erzwungen werden, sei es nur durch die ständige stumme Erwartung, die stumme Forderung einer Wiedergutmachung. Und dann: Die Ganna in meinem Leben und die Ganna in meiner Phantasie waren zwei grundverschiedene Wesen. Verschmolzen wurden sie jeweils durch meine Dankbarkeit oder, was ich so nannte, ein fließendes, dunkles Gefühl von Verpflichtung und Verschuldung. Das kam zu allem andern noch hinzu und hörte nicht auf, mich zu quälen. Unbegreiflich warum, da ich ja, wenn überhaupt eine Schuld zu begleichen, ein Dank abzustatten war, sie tagaus, tagein, jahraus, jahrein mit meiner ganzen Person, meinem ganzen Sein bezahlte. Es war, wie wenn ein längst freigesprochener Angeklagter nicht müde wird, dem Staatsanwalt die Beweise seiner Unschuld zu liefern. Diese martervolle Seelenverfassung führte dazu, daß ich die Ehe zu einem sittlichen Postulat erhob, dem keine Wirklichkeitsfolge entsprach; daß ich Ganna in eine luftleere Höhe hinaufidealisierte und ihr aus der Ferne, auf meinen vielen Reisen, die ergebensten, sehnsüchtigsten Briefe schrieb. Ich erdichtete eine schier überweltliche Bindung an sie und übersah, daß der irdische Mensch Alexander Herzog keinen festen Boden mehr unter den Füßen hatte. Ich erhob Ganna zu einem Prinzip, zu einer Idee, sie und die Kinder waren eins, drei Herzen, die in meinem drin schlugen und denen ich dienstbar zu sein hatte zeit meines Lebens. Das wußte Ganna. Sie baute darauf. Der Grund, auf dem sie baute, erschien ihr tragfähig genug für die schwerste Belastung.

Schwund des Kapitals

Die Sorgen bringen Ganna um den Schlaf: Von der stattlichen Mitgift ist kaum mehr der zehnte Teil vorhanden. Das abgemagerte Konto beleuchtet wie ein von letzten Holzresten gespeistes Feuer eine leichtsinnige Lebensführung, ein frevelhaftes Vertrauen auf fürstliche Einkünfte, eine Lotteriewirtschaft mit einem Wort. Die Einkünfte aus meinen Büchern sind zwar nicht unerheblich, kommen aber gegen den Verbrauch nicht in Betracht. Die Hoffnungen, die ich auf sie setze, eilen immer dem Erfolg weit voraus. An einen Ersatz des Heiratsgutes, womit sich Ganna beim Beginn der unsoliden Gebarung getröstet hat, ist nicht zu denken.

Infolgedessen sieht man sie wie einen verhärmten Kanzlisten tagtäglich über Rechnungen und Belege gebeugt und mit gerunzelter Stirn in dem riesigen Haushaltungsbuch, das sie sich angeschafft hat, Zahlenreihe um Zahlenreihe addieren. Nebst den bedeutenden Ausgaben für Miete, Löhne, Reisen, Versicherungen, Küche und Kleidung handelt es sich dabei um endlose kleine Posten und Pöstchen für Seife, Zwirn, Trambahnfahrten, Bettler, Briefmarken, Stiefelbesohlung; jeder Heller wird aufgeschrieben. Ich sage: »Ganna, du machst dir doch überflüssige Arbeit, leg doch ein Sammelkonto für all das Nebenbei an.« Das will sie nicht. Die pedantische Genauigkeit hat ihren Grund: Es fehlt Ganna am Überblick im Großen, und sie verbirgt sich diesen Mangel durch eine Aneinanderreihung des Kleinsten. Sie muß tausend Nichtigkeiten im Kopf behalten, und wenn es dabei zu Verwirrungen kommt, sind sie nicht verzeihlich bei einer Frau, die nie ohne einen Band Nietzsche oder Novalis zu Bett geht und achthaben muß, daß der gemeine Alltag nicht ihre edlen Gedankenflüge lähmt? Leider verliert sie darüber nicht selten die Haltung, die sie mir und sich schuldig ist. Sie schnauzt mich an wie ihren Hausknecht, wenn ich mich zu einer unbesonnenen Geldausgabe verleiten lasse. Gleich marschiert die drohende Zukunft auf. Das Hungertuch, an dem die Kinder nagen werden, hängt schon vor der Tür. Ich hatte damals einen Freund in Berlin, den ich sehr liebte, einen Mann von hohen Gaben und größtem menschlichem Format. Er kämpfte schwer mit der Not. Ich half ihm bisweilen aus, freilich nur mit allzugeringen Beträgen. Ganna will auch die nicht konzedieren. Sie »sieht es nicht ein«. Es gibt andere, reichere, die sich »solchen Luxus« leisten dürfen, findet sie. Das Hemd sei einem näher als der Rock, behauptet sie. Die Familie geht vor. Mit den siebzehnhundert Kronen, die der Schuft, der Fürst, noch immer schulde, könnte man mit den Kindern über den Sommer ans Meer fahren, was sie »bitter nötig« hätten. Ich stelle in Abrede, daß die Kinder eines Aufenthalts am Meer bedürfen; sie erfreuen sich einer blühenden Gesundheit. »So«, blitzt mich Ganna entrüstet an, »hat nicht Doktor Blau bei Elisabeth eine Neigung zu Bronchialkatarrh festgestellt?« Ich wage einzuwenden, für die Summe, die sie jährlich für unnotwendige Arztvisiten ausgebe, könne sie nicht nur nach Biarritz reisen, sondern sich außerdem noch ein halbes Dutzend Pariser Toiletten anschaffen und brauche nicht in pittoresken Gewändern eigener Erfindung herumzugehen. Ganna schreit auf wie eine verwundete Wölfin. »Meine Einfachheit wirfst du mir vor? Pariser Kleider soll ich mir anschaffen? Bin ich denn die Odilon? Und auf die Ärzte verzichten, wenn meinen Kindern was fehlt? Du freilich würdest die Armen ruhig leiden sehen.« Was soll ich antworten? Daß ich die »Armen« in der Tat »ruhig leiden« sehen würde, da ich zur Natur mehr Vertrauen habe als zu den Rezepten der Herren Doktoren Blau und Grün? Es gibt eben keine Fakten und Erfahrungen für Ganna, es gibt nur augenblickliche Triebbefriedigungen, die wie innere Kurzschlüsse wirken und den ganzen seelischen Beleuchtungsapparat zerstören. Wenn sie mir auf vorgestreckten Unterarmen das Haushaltungsbuch präsentiert wie eine Gesetzestafel oder das niederschmetternde Verzeichnis meiner wirtschaftlichen Sünden aufzählt, bin ich auf einmal kein schöpferischer Geist mehr, kein Perikles am Arm einer Aspasia; ich bin dann der gewissenlose Aufbraucher ihrer Mitgift, des heiligen Kapitals, das der Stammvater Mewis für ihren und ihrer Kinder lebenslänglichen Nutzgenuß bestimmt hat. Mit leidenschaftlicher Geschwätzigkeit rühmt sie sich, daß sie durch die Entdeckung einer billigen Bezugsquelle für Obst und Gemüse mindestens hundert Kronen im Monat erspart, übersieht aber dabei, daß diese Ersparnisse durch die Unfähigkeit und Zuchtlosigkeit ihrer Dienstleute dreifach wieder zum Teufel gehen. Aber das darf ich nicht einmal andeuten. Sie würde rasen. Ich weiß mir keine rechte Hilfe. Ach, Ganna, denk' ich mir oft, was soll man nur tun, damit dein Gemüt zur Ruhe kommt und dein Geist die Dinge reiner sieht? Dazu bestand freilich wenig Aussicht, und die folgenden Ereignisse begruben meine schwache Hoffnung endgültig. Ganna war jetzt zweiunddreißig Jahre alt, und wenn der Mensch im allgemeinen in diesem Alter nicht mehr lenkbar ist, sie war es durch Blut und Veranlagung ganz besonders nicht.

Eine Wiese erscheint am Horizont

Zu jener Zeit trugen die Frauen des gebildeten Bürgerstandes eine affenhafte Liebe für ihre Kinder zur Schau. Sogenannte Abhärtung, hygienische Vorschriften, pädagogische Maßregeln, das alles wurde mit feierlicher Wichtigkeit beschwatzt, in Versammlungen erörtert und nach den modernsten Grundsätzen verwirklicht. Man hätte glauben sollen, in den Sprößlingen dieser wohlhabenden Damen, die sich jede Extravaganz leisten konnten, wüchse ein Geschlecht sittlich und körperlich vollkommener Typen heran, befähigt, der menschlichen Gesellschaft ein hoffnungsreicheres Gesicht zu geben. Indessen haben wir von einem neuen Menschheitstag bis jetzt nichts bemerkt.

Ganna hatte sich hartnäckig geweigert, ihre Kinder in die öffentliche Schule zu schicken. Sie wurden zu Hause unterrichtet, auf die Dauer eine kostspielige Sache. Aber jedes Schulzimmer war nach Gannas Behauptung ein verpestetes Lokal, Sitz ansteckender Krankheiten, eine Infektionshölle, wie sie es nannte. Zudem war sie eine erbitterte Gegnerin der üblichen Lehr- und Erziehungsmethoden. Sie war für individuelle Behandlung, für Berücksichtigung der Eigenart, für harmonische Entwicklung der Persönlichkeit. Wunderschön; aber wo waren die Anstalten dafür? Mir waren die Theorien jener damals neu heraufkommenden Pädagogen verdächtig, die mit ihrer Vergottung des Kindes den Grund legten zu der Herzensverrohung einer späteren Ära.

Ich gab Ganna zu bedenken, daß man Kinder zum Gefühl der Gemeinschaft erziehen müsse; daß man sie zu unsozialen Selbstsüchtlingen mache, wenn man sie vor Opfer und Unterordnung, Härte und Rüttelung bewahre; wo sähen sie sich hinversetzt im Gegensatz zu den Millionen Unverschonter, welche Scham und Rache wartete ihrer, wenn einst der Tag der Abrechnung und des Ausgleichs kam? Das war in den Wind gesprochen. Einem Geist wie Gannas mußte der Weltzustand, in dem sie sich bewegte, unveränderlich erscheinen, da sie ja auch keine Wandlungsmöglichkeit in sich selbst besaß. Sie erging sich in ausschweifenden Phantasien über die Grausamkeit der Schultyrannen, denen es nicht um Wissen und Bildung zu tun sei, sondern um Zensur und Sittenzeugnis. Seien nicht alle Zeitungen voll von Schülerselbstmorden?

Nein, sie lasse die unschuldigen Seelen nicht gewaltsam vergiften. »Eure Schulen sind Zuchthäuser«, rief sie mit der Miene eines fanatischen Predigermönchs, »eher lass' ich mich vierteilen, als daß ich meine Kinder zu solchem Sträflingsdasein verdamme.« *Meine* Kinder! Ganna, Ganna! Mein Haus, mein Mann, meine Kinder: A und O des Lebens, das »dein« liegt daneben wie ein krepierter Hund.

Was hatte sie vor? Ferry ging ins zehnte Jahr, man mußte sich seinetwegen entscheiden, er konnte nicht länger wie ein Prinz von Gleichaltrigen abgesondert werden; Elisabeth ebenfalls nicht. Sie lebten ja auch schon im Treibhaus. Die Glaswände mußten endlich zerschlagen werden. Mich dünkte, als kämpfe ich mit Ganna einen heimlichen Kampf um die Seelen der Kinder. Nicht Liebe und Liebeswille gaben dabei den Ausschlag, sondern das, was ich die atmosphärische Wirkung eines Menschen nenne, den stummen und gleichmäßigen Einfluß einer schutzgeisthaften Gegenwart. Wie sich Blut von Vater und Mutter zu Erbe und Schicksal mischen, hat noch niemand ergründet; war es doch ungewiß, ob Vater und Mutter mehr dazu beitrugen als ihren anmaßenden Glauben. Gannas Verzärtelungstrieb war eine ernsthafte Bedrohung. Aber war ich denn selber so weit von Verzärtelung entfernt, daß ich richten durfte? Man kann einem gar nicht genug Liebe mitgeben, pflegte ich zu schwachmütig zu sagen, als ob Liebe, die man schenkt, für den Empfänger ein Universalrezept gegen Unglück und Leiden wäre; als ob ich nicht gewußt hätte, daß uns bitterer friert, wenn uns der warme Mantel genommen wird, wie wenn wir nie einen gehabt hätten.

Eines schönen Tages lustwandelt Ganna in ihrer schwelgenden Langsamkeit durch die Gassen des Vororts und kommt zu einer umzäunten Wiese, die sich in anmutiger Wellung, wie eine wehende grüne Fahne, hügelaufwärts hinbreitet. Sie bleibt stehen. Ein Gedanke schießt ihr ins Hirn: Hier müßten die Kinder ihre Schule haben. Trächtiger Augenblick. Sogleich sieht sie alles vor sich: hübsche Holzhäuser, langgestreckte Klassenpavillons, luftige Schlafsäle für die Internen, Versammlungsraum, Lesesaal, Tennisplatz, Turnbaracke; zum Greifen wirklich. Warum sollte sie ein so ideales Heim nicht nach ihren Plänen bauen können? Wer sollte sie hindern? Es ist schließlich eine Geldfrage.

Daran knüpfen sich folgende Überlegungen, die innerhalb weniger Minuten durch ihren erfinderischen Kopf wirbeln, während sie wie angewurzelt dasteht und mit der Wiese liebäugelt. Geld wird einem vorgestreckt, dazu gibt es Geldleute. Man wird sie am Nutzen beteiligen, die

Rückzahlung hängt von der Rentabilität ab. Man wird eine Gesellschaft gründen. Eine Schulgemeinschaft. Eine so herrliche Wiese in herrlicher Lage stellt ein Vermögen dar. Vielleicht kann man sie billig erwerben. In einigen Jahren ist sie im Wert dermaßen gestiegen, daß man die Kosten des ganzen Unternehmens davon bestreiten kann, gesetzt den unwahrscheinlichen Fall, es bezahle sich nicht von selbst. Aus ganz Österreich und Deutschland werden die Schüler herbeiströmen. Man macht Propaganda großen Stils. Man verschafft sich das Öffentlichkeitsrecht, wozu hat man Beziehungen. Es wird eine Goldgrube. Die Wiese reserviert sie für sich. Sie bleibt ihr Privateigentum. Angenommen, sie kostet jetzt sechzig-, vielleicht siebzigtausend, so wird sie in zehn Jahren, wenn der Bezirk ausgebaut ist, unter Brüdern eine halbe Million wert sein. Mit einer halben Million verschafft sie mir eine unabhängige Existenz und ein sorgenfreies Alter. Außerdem werden es die Kinder wie im Himmel haben.

Und Ganna sieht nirgends eine Schwierigkeit.

Erinnert dies nicht an die Plänemacherin im Märchen, die aus einem Karren mit Töpfergeschirr unermeßlichen Reichtum herausspekuliert, bis dann durch einen widrigen Unglücksfall das ganze Geschirr in Scherben vor ihr liegt?

Es ist ein psychologisches Geheimnis, daß Menschen wie Ganna von den Umständen so lange begünstigt werden, bis der Spannungsgegensatz zwischen Traum und Wirklichkeit mit einer Katastrophe endet. Blickt man tiefer, so kennzeichnet sich die Schwäche ihrer Konstruktion von vornherein durch die Spaltung der Beweggründe: es entsteht ein Sowohl-Als-auch, eine Doppeltheit der Absicht. Sie wollen sich gegen das Mißlingen wie gegen das warnende Gewissen sichern, indem sie den nächstliegenden Zweck mit einem fernerliegenden, der unpersönlicher scheint, stützen und überhöhen. Statt daß sie aber damit die Kraftquelle verstärken, wie sie meinen, zerteilen sie sie, und während sie sich einen Fluchtweg nach dieser und nach jener Seite offenhalten wollen, verrammeln sie alle beide. Genau das war Gannas Fall, als sie mit ihrer unwiderstehlichen Energie daranging, nicht nur für ihre Kinder ein Erziehungsparadies aus der Erde zu stampfen, sondern auch zu gleicher Zeit mittels einer großzügigen Spekulation die Zukunft des geliebten Gatten gegen jede Schicksalsdrohung zu feien. Dadurch scheiterte beides, wurde beides Wahn.

Die Schulgründung und was damit zusammenhängt

Begleiten wir sie bei ihren weiteren Schritten, die ebenso kühn wie sachgemäß sind. Sie erfährt, daß die Wiese einer Frau Nußberger gehört, einem alten Weiblein, Witwe eines Weinbauern. Sie macht dem Weiblein einen regelrechten Besuch und fühlt ihm auf den Zahn. Ihre Erwartung hat sie nicht betrogen, die Wiese ist zu haben. Der Preis: hundertzwanzigtausend. Ganna tut, als sei sie die Beauftragte einer Interessengruppe, und fängt auf alle Fälle an zu handeln. Sie hat den Eindruck, daß ihr dies nicht viel nützen wird, aber da eine Hypothek von vierzigtausend auf dem Grundstück liegt, die nicht abgelöst werden muß, verringert sich die aufzubringende Summe um diese vierzigtausend. Noch am selben Tag begibt sich sich zu ihrem Freund und Verehrer, dem Advokaten Dr. Pauli, der einer der gesuchtesten Anwälte der Stadt und ein Mann von großem Einfluß ist. Sie entwickelt ihm ihr Projekt. Er ist höchlichst davon angetan. Er verspricht ihr seine Hilfe. Hauptfrage: Wie bekommt man die Wiese? Soviel hat Ganna schon heraus: das Mütterchen Nußberger braucht Bargeld. Wiederholte Unterredungen mit der freundlichen Greisin überzeugen sie, daß diese bereit wäre, Ganna das Grundstück gegen eine verhältnismäßig geringe Angabe abzutreten, wenn für die Gesamtkaufsumme genügend Sicherheit geboten wird. Ganna wendet ihre ganze Liebenswürdigkeit und bestrickende Suada auf, um den Anzahlungsbetrag möglichst niedrig zu halten. Verwandte erscheinen, Töchter, Enkel, Schwiegersöhne, der ganze Nußberger-Clan, alle brauchen Geld, es wird endlos hin und her geredet. Tatsächlich gelingt es Ganna, die Angabe auf zweitausend Kronen herabzudrücken. Das macht sie einfach genial. Allein woher die zweitausend nehmen? Vom Konto? Unmöglich. Es ist die letzte Reserve. Sonach muß ein Geldgeber gefunden werden, der um der großen Sache willen das Risiko auf sich nimmt. Er findet sich. Dr. Pauli hat einige seiner Bekannten zur Gründung der Schulgemeinde überredet. Einer der Gründer läßt sich bestimmen, die Angabe zu leisten. Wie es Ganna zuwege bringt, daß die Wiese auf ihren Namen und nicht auf den der Gesellschaft überschrieben wird, ist ein Meisterstreich. Sie hat es mir einmal zu erklären versucht, aber ich habe es nicht verstanden, solche Geschäfte waren mir zu kompliziert, ich wunderte mich nur, daß Ganna sich so wohl darin auskannte: Sie muß eine angeborene Begabung dafür haben, dachte ich mir.

Nun geht es rasch vorwärts. Der Kreis der Teilnehmer vergrößert sich täglich. Es sind lauter vermögende Leute. Mich erstaunt es, wie viele Eltern es gibt, die ihren Kindern die Ärgerlichkeiten eines strengen Bildungsgangs ersparen wollen und sich dabei auf Freiheit, Mindestprogramm und moderne Prinzipien ausreden. Sie wissen offenbar Bescheid um die Fallstricke des Lebens und greifen entzückt zu, wenn sie durch Zahlung einer standesgemäßen Prämie ihrer lernfeindlichen Nachkommenschaft zu einem privilegierten Dasein verhelfen können.

Jedoch weit größer ist mein Staunen über Gannas unermüdlichen Eifer und ihre augenscheinliche Tüchtigkeit. Anstoßend an die Wiese liegt ein Landhaus in einem geräumigen Garten. Von Anfang an hat Ganna ihren Feldherrnblick darauf geworfen. Es ist zu vermieten; sie mietet es; später will sie es für das Heim käuflich erwerben. Mit der Wiese zusammen läßt sich dann die Schule in großem Maßstab ausgestalten, vornehmlich als Internat. Es finden aufregende Verhandlungen statt. Zumeist in meiner Wohnung. Ich komme mir vor wie ein Mann, der in einen Straßenauflauf geraten ist und sich ängstlich erkundigt, worüber sich die Leute erhitzen. Gannas Berichte werden immer verworrener. Zu ruhiger Unterhaltung fehlt ihr die Zeit. Frühmorgens saust sie in die Stadt, spätnachmittags erscheint sie wieder, abgehetzt, atemlos, verhungert. Dann geht's ans Schreiben. Sie schreibt Briefe, Dutzende in einem Zug, Prospekte, die gedruckt werden müssen. Artikel für die Zeitungen, pädagogische Aufsätze, Erlasse im Namen der Schulgemeinde, Gesuche ans Unterrichtsministerium, Stundenpläne für die Klassen, Entwürfe für die Wirtschaftsführung. Ich bin starr über ihre Ausdauer, ihre Umsicht, ihre Vielseitigkeit. Ihr Zimmer ist ein Amtslokal. Die Dienstboten treiben, was sie wollen. Die Kinder sind sich selbst überlassen. Tagsüber flieh' ich das Haus. Wenn ich abends heimkomme, sind alle Räume voller fremder Menschen. Advokaten, Beamte, Schulmänner, Journalisten, enthusiastische Damen, zweifelhafte Persönlichkeiten, die die Gelegenheit wittern, eine Stellung zu ergattern, alles drängt sich in den drei Zimmern, verzehrt belegte Brote, trinkt unendliche Mengen Bier, Wein, Schnaps und Tee, debattiert lärmend und schnüffelt in meiner Bibliothek neugierig in Büchern und Handschriften. Beständig steht jemand am Telefon, am öftesten Ganna. Es regnet Depeschen, langatmige Kundgebungen werden verlesen und Abordnungen gewählt, die die Behörden bearbeiten sollen.

Die Schulgemeinde beginnt ihre Tätigkeit, das Aktienkapital ist gezeichnet; da bricht die erste Rebellion aus. Ganna hat sich Übergriffe zuschulden kommen lassen, so wird wenigstens behauptet. Sie hat den Abmachungen zuwidergehandelt, heißt es, hat in fremde Ressorts eingegriffen, hat die falschen Leute an wichtige Posten gesetzt, hat zum Beispiel einen hübschen jungen Kerl, einen gewissen Borngräber, auf ein paar windige Empfehlungen und seine aalglatten Manieren hin zum Schuldirektor gemacht. Alsbald erweist es sich, daß der Mann stänkert und gegen sie intrigiert. Ich gehe der Sache nach, ohne ihr auf den Grund zu kommen. Ich muß mich an Gannas Erzählungen halten. Mit der ihr eigenen Furchtlosigkeit vor Gemeinplätzen sagt sie: »Ich habe eine Schlange am Busen genährt.« Doch dieser ist nicht der einzige, der ihr in den Rücken fällt. Jeden Tag gibt es neue Gegner, Zettelungen, Zwischenträgereien, Verrätereien, Verschwörungen. Borngräber schart eine Partei um sich. Ganna schart eine Partei um sich. Nicht sehr ersprießlich für einen Schulbetrieb. Was ist denn nur los, denke ich, Ganna kann doch keinem Kind was zuleide tun, weshalb sind denn die Menschen so aufgebracht gegen sie? Ich werde mit allerlei Klagen und Anschuldigungen behelligt. Ich kenne mich nicht aus und frage Ganna, wie sich dies oder jenes verhalte. Ganna schildert die Vorgänge so, als sei sie das Opfer von Bosheit und Neid, als lege man es darauf an, ihr das Regiment aus der Hand zu winden. Sie fordert, ich solle mich ihrer annehmen. Wenn ich mein gewichtiges Wort in die Waagschale werfe, so beteuert sie, wird niemand mehr wagen, sich gegen sie aufzulehnen. Ich glaube zwar nicht an die Gewichtigkeit meines Wortes, aber ich will nichts unversucht lassen, ihr zu helfen, denn auch ich habe den Eindruck, daß sie einer entfesselten Meute gegenübersteht. Kummer zehrt an ihr. Sie opfert sich für einen großen Gedanken, man lohnt es ihr übel. Leicht erkennbar hebt sich die Figur des weiblichen Don Quijote aus der feindseligen Umwelt. Es muß etwas geschehen. Ich verhandle mit den Lehrern, mit dem perfiden Borngräber, mit Dr. Pauli, mit einem würdigen Hofrat, der der Ehrenprotektor der Schule und Gannas Vertrauensmann ist. Ich erreiche so gut wie nichts. Ich kenne mich in dem Hader nicht mehr aus. Ein erbittertes Durcheinander von Stimmen umschwirrt mich. Ich bin kein Vermittler, ich kann mich zwischen Streitenden nicht entscheiden. Man erklärt mir, daß mich Ganna in einigen wesentlichen Punkten falsch unterrichtet hat. Als Ganna mein Schwanken wahrnimmt, wird sie ausfällig gegen mich. »Was soll ich denn tun, Ganna«, sage ich

desperat, »es ist ja, wie wenn ein Wespenschwarm über einen herfällt.«
Ich statte dem Vorsitzenden des Aufsichtsrates einen Besuch ab, einem
kaiserlichen Rat Schönpflug. »Das Verhalten von Frau Herzog ist nicht
ganz durchsichtig«, äußert sich der sonst recht sympathische Mann. Ich
antworte ihm schroff, ich könne nicht den geringsten Zweifel an den
lauteren Absichten meiner Frau zulassen. Dies teile ich Ganna mit. Sie
wünscht, ich solle meine Meinung in einer kurzen Denkschrift dem
Kuratorium bekanntgeben, das werde ihren Feinden die Mäuler stopfen.
Ich darf mich nicht weigern, ich hätte keine ruhige Stunde mehr. Andrerseits bin ich in Gefahr, mich bloßzustellen und vielleicht, es ist ja
möglich, eines Tages der Lüge gezogen zu werden; Ganna ist in hohem
Grad der Selbsttäuschung unterworfen, kann sein, daß sie weniger unschuldig ist, als sie glaubt. Ich verfasse die Erklärung, worin ich die
Reinheit ihres Charakters und die sittliche Größe ihres Handelns überzeugend darstelle. Dann ergreife ich die Flucht und bringe mich für einige Wochen in Ebenweiler in Sicherheit.

Tragik des Mannes

Bevor ich den Fortgang und das Ende der immer bedrohlicher und
häßlicher werdenden Schulgeschichte erzähle, will ich von meinen eigenen Erlebnissen in diesen Jahren vor dem Krieg und in der ersten Zeit
des Krieges berichten, darunter zwei sehr bedeutsamen, die, jedes in
seiner Art, großen Einfluß auf die Gestaltung der Zukunft hatten. Das
eine war die Geburt meiner Tochter Doris, das andere die Schenkung
eines Hauses, ja eines ganzen, wohleingerichteten Hauses samt Grund
und Boden, Freundesgabe eines jungen Ehepaares, zu dem ich seit langem
in herzlichen Beziehungen stand. Ich hatte mit den beiden bisweilen
über meine häusliche Not gesprochen, die Schwierigkeit, in einer
Mietswohnung Ruhe und Sammlung zu finden, und den daraus entstehenden Zwang, den Tag zu vergeuden und die Nacht zuzusetzen. Da
boten sie mir in einer großherzigen Regung das Geld zum Bau eines
Landhauses an. Zuerst benahm mir der Glücksschrecken den Atem. Ich
wagte es nicht abzulehnen, wagte nicht zuzugreifen. Es war ohne Beispiel;
ich fragte mich, ob ich das Recht hätte, diese Schicksalsgunst zu nutzen,
fast dünkte mich, ich werde dadurch zum Betrüger an den Freunden.
Wie soll man für ein solches Opfer einstehen, auch wenn der andere
keines darin sieht, wie dafür danken, da doch Dank, den man nicht ab-

tragen kann, zur Bürde wird? Ich hatte nichts von der Vielfraßnatur jener Genies (ich hielt mich auch für keins), die die Hilfeleistung ihrer Anhänger als selbstverständlichen Tribut empfangen. Ich war zu sehr durchtränkt vom bürgerlichen Geist der Pakte und Verträge. Die Formel des Nichts für Nichts und Wert für Gegenwert saß mir im Blut. Und es wurde mir nicht leicht, mir ein Verdienst zuzuerkennen, das die Generosität der Freunde in höherem Sinn rechtfertigte.

Ganna freilich hatte derlei Skrupel nicht. Sie fand es durchaus in der Ordnung, daß mich die Menschen ein wenig verwöhnten. Sie erstatteten mir nur zurück, was ich ihnen in Fülle gegeben, meinte sie mit aufgerissenen Augen. »Ach was«, versetzte ich unmutig, »es gibt ein paar tausend von meiner Sorte. Neunzig Prozent verrecken im Rinnstein, man hat schon ein Vorzugslos gezogen, wenn man zu fressen und ein Bett zum Schlafen hat. Was bin ich denn? Steht es mir zu, in einer Luxusvilla zu wohnen? Wir leben viel zu unverschämt auf Sicherheit hin.« Ganna widersprach heftig. War sie doch das Kind einer üppigen und anmaßenden Zeit, in der Geist und Werk ihren Börsenkurs hatten wie Effekten. Es hob meinen Wert unendlich in ihren Augen, obschon sie es nicht merken ließ, daß ich ein Mann war, dem man ein Haus in den Schoß warf. Seit den Mediceern hatte sich dergleichen nicht begeben. Sie posaunte das ihr und mir gewordene Glück in alle Himmelsrichtungen, und wenn ich sie um Zurückhaltung bat, schaute sie mich verständnislos an. Doch hatten wir nun ein neutrales Gebiet, wo gemeinsame Interessen ein gemeinsames Handeln ermöglichen. Man mußte Ganna beschäftigen, man mußte sie mit Brennstoff füllen wie einen Ofen. Sie konnte zwanzig Dinge zu gleicher Zeit betreiben, und jedes mit dem nämlichen Schwung und wilden Eifer. Und als wir mitsammen die Pläne für das Haus besprachen, das Grundstück aussuchten, mit dem Baumeister verhandelten, die Voranschläge prüften, Möbel, Beleuchtungskörper und sonstige Nutzgegenstände kauften, wich die drückende Passivität von mir, in die ich ihr gegenüber allmählich geraten war, und ich ließ mich wenigstens schleppen. Und damit sie nicht dahinterkam, daß ich mich nur schleppen ließ, streichelte ich bisweilen die winzige Hand, die mir Zuckerstückchen reichte, damit ich meinerseits nicht dahinterkam, daß sie mich schleppte. In der Ehe gibt es für den Schwächeren viele Gelegenheiten, keinen Charakter zu haben.

Es bedurfte keiner besonderen List und Bemühung Gannas, mich dazu zu bringen, daß ich den neuen Besitz, dieses mir persönlich zugedachte Haus, Arbeitsstätte und Zuflucht, auch auf ihren Namen schreiben ließ. Eines Tages gingen wir selbander zum Grundbuchamt, und da wurde Ganna in aller Form rechtens Miteigentümerin der Villa. Ich machte mir keinen Augenblick Gedanken darüber. Ich überlegte nicht, daß ich damit ein Pfand aus der Hand gab, das erste und einzige, über das mir die freie Verfügung zustand. Ich zog nicht in Betracht, daß ich Ganna damit in einem Besitzgefühl verfestigte, das ihr, weit über die materielle Verschreibung hinaus, eine Verschreibung von Leib und Seele im magischen Sinn des Wortes bedeutete.

Aber all dem war ich ja nur äußerlich verhaftet. Später stellten sich mir diese Jahre wie der Gang durch einen finstern Hohlweg dar, mit seltenem Verweilen, seltenen Aufblicken. Ich fühlte das Nahen ungeheurer Ereignisse voraus. Die Sturmwolke, die noch unterm Horizont lag, warf schon elektrische Wellen, und so war ich immer unstet, wie ein Vogel vor dem Gewitter. Böser Zauber wob über dem Land und über den Menschen, unheimlich war mir, wenn ich nachts durch die Straßen einer deutschen Stadt ging, wie es häufig geschah; ich litt unter meinen Gesichten wie ein Schläfer, der träumt, sein Haus stehe in Flammen. Mich dünkte, eine andere Welt fordere mich als die, in der ich mir bis dahin genügt. Unbeträchtlich schien mir, was ich gemacht; und unzulänglich; zu allzuwenigen redete es, in abgelebten Formen bewegte es sich. Ich ahnte Wartende, aber ich wußte nichts von ihnen. Weit weg war ich noch von meiner Grenze, weit weg von mir selber; zerstieß ich die Kruste nicht, die mich umkerkerte, so wurde ich von ihr zermalmt.

In den Brand wurden auch die Sinne hineingerissen. Heißhunger wechselte mit Überdruß ständig. Keine Frau erfüllte mich; keine gab mir, was ich unklar suchte: Bild des eigenen Wesens, letzten Frieden des Blutes. Von einer zur andern raste ich, und es war oft, als müsse ich sie auseinandernehmen wie ein Gehäuse mit unbekanntem Inhalt, als müsse ich sie schälen wie eine Frucht, die man dann verschmäht. Es war nicht Abenteuerei. Es war nicht leere Gier. Vielleicht steckte etwas von dem Mißverständnis drin, das die lebendige Gestalt zornig-spielerisch mit der phantasiegeborenen vertauscht und sich mit jener zufriedengibt, weil sie diese nicht vollenden kann. Vielleicht rührte es an die Tragik des Mannes, der nach der Eisregion der Symbole aufbricht und sich unterwegs bei den warmblütigen Larven vergißt.

Als das Kind zur Welt kam, wohnten wir schon im neuen Haus.

Die Wahrheit dämmert auf

Erst danach gewannen die Vorgänge in der Schulgemeinde den Umfang einer Katastrophe, die tief in mein und Gannas Leben eingriff. Die Hauptursache des Unfriedens war, daß Ganna sich hartnäckig weigerte, der Gesellschaft die Wiese zu überlassen. Die Aktionäre bezeichneten es als unerträglich, daß das umfangreichste Grundstück des Heims, auf dem die neuerrichteten Schulgebäude standen, im Privatbesitz bleiben und die Eigentümerin, als Mitglied des Konsortiums, eine erhebliche Pachtsumme beziehen sollte. In stürmischen Versammlungen wurde Ganna das Unmoralische und geschäftlich Unhaltbare dieses Verhältnisses vorgeworfen. Es stelle sie in ein übles Licht, wurde gesagt, daß sie zugleich den idealen Nutzen und den Löwenanteil des materiellen Gewinns beanspruche. Es ist schon so: Leute, die sich um einen Profit betrogen sehen, den sie selber einzustreichen wünschen, sind äußerst rigoros in der Beurteilung derer, die neben ihren geistigen Verdiensten auch einen greifbaren haben wollen. Das geht nicht, behaupten sie, entweder du bist ein Händler oder du bist ein Priester, beides zu sein ist unanständig. Die Advokaten der Gegenpartei bestritten sogar Gannas Anrecht in Bausch und Bogen. Sie verfochten die These, Ganna hätte die Wiese mittels einer dubiosen Machenschaft an sich gebracht, und erboten sich, diese Anklage zu beweisen.

Ganna ist ihrer Sinne nicht mehr mächtig. Die Welt verfinstert sich ihr. Sie schwört heilige Eide, sie wolle lieber zugrunde gehen, als auf die Wiese verzichten; nicht einen Quadratfuß, nicht einen Grashalm gebe sie her. Es kann nicht ausbleiben, daß unsere Kinder, um derentwillen doch die Sache gegründet worden ist, die Unbeliebtheit ihrer Mutter zu spüren bekommen. Mit der Vorzugsstellung, die Ganna für sie erträumt hat, ist es nichts. Aber daß sie eine Benachteiligung und seelische Schädigung erfahren, wie Ganna weinend versichert, kann ich nicht finden. Ich hielte es für ganz ersprießlich, wenn sie mal ein bißchen rauh angefaßt würden, sage ich mit einer Gelassenheit, die Gannas Wut erregt. »Du wagst es, die Verbrecher in Schutz zu nehmen?« faucht sie mich an. »Da sieht man wieder, was für ein Schwächling du bist. Alle Welt weiß ja, daß du deine arme Frau bei jeder Gelegenheit preisgibst. Gott wird dich schon strafen.« Was für Reden! Preisgegeben hab' ich sie bisher wahrlich nicht, und was soll das mit dem strafenden Gott? Was weiß sie denn von Gott, sie, die sich seines Namens nur bedient, wenn sie

Bannflüche schleudert. Sie hat sich einen Gott erdacht, der als Ganna Herzogs Spezialschutzmann amtiert und auf der Stelle seine Donnerkeile schleudert, wenn seiner geliebten Ganna von schlechten Menschen ein Leid geschieht.

Sie rückt den verschiedenen Lehrern auf die Bude und sagt ihnen knüppeldicke Aufrichtigkeiten. Das verbessert die Sachlage nicht. Ferry weigert sich, noch länger ins Schulheim zu gehen; jetzt ist es wirklich so weit, daß man die Kinder entgelten läßt, was Ganna sündigt. Der Unterricht, von Ganna vordem als mustergültig gepriesen, ist auf einmal unterm Hund. Dieselben Lehrer, die noch vor kurzem lauter Fröbels und Pestalozzis waren, sind über Nacht verworfene Subjekte geworden. Den Direktor Borngräber hinauszubeißen, in den sie zweifellos ein wenig verliebt gewesen ist, scheut sie kein Mittel. Sie konspiriert mit dem Schuldiener und den Scheuerfrauen. Tag für Tag schlägt sie sich mit Personen herum, denen gegenüber der Name Herzog längst keinen Respektschutz mehr für sie bildet. An ihnen reibt sie sich. An ihnen reibt sie sich auf. Wie jeder zweckpolitisch gerichtete Mensch, ist sie beständig von Aufstachlern und Ohrenbläsern umgeben. Ich habe Angst, daß sie nicht reine Hände behalten wird.

Das Hauswesen verfällt. Am Abend kommt sie erschöpft von ihren Kampfzügen zurück. Sie schlingt die aufgewärmten Reste des Mittagessens in sich hinein, ohne zu schmecken, ohne zu wissen, was sie verzehrt. Sie stürzt ins Kinderzimmer, wo sich die Schleusen ihrer aufgestauten Zärtlichkeitsflut öffnen, denn da sich ihre mütterliche Obsorge auf diese kurze Zeit beschränkt, glaubt sie durch Heftigkeit des Gefühls ersetzen zu sollen, was ihm an Stetigkeit mangelt, und nimmt von keinem Umstand Kenntnis, der ihr die Vergötterten in einem andern Licht zeigen könnte als dem ihrer augenblicklichen Verliebtheit. Doch braucht nur eines der Kinder ihre Ungeduld zu erregen oder sich einer zufälligen Laune nicht zu fügen, so schreit sie das bestürzte, eben noch gehätschelte Wesen sinnlos an, und wenn man ihr gar widerspricht (es gehört zu den größten Sonderbarkeiten Gannas, daß sie keinen Widerspruch verträgt, in nichts, von niemand), dann schäumt sie vor Zorn. Gellt die Telefonglocke, so schlurft sie in den zertretenen Pantoffeln in den Flur, und man vernimmt am Apparat ihr dumpfes »Hallo-oh«, das mich vor Nervosität verrückt macht, zehnmal, zwanzigmal Halloh, einen wahren Jägerlaut, der wie aus dem Urwald klingt, mit dem düstern langhingedehnten O. Es läßt sich genau unterscheiden, ob am andern Ende des

Drahtes jemand ist, der von ihr etwas will, oder einer, von dem sie etwas will; im ersteren Fall ist ihre Stimme scharf, schneidend, herrisch, im letzteren süß, flehend und unterwürfig. Nach dem Abendessen setzt sie sich zu mir ins Zimmer und strählt ihre Haare, eine Beschäftigung, die sie ungebührlich lange ausdehnt und bei der sie träumt, Luftschlösser baut und an erlittenem Unrecht nagt. Der Kamm fährt knisternd durch das rotbraune Haar, die weitgeöffneten, intensiv blauen Augen starren ergriffen ins Leere. Wovon ergriffen, das weiß niemand, nicht einmal sie selbst, aber der unergründliche Schmerz, der sich in ihren Zügen malt, bewegt mich. Und wenn ich denke, sie werde zu Bett gehen, um ihre zerquälte Seele endlich der Ruhe zu überlassen, fällt ihr etwas Vergessenes ein, und sie hastet zum Schreibtisch, um einen viele Seiten langen Schriftsatz oder Brief abzufassen, der sich meist am andern Tag als bedeutungslos und überflüssig erweist. Es ist das Wesen der Hölle, daß sie immer höhere Grade der Pein und des Schreckens hat; während man meint, Ärgeres könne nicht geschehen, befindet man sich noch in der Vorhölle, im gemäßigten Entsetzen vergleichsweise, und das war meine Lage in der Zeit, als Ferry und Elisabeth das Schulheim verlassen und in einer öffentlichen Anstalt untergebracht werden mußten. Ob es eine Maßregelung war oder ein freiwilliger Austritt, ist mir verborgen geblieben. Ganna behauptete, es sei ein Racheakt, und ich mußte ihr glauben, ich hatte keine Lust, der Wahrheit nachzuforschen, ich wollte nicht noch mehr Konfliktstoffe schaffen. Die Leiter der staatlichen Institute waren auf die freie Schule nicht gut zu sprechen, und Gannas Ratlosigkeit war groß, als die verschiedenen Gymnasien sich weigerten, Ferry mitten im Semester aufzunehmen, ihre Entrüstung war noch größer, als auf den ungenügenden Bildungsgang des Knaben verwiesen wurde. Die Sorge legte sich verdunkelnd über mein Gemüt. Ich fühlte mich haftbar für den Sohn, aber wie konnte ich vor dem Geschick für ihn einstehen, wenn mir die Mutter alle Verantwortung entriß und sich eifernd zur Richterin aufwarf, gegen deren Spruch es keinen Appell gab? Wovor sie das Kind zu verschonen getrachtet, das wurde nun erst recht sein Los: geistige Unsicherheit, erzieherische Willkür. Ich hatte die Zeit nicht, ihr abzudingen und abzuringen, was sie von mir und der Welt forderte als ihr Recht. Nein, ich hatte nicht die Zeit und nicht die Kraft, mit ihr zu hadern und sie zur Umkehr zu bewegen. Ich dachte, vielleicht törichter-, vielleicht anmaßenderweise, Gott habe mir meine Tage zu anderem Vollbringen gesetzt. Gannas Welt war eine Welt der schrankenlosen Freiheit, sich ihrer schrankenlos zu bedienen war für sie der einzige Weg zum Glück, wenn auch dieses Glück noch so vermeintlich war. Ich erinnere mich an Stunden, da ich in sie drang, als hinge all mein Seelenheil davon ab, ihren starren Sinn zu brechen, sie milder, urbaner, einsichtsvoller zu machen. Aber es war, wie wenn man aus Wasser ein Gesicht kneten wollte. Einmal sagte sie zu mir in seltsamer Zerknirschung: »Für dich müßte ich eine Heilige sein, aber ich kann nicht heilig werden ohne Todsünde.« Ich habe dieses schmerzliche und eigentlich furchtbare Wort nie vergessen können. Ein Abgrund tat sich plötzlich auf, in dessen Tiefe ich eine mit gespenstischen Schatten kämpfende Ganna erblickte.

Und wie stand es denn um mich? Was war ich denn? Ein Mensch, gepreßt in des Schicksals Faust. Der Krieg riß mich auf, riß mich entzwei, wie der Sturm die Eisdecke über einem See zerreißt, er brachte mich ins Fluten und Überfluten, und aus dem stillen Träumer und Wirker, einem winterlichen Träumer, einem gefrorenen Träumer, wurde ein Erwachter mit Erfahrungen von vielen, den Leiden von vielen in der Brust. Schlaf und Ruhe flohen mich, ich trat aus der steinernen Abgeschiedenheit heraus; ich suchte zu helfen, ich suchte zu dienen, ich suchte eine Seele, und hätte ich sie nicht endlich in Bettina Merck gefunden, so hätte mich die Verzweiflung erwürgt.

Von alledem merkte Ganna nichts. Zu einem Gespräch über diese Dinge kam es nicht, zu ernsthafter Auseinandersetzung fehlte die Gelegenheit, denn sie war völlig in ihre Geschäfte verstrickt. Es hatte etwas Unheimliches, wie wenig die Weltkatastrophe sie berührte. Ihre Teilnahme an dem Geschehen, das die fünf Kontinente in ihren Grundfesten erschütterte, war die eines kleinen Mädchens, das sich ungläubig wundert, wenn der Himmel von einer fernen Feuersbrunst gerötet ist. Daß die Unheilsbotschaften, die zu ihr drangen, auf wirklichen Tatsachen beruhten, dessen war sie nie recht sicher. Ihr Schrecken hatte darum etwas Schablonenhaftes, als handle es sich um eine verschwörerische Übereinkunft zwischen Menschen, die sie im Grunde nichts angingen, wogegen die greifbare, die wahrhafte, die Ganna-Welt, die Ganna-Kinderwelt mit diesen legendären, keineswegs bewiesenen Vorgängen eigentlich nichts zu schaffen habe.

Ich hatte mich gleich in den ersten Wochen des Krieges als Freiwilliger gemeldet. Kein Mann von Herz und Anstand dachte damals an Recht oder Unrecht des Kriegs, auch wußte keiner, was Krieg im Grunde war und bedeutete. Man war Teil eines Ganzen, das Ganze war, oder schien es wenigstens zu sein, ein lebendiger Organismus und begriff sich als Volk, als Vaterland, als Stätte alles Werdens und Seins. Ich erfand gegen Ganna eine Ausrede, fuhr über Nacht nach Wien und ging ins Konsulat. Der Konsul, der mich kannte, wollte mich, des großen Zulaufs wegen, vorerst wieder nach Hause schicken, aber ich bestand darauf, daß man mich untersuchte. Der Arzt konstatierte eine Herzneurose. Ich kehrte ziemlich enttäuscht nach Ebenweiler zurück und erzählte Ganna, was ich getan. Sie konnte sich nicht fassen vor Entsetzen. »Was fällt dir ein, Alexander«, rief sie, »Vater unmündiger Kinder, Erhalter einer Familie, ist das dein Ernst?« Nun war es an mir, fassungslos zu sein; ich glaube, an jenem Tag kam ich dahinter, daß die Figur des weiblichen Don Quijote doch nur eine Hilfskonstruktion war. »Was ist denn nur mit deinem Herzen?« jammerte sie bewegt, als ich den Befund des Arztes berichtete. »Siehst du, weil du dich nicht schonst. Du rauchst zuviel, du schläfst zuwenig, glaub mir doch endlich.« – »Ach nein, Ganna«, sagte ich, »das ist es nicht. Leben heißt sein Herz verbrauchen. Das ist es. Ich werde mich zu sehr heruntergegrämt haben. Bist du nie auf die Idee gekommen, daß Sich-Grämen schädlicher ist als Rauchen und Zuwenig-Schlafen?« Da war sie ganz beleidigt. Sie wollte wissen, worüber ich mich gegrämt hätte, als handle sich's um einen bestimmten Fall. Einen solchen Fall konnte ich nicht angeben, was hätte das auch besagt, sie hätte mich zu widerlegen versucht, es wäre leeres Gerede daraus entstanden, doch drängte sie immer heftiger in mich, und schließlich wollte sie wissen, ob sie mir eine gute Frau sei. »Hast du denn Ursache, dich zu beklagen? Sprich doch, bin ich dir keine gute Frau?« – »Ja, Ganna, ja, gewiß«, sagte ich, »du bist mir eine gute Frau.« Da wollte sie mein Ehrenwort, daß ich es wirklich so meinte. – »Was soll denn da ein Ehrenwort, Ganna, sei doch nicht kindisch«, entgegnete ich und hatte wie nie zuvor die Empfindung von hoffnungsloser Formelgläubigkeit, vom Hangen am entseelten Begriff und der Verliebtheit in ein Selbstbildnis, dem kein lebendiger Zug mehr anhaftete.

Ganna macht ihr Testament

Inzwischen sind die Dinge dahin gediehen, daß das Konsortium oder Kuratorium oder wie die Körperschaft sich nannte mit nicht mißzuverstehenden Drohungen die Wiese von Ganna fordert. Sie möge den Preis nennen, wird ihr bedeutet, die Summe müsse sich aber in vernünftigen Grenzen halten. Schwer für Ganna, die Grenze zu ziehen, da doch die Verwertung der Wiese der Inhalt ihrer Nacht- und Tagträume ist und sie mich, der auf diese Weise gar nicht beglückt zu werden wünscht, damit zum sorgenlosen Manne machen will. Mit einer schier unbegreiflichen Zärtlichkeit hält sie im Geist das Grundstück fest; das »Wieslein« sagt sie und lächelt genauso selig, wie wenn sie unserer kleinen Doris die Brust reicht. Was ist das denn, was geht in einem solchen Menschen vor? Ich kann es mir nicht erklären.

Der von allen Seiten auf sie ausgeübte Druck ist zu stark; sie verliert die Nerven. Hin und her geworfen zwischen Trotz und Schwäche, Besitzgier und Furcht, Erbitterung und Spekulationsleidenschaft, kann sie sich zu keiner Entscheidung durchringen. Wer ihr in den Weg kommt, den fragt sie um Rat, was sie tun solle, die Schwestern, die Schwäger, die Dienstmädchen, die Lieferanten, den Gärtner. Doch wenn sich einer nicht im Sinne ihrer heimlichen Wünsche äußert, wird sie unangenehm und ergeht sich in langatmigen Belehrungen ihres Standpunktes und Lobpreisungen der Wiese.

Sie beruft eine Generalversammlung. Es wird geredet, gestritten, durcheinandergeschrien, zuletzt verspricht Ganna, ihren Entschluß am nächsten Tag bekanntzugeben. Am nächsten Tag teilt sie dem Ausschuß brieflich den Verkaufspreis mit. Kaum hat sie den eingeschriebenen Brief abgesendet, erschrickt sie zu Tode und widerruft ihn sogleich. »Die lachen sich den Buckel voll«, sagt sie zu mir, »dreimal so viel muß ich verlangen, es sind lauter reiche Leute, ich lass' mich nicht von denen ins Bockshorn jagen.« Ich warne sie. Ich verstehe nichts von der Sache, aber mir scheint, sie riskiert ein gefährliches Spiel. Neue Verhandlungen, wieder Geschrei und Getobe, schroffer Abbruch. Auch die Schwäger mahnen sie zur Mäßigung. Dr. Pauli bezeichnet das Angebot, das man ihr gemacht, als anständig und annehmbar, sie aber sträubt sich mit Händen und Füßen, sie behauptet, man will sie übers Ohr hauen. Man beweist ihr das Ungereimte ihrer Forderung, sie scheint es einzusehen, eine Stunde darauf ist sie wieder bei ihrer früheren Meinung. Sie rennt von Pontius zu Pilatus, bestürmt Gutgesinnte, beschimpft Andersdenkende, raubt den Leuten die Zeit, schildert die Intrigen, durch die man sie einzuschüchtern versucht, nennt abenteuerliche Summen, deren man sie mittels Pression berauben will, fragt den, fragt jenen, fragt endlos: Soll ich es tun, soll ich es nicht tun, zu dem Preis, zu jenem Preis, zu dieser Bedingung, zu jener Bedingung? Werd' ich's bereuen, werd' ich's nicht bereuen? Ist es nicht ein Verbrechen an meinem Mann und meinen Kindern, wenn ich dem Gesindel die herrliche Wiese in den Rachen werfe? Sie hat keinen andern Gedanken mehr im Kopf. Sie lebt wie auf der Flucht. Sie vernachlässigt ihre Person, ihre häuslichen Pflichten, mich, die Kinder. Zu den Mahlzeiten erscheint sie überhaupt nicht mehr. Bisweilen sitzt sie auf einer Bank in einem öffentlichen Park und verspeist einen Apfel. Manchmal hält sie Siesta in einem Automatenbüfett und lauscht mit feuchten Augen dem Gekrächz eines Grammophons, als wäre es das philharmonische Orchester.

Ihre Unschlüssigkeit, ihren Groll, ihre Unrast, ihre Händel, ihre verworrenen Argumente, den ganzen Kehricht eines mit abstoßenden Mitteln geführten Sachstreits, das alles bringt sie zu mir. Ich soll das »letzte Wort« sprechen. Ich weigere mich; das letzte Wort wäre ja doch nur das vorletzte. Jeden Abend bis in die tiefe Nacht dasselbe Lied mit dem ermüdenden Refrain, sie tue es lediglich für mich, einzig und allein für mich kämpfe sie. Ich solle es wenigstens anerkennen. »Wenn du es anerkennst, will ich verzichten«, sagt sie. »Erkennst du es an, erkennst du es an?« Die reine Echolalie. Was soll ich antworten? Sie wird keinesfalls verzichten, auch wenn ich es noch so willig anerkenne.

Ich halte die bodenlosen Redekünste nicht mehr aus; die verkniffelten juristischen Darlegungen; die Verdächtigung von Personen, die entweder gutgläubig sind oder doch von keinen verwerflicheren Absichten gelenkt als Ganna selbst, nämlich Geld zu machen. Mich widert vor der unappetitlichen Vermengung von Profit und Geistestat. Die Wiesengeschichte hat bereits Staub aufgewirbelt. Meinen Namen dabei genannt zu wissen peinigt mich. Der alte Rat Schönpflug spricht mich im Klub an und beschwört mich, ich möge Ganna vor weiteren Torheiten bewahren, man sei sonst genötigt, ihr einen bösen Prozeß anzuhängen, der vielleicht nicht nur zivilrechtlicher Natur sein werde. Es ist abscheulich, es ist erniedrigend, ich muß dem ein Ende bereiten.

Eines Morgens betrete ich, zum Ausgehen fertig, Gannas Schlafzimmer, um mich von ihr zu verabschieden. Sie kommt eben aus dem Bad, eingehüllt in einen rot und weiß karierten Bademantel. Sie ist meiner noch kaum ansichtig geworden, da beginnt sie schon mit der täglichen Leier. Um zwölf Uhr soll eine Besprechung bei Dr. Pauli stattfinden, ob ich nicht hinkommen wolle. Es wäre eine große Hilfe für sie. Sie würde es mir nie vergessen (so wie sie mir die Weigerung nie verzeihen würde, denk' ich im stillen).

Ich habe ihr in der letzten Zeit wenig Freundlichkeit bezeigt. Es war zu schwer für mich. Ich kann nicht freundlich sein, wenn mir nicht so zu Sinn ist. Ich bin immer verdrossener, wortkarger und kälter geworden. Ich mache mir meine Lieblosigkeit selbst zum Vorwurf. Aber das Herz ist mir verstopft. Ich finde kein überbrückendes Wort. Auch jetzt nicht. Ich zucke die Achseln. Mir graut vor der Verhandlung in einer Anwaltskanzlei. Es sei unmöglich, sage ich. Sofort wird Ganna aggressiv. Ließe ich sie doch toben und ginge weg. Aber ihre Reden sind wie Leim, und an diesem Leim bleib' ich kleben. Als sie es schändlich nennt, daß ich ihr nicht beistehe, für den sie sich opfere, bedeute ich ihr, ich hätte das Opfer nicht verlangt und nicht gewünscht, sie diene mir besser als Frau im Hause und Mutter unserer Kinder. Da sprüht eine Rakete von Hohn aus Gannas Mund. »Das der Dank! Für einen solchen Mann verblut' ich mich, für ein solches Ungeheuer! Das der Dank!« – »Auf Dank zu rechnen, hattest du nicht Anlaß«, sage ich mit einer Ruhe, die Ganna hätte stutzig machen müssen, die aber gleichwohl ohne Eindruck auf sie bleibt, »sowenig, wie ich auf ein Leben gerechnet habe wie das, das du mir bereitest.« – Ganna lacht erbittert. »Was heißt das? Was für ein Leben? Wie willst du denn leben? Als Hungerleider, bis du weiße Haare kriegst? Wo wärst du überhaupt ohne mich? Frag dich doch.« – »Ich weiß nicht, wo ich wäre ohne dich, ich weiß nur, daß es mit dir, so wie jetzt, nicht mehr geht. Entweder machst du Schluß in der Sache mit der Wiese und verkaufst, oder ich gehe meiner Wege und lasse mich von dir scheiden.«

Kaum ist das Wort gefallen, so verzerren sich Gannas Züge schreckenerregend. Denn dieses Wort, es ist noch niemals ausgesprochen worden. Niemals hat sie erwartet, es zu hören. Sie fühlt sich meiner so sicher, als wäre ich ihr angewachsen wie ihr Arm oder ihr Bein. Es ist ihre Grundsicherheit, ihre Wurzelsicherheit. Möglicherweise liegt es, das fürchterliche Wort, in einer verschütteten Tiefe ihres Bewußtseins, wie ein Sprengkörper in einem Keller. Sie schreit. Der Schrei, es ist ein entsetzlich gellender Kehllaut, dauert fünfzehn bis zwanzig Sekunden, und sie rennt dabei wie besinnungslos durchs Zimmer. Sie ist bestimmt nicht mehr bei sich. Bestimmt ist es nicht geheuer mit ihr. Trotzdem habe ich das Gefühl, als verschaffe ihr der völlige Verlust der Selbstkontrolle einen gewissen Genuß, den Genuß der Ausartung, des seelischen Auseinanderrinnens, wie ihn Epileptiker während eines Anfalls haben sollen. Indem sie sich mit furienhaften Bewegungen den Bademantel vom Leibe reißt, überschüttet sie mich mit einer Flut irrer Schmähungen. In allen Lagen ihrer hohl dröhnenden Stimme wirft sie mir unzählige Male das Schreckenswort zu: Scheiden. Fragend, rufend, kreischend, heulend, keuchend, mit zu Krallen verbogenen Fingern und grünsprühenden Augen. Und als ich den schauerlichen Ausbruch, der mir eine unbekannte Ganna enthüllt, schweigend über mich ergehen lasse, rennt sie zum Fenster, splitterfasernackt, wie sie ist, und beugt sich mit dem ganzen Oberkörper über die metallene Brüstung, als wolle sie sich im nächsten Augenblick hinunterstürzen. Blitzartig fällt mir die Szene auf dem Balkon am Mondsee ein; sechzehn Jahre ist es her. Eigentlich tut der Mensch immer das nämliche, denk' ich traurig, greift zu den nämlichen Mitteln, um den andern unterzukriegen, zu den nämlichen Worten, den nämlichen Gesten, man vergißt es nur, fällt immer wieder darauf herein. Trotz meines qualvollen Zorns bleibe ich verhältnismäßig kalt. Ich weiß ja, sie wird es nicht tun, außerdem besteht wenig Gefahr, das Fenster liegt nur vier Meter über dem Hof, unten ist der Rasen, höchstens wird sie sich ein paar Rippen brechen. Aber die Gewißheit in mir, daß sie sich nicht hinunterstürzen wird, verleiht der Situation etwas finster Lächerliches. Gleichzeitig bricht der Zorn, der sich meiner bemächtigt hat, wie ein Strahl kochenden Dampfes aus mir heraus; seit Jahren und Jahren hab' ich ähnliches nicht verspürt; mit einem Sprung bin ich hinter ihr, packe sie bei den nackten Schultern, schleudre sie aufs Bett und schlage mit den Fäusten blindlings auf sie ein. Wie das zugegangen ist, weiß ich heute noch nicht. Schlage auf sie ein wie ein Wirtshäusler. Wie ein Fuhrknecht. Ich, Alexander Herzog, schlage auf sie ein. Und Ganna ist ganz, ganz still. Sonderbar, weil sie so still ist, lass' ich von ihr ab, stürme in mein Zimmer hinauf, schließe mich ein, falle in den Lehnstuhl und brüte regungslos über meinem Unglück.

Und was tat Ganna derweil? Später habe ich es durch einen Zufall erfahren. Ich fand einen versiegelten Umschlag auf ihrem Schreibtisch, darauf standen mit anklägerisch wuchtigen Buchstaben die Worte: Mein Testament. Als ich sie erstaunt fragte, wann und weshalb sie ein Testament abgefaßt habe, erzählte sie mir mit tränenüberströmtem Gesicht, daß es eben in der Stunde geschehen sei, da ich sie geschlagen. Ich bat sie innig, nicht davon zu sprechen. Doch sie beschrieb mir ihre Verzweiflung und wie sie sich zugeschworen, die Wiese am selben Tag noch zu verkaufen. Einmal würde ich schon begreifen, was ich ihr, was ich mir selber angetan …

Von da an gab es eine private Dolchstoßlegende in unserm Haus. Ganna ließ nicht von der Fiktion, daß ich ihr in den Rücken gefallen sei, als sie im Begriff gewesen, ein Millionenvermögen für mich zu erwerben. Diese Fiktion war Gannas Stütze bei allen ferneren Schicksalsschlägen, die sie erlitt. Darin glich sie besiegten Völkern und machtgierigen Parteien, daß sie ohne Sündenbock keine Möglichkeit hatte, vor dem Leben zu bestehen. Und Sündenböcke sind immer zu finden, da es ja ohne geteilte Verantwortung kein praktisches Handeln gibt.

Von Ganna mit dieser moralischen Hypothek belastet, deren Zinsendienst ich in gewohnter Willigkeit auf mich nahm, trat ich in einen neuen Abschnitt meines Lebens, den, um dessentwillen ich diese Bekenntnisse niedergeschrieben habe.

Das Zeitalter der Auflösung

Alles, was kreucht, wird mit der Geißel Gottes zur Weide getrieben.

Heraklit

Bekanntschaft mit Bettina

Ich lernte Bettina Merck im Hause eines befreundeten jungen Ehepaars namens Waldbauer kennen, sehr lieben Menschen; der Mann war Kunsthistoriker. Bettina war damals fünfundzwanzig Jahre alt, also siebzehn Jahre jünger als ich. Sie war seit sieben Jahren verheiratet und hatte zwei Kinder, zwei Töchter. Ihr beinahe gleichaltriger Mann war der Chef einer großen Porzellanmanufaktur, deren Leitung er trotz seiner Jugend nach dem Tod des Vaters übernommen hatte. Der Vater Bettinas war ein populärer Komponist und Kapellmeister gewesen, daher ihre musikalische Begabung. Freund von Kainz und Mahler, galt er noch jetzt, unvergessen von vielen, als einer der letzten Träger altösterreichischer Tradition. Manche seiner Lieder waren Volkslieder geworden und lebten ohne den Namen ihres Schöpfers. Ich hatte ihn gekannt. Sehr deutlich erinnerte ich mich des feinen, zarten Mannes. Er hatte eine besondere Art von liebenswürdigem Spott an sich gehabt; überhaupt war Liebenswürdigkeit sein Merkmal gewesen. Als ich davon sprach, leuchteten Bettinas Augen. Sie verehrte den Vater über alles.

Was mir gleich am ersten Abend an ihr auffiel, war eine gewisse lachende Beschwingtheit. Sonderbarerweise regte sich ein feindseliger Instinkt in mir, als sei es nicht angemessen, so heiter beschwingt zu sein, als stehe es im Widerspruch zur Zeit und zur Welt. Genau wie ihr Vater, war mein nörgelnder Gedanke, immer leicht, immer im Dreivierteltakt. Jede scherzhafte Bemerkung, die in der Gesellschaft fiel, veranlaßte sie, laut und aus voller Kehle zu lachen. Zuweilen war der ganze Raum von ihrem Lachen erfüllt, das die andern ansteckte und etwas wie Glanz um sich verbreitete. Auch das störte mich. Warum nur? Als Kind hatte ich Anfälle von Weltschmerz gehabt, wenn ich andere Knaben ein Butterbrot verzehren sah, und ich hatte keines. Als ich langsam auftaute und auf ihren leichten Ton einging, so weit mir dies gegeben war, geschah es doch mit dem sauren Vorbehalt eines Klassenvorstands, der im Gespräch mit einem gar zu muntern Schüler ängstlich auf Wahrung seiner Würde bedacht ist.

Ein paar Tage später saß sie mir plötzlich in der Trambahn gegenüber, und wir kamen rasch ins Gespräch. Wieder empfand ich ihre heitere Lebhaftigkeit als Herausforderung, denn sie stand im schroffen Kontrast zu meiner Art und zu den Menschen, mit denen ich umging. Ich hatte das törichte Gefühl, als wolle sie mich überrumpeln. Ja, vollkommen töricht war dieser Eindruck; an dergleichen dachte sie nicht im entferntesten. Ich entsinne mich, daß ich ihr verblüfft nachschaute, als sie sich an ihrer Aussteigestelle von mir verabschiedete und über die Straße schritt. Es war ihr tänzerischer Gang, der mein Erstaunen erregte. Darf man denn so gehen, überlegte ich und wickelte mich in meine komische Mißlaune wie in einen Pelz, den man in der Wärme für einige Zeit ungern abgestreift hat.

Ich weiß nicht mehr, wie es kam, daß wir uns bald darauf zu kleinen Spaziergängen verabredeten. Ich glaube, ich war es, der sie zuerst dazu aufforderte, und zwar rief ich sie telefonisch an. Aber warum ich es tat, kann ich heute nicht mehr sagen. Es ist ja oft so, daß die geringfügigen Anlässe zu den allerentscheidendsten Entschließungen völlig im dunkeln liegen und späterhin nie mehr zu ergründen sind. Vielleicht war ein Tonfall, ein Blick, eine Handbewegung, ein Lächeln, ein beiläufiges Wort in mir geblieben; ich weiß es nicht mehr. Auch das ist mir entfallen, ob es nach längerer oder schon nach kurzer Bekanntschaft geschah, daß ich ihr die Druckbogen meines neuen Romans zum Lesen gab, jenes Buches, das mir den ersten breiten und nachhaltigen Erfolg verschaffte. Es war der Roman einer Stadt, deutschen Mittelstadt, ein geschlossenes Gebilde, balladesk in der Führung der Figuren und finster in der Lebensstimmung wie das meiste, was ich geschrieben habe, jedoch reich an volkhaften Zügen, die die spätere Wirkung erklärten. Es war der Tribut, den ich meiner deutschen Heimat leistete, der gestaltgewordene Dank an das deutsche Volk, eine Kriegsgabe in gewissem Sinn, da ich doch nicht mit den Waffen in seinen Reihen stand.

An die Umstände, unter denen ich Bettina das Buch brachte, kann ich mich, wie gesagt, nicht erinnern, wohl aber habe ich das, was sie nach der Lektüre darüber äußerte, ziemlich genau im Gedächtnis behalten, schon darum, weil es etwas ganz anderes war, als ich erwartet hatte. Ich hatte gehofft, sie würde begeistert sein. In meiner naiven Autoreneitelkeit hatte ich daran um so weniger gezweifelt, als ich ja wußte, daß sie meine bisherige Produktion mit Teilnahme verfolgt hatte, sich sogar offen zu denen bekannte, die meine engere Gemeinde bildeten. Das hatte auch meinen anfänglichen Widerstand gegen sie besiegt, ich muß es zugeben, obgleich es meiner Objektivität kein rühmliches Zeugnis ausstellt. Nun aber stieß ich statt auf die erhoffte enthusiastische Zustimmung auf eine Trockenheit, die mich ein wenig aus der Fassung brachte. Ich war bis dahin keiner Frau begegnet, die mit höheren Bedingnissen an meine Arbeit herantrat. Vor allem gewöhnt an Gannas uneingeschränkte Bewunderung, die sich ohne vergleichenden Maßstab stets in Superlativen bewegte, fand ich mich durch Bettinas mutige Rückhaltlosigkeit unglücklich bedrängt. Sie verhehlte nicht, daß manche Partien des Buches sie ergriffen, manche Figuren überzeugt hätten, allein im ganzen war es ihr zu schwer, nicht geistig, sondern im Gefühl, im Bau, zu schwer und, das Wort machte mich stutzig, zu barbarisch. Darauf gab es natürlich kaum einen Einwand, indessen, man will sich rechtfertigen oder erklären, und ich sehe noch den eigentümlich festen und gespannt aufmerkenden Blick ihrer grüngrauen Augen, als ich ihr meine Absichten auseinandersetzte. Sie begriff außerordentlich rasch, sie hatte eine fabelhafte Einfühlungsgabe, und was mir besonders auffiel, war ihr nervenmäßiges Verständnis für alles Rhythmische, seine leisesten Nuancen und Schwingungen. Jedoch konnte sie sich mit der kleinbürgerlichen Welt nicht befreunden, die ich da gemalt; sie war ihr zu vertrackt, zu voll von Larven und Gespenstern, nicht schwebend genug, im Erotischen zu dumpf, zu qualmig, zu gepreßt. Bei dieser Gelegenheit kam sie auf das Gegensätzliche des Österreichischen und dessen, was man jetzt als deutsch in den Himmel hebe, das, was sie und ihre Freunde das Neudeutsche nannten, auch auf die überhebliche Geringschätzung, die österreichische Form und Helligkeit, Weichheit und Urbanität bei den geschworenen Preußen erfahre; das könne sie gar nicht aushalten. Ich hörte ihr zu, ich schaute sie an, ich sagte mir: Sie ist nicht nur die Tochter eines Künstlers, sie ist selbst eine Künstlerin. Ja, das war sie, und zwar durch und durch, mit jeder Faser, mit jedem Hauch, mit einer Kraft und inneren Folgerichtigkeit, die mir bei einer Frau gänzlich neu waren. Kein Wunder, daß sie da gar bald meine Vertraute und mein Kamerad wurde. Es war eine durch die Natur und meine Seelenlage bedungene Verbindung.

Und nun muß ich etwas Seltsames erwähnen. Lange Zeit hindurch befand ich mich über meine Beziehung zu Bettina im unklaren. Ich wußte nicht einmal, ob sie mir gefiel oder nicht. Als ich, ganz allmählich, in meiner rechenschaftslosen Weise, entdeckte, daß ich sie liebte, nahm ich zu meinem Erstaunen wahr, daß ich noch immer keine Spur von Verliebtheit empfand. Und als diese Liebe schließlich von meinem Körper, meiner Seele, meinem Herzen, meinem Geist, mit einem Wort um und um Besitz von mir ergriffen hatte, glaubte ich noch immer an eine Art von sublimer Gefährtenschaft, ohne Tragweite in die Zukunft, ohne fesselnde Verpflichtung. Wie ging das zu? Es war mir jedenfalls noch nie passiert. Vielleicht kam es daher, daß nichts Dunkles, Hinlangendes in ihr war, nichts, das erobern und festhalten wollte, nichts, was nach Versicherungen und Gelöbnissen aussah, daß sie mich einfach in meiner Freiheit ruhen ließ und selber geduldig und gelassen wartete, was da werden mochte. Vielleicht, weil sie nicht krampfig war und nicht süchtig und nicht gierig und nicht zweckbesessen und ihr von dem, was Glück spendet und Glück wahrt, eine so wundervoll schwebende Vorstellung innewohnte. Entschieden war es dies, das Leichte und Beschwingte, das ich anfangs so verdrießlich abgelehnt hatte und das nun wie ein völlig neues Element gewichteverteilend in mein Leben trat. Mit den andern hatte immer etwas nicht gestimmt, die Sinne oder die Anschauungen oder die Charaktere oder der Geschmack oder das Lebensgefühl, dann war man in die Untiefe geraten, wo man strandete. Hier stimmte es nicht nur, sondern fügte sich auch mit jedem Tag aufs allernatürlichste fester zusammen. Es war, wie wenn man nach jahrzehntelangem Aufenthalt unter einem das Gemüt verdüsternden Regenhimmel endlich das blaue Firmament über sich erblickt, das sich nur selten trübt. Manchmal dachte ich mit Sorge: Wird es auch so bleiben? Kann es so bleiben? Wird sie nicht das Gift meiner Dunkelheit in sich saugen?

An einem Novemberabend

Lange sträubte sich Bettina, zu uns ins Haus zu kommen. Da es Leute gab, die von mir als einem Manne redeten, der jeden Tag zum Frühstück eine Jungfrau verspeist, hinderte sie in der ersten Zeit ihr Selbstgefühl daran, mir gehorsam zuzulaufen wie ein Hündchen, das apportiert, wenn man es ruft. So drückte sie es späterhin einmal spöttisch aus. Zudem hatte ich versäumt, auch ihren Mann einzuladen, als ich sie zu einem Besuch aufforderte, das nahm sie mir übel. Dann gab es einen richtigen Gesellschaftsabend, an welchem Paul Merck, die Waldbauers und einige andere Freunde erschienen. Sie tauten freilich erst auf, als sich Ganna, die sich unter diesen Menschen fremd fühlte, zurückgezogen hatte. Bettina mochte unser Haus nicht. Sie sprach nicht darüber, doch ich spürte es. Sie fröstelte, wenn sie es betrat. Bisweilen fragte ich sie nach dem Grund, aber sie schüttelte nur abweisend den Kopf. Daß ihr die Räume nicht zusagten, das etwas Extravagante der Anlage, ließ sich bei ihrem konservativen Geschmack leicht begreifen, aber ich mußte alsbald fürchten, daß es hauptsächlich die Herrin war, zu der sie in ihrem Innern kein Verhältnis finden konnte. In der Tat, sie konnte es mir auf die Dauer nicht verbergen, war Ganna für sie das unfaßlichste Wesen unter der Sonne, und sooft ich den Versuch machte, ihr Gannas Charakter und Seelenbeschaffenheit zu erklären, die großen sittlichen und geistigen Eigenschaften rühmte, die Ganna nach meiner Überzeugung besaß, hörte sie mir still zu, mit einem sonderbaren, neugierigen Glanz in den Augen, doch ohne jemals auch nur mit einer Silbe einen Zweifel laut werden zu lassen. Dies hätte sie sich nie erlaubt. Nun wußte ich aber, daß sie eine äußerst scharfe Beobachterin war, in einer Art, daß ich mir manchmal, gegenüber der Sicherheit und Schnelligkeit ihrer Auffassung, wie ein kleiner Junge vorkam und mit offenem Mund dastand, wenn sie mir irgendeinen Vorgang mit Einzelheiten schilderte, von denen ich kaum eine einzige wahrgenommen hatte. Doch gehörte sie nicht zu den Menschen, die sich daraus eine geistige Einnahmequelle machen. Sie verstand zu schweigen, und zwar so lange zu schweigen, bis es dringlich an der Zeit war, zu reden. Und es war auch so mit ihr, daß sie viele Dinge sah und hörte, die nicht zu sehen und zu hören sie aus gewissen Erwägungen heraus beschlossen hatte. Aus dem, was sie bemerkte oder nicht bemerkte, notierte oder nicht notierte, aufnahm oder an sich vorübergehen ließ, hätte man eine ziemlich umfassende Beschreibung ihres Charakters aufbauen können. Zum Beispiel wußte sie, wie alle Welt es wußte, daß sich Ganna nicht nur langmütig von mir betrügen ließ (Bettina nannte es »betrügen«, obgleich bei meinem offenen Verfahren gegen Ganna von Betrug nicht die Rede sein konnte), sondern sich auch mit meinen Abenteuern brüstete, um den Menschen zu verstehen zu geben, an ihr gemessen seien alle andern Frauen nichts wie vorübergehend begünstigte Kebsen. Bettina wußte es und deckte es in ihrem Bewußtsein wieder zu. Sie tat es gleichsam im Namen aller Frauen, die dadurch beleidigt wurden, auch im Namen Gannas. Sie war der Meinung, daß man die Menschen zu sehr entehre, wenn man nicht ignoriert, wozu sie sich erniedrigen. Ich, mit meiner damaligen morschen Auffassung eines Libertins, zuckte die Achseln darüber und fand Gannas Haltung durchaus preiswert.

Unglücklicherweise (für mich unglücklicherweise, da ich ängstlich darauf bedacht war, Ganna in Bettinas Achtung zu halten) geschah einmal in Bettinas Gegenwart folgendes: Ganna hatte dem Hausmädchen eingeschärft, es solle aufpassen, ob Elisabeths Klavierlehrerin den Unterricht nicht zu früh abbreche, wie sie zu argwöhnen Ursache hatte. Als ihr mitgeteilt wurde, das Fräulein sei soeben aus dem Zimmer gegangen, acht Minuten vor der Zeit, eilte sie in den Flur, wo Bettina eben ihren Mantel anzog, und stellte die Bestürzte schroff zur Rede. »Sie haben pünktlich zu sein«, schnaubte sie die zitternde Lehrerin an, »pünktlich zu kommen und pünktlich zu gehen, dafür bezahle ich Sie. Wenn Sie das nicht wollen, dann ersparen Sie sich künftig den Weg.« Ich muß ehrlich gestehen, mich beirrte das nicht weiter, es prallte an mir ab, wahrscheinlich weil ich an derartige Auftritte längst gewöhnt war. Man wird stumpf; ich hatte mich daran stumpf gelebt. Aber Bettina war leichenblaß geworden. Ich bezahle Sie: das einem Menschen zu sagen! Es war ihr unheimlich dabei zumute. Viel, viel später, als sie mich an die Szene erinnerte, gestand sie mir, sie sei nahe daran gewesen, Ganna am Handgelenk zu packen und ihr zuzurufen: Frau, Frau, besinnen Sie sich doch! Wie führen Sie sich denn auf! Ich begriff es nicht recht. Für mich war es ein Temperamentsausbruch, weiter nichts. Ganna ist eben, wie sie ist, tröstete ich mich und andere, man muß auch das Üble schlucken, wenn man daneben des Guten genießen will. Und so sah ich nicht, wünschte nicht zu sehen, was da wuchs und wurde.

Dennoch wurde mir auf Schritt und Tritt bewußt, daß sich die Situation gegen früher einschneidend verändert hatte. Von einer gewissen Zeit an konnte ich Ganna die Offenheit nicht mehr zeigen, die mir in den schlimmsten Stürmen unserer Ehe die Illusion der unzerstörbaren Einheit und Ganna den Glauben bewahrt hatte, sie allein sei die herrschende weibliche Macht in meinem Leben. Ich wich ihr aus. Ich schlug die Augen vor ihr nieder. Ich war kalt und verletzend gegen sie. Und vor allem: Ich entzog mich der ehelichen Gemeinschaft gänzlich. Das war vorher nie geschehen. Ein Zärtlichkeitsalmosen für Ganna war immer übriggeblieben: Troststunde, Bestechungszahlung. Auf einmal war es nicht mehr möglich. Bettina war dawider. Nicht als hätte sie es verlangt oder erwartet; bewahre. Aber ihre Art zu sein war dawider, eine wahre und redliche Art zu sein. Eine Art zu sein, die in mich hineinfloß als das Entsprechende und mich umformte.

Ein Abend im November lebt in meiner Erinnerung wie ein Stück Grauen.

Es ist spät, als ich nach Hause komme. Ich habe ein beglückendes Erlebnis gehabt. Bettina hat mir auf der Geige vorgespielt, zum erstenmal seit den sieben Monaten, da ich sie kenne. Eine ganze Bach-Suite, schließend mit der Chaconne. Es ist nicht eben eine Meisterleistung gewesen; das große Letzte der Großen war nicht darin; aber wieviel Gesang, wieviel Schmelz, wieviel reine Kraft und inniges Feuer; und wie geheimnisvoll verwandt meinem Puls und Herzschlag, als hätte ich selber gespielt, selber die Rhythmen erfunden. Eine unvergeßliche Stunde, die mir eine hinter dem heiteren Weltkind verborgene Bettina gezeigt hatte.

Und nun starren mich die weißgekalkten Wände der Halle, die zugleich Eßzimmer ist, nüchtern an, und die närrisch verbogenen Beleuchtungskörper drohen wie emporgereckte Arme. Rasch noch zur kleinen Doris, einen Blick auf die geliebte Schläferin, rasch ein paar Bissen hinuntergewürgt, dann will ich an die Arbeit. Aber an der andern Seite des Tisches sitzt Ganna, die Augen voll glühendem Vorwurf, die Lippen zuckend, die Arme verschränkt, das ganze Weib eine einzige stumme Klage und Anklage.

Ich sollte gehen. Ich sollte ihr gute Nacht sagen und in meine Sternwarte hinaufgehen. Mein Bleiben ebnet der fälligen Erörterung die Bahn. »Warum kommst du so spät? Wo bist du gewesen?« Natürlich weiß sie, wo ich gewesen bin. »Was ist denn mit dir, Alexander? Hast du mich ganz vergessen? Bin ich dir gar nichts mehr?« Dann drängender, bitterer: »Deine ganze Zeit gehört jetzt dieser Frau. Du affichierst dich ja mit ihr. Die fremdesten Leute reden schon darüber.« Ich schweige noch immer. Ich gehe herum und starre in die Ecken. Ganna fährt fort: »Ich habe ja nichts dagegen, daß du dich auslebst. Hab' ich es je an gutem Willen fehlen lassen? Aber gerade deshalb werde ich zu Tode gequält.« Mein Schweigen reizt sie. Sie ringt die Hände. »Wie kannst du nur, Alexander! Ein Mann wie du! Die Person macht mit dir, was sie will. Hast du denn kein Erbarmen?«

Ich verliere wieder den Arbeitsabend, dachte ich; wenn ich jetzt hinausgehe und ihr freundlich gute Nacht sage, wird sie sich zufriedengeben, sie hat ja ein so merkwürdig brüchiges Gedächtnis. Aber ich kann nicht. Ich kann mich nicht entfernen und damit die aufdräuende Greuelszene im Keim ersticken. Es ist die Furcht, die mich daran hindert. Die bare, nackte Furcht. Ich muß das, so gut es mir möglich ist, erläutern. Ganna hat die schreckliche Gabe, meine Phantasie aufs äußerste zu beunruhigen. Kein anderer Mensch ist hierzu in gleichem Maß befähigt. Das ist auch ihre Macht über mich, die nicht etwa im Schwinden ist, sondern noch immer zunimmt. Sie weiß es. Sie weiß, daß ich es nicht übers Herz bringe, sie sitzen und ins Leere brüten zu lassen. Wenn ich in Ruf- und Reichweite bin, kann es trotz des »brüchigen Gedächtnisses« geschehen, daß sie eine Katastrophe heraufbeschwört. So malt es sich in meinem Geist, obwohl ich nicht zu sagen vermag, welcher Art diese Katastrophe ist. Es würde ja schließlich genügen, wenn sie einen Spiegel zerschlägt, die Dienstmädchen aus den Betten schreit; es ist sogar nicht unmöglich, daß sie sich etwas antut. Nichts ist bei ihr unmöglich. Von einer Minute zur andern schaltet sie vorsätzlich das Bewußtsein aus, ein ziemlich rätselhafter Vorgang, und ist dann nicht mehr verantwortlich für sich. Sie wird vor einem öffentlichen Skandal nicht zurückschrecken. Ist sie doch einmal in Ebenweiler nach einem Streit in einer Sturmnacht ins Gebirge gelaufen, und ich habe sie von Jägern und Bauern suchen lassen müssen. Ereignet sich dergleichen, so ist es mit dem ohnehin ständig bedrohten Arbeitsfrieden für Wochen vorbei. Davor zittere ich. Meine Überlegung ist: Um jeden Preis alles hinhalten, bis das Werk fertig ist; dann wird man die Arme frei haben; dann wird man handeln können. Selbstbetrug. Denn da das Werk niemals fertig sein wird, immer nur ein Buch, und ich mich von einem Buch ins andere stürze wie einer, der im Ozean um sein Leben schwimmt, von Woge zu Woge, ist nicht abzusehen, wann ich mit dem Handeln beginnen soll. So hat sich die Vorstellung in meinem Hirn eingegraben, daß meine Gegenwart das einzige Mittel ist, Ganna an einem zerstörerischen Attentat gegen meine Existenz zu hindern. (Und in einem gewissen Sinn hat sich diese Vorstellung später als richtig erwiesen.) Zugleich aber weiß ich, es ist lediglich meine Gegenwart, die ihr den Mut zur Raserei gibt. Wie findet man aus diesem Dilemma heraus? Welcher Mann von Herz bringt es schließlich über sich, eine Frau in einer schmerzlichen Stunde allein zu lassen, wenn er weiß, daß damit ihr Lebensraum verödet ist, daß sie ausgebrannt in sich zusammenfällt?

Und so mache ich mich zur Beute ihrer Gemütsausschweifung. Um jenes eingebildete Schlimmste zu verhüten, nehme ich das tatsächlich Unerträgliche auf mich. Es ist wie eine Schwefelwolke. Ganna ergeht sich in maßlosen Schmähungen Bettinas. Ich verliere die Besinnung. Ich schreie sie an. Das aber will sie, mich aus der Ruhe reißen, das ist ihre Genugtuung und Rache. Die Worte fliegen herüber und hinüber wie Giftpfeile. Da öffnet sich unhörbar die Tür. Aus dem Schlaf geschreckt tritt im Nachthemd Elisabeth auf die Schwelle. In tiefer, halbverschlafener Verstörtheit schaut sie Vater und Mutter an. Dieser Kinderblick! Er macht mich schuldig für ewig. Ich nehme sie auf den Arm und trage sie mit schweigenden Liebkosungen ins Bett zurück. Als ich wieder bei Ganna bin, sitzt sie da und weint. Sie kann weinen. Ich habe keine Tränen.

Ganna verteidigt die Festung durch Angriff

Es läßt sich nicht verkennen: Ein geschlagener Hund könnte nicht ärger leiden als Ganna. Die Welt ist ihr verrückt. Denn ihre Welt bin ich. Sie kann das Geschehene nicht fassen. Es ist, als ob man ihr langsam das Herz aus der Brust operierte. In der Nacht liegt sie schlaflos und überdenkt alles, ihr tränenverschleierter Blick hält kein Bild mehr fest. Sie grübelt darüber nach, was sie wohl verbrochen hat. Sie kann nämlich beim besten Willen keinen Fehler an sich entdecken. Sie hat stets ihre Pflicht erfüllt, dünkt ihr, sie war von den reinsten Absichten beseelt. Sie findet, wenn das Leben zu schwer ist für zwei so schwache Arme wie die ihren, sollte man Mitleid mit ihr haben. Daß sie mich mitleidlos sieht oder glaubt, macht sie an allem irre. Sie läßt durchblicken, ein böser Zauber sei in mich gefahren, sonst könnte ich nicht ihre Liebe vergessen und daß kein anderes Weib auf Erden lebt, das mir so grenzenlos ergeben ist. Es ist zwar ihre unerschütterliche Überzeugung, daß ich niemals von ihr weggehen werde, so hätte ich mich ja selbst oft genug geäußert, gibt sie mir mit einem beängstigenden Auflodern in ihren Augen zu verstehen, aber warum nähme ich sie denn nicht jetzt schon bei der Hand, um sie herauszuführen aus dem Labyrinth ihres großen Kummers? Und sie baut sich eine Hoffnung. Ich will sie nur auf die Probe stellen, denkt sie sich aus; ich will die Tragkraft ihrer Liebe prüfen. Immerhin bedürfe es hierzu so drastischer Mittel nicht, das sagt sie mit dem reizend unschuldigen Lächeln, das in seltenen Momenten noch in ihrem Gesicht aufschimmert, nicht so herzbrechender; ich könnte ihr doch gelegentlich einmal andeuten, daß sie wieder meine Ganna sein würde, wenn sie die Probe bestanden hat, könnte mit ihr einen Spaziergang machen, wonach sie sich so sehnt, könnte ihr eine einzige kleine Zärtlichkeit sagen wie in früheren Zeiten. Sie muß sich wundern, wie dumm die Männer sind. Sie hätten es so leicht mit den Frauen und machen es so verkehrt. Doch dieses philosophische Staunen über die Verblendung der »Männer« ändert nichts daran, daß ihre Brust vor Weh verbrennt und ich dastehe wie der Sebastian am Marterpfahl …

Warum aber auf einmal diese Aufregung, diese Angst, dieses Verlustfieber, da sie sich doch jahrelang gegenüber meinen Seitensprüngen, wie sie es nannte, einer wohlwollenden Neutralität befleißigt hat? Es entgeht ihr eben nicht, daß alles anders ist als bei andern Frauen. Sie befindet sich vor einer Unerklärlichkeit. Was kann denn an dieser Bettina Merck so Besonderes sein, fragt sie sich, fragt sie zuweilen auch mich. Sie studiert sie. Sie möchte ihr gerecht werden. Doch sie begreift die Anziehungskraft nicht, die sie auf mich ausübt. Sie findet sie weder schön noch geistvoll. Ja, wenn sie geistvoll wäre. Sie ist auch keine erste Jugend mehr. Offenbar, argumentiert Ganna voller Gram, sind es raffinierte Künste, deren sie sich bedient: Ich mit meiner Einfachheit und Geradheit komme dagegen nicht auf; jene ist rasend geschickt, es scheint, man muß geschickt sein; ich wollte, ich könnte es lernen, aber ich bin zu ehrlich dazu; außerdem ist sie eine gewissenlose Draufgängerin und pfeift auf die Meinung der Welt. Oder sie bohrt solcherart: Die hat's gut; reiche Leute; der Mann den ganzen Tag im Geschäft; keine Sorgen, als wie sie sich putzen und die Modistin und die Friseurin ins Verdienen setzen kann; ich dagegen, eine abgerackerte Frau, die keine Zeit hat, an sich zu denken; ich hab's ja immer gesagt: Verderbt muß man sein, herzlos, vor nichts haltmachen, keine Seele im Leibe haben, das wirkt auf so einen sensationslüsternen Mann …

Ich gebe diese Gedankengänge wieder, weil ich sie nicht nur aus gelegentlichen Reden und Andeutungen, sondern auch aus dem tiefsten Einblick kannte, den man sich in eine menschliche Natur verschaffen kann. Das Interessante an ihnen liegt immer in dem Zweiteiligen, dem scharfen Wechsel zwischen Licht und Schatten, Erkenntnis und Vernageltheit, Angst und Haß, Torheit und Wildheit, Verdächtigung und Selbstunsicherheit. Wäre ihr Denken weniger zerstückt gewesen, ihr Gefühl weniger aussetzend, es hätte sie niedergeworfen. Jedoch erstreckte sich ihre innere Zerstreutheit auch auf den Schmerz, daher konnte sie in abgerissenen Augenblicken, die wie Korkstücke auf gischtigem Wasser trieben, ganz friedlich und guter Dinge sein. Freilich wurden die Fristen immer kürzer, in denen es ihr verstattet war, halbverloschen zu träumen und sich die Zukunft selig auszumalen. Es erfolgte Stoß auf Stoß gegen ihr Gemüt, das Leben zeigte ihr die Zähne. Es traf sie mitten ins Herz, als sie erfuhr, daß ich Teile meiner neuen Arbeit dem Freundeskreis um Bettina vorlas. Daß ich sie nicht ein einziges Mal dazu gebeten hatte, erregte die bitterste Eifersucht in ihr, die sie je verspürt, ärger als jede körperliche. Sie fühlte sich verstoßen und ausgestoßen. Doch es war leider schon so weit mit mir, daß ich Ganna als Zuhörerin nicht haben wollte, weil die Freunde sie nicht haben wollten. Ganna war ihnen unsagbar fremd. Sie fügte sich nicht ein, sie kannte die Bräuche nicht, sie verstieß gegen den Takt. Das kam natürlich nicht zur Sprache, aber es konnte mir nicht verborgen bleiben. Ich litt für Ganna, um Ganna. Es war nicht zu ändern. Und dann, Ganna und Bettina im selben Raum und ich zwischen beiden, als Stimme nur, es hätte eine tödliche Dissonanz ergeben. Um nun Ganna einigermaßen zu versöhnen, nahm ich meine Zuflucht zu einer Lüge; ihr Gefühl und Urteil sei mir so wichtig, erklärte ich ihr, daß ich sie allein vor mir haben müsse, ich brauche den unmittelbaren Kontakt mit ihr. Obwohl sie mir nicht ganz zu glauben wagte, halb glaubte sie mir doch, und vielleicht habe ich ihr damit über das Schlimmste dieser Enttäuschung für eine Weile hinweggeholfen. Aber da es eben nur für eine Weile sein konnte, war meine Lüge in einem tieferen Sinn viel grausamer und verräterischer, als die rücksichtslose Wahrheit es hätte sein können.

Hätte Ganna nur ein klein wenig Weltverstand gehabt, wäre sie nur eine Spur gehemmter und beherrschter gewesen, es wäre mir nicht so schwer gefallen, den Freunden einiges Verständnis für ihre barocke, sprunghafte und konventionslose Art beizubringen; andere, verhängnisvollere ihrer Eigenschaften verhehlte ich mir ja damals noch krampfhaft. Aber Ganna tut selber alles, um sich verhaßt, mehr, um sich gefürchtet zu machen. So winzige Hände, und was können sie nicht ausreißen, so winzige Füße, und was können sie nicht zertreten! Eines Tages schießt sie zum Telefon, läßt sich mit Paul Merck verbinden, teilt ihm mit, sie hätte gehört, daß seine beiden Töchter Schafblattern hätten und daß unter diesen Umständen unser Arzt einen direkten Verkehr zwischen beiden Familien nicht für wünschenswert halte. Und sie schloß mit den unglaublichen Worten: »Ich möchte Sie dringend ersuchen, Herr Merck, daß Sie Ihrer Frau den Verkehr mit meinem Mann so lange verbieten, bis die Ansteckungsgefahr vorüber ist.« Paul Merck, ein wohlerzogener

Mann, wußte nicht, wie ihm geschah. »Verzeihung«, stotterte er in den Apparat, »ich bin nicht gewohnt, meiner Frau etwas zu verbieten.« Er legte den Hörer weg, als sei er glühend gewesen, so erzählte mir Bettina später, griff nach einer dicken Broschüre und riß sie in seinem Zorn mittendurch, was für einen Athleten ein Kraftstück gewesen wäre.

Mich überlief es kalt, als ich die Geschichte vernahm, und bei dem nächsten Zusammensein mit Paul Merck bemühte ich mich, Entschuldigungsgründe für Ganna zu finden. Ich ging noch weiter; ich sprach von Gannas Ungewöhnlichkeit als Erscheinung, von ihrer Genialität als Weib, ihrer geistigen und menschlichen Bedeutung und ereiferte mich derart, daß sowohl Paul Merck wie Bettina mich in höchster Verwunderung schweigend anstarrten. Merck konnte schließlich ein skeptisch-amüsiertes Lächeln nicht unterdrücken, aber dies steigerte nur meine advokatische Glut. In Bettinas Gesicht verriet kein Zug irgendwelchen Zweifel, weder Neugier noch Teilnahme. Sie sah aus, als berichte ich etwas von einer Dame in Neuseeland.

Indessen hatte sich Ganna vorgenommen, zu Bettina zu gehen, um selbst mit ihr zu sprechen. Sie ist doch eine gescheite Person, war Gannas Gedanke, vielleicht hat sie ein Einsehen. Sie hatte zwar das Gefühl, als spaziere sie direkt in den Rachen des Löwen, aber da sie von ihrer Überlegenheit durchdrungen war, hielt sie den Erfolg für ziemlich sicher, und so sagte sie sich in aller Form bei Bettina an. Diese sah der Unterredung mit Herzklopfen entgegen, doch davon war ihr nichts anzumerken, als sie Ganna mit der Artigkeit empfing, die sie jedem Gast in ihrem Haus bezeigte. Sie hat mir nachher den Verlauf des Gesprächs beschrieben, aber erst viele Monate später schilderte sie gewisse Einzelheiten, mit denen sie mich damals, unter dem deprimierenden ersten Eindruck, hatte verschonen wollen.

Reizend gedeckter Tisch, nach bewährtem Rezept zubereiteter Tee, Platte mit belegten Broten, etwas dürftig belegt, die Zeiten erlauben es nicht anders, aber für Ganna ist es ein Festmahl. Sie ist ausgehungert. Sie sieht schlecht aus, zerquält und müde. Ihr Kleid ist mindestens drei Jahre alt und sitzt unordentlich. Bettina hat heftiges Mitleid mit ihr, redet ihr zum Essen zu und gießt immer wieder Tee ein. Ganna läßt sich's munden. Ihr Blick schweift durch das Zimmer. Sie äußert sich wehmütig-anerkennend über die geschmackvolle Einrichtung. »Ja, Geschmack haben Sie«, spricht sie traurig vor sich hin, »das muß Ihnen der Neid lassen. Aber dazu gehört Zeit.« Bettina gibt rücksichtsvoll zu verstehen, sie halte es nicht für einen Fehler, Zeit zu haben. »Nein, aber es verleitet dazu, daß man die eigenen Interessen zu stark kultiviert«, bemerkt Ganna lehrhaft und mit einem wohlvorbereiteten Stich. Es käme auf die Art der Interessen an, meint Bettina kühl. Ganna lacht etwas hart. »Nun, was das betrifft, so beschränken sie sich bei Ihnen doch hauptsächlich auf Ihre Person«, sagt sie. Bettina ist erstaunt über so viel Kenntnis ihrer Natur. »Ich sehe ja an Alexander, wie leicht man diesen Äußerlichkeiten verfällt«, fährt Ganna fort, »seit er mit Ihnen verkehrt, ist ihm kein Anzug mehr elegant genug, früher war er so bescheiden, jetzt weiß er auf einmal, wo man Krawatten kaufen muß, und verlangt, Gott, wie komisch, daß seine Hosen jede Woche in der Falte gebügelt werden. Ich lache mich tot.« Bettina versteht nicht, warum dies zum Totlachen ist, aber aus Gefälligkeit stimmt sie in Gannas ziemlich gezwungenes Lachen fröhlich ein. Da glaubt Ganna den Augenblick gekommen, um aufs Ziel loszugehen. »Sie müssen deswegen nicht denken, Frau Merck«, sagt sie mit messerscharfer Stimme, »daß Sie mit solchen mondänen Allüren meinen Mann kapern können. O nein. Da müßten andere kommen und sind auch andere dagewesen. Überhaupt, meine Ehe mit Alexander, das verrat' ich Ihnen nur aus Nettigkeit, damit Sie orientiert sind, falls Sie es noch nicht wissen, meine Ehe mit Alexander ist ein Rocher de bronze. Niemals, mag geschehen, was will, niemals wird sich Alexander von mir scheiden lassen. Darüber bin ich ganz beruhigt. Glauben Sie ja nicht, daß ich mir Sorgen mache. Ich möchte nur verhüten, daß Sie sich in der Hinsicht falschen Hoffnungen hingeben.« Bettina muß sich erst fassen. Ein derartiger Platzregen von Schrecklichkeiten ist ihr, so lange sie denken kann, nicht auf den Kopf gefallen. Auch jetzt wieder ist ihr, als müsse sie Ganna packen und ihr zurufen: Frau, was reden Sie denn! Besinnen Sie sich doch! So was ist ja unter Menschen nicht möglich! Sie zwingt sich zu einem Lächeln und erwidert im Ton, wie man zu einem phantasierenden Kind spricht: »Sie haben bestimmt Recht, Frau Ganna. Sie brauchen mir das wirklich nicht zu sagen. Niemand hat die Absicht, Ihnen Alexander wegzunehmen.« Ganna stößt einen Laut aus, der wie ein drohendes Knurren klingt. »Ich wollte es auch niemand raten«, sagt sie barsch abschließend und erhebt sich, Bettina begleitet sie in den Flur und hilft ihr beim Anziehen des Mantels. Sie trägt ihr Grüße an die Kinder auf. Ganna ist gerührt. Sie verabschiedet sich mit gefühlvollen Dankesbezeigungen. Sie hat keine Ahnung, wie töricht und verletzend sie sich benommen hat. Sie trägt den Kopf hoch und freut sich über ihren Sieg. Bettina, als sie wieder allein ist, hat einen Schwindelanfall. Sie reißt die Fenster auf. Ihre Füße sind eiskalt, die Fingernägel blau. Sie friert bis ins Mark. Sie geht ins Schlafzimmer, entkleidet sich und fällt ins Bett. Den ganzen Tag über ist ihr sterbenselend. Sie sucht das Furchtbare zu vergessen. Es muß aus ihr heraus. Es darf nicht in ihr drin sein. Als sie mir von dem Besuch erzählte, bebend, fröstelnd, verhalten, war schon eine Woche darüber vergangen.

Die Circe

Da sich alle meine früheren Verhältnisse nach einem Jahr, höchstens nach zweien, friedlich ab- und ausgelebt hatten, wartete Ganna auch diesmal trotz tieferer Beunruhigung zuversichtlich auf das Ende. Als das Ende nicht kommen wollte, trat eine völlige Gleichgewichtsstörung bei ihr ein. Düsterer alter Aberglaube erwachte in ihr. Bisweilen äußerte sie allen Ernstes den Verdacht, Bettina müsse mir einen Zaubertrank eingegeben haben. Jedenfalls schien ihr die Gefahr einer dauernden Liebesknechtschaft so groß, daß sie auf Mittel und Wege sann, mich aus Bettinas vermeintlichen Netzen zu befreien. Auf dieser Grundlage erhob sich eine der unzerstörbaren Ganna-Fiktionen, mit deren Hilfe sie sich immer eine Weile seelisch über Wasser hielt: Ich schmachtete nach ihrer Ansicht in einer widerwillig ertragenen sexuellen Hörigkeit, in welcher ich von dem Wunsch gequält wurde, mich den Banden der herzlosen Circe zu entziehen und der viel echter geliebten Ganna wieder in die Arme zu sinken. Sie ließ es nur nicht zu, die grausame Verführerin, sie schläferte mich mit ihrem Liebesgift ein und beraubte mich so sehr meiner Mannheit, daß ich Ganna vor ihr verleugnen mußte, was um so leichter war, als es die Circe selbstverständlich fertigbrachte, alle Tugenden Gannas in Laster umzudeuten. Doch mit dieser noch ziemlich harmlosen Verzerrung der Wirklichkeit begnügte sich Ganna keineswegs. Allmählich befestigte sich in ihr die Vorstellung, Bettina habe bei dem Zwangsverkauf der Wiese ihre Hand im Spiel gehabt; nicht bloß Bettina allein, die ganze »Waldbauer-Clique« sei daran beteiligt gewesen, wie denn das einzige Bestreben dieser Leute und ihres gesamten Anhangs darauf ausginge, sie, Ganna, zu verleumden, mich ihr immer mehr zu entfremden und sie gänzlich zu vernichten.

Da nützte keine Widerrede, kein Nachweis des zutage liegenden Unsinns, kein Augenschein, kein Bitten, Beschwören oder Kopfschütteln, das wuchs und wuchs unaufhaltsam, verschwisterte sich mit andern Wahnideen, machte die Luft, in der ich atmete, zu einem schmutzigen Brei und den Himmel über mir schwärzer und schwärzer.

Meine und Bettinas Verschuldung

Ich müßte eigentlich viel mehr von Bettina erzählen, als ich bisher getan habe, aber es fällt mir schwer. Jedes Bild von ihr rückt sogleich in solche Nähe, daß mein Blick keinen Umriß mehr gewahrt, und ich kann mich nur darauf beschränken, Schritt für Schritt aufzuzeigen, was sich durch sie in meinem Innern und meinem Leben geändert hat. Ich denke, dies gibt einen deutlicheren Begriff von ihrem Wesen, als wenn ich mich weitläufig über ihre Eigenschaften, ihr Aussehen oder ihre verschiedenen Stimmungen verbreitete. Der Mensch, mit dem man wahrhaft lebt, ist ja auf eine sonderbare Weise unsichtbar, so wie man sich selber unsichtbar ist; man spürt ihn nur, man hat ihn in sich drin und entfaltet sich wiederum in ihm. Das Wort Liebe hat da gar keine rechte Bedeutung mehr.

Es ist klar, daß mir Bettinas Ehe von Anfang an viel zu denken gab. Ohne daß wir uns darüber ausdrücklich unterhalten hatten, schien es mir ausgemacht und zweifellos, daß sie sich in diesem Punkt nicht zu Halbheiten und Unaufrichtigkeiten erniedrigte. Nach und nach erkannte ich denn auch, wie die Dinge zwischen ihr und Paul lagen. Im Grunde sehr unverwickelt. Sie hatten sich als ganz junge Leute gern gehabt und ein wenig, wie auf Probe, geheiratet. Sie waren nicht schlecht dabei gefahren. In der ersten Zeit war es zu einigen unschuldigen Stürmen gekommen, dann hatten sie einen Freundschaftsvertrag geschlossen und lebten nun in herzlicher Verständigung mit- oder nebeneinander. Seit kurzem fühlten beide, daß ihre Beziehung einer neuen Ordnung und Klärung zutrieb. Sie sprachen oftmals darüber, in allem Frieden, sie machten einander das Herz nicht schwer. Bettina besaß keinerlei Vermögen, »ich bin wie ein Bettelbub in die Ehe getreten«, sagte sie mir einmal, »und wenn es sein muß, geh' ich wieder so heraus.« Und ein andermal äußerte sie: »Eine Ehe ist keine Versorgungsanstalt; über die Kinder einigt man sich, schon um der Kinder willen, und im übrigen, was geh' ich den Mann an, der mich oder den ich nicht mehr haben will?« Leicht sein, frei sein war alles. Manche Freunde, die ihr verwundert zusahen, wie sie ihren Faden spann, waren geneigt, es Schicksalsvertrauen zu nennen. Aber das war wohl ein zu anspruchsvolles Wort für sie. Sie war, ganz einfach, nicht wehleidig. Sie fürchtete sich nicht vor dem Leben. Sie brauchte keinen zahlenden Versorger. Sie verachtete jegliche Sicherheit.

Die Monate in der Stadt waren zerrüttend für uns beide. Es war die Zeit, da das Männermorden draußen stumpfe Gewöhnung wurde. Der Glaube, daß man mit dem Volk für eine gerechte Sache litt, wurde von allen Seiten unterhöhlt und brach zusammen. Nahe Menschen, die begeistert hinausgezogen waren, kehrten ruiniert an Leib und Seele heim, untauglich zu jedem Geschäft, Verlorene. An der Somme fiel ein Halbbruder von mir, den ich in seiner Jugend zärtlich geliebt hatte. Kein Brief, kein Gruß, schweigender Tod. Die hetzerischen Lügen von oben und unten und jenseits der Grenzen zermürbten das Herz. Die Üppigkeit der Reichen, ihr bacchantischer Taumel, war ein Schauspiel, das an Frechheit nicht überboten werden konnte. Während sie die Nächte vertanzten und verhurten, standen Armeen von Müttern vor den Bäcker- und Metzgerläden, ein Zug von Lemuren. Gar oft wanderte ich mit Bettina durch unbeleuchtete Vorstadtgassen; das ungeheure, massenhafte Elend betäubte uns. Abermals bat ich, mündlich und schriftlich, um Verwendung im Heer; das Gesuch erledigte sich, als ich an einer langwierigen Gallenkolik erkrankte. Ohne Bettina, ihr Mitleben, Mitatmen, auch in meiner Arbeit, hätte ich nicht weiter gewußt. »Darf man so aneinander Genüge finden?« fragte ich sie beklommen. »Ist es nicht eine Herausforderung des Schicksals? Zwei armselige Menschlein, die den Untergang um einen Augenblick des Glücks hinausschieben wollen; als ob's darauf ankäme, das Erwachen nicht um so gräßlicher wäre ...« Bettina nahm es nicht an. In aller Demut nahm sie es nicht an. Es gab einen Unheilsvogel, der schrie in den Nächten im Garten hinter ihrem Haus; sie hatte ihm, seinem Schrei nachgeformt, den Namen Giglaijo gegeben, und wenn sie ihn hörte, gefror jeder Blutstropfen in ihr. Aber sie besaß ja diese segensreiche Kraft im Vergessen des Bösen und Häßlichen, es war die andere Seite ihres Mutes, und wenn die Wurzeln in der Erde aufbrachen und die Sonne anfing, sich über einen gewissen Dachfirst zu erheben, fieberte sie dem Frühling entgegen und genas langsam vom Winter, der ihr Finsternis und Siechtum war. Sie hatte eben auch ihre Dunkelheiten in sich, und die dunklen Stunden der Heiteren sind oft viel dunkler als die der Dunklen.

Zu Sommersbeginn konnten wir uns loslösen aus der melancholischen Existenz in der Stadt. Es war zur festen Einrichtung geworden, daß wir die Zeit vom frühen Juni bis zur Septembermitte in Ebenweiler verbrachten. Ganna kam mit den Kindern erst im Juli, nach Schulschluß, und die Wochen, die wir für uns allein hatten, waren die Glücksinseln des Jahres. Dort, im heimatgewordenen Tal war es erlaubt, die brennende Welt zu vergessen. Man spottete nicht des Hochgerichts dabei, die Natur billigte es in ihrer erhabenen Gnade. Wenn der Geschützdonner im Süden dumpf herüberdröhnte, klang es wie Gottes Groll über eine Menschheit, die seine Schöpfung schändete; die Eismauern um den Gipfel waren wie zugeriegelte grüne Pforten, vor denen das Menschensterben haltmachte. Alles gehörte uns beiden, die Wälder, der See, die Bäche, die Brücken, die weißen Wege. Es gab Sternenabende, an denen das zitternde Firmament goldne Flocken auf das Bett unserer Liebe streute, und Regennächte, an denen alle Haßflammen der Erde ausgelöscht schienen. Ich wanderte hin und her, von meinem Haus zu Bettinas Haus, von Bettinas zu meinem, zu allen Stunden des Tages und der Nacht, abends, wenn die Kühe zur Tränke getrieben wurden, morgens, wenn der Bauer die Sense dengelte, der Tag hieß Bettina, die Nacht hieß Bettina, das Leben hieß Bettina.

Doch wenn Ganna da ist, muß dafür bezahlt werden. Mit unzähligen Kisten und Koffern, Rollen und Säcken rückt sie an, jedes Kind muß seine besonderen Spielsachen mithaben, für jedes mögliche Lesegelüst hat sie sich mit Büchern versorgt, es würde für fünf Jahre Einsamkeit und Kerker reichen. Ich mache ihr Vorhaltungen über das Zuviel an Transport, die Sachenüberschwemmung. Aber da komm' ich schön an; warum soll gerade sie verzichten, fragt sie kampflustig; wo sind denn ihre Toiletten, ihre Hüte, ihre vierzehn Paar Schuhe, will ich ihr die vielleicht zeigen? Ihren Liegesessel soll sie etwa nicht mitnehmen? Ihren Schopenhauer nicht? Seht mir doch diesen Mann an, der seine Frau geistig auf Wasser und Brot setzen will!

Ich hatte sie öfters flehentlich gebeten, Ebenweiler zu meiden. Sie habe doch das schöne Heim am Rande der Stadt, stellte ich ihr vor, die Kinder könnte sie mir für einige Zeit mit dem Mädchen schicken. Sie wies es entrüstet von sich. Sie lasse sich nicht verdrängen, sagte sie. Sie sei die legitime Frau. »Soll ich es dir und deiner Geliebten noch bequemer machen«, brauste sie auf, »damit die Leute glauben, ich hätte freiwillig abgedankt? Nein, den Gefallen tue ich der Person nicht. Was ihr mit mir treibt, schreit ohnehin zum Himmel.«

Bettina hatte schon im ersten Sommer ein Bauernhäuschen eine Viertelstunde von unserm entfernt gemietet. Es war unbedacht von ihr gewesen, sich in so bedrohlicher Nähe von Ganna niederzulassen. Aber sie gewann das Haus lieb und entschloß sich erst im vierten Sommer, eins am andern Ende des Tals zu beziehen. Zu spät begriffen wir auch, daß es ein Fehler war, einen Ort als gemeinsame Zuflucht zu wählen, wo ich durch jahrelange gesellschaftliche Beziehungen und als bekannte Figur sozusagen unter jedermanns Aufsicht stand. Allein die Landschaft war mir teuerer als jede andere; ich dankte ihr neben der eigentlichen Heimat alles, was äußere Natur, Atmosphäre, Wasser, Stein und Pflanze einem schauenden und schaffenden Menschen zu geben vermögen; ein anderer Schlupfwinkel fand sich nicht, und hätte er sich gefunden, Ganna hätte uns in jeden verfolgt. Am ehesten durften wir dort hoffen, gestützt auf meine Vertrautheit mit den Einheimischen, als freies Paar dem sonst unvermeidlichen Anathem zu entgehen.

Ganna nahm den Vorteil wahr, der sich ihr dadurch bot. Daß wir die bürgerliche Welt herausforderten, war ein Gewinnposten für sie. Ihre Märtyrermiene erweckte das Bedauern der Menschen. Wäre sie weniger geschäftig bemüht gewesen, Partei zu bilden, Ganna-Partei, sie hätte noch mehr Anhänger gehabt. Gleichwohl konnte es nicht ausbleiben, daß Bettina von gewissen Kreisen verfemt wurde. Kalte Blicke streiften sie; man tuschelte hinter ihr her; Verleumdung wirbelte auf wie Kehricht, wenn der Wind hineinbläst. An jedem zweiten oder dritten Tag wurde ihr ein herrisches Sendschreiben, eine befehlerische Botschaft Gannas überbracht. Sie aber ging darüber hinweg. Sie würdigte das alles ihrer Aufmerksamkeit nicht. Beflügelten Schrittes eilt sie dahin, ein bißchen Unrat spritzt an die Knöchel: Was macht das aus? Die führenden Damen laden sie nicht zu ihren Jours und schneiden sie bei Begegnungen: Es kümmert sie nicht. Sie bemerkt es nicht. Manchmal gibt es ihr einen kleinen Riß; man hat ja seinen Stolz und weiß, wer man ist, aber es ist rasch verwunden, der Anblick eines Blumenbeets, eine halbe Stunde Geigenspiel genügen, es zu vergessen. Sie ist nicht die Frau, die vor den Menschen die Augen niederschlägt. Gemeinheit ist ihr unverständlich, an Klatsch hört sie vorbei, das Aufnahmeorgan fehlt. Eine ängstliche Bekannte glaubt ihr zur Vorsicht raten zu sollen; es sei doch nicht nötig, daß sie sich immerfort öffentlich mit mir zeige. Sie antwortet: »Warum nicht? Wie sollen sich denn sonst die Leute daran gewöhnen?«

Bei alledem war es die brüchige Stelle in unserer Position. Wir hätten heimlicher verfahren müssen, besonnener und rücksichtsvoller. Wir hätten unser Glück nicht Ganna auf die Nase setzen dürfen. Wir haben sie dadurch schwer gereizt und verbittert. Wir haben damit eine Schuld auf uns geladen, die uns in späteren Jahren mit Wucherzinsen, hundertprozentig, abverlangt wurde. Wenn Ganna damals noch ein Gefühl der Frauenwürde in sich gehabt hat, wir erstickten es gedankenlos und achteten im Rausch des Einander-Gehörens der Stimme der Vernunft nicht. Gewiß, ich war längst an Ganna verzweifelt, tief und gründlich verzweifelt, hatte es längst aufgeben müssen, aus ihr eine Gefährtin zu machen, aber steckte da nicht ein Versäumnis, das fünfzehn, sechzehn, siebzehn Jahre zurücklag, und hätte ich nicht mit Gewalt oder mit Güte, mit jedem erdenklichen Opfer reinen Tisch machen müssen, statt mich in furchtsamer Schwäche und einem aus Feigheit geborenen Pflichtbewußtsein an der Seite einer Frau hinzuschleppen, der ich und die mir nichts mehr zu geben und zu werden vermochte? Und Bettina in ihrer Hochgemutheit, ihrer Abwendigkeit von allem Trüben, Zerspaltenen, Problematischen und Finstern schloß die Augen und ging achselzuckend daran vorüber. Ja, es war kühn, es war stark, es hatte einen edlen Trotz, aber es war nicht gut, und es half uns nicht. Es säte Unheil.

Leben der Menschen untereinander. Die Wahrheit eines jeden ist nur die Wahrheit seiner Enge. Das Gesamte der Art und der Eigenschaften läuft immer durch ein Prisma und wird dort in seinen Farben gebrochen. Sehr verschieden ist die Beobachtungserfahrung von der Leidenserfahrung, und es besteht keine Hoffnung, das grell Widerspruchsvolle jemals zu vereinen, denn das Ich und das Nicht-Ich sind Feinde vom Anfang der Welt her.

Der Fall Klothilde Haar

Zweifellos war es die Geschichte mit der Klothilde Haar, die meiner Hoffnung, mit Ganna zum Frieden zu kommen, den Todesstoß gab. Die Monate bis zum Sommer 1919, die letzten, die ich mit ihr in gemeinschaftlichem Haushalt verbrachte, können nicht anders denn als böser Traum bezeichnet werden.

Während die österreichische Monarchie zusammenbrach und in Fetzen gerissen wurde; während Deutschland unter Revolten stöhnte und sich in Krämpfen wand; während der von den Schlachtfeldern fortgewehte Leichendunst die Städte verseuchte und die Grippepest schien wegmähen zu wollen, was noch an jungen Leben übrig war; während die Not aus Verzweifelten Verbrecher, die Enttäuschung aus ehemals Opferwilligen Banditen machte; während im Osten eine neue Welt entstand und im Westen sich die alte in Form von papierenen Verträgen selbstmordete: währenddem stülpte Ganna in ihrem kleinen häuslichen Staat das Unterste zuoberst, häufte Zwist auf Zwist und machte den Ihren das Leben zum Privatinferno, aus keinem andern Grund als dem, daß sie in den Wahn verfallen war, die Klothilde Haar sei meine und Bettinas Kreatur, beauftragt und bezahlt, sie, Ganna, gänzlich zu verdrängen.

Die Haar war kurz nach Doris' Geburt ins Haus gekommen. Sie war ein Fräulein Mitte der Dreißig, ein kaltes, moroses Wesen, nicht sehr arbeitsam, nicht sonderlich vertrauenswürdig. Aber Ganna hatte anfangs ihre Tugenden nicht genug preisen können, hauptsächlich deswegen, weil die Haar das Kind abgöttisch liebte; solche Leidenschaften finden sich ja nicht selten bei dienenden Frauen; im übrigen haben sie für kein Geschöpf auf Erden einen Funken Zuneigung.

Durch die Zeit und die Umstände war ich genötigt worden, mich selber der Wirtschaft anzunehmen, da Ganna die Schwierigkeiten nicht bewältigen konnte. Ich hatte den Fehler begangen, der Haar gewisse Rechte einzuräumen, durch die sich Ganna benachteiligt fühlte. So hatte ich ihr unter anderm den Schlüssel zur Speisekammer übergeben und verrechnete mit ihr über die Vorräte von Mehl, Zucker, Reis und Fett, die sie in meinem Auftrag angeschafft hatte. Ich konnte es nicht mehr mit ansehen, wie die Kinder an aller kräftigen Nahrung Mangel litten; Ganna war unfähig, für ausreichende Kost zu sorgen, die Erwerbung von einem Kilo Butter scheiterte an ihrer Hilflosigkeit in allen praktischen Dingen.

Als sich nun erwies, daß die Haar feste Beziehungen zu Schleichhändlern hatte, und sie mir anbot, diese Beziehungen im Interesse des Haushalts zu verwerten, griff ich zu und zahlte auch jeden geforderten Preis. Schon dies erzürnte Ganna, denn bei ihrer ans Asketische grenzenden Bedürfnislosigkeit dünkten ihr alle Ausgaben für Essen und Trinken, sofern sie nicht auf Stillung des Hungers und Durstes abzielten, überflüssig, wenn nicht verbrecherisch. Kam hinzu, daß der Vermittler zwischen den Schleichhändlern und der Haar deren Geliebter war, ein Herr namens Wüst, der bis zum letzten Tag des Kriegs in der Etappe gestanden war und nun wie so viele einen Erwerb suchte. Abends in der Dunkelheit schleppte er ins Haus, was er bei Tag erschachert hatte, dann kam die Haar mit der Rechnung zu mir, einer gesalzenen Rechnung, um die Wahrheit zu sagen, und sie wurde nicht versüßt durch das unangenehm schadenfrohe Lächeln der Person.

Die Einmengung und das lichtscheue Treiben des Wüst wirkte auf Ganna wie ein giftiger Stachel. Sie überhäufte die Haar mit ehrenrührigen Bezichtigungen. Die Haar war ihrerseits auch nicht auf den Mund gefallen. Schließlich drohte sie, zu Gericht zu gehen und Ganna wegen Verleumdung zu verklagen. Ich sagte zu Ganna heftig: »Dazu darfst du es nicht kommen lassen.« Sie erwiderte, dergleichen zu tun werde die gemeine Diebin sich hüten, sie hätte keine Ursache, auf die fette Pfründe zu verzichten, in deren Genuß sie zu setzen ich in meiner Charakterlosigkeit für gut befunden hätte. Die Haar, die an allen Türen horchte, hatte ein sadistisches Vergnügen an solchen Szenen. Sie hegte einen so ingrimmigen Haß gegen Ganna, daß sie sich schon deswegen an ihren Posten klammerte, um sich an den Qualen ihrer Feindin zu weiden. Ich hinwiederum konnte mich nicht entschließen, sie fortzuschicken, denn in dieser Zeit des Aufhörens aller Dienstwilligkeit hätte ich nicht so leicht einen Menschen gefunden, der bei allen sonstigen schlechten Eigenschaften das Kind gewissenhaft betreute, zudem war ich heilfroh, daß jemand da war, der ordentlich kochte und das Hauswesen halbwegs beisammenhielt.

Die unerquicklichen Auftritte zwischen Ganna und der Haar häuften sich. Sogar in der Nacht ging es plötzlich los; das Stimmengekreisch drang bis an meinen Schreibtisch, so daß ich mir die Ohren mit Watte verstopfte. Wenn Herr Wüst in der Abenddämmerung in den Flur schlich, schwer bepackt, stand Ganna auf der Lauer und empfing ihn mit Beschimpfungen. Eines Tages, als ich nicht zu Hause war, machte der Mensch Anstalten, sich in seiner Wut tätlich an ihr zu vergreifen; Ferry eilte zum Schutz der Mutter herbei; er war sehr kräftig; dadurch, daß er den Mann am Hals würgte, brachte er ihn zu Fall; sie wälzten sich auf dem Boden, und währenddem rief Ganna das Polizeikommissariat an. Die Haar weigerte sich, das Haus zu verlassen, bevor sie nicht von Ganna eine schriftliche Ehrenerklärung erhielte. Ganna hatte behauptet, die Haar hätte eine Kiste Eier gestohlen. Die Haar beschwerte sich

bei mir, ich sagte zu Ganna, nach meinem Erinnern seien die Eier verbraucht worden. Ganna schäumte. Dergleichen habe sich in der Welt
noch nicht begeben, stieß sie hohl-gellend hervor, der eigene Mann im
Bund mit dem Dienstboten und deren Zuhälter, das sei fürchterlicher
als alles, was ich ihr sonst angetan und täglich antue; aber sie wisse es
längst, die Seele der Verschwörung sei die Dame Merck, die hätte die
Haar samt ihrem Geliebten gedungen, um ihr das Leben zu vergällen,
klar wie die Sonne, die Spatzen pfiffen es schon von allen Dächern.
»Ganna«, rief ich sie an und rüttelte sie, »Ganna!« Ich zog sie ins nächste
Zimmer. »Ganna! Wach auf, das kannst du doch nicht im Ernst meinen!«
Sie sah mich irr an und erwiderte: Doch, doch, das meine sie ganz im
Ernst, sie hätte auch die Beweise. »Beweise? Was für Beweise? Für solchen
bodenlosen Unsinn Beweise?« Sie schwieg verstockt.

Die Sache mit der Haar hatte sich in der Nachbarschaft herumgesprochen. Einmal in der Nacht flog ein Stein ins Fenster von Gannas
Schlafzimmer, ein andermal wurde die Haustüre mit Kot beschmiert.
Einmal ging ich durch eine Ansammlung von Männern hindurch; als
ich an ihnen vorüber war, schrie eine hohe dünne Stimme: »Schmeiß
ihr den Krempel in die Zähne, dem Viech!« Ich schloß das Tor hinter
mir, da erfüllte der Ruf den Flur, das Stiegenhaus, die Zimmer, und als
ich mich an den Schreibtisch setzte, las ich es auf dem leeren weißen
Papier: Schmeiß ihr den Krempel in die Zähne!

Verse

Über alle diese Vorgänge hatte ich nicht ein einziges Mal mit Bettina
gesprochen. Ich brachte es nicht über mich. Die Scham verschloß mir
den Mund. Ganna richten hieß mich selber richten. Doch kann ich nicht
behaupten, daß Bettina deshalb nichts wußte. Sie konnte sogar auf das
geschäftige Hörensagen verzichten. Mein Stillschweigen war für sie
durchscheinend wie Seidenpapier. Ich bin kein Mensch, der etwas verbergen kann. Alle Stimmungen, alle Erlebnisse, fast die Gedanken liegen
offen zutage. Freunde haben sich oft über mein vergebliches Bemühen,
etwas zu verheimlichen, lustig gemacht. Und Bettina, sie erriet, was mit
mir geschah, wenn ich noch nicht über die Türschwelle war. Mich aus-
zuforschen unterließ sie. Damit war nichts gedient. Mir über Betrübnis
und Sorge hinwegzuhelfen, damit war gedient. Sie war nicht der Meinung, daß zwei Leute, die einander lieben, sich fortwährend ihr Unglück

klagen sollen. Besser, man schmeichelte es weg. Ihr konnte in jener Zeit so Schlimmes nie zustoßen, daß sich der Himmel ganz bewölkte; ein bißchen Sonne fand sich zuletzt doch. Wenn man sich ernstlich zusammennahm, sich recht dicht bei seinem guten Geist hielt, sich nicht mausig machte, dann zeigten sich die Mächte nicht dauernd ungnädig. Mit der Geige in der Hand konnte man ihnen sogar unter Umständen was abdingen, womit man wieder eine Weile weiterleben konnte.

Ich kann nicht sagen, was mir das war und bedeutete, dieser Glaube an den Weg, an die Bestimmung, an den Sieg des redlichen Willens über Trübnis und Fährnis. Ich sah ihr mit Verwunderung zu – und mit Neid. Überall waren Menschen, die ihr gefällig waren, und andere, denen sie zu nützen suchte; eine arme Hausschneiderin, die sich kümmerlich durchhungerte und der sie Aufträge zuschanzte; ein junger Künstler, dem sie Empfehlungen verschaffte; ein Freund, der krank aus dem Feld zurückgekehrt war und den sie pflegte und mit Nahrungsmitteln versorgte. Immer war sie unterwegs, um etwas Zweckentsprechendes und Hilfreiches zu tun, nicht wie eine Samariterin, davon hatte sie nichts an sich, eher wie jemand, der sich einen Sport daraus macht, gewisse Versäumnisse des Schicksals auszugleichen, so nebenher, hinter dem eigenen Rücken. Dabei kenne ich niemand, der so häufig und böswillig mißverstanden wurde wie sie mit ihrer Kummerlosigkeit und lächelnden Aufrichtigkeit. Das hat mir oft zu denken gegeben. Vielleicht war es, weil sie zu geschwind in Worten war, zu sicher im Urteil, und weil sie sich nichts vormachen ließ, immer mit ihrer kleinen tapferen Wahrheit auf den Plan trat. Das verletzte natürlich viele. Es ist gut, wenn man einen Menschen hat, mit dem man sich beschäftigen kann, ohne mit ihm kämpfen zu müssen. Unerschöpfliche Fülle von Anschauungen, wenn sie mir am Abend erzählte, wie ihr Tag verlaufen war, und Stoff zu Gesprächen bis in die Nacht.

In diesen Tagen geschah es auch, daß ich eine ganze Kette von Sonetten für sie schrieb, von denen drei hier stehen mögen.

Ich träumte dich in blühenden Narzissen,
in einer Landschaft zwischen Sonn' und Mond
so, wie Diana zärtlich hingerissen,
die sich mit ihrem Lächeln selbst belohnt.

Der Erdwelt selig dienende Vertraute,
gabst du dich ihr mit Aug' und Herzschlag hin,
und als dem Traum gewisser Tag erblaute,
warst du im Frühstrahl meine Führerin.

Das macht dich schön, das Tun und Immer-Tun,
die stolze Abkehr von verjährten Leiden,
das Sträuben gegen träge Dunkelheiten,

das Stets-Verschwenden und das Nirgends-Ruhn.
So bist du mir geheimnislos entfaltet,
in jeder Form zwiefach und wahr gestaltet.

* *
*

Daß ich als Schwester dich so spät erkannte,
als geisterhafte Freundin mir erwählt,
mit Namen meiner Seele dich benannte
und mit der deinen erst im Herbst vermählt:

Das ist wie Strafe und zu wissen bitter,
denn meine Jahre haben raschern Sturz
als eines Vogels Flug im Vorgewitter,
und gnadenlos ist mir der Abend kurz.

Graut deiner Jugend nicht vor meinen Narben?
Vergällt nicht mein Oktober deinen Mai?
Die Straße hinter mir ist Wüstenei,

an Bord der deinen stehen Blüt' und Garben.
Dennoch: Mein Inneres hat kein Sturm beschädigt,
und was uns bindet, ist des Jahrs entledigt.

* *
*

Stein, den ich hebe, was verschweigst du mir?
Ich such' dich, Gott, und sehe kein Gesicht.

Und Sonne, Mond und Sterne, Baum und Tier,
warum erscheint ihr und ich fass' euch nicht?

Und du, beseelt Geschaffne, Zwillingsgeist,
an meine Brust Geschmiegte: Bist du's auch?
Ist denn der Schall, dem du den Namen leihst,
nicht bloß Vokalrausch und Gespensterhauch?

Und ist das Mit-dir-Sein und Mit-dir-Schreiten
nicht Bild von hingeträumten Wirklichkeiten?
Und muß dein schlagend Herz, dies liebe Leben,

nicht weltenweit von mir im Dunkel schweben?
Kein Nein, kein Ja. Da bleiben Engel stumm.
Das Du ist ewiges Mysterium.

Der Entschluß

Und dann, im Herbst, begann die große Umwälzung in meinem Leben.

Es war an einem milden Oktobertag, als wir von einer Wanderung im Gebirge zurückkamen und uns auf einer Bank unfern der Dorfstraße niederließen, froh der Einsamkeit, die mit dem Herbst in das geliebte Tal eingezogen war. Wir hatten lange schweigend über die Wiesen geschaut, auf denen der abendliche Nebel braute, da fragte mich Bettina, ob ich mir schon überlegt hätte, was im kommenden Winter mit uns beiden geschehen solle. Ich sah sie betroffen an. Ich verstand nicht gleich, was sie meinte. »Was soll sich denn ändern?« fragte ich. Sie schlug die Augen nieder. Sie sagte, wenn ich der Ansicht sei, es brauche sich nichts zu ändern, möge ich ihre Frage vergessen. Ich begriff, daß es keine aufs Geratewohl gestellte, keine nebensächliche Frage gewesen war. Ich wußte, worauf sie hinauswollte. Ich hatte ein schlechtes Gewissen. Ich stotterte ein paar abgerissene Worte; ich sähe ja selbst … ich hätte in der letzten Zeit oft daran gedacht … Dann verstummte ich wieder. Bettina tastete sich zaghaft vor. Ob ich es für richtig hielte, daß wir weiterhin mit der Binde vor den Augen lebten? … Ob es anginge, daß ich so wie jedes Jahr zu Ganna zurückkehrte? »Meinst du, daß es gut ist? Ich weiß nicht«, sagte sie. Zwei Sekunden lang setzte mein Herzschlag aus. »Was? Was weißt du nicht, Bettina?« forschte ich. Sie nahm allen

Mut zusammen. »Ich weiß nicht, ob ich es kann. Ich fürchte, ich kann nicht mehr«, flüsterte sie. Ich starrte zu Boden. Meine Lippen formten die Worte, die noch unausdenkbar waren: »Von Ganna weggehen? Das meinst du?«

Bettina hatte nie zuvor ausdrücklich davon gesprochen, doch hatte ich in den letzten Tagen zu spüren geglaubt, daß sie auf meine Initiative wie auf eine Erlösung wartete. Nur konnte sie es nicht über sich bringen, den Anstoß zu geben. Auch jetzt lagen der Wunsch, der Druck der inneren Notwendigkeit einer Entscheidung lediglich in ihrem bewegten Mienenspiel, ihrem inhaltvollen Blick. Ich hatte das Gefühl: In dieser Stunde darf ich nicht versagen, es geht um alles. »Und die Kinder?« fragte ich. Sie legte ihre Hand auf meine. »Die Kinder, ja. Das ist natürlich hart. Aber ich sage mir, zwei sind unter deiner Obhut groß geworden »...– »Doris braucht mich, Bettina.« – »Gewiß. Nun, du verlierst sie ja nicht. Ich denke, sie wird so viel wie möglich bei uns sein.«

Ich hörte nur halb und das Halbe mit Bangen. Ich hielt mir vor, daß ich vieles an den Kindern gutzumachen hatte. Was ist verderblicher als die Gegenwart einer niemals gelassenen Mutter, einer gehetzten, mit sich zerfallenen, mit der Menschheit hadernden, von Menschen nichts wissenden? Alle Abwehrtriebe erwachen, Zärtlichkeit wird Last, Strafe Willkür, kein Eigenwille stößt auf den heimlich ersehnten Widerstand, der Kern verkümmert, und im dunklen Gefühl seiner Gefährdung verbirgt er sich hinter Schutzhüllen, die ihn nicht entfalten, sondern verhärten. Und jetzt sollte ich sie ganz verlassen, da es doch einzig meine Gegenwart war, die sie vor dem Ärgsten bewahrte?

Bettina sagte leise: »Du mußt wissen, was du tust. Ich mache nur einen Vorschlag. Diese vier Jahre, sie haben doch etwas zur Reife gebracht. Es stimmt nicht mehr zu mir, das Verhältnis in öffentlicher Heimlichkeit. Es hat keine Wahrheit und keine Berechtigung mehr.« – »Sehe ich ohne weiteres ein, Bettina. Aber Ganna wird nie in eine Scheidung willigen, nie.« – »Es handelt sich nicht um Scheidung«, antwortete Bettina sanft, »es handelt sich um einen Akt der Sauberkeit, mein Lieber. Zunächst wenigstens.« – »Wie«, fragte ich überrascht, »du könntest ... du würdest vor aller Welt »?... – Sie lächelte. Damit war alles gesagt. – »Auch wenn ich auf den offiziellen Schritt verzichte«, beharrte ich, »ahnst du, was uns bevorsteht?« – Sie nickte. Sie wußte es längst. – »Und wo sollten wir leben? Dort? Unmöglich. Sie würde ... Nein, du kannst es dir trotzdem nicht vorstellen ...«

Sie hatte alles erwogen. Sie entwickelte mir ihren Plan. Man würde in Ebenweiler bleiben. Man würde sich verborgen halten. Es gab da eine alte Hofrätin Wrabetz, die eine geräumige und bequeme Villa besaß, die sie zu einem erschwinglichen Preis für den Winter zu vermieten bereit war. Im Frühjahr müßte man freilich in ein Bauernhaus übersiedeln, im Herbst hätte man wieder die Villa. Dies alles legte sie mir mit ihrer ruhigen Bestimmtheit dar, in einer Art, wie man ein Kind lenkt und führt, wobei sie mir zugleich zu verstehen gab, daß in allen Stücken sie es sei, die sich von mir gelenkt und geführt wußte.

Mein Blick irrte zwischen zwei Visionen hin und her, einer beglückenden und einer unaufhellbar finsteren. Ich war innerlich wie gelähmt. Die Jahre kamen über mich als Warner. Sechsundvierzig Jahre und die ganze Existenz von Grund aus umstülpen, sagte ich mir, so radikal, daß kein Stein mehr auf dem andern bleibt. Instinktiv suchte ich nach Gegenargumenten. Ich deutete schüchtern an, daß sie ja selber nicht frei sei. Sie machte eine ihrer erstaunlichen Gesten, die ihr alle Worte ersparten; sie besagte in diesem Fall: Ich werde an dem Tag frei sein, an dem ich für dich frei sein muß. Das schlug mich. Ich sagte, ich würde an Ganna schreiben, heute noch. Sie schien es zu billigen, aber ich merkte sofort, daß sie es nicht billigte. Ich fragte, was dagegen einzuwenden sei. Sie entgegnete, der Einwand liege auf der Hand, sprechen müsse ich mit Ganna doch. Unbedingt, versetzte ich, aber es sei besser, wenn sie schon vorbereitet sei, das mildere den ersten Schock. Vor allem müsse sie es schwarz auf weiß sehen, daß von Scheidung nicht die Rede sei. Bettina begriff meine Angst nicht. »Bist du nicht Herr über dein Leben?« fragte sie. »Wer hat mehr Anspruch, es zu sein?« – »Dennoch. Es wird fürchterlich.« – Bettina meinte, es sei verfehlt, ja gefährlich, falsche Hoffnungen in Ganna zu wecken; ich dürfe mich nicht durch ein Versprechen binden. Sie sagte immer nur »ich meine«, wenn sie von der Lösung einer Schwierigkeit sprach, aber ich hatte längst die Erfahrung gemacht, daß diese Meinung fast stets die richtige war und den einzigen Ausweg zeigte. Schon deswegen müsse ich zu Ganna fahren, um in meinem Haus alle nötigen Anordnungen zu treffen, hielt sie mir vor, und damit war es beschlossene Sache für sie, bei wem ich während meines Aufenthalts in der Stadt wohnen sollte; nicht im Hotel, sondern bei einer gemeinsamen Freundin, der Unauffälligkeit halber. Dies setzte mich neuerdings in Schrecken. Es war so rasch, von vornherein so unabänderlich. Als ob es abänderlich hätte sein dürfen. Wenn von nun ab eine echte Gemeinschaft Alexander-Bettina errichtet werden sollte, war es nicht möglich, daß ich in mein gewesenes Heim zurückkehrte, um als Gannas Ehemann darin zu wohnen. Nie und nimmer hätte Ganna sonst begriffen, daß es ernst war. Ich sagte: »Du hast Recht, Bettina. Du hast vollkommen Recht. Es leidet keinen Aufschub mehr.«

Desungeachtet wehrte ich mich stumm. Ich hatte nicht den Mut, ihren Rat zu befolgen und Ganna ohne briefliche Vorbereitung gegenüberzutreten. Ich war für die Schritt-für-Schritt-Methode. Ich war kein Knotenzerhauer wie jener andere Alexander. Was Bettina vorschwebte, war etwas sehr Einfaches: Mich glücklich zu machen, mit mir glücklich zu sein, mich zu entlasten. Ich aber fühlte mich sonderbar überrumpelt. Ich hatte die Möglichkeit, mein Leben von dem Gannas zu trennen, aufrichtig noch nie erwogen. Daß ich es als ein verfehltes Leben seit langem empfunden und nach und nach auch erkannt hatte, änderte daran nichts. Es war wohl der eingefleischte Widerwille zu handeln, der mich von der klaren Entschließung abgedrängt hatte. Von den zwei Hauptgattungen von Menschen, der handelnden und der beharrenden, bin ich ein typisches Exemplar der letzteren Art. Damit hängt ein gewisser Fatalismus zusammen, der nicht durchaus Charakterschwäche sein muß, obwohl sich niedrige Eigenschaften um ihn gruppieren, die in der Bequemlichkeit und Gewöhnung wurzeln. Das Neue hat für solche Menschen einen abschreckenden Aspekt. Nur keine Veränderungen, keine neuen Kämpfe um das Tägliche, sagen sie sich, die alten sind aufreibend genug gewesen. Philiströse Anhänglichkeiten an Sachen spielten dabei eine Rolle; das zum Asyl gewordene Haus; das liebgewordene Bett; der alte braune Schreibtisch mit dem tintenbeklecksten grünen Bezug und einem Dutzend vertrauter Gegenstände. Freilich auch stärkere Bindungen: das Kind, die kleine Doris, die so zärtlich an mir hing, daß sich alle ihre Lebensäußerungen um mich drehten. Wie sollte man der Vierjährigen begreiflich machen, daß der Vater in einem andern Haus, bei einer andern Frau wohnen würde? Konnte es mich nicht die Liebe des geliebten Wesens kosten? Würde es mich nicht vergessen? Bedeutete dieses Vergessen nicht eine Seelenwunde?

Doch solche Gedanken, so trüb sie waren, hielten sich erst im Vorraum meiner Angst vor Ganna auf. Und diese Angst verfinsterte mein Inneres dermaßen, daß ich sie Bettina nicht rückhaltlos einzubekennen wagte. Ganna lag mir wie ein Gebirge auf der Brust. Allgegenwärtig füllte sie den Tag und die Nacht. Beruhte vielleicht auch hier auf Gewohnheit,

Gewohnheit des Ringens und Haderns, des Lastenschleppens und Schuldenabzahlens, was ich für Pflicht und, noch immer, noch immer, für ein »mystisches Band« hielt? Abenteuerliche Fluchtpläne schossen mir durch den Kopf, um von der einen wie von der andern Frau loszukommen. Die Forderung Bettinas, das reinigende Entweder-Oder, erschien mir in meiner Verwirrung als brutaler Eingriff in meine Existenz. Wäre sie mir nicht der teuerste Mensch auf Erden gewesen, den missen zu sollen eine Vorstellung war, die ich nicht mehr ertrug, ich hätte mich wahrscheinlich in den ersten Tagen des inneren Zwiespalts aufgelehnt und wäre, vernichtet und gebrochen allerdings, in meine Ganna-Hölle zurückgekehrt. Ja, wenn Ganna ein vernunftgerichtetes Weib wäre, grübelte ich, überredbar, verwandelbar, wenn sie zur Welt, die Welt zu ihr einen Zugang hätte, wie wundervoll wäre es dann, mit Bettina zu leben, wie leicht, wie froh könnte man werden, endlich leicht, endlich froh. Doch schon die Notwendigkeit, daß ich mich Ganna eröffnen mußte, war ein glühender Schrecken.

Aber ich hatte mich nun entschlossen. Wenn der Beharrende sich einmal zum Handeln durchgerungen hat, bewegt er sich mit nachtwandlerischer Starre in der Kette der Geschehnisse, und sogar der Fehltritt wird ihm zum Behelf. Und da jeder Schriftsteller glaubt, sein geschriebenes Wort enthalte mehr Überzeugungskraft als sein gesprochenes, da außerdem ein Brief eine gewisse Stillung der Nervenungeduld ist und keinen augenblicklichen Dreinredner zu fürchten hat, setzte ich mich hin und schrieb ausführlich an Ganna. Den Sachverhalt zunächst. Die Unmöglichkeit, die Dinge in ihrem alten Stand zu lassen. Meine lastvolle Gemütsverfassung seit Jahren und daß ich aus der Schwärze heraus müsse. Inständige Bitte, Ganna möge mir helfen und sich nicht trotzig widersetzen. Zum Schluß die feierliche Versicherung, weder ich noch Bettina dächten an Scheidung, wir wünschten beide nichts anderes, als uns in freier Gemeinschaft zu verbinden. Dieser unehrliche Besänftigungsversuch war, wie Bettina es vorausgewußt, ein schwerer Fehler und der Anfang und Grundstein von allem kommenden Elend und Entsetzen.

Ein paar Tage darauf fuhr ich nach Wien. Wie wir es besprochen hatten, wohnte ich bei einer Freundin Bettinas, der Baronin Hebenstreit, einer jungen Kriegerwitwe. Es war mir nicht eben behaglich, als Logiergast in der Stadt zu sein, wo mein Haus und meine Kinder waren. Auf Ganna wirkte es wie ein Faustschlag.

Das Uferlose

Sie glaubte an die ganze Sache nicht. Ja, den Brief hatte sie gelesen, zweimal, fünfmal, zehnmal, aber was besagt ein Brief. Sie brauchte Augenscheinlichkeit. Ein Brief war keine Augenscheinlichkeit. Ein Brief kann widerrufen werden. Einen Brief kann man unter fremdem Einfluß, unter unwiderstehlichem Zwang schreiben (und die Überzeugung von diesem Einfluß, diesem Zwang setzte sich von da an in ihrem Hirn als eherne Unumstößlichkeit fest und wurde damit gleichfalls zum Ausgangspunkt des heraufziehenden Verhängnisses). Ich hatte ihr in einer Nachschrift zu dem Brief mitgeteilt, ich würde sie am Dienstag um zwölf Uhr mittags besuchen; am Montag reiste ich. Die Ankündigung des Besuchs erschien ihr als barer Unsinn. Was sollte das heißen? Sich selbst in seinem eigenen Haus besuchen? Lächerlich. Am Montagabend telefonierte ich ihr und nannte meine Adresse. Nun hatte sie die Augenscheinlichkeit: Ich wohnte nicht bei den Meinen. Ihre letzten Illusionen stürzten krachend ein.

Als sie sich von ihrer Betäubung erholt hatte, überlegte sie, was sie ihren Bekannten, den Schwägern, den Schwestern, der Mutter, den Kindern, den Dienstleuten sagen solle. Es war mehr als ein Unglück für sie, es war eine unauslöschliche Schande. Sie wußte nicht, wie sie, mit dieser Schande behaftet, den Menschen unter die Augen treten sollte. Obgleich sie sich damit tröstete, daß es doch nur eine Frage von wenigen Tagen sein konnte, hatte sich das ihr Unfaßliche ereignet, daß ich bei fremden Leuten Unterschlupf gesucht hatte. Die fremden Leute würden es alsbald andern fremden Leuten mitteilen, damit war sie gerichtet und entehrt.

Um dem Klatsch zuvorzukommen, ließ sie sich am Telefon mit verschiedenen Männern und Frauen verbinden, die sehr erstaunt waren, von ihr zu hören, ich sei früher als sie gedacht vom Land zurückgekehrt und hätte mich wegen einer unvorhergesehenen Hausreparatur bei Frau von Hebenstreit einquartiert. Obwohl sie es geschickt verstand, diese Tatsache irgendeiner Frage, die sie stellte, oder einer Mitteilung, die sie machte, wie etwas Beiläufiges hinzuzufügen, wurden die Leute gerade dadurch stutzig und hinlänglich aufgeklärt. Dieselbe Methode, das Schicksal zu korrigieren und die Wirklichkeit auszulöschen, unternahm sie bei den Kindern. Auch die Kinder glaubten ihr nicht. Sie schauten bei der Nachricht, daß ich woanders wohnte, kühl betroffen drein. Wahrscheinlich hatten sie ähnliches längst erwartet.

Bei all diesen Verrichtungen und Bemühungen sah ich sie leibhaftig vor mir, wie sie auf Filzschuhen im Hause umherging und mit lispelnder Stimme sprach; wie sich die ahnungsvolle Ganna vor der zuversichtlichen Ganna versteckte und der einen das Herz weh tat, die andere vor Ungeduld verbrannte; wie sie mit weitaufgerissenen Augen bei jedem Signal zum Telefon stürzte; wie sie von einer gewissen Stunde an ohne Unterlaß in meinem Arbeitszimmer auf und ab schritt, mich an den Schreibtisch zauberte, mit Vorwurfsblicken durchbohrte und bisweilen ihre stereotypen Verfluchungen vor sich hin murmelte, derengleichen ich so oft gehört; dieses Weib ... Gott wird sie strafen ... An ihren Kindern wird er sie heimsuchen ... Vernichten werde ich sie ... Doch es gab noch eine andere Ganna, die von solchen megärenhaften Reden unberührt war; der rannen die hellen Zähren aus den Augen, und sie wischte sie mit der geballten Faust weg. Als ich die Tür öffnete und eintrat, warf sie sich mir mit einem erstickten Ruf an die Brust.

Unmöglich, alle Unterredungen zwischen mir und Ganna aufzuzeichnen, auch nur zu zählen. Schauplätze waren: die Bibliothek, die Terrasse, der Garten, Gannas Schlafzimmer, die Straße; Zeit: der Morgen, der Mittag, der Abend und die Nacht. Zusammengesetzt ergäben sie ein ununterbrochenes Reden von vielen Tagen. Auf Platten aufgenommen, würden sie die erschöpfenden und aussichtslosen Versuche zweier Menschen vorführen, voneinander etwas zu erlangen, was gegen das innere Vermögen von beiden geht. Der eine will ein Band zerreißen, der andere will es flicken, da er denn doch bemerkt, wie viele Löcher und Risse es schon hat. Der eine will eine Aschenstätte verlassen, der andere behauptet, das Feuer brenne noch, heiliges Feuer, das zu löschen Frevel wäre. Der eine rechnet mit der Vergangenheit ab, der andere anerkennt die Bilanz nicht und winselt um weiteren Kredit. Gespräche so alt wie die Welt, so unfruchtbar wie Kieselsteine, so quälend wie Zahnschmerzen. Hier erhielten sie neuen Sinn und furchtbare Tragweite durch Gannas Art und Person.

Ich war mit den liebevollsten Vorsätzen zu ihr gekommen. Um sie zum freiwilligen Verzicht auf die Ehegemeinschaft zu bewegen, bot ich alle Güte auf, deren ich fähig war. Ich sprach von den neunzehn Jahren unseres Zusammenlebens und der Verpflichtung, die ihr diese Jahre auferlegten; daß sie das Andenken an sie nicht leichtfertig zerstören dürfe. Ganna stimmte mir zu, doch mit der Einschränkung, dieselbe Verpflichtung bestünde auch für mich. Ich berief mich auf ihr Verständnis für meine Arbeit, mein Werk. Gewiß, antwortete Ganna, eben deshalb müsse sie mich von einem Schritt zurückhalten, der meinen geistigen Ruin herbeiführen würde. »Woher weißt du denn das«, fuhr ich auf, »schämst du dich nicht deiner Vermessenheit?« Das verrate ihr das Gefühl, beteuerte sie mit Parzenblick, nie habe sie sich getäuscht, wenn es sich um mein Wohl und meinen Weg gehandelt habe.

Sie verstand nicht. Sie wollte nicht verstehen. Wir kamen nicht vom Fleck.

Niemals würde ich ihr meine Freundschaft entziehen, wenn sie sich dieser Schicksalsstunde gewachsen zeige, sagte ich. Sie war erschüttert. Sie weinte. Es sei so schwer, versetzte sie, es sei so schrecklich schwer. Natürlich sei es schwer, fuhr ich fort, aber sie dürfe mir nicht das Verfügungsrecht über mein Leben rauben; so viel müsse sie von mir gelernt und glauben gelernt haben, daß die Bahn der Bestimmung, die einer gehe, nicht durch Zwangsmaßnahmen abzugraben sei. Sie gab es schluchzend zu, griff aber im selben Atem zu dem Rettungsargument, sie müsse für ihre Kinder kämpfen. Darauf bemerkte ich ihr, es seien ja auch meine Kinder. Darauf sagte sie: »Du achtest ihrer ja nicht in deinem blinden Trieb.« So beleidigend der Anwurf auch war, beherrschte ich mich doch und erwiderte, die Kinder würden ihr ja nicht weggenommen, sowenig ich mich ihnen entzöge, gerade um der Kinder willen müsse sie sich menschlich und stolz betragen, zu viel Streit und Hader hätten sie schon geschluckt. »Deine Schuld, deine Schuld!« weinte sie auf. »Mag sein, meine Schuld«, ließ ich zu, »obwohl es eine einseitige Schuld in diesen Dingen nicht gibt.« Ich stellte ihr vor, daß ich die Enttäuschung, wenn sie auf ihrem niedrigen Standpunkt beharre, nicht verwinden würde; sie habe doch das Zeug zu allem Guten und Großen in sich, habe die Dichter geliebt, die Bilder geliebt, die Weisheit geliebt; ich glaubte an sie, hätte stets an sie geglaubt, aber wo sei das alles hin? Sie blinzelte verzweifelt. Sie sei so allein auf der Welt, klagte sie und rang die winzigen, alten, immer alt gewesenen Hände, sie habe keinen Menschen. Das Alleinsein werde sie innerlich festigen, tröstete ich sie jesuitisch; ich brauchte sie; ich hätte ihr gegenüber eine Mission; die Ferne werde die Schatten mildern, das Erlittene vergolden.

Sie war leidenschaftlich bewegt. Sie reichte mir die Hand und gelobte mit zitternder Stimme, sich mir in allem zu fügen; ich kenne sie nicht;

ich wisse nicht, zu welchen Opfern sie fähig sei. Ich küßte dankbar ihre Stirn. Ich übersah, daß meine hingebende Mühe, sie zu überzeugen, sie nur davon überzeugte, daß sie von einem Mann, der so empfundene, so hohe Worte an sie richtete, nicht lassen konnte. »Was soll ich tun? Sag mir, was soll ich tun?« wimmerte sie. Ich: Darüber könne doch keine Unsicherheit herrschen. Sie: Freudig wolle sie ihr Herzblut für mich verspritzen, nur das eine dürfe ich um Gottes willen nie von ihr fordern: die Scheidung. Ich: Sie brauche ja bloß die Hand zu lockern, den neuen Zustand mit Würde zu tragen und nicht mich mit einer Verantwortung zu belasten, die sie selbst auf sich zu nehmen habe.

Das hätte ich nicht sagen dürfen; damit gab ich arglos die Anweisung zu dem Rezept, mit dem ich langsam vergiftet wurde. Sie sei mir stets eine treue Freundin gewesen, begann sie wieder, sie habe nichts Kleinliches an sich, sie nicht, andere wohl; die sie überflüssig leiden machten, die. – »Überflüssig, Ganna? Nun reißt du ja alles wieder um, was wir mühsam aufgebaut haben!« – »Weil du an Scheidung denkst«, hauchte sie, »und weil Scheidung mein Tod wäre.« Ich fing ihren rabiaten Blick auf. In meiner Torheit glaubte ich den Moment gekommen, sie an den Schwur zu mahnen, den sie vor neunzehn Jahren am Seeufer geschworen. »Du hast vor Gott geschworen, mich freizugeben, wenn ich es verlange; weißt du's nicht mehr, Ganna?« – »Natürlich, gewiß«, antwortete sie und schluckte aufgeregt. – »Also. Soll ein solches Gelöbnis keine Folge haben?« – Sie sah bestürzt vor sich hin. Sie wußte genau, daß dem Schwur eines unerfahrenen jungen Mädchens keine reale Bedeutung zukam, immerhin begriff sie, daß sich eine moralische nicht in Abrede stellen ließ. »Wenn du gerecht bist, mußt du zugeben, daß ich mein Versprechen gehalten habe«, sagte sie endlich mit dem Dulderinnen-Augenaufschlag (den Ausdruck »Schwur« vermied sie ängstlich), »oder hast du dich über Mangel an Nachsicht zu beklagen gehabt, du böser Wüstling?« Dabei tätschelte sie mütterlich meine Hand.

Es war uferlos. Ganna wurde der Auseinandersetzungen nicht satt. Sie waren ihre Lust, ihre Qual, ihr Anreiz, ihre Hoffnung. Sie redete sich die Lunge aus dem Leib. Um eine Verlängerung der Diskussion herbeizuführen, gab sie in kritischen Augenblicken scheinbar nach und nahm eine Stunde später alle Zugeständnisse zurück. Wenn ich fortging, begleitete sie mich, lange Strecken oft, suchte mit mir Schritt zu halten, um meine alten Vorwürfe wegen ihres Langsamgehens sichtbar zu entkräften, und sprudelte atemlos ihre Gründe, Scheingründe, Verheißungen,

Klagen und Aufzählungen meiner Sünden in immer neuen Fassungen hervor. Sie konnte nicht begreifen, was ich an dieser Bettina hatte. Bettina war doch auch nur ein Weib und – wahrhaftig kein besseres als Ganna. Ich möge ihr doch gestehen, wodurch mich jene herumgekriegt habe; vielleicht könne sie mir dasselbe geben; vielleicht beruhe es auf einem Trick; sie wolle aufpassen; sie wolle gelehrig sein. Jede Nacht fiel ich wie ein Toter ins Bett.

Das Gegenbild

Bettina war eine Woche nach mir in die Stadt gefahren, um ihren Haushalt aufzulösen. Eines Abends kam ich zu ihr in die Wohnung und fand sie im halbausgeräumten Eßzimmer, im Pelzmantel. Es war kalt geworden, und sie hatte weder Holz noch Kohlen mehr. Ihre Kinder befanden sich bereits in Ebenweiler in der Wrabets-Villa. Ich blieb gleichfalls im Mantel. Es war nicht nötig, ihr von dem zu berichten, was jetzt mein Leben ausmachte. Sie wußte es ohnehin. Sie brauchte mich nur anzusehen. Ich fragte nach Paul. Sie sagte, er sei abgereist. »Wohin?« fragte ich. »Auf die Fabrik«, erwiderte sie. Es fiel mir eine Gespanntheit an ihr auf wie an einer überzogenen Violinsaite, die klirrt. Sie habe ihn zur Bahn begleitet, fügte sie hinzu, um halb sechs sei der Zug gegangen. Dann fragte sie unvermittelt, ob ich fröre. »Ja, mich friert«, sagte ich. Sie eilte aus dem Zimmer und kam mit vier Paar Schuhleisten zurück, die sie aus ihren bereits verpackten Stiefeln gezogen hatte. Aus einem Haufen Papier zündete sie, vor dem Ofen kniend, Feuer an und warf die Leisten darauf. Da sie aus Hartholz waren, wurde es nach einer Weile tatsächlich ein bißchen warm, und ich belobte sie ob ihrer Tüchtigkeit. »Wenn wir noch den Tisch und die Stühle verbrennen, wird es ganz gemütlich«, sagte ich. Sie lächelte geistesabwesend. Ich schaute sie unruhig an. Ich dachte, sie hätte ein Zerwürfnis mit ihrem Mann gehabt, und erkundigte mich, wie sie mit ihm verblieben sei. »Verblieben? Gar nicht«, sagte sie. – »Wieso gar nicht? Wie hat er denn unser Vorhaben aufgenommen?« Sie antwortete nicht gleich; sie holte noch allerlei leere Schachteln und Kistchen herbei, mit denen sie das verlöschende Feuer nährte. Plötzlich sagte sie mit einer seltsam hohen Kopfstimme: »Wir sind nämlich seit heute mittag um zwölf geschieden.« Dabei liefen ihr die hellen Tränen über das Gesicht, wie Bächlein, geradewegs in den Mund. Ich starrte sie groß an. Also, das ist möglich, so geht es unter wirklichen Menschen zu, war mein Gedanke. »Und die Kinder?« fragte ich. – »Die hat er mir natürlich gelassen.« Ich starrte sie an und schüttelte den Kopf und wunderte mich und beneidete sie.

Der Zug der Phantome und Fiktionen

In einer schlaflosen Nacht hatte Ganna einen erlösenden Einfall. Frühmorgens schickte sie einen Boten mit einem Zettel in mein Quartier. Sie schrieb, ich solle sogleich zu ihr kommen, sie hätte mir etwas mitzuteilen, das alle Schwierigkeiten mit einem Schlag aus dem Wege räume. Und was war es? Ich traute meinen Ohren nicht: eine Ehe zu dreien. Es war ehrlich gemeint. Sie war hingerissen von der Idee. »Geh doch, Ganna«, sagte ich unmutig, »das ist doch kindisch. Wo lebst du denn? Darüber läßt sich doch nicht ernsthaft debattieren.« Sie war beleidigt und befremdet. »Warum nicht?« antwortete sie. »Denk an den Grafen von Gleichen.« Ausflüge in die Sagenwelt brächten uns nicht weiter, fiel ich ihr gereizt ins Wort. »Sagenwelt? Seh' ich nicht ein. Man gibt ein Beispiel. Sind wir nicht moderne Menschen?« – »Wenn du darunter einen unappetitlichen Mansch von Gefühlen und eine lächerliche Situation verstehst: nein.« Erbittert hieß sie mich einen Bourgeois, dem es an Mut fehle, im Leben zu verwirklichen, was er in seinen Büchern verkünde. Ich konnte mich nicht erinnern, den Grafen von Gleichen jemals verherrlicht zu haben, aber Ganna behauptete es nun einmal.

Sie beharrte auf dem Plan. Während sie erregt auf und ab stelzte, noch unfrisiert, in einer grauen Wolljacke, deren Ärmel ihr bis zu den Fingerknöcheln reichten, redete sie wie trunken in die Luft hinein: »Mit gutem Willen geht alles; jeder muß in einem solchen Fall ein Opfer bringen; weshalb soll dich die andere allein haben? Ich habe die älteren Rechte; Bettina muß ihren Egoismus unterdrücken; ist etwa nicht Platz genug im Hause?« Ich schwieg, blätterte in einem Buch und schwieg. »Laß mich doch mit ihr darüber sprechen«, fuhr sie befeuert fort, »wenn sie nicht völlig von Gott verlassen ist, muß sie es einsehen.« Sie hatte sich die Verteilung der Rollen folgendermaßen ausgedacht: Bettina würde die Repräsentation übernehmen, das entspräche ihrem Ehrgeiz, sie selbst die innere Verwaltung; bei Konflikten aber, es würde ja nicht zu Streitigkeiten kommen, sie hätte den festen Vorsatz, klug und besonnen zu sein, bei Konflikten sei es meines Amtes, den Schiedsrichter zu machen.

Ich weiß heute noch nicht, ob Ganna an das erträumte Graf-von-Gleichen-Idyll innerlich glaubte. Es ist auch müßig, sich darüber den Kopf zu zerbrechen, da ihre Träume identisch waren mit ihrem Tun und die Abart von Phantasie, die sie besitzt, sogar auf jene Spuren von Tatsachenlogik verzichtete, die noch den verworrensten Träumen eigen ist. Ihre Traumwelt war autonom. Die Geschehnisse, in denen sie sich bewegte, waren Produkte von Wachdelirien. Täglich begann sie von neuem mit dem Wunschbild der Ehe zu dreien und setzte mir mit den ausgeklügeltsten Argumenten seine Vorzüge auseinander. In meiner ungeduldigen Abwehr erblickte sie die Wirkung der boshaften Einflüsterungen Bettinas. Als ob ich Bettina eine Silbe davon gesagt, als hätte ich mich nicht in den Erdboden hinein geschämt, wenn Bettina es erfahren hätte; als ob ich nicht fortwährend die übermenschlichsten Anstrengungen gemacht hätte, vor Bettina zu verhehlen, was Ganna mir zumutete, um die Frau, mit der ich gelebt hatte, nicht an die Frau zu verraten, mit der ich leben wollte.

Als nun Ganna die Aussichtslosigkeit ihrer Mühen erkannte, stellte sie die Sache so dar, als ob man ihre edelsten Absichten hintertrieben habe. Sie folgerte: Wenn die beiden den Frieden verweigern, zu dem sie, Ganna, selbstlos die Hand geboten, müssen sie schwerwiegende Gründe dafür haben, Gründe, die auf Gannas Schädigung, Gannas Ruin abzielen. Was lag näher als der Verdacht, daß Bettina Merck nichts im Sinn hatte, als sich in den Besitz des Hauses zu setzen? Das hatte sie ja schon im Auge gehabt, als sie sich in die Verschwörung mit der Klothilde Haar einließ. Ich, grenzenlos gefügig, machte den Helfershelfer, denn die abgefeimte Circe wickelte mich ja um den Finger. Dann wird Bettina die alleinige Herrin spielen, wird ein fürstliches Leben führen und die besiegte Ganna ins Ausgeding schicken. Ja, so ist es, so wird es sein, wenn sie nicht beizeiten ihre Vorkehrungen trifft. Mit solcher Schärfe sah Ganna das Bild der in ihrem, im Alexander Herzogschen Hause triumphierend waltenden Bettina vor sich, daß sie manchmal laut vor sich hinstöhnte und mit den Zähnen knirschte. Und als sie dann noch vernahm, daß Bettina von ihrem Mann in aller Stille geschieden worden war, machte sie dies nicht etwa stutzig als befolgbares Beispiel, sondern sie sah nur die Bestätigung ihres schwarzen Argwohns darin, und es wurde ihr angst und bang. Die Wirklichkeit war ihr unter den Füßen weggeglitten, doch sie bedurfte ihrer auch nicht mehr: Alles war so, wie sie es weltabgewendet imaginierte. Das Haus war in Gefahr, das Haus, ein Begriff, der allmählich in ihrem Geist anschwoll wie alle Trauminhalte, Begriff des Habens, Begriff des Wurzelns, steinerne Sicherheit.

Demgemäß wuchs die Bereitschaft, die sie an den Tag gelegt, um ihren teuersten Besitz, Mann und Haus, mit der Bluts- und Erbfeindin zu teilen, in ihren Augen ins Heroische, und wenn sie sich vergegenwärtigte, wie schnöd ihr Anerbieten zurückgewiesen worden war, hatte sie ein Edelmuts-Attest für alle Zukunft.

Und alles wandelte sich in Gannas Geist nach Gannas Einbildung. Es leidet keinen Zweifel: Sie ist das Muster einer Gattin gewesen, die Verträglichkeit, die Pünktlichkeit, die Ordnungsliebe in Person. Umkränzt von solchen Tugenden ist sie bei mir verleumdet worden, und die »Feinde« haben gewühlt und gewühlt, bis ich nicht mehr anders gekonnt, als mich von ihr loszusagen. Jene selben Leute, die die Klothilde Haar besoldet haben. Jene selben Leute, die es zu verhindern gewußt, daß sie mich mittels der Wiese zum Millionär machte. Des ferneren entsteht in Ganna die Überzeugung, daß wir neunzehn Jahre lang wie die Turteltauben gelebt haben, daß kein Wölkchen jemals den Himmel unseres Eheglücks getrübt hat. Diese Überzeugung erstarrt in ihr zur Legende, ähnlich wie manche historische Vorgänge in den Lesebüchern.

Da aber aus diesem Turteltaubendasein augenscheinlich etwas entstanden ist, was Ganna nicht verschuldet hat, so muß es andere Schuldige geben. Daher Schuldaufgrabung, Schulderörterung, Schulduntersuchung ohne Ende. Die Phantome und Fiktionen wachsen aus der Luft. Verjährte Worte, verjährte Taten werden gewaltsam umgedeutet, Meinungen gefälscht, Aussagen verdreht und weit auseinanderliegende Sachverhalte in unlauteren Zusammenhang gebracht. Ein Heer von Mißgünstigen, Böswilligen, Lügnern und Ränkeschmieden erscheint auf dem Hintergrund der Jahrzehnte und von ihnen umzingelt eine Ganna, die wie ein Seraph im goldenen Äther ihres Alexander Schicksalshüterin gewesen ist.

Dies wurde Tag für Tag vor mir aufgerollt, und Tag für Tag sollte ich Rechenschaft ablegen, Nachweise liefern und Zeugnisse ausstellen. Ich frage mich, warum ich nicht einfach meiner Wege gegangen bin. Warum, warum habe ich nicht mein Bündel geschnürt und bin auf und davon? Schwer zu erklären. Ich glaube, in meiner Veranlagung ist da etwas in Unordnung. Ich bin nicht imstande, seelische Verwüstung hinter mir zu lassen. Nicht aus Weichheit noch aus Mitleid. Ich besitze ja eine ziemliche Portion Selbstsucht. Ich bin kein leichtherziger Gewährer, kein besonders eiliger Helfer, kein guter Schenker, und ehe ich mich außerhalb meiner Arbeit zu einem Akt der Hingebung entschließe, habe ich alle Stufen der Vorsicht und Trägheit zu übersteigen. Es ist da etwas anderes. Nicht ein einzelnes losgelöst, in Verschichtungen liegt es vor. Zunächst die Empfindung von der Gleichzeitigkeit des Geschehens, die ihren Sitz in den Nerven hat. Der hohe Grad seelischer Erschütterbarkeit, der damit verbunden ist, bewirkt zwangsläufig, daß ich mich in die von mir körperlich getrennte Zeit, in die lebendig werdenden Räume und in die Menschen versetzen muß, die sich in meinem Schicksals- und Phantasiekreis befinden. Und so versetzen, daß ich sie sehe, höre, schmecke, taste, rieche, was mich wieder zu umfassenden Schutzmaßregeln nötigt, die mich mehr Anstrengung und mehr Gedanken kosten, als mir durch alle realen Schwierigkeiten aufgebürdet würden. So gleiche ich bisweilen aufs verzweifeltste einem Chirurgen, der sich nicht zur Operation entschließen kann und unsinnigerweise, statt wenigstens den Patienten zu betäuben, selber Morphium nimmt.

Aber das zweite dann: Es wohnte mir doch ein sittliches Gesetz in der Brust, eine höhere Stimme, die nicht zum Schweigen zu bringen war. Da war diese Frau; mochte sie unzulänglich sein oder nicht, mochte sie sich ihr Los selber bereitet haben oder nicht, mochte ich, mochte Bettina, mochte die Welt ihr Tun und Wesen billigen oder nicht: Ich war ihr doch verhaftet; ich hatte mich ihr doch einst zugeschworen; ich war verantwortlich für sie trotz allem Andersreden; ich hatte drei Kinder mit ihr gezeugt; sie war ein haltloses, wegloses, zielloses Weib und ohne mich verloren. Konnte ich da mir nichts, dir nichts desertieren, mich aus dem Staub machen und ein neues Leben anfangen (neues Leben, gedankenlosestes aller Worte), bevor ich im alten gründlich aufgeräumt hatte? Aufgeräumt sogar mit dem Wirrsal der Phantome und Fiktionen? Es schien mir möglich. Ich wußte damals noch nicht, daß sie ihr furchtbares Eigenleben und Eigenwachstum hatten, die Phantome und Fiktionen, daß sie allmählich wie der Flaschengeist im arabischen Märchen den ganzen Himmel überziehen würden. Ich konnte nicht los. Ich war nicht kaltblütig genug, nicht brutal genug. Ich wollte mir ein Stück von Ganna retten. Eine Erinnerung, eine dankbare Regung, ein Gefühl der Achtung.

Was es mit der Freude auf sich hat

Da nun Woche auf Woche verging und trotz aller herzabschnürenden Mühe, die ich mir gab, eine gütliche Einigung immer weiter in die Ferne rückte, beschloß ich, die Fäden kurzerhand zu zerreißen und nach Ebenweiler zu fahren, wo Bettina mich täglich erwartete. Ich verpacke Bücher, Manuskripte, Kleider, Wäsche, Ganna sieht mir verstört zu, die Kinder stellen kleinlaute Fragen. Dann kommt die Stunde, da ich mich von ihnen verabschiede; Ganna begleitet mich an die Bahn. Was soll man nur sagen, um die Pein dieses Auseinandergehens zu kürzen, zu mildern? Ganna redet, redet, die Kehle voll Mehl, ihre Worte verhaspeln sich, sie hat Angst, ich könne mich erkälten, Angst vor einem Eisenbahn-unglück, es ist alles so unsicher jetzt, sie erteilt mir diätetische Ratschläge, sie redet bis zu der Sekunde, da der Zug abfährt. Ich schaue an ihr vorbei. Sie läuft angestrengt noch ein Stück neben dem fahrenden Waggon her und winkt. Das Bild verließ mich nicht. In ihm war etwas von Gannas ganzem Wesen enthalten.

Siebzehn Stunden im Zug. In jenen Tagen war alle Kommunikation gestört. Der Wagen ist schmutzig; er stößt und scheppert wie eine Postkutsche, an Stelle der Fensterscheiben sind Bretter angebracht, durchs Dach regnet es, die Lampen sind zerbrochen. Ich schaue in die Dämme-rung hinaus, Ganna läuft neben dem Zug her und winkt. Und in der Nacht steht sie vor der Tür des Abteils und bettelt um Einlaß, die Kehle voll Mehl.

Dann Ebenweiler in leuchtendem Schnee. Die vertraute Landschaft hat ein neues Gesicht. Ihre Lieblichkeit ist Majestät geworden. Bettina empfängt mich am Bahnhof, die Wangen von der Kälte gerötet, die grüngrauen Augen von unsäglichem Glück strahlend. Wir fahren im Schlitten zu dem im Schnee begrabenen Haus. Die Welt ist weihnachtlich gestimmt.

Ich hatte nicht geahnt, daß der Frieden eines Haushalts und seine feste Führung und Regel etwas so Berauschendes haben können. Ich hatte es nie erlebt. Mit diesem Winter begann eine langwährende Periode inten-siver Arbeit für mich, trotz all des Schreckensvollen, von dem ich zu berichten haben werde. Ich war in gewisser Weise behütet. Einmal durch die Landschaft, die mir wie ein bescheidener Genius erschien, immer stillend, nie aufrührend, vor allem aber durch Bettinas umsichtige, he-gende, geräuschlose und anscheinend völlig mühelose Obsorge um mein

Wohl und meine Ruhe. Ich fühlte mich bei ihr und mit ihr so geborgen wie im Innern des Bergs, an dessen Flanke wir hausten. Weltzerstörung und Ganna-Krieg lagen ein Jahrtausend zurück. In der Glücksverwirrung der ersten Monate dünkte mir, daß wir zu jenem Paarwesen verschmolzen, von dem ich so lange geträumt hatte als von einer hohen Verwirklichung.

Bettinas beide Töchterchen verhielten sich anfangs dem neuen Familienoberhaupt gegenüber ein wenig scheu. Wie Kinder über uns Erwachsene urteilen, gehört zum Unerforschlichsten, was es gibt. Halb mißtrauisch, halb reserviert warteten sie die weitere Gestaltung der Dinge ab. Mein unersättliches Ruhebedürfnis, meine Empfindlichkeit gegen Stimmenlärm und alle Störung waren für sie dasselbe, was Maulkorb und Leine für spielende junge Hunde sind. Sie hätten es mir nachtragen können, daß ich immerfort beflissen war, ihren Übermut zu zügeln. Sie haben es mir nicht nachgetragen. Auch nahmen sie mich verhältnismäßig ernst, jedenfalls war ich der Gegenstand seriöser Gespräche, die sie abends vor dem Einschlafen führten.

Es war eine schmerzliche Erfahrung für mich: Ungeachtet der Wandlung meines äußeren Lebens ins Helle kam ich nicht zur Freude. Vielmehr die Freude konnte nicht an mich heran. Wenn sie sich meldete, ließ ich sie gleichsam wissen, ich sei nicht zu sprechen. Mochte sie noch so lange vor meiner Türe stehen, ich machte die Türe nicht auf. Es war dies eine Enttäuschung für Bettina, die erste in unserm Zusammenleben, und sie wurde von Monat zu Monat größer. Bettina mußte sich natürlich fragen, wozu sie gut sei, da sie mich nicht von der Erde heben konnte, Erdmann und Brunnengräber, der ich in ihren Augen war. Sie hatte gehofft, daß ich ein wenig mit ihr fliegen würde. Wie aber soll man mit einem fliegen, der alles tut, um sich schwerer, nichts, um sich leichter zu machen? Sie hatte sich gedacht, sie könnte meine Lampe sein, doch wie soll man Lampe sein, wenn der, dem sie leuchten soll, sie hinterrücks ausbläst, weil er sich im Dunkeln wohler fühlt? Es war ergreifend zu beobachten: Wenn ich aufgeräumt war, wenn ich einmal lachte, dann war ihr der Tag gerettet; sie brauchte mich nur lächeln zu sehen, da hüpfte ihr schon das Herz vor Vergnügen.

Doch immer seltener vermochte ich zu lachen und zu lächeln. Ein Glück, daß sich Bettina selber so viel Stoff zum Lachen lieferte, obschon der Vorrat manchmal auszugehen drohte. Inmitten einer Gemeinschaft, in der alle um meine Gunst warben und um freundliche Blicke baten, wurde ich zum verschlossen brütenden Einsiedler. Und das war die einzige Gefahr, die Bettina für sich und ihr Leben zu fürchten hatte, das Lichtlose, das Himmellose, Kette von Tagen ohne Lachen und Lächeln. Da war ihr auch die Geige nichts mehr, die Musik nichts mehr, da fiel ihr keine Melodie mehr ein, da verstummte die ganze Welt. In einer gelösten Stunde bekannte sie es mir. Nicht ohne Zagen. Ihre klaren Augen verbargen mir nicht ihre Angst. Daß ich des Bekenntnisses erst bedurfte, war ein Teil meiner ungeheuerlichen Torheit. Ich sah, worum es ging. Ich begriff, daß ich Bettina nicht verdorren lassen durfte. Daß ich um jeden erschwinglichen Preis zur Freude gelangen mußte. Und da es Ganna war, die zwischen mir und der Freude stand, die bewirkte, daß ich nicht mehr lachen und lächeln konnte, so mußte Ganna dazu vermocht werden, mir meine Lebens- und Menschenheiterkeit zurückzugeben, meine Sorglosigkeit, meinen unverdrossenen Mut, um jeden Preis, sonst war alles vertan, sonst mußte ich auch Bettina verlieren.

Aber wenn man auf einem Pulverfaß lebt, mit einer glimmenden Zündschnur am Spund, kann man nicht lachen und lächeln.

Alarm in jederlei Form

Da waren zuvörderst die Briefe. Sechs, acht, zehn Seiten lange Briefe. Ich kann nur sagen, ein Regen feuriger Lava wäre eine Erfrischung dagegen gewesen. Gannas Arme streckten sich über dreihundert Kilometer und wollten den Mann zurück haben. Ihre Worte schallten über dreihundert Kilometer und verlangten Hilfe, Rat, Trost, im Namen der Kinder, im Namen des Rechts, im Namen unvergänglicher Liebe. Was nicht auf dem Papier stand, das raste, schrie, jammerte und schluchzte hinter den Zeilen, hinter den spitzen, störrischen, süchtigen Buchstaben. Klagen, wie traurig sich's in einem Hause lebte, dem der Herr fehlte. Mußte es denn sein, Alexander? Mußte ich so mit Füßen getreten werden? Daß sich Doris bitterlich um den Vater grämte. Daß sie mit Ferry und Elisabeth ihre harte Mühe habe; unmöglich für sie, zwei erwachsene Menschen in Gehorsam zu halten; ob ich es vor meinem Gewissen verantworten könne, sie in den kritischen Jahren und in einer unheilvollen Zeit sich selbst zu überlassen? Träume, Ahnungen, Schreckgesichte. Kleine Nadelstiche: Wie verwundert sich der oder die Soundso über die Handlungsweise eines Mannes geäußert, den er (oder sie) bis dahin schrankenlos verehrt; wie nett sich die Schwestern gegen sie benähmen,

wie man sie bedaure, wieviel Freundschaft sie von allen Seiten erfahre
…

Dann begann das Haus, das geliebte Haus, seine verheerenden Stückchen zu spielen. Das Wasserleitungsrohr ist geplatzt, es hat eine Überschwemmung in der Halle gegeben. Die Sickergrube muß verlegt werden, die Gemeinde verweigert den Anschluß an das Kanalsystem, die Miasmen bilden eine hygienische Gefahr für die Kinder. Während eines Sturms ist einer der Kamine eingestürzt. In Doris Zimmer mußte ein Ofen gesetzt werden, die Heizanlage ist schlecht, außerdem ist nicht genügend Koks zu beschaffen. Der Zimmermeister hat eine Rechnung präsentiert, sie kann sie von ihrem Monatsgeld nicht bezahlen. Sie kann auch die Lieferanten nicht regelmäßig auszahlen, sie treiben sie mit ihrem Drängen zur Verzweiflung; was soll sie den Leuten sagen? Mein Mann ist verreist, sagt sie, er kommt bald zurück; aber die Leute glauben ihr nicht und werden unverschämt.

Und damit bin ich zu Gannas Geldwirtschaft gelangt, ihrer ganzen Beziehung zum Gelde, denn dies war weitaus das Unheimlichste in ihrem Leben und Charakter. Da wir damals gerade mitten in der Inflation lebten, trat das gespenstische Wesen gleich mit voller Macht hervor.

Unbeschreiblich ihr starres Entsetzen vorzustellen, wenn in ihrem Haushaltungsbuch die gigantischen Zahlen auftauchten: Zweihundert Kronen für ein Kilo Butter; fünfzig Kronen für ein Dutzend Eier; fünfhundert Kronen für ein Paar Schuhe; zweitausend Kronen an Gehalt für Lehrer und Dienstpersonal. Ganna im Kampf mit dem Geld, das aufhörte, wirkliches Geld zu sein, das ihr unter den Fingern zerrann, während es scheinbar mehr und immer mehr wurde, das sie äffte mit einer Zahl und in Bestürzung versetzte durch den Unwert der Zahl, dies brachte eine namenlose Verwirrung in ihrem Geist hervor, eine gänzliche Verschiebung der Begriffe und eine wachsende Panik der Berechnungen. Eine Woche später, und die Hunderte sind zu Tausenden, die Tausende zu Hunderttausenden, die Hunderttausende zu Millionen geworden. Als ein Huhn achtzigtausend Kronen kostete, ein Telegramm an mich zehntausend, die Monatsrechnung für den Metzger sich auf mehr als anderthalb Millionen belief, brach sie unter dem Zahlengebirge tatsächlich zusammen. Es war für sie das Widersinnige schlechthin. Ihr, der Geld und Geldeswert heilige Stabilitäten waren, erzene Sicherheiten, war dies ein Erlebnis wie für den Gläubigen der unwiderlegliche Beweis (falls es ihn gäbe) von der Nichtexistenz Gottes. Sie hing im leeren Raum. Die

Naturgesetze waren aufgehoben. Zweifellos entstand hieraus ein Furcht- und Schrecktrauma, das die verhängnisvolle Entwicklung in der Folgezeit zum Teil erklärt. Vorerst setzte sich in ihr die Meinung fest, daß sich ein solcher Umsturz aller Werte nie hätte ereignen können, wenn ich nicht von ihr fortgegangen wäre. Es verschaffte ihr eine wahnhafte Befriedigung, daß meine Treulosigkeit, mein angeblicher Verrat an ihr mit dem Unglück der Nation, mit der Katastrophe des Kapitalismus zusammenfiel.

Sie ließ es in jedem ihrer Briefe durchblicken. Jedem waren Statistiken und genaue Spezifikationen beigelegt. Keine Geldsumme konnte genügen. Andere sahen sich vor, sorgten für Reserven, trafen ihre Einteilung; Ganna wurde stets vom Augenblick überrumpelt und niedergestoßen. Es gab kein Zeitgefühl in ihr als das des Augenblicks. Und es war sehr geheimnisvoll, daß sie zwischen Augenblick und Augenblick nicht lebte, also gewissermaßen in einer fortgesetzten Kette von kleinsten Zeitteilchen ohne Seele und Besinnung war, weshalb sich hinter ihrer atemlosen Betriebsamkeit und Geschäftigkeit ein immerwährendes tragisches Hineinsterben ins Nichts vollzog.

Unter dem Druck ihrer vielfachen Not erwachte der alte Glaube an Zauberei in ihr. Sie kannte einige Bankdirektoren, zu denen sie ging. Bankdirektoren waren Zauberer in ihren Augen; sie zauberten Geld. Sie mußten auch wissen, was es mit dem Hexensabbat für eine Bewandtnis hatte. Sie ließ sich Tips geben. Sie schickte mir hieroglyphische Depeschen mit den Namen von Papieren, die ich kaufen sollte. Sie hatte dann die Illusion, mir entscheidend geholfen zu haben, und war überzeugt, ich erntete Reichtümer. Daran knüpfte sich alsbald die weitere, und zwar unausrottbare Überzeugung, ich lebte mit Bettina in »Saus und Braus«, indes sie, die verstoßene Ganna-Genoveva, zu einem Bettlerinnendasein verdammt war.

Der Zahlentumult in Gannas Briefen umschwirrte mich wie eine Wolke von Stechfliegen. Ich hätte Ganna überschüttet mit Geld, hätte ich es nur in ausreichender Menge gehabt. Was lag mir denn am Gelde; was lag Bettina am Gelde; erst recht nichts. Ich half nach und half nach. Ich paßte die Zahlen dem Bedürfnis an. Mittlerweile hatte der deutsche Währungsverfall auch aus meinen Einnahmen lächerliche Riesensummen gemacht, hinter denen nur ein geringer Realwert steckte. In den Abrechnungen konnte man die Nullen kaum mehr zählen, aber das Gesamt des Einkommens sank tief unter den Durchschnitt der letzten Jahre.

Ohne ein paar Zahlungen aus dem Ausland hätte ich den Verbrauch nicht decken können. Doch überwies ich von dem Schattengeld so viel ich irgend entbehren konnte an Ganna. Aber, was gestern noch zulänglich gewesen, war heute zuwenig. Als die Entwertung endlich stillstand, waren so tiefe Schuldenlöcher aufgerissen, daß Ganna sie nicht mehr stopfen konnte. Ihre schrillen Hilfeschreie drangen in die Stille meines Arbeitszimmers. Ich kratzte zusammen, was ich irgend entbehren konnte. Ich rechnete nicht mehr, dachte nicht mehr an meinen zweiten, eigentlichen Haushalt. Aber mit keiner Summe fand sich Ganna zurecht. Gegen jede Grenze lehnte sie sich auf. Jede Vorschrift erschien ihr als ein Akt der Bosheit. Sie schwor, ich sammele Schätze, die ich ihr vorenthalte, um sie mit Bettina zu verprassen. Wenn sie einen größeren Betrag in die Hand bekam, bemächtigte sich ihrer sofort ein stupider Optimismus, als könne das Geld nie alle werden; war es dann alle, weit früher als sie gedacht, so wußte sie nicht mehr ein noch aus, saß bekümmert vor dem rotliniierten Folianten, prüfte die Quittungen nach, durchwühlte alle Taschen und Laden, behauptete, man habe sie bestohlen, und das Ende war ein Brandbrief an mich.

Die Beschäftigung mit den Mammutzahlen, als sie sich einmal daran gewöhnt hatte, bereitete ihr ein eigentümliches, aufregendes Puzzle-Vergnügen. Die Millionen und Billionen gewährten ihrem krankhaft spekulierenden Geist die Befriedigung im Unmäßigen, nach der er lechzte. Es gemahnte an Magie und Astrologie. Was kam es auf den Wert an, der Schein war ja da, als nennbare Zahl süß behexend. Indes die Preise ins Unerschwingliche, die Zahlen ins Unaussprechliche hinaufkletterten, entzündete sich in ihr die Hoffnung, ich würde, obgleich ich doch in einer andern Hemisphäre ihrer Traumwelt ein heimlicher Krösus war, fernerhin die Mittel nicht aufbringen können, um für zwei Frauen und zwei Haushalte zu sorgen, und daher gezwungen sein, in den Schoß der Familie zurückzukehren. Das war nicht ein Wunsch oder ein gelegentlich auftauchendes Phantasiespiel, sondern eine unerschütterliche Zuversicht; sie sprach von dieser Rückkehr wie von einem feststehenden Ereignis und als wäre dann die Zeit der Prüfungen, der Schande und der Verlassenheit für immer vorbei.

Geistiger Sumpf

Sie erkannte das Schicksal nicht an. Ihre innerste Natur war die Rebellion. Mir wurde berichtet, daß sie kurz vor ihrer Mutter Tod, der in diese Zeit fiel, eine Auseinandersetzung mit der achtzigjährigen Frau gehabt habe, wobei Ganna außerordentlich heftig geworden sei, weil ihr die Mutter ihren Mangel an Demut vorgeworfen habe. »Demut«, soll sie aufbegehrt haben, »wie weit kommt man schon mit der Demut? Wie weit hast du's mit deiner Demut gebracht, Mutter?« Als die Mutter starb, brach Ganna mit den letzten Erinnerungen an Zucht. Sie war nun vierundvierzig Jahre alt.

Eines Tages sagte sie sich: Ich will von diesem herzlosen Mann (nämlich mir) nicht länger finanziell abhängig sein. Da sich alle Welt in Unternehmungen stürzte und das Wahngeld auf der Straße zu liegen schien, tat sie sich eifrig um, besprach sich mit allerlei vermeintlichen Freunden und erfahrenen Persönlichkeiten und beschloß, eine Filmzeitschrift zu gründen. Das Kino war Mittelpunkt des Interesses, und was seine Geistigkeit anlangte, so bestand eine offenbare Verwandtschaft zwischen Gannas Wesen und der Flimmertechnik auf der Leinwand. Blendwerk in jedem Sinn. Zu allem Blendwerk fühlte sich Ganna unwiderstehlich hingezogen, zu allem Hokuspokus, Sterndeuterei, Mazdaznan, Handlesekunst. Sie boten ihr reiche Möglichkeiten der Selbstdarbietung und Selbstauslöschung; die ganze Schöpfung wurde sozusagen ein gottgefälliger Betrug.

Ein Geldgeber war auch diesmal bald gefunden. Es war ein Mann mit einer Druckerei. Die Leute wollten das falsche Geld loswerden, um es später einmal mit Wucherzinsen gegen wirkliches einzutauschen, und jedem war jede Gelegenheit hierzu willkommen. Daß Ganna auch von ihrem, will sagen von meinem Gelde, etwas Beträchtliches beisteuern mußte, blieb mir verborgen. Die Ausbeuter und Projektemacher in ihrem Umkreis konnten sie jederzeit in aller Behaglichkeit rupfen. So lange sie ihnen nicht auf die Schliche kam, hielt sie sie für selbstlose Wohltäter. Mehr und mehr neigte sie zu der Ansicht, um in der Literatur Erfolg zu haben, müsse man nur seine guten Beziehungen ausnützen, und so rannte sie verschiedenen Männern von Ruf, darunter auch Leuten, die mir nahestanden, die Türen ein und war äußerst ungehalten, wenn sie mit höflichen Redensarten abgespeist wurde. Extremer Für- und Widermensch, der sie war, kehrte sich dann ihre Bewunderung sofort in Geringschätzung; der eben noch Hochgeehrte, im Handumdrehen war er ein Wicht. Sie war Herausgeber, Lektor, Kassier, Vertriebsleiter, alles in einem. Sie schrieb sich die Finger wund und lief sich die Beine lahm. An dem Morgen, da das illustrierte Heft frisch erschien, eilte sie von Buchhandlung zu Buchhandlung, von Kiosk zu Kiosk, erkundigte sich nach dem Absatz, feuerte die Verkäufer an und gab ihnen Ratschläge, wie das Publikum anzureizen sei. Daß manchmal ein erstaunter oder bedauernder Blick sie traf, der sie erinnerte, wer sie war, bedeckte sie eilig mit Bewußtseinsnacht.

Gut, Filmzeitschrift: Das war ja nichts Unanständiges oder Verächtliches. Betätige dich, dachte ich mir, tob dich aus, mach deine Erfahrungen. Aber da waren erstens die undurchsichtigen Geldmanipulationen und Finanzoperationen, die mich höchlichst beunruhigten und von denen ein Odium von Schiebung und von »eine Hand wäscht die andere« ausging. Mir schwante etwas von Wechselgeschäften und wucherischen Verschreibungen, von Gutsagen auf meinem Rücken, lichtscheuen Abmachungen und unlauteren Beziehungen; bisweilen erhob sich ein Gerücht und verstummte wieder; bisweilen kam mir eine Andeutung einer Warnung zu; kurz, es war, wie wenn sich widerwärtige Dinge hinter einer spanischen Wand begeben; man lauscht gespannt und erregt, weiß aber nicht genau, was los ist. Das weitaus Schlimmere war aber der Inhalt des Blättchens selbst. Da waren erstlich die Beiträge Gannas, hingeschluderte Novellchen und Geschichtchen von einer haarsträubenden Plattheit und Gewöhnlichkeit; unter anderem auch das boshaft verzerrte Porträt einer wegen ihrer segensreichen Tätigkeit weithin bekannten Frau, in der Ganna, ich weiß nicht warum, ihre unversöhnliche Feindin erblickte. Sodann trübselige, zum Teil sogar anrüchige Erzeugnisse einiger sudelnder Damen und Herren, die Ganna protegierte und denen sie auf diese Weise einen literarischen Tummelplatz verschaffte und Honorar zuschanzte; und zuletzt die Inserate, durch die sich das ganze Unternehmen vermutlich bezahlt machen sollte, jene Ankündigungen und Anpreisungen, wie sie in dergleichen Druckschriften üblich sind. Und das alles unter dem Namen Herzog, den Ganna ja nun einmal trug, meinen Namen. Und überall im Hause waren die unverkauften Exemplare zu Stößen aufgeschichtet, und wenn die kleine Doris gerade nichts Besseres zu tun hatte, blätterte sie die Hefte durch wie ein Bilderbuch. Ich kam eines Tages dazu. Ich riß ihr das Zeug aus der Hand. Ein bleierner Ring legte sich mir um den Kopf; der Morast spritzte mir bis an die Knie.

Ganna und das Wort

Schon im ersten Winter war Doris bei mir gewesen, unverändert anschmiegend, voll vertrauender Liebe, die tief in der Natur des Kindes wurzelte. Es hatte umständlicher Verhandlungen bedurft, ehe Ganna dieses Zugeständnis machte, und als ich auch späterhin, in den folgenden Sommern und Wintern, Doris während der Ferien bei mir haben wollte, setzte Ganna meinem Wunsch jedesmal die größten Schwierigkeiten entgegen. Sie erklärte es für ein Wagnis. Sie verlangte Garantien und stellte Bedingungen. Sie versuchte, mir und sich einzureden, daß das Kind nur bei ihr gedeihen und gesund bleiben, daß niemand Gannas Pflege, Gannas Umsicht, Gannas Liebe ersetzen könne. Mir billigte sie höchstens die Wohlmeinung zu, die moralische Fähigkeit sprach sie mir ab. Denn ich stand ja unter dem Einfluß einer Frau, der zu mißtrauen Ganna die triftigste Ursache von der Welt zu haben glaubte. Sie versicherte jedem, der es hören wollte, sie könne doch nicht ihr Liebstes, ihr Herzblatt, einer Person überlassen, die mit mir in einem unsittlichen Verhältnis lebe. Daß dieses »unsittliche« Verhältnis durch ihre eigene Schuld bestand, vergaß sie mit Vergnügen. Was daraus erwuchs, war ein Schacher um das Kind, ein Handelsgeschäft um sein Bei-mir-Sein; begreift ihr meine Scham?

Wenn Doris mit einer harmlosen Erkältung im Bett lag, meldete Ganna eine schwere Halsentzündung mit Fiebergraden, die mir, in der Dreihundert-Kilometer-Ferne, Entsetzen einjagen sollten. Die Absicht war, mich aufzustören, mir das Gewissen wachzuhämmern, damit ich ihrer nicht vergäße im Zusammenleben mit der Verhaßten. Es sei nicht zum Verwundern, daß die Kinder beständig krank seien, schrieb sie mir, da ich der Mutter die Mittel vorenthalte, sie vor Krankheit zu bewahren. Ich setzte mich hin und bewies ihr schwarz auf weiß, daß sie selbst in den schlimmsten Monaten der Geldentwertung ein stattliches bürgerliches Einkommen bezogen habe; ich rechnete es ihr in Schweizer Währung um. Ihre Antwort war das Aufbrausen einer Betrogenen, da sie ja nach ihrem Dafürhalten um alles das betrogen worden war, was mich das Leben an Bettinas Seite kostete. Sie erklärte, es läge kein Grund vor, daß man ihre Bezüge rationierte, sie sei sich keines Verschuldens bewußt, ihre Ansprüche bestünden vor Gott und Menschen zu Recht.

Sie hatte keine Gewalt über das Wort. Es entstand in ihr durch eine seltsame Alchimie und entzündete sich abseits vom Denken. Die Assoziationen geschahen auf dem Weg hemmungsloser Willkür. Ich sah Ganna in all den Jahren emporwachsen, und mit ihr wuchs und schwoll das Wort, das hemmungslos willkürliche Wort. Zwischen dem Guten und Bösen unterschied sie nicht, ob es Brücke oder Abgrund war, merkte sie nicht. Lyrischer Erguß und Giftsud, Flehen und Drohung, Wahres und Erkrampftes, Anhänglichkeit und Erbitterung, Gefühl und Geschäft, alles heillos verfilzt. Überhitzter Stil, eiskalte Erklügelungen. Von vier nebeneinanderstehenden Sätzen enthielt der erste eine Selbstbejammerung, der zweite eine Anklage, der dritte eine Geldforderung, der vierte eine Liebeserklärung. Während sie sich als die Vertreterin der sittlichen Weltordnung aufspielte, feilschte sie um die Erhöhung ihrer Monatsrente. Während sie schwärmerische Zeilen über eine meiner Arbeiten niederschrieb, benutzte sie die Kinder als Pfandobjekte und forderte, verhüllt und unverhüllt, greifbare Gegenleistungen für ihre Bereitwilligkeit, ihnen den Aufenthalt in meinem Haus zu erlauben; vor allem öfteres Beisammensein mit mir zum Zweck »friedlicher Aussprache« und das stets zu erneuernde Gelöbnis, daß ich nicht auf der Scheidung bestehen würde. Diesem Ansturm mußte ich die Brust darbieten. Ganna und das Ganna-Wort hielten mich in Atem wie ein Trunkenheitsexzeß nächtlicher Einbrecher.

Dazwischengeschobene Miniaturen

Wir treten hinaus in die Sternennacht, Bettina und ich. Unten glitzert der See, der Himmel gleicht einem von Nadeln durchstochenen Vorhang, hinter dem blaues und gelbes Feuer brennt. Die Milchstraße ein verblüffender Bogen aus gekörntem Silber. Auf den Höhen liegt hauchzarter Nebel. Die Stille ist so herzerschütternd, daß man sie wie eine selige Art von Tod spürt. Das Ganna-Wort, der Ganna-Lärm sind verstummt, als ob ein stählernes Tor wäre zugeschlagen worden. Wir stehen Arm in Arm, wie im Gebet versunken ...

Es gibt Morgen, da wir über den Neuschnee die Abhänge hinunterrodeln wie über einen weißen Geisterteppich, ringsum der schwarze Wald, die kristallklare Luft erfüllt vom Lachen und Schwatzen der beiden Töchter Bettinas, die nun bald zu ihrem Vater in die Stadt müssen, um das Gymnasium zu besuchen. Dann wandern wir über den gefrorenen See, der so beängstigend dröhnt in den Nächten; es klingt wie das Seufzen eines verendenden Vorweltsauriers. Holzschlitten fahren lautlos über die glatte Fläche, mit Ochsen bespannt; klirrend, wie wenn Papier zerreißt, sausen die gestielten Scheiben der eisschießenden Bauern über die geglättete Fläche.

In den ersten Frühlingstagen ist es, wie wenn sich die Natur zornig ein Kleid vom Leibe risse, das ihr zu eng geworden ist. Die Wässer stürzen in den von Jahrtausenden gehöhlten Felsrinnen zu Tal, oben donnern die Lawinen, Erika und Leberblümchen drängen schüchtern aus Moos und Gras, alles ist ein unzähmbares Werden und Wachsen, der März riecht anders als der Februar, der April anders als der März, wir ziehen in die Wälder, wandern in die Nachbartäler, als machten wir eine Inspektionsreise durch unser Königreich, und manchmal packt Bettina stürmisch meine Hand und fragt, indem sie ihr Gesicht von unten her dem meinen nähert: »Bist du zufrieden? Sag, ob du zufrieden bist in deinem Sinn!« Ich sehe sie an und nicke ihr dankbar zu. Wäre sonst das andere zu ertragen gewesen? Das Leben wäre zerborsten wie ein rostiges Stück Eisen …

Im verhexten Kreis

Jahrelang stand die Scheidung als der von mir stumm gewünschte Abschluß hinter dem Geschehen, nach und nach wurde sie klares Erfordernis. Es gibt einen Ruf zur Ordnung, der aus dem Sozialen kommt, unabhängig von den persönlichen Freiheiten. Da war keine Heuchelei verstattet, kein zurechtgemachtes, hochmütiges Drüberstehen; so verkettete sich in mir ein Verlangen, das mit meinem Ehrgefühl als Mann und mit meinem Verantwortungsbewußtsein gegen die Gemeinschaft zusammenhing, mit jenem anderen, noch dringlicheren, das die unabgetragene Schuld an Bettina in sich schloß, die ich in bangen Stunden der Selbsteinkehr den aufgesammelten Zehnten der Freude nannte oder auch die inneren Reparationen.

Darum ging es in dem Kampf mit Ganna zunächst. Wenn die Lastaufladerin zu bewegen war, dem keuchenden Tier das Halfter abzunehmen und die Bürden abzuschnüren, konnte es wieder atmen, wieder schreiten. Sie war nicht dazu zu bewegen. Gannas erster Einwand war, sie könne sich nur scheiden lassen, wenn sie meiner Freundschaft sicher sei. Schön, sage ich, zugestanden, eigentlich versteht es sich von selbst. Es hat allerdings eine Schwierigkeit: Wodurch sichert man sich Freundschaft nach Gannas Meinung? Durch Unterschrift. Durch Brief und Siegel. Ich soll es verbriefen. Ich soll mich für alle Zeiten bindend verpflichten. Ich bin dumm genug, ihr dies auszureden. Anstatt Ja und Amen zu sagen und die verlangte Klausel zu unterschreiben und zu verbriefen, was automatisch bewirken würde, daß sie die Forderung fallenließe, um eine andere, schwerer erfüllbare zu erheben, bemühe ich mich ehrlicherweise, sie von dem Unsinn einer urkundlich stipulierten Freundschaft zu überzeugen, ihr die Einsicht beizubringen, daß Freundschaft erworben und verdient werden müsse und daß man sie nicht bescheinigen könne wie einen Mietsvertrag. Sie sieht es nicht ein. Sie hört nur die Weigerung und hält damit den Beweis meiner schlechten Gesinnung für erbracht. Man wolle sie mürbe machen; man habe eine bestimmte Taktik des Mürbemachens erfunden. »Ihr werdet mich noch zum Äußersten treiben mit eurer Taktik«, verkündet sie zornbebend. – Sie beruft sich auf mein feierliches Versprechen, den Brief vom Oktober 1919. Ich muß zugeben, den unverständigen Brief geschrieben zu haben. Da kocht die Erbitterung in ihr empor, und sie schreit, nie und nimmer würde ich ihr das Messer an die Brust setzen, wenn ich nicht hypnotisch unter dem Gebot meiner Geliebten handle. Ich muß lächeln, wenn ich an Bettina und ihre »Gebote« denke. Ganna mißversteht mein Lächeln, sie hält es für ein Schuldgeständnis und beharrt dabei, ich hätte Bettina die Scheidung zuschwören müssen, was Bettina als Gegenleistung biete, das natürlich könne niemand wissen, aber sie werde der Dame Merck zeigen, daß sie sich verrechnet habe, daß sie auf Granit beiße.

Aber auch diesmal lag es nicht in Gannas Plan, mich mit einem endgültigen Nein abzufertigen. Sie wollte verhandeln. Sie wollte alles in der Schwebe halten. Damit erzwang sie ja meine Gegenwart. Freilich, um ganz gerecht zu sein, ganz tief gerecht, wie es nur einem Gott möglich wäre, müßte man sich fragen, ob es nicht auch die Liebe war, die sie dazu trieb, eine schreckensvolle Liebe zwar, eine in Finsternis getauchte, aber dennoch Liebe, wie immer man das Wort wendet, wie zerstört es auch in einem solchen Herzen sein mag. Ich spürte natürlich nur den Schrecken und die Finsternis, sie aber litt genauso wie ich, wenigstens glaubte ich es damals noch und war nachsichtig und geduldig, denn das Leiden entwaffnet. Sie unterlag immer der Täuschung, daß ich mich um ihretwillen aufrieb, wenn ich mich aufrieb; und wenn ich sie von mir stieß, war es eine Gegenwirkung, die von ihr ausging; sie war also noch im Spiel, war noch Partnerin. Aus diesem Grund narrte sie mich mit Verheißungen, leugnete heute die Abmachungen von gestern ab und zerredete das tausendmal Gesagte zum tausendundzehnten Mal. Telegrafierte sie mir: Komm, alles wird gut werden, und ich kam dann voller Hoffnung, und die Verhandlungen führten wieder zu keinem Ergebnis, so hatte nicht sie Sabotage geübt, sondern ich hatte es an gutem Willen fehlen lassen. »Ich bin noch nicht so weit«, sagte sie im August, »laß mir noch drei Monate Zeit.« Gut, ich ließ ihr drei Monate Zeit. Im November hieß es: »Ich kann mich nicht festlegen. Niemand kann sich heutzutage festlegen. Die Verhältnisse sind zu unsicher. Im März erfüll' ich dir deinen Wunsch; mein Ehrenwort.« Und im März: »Ich will deine Vorschläge ernstlich prüfen. Aber das eine kann ich dir jetzt schon sagen: Du bist nicht in der Lage, zwei Frauen zu erhalten. Es ist meine Pflicht, dich vor dem Zusammenbruch zu bewahren.« – »Ausflüchte, Ganna. Wir können, wir müssen uns auf irgendeiner Basis einigen.« – »Ich bin viel zu oft getäuscht worden. Wollt ihr mich zwingen, daß ich an meinen Kindern zur Verbrecherin werde?« – »Ich bin nicht der Mann, der seine Kinder im Stich läßt. Das solltest du wissen.« – »Du nicht, aber deine Geliebte. Da müßte ich ganz andere Bürgschaften haben, als du sie mir bieten kannst.« – »Welche denn, Ganna? Was kann ich denn anderes tun, als dir Leib und Leben verpfänden?«

Vergeblich. Mit zäher Wut klammert sich Ganna an die ihr verschriebenen siebzig Kilo Lebendfleisch. Was immer sie vorbringt, ist halluziniert. Hinter Traum und Halluzination fuchtelt und zetert ein nüchterner, gerissener Winkeladvokat. Von dem will ich, von dem darf ich nicht wissen. Ich sehe nur die lallende Schlafwandlerin, die unselig Verstrickte, die gequälte Quälerin, das grenzenlos vereinsamte Weib, eine Ganna, der ich abzubitten habe, die ich für das beleidigte Sittengesetz entschädigen muß. Ganna, die verängstigte Mutter, die enttäuschte Gefährtin, die mißhandelte Gattin, die hilflos vor der Wirklichkeit versagende Frau verbirgt mir Ganna, die Rasende, Ganna, den Winkeladvokaten. Auch ich träume. Auch ich halluziniere. Ich bewege mich im verhexten Kreis.

Die Advokaten greifen ein

Meine Freunde rieten mir, mich an einen Anwalt zu wenden. Sie hatten Angst um mich. Eine schlimme Reizbarkeit machte sich an mir bemerkbar. Ich hatte mein fünfzigstes Jahr überschritten; konnte sein, daß ich den Anstrengungen nicht mehr gewachsen war, die ich mir zumutete. Man empfahl mir den Doktor Chmelius. Ich kannte ihn von gesellschaftlichen Begegnungen her und erinnerte mich seiner als einer sympathischen Erscheinung. Es stellte sich heraus, daß es derselbe Anwalt war, der Bettinas rasche Scheidung durchgeführt hatte. Aber Bettina hatte nie von ihm gesprochen, hatte mir gegenüber nicht einmal seinen Namen genannt. Sie hatte nichts für Advokaten übrig. Sie glaubte nicht, daß sie etwas Segensreiches zuwege bringen konnten. Und ich hatte in meinem ganzen Leben mit keinem Advokaten zu tun gehabt. Jetzt wurde das gründlich anders.

Dr. Chmelius sollte zunächst Gannas Finanzbeirat sein, der Beaufsichtiger ihrer Geldgebarung, da ihre Forderungen und ihr Verbrauch nachgerade ins Ungemessene wuchsen und ich dem nicht mehr steuern konnte. Ganna weigerte sich jedoch, den Dr. Chmelius als Berater anzuerkennen; sie hatte erfahren, daß Bettina vier Jahre zuvor seine Klientin gewesen, und konstruierte eine verschwörerische Beziehung. Sie behauptete, er habe sich in den Dienst Bettinas gestellt und handle unter ihrem psychologischen Druck. Dr. Chmelius war ein gewiegter Jurist und ein vornehmer, deshalb vielleicht etwas zu zögernder Mann. Trotzdem trieb jeder seiner höflichen und rücksichtsvollen Briefe Ganna in die Siedehitze der Entrüstung. Wessen unterfing sich der Mensch? Machte ihr, Ganna, Vorschriften; erteilte ihr, Ganna, Ratschläge; wagte sogar, von Scheidung zu sprechen und zu schreiben; unerhört!

Unverzüglich stellte sie in der Person des Dr. Pauli einen Gegenanwalt auf. Dieser wollte ihr zwar wohl, war auch nicht abgeneigt, ihre Rechte zu vertreten, doch war er mit Geschäften überlastet, und bei aller Bewunderung, die er für ihre Tatkraft, ihre Findigkeit, ihren Unternehmungsgeist hegte, waren ihm die Konferenzen mit ihr zu anstrengend. Er konnte sie nicht zweimal des Tags empfangen und anhören, wie sie forderte, und er wurde ärgerlich, wenn sie von einer Besprechung zur andern ihre Entschließungen gänzlich veränderte. Deshalb übergab er den Akt einem Freund und Kollegen, einem gewissen Dr. Grieshacker. Dieser sah sich aber auch alsbald von Ganna zu stürmisch belagert und schob die Sache seinem Sozius zu, einem Dr. Schönlein, was gleichwohl zur Folge hatte, daß die causa Ganna Herzog manchmal von allen dreien begutachtet, bearbeitet und in Schriftsätzen hin und her gewälzt wurde.

Nur in Schriftsätzen, sonst kam nichts dabei heraus. Niemand wußte, was Ganna eigentlich wollte. Sie selbst am wenigsten. Wollte sie geschieden werden? Nein. Wollte sie nicht geschieden werden? Alles sprach dafür, doch hütete sie sich es, zuzugeben. Wozu machen wir uns also die Mühe? fragten die Advokaten. Ganna handelte ungefähr wie der Besitzer eines Gehöfts, dem man mit einem nächtlichen Überfall gedroht hat und der zur Sicherheit rings um sein Anwesen Gendarmen postiert. Dem Dr. Pauli lag daran, daß sie von den üblichen Expensennoten verschont blieb; er kannte ihre Bedrängnisse und bestimmte auch seine Kollegen in diesem Punkt zur Nachsicht. Eine noble Geste; er sah nicht voraus, daß es auch eine verhängnisvolle war. Dadurch gewöhnte sich Ganna, ihre Anwälte zu überlaufen und sie zu wechseln, wie man Strümpfe wechselt. Da sie keinen Begriff von menschlicher Arbeitskraft hatte noch Respekt vor ihr, mutete sie jedem, den sie in ihre Angelegenheiten eingespannt hatte, ausschließliche Beschäftigung mit ihnen zu und behandelte ihn wie einen pflichtvergessenen Lehrling, wenn ihr diese Ausschließlichkeit nicht zugestanden wurde. Und so zufrieden sie einerseits war, daß man ihre Geldnöte berücksichtigte, konnte sie doch andererseits des heimlichen Argwohns nicht Herr werden, daß, wer umsonst oder billig für sie arbeitete, auch schlecht arbeitete. In diesem Zwiespalt wurde sie immer ungenügsamer, immer aufgeregter, immer streitgieriger, immer verworrener, immer ratloser. Die Menschheit zerteilte sich ihr von nun an in zwei Lager: die Anhänger ihrer Sache und die Gegner ihrer Sache. In der Mitte standen, als lichte Führer zu Glück und Sieg, die Advokaten, natürlich die von ihr gedungenen Advokaten, die gegnerischen waren der Abschaum der menschlichen Gesellschaft.

Sie hing am Telefon und sprach unter huntertmaligem dumpfem »Hallo-oh!« mit den verschiedenen Kanzleien, auch der des Dr. Chmelius. Dieser konnte sich ihrer dringlichen Bitten um Geld nicht mehr erwehren. Der Dialog war feststehend. »Um Himmels willen, gnädige Frau, ich habe Ihnen doch erst vor einer Woche eine beträchtliche Summe überwiesen.« Darauf Ganna, mit atemberaubender Suada: Sie habe »Imprévus« gehabt, ein Ausdruck, den sie besonders bevorzugte, stand doch ihr ganzes Leben unter dem Zeichen des Unvorhergesehenen, und verbat sich die unbefugte Einmischung in ihre Geldgebarung. Wenn sie sich aber dann nicht zu helfen wußte, nahm sie ihr Haushaltungsbuch unter den Arm und fuhr zu Chmelius in die Stadt, um ihn Ziffer für Ziffer darzulegen, wie sparsam und überlegt sie wirtschafte. Alles Aufgeschriebene war sakrosankt für sie. Dies war in ihrem Fetischglauben an Wort und Zahl begründet. Die Verrechnungen in ihrem Buch hielt sie für ebenso unangreifbar wie den Ausweis der Reichsbank.

Ebenso behandelte sie jedes ihrer Sendschreiben wie ein päpstliches Breve. »Hast Du meinen Versöhnungsbrief vom sechzehnten nicht bekommen?« schrieb sie etwa. »Ich vermisse Deinen Bescheid auf meine sehr gemäßigten Vorschläge. Es scheint, meine Briefe werden Dir nicht ausgefolgt. Bestätige mir ausdrücklich und telegrafisch, daß Du den genannten erhalten und gelesen hast.« Damit setzte die Fiktion der von Bettina unterschlagenen Briefe ein. Es gab keinen Schutz gegen die Bezichtigung. Dr. Chmelius galt ihr als Anstifter. Nie könne sie es mir verzeihen, daß ich diesen Mann zu ihrem Büttel gemacht habe, ließ sie sich vernehmen, die Augen seien ihr dadurch gründlich geöffnet worden. Auf die Scheidung dürfe ich nicht mehr rechnen; sie sei praktisch undurchführbar, ideell eine Unmenschlichkeit. Nur wenn ich den Dr. Chmelius verabschiede, könnten die Verhandlungen vielleicht wieder aufgenommen werden. Füge ich mich weiterhin dem Terror meiner Umgebung, so hätte ich bei ihr verspielt. Meine Hoffnung war ohnedies auf den Nullpunkt gesunken. Wäre Jesus Christus in Person gekommen, als mein und Bettinas Anwalt hätte er bei Ganna verspielt.

An keinem Ort fand sie Ruhe, in keinem Haus, in keinem Zimmer, bei keinem Menschen, bei keinem Buch, in keinem Bett. Sie litt an Gallenbeschwerden, Herzbeschwerden, Atembeschwerden, konsultierte Spezialisten und Kurpfuscher, gebrauchte Salben und Kräutertees, sauste nach Karlsbad, an die Adria, zu Schwester Traude nach Berlin, war den einen Tag unermüdlich auf den Beinen, erklärte sich den andern für todkrank, aber auch diese Krankheit war eine Fiktion, Flucht vor der schauerlichen Unrast.

Undeutlich zeichnete sich in der Verwirrung ihrer Geschäfte der Zusammenbruch der Filmzeitschrift ab. Der Drucker hatte auf Kostenersatz geklagt. Vermutlich hatte sie sich, um ihn teilweise auszuzahlen, in neue Schulden gestürzt. Dr. Chmelius gegenüber leugnete sie es. Aber wo sollte sonst all das Geld hingekommen sein? Schwarze Unerklärlichkeit. Hatte sie heimliche Freunde, an die sie es verschleuderte, Blutsauger, die es ihr ablisteten? War es lediglich der düstere Vernichtungswille, in den Motive von schwer erkennbarer Beschaffenheit verwoben waren: Liebes-, Hasses-, Eifersuchts-, Selbstbehauptungs-, Selbstzerstörungs-, Wunscherfüllungstriebe? Dr. Chmelius berichtete mir, er habe ihr Posten vorgerechnet, daß ihr im abgelaufenen Jahr über die Hälfte meines Einkommens zugeflossen sei; darauf habe sie ihn gröblich angefaucht und von Betrug und Schwindel gesprochen, sie wisse aus verläßlicher

Quelle, daß ich mehr als das Fünffache verdient hätte. Ich sagte: »Diese Reden kenne ich, wie soll ich ihr beweisen, daß dem nicht so ist? Wie soll man überhaupt jemand beweisen, daß man etwas nicht besitzt, wovon er glaubt, daß man es besitzt?« – Dr. Chmelius entgegnete verdrießlich: »Sie können der gnädigen Frau unter keinen Umständen etwas beweisen. Außer im wiederaufgeschlagenen Ehebett. Sonst nicht.«

Und so erwiesen sich die Verhandlungen, auf die sich Ganna mit scheinbarer Bereitwilligkeit einließ, samt und sonders als Spiegelfechtereien. In ihrem nächtelangen Bohren und Grübeln hatte sie sich drei Vertragsklauseln ausgedacht, über deren Unverwirklichbarkeit sie keinen Augenblick im Zweifel sein konnte, derer sie aber bedurfte, um nachher, wenn die Konferenzen gescheitert waren, die Unschuldige spielen und sagen zu können: Ich habe meinen guten Willen dargetan, die Hintertreiber, die Durchkreuzer seid ihr.

Da diese Punkte in gewisser Weise einzigartige »Sanktionen« darstellten, will ich sie anführen. Erstens sollte ich auf die väterliche Gewalt über die minorenne Tochter verzichten. Ein juristisches Eigengewächs Gannas; kein Gericht der Welt hätte einen solchen Verzicht anerkannt. Zweitens hatte ich für jede Tochter eine Mitgiftsumme in ansehnlicher Höhe zu deponieren. Wo ich eine solche Summe hernehmen sollte, wurde nicht gefragt. Der Kral verfügte es. Der Kral gebot: Versorge deine Brut, Mann; zuerst und vor allem die Brut, was mit dir selber geschieht, ist uns verdammt gleichgültig; daß er sich schinde, der Abspenstige; daß er nicht zur Besinnung komme; daß er und seine Kebse die Zwangsfesseln nicht abstreifen können. Darum Versorgung; Versorgung bis in die graue Ewigkeit. Als drittes dann: Bettina habe eine eidesstattliche Zusicherung zu unterfertigen, daß sie mich niemals hindern werde eine angemessene Zeit des Jahres mit Ganna zu verbringen. Ganna hielt eine solche Verbindlichkeit nicht nur für rechtskräftig, nicht nur für durchführbar, sondern sie erblickte in ihr auch ein Mittel, die Nebenbuhlerin jederzeit und beim geringsten Verdacht eines Gegeneinflusses vor den Kadi zu schleppen. Als dem Dr. Chmelius diese drei Musterbeispiele von Gannas Drosselungskunst unterbreitet wurden, rief er aus: »So etwas habe ich in meiner Praxis noch nicht erlebt, und ich habe doch schon manches erlebt.«

Ate

Im Verlauf des Prozesses, den der Drucker der Filmzeitschrift gegen Ganna angestrengt hatte, kam es zum Zerwürfnis mit dem Dr. Schönlein. Den eigentlichen Anlaß habe ich nicht erfahren, mir wurde nur mitgeteilt, daß in der Kanzlei Schönleins heftige Auftritte stattfanden und ihr der Anwalt eines Tages die Vollmacht hinwarf. Sie führte bittere Klage bei Dr. Pauli, der sie zu besänftigen trachtete und, da Dr. Grieshacker die Vertretung längst vorher niedergelegt hatte, sie und ihre Sache dem Dr. Stanger-Goldenthal empfahl, einem bekannten Löwen des Barreaus, Fachmann für Ehescheidungen. Dieser war genau der richtige Mann für Ganna. Bis jetzt hatte sie, wenn ich mich so ausdrücken darf, den Advokaten ihrer Sehnsucht noch nicht gefunden. Dr. Stanger-Goldenthal füllte diese Lücke aus. Er wußte auf den ersten Blick, was Ganna von ihm wollte. Er witterte einen großen Coup. Es ist das Wesen der Juristerei, daß sie diejenigen, die ihre Zuflucht bei ihr suchen, so lange foppt und in Atem hält, bis sie ihr Vermögen, ihren Lebensmut und ihren Glauben an Recht und Gerechtigkeit eingebüßt haben. Das traf freilich mehr auf mich zu als auf Ganna. Sie war bereits unempfindlich gegen das Übel; was jemals an Geist, an Würde, an Stolz, an Herzenskraft in ihr gewesen, war in diesem Dunstkreis schon ersäuft. »Lassen Sie mich nur machen, verehrte Frau«, sagte Dr. Stanger-Goldenthal, nachdem er den Akt studiert hatte, »die Geschichte werden wir zum Klappen bringen.« Aus seinen Mienen erkannte Ganna, daß sie nichts zu fürchten hatte. Sie fühlte die artverwandte Seele. Ein Stein fiel ihr von der Brust. Die Verehrung, mit der sie in der ersten Zeit von dem Manne sprach, hatte etwas Hektisches.

Dr. Chmelius war bestürzt über die Wahl. Er verhehlte mir seine Besorgnisse nicht; er hatte einige Erfahrungen mit Herrn Stanger-Goldenthal gemacht. Er wagte sogar gegen Ganna eine warnende Bemerkung. Aber Ganna lächelte schlau, so wie jemand, der den Stein der Weisen besitzt und dem man einzureden sucht, der Besitz werde ihm verderblich werden. Er denkt natürlich, man wolle ihm die Kostbarkeit abluchsen. Dr. Chmelius tat das Äußerste, er ging zu Dr. Pauli, um sich mit ihm über den Fall auszusprechen. Da er das Gespräch nachher schriftlich zu den Akten gelegt hat, kann ich es ungefähr wiedergeben. »Es wird Ihrem anwaltlichen Scharfblick nicht entgangen sein«, fing er an, »daß Frau Ganna meinen Klienten durch ihr undurchsichtiges Verhalten maßlos quält, ihn in seiner Arbeitsleistung schädigt und damit, wie man zu sagen pflegt, die Henne abwürgt, die ihr die goldenen Eier legen soll.« – »Trotzdem ist der einzige Mensch, der von Ganna Herzog die Scheidung erlangen kann, Alexander Herzog«, erwiderte Dr. Pauli. – »In zwei bis drei Jahrzehnten … möglicherweise«, sagte Dr. Chmelius sarkastisch. – »Der Fehler ist«, gab Dr. Pauli zurück, »daß von der Gegenseite behauptet wird, die Ehe sei unglücklich gewesen. Dadurch wird die Frau schwer verletzt und gereizt.« – »Warum sollte Herr Herzog den Wunsch haben, eine glückliche Ehe aufzulösen?« – »Einflüsse. Ganz klar.« – »Bester Kollege; ich hoffe doch nicht, daß Sie sich von einer Schwärmerin haben betören lassen.« – »Und wenn dem so wäre? Ist nicht eine Schwärmerin die geeignete Ergänzung für einen Dichter? Frau Ganna hat mir zahllose Briefe von ihm vorgelegt. Liebesbriefe. Echte Liebesbriefe. Sie zeigte mir handschriftliche und gedruckte Widmungen seiner Bücher, die ihr als Gefährtin und Mitarbeiterin das ehrendste Zeugnis ausstellen. Ich begreife nicht, was Sie wollen.« – »Haben wir denn über die moralische Haltung unserer Mandanten zu richten, Herr Pauli? Sie wissen so gut wie ich, daß die Vergangenheit im Bedarfsfall verführerisch geschminkt wird.« – »Es kann aber nicht bezweifelt werden, daß die Herzogsche Ehe ohne die Dazwischenkunft der Frau Merck nicht in die Brüche gegangen wäre.« – »Natürlich nicht. So spielen sich eben die Dinge ab. Es ist das Schicksal. Wir stehen vor Tatsachen.« – »Auch Frau Gannas Schmerz und Treue sind Tatsachen, Kollege. Man hat sie zu respektieren, wenn man Alexander Herzog ist.« – »Schön. Was soll er nach Ihrer Meinung tun?« – »Zurückkehren.« – »In die Gefangenschaft? Ins Strafhaus?« – »Ach was! Wir alle sind Gefangene und Sträflinge. Sie etwa nicht?« – »Und die Frau, die er liebt?« – »In seinem Alter setzt man nicht wegen einer Liebschaft den Namen, die Ehre und die Zukunft von drei Kindern aufs Spiel.« – »Ich verstehe nicht, was die Ehre damit zu schaffen hat.« – »Ein Mann wie Alexander Herzog hat außer der bürgerlichen noch eine andere Ehre blank zu erhalten. Weiß er nicht, was entehren heißt? Will er die gesellschaftliche Ordnung sprengen, dem Weltgeist auf die Hühneraugen treten?« Dr. Pauli ging erregt auf und ab und lachte etwas schmerzhaft. Dr. Chmelius gestand mir, es habe ihm plötzlich die Rede verschlagen. Er hatte sich zu einer Verständigung mit einem Mann des Rechts eingefunden und ging fassungslos weg von einem, der sich einer Partei verdungen hatte, rätselhaft warum. Aber dann fiel dem im Beruf ergrauten Skeptiker ein, und er schmunzelte ein wenig, als er es mir verriet, daß Dr. Pauli in einer höchst unglücklichen Ehe gelebt hatte und daß die Frau, die er noch immer liebte, mit einem andern davongelaufen war. Seine Haltung gegen mich war sonach, bei aller persönlichen Ehrenhaftigkeit, eine perfide kleine Geschlechtsrache.

Eine Woche später starb Dr. Pauli jählings an einem Gehirnschlag. Er wurde von vielen Menschen aufrichtig betrauert. Ganna war durch den Tod ihres Freundes wie betäubt. Sie legte sich drei Tage lang ins Bett. Diese Tage der Betrübnis gaben ihr die Muße, ein umfangreiches Memorial abzufassen, Bündelung aller schwebenden Fragen. Sie schickte das Konzept an Dr. Stanger-Goldenthal, damit er es in die Juristensprache übersetze, in der Ganna damals noch keine solche Meisterschaft erlangt hatte wie später. Es war immerhin ein Schriftstück von hoher advokatischer Vollendung. Der Anwalt beglückwünschte sie dazu. Als er dem Rohbau den letzten terminologischen Schliff verliehen und den erforderlichen Hauch von Vieldeutigkeit und Schwerverständlichkeit darüber gebreitet hatte, konnten Dr. Chmelius und ich uns die Zähne daran ausbeißen.

Kein Lichtblick. Hoffnungsloser Knäuel von Vorschlägen, Maßnahmen, Erörterungen, Verschleierungen, Anwürfen, Verdächtigungen, arglistigen Vorspiegelungen, Gewaltsamkeiten und Spitzfindigkeiten. Die Anwälte überschütten einander mit Briefen, überschütten die Klienten mit Briefen, diese antworten mit Briefen und überschütten einander ebenfalls mit Briefen. Schreibmaschinen klappern, Morseapparate ticken, Telefone ratschen, Eilboten rennen, jeder der Beteiligten kommt auf seine Rechnung außer dem einen, der den Massenaufwand, die Material- und Nervenverschwendung mit seinem sauer erworbenen Geld, seinem Frieden, seinem Blut und Leben zu bezahlen hat und nichts dafür bekommt als – Papier.

Und hinter alledem steht als Urheberin Ganna, ungerührt, unrührbar, erzstirnig, das täuschende Vielleicht auf den Lippen, das starre Nein im Herzen, Göttin der Zwietracht, der finstern Ate ähnlich, der mißratenen Tochter des Zeus. Unermüdlich und unverdrossen, Stein bei Stein, Weg für Weg, baut sie sich ihre Wahnwelt auf, die so überraschend viele Berührungspunkte mit der wirklichen hat und gleicherweise das Stigma des Untergangs an sich trägt.

Caspar Hauserchen

Ich gelange jetzt zu einem Abschnitt meines Lebens, der äußerlich alle Merkmale des Erfolgs und der Glückserfüllung aufwies, doch im Innern um so mehr den Keim des Unheils barg. Ich balancierte nur lange Zeit verblendet darüber hinweg. Im Jahre 1923 fiel mir das Bucheggergut in Ebenweiler in den Schoß, im wahrsten Sinne in den Schoß, denn ich hatte an die Erwerbung eines solchen Herrensitzes nicht im Traum gedacht. Oder doch, geträumt hatte ich davon. Sooft ich, vor einem Vierteljahrhundert schon, vorübergegangen war, hatte ich eine sehnsüchtige Regung verspürt wie vor einem Märchenschloß; hier wäre gut sein, wäre gut schaffen. Das Anwesen lag (ich muß wohl sagen liegt) am Seeufer, das geräumige Landhaus inmitten eines weitläufigen Parks. Der letzte Graf Buchegger hatte es nach dem Umsturz an einen niederländischen Herrn verkauft, dieser hatte die Freude daran verloren, da er in der Gegend nicht heimisch werden konnte, und als er vernahm, daß ich seit Jahren nach einer dauernden Wohnstätte Umschau hielt, ließ er es mir in einer mäzenatischen Laune für die Hälfte des Preises anbieten, den er selbst dafür gezahlt hatte.

Das beständige Umziehen mit Sack und Pack von der Wrabetz-Villa in ein benachbartes Bauernhaus, von diesem wieder in das Winterhaus, war beschwerlich geworden. Es machte unser Leben vagabundisch. Doch wie sollte ich selbst die großmütig ermäßigte Summe aufbringen, die der Niederländer verlangte? Zudem war ein Arbeitsheim, das den strengen Wintern Trotz bot, ohne beträchtliche Umbaukosten nicht herzustellen. Freilich war ein Überfluß von Mobiliar, Silber, Wäsche und allen möglichen Gebrauchsgegenständen vorhanden, der allein schon die Hälfte des Kaufwertes ausmachte; doch obwohl der holländische Herr sich mit einer geringen Anzahlung begnügen wollte, den Rest hätte ich, niedrig verzinst, in Jahresraten zu entrichten gehabt, ergab der Voranschlag für die Instandsetzung des Hauses einen unerschwinglichen Betrag. Ich besaß keine Ersparnisse. Ich lebte wie eh und je von der Hand in den Mund. Der Verbrauch war groß, um ihn zu bestreiten, mußte ich große Einnahmen erzielen. Hierin hatte mich allerdings bis jetzt das Glück begünstigt. Wie es weiter gehen sollte, lag eigentlich Monat für Monat im Ungewissen. Es war eine ziemlich abenteuerliche Existenz, keinesfalls eine, die auf reeller Basis stand.

Offenbar gibt es eine Kategorie von Ereignissen, die sich in ein und demselben Leben gleichartig wiederholen. Während ich zwischen Lust und Absage schwankte, bot mir ein kürzlich reichgewordener Freund seine Hilfe an. Als ich ihm, voller Zweifel, die Sache darlegte und das Haus zeigte, war er Feuer und Flamme für die Erwerbung und stellte mir mit einer großen Geste das Kapital für Anzahlung und Umbau zur Verfügung. Die Rückerstattungsbedingungen waren so wenig drückend und erstreckten sich auf so weite Fristen, daß ich keine Ursache zur Sorge sah, nur Anlaß zum Dank. Wieder, wie vor Jahren, verschafften mir Freundesgüte und -hochherzigkeit ein Asyl.

Alsbald erschien ein deutscher Bauleiter und sammelte Maurer, Zimmerleute, Dachdecker, Monteure, Glaser, Ofensetzer, Anstreicher um sich. Wagenladungen und Utensilien trafen ein, vier Monate lang wurden Wände niedergerissen, andere aufgerichtet, Fenster eingesetzt, Balkons gezimmert, Traversen und Röhren gelegt, wurde gehämmert, gegraben, gerodet, gepflastert, gebohnert, gestrichen, und als der Oktober kam, zogen wir, Bettina und ich, wie zwei Kinder, denen verstattet wird, auf die Bühne zu gehen, wo sich eine Feerie begibt, in das neue Heim hinüber. Bettina war im vierten Monat guter Hoffnung.

Ich darf nicht verschweigen, daß Bettina dem Wechsel der äußeren Umstände mit Bangen entgegengesehen hatte. Eine so breite Existenz in anspruchsvollem Rahmen flößte ihr die größten Besorgnisse ein. Sie warnte mich. Ihr Weltverstand ließ sich nicht vom schmeichelnden Schein betrügen. Immer wieder hielt sie mir die Schwierigkeiten vor: zu den bestehenden Lasten die Verschuldung für Jahrzehnte; die Hilfskräfte, die für ein solches Haus erforderlich waren, damit es nicht verwahrloste; die Erhaltungskosten; die Erhöhung des Standards. Sie sagte, ich würde auf die Dauer die Last nicht tragen können. Man müsse auf schlechte Zeiten gefaßt sein; fetten Jahren folgten magere. Ich dürfe mich nicht zum Fronknecht machen, mich nicht toter Habe versklaven.

Ich lachte sie aus. Ich war meiner natürlichen Hilfsquellen allzu sicher. Wenn ich eine Zeitlang außerhalb der Ganna-Brandung war, meinte ich, das Schicksal könne mir nichts anhaben. Bettina ließ sich einlullen von dem unerschütterlichen Glauben, den ich an mich und meinen Stern hatte, obgleich sie für die Zukunft zitterte. Sie hatte viel mehr trübe Stunden als früher, dann flüchtete sie zu mir, wie ein Tier bei der Annäherung des Feindes seine Höhle aufsucht. »Ich werde es schon aufbringen«, sagte ich, »was kann uns denn passieren? Schlimmstenfalls schlägt man das Zeug wieder los.« Ich sagte auch, es sei mir ein tröstlicher Gedanke, sie und das Kind, das sie erwartete, hätten nach meinem Tod eine Zuflucht und ein Stück Eigentum. Bettina lächelte. »Wenn wir schon von deinem Tod sprechen sollen«, erwiderte sie, »meinst du wirklich … Siehst du mich wirklich als Eigentümerin? Schau meine Finger an.« Verwundert schaute ich in ihre Hand, die sie mir entgegenhielt. »Diese Finger können keine Sachen halten«, sagte sie, »es ist mir einmal geweissagt worden, daß ich nie verschuldet sein, aber auch nie etwas besitzen werde.«

Dennoch war es ein beglückender Gedanke für sie, trotz aller Angst, daß das Kindchen ein Nest haben sollte, aus dem es nicht zweimal im Jahre vertrieben wurde. Eine feste Burg in einer angriffslüsternen Welt. Sie selber brauchte keine Burg. Sie konnte sich wehren. Aber das kleine Menschlein, das kommende (sie war vom ersten Tag an überzeugt, es würde ein Sohn sein), mußte wie ein Caspar Hauserchen frühzeitig in die Geborgenheit gebracht werden. Und sollte es nach Gannas Willen sein Los sein, daß es ohne Vatersnamen aufwuchs, war es doppelt geboten, schützenden Raum zu legen zwischen es und die von Legitimität starrende Ganna-Welt. Und plötzlich fürchtete sie sich nicht mehr. Zu Beginn der Schwangerschaft hatte sie manchmal, ganz gegen ihre Art, vor Furcht geweint. Sie schrieb damals das »Lied eines Ungeborenen«, eine ihrer schönsten Kompositionen; als sie es mir vorspielte, hatte ich noch keine Ahnung von ihrem Zustand.

Am selben Abend, sie lag im Bett, ich saß lesend bei der Lampe, rief sie mich und bat, ich möchte mich zu ihr setzen. Sie ergriff meine Hand und sagte es mir. Zögernd, mit halber Stimme; sie wußte ja nicht, wie ich ein so störendes Ereignis aufnehmen würde.

Ich erschrak. Sofort begriff ich, es war damit eine Zwangslage geschaffen, in der ich keine Schwäche mehr zeigen durfte. Das Caspar Hauserchen wollte seinen Platz auf der Erde haben. Unsere Augen ruhten ernst und lange ineinander. In dem Grau um die dunklen Pupillen Bettinas sah ich überdeutlich das Braungesprenkelte. Ich kniete vor dem Bett nieder und küßte ihre Hände, eine nach der andern, viele Male …

Intervall des Anders-Seins

Darüber, was in Ganna vorging, als sie vom Ankauf des Bucheggerguts erfuhr, kann ich nur Vermutungen anstellen. Was in der Folge zutage trat, läßt auf ein so verwickeltes Gemengsel von Zorn, Bitterkeit, Aufregung, Anteil und unklarer Hoffnung schließen, daß jeder Versuch einer Beschreibung von vornherein zum Scheitern verurteilt ist. Zunächst fühlte sie sich schmählich hintergangen. Ihre Zwischenträger hatten sich mit der Mitteilung beeilt, ich hätte die Hälfte des Kaufpreises, oder vielleicht noch mehr, bar bezahlt, und da jedes, auch das ungereimteste Gerücht, das über mich umging, nicht bloß zu einem unumstößlichen Glaubenssatz bei ihr wurde, sondern nach und nach alle Formen der Übertreibung und Verdrehung bis zum schlechtweg Unsinnigen, ja Lächerlichen durchlief, wuchs die Summe, die ich, ohne mit der Wimper zu zucken, auf den Tisch gelegt haben sollte, ins Fabelhafte. Selbstverständlich sagte sie sich da: An mir wird geknappt und geknausert, für »die Person« hat er ein Vermögen übrig. Denn daß es Bettina war, die sich das fürstlich eingerichtete Haus gewünscht, daß ich durch ihre arglistigen Umtriebe veranlaßt worden war, es zu kaufen, war für sie von vornherein ein bewiesenes Faktum, an dem zu rütteln nur ein Böswilliger wagen konnte.

Zu gleicher Zeit schrieb sie mir einen Brief, worin sie in überquellenden Ausdrücken ihre Befriedigung über den herrlichen Erwerb kundgab. Wenn sich ein Tropfen Wermut in den Freudenbecher mische, sei es darum, weil sie die wunderbare Nachricht von fremden Leuten habe erfahren müssen und sich bekümmert gefragt habe, wodurch sie denn mein Vertrauen verscherzt habe. Besonders glücklich habe es sie gemacht, daß ich eine so enorme Summe Geldes habe aufbringen können, das lasse den Schluß zu, daß ich mich in mehr als sorgenlosen Umständen befinde und die Klagen und Ängste, die ich ihr gegenüber stets geäußert, Gott sei Dank des Grundes entbehrten. Doch nehme sie mir diese kleine Unaufrichtigkeit nicht weiter übel, ihr einziges Interesse sei mein Glück und Wohlergehen.

Ich beeilte mich, den Irrtum Gannas zu berichtigen. Sie glaubte mir nicht. Ich verwies sie auf das Grundbuch, um die boshaften Falschmeldungen über den Kauf zu zerstören. Sie glaubte auch dem Grundbuch nicht. Der Zifferngaurisankar, der sich in ihren Wunschträumen erhoben hatte und zu dem sie bebend emporblickte, war in einen rosigen Dunst von Geldzauberei gehüllt. Die Tatsache meines Reichtums verlieh ihren Ansprüchen eine solche Stütze, daß sie sich in den goldenen Wahn hineinlebte wie der Bohrwurm in das selbstgehöhlte Loch.

Aber es konnte mir gleichgültig sein, ob sie mich für einen erfolgreichen Schatzgräber hielt, der sie um den ihr gebührenden Anteil prellte. Schluß mit den Winkelzügen, den Vorbehalten, den Advokatenkünsten. Es mußte ihr die Unausweichlichkeit dessen, was zu geschehen hatte, klargemacht werden. Jetzt heißt es biegen oder brechen, sagte ich mir, als ich mich in den Zug setzte, um zu ihr zu fahren.

Meine Mitteilung, daß Bettina ein Kind erwartete, wirkte wie ein Donnerschlag auf sie. Fassungslos schaute sie mich an. »Ein Kind«, flüsterte sie bewegt, »ein Kind von dir! Ich kann es mir noch nicht vorstellen. Ich will's hegen wie mein eigenes, das darfst du mir glauben. Glaubst du's mir?« Sie weinte gerührt. Ich gab ihr zu verstehen, aufs Hegen käme es nicht so sehr an. »Du weißt, worauf es ankommt«, sagte ich. – Sie nickte eifrig. Sie versicherte, sie werde noch heute zu Dr. Stanger-Goldenthal gehen, sofort werde sie ihm telefonieren; dann werde man sich zusammensetzen und alles in Ruhe und Güte besprechen, kein Terror, keine Zwangsmaßnahmen; sie wird mir beweisen, daß sie noch die alte Ganna ist … Ob sie mir ein kräftiges Süppchen kochen lassen dürfe? Nein, sage ich, kein Süppchen, bitte …

Die großen blauen Augen schwammen in Nässe; sie war überwältigt von dem Phantasiebild der hingebend-verzichtenden Freundin und Gattin; ihrer selbst entledigt, flüchtete sie ins selige Intervall des Anders-Seins. Und ich glaubte ihr.

Stanger-Goldenthal

Insofern hielt sie ihr feuriges Versprechen, als sie noch am selben Tag zu Dr. Stanger-Goldenthal eilte, um ihn von der neuen Wendung der Dinge zu unterrichten. Doch ihm den Auftrag zur Einleitung der Scheidung zu geben, wie sie mir zugelobt, hatte sie sich wohl gehütet. Fiel ihr nicht im Schlaf ein. Es genügte, daß sie ihren guten Willen gezeigt hatte. Daß dem »guten Willen« auch die Tat folgen sollte, war eine Forderung, die ihren verwunderten Unwillen erregte.

Ich sagte zu Dr. Chmelius: »Gott sei Dank, Ganna ist andern Sinnes geworden; ich denke, Sie können alles vorbereiten.« Dr. Chmelius, nicht wenig überrascht, meldete dies dem Dr. Stanger. »Davon ist mir durchaus nichts bekannt«, erwiderte dieser zum noch größeren Staunen des Dr. Chmelius. »Ihr Mandant muß Sie falsch informiert haben.« – »Ich fürchte, Sie sind wieder einmal aufgesessen«, sagte Chmelius zu mir. Ich ging zu Ganna. »Dein Anwalt behauptet, du hättest ihm keinerlei Ermächtigung erteilt.« – »Infame Lüge!« schmetterte Ganna. »Ich habe so lange in ihn hineingeredet, bis er mir in die Hand versprochen hat, alles in drei Tagen zu regeln.« Ich glaubte ihr. Schuld an der Verzögerung hatte offenbar Dr. Stanger. Ich bat den Dr. Chmelius, selbst an Dr. Stanger schreiben zu dürfen. Er hatte nichts dagegen einzuwenden. Ich setzte mich hin und schrieb dem Dr. Stanger-Goldenthal einen der einfältigsten Briefe, die je geschrieben worden sind, einen Brief, wie man ihn an einen Menschen richtet, nicht an einen gegnerischen Advokaten. Es war ein kleines Epos, eine viele Seiten füllende Geschichte meiner Ehe und Darstellung der Gründe, die es mir unmöglich gemacht hatten, bei Ganna zu bleiben.

Sein Antwortbrief war voller Ironie. »Ich nehme unbewiesen an«, schrieb er, »daß die Vorwürfe, die Sie gegen Ihre Frau erheben, stichhaltig sind. Dann aber entsteht die Frage: Waren Sie wirklich in dieser Ehe das Haupt und der Meister, den die Rechtsordnung und die an der Ehe hangende Gesellschaft verlangen? Ich überlasse das Ja oder Nein Ihrem Gewissen. Ihre vorbildlich geschriebene, in logischer Perlenreihe aufgebaute Denkschrift betrachte ich nicht als juristische Waffe, sondern als menschliches Dokument. (Wodurch mir endlich klar wurde, daß das unvereinbare Gegensätze waren.) Die überwiegende sittliche Schuld an dem Ehezwist tragen Sie. Wenn meine Klientin die Scheidung ausdrücklich begehrt, werde ich sie durchführen. Entschließt sie sich gegen die Scheidung, so werde ich ihr bei dem zu erwartenden Rechtskampf nach Kräften meine Hilfe leisten.«

Ich war konsterniert. Was salbaderte denn der Mann, Ganna hatte mir doch ihre Bereitwilligkeit kundgegeben. Es war doch nicht denkbar, daß sie in diesem lebenswichtigen Augenblick wieder in ihre alten Doppelzüngigkeiten verfiel. Ich las ihr die Stelle aus Dr. Stangers Brief vor, wonach alles von ihrer Willensentschließung abhing. Sie war sichtlich betreten, schwatzte eine Weile fahrig herum, spielte die taubenäugige Unschuld, aber innerlich zitterte sie vor Wut und machte nachher dem Dr. Stanger eine greuliche Szene, in der sie die Sache so darstellte, als hätte er mir über ihren Kopf hinweg eine bindende Zusage gegeben. Das mußte natürlich den Mann gegen mich aufbringen, und er schrieb mir grob: »Es geht nicht an, sehr geehrter Herr, daß Sie meiner Klientin über mich Mitteilungen machen, die der Vollständigkeit entbehren. Dadurch wird meine Klientin irregeführt. Sie meint, ich sei für die Scheidung. Ich bin aber gegen die Scheidung. Sie muß frei handeln. Sie darf nicht das Gefühl eines Druckes haben, selbst wenn dieser von ihrem Rechtsfreund ausgeübt würde.«

Nun drehten sich die Wände und die Häuser um mich. Ich verstand überhaupt nichts mehr. Neuerdings beriet ich mich mit Dr. Chmelius und setzte meiner Dummheit die Krone auf, indem ich den Wunsch äußerte, Dr. Stanger-Goldenthal in seiner Kanzlei zu besuchen; eine persönliche Aussprache, faselte ich, werde die Mißverständnisse beseitigen. Ich glaubte an Aussprache; ich glaubte an Mißverständnisse. Ich glaubte an die Wirkung meiner Person und der ihr innewohnenden Wahrheit, wie einer, der von Wegelagerern gestellt wird, sich darauf verläßt, daß er griechisch gelernt hat. Dr. Chmelius sagte achselzuckend: »Probieren Sie es. Schaden kann es nicht.« Da er mich so bedrängt sah, wollte er mir keinen Weg verrammeln, auch den aussichtslosesten nicht, wußte er doch selber keinen gangbaren mehr.

Dr. Stanger ließ mich wissen, es sei ihm eine Ehre, mich zu empfangen. Die Unterredung dauerte anderthalb Stunden. Der Mann trug einen unsichtbaren Talar. Er war bis zur Unkenntlichkeit eingehüllt in die Würde eines Verfechters der sittlichen Idee der Ehe. Ein vollendeter Schauspieler. Mir war zumute, als träte ich Luft und redete Wolle. Aber hauptsächlich sprach der andere. Und zwar mit Nachdruck, mit Selbstgefühl und von richterlicher Warte herab. Mir wurde schwindlig, mir wurde übel. Als er mich mit zahlreichen Ergebenheitsbeteuerungen ins Vorzimmer begleitete, wußte ich, daß ich eine Schlappe und eine Demütigung erlitten hatte.

Dr. Chmelius hielt es nunmehr für geboten, bei Ganna höflich anzufragen, ob und wofür sie sich entschieden habe. Darauf erfolgte die gewundene Ganna-Antwort, das Versprechen, das sie mir gegeben, bleibe in Kraft, doch könne sie sich um so weniger drängen lassen, als in diese Zeit eine Reihe von Familiengeburtstagen fielen und sie aus Pietät verhindert sei, so traurige Anstalten wie die zu einer Ehetrennung zu treffen; überdies sei ihr Herz angegriffener denn je, und sie müsse auf ärztliche Vorschrift alle Aufregungen meiden. Mich, dem vor Ungeduld die Zeit in Scherben zerbrach, vertröstete sie gleißnerisch auf den Januar. Es war jetzt September. Sie gab mir ihr »heiliges« Ehrenwort, daß sie bis zum

Januar mit Dr. Stanger-Goldenthal den endgültigen Notariatsakt ausarbeiten werde; sodann müsse ich mir vier Wochen »gönnen«, um mit ihr alles in Liebe durchzusprechen; erfülle ich diese unerläßliche Bedingung, so seien alle Hindernisse aus dem Weg geräumt. Die täglichen aufreibenden, wesenlosen, fruchtlosen Gespräche mit Ganna und den Anwälten hatten meine Kraft erschöpft, ich wollte nach Hause und zu Bettina; was hätte ich tun sollen, Ganna ein anderes Herz einsetzen? Mir selber einen besseren Verstand? Ich fuhr mit wüstem Schädel und unverrichteter Dinge nach Ebenweiler und erzählte gläubig der sich gläubig stellenden und an dem ganzen Unternehmen nicht übermäßig interessierten Gefährtin, im Januar werde sich Ganna scheiden lassen.

Und als ich im Januar wieder auf dem Kriegsschauplatz erschien, überreichte mir Dr. Chmelius in der Tat den inzwischen von Dr. Stanger-Goldenthal entworfenen, von Ganna inspirierten »endgültigen« Notariatsakt. Wortlos. Mit bissig verschlossenen Mienen. Ich las das Schriftstück aufmerksam durch, faltete es zusammen und gab es dem Anwalt wortlos zurück. Ich hatte das Gefühl, in die Hände von Roßtäuschern geraten zu sein.

Soll ich wirklich aufzählen, was mir auf diesem Stück Papier zugemutet wurde? Ich vermag es nicht. Die Feder weigert sich. Ich werde ja ohnedies bald von den Fußeisen und Daumenschrauben sprechen müssen, die mir angelegt wurden, als ich entschlossen war, dem schändlichen Handel ein Ende zu bereiten, kost' es, was es wolle, und die mir in einer psychologisch leicht erklärlichen Verblendung annehmbar erschienen, vergleichsweise menschlich, gegen den mörderischen Zug von Paragraphen gehalten, den Dr. Stanger und seine riegelsame Gehilfin vor meinen erstarrenden Augen vorüberdefilieren ließen. Ich übersah zum erstenmal mit vollkommener Deutlichkeit meine Situation und gewahrte ein so bestürzendes Bild von Gannas wahrem Wesen, daß ich eine Weile versteinert war, so wie es denen im Mythos ergeht, wenn sie das Antlitz der Gorgo erblicken. Aber nein, das war es ja nicht; es gab kein wahres Wesen und kein falsches Wesen, es gab nur ein irrwischhaftes Zwischengebiet, etwas Bodenloses und schauerlich Untiefes, etwas Tagverlassenes, in seinen Zusammenhängen Scheinhaftes und aufregend Unlogisches. Darum auch nichts von einer Gorgo. Die Gorgo ist streng und finster, das wäre noch gut, da wäre Umriß und Haltung, nicht das gespenstisch Unberechenbare, das der hingreifenden Hand ein Gefühl erweckt, als tauche sie in den schleimig-brauenden Urnebel.

»Sagen Sie mir«, wandte ich mich bedrückt an Dr. Chmelius, »wovon soll ich selber leben, wenn ich diesen Berg von Verpflichtungen in seinem ganzen Umfang abtrage? Wie stellt sich die Frau das vor?« – »Das weiß ich selber nicht«, erwiderte Chmelius trocken, »wir wollen uns bei ihr erkundigen.« – »Die Dinge liegen doch so«, fuhr ich fort, »sie beschlagnahmt nicht nur mein gesamtes Hab und Gut und Werk, sondern verlangt auch darüber hinaus noch Abgaben bis zum Verbluten. Es ist, als wenn man einen Erschlagenen in Stücke schneidet, um noch sein Fleisch zu braten. Hat es je dergleichen gegeben?« – »Soll ich Ihnen eine Wagenladung meiner Akten zuschicken?« fragte Chmelius mit Hohn. – »Ich muß aber zu einem Resultat kommen, ich muß!« – »Schön. So schließen Sie in Gottes Namen diesen Frieden von Versailles. Aber ohne mich.« – »Gibt es keinen Richter, kein Gesetz, keinen Gnadenakt, die mich befreien?« – »Das sind Träume.« Vernichtet ging ich meiner Wege.

Worauf wartet Bettina?

Die zwei Jahre, die es noch dauerte, bis die Scheidung erfolgte, waren ein zermürbendes, krankmachendes Ringen. Es ging um Geld und wieder um Geld und abermals um Geld und um Akten und Pakte, um Verbriefungen und Sicherheiten, und wenn man meinte, man sei der Schlichtung nahe, enthüllte sich alles als Vorwand und Trug. Da nützte der Frieden des Bucheggergutes nichts, Bettinas Tapferkeit und ihre Kunst, den Alltag zu meistern, nichts, Versenkung in Arbeit nichts, Zuspruch der Freunde nichts, sogar das Menschlein Helmut nichts, das, vom Himmel erbetener Sohn, zu seiner Zeit geboren wurde und unser Labsal war von seiner ersten Stunde an.

Die trübe Grundstimmung blieb und breitete sich aus. Die Scham über meine Ohnmacht saß wie ein Krebs im Fleische, wie Arsenik in den Eingeweiden. Und Bettina sah zu und sah zu. Ich wußte nicht, was mit ihr war; etwas war mit ihr, ich konnte es nicht ergründen. Ich wußte nur soviel: Um die Freude ging es jetzt nicht mehr, um Lachen und Lächeln nicht mehr; es ging um was anderes, aber ich wußte nicht, um was. Sie ließ die Ganna-Briefe regnen, sie ließ die Satzschriften schneien und sah zu. Es waren böse Winter in diesen Jahren ...

Während eines Aufenthaltes in Berlin brach ich eines Tages zusammen. Ein organisches Leiden hatte sich eingenistet. Der Arzt, der mich behandelte, empfahl Schonung und Ruhe. Aber wie konnte ich ruhen und mich schonen, solange Ganna tobend und drohend durch meine Welt flitzte und ich der geliebten Gefährtin als Spielball in den Händen einer bösen Trolle erscheinen mußte, solange mich die unschuldigen Augen meines Letztgeborenen fragten: Wo ist mein Sohnesrecht? Solange durfte ich nicht ruhen und auch nicht sterben.

Hornschuch

Bei aller Sympathie für Dr. Chmelius konnte ich mir nicht länger verhehlen, daß es dem allzu überlasteten Mann an Stoßkraft fehlte. Er spürte es selbst; mehrmals hatte er mir freundschaftlich vorgeschlagen, ihn seines Auftrags zu entbinden, wenn mir ein anderer an seiner Statt genehmer sei. Da wurde mir ein noch junger Anwalt lebhaft empfohlen, ein gewisser Hornschuch, der sich in unserer Gegend niedergelassen und in kurzer Zeit eine bedeutende bäuerliche Praxis erworben hatte. Er war vier Jahre lang an der Front gewesen, und man erzählte sich, daß er als Offizier eine beispiellose Bravour entfaltet habe. Nach dem Krieg war ihm das Leben in der Stadt und in den Kreisen seiner früheren Freunde verleidet; ein bei einem Vierzigjährigen, von Tatenlust glühenden Mann sehr ungewöhnliches Einsamkeitsbedürfnis hatte ihn bewogen, ein freiwilliges Exil aufzusuchen und nach seinem eigenen Gefallen und seiner eigenen, ziemlich urwüchsigen Methode zu leben. Dieselbe unbekümmerte Draufgängerei, die er als Soldat an den Tag gelegt, bewies er auch im Dienst der Justiz. Damals übernahm er fast nur Fälle, bei denen es sich um ein eklatantes Unrecht handelte, das der Klient erlitten hatte. Öffentliche Mißstände aufzudecken, das Schneckentempo der Ämter durch heftige und manchmal gefährlich skurrile Eingaben zu beschleunigen hielt er für seinen Beruf. Nicht zu verwundern, daß er bei den Behörden nicht eben beliebt war. Aber alles, was mir über ihn zu Ohren kam, leuchtete mir ein, und so ging ich eines schönen Tages zu ihm hin. Er wohnte und amtierte in einem winzigen Haus in stundenweiter Entfernung. Kein Schild an der Tür, keine Kanzlei; ein Privatmann empfing einen Gast. Er war ein jungenhaft aussehender Mensch mit einem Kalmückengesicht und trotzig blickenden Augen. Schweigend und fast regungslos hörte er mir zu. Dann sagte er: »Ich werde mir die Akten ansehen. Vielleicht ist Kollege Chmelius so freundlich, sie mir zu schicken.«

Dies geschah. Ein paar Wochen lang rührte sich Hornschuch nicht, schrieb nicht, zeigte sich nicht. An einem Spätherbstnachmittag ließ er sich endlich bei mir melden, und es fand folgendes Gespräch zwischen uns statt: »Nachdem Sie meine bescheidene Person für den Kollegen Chmelius eingetauscht haben«, begann er, »müssen Sie trachten, daß die Gegnerin auch den Kollegen Stanger-Goldenthal verabschiedet. Eine Liebe ist der andern wert.« – »Wie soll ich das bewerkstelligen?« – »Sehr einfach. Wer, denken Sie, wird diesen Herrn mit dem imposanten Doppelnamen bezahlen müssen?« – »Vermutlich ich.« – »Und geben Sie sich der Hoffnung hin, daß seine Kostenaufstellung durch die Bewunderung für Sie beeinflußt sein wird?« – »Gewiß nicht.« – »Wollen Sie sich nicht davon überzeugen?« – »Das kann ich tun.« – »Das müssen Sie tun.« – »Und dann?« – »Dann werden Sie erklären: Ich bezahle, aber erst an dem Tag, an dem die Scheidung vollzogen ist, und zwar zu vernünftigen Bedingungen.« – »Er wird mich auslachen.« – »Lassen Sie ihn lachen und das übrige meine Sorge sein.« – »Sie meinen, man muß ihm das Interesse an der Verschleppung nehmen?« – »Genau das meine ich. Entweder er zwingt seine Mandantin zu einem unwiderruflichen Schritt, oder er legt die Vertretung nieder.« – »Leicht möglich. Aber dann wird Ganna zu einem andern gehen, und ob wir mit dem besser dran sind, steht dahin.« – »Auch das müssen Sie mir überlassen, hochgeehrter Herr. Gestatten Sie, daß ich für eine Weile als Ihr Gehirn funktioniere.« – »Was soll also geschehen?« – »Da, wie Sie richtig voraussehen, der unwiderrufliche Schritt von Frau Ganna nicht getan werden wird, ersuchen Sie den Kollegen zu gegebener Zeit um seine Nota, machen ihm aber bemerklich, daß er sich wegen der Höhe dieser Summe mit seiner Klientin auseinandersetzen müsse. Er wird sie nicht zart anfassen, wenn es einmal so weit ist, dessen können Sie sicher sein. Er wird ihr die Kehle zudrücken, und wenn sie Luft bekommen will, muß sie den Anwalt akzeptieren, den wir gutheißen.« Das reine Ei des Kolumbus. Ungefähr so verliefen die Dinge dann auch. Ich hatte Ganna viele Male beschworen, einen Sachwalter aufzugeben, der seine ganze Schlauheit und Geschicklichkeit darein setzte, den Streit zu schüren statt beizulegen, die Fäden künstlich zu verwirren statt zu ordnen, aber sie glaubte an Stanger-Goldenthal wie ans Evangelium, doch was sag' ich, wie sie nie ans Evangelium geglaubt hatte. Wenn sich zwei Menschen verbünden, deren Lust und Kunst es ist, im trüben zu fischen und unter hohlen Abrakadabras Schaumschlägerei zu treiben, ist die Beziehung inniger als die meisten echten Freundschaften, wie ja auch die Diebsgenossenschaften fester zu sein pflegen als die der ehrlichen Leute. Als Ganna aber plötzlich die Rechnung für die Entente cordiale vorgehalten wurde, als die gewaltige Summe ihr dartat, wie hoch in die Kosten ihre juristische und menschliche Begeisterung gestiegen war, daß jedes Telefongespräch sich so teuer stellte wie ein Diner bei Sacher, jede der so reizvollen und aufregenden Konferenzen mehr Geld verschlungen hatte als ihr Wochenbudget ausmachte, schrie sie zetermordio über Schurkerei und Beutelschneiderei. Nur der eine Trost blieb ihr, daß sie sich sagen und mich glauben machen konnte, sie habe mir zu liebe, weil ich es gewünscht, die Verbindung mit dem genialen Rechtsanwalt gelöst. Es kam ein kurzes Interregnum, eine advokatenlose Zeit; da war ihr zumut wie einem Morphinisten während der Entziehung. Verstört und voll Bitterkeit schrieb sie mir: »Das hast du nun erreicht, das war das Ziel eurer Taktik: Ich soll unter dem Druck mangelnden Rechtsschutzes stehen.« Und als ich auf Hornschuch hinwies und ihr riet, ihn als gemeinsamen Sachwalter anzunehmen, klang ihr der Name wie Drohung aus einer Wetterwolke. Ein Unbekannter; noch wußte sie nichts von ihm, doch haßte sie ihn bereits mit dem verzehrenden Haß des Wahnmenschen, den die unbekannte Gefahr zu den gefährlichsten Anschlägen treibt, ihr vorzubeugen.

Sechzehn bis zwanzig Gannas

Bei einer der häufigen Besprechungen, die ich mit Hornschuch hatte, gab er mir zu verstehen, daß es mein fortwährender persönlicher Verkehr mit Ganna sei, der das größte Hindernis für eine rasche Klärung bilde. Er riet mir, Gannas Briefe nicht mehr zu beantworten und meine regelmäßigen Zusammenkünfte mit ihr einzustellen. Ich sagte ihm, ich müsse mich doch um meine Kinder kümmern, hauptsächlich um Doris. »Warum rufen Sie die Kinder nicht zu sich, wenn es schon sein muß, daß Sie alle vier bis sechs Wochen in die Stadt fahren?« fragte Hornschuch. – »Das nützt nichts. Ruf ich sie, ist auch Ganna da.« – Hierauf machte Hornschuch eine Bemerkung, die mich wie ein Nadelstich zusammenzucken ließ. Er fragte nämlich, ob ich noch nicht darüber nachgedacht habe, wie verletzend mein dauernder Umgang mit Ganna für Bettina sei. Ich stellte es heftig in Abrede. Es könne nicht sein. Er täusche sich. Ich hätte nicht das geringste Anzeichen dafür. Er lächelte in seiner spöttischen Art.

Er hatte sich nicht getäuscht. Überleg' ich es heute, so erscheint mir meine damalige Blindheit oder Stumpfheit geradezu unverständlich. Wäre mir die Gabe der Aufmerksamkeit verliehen gewesen, ich hätte längst wahrnehmen müssen, daß meine regelmäßigen Verabredungen mit Ganna, das unablässig wiederholte Zu-ihr-Fahren, die Besuche in ihrem Haus, das Einander-Treffen in der Stadt oder an allen möglichen Orten zwischen Ebenweiler und Wien, für Bettina etwas Unbegreifliches hatten.

Sie hatte eingesehen, daß der in ihren Augen verabscheuenswerte Kampf, in den sie gegen ihren Willen verstrickt worden war, mehr Glück und Leben vernichtete, als jemals wieder aufgebaut werden konnte. Aus dem zweifelhaften Siegespreis machte sie sich nichts. Es lockte sie nicht im mindesten, eine anerkannte Bürgerin mit Ehezeugnis zu werden, es war ihr Ehrgeiz nicht, es war vielleicht nicht einmal ihr Weg, und unter keinen Umständen hätte sie sich herbeigelassen, vor Ganna deswegen die Knie zu beugen noch ihre Schuldnerin und Tributärin zu werden. Es ging gegen ihren Stolz, es ging gegen die weibliche Würde. Eines Tages sagte sie es mir ganz offen. »Es liegt mir nichts an der Scheidung«, sagte sie, »ich pfeife auf die Scheidung.« Ich war betroffen. »Und unser Bub?« hielt ich ihr entgegen. – »Wieso der Bub? Was hat der damit zu schaffen?« – »Willst du ihn ohne Namen aufwachsen lassen, als Bankert?« – »Das sind Alte-Tanten-Begriffe«, erwiderte Bettina, erglüht vom Geist des Antikrals, »wie denn ohne Namen? Er wird meinen Mädchennamen führen, das kostet ein Gesuch, wie mir Hornschuch sagt, den Namen meines Vaters, und der ist nicht schlechter als der Name Herzog.« Ich sah sie bestürzt an. »Nein«, sagte ich, »nein. Nein.«

Es wurde aber nicht anders: Für Bettinas Gefühl lebte Ganna im selben Haus mit ihr, Gannas hohle Papageienstimme erfüllte die Räume, der Hauch von Gier und Haben-Wollen drang durch Türen und Fenster, und es war kein Mann da, der dem wehrte, kein Herr, keine zugreifende Hand. Kann sein, daß ich ihre Enttäuschung in einem entlegenen Winkel meines Innern spürte, aber die Augen verschloß ich davor. Ich hatte noch nicht auf die Hoffnung verzichtet, Ganna zur Einsicht zu bringen, obgleich es der bare Schwachsinn war. Ich verschwieg Bettina meine Zusammenkünfte mit Ganna. Wenn ich Ganna treffen wollte, sie war um diese Zeit in einer nah gelegenen Sommerfrische, gebrauchte ich allerlei Ausflüchte, griff sogar zu plumpen Lügen und ging heimlich zu ihr, fast wie wenn ein Liebhaber zu seiner Geliebten schleicht. Es hatte etwas Perverses. Aber die Auseinandersetzungen mit ihr hinterließen ihre Spuren in meinem Gesicht. Wenn Bettina die bleigrauen Schatten unter meinen Augen sah, wußte sie Bescheid. Sie, die stets geschlafen hatte wie ein Baby, acht, neun Stunden in einem Zug, lag jetzt manchmal bis zum Morgengrauen mit weitoffenen Augen. Sie sah sich außerstande, etwas gegen mein selbstmörderisches und verräterisches Treiben zu unternehmen. Auch mit Hornschuch sprach sie nicht darüber. Ganna, die ihn glauben machen wollte, sie und ich seien ein Herz und eine Seele, hatte nicht versäumt, ihm gelegentlich zu schreiben, wir seien jetzt auf dem besten Weg zum Frieden; verlogenes Gerede.

Mit einer schwachen, blöden Hoffnung, einmal ums nächste, ging ich zu Ganna und verließ sie betäubt und geschunden, einmal ums nächste. In der Nacht fuhr ich aus dämonenbevölkertem Schlaf auf, in welchem mich die Bitterkeit wie Blutgift von einer Seite auf die andere geworfen hatte, und sechzehn bis zwanzig Gannas standen um mein Bett herum, die mit ihren dumpfgeplapperten Stereotypsätzen mein Ohr bis zum Brausen füllten: »Ich werde dir ein bindendes Offert überreichen, wenn du wiederkommst.« – »Mich Verschwenderin zu nennen ist eine Gemeinheit. Ich führe ein Wirtschaftsbuch mit numerierten Rechnungen.« – »Ich will mich dir in allem fügen. Nimm mir nur den Vorwand, nein zu sagen.« – »Da es gegen meinen Willen geschieht, muß ich mir sagen können, daß es nicht zu meinem Nachteil geschieht.« – »Ihr könnt mich beschimpfen, ihr könnt mich verleumden, das läßt mich kalt, mein Gewissen ist fast betrübend gut.« – »Alles hängt von dir ab, Alexander. Noch ist nichts verloren. Um deiner Ruhe willen gebe ich dir die Freiheit. Aber natürlich nur auf einer korrekten Basis.« – »Wenn dir der Thermophor Herzklopfen verursacht, lege eine nasses Flanelltuch unter.« – »Es dürfte nicht viele Frauen in meiner Lage geben, die keine andere Sorge kennen, als dem Mann ein Plus an Wohlbefinden zu verschaffen.« – »Ich gehe mit dir Hand in Hand durch einen Regenbogen zum ewigen Richter.« – »Bettina muß wissen, daß du zugrunde gehst, wenn das Band zwischen uns zerreißt.« – »Du fügst dir durch dein Verhalten gegen mich unberechenbaren Schaden zu ...« Und so weiter und so weiter. Ihr seht, ihr hört, Kassandra macht der Schmeichlerin Platz, die feilschende Krämerin der besorgten Gattin, Verheißungen wechseln mit Drohungen, Bitten mit zänkischem Aufbegehren; die eine Ganna hat ein seelenvolles Madonnengesicht, die andere die wilden Augen einer Hexe; eine zeigt sich in einer schmutzigen, karierten Wolljacke, die andere in einem falschen Kimono, aus dem unten die Strümpfe wie leere Wursthäute herausflattern; eine spricht mit der Kehle voll Mehl, die andere keift vulgär; eine ruft unaufhörlich Hallo-oh, um sich vernehmlich zu machen, die andere sucht verzweifelt Geld und kniet schluchzend auf dem Teppich; die eine hat den Blick, der immer in die vierte Dimension zu flüchten scheint, wenn sie in den drei andern versagt hat, die andere kritzelt Satzschriften auf williges Papier: Und einer jeden muß ich Rechenschaft ablegen, einer jeden etwas beweisen und erklären. Warum? Was beweisen? Was erklären? Daß ich ein Narr bin und reif fürs Irrenhaus?

Ganna schenkt mir die Scheidung zum Geburtstag

Hornschuch hatte in aller Ruhe seine Vorbereitungen getroffen. Er glich einem Raubvogel, der einstweilen noch als winziger Punkt in den oberen Luftschichten schwebte, um erst herabzustoßen, wenn er seiner Beute sicher war. Er stand im Briefwechsel mit Herrn Heckenast, der Gannas Interessen zu den seinen gemacht hatte und als Wortführer des Krals auf den Plan trat. Auch mit Gannas neuem Anwalt hatte er sich in Verbindung gesetzt, einem gewissen Dr. Fingerling. Ganna hatte die Vereinigung der Agenden in Hornschuchs Hand abgelehnt. Einen Advokaten mußte man für sich allein haben, genauso wie einen Ehegatten. Mit der Wahl des Dr. Fingerling schien Hornschuch nicht unzufrieden. Es sah aus, als hätte er es mittelbar verstanden, Ganna bei dieser Wahl zu beeinflussen. Obgleich Dr. Fingerling seine Informationen von Herrn Erich Heckenast aus Berlin bezog und dieser sich wiederum an die Willensmeinung seiner Schwägerin Ganna hielt, erhob sich aus dem Nebel der Kontroversen ein vertragsähnliches Gebilde ab.

Kaum fing aber die Sache an, in das Stadium der Verwirklichung zu treten, so bemächtigte sich Gannas ein wachsendes Unbehagen. Ihre Lage war ungefähr die eines von der Polizei verfolgten Menschen, der so lange und so oft seinen Unterschlupf gewechselt hat, bis er endlich von einem schlauen Detektiv am Kragen gepackt wird. Sie trachtete, sich dem Zugriff zu entwinden. Sie hatte zwar dafür gesorgt, daß der neue Notariatsakt, der seit Wochen zwischen ihr, Schwager Heckenast und den beiden Anwaltskanzleien wie ein diplomatisches Schriftstück hin- und hergeschoben, verlängert, beschnitten, kritisiert und kommentiert wurde, derartige Zahlungslasten und sonstige Verpflichtungen für mich vorsah, daß an seine Unterzeichnung schwer zu glauben war. Doch konnte man nicht wissen. Diese Bettina würde es schon durchsetzen.Auf einmal war es Ganna nicht mehr geheuer. Die Gefahr bestand, daß sie selber in der Falle gefangen wurde, die sie so fleißig mit Speck versehen hatte. Dazu kam, daß sie sich vor Schulden nicht mehr zu retten wußte. Dr. Stanger-Goldenthal drängte wie ein Shylock auf Bezahlung und drohte mit der Pfändung der ihr als Eigentum verschriebenen Haushälfte. Sie flehte Hornschuch an, er möge bewirken, daß Dr. Stangers Forderungen wenigstens zu einem Teil beglichen würden, sie werde dann die Scheidung schon aus Dankbarkeit beschleunigen. Aber Hornschuch erklärte kalt: Erst der Pakt, dann das Geld.

In dieser Not beschloß Ganna, vom Schauplatz zu verschwinden, und zwar ins Ausland. Ihre Überlegung war primitiv: Wenn zwei Leute geschieden werden sollen, müssen alle beide zur Stelle sein; bin ich nicht erreichbar, so kann man mich nicht zur Unterschrift zwingen. Sie packte also in größter Hast ihre Koffer, raffte alles verfügbare Geld zusammen und fuhr mit Elisabeth und Doris an die französische Riviera. Zwei Tage zuvor hatte sie mich von ihrem Vorhaben verständigt; ich hatte ihre Absicht, sich aus dem Staub zu machen, durchschaut, obgleich sie versucht hatte, mein Mitleid auf ihre asthmatischen Anfälle zu lenken, die einen Aufenthalt im Süden gebieterisch heischten. Zurückhalten konnte ich sie nicht; da hätte ich sie einsperren lassen müssen. Ich hatte ihr nur verboten, Doris mit auf die Reise zu nehmen. Im Herbst war für das jetzt elfjährige Mädchen, nach vielen mißglückten Versuchen und Hospitieren da und dort, eine passende Lehranstalt gefunden worden; am frohesten war Doris selbst. Nun sollte sie mitten im Semester wieder aus der Ordnung gerissen und noch dazu in ein fremdes Land verbracht werden. Mein zorniges Veto beantwortete Ganna mit einer aufsässigen Depesche, der sie einen Eilbrief nachsandte, in welchem sie mir wortreich auseinandersetzte, Doris sei überanstrengt und bedürfe der Meerluft, die Schule sei miserabel, schon um halb sieben Uhr morgens müsse das arme Herzchen aus den Federn, sie trage sich mit der großartigen Idee, das Kind in einer Tanzschule in Nizza unterzubringen; ich könne mir die Begeisterung des süßen Lieblings kaum vorstellen. Ich zerriß den Brief in Fetzen und ersuchte Hornschuch, mein ausdrückliches Verbot Ganna noch einmal und in kategorischer Form zu übermitteln. Damit hielt ich die Angelegenheit für erledigt. Am selben Tag mußte ich zu einer geschäftlichen Besprechung nach München fahren.

Kaum hatte ich dort mein Zimmer aufgesucht, als ich aus Ebenweiler angerufen wurde. Es war Bettina. Sie beschwor mich mit gepreßter Stimme, auf keinen Fall nach Nizza zu reisen. Erstaunt fragte ich, aus welchem Grund ich denn nach Nizza reisen sollte. Sie teilte mir mit, es sei ein Telegramm von Ganna da, die sich mit den beiden Töchtern bereits in Nizza befinde und, wie nicht anders zu erwarten, um Geld bitte. »Aber Bettina«, rief ich bestürzt in den Apparat, »weshalb sollte ich nach Nizza fahren wollen, ich wußte ja bis zu dieser Minute nicht, daß die Frau abgereist ist ... Also doch mit Doris ... das ist wirklich das Äußerste.« Als dann die Stimme Hornschuchs aus dem Apparat schallte, der mich mit ungewöhnlichem Ernst vor einer Unbesonnenheit warnte, weil er sonst, wie er sich ausdrückte, für Frau Bettina nicht bürgen könnte, verschlug es mir die Rede. Was bedeutete das? Langsam begriff ich, was es bedeutete. Bettina fürchtete, ich würde Ganna nachjagen, um das Kind zu holen, und mich bei dieser Gelegenheit wieder mit ihr in Verhandlungen einlassen. Während des Gesprächs hatte ich plötzlich gespürt, daß sie meiner Versicherung, ich wüßte nichts von Gannas Abreise, mißtraute, und da wurde mir angst und bang. Ich fuhr so schnell wie möglich nach Ebenweiler zurück.

Ich veranlaßte nun, daß Gannas Monatsbezüge gesperrt wurden. Dies wurde ihr von Hornschuch brieflich bekanntgegeben. Sie protestierte in einem vierzig Worte langen, wutgeladenen Telegramm. Ein zweites, noch längeres Telegramm ging an Schwager Heckenast. Dieser richtete ein ebenso herrisches wie beleidigendes Telegramm an mich, ein zweites an Hornschuch. Hornschuch schrieb an Dr. Fingerling, er sei höchlich befremdet, daß er, Fingerling, seine Mandantin mitten in den entscheidenden Verhandlungen nicht nur habe wegreisen lassen, sondern sie außerdem noch mit Geld versehen habe. Fingerling schrieb einen pikierten Brief über die Eigenmächtigkeit seiner Mandantin an Herrn Heckenast. Herr Heckenast schrieb einen verärgerten Brief an Ganna und forderte sie zur Heimkehr auf. Ganna telegrafierte, sie denke nicht daran, sie lasse sich nicht vergewaltigen. Mich wunderte, daß der Draht zwischen Nizza und Berlin und Nizza und Ebenweiler nicht entzweiriß von ihrem pathetischen Getobe. Indessen ging ihr das Geld aus. Sie konnte die Hotelrechnung nicht bezahlen und mußte sich von fremden Leuten Geld ausleihen. Die fremden Leute wurden argwöhnisch, als sie den Termin nicht einhielt, und drohten mit unangenehmen Schritten. Sie telegrafierte mir, sie werde eine gerichtliche Klage gegen mich einbringen. Es schüttete Ganna-Briefe und Ganna-Depeschen wie Schrapnells in einer Schlacht. Unser Postamt hatte alle Hände voll zu tun.

Während dieses wahnwitzigen Alarms wurde der Notariatsakt ausgearbeitet. Heftig bedrängt von ihrem Anwalt, der wieder von Hornschuch in die Enge getrieben war, sah sich Ganna gezwungen, die blaue Küste zu verlassen. Hornschuch fuhr nach Wien, wo er sich mit Herrn Heckenast in Dr. Fingerlings Kanzlei treffen sollte. Mir wurde gesagt, ich möchte mich bereit halten und auf ein gegebenes Zeichen ebenfalls nach Wien fahren. Das Zeichen wurde gegeben, und ich fuhr.

Szene: Schwager Heckenasts Zimmer im Hotel. Dramatis personae: Heckenast, Hornschuch, Dr. Fingerling und ich. Inhalt des Stückes: Das große Feilschen. Um jeden einzelnen Punkt wurde gefeilscht. Es waren so viele Punkte, daß nach drei Stunden noch kein Ende abzusehen war. Schwager Heckenast war von preußischer Kurzangebundenheit. Er ließ uns fühlen, daß er durch seine Anwesenheit gleichsam ganz Österreich, das doch so klein und arm war, eine Ehre erwies. Er war leidenschaftslos wie ein Papiermesser. Obwohl beträchtlich jünger als ich, behandelte er mich wie ein von seiner moralischen Würde geschwellter Onkel, der den Neffen aus seinem Herzen verstoßen hat; sein bürgerliches Empfinden war unheilbar verletzt durch das verwerfliche Betragen dieses Flüchtlings aus dem Kral. Kalt und schroff wie eine Mauer stand er vor den Rechten seiner Schwägerin Ganna. Er war vollkommen sachlich. Laßt die Nichts-als-Sachlichen zur Macht kommen, und mit der Barmherzigkeit und der Phantasie auf Erden ist es aus.

Dr. Fingerling war ein hagerer, rothaariger, höflicher Herr, der den Fall gern zu allgemeiner Zufriedenheit beenden wollte. Er wäre froh gewesen, wenn er schon sein Honorar in der Tasche gehabt hätte. Zehntausend Schilling waren ihm nach Unterfertigung des Vertrages zugesagt, eine klotzige Summe. Von Zeit zu Zeit winkte er Hornschuch zu sich heran und raunte ihm etwas ins Ohr. Der, scharfäugig, beweglich, knapp in Worten, rasch und geistesgegenwärtig in Angriff und Parade, erinnerte an einen Florettfechter. Mehr gelehrter Jurist als Advokat, fiel es ihm nicht schwer, den preußischen Unerbittlichen in die Ecke zu drängen, was freilich an der Härte der Bedingungen wenig änderte. Obschon er das gerade noch Tragbare für mich zu erkämpfen trachtete, ahnte mir doch, daß er meine Verhältnisse und meine Leistungsfähigkeit verhängnisvoll überschätzte. Aber ich konnte nichts dagegen tun. Die Dinge waren zu weit gediehen. Es war wie ein Steinschlag. Stemmt man sich gegen ihn, wird man zerschmettert.

Die ganze Zeit über stand ich mit dem Rücken ans Fenster gelehnt und ließ den Hagel von Paragraphen, Zahlen und Zwangsbestimmungen über mich ergehen. Meine Gedanken bewegten sich in zwei Sphären. Die eine war losgelöst von dem Schlachtplatz, auf dem ich den Ochsen vorstellte; was geht mich das alles an, dachte ich, das Gerassel der Straf- und Sühneketten, was geht es mich an, es ist ja nur Geld, was sie von mir haben wollen, mögen sie es haben, schmeiß ihnen den Krempel in die Zähne, mögen sie sich balgen um meine Haut, die Seele kriegen sie doch nicht. Aber die andere Sphäre war sorgenschwarz, in ihr erhob sich die Frage: Wie soll ich's herschaffen, das viele Geld, Jahr für Jahr, angeschmiedet an einen Kontrakt, der mehr Ähnlichkeit mit einer Guillotine als mit einem Stück Papier hat, das ganze Leben ein Kulidienst, die ganze Zukunft umzingelt von Sanktionen und Reparationen, in Wahrheit ein Privat-Versailles; wie es verhüten, daß Geisteswerk und Phantasiegebilde nicht zu Ganna-Pfändern und Zahlungssicherheiten erniedrigt werden?

Endlich war man einig. Der Notar wartete bereits. Heckenast ließ Kognak auftragen, man schüttelte einander feierlich die Hände, und als ich an Hornschuchs Seite die Treppe hinunterging, sagte er: »Ich denke, man kann Ihnen gratulieren.« – »Es ist keineswegs sicher, daß Ganna unterschreibt«, erwiderte ich, dem Glückwunsch ausweichend, aber Hornschuch meinte, Herr Heckenast sähe nicht aus, als ob er mit sich spaßen ließe, und Meister Fingerling brauchte dringend Geld. Auf der Straße ergriff er meine Hand, drückte sie fest und sagte mit seltsamem Schmunzeln, denn er war immerhin stolz auf seinen Sieg: »Tu Geld in deinen Beutel! Viel Geld! Geld für den Fingerling, Geld für den Goldenthal, Geld für Gannas Schulden, Blutgeld, Lösegeld … Haben Sie so viel? Ich stelle mich Ihnen zur Verfügung.« – »Ich habe alles zusammengescharrt, was aufzutreiben war«, sagte ich.

Dieses Gespräch fand um zwei Uhr nachmittags statt. Um vier Uhr erschien Ganna verabredetermaßen mit ihrem Schwager in Dr. Fingerlings Kanzlei. Der Notar war für ebendiese Stunde bestellt. Man hätte denken sollen, die Formalität des Unterschreibens wäre in fünf Minuten erledigt gewesen. Allein es dauerte fünf Stunden, bis es so weit war, daß Ganna unter Schluchzen und strömenden Tränen ihren Namen unter den Vertrag setzte. »Es war wie eine Amputation«, sagte Dr. Fingerling, als er dem Kollegen Hornschuch den gräßlichen Auftritt beschrieb. Um fünf Uhr hatte Ganna noch schreiend beteuert, sie tue es unter keinen Umständen. Nachdem alle eine Stunde lang in sie hineingeredet hatten, schien es, als werde sie ohnmächtig, und man mußte sie laben. Um sieben Uhr verlangte sie, daß eine Reihe von Verbesserungen in dem Akt angebracht würden. Unmöglich, wurde ihr bedeutet, man habe sich durch Wort und Handschlag als Unterhändler gebunden. Sie schwor beim Leben ihrer Kinder, sie unterschreibe den Akt nicht, der sie zur unglücklichsten Frau der Welt mache. Sie warf dem Schwager vor, er sei von mir und Bettina bestochen. Sie drohte, sich zu vergiften. Sie erklärte, sie sei das Opfer einer Erpressung. Dem Dr. Fingerling stand der Schweiß auf der Stirn. Heckenast verlor zum erstenmal die Selbstbeherrschung, packte sie bei den Schultern und brüllte, wenn sie nicht Vernunft annehme, werde er sie in eine Anstalt sperren lassen. Da wurde sie mäuschenstill. Mit scheu flatterndem Blick und gesenktem Kopf setzte sie sich an den Schreibtisch und unterschrieb. Und als sie unterschrieben hatte, seufzte sie aus tiefstem Herzensgrund auf wie eine Sterbende, warf sich in die Sofaecke und heulte zwanzig Minuten lang mit solchen Tönen, daß die drei Männer einander bleich ins Gesicht starrten und nicht wußten, was sie beginnen sollten.

Am andern Tag, dem Tag der gerichtlichen Scheidung, wurde ich dreiundfünfzig Jahre alt. Im Vorraum des Bezirksgerichts ging Ganna auf mich zu und sagte mit schmelzender Stimme und dem reizend-unschuldigen Lächeln ihrer Mädchenzeit: »Ich schenke dir die Scheidung zu deinem Geburtstag, Alexander.«

Ich blieb stumm, so stumm wie eine Stunde später, als sie mit zitternden Händen die vielen tausend Schilling, die ich auf einen Tisch vor sie hinzählte, in ihrer Ledertasche verstaute. Ich sah gebannt auf die alten, uralten Hände. Hatten sie sich denn nun wirklich geöffnet und mich aus ihrem Griff entlassen? Man wird sehen.

Blick auf den Notariatsakt

Während sich dies abspielte, saß Bettina in Ebenweiler und wartete. Um nicht ganz allein zu sein, hatte sie Lotte Waldbauer gebeten, zu ihr zu kommen. Mittags um zwölf Uhr meldete ihr Hornschuch telefonisch die vollzogene Scheidung. Als sie wieder zu Lotte ins blaue Zimmer zurückkehrte, eilte diese erschrocken auf die Schwankende zu. Aber Bettina brach schon zusammen. »Es war zu teuer«, stammelte sie, »zu teuer erkauft«, und verlor das Bewußtsein. Nicht auf Geld und Geldeswert bezog sich dieses »zu teuer«; denn von den Verpflichtungen, die mir aufgehalst waren, erfuhr sie erst am nächsten Tag, als ihr Hornschuch den Scheidungspakt brachte.

Sie las das Dokument mit der ihr eigenen Aufmerksamkeit durch. Dann schwieg sie eine Weile, gesenkten Hauptes. Dann sagte sie leise: »Das ist ja entsetzlich.« Hornschuch machte ein enttäuschtes Gesicht. Er glaubte Dank verdient zu haben. Bettina streckte ihm matt die Hand hin. »Sie müssen nicht denken, daß ich Ihre Mühe und Ihren redlichen Willen verkenne«, sagte sie, »aber was nimmt der Mann auf sich! Wie konnte er das unterschreiben! Ein Mann, der von seiner Gehirnarbeit lebt!« Hornschuch blieb die Antwort schuldig. Er war nicht imstande, jetzt nicht und lange nachher nicht, an der Vortrefflichkeit seiner juristischen Konstruktion zu zweifeln. So sind ja die meisten Männer. Das ist das Spielerhafte und Spielerische an ihnen und ihren Berufen. Die begabten und ehrlichen sind geblendet von ihrer Idee, die geringen und brutalen von Erfolg und Gewinn. So regieren sie die Welt. So sah sie Bettina. Außerdem gab sie sich von Anfang an über die Situation keiner Täuschung hin. Sie wußte mit hellseherischer Sicherheit, daß der Strangulierungsvertrag, wie sie ihn nannte, das Gespenst aus unserm Haus nicht verscheucht hatte. Und sie sagte: »Lieber will ich in einer Holzhütte leben als mit dem Gespenst in einem Palast.«

So peinlich und erkältend es ist, muß ich dennoch, wenn auch mit aller gebotenen Kürze, von den Verpflichtungen sprechen, die mir der nun oft genug erwähnte Notariatsakt auferlegte. Da war erstlich die Bezahlung von Gannas seit Jahren aufgelaufenen Schulden. Sodann hatte ich sämtliche Anwaltshonorare zu tragen; es waren, mit der Nota des Dr. Stanger-Goldenthal und den Kosten des Notariatsaktes zusammen, etwa achtundvierzigtausend Schilling. Die regelmäßige Monatsrente für Ganna überstieg wesentlich die Höhe eines Ministergehalts. Dazu kam eine bedeutende Summe, die innerhalb der folgenden drei Jahre zu entrichten war und die als Notfundus für Ganna bezeichnet wurde. Daß ich außerdem für die Erhaltung der Kinder zu sorgen hatte, war gebührlich und hätte in dem Akt nicht als Zwangspflicht erscheinen müssen. Aber Ganna wollte es so, und so wurde ich der Form nach auch zum Tributleister vor meinen Kindern. Ferneres Bedingnis war die Überlassung des von allen Lasten zu befreienden Hauses, das mir vor vierzehn

Jahren die Freunde geschenkt hatten und das damit alleiniges Eigentum Gannas wurde. Schön; mit allen diesen Punkten konnte man sich abfinden. Es war eine riesige materielle Bürde; ein Spekulant, ein Bankdirektor, ein Großindustrieller hätten sich vermutlich nicht dagegen aufgelehnt, auch größere Summen hätten sie nicht um den Schlaf gebracht, schließlich, Loskauf ist Loskauf, die bürgerliche Ordnung macht aus der Scheidung ein Geschäft und aus der Freiheit eines Menschen einen Handelsartikel. Schön. Anders verhielt es sich mit den beiden letzten Klauseln: daß Ganna als persönliche Erbin eines Drittels aller Einnahmen aus meinen Schriften und meiner Habe nach meinem Tod eingesetzt und ihr ferner, als Bürgschaft für ihre Bezüge, ein Pfandrecht auf das Bucheggergut im Betrag von hunderttausend Schilling eingeräumt wurde. Die erste dieser Klauseln bedeutete praktisch eine Vermögensentrechtung Bettinas, da ja außer Ganna sich noch vier Kinder in das Erbe teilen mußten; die zweite entwertete den Besitz in Ebenweiler durch die auf ihm haftende Schuld und machte ihn von vornherein unverkäuflich.

Hausschenkung, Pfandrecht und Erbrecht hatten ihre juristische Stütze in dem Ehevertrag, den ich vor fünfundzwanzig Jahren, ihr erinnert euch, willfährig unterschrieben hatte. Jetzt erfuhr ich endlich, was es mit der sogenannten Widerlage auf sich hatte: daß ich nämlich im Fall der Ehetrennung die Mitgift von achtzigtausend Kronen nicht nur einfach zurückzuerstatten hätte, sondern doppelt. Und dieses verdoppelte Kapital belief sich aufgewertet auf zweimalhunderttausend Schilling. Ihr werdet zugeben, daß der Kral seinen Vorteil wahrgenommen hatte. Es war ihm gelungen, den Tölpel, der ihm in strafwürdiger Arglosigkeit ins Garn gelaufen war, nach allen Regeln der Kunst über den Löffel zu balbieren. Achtung und Ehre dem Kral. Eine Kniebeuge vor dem Zeitalter der Sicherheiten. Ganna ist wahrlich nicht zu Schaden gekommen bei ihrem Beutezug in die Gefilde der Literatur und des »höheren Lebens«, und indes Bettina und das Caspar Hauserchen sehen mögen, wo sie bleiben, Bettler in absehbarer Zukunft, wird Ganna auf ihren Sicherheiten friedlich schlummern wie auf einem Kissen von Rosenblättern. Oder nicht? Ich weiß, es ist der Gipfel des Unglaubwürdigen: Aber all diese »Sicherheiten« dienten nur dazu, ihr Leben und damit das meine bis zur gänzlichen Zerfetzung zu verheeren.

Geld

Zunächst erging es mir so, daß mich die Geldpeitsche spornte, ohne mir sichtbare Wunden zu schlagen. Meine Arbeitskraft vervielfachte sich. Die Erlebnisse der letzten Jahre hatten mich so grausam mitgenommen, daß sie im Geistigen und Seelischen etwas wie Erneuerung bewirkt und auch mein Weltbild verwandelt hatten. Man braucht ja nur einen einzigen Menschen durch und durch leidend zu erfahren, und er wird die Quelle und der Brennpunkt alles Wissens vom Menschen überhaupt. Was uns innerlich verzehrt, das wird unser Stoff, wenn wir stark genug sind, uns trotzdem zu bewahren. Fast jede Krankheit verfeinert den Organismus. Ich ließ mich nicht mehr von der süßen Willkür des in einer Phantasieferne weilenden Geistes leiten, sondern ergab mich dem Ruf der Gegenwart, der in meine Einsamkeit gebieterischer drang, als wenn ich im Weltgewühl gewesen wäre. Zudem war mir vom Schicksal die Gabe verliehen worden, daß ich mich in den Stunden der Arbeit abriegeln konnte gegen Drangsal und Sorge, um allerdings dann, wenn die Sperrketten fielen, wenn ich sozusagen wieder Mensch unter Menschen wurde, mit einer durch die Abkehr gesteigerten Heftigkeit der Furcht, der Existenzangst, der bösen Ahnung zu erliegen.

Die Scheinruhe, die Bettina und ich in den ersten Zeiten unserer Ehe genossen, täuschte uns über die drückenden Verpflichtungen hinweg, mit denen sie erworben war. Um sie erfüllen, daneben unsere eigene Existenz bestreiten und die Raten an den Niederländer wie auch die an den Freund leisten zu können, der mir zum Erwerb des Bucheggerguts verholfen hatte, von den Steuern zu schweigen, mußte ich jährlich eine ganz gewaltige Summe aufbringen, und obwohl ich in den ersten beiden Jahren durch die außerordentliche Gunst der Umstände und infolge eines wahren Schaffensrausches sogar mehr verdiente, sah ich mich doch alsbald in Bedrängnis und war genötigt, zu wucherischen Zinsen ein beträchtliches Darlehen aufzunehmen.

Da die Einnahmen anfangs mit dem Bedarf Schritt zu halten schienen, geriet ich in die Stimmung eines Glücksspielers, der, seiner Chance vertrauend, immer höhere Einsätze wagt, oder eines Menschen, der so tief verschuldet ist, so viele Wechsel auf die Zukunft ausgestellt hat, daß er in seiner Wirtschaftsgebarung jede Vorsicht vergißt, stumpf wird gegen den wachsenden Verbrauch und jeder inneren Mahnung zur Sparsamkeit mit Trotz begegnet. So verbreitete ich mein Leben, führte ein Haus, vergrößerte meine Bibliothek, kaufte ein Auto und unternahm mit Bettina weite Reisen. Die bedenkliche Folge davon war, daß Ganna, die von alledem natürlich genaueste Kunde erhielt, sich immer mehr in die Vorstellung hineinlebte, daß ich im Besitz ungemessener Mittel sei, daß man sie darüber gröblich getäuscht und sie durch den Scheidungsvertrag tückischerweise der Möglichkeit beraubt habe, des ihr nach Fug und Recht zukommenden Anteils habhaft zu werden.

Für meine damalige Beziehung zum Gelde ließe sich die paradoxe Formel prägen: selbstsüchtige Gleichgültigkeit. Wie alle aus der Armut Emporgestiegenen hing ich an den Genüssen und Vorteilen, die das Geld verschafft, aber ich liebte es nicht nur nicht, ich verachtete es. Das heißt, ich verachtete es, wenn ich es hatte, und konnte mir dann den Zustand des Nicht-Habens nicht ausmalen. Ich war nie gierig gewesen, aber auch nie sorglos. Ohne daß ich luxuriös veranlagt war, machte mir eine gewisse dumpfe Sinnlichkeit, wo es sich um eingelebte Bedürfnisse handelte, den Verzicht überaus schwer.

Anders Bettina. Sie liebte das Geld weder noch verachtete sie es. Ihrem gesunden Tatsachensinn bedeutete es ein Mittel zur Befriedigung des Notwendigen. In mancher Hinsicht freilich auch des Überflüssigen, insofern es sich als Schönheit kundgab, als jenes Maß in der Einfachheit, das mehr Nachdenken und Aufwand verursacht als aller Prunk. In den Jahren, da ich es unterließ, sie in meine Verhältnisse einzuweihen, und sie, teils um mich nicht noch ärger zu beschweren, teils betört von meiner Schaffenswut, sich der Befragung und Zügelung enthielt, gab sie sich mit heimlichem Trotz, ebenso wie ich, der Illusion einer unversiegbaren Fülle hin. Sie schmückte sich, schmückte ihr Heim, schmückte den Garten und war glücklich, wenn sie sich mit schönen Dingen umgeben konnte, die sie mit Verständnis auswählte, denn sie hat ja die unbestechlichsten Augen von der Welt. Gäste bei sich zu sehen bereitete ihr die größte Freude, und es waren meistens die alten Freunde, die sie bewirtete; an ihnen hing sie mit dankbarer Treue. Nie war sie unbescheiden und vorgreifend im Wunsch oder gar im Haben-Wollen. Das Haben machte ihr gar nichts aus. Wissen, daß es da war, das Schöne, es in sich aufnehmen und reicher werden, nicht sich bereichern damit, das war ihre Art von Besitzen, und im übrigen gehörte sie mit Leib und Seele der Musik und unserm Caspar Hauserchen.

Bis dann alle diese schillernden Träume von Schönheit, Frieden und Kunst zerplatzten und uns die schreckensvolle Wirklichkeit anglotzte wie eine Hyäne, die unter der Bettstatt hervorgekrochen ist.

Ganna in Vorbereitung

Und Ganna? Die äußere Zerschneidung des Bandes hatte keineswegs die Folge, daß sie es auch innerlich als gelöst betrachtete. Die Stimmung, in der sie in ihr kahlgewordenes Leben zurückkehrte, war unheilschwanger. Ihr war zumute, wie wenn in einem Festsaal alle Lichter verlöschen und sämtliche Gäste in der Versenkung verschwinden. Auf einmal war es still. Auf einmal war es finster. Auf einmal war sie allein. Ja, da waren die Kinder. Aber außer Doris waren es große Leute, die keine Mutter mehr brauchten, Mutter, wie Ganna das Wort verstand: Näherin, Zärtlerin, Hüterin. Sie lebten in einer eisig fremden Menschenwelt. Sie hatten Meinungen, Erlebnisse, Freunde und unbekannte Bindungen.

Und wie jemand eine alte Wohnung ausräumt, bevor er eine neue bezieht, kramte sie aus Schränken, Truhen und Laden alle Andenken und Erinnerungen an mich hervor, die sie besaß, alte Fotografien, Geschenke aus der Frühzeit unserer Ehe. Sie konnte nicht satt werden, diese Dinge anzuschauen. Sie vergegenwärtigte sich, wie glücklich sie damals gewesen, als sie sie bekommen hatte. In ihrer Einbildung war es ein Glück ohne Maß, wie sie es in der Wirklichkeit nie empfunden hatte. Sie blätterte in ihren Mädchentagebüchern, und es wollte und wollte ihr nicht in den Sinn, daß alles anders geworden war, als sie es einst geträumt. Sie machte die bestürzende Erfahrung, daß Träume lügen. Dies vollzog sich freilich nur in einer Zwischenpause des Bewußtseins, etwa wie wenn sich ein vordringlicher Lichtstrahl durch einen Ritz im Fensterladen zwängt. Sie beeilte sich, den Ritz zu verhängen.

Ihre Hauptbeschäftigung bildeten die Briefe, die ich ihr in den ersten zehn Jahren geschrieben hatte. Mit ihrem Inhalt saugte sie sich gierig voll. Sie ordnete sie chronologisch und versah sie mit Nummern. Um sie noch stärker zu verlebendigen als durch bloßes Lesen, sie gleichsam in sich hineinzupressen, fing sie an, sie abzuschreiben, einen nach dem andern. Als sie, nach Wochen, damit fertig war, trug sie die Abschriften zu einer Stenotypistin und ließ die ganze Sammlung in mehreren Exemplaren tippen. Eines davon, säuberlich gebunden, schickte sie mir. Ich begriff nicht, was ich damit sollte. Die geheimnisvolle Absicht war wohl, die Nachwelt über die wahre Beziehung zwischen Ganna und Alexander Herzog aufzuklären. Die Nachwelt war für sie eine Art Feuerversicherungsgesellschaft.

Jeder Tag war ihr wie ein löcheriger Vorhang. Durch jedes Loch starrte eine Stück Vergangenheit. Was sollte sie tun, um die fürchterlich öde Zeit zu füllen? Keine Akten, keine Schriftsätze, keine spannenden und aufregenden Verhandlungen mehr. Bisweilen nahm sie die Bücher ihrer Lieblingsdichter und -philosophen vor. Es war eine leere Gebärde. Das richtige sinnfeindliche Als-ob. Es gibt eine Wollust des Als-ob, die den von ihr Ergriffenen nach Perioden der Abgestorbenheit in einen Taumel des Scheindaseins versetzt. Während des Sommers las sie alles, was ich geschrieben hatte, hintereinander durch, und als wir uns dann trafen, stellte sie halb mit heuchlerischer Trauer, halb mit unverhohlener Genugtuung fest, daß die Bücher, die ich verfaßt, als ich noch in Gemeinschaft mit ihr gelebt, unvergleichlich besser seien als diejenigen, die ich seit meiner Verbundenheit mit Bettina veröffentlicht hatte. Es lag ihr auf der Zunge zu sagen: Ich habe es immer gewußt, Gott wird dich strafen, und er hat dich gestraft. Die alte Verhexungsformel. Das Gespräch fand an einem schönen Abend im Garten ihres Hauses statt. Sie war in zahlreiche Decken gehüllt, als ich kam, hatte es sich auf ihrem Liegesessel schwelgerisch bequem gemacht und blickte ins Firmament, wo nach und nach die Sterne aufleuchteten. Ich fragte mich: Was sucht sie dort oben? Sie konnte stundenlang liegen und wie ein gesammelter, fast wie ein frommer Mensch in den Sternenhimmel schauen, während störrische und unzufriedene Gedanken durch ihren Kopf schossen. Was erwartete sie da von den Sternen? Was wünschte, was delirierte sie, überwölbt vom ewigen Dom?

Mit einer Sache konnte sie nicht fertig werden, sie zehrte an ihr wie eine eitrige Wunde. Immer wieder kam sie hadernd darauf zurück, daß ich ihr doch meine Freundschaft versprochen, ihr zugelobt hatte, sie auf Händen zu tragen, wenn sie sich scheiden ließe. Nun wartete sie darauf, von mir auf Händen getragen zu werden. Da ich aber keine Anstalten hierzu traf, kam eine aufbegehrende Enttäuschung über sie. Alle Zeit, die ich ihr widmete, war ihr zu wenig. Von allem möglichen redete ich, fand sie, nur nicht von Freundschaft. Wenn ich aufbrach, fragte sie mich verstörten Blicks, warum ich nicht den Tag mit ihr verbrächte. Wenn ich den Tag mit ihr verbracht hatte, wollte sie Zusicherungen haben, daß ich auch den morgigen Tag für sie freihalten würde. Manchmal ließ ich das Auto vor dem Haus halten. Sie machte mit lächelnder Miene Bemerkungen darüber, die ihre Neidlosigkeit bekunden sollten, die aber deutlich verrieten, daß die Reue an ihr nagte. Sie bereute, daß sie in die Scheidung gewilligt hatte, bereute es Tag und Nacht mit jedem ihrer Gedanken. Manchmal loderte es aus ihr heraus; sie gab mir bitter zu verstehen, daß sie von Hornschuch und Bettina überlistet und überrumpelt worden sei. Die Vorstellung, daß Bettina mit mir im Auto in der Welt herumfuhr, während sie verlassen und verraten, jener zum Hohn, in ihren vier Wänden gefangensaß, brachte sie beinahe um den Verstand.

Ich fragte sie, in welcher Weise sich die verheißene Freundschaft verwirklichen solle, wenn nicht in vorsichtigem Wiederanknüpfen, wie ich es redlich versuchte, dem allmählichen Vergessen und Auslöschen der unseligen Vergangenheit. Unselige Vergangenheit? Sie war wie von Sinnen. »Wie kannst du nur so etwas sagen, Alexander! Eine Gemeinheit von dir!« Lächerlich, daß ich erst von ihr erfahren wollte, wie ich ihr meine Freundschaft beweisen könnte. Nichts einfacher als das: Man geht mitsammen ins Theater, ins Konzert, schon um der Welt zu zeigen, daß eine Scheidung bei zwei Edelmenschen wie ihr und mir nichts besagt und nichts verändert; man wird eine kleine Frühjahrs- oder Herbstreise miteinander machen; ich werde während meines Aufenthalts in der Stadt bei ihr im Hause wohnen; sie wird Teegesellschaften und Abendeinladungen geben, bei denen ich ihre neuen Freunde kennenlernen soll. Darauf harre und harre sie; das sei das Herrliche, das sie einzig entschädigen könne für ihr ungeheures Opfer. Statt dessen werde sie wieder einmal mit Almosen abgespeist; schändlich, schändlich …

Ich traute meinen Ohren nicht. Da war es also offenbar, das ehrgeizig bohrende Wünschen unter den Sternen. Die Sterne waren ihr verdammt gleichgültig. Sie erhob Anklage und rollte den großen Prozeß des Unrechts auf, das ihr widerfahren war.

Vor vielen Jahren habe ich einmal über sie in eines meiner Merkhefte geschrieben: »Ein Wesen, herzblind, salamanderhaft.« Keine erschöpfende Umschreibung ihres Charakters, nur ein paar Signalworte. In ihrer Herzensblindheit nahm sie niemals wahr, was sie band, nicht, was ihr ziemte, nicht, was sie sollte. In ihrer Salamanderhaftigkeit entschlüpfte sie der Zeit, dem angewiesenen Raum und jeglichem Gebot und Gesetz. Sie glich einer Zahl, die außerhalb der mathematischen Reihe steht: das Undenkbare schlechthin. Aber im Moralischen und Seelischen kann man auch für das Undenkbare immer noch Beleg und Figur finden, denn dem Menschen ist alles möglich.

Ich habe mich im Vorhergehenden immerfort bemüht, eine chaotische Liebe in sie hineinzudichten, die alle Grenzen sprengte und sich vernichtend gegen sie selbst kehrte. Eine psychologische Ausschweifung, weiter nichts. Gehen wir nicht mit dem Begriff Liebe um wie mit einem Diebswerkzeug, das alle Schlösser öffnen soll? Redet mir nicht von Haßliebe und Verfolgungsliebe und ähnlichem, das war es nicht. Wahnliebe, da sind wir eher auf der Spur. Doch Wahn ist ein so gut wie unerforschtes Element, ein unendlich geheimnisvolles, kein Spiegel hat es je ganz aufgefangen, kein Griffel es ohne Rest beschrieben, denn es reicht in die tiefsten Tiefen des Menschengeschlechts hinab.

Es war in Ganna schon alles vorgebildet, was sich von nun an ereignete, Anschlag für Anschlag. Es war kein Plan, kein aussagbarer Wille, aber es war in ihr beschlossen, wie es in einem geheizten Kessel beschlossen ist, daß der Dampf durch die Ventile entweichen wird. Da sie mich körperlich nicht haben konnte, mußte sie mich auf andere Weise haben. Ihr fragt, wie? Mich *treffen*. In jedem Sinn des Worts. Wo ich am verletzbarsten war, wollte sie mich treffen, sie fühlte sich vom Schicksal hierzu auserwählt. Der Dünkel ist der plebejische Bruder des Wahns. Konnte sie nicht bei mir und mit mir sein, so in mir drin, wenn nicht zu meinem Heil, an dem sie zu bauen fest überzeugt war, dann zu meinem Unheil, an dem sie wirklich baute. Wahn ist allmächtig.

Die blutende Psyche

Ich muß achtgeben, daß ich die Zusammenhänge nicht verliere. Es ist eine Mischung von Trivialität und Unwahrscheinlichkeit in den Vorgängen, die es schwer macht, sie in der Erinnerung wiedererstehen zu lassen. Die nüchterne Wahrheit der Tatsachen stößt unmittelbar an den Hexensabbat, den sie erzeugten, wenn das Hirn, das sie gebar, sie mit fanatischer Folgerichtigkeit zu Ende führte.

Es begann damit, daß sie mir eines schönen Tages mitteilte, sie habe die »Schatzgräber von Worms« in Gemeinschaft mit einem befreundeten Journalisten zu einem Filmbuch verarbeitet. Bei dieser Ankündigung berief sie sich auf die schriftliche Erlaubnis, die ich ihr vor acht Jahren hierzu erteilt hatte. Inzwischen hatte ich aber das Buch an eine amerikanische Gesellschaft verkauft. Ich glaubte, ihr dies gesagt oder geschrieben zu haben; sie leugnete es. Immerhin war es möglich, daß ich es in der Überfülle der Geschäfte damals vergessen hatte. Ich warnte sie erschrocken vor dem Vertrieb; man könne doch nicht ein und dieselbe Sache zweimal veräußern. Sie behauptete, ein Anrecht auf den Filmverkauf zu haben. In dem Umstand, daß ich ihn ihr verschwieg (die Möglichkeit, daß ich es verschwieg, war also bereits eine Tatsache für sie), erblickte sie den Beweis, daß ich stets versucht hatte, sie über meine Einnahmen zu täuschen. Ich antwortete ihr, nur durch diese Zufallseinnahmen sei ich imstande gewesen, ihre und der Kinder Existenz in den Jahren der Geldentwertung zu sichern. Sie kehrte sich nicht daran. Sie rechnete mir nur meine vermeintlichen Reichtümer vor; daß sie in jedem Fall die Mitgenießerin, ja die Hauptbeteiligte war, würdigte sie keiner Erwägung. Das Filmbuch zurückzuziehen, weigerte sich. Sie sagte, ihr Mitarbeiter, mit dem sie einen Vertrag geschlossen, bestehe auf seinem Anteil und drohe mit einem Prozeß. Ich bemerkte erstaunt: Wie kannst du einen Vertrag über eine Sache abschließen, die dir nicht gehört? Sie entgegnete, ihr Anwalt sei darüber anderer Meinung. Dadurch erfuhr ich, daß sie wieder einen Anwalt hatte, einen Doktor Mattern. Sonach blieb mir nichts übrig, als auch meinen Anwalt mit der Ausfechtung der widrigen Angelegenheit zu betrauen. Hornschuch bekam also wieder zu tun. Im letzten Stadium des Zwistes befand ich mich mit Bettina im Ausland. Es wurden mir Zeitungsartikel zugeschickt, in denen der Streit um das Filmbuch mit gehässigen Seitenhieben gegen mich sensationell aufgebauscht war. Zu gleicher Zeit bombardierte mich Ganna mit Wortschwallen von Telegrammen, worin sie wieder einmal Stein und Bein schwor, sie sei an den Presseangriffen unschuldig, diese seien von Leuten ausgegangen, die ihr bei mir schaden wollten. »Woher weiß sie eigentlich immer, wo wir sind?« fragte mich Bettina kopfschüttelnd. Ich mußte zugeben, daß ich sie von unserem Reiseziel unterrichtet hatte. Darauf schwieg Bettina.

Hornschuch brachte einen Vergleich zustande. Ich mußte dem journalistischen Freund Gannas eine erhebliche Summe zahlen, um ihn für eine Arbeit, zu der er weder befugt noch aufgefordert war, zu entschädigen. Ganna selbst verzichtete auf die anfangs verlangte Abstandssumme, obgleich sie durchblicken ließ, ihre Vermögensverhältnisse seien nicht so geartet, daß sie es leichten Herzens tun könne, um meinet- und des Friedens willen gebe sie aber nach. Um diese Zeit sprach sie von schriftstellerischen Plänen, legte mir auch einige ihrer Arbeiten vor und bat mich, ihr bei deren Veröffentlichung behilflich zu sein; sie müsse unbedingt Geld verdienen. Ich begriff die Dringlichkeit des Geldverdienens nicht, da sie doch im Genuß einer Rente war, die auch einem anspruchsvollen Menschen bequem zu leben erlaubte, allein ich tat, was ich konnte, schon um ihr gefällig zu sein, und ich tat es wider mein besseres Gewissen, denn was sie zu Papier gebracht hatte, fand ich weder kurzweilig noch verwertbar. Mein Urteil verhehlte ich ihr, um fruchtlosen Erörterungen zu entgehen und sie nicht bei einer Beschäftigung zu stören, die sie wenigstens von schädlicheren Unternehmungen ablenkte.

Holde Täuschung. Es dauerte nicht lange, so kam sie mit einem neuen Projekt. Um ihr Haus ertragfähig zu machen, beschloß sie, es um einen Stock aufzuhöhen und den unteren Trakt zu vermieten. An sich keine üble Idee; die Durchführung war aber eine kostspielige Sache und nötigte sie, ihre Reserven anzugreifen (wenn sie deren damals noch hatte) und teure Hypotheken aufzunehmen. Ich glaubte, sie warnen zu sollen. Ich machte sie auf die Gefahr der Verschuldung aufmerksam. Mit besserwissender Überlegenheit wies sie meine Bedenken ab. Es war ein verruchter Hang in ihr, daß sie stets etwas, das sie noch nicht besaß, aber zu besitzen entschlossen war, schon im voraus verpfändete und derart belastete, daß ihr dann, errang sie es wirklich, nur der Titel und die Einbildung des Besitzes blieb. Darin glich sie einem Menschen, der schweißtriefend mit seinem eigenen Schatten um die Wette läuft, um ihn zu überholen. Wenn ihr dann die Vergeblichkeit dieses Beginnens dämmerte, schlug sie in blinder Wut auf den Schatten ein und forderte von ihm Ersatz für die gehabte Mühe, die enttäuschte Hoffnung und den Aufwand an Zeit und Geld. Aber der Schatten war nur mein Stellvertreter, und so mußte der lebendige Alexander herhalten, da half kein Sträuben, er hatte zu zahlen, in jedem Fall zu zahlen.

Der Hausumbau hatte sie indes nicht, wie ich geglaubt, am geistigen Schaffen gehindert. Bisweilen hatte sie mir gegenüber mysteriöse Anspielungen auf ein Buch gemacht, an dem sie schrieb und an das sie die stolzesten Erwartungen knüpfte. Soviel ich ihren Worten entnehmen konnte, schwebte ihr ein Rechenschaftsbericht vor, Schilderung ihres Lebens und Leidens, Bekenntnis ihrer unverbrüchlichen Gattinnenliebe und -treue. Sie sprach mehrmals mit großem Augenaufschlag davon, daß sie bei der Konzeption des Werkes vor allem an mich gedacht und ihr nur das eine im Sinn gelegen habe, mich von dem Irrtum, den ich begangen, zu überzeugen; wenn ich das Buch einmal lesen würde, mit

Ernst und Aufmerksamkeit, wie sie hinzufügte, unterläge es keinem Zweifel mehr, daß ich, erschüttert von der Wahrheit der Darstellung, ohne Zaudern zu ihr zurückkehren würde. Das alles brachte sie in ihrer Weise vor, drohend, schmeichelnd, anklägerisch, die Weise, auf die sie sich so gut verstand.

In einem früheren Abschnitt dieser Aufzeichnungen habe ich vom Unfug der Literatur gesprochen. Es war eine harmlose und biedere Welt, die ich damit im Auge hatte, schlicht in ihren Lügen, rührend in ihrer Bemühung, Geist und Kunst als Schamtücher für ihre Blößen zu benutzen. Darüber sind drei Jahrzehnte hingegangen. Die schöngeistige Ganna-Welt von damals unterscheidet sich von der aufgeregt-bilderstürmerischen von heute wie eine Kinderpistole von einem Maschinengewehr. Ehedem haben sie in ihren Teegesellschaften mit unschuldigen Waffen gespielt, jetzt schießen sie wirklich, vertraut mit der ganzen Mechanik der Verheerung. Sie zündeln, sie legen Wortminen, sie werfen Wortbomben, sie vergiften die Welt mit Druckerschwärze, jeder unzufriedene Narr, jeder öffentlichkeitslüsterne Querulant knallt seine Rachekomplexe vom Schreibtisch aus auf die Straße hinunter, nach innerem Beruf wird nicht gefragt, nach Wahrheit und Redlichkeit nicht, das Papier ist billig, der Setzer willig, das Wort feil, der Schlachtruf der Epoche heißt schreiben und überheult alles sonstige Elend der Menschheit, die unter einem papierenen Berg langsam verröchelt.

Was Wunder, daß auch Ganna, von der Seuche erfaßt, ihr Heil in der Erzeugung von Druckschriften suchte, war sie doch sozusagen mit der Schreibfeder im Munde geboren, war doch Schreiben von jeher der Inbegriff ihres Daseins gewesen, ihre lebendigste Äußerung, ihre Behauptung, ihre Zuflucht und ihr Trost. Und diese Leidenschaft, die einem Laster so ähnlich sah, wie ein gutes Buch von außen einem schlechten ähnlich sieht, wuchs unaufhaltsam. Ich glaube, sie war die Ursache von all ihrem Unglück, ihrer Verstörung, ihrer Gottlosigkeit, denn sie ersetzte ihr den Spiegel des Herzens, in dem jedes seelenbegabte Geschöpf sich selbst erkennt, sich selbst mit dem Tod hinter der Schulter, wie es auf alten Bildern dargestellt ist. Sie dachte nicht an den Tod, sie wußte nichts von der Gottheit, und über den Spiegel des Herzens hatte sie einen Bogen Papier geklebt, um zu schreiben, zu schreiben, zu schreiben …

Das schmale Büchlein, ein Roman, führte den blümeranten Titel: Die blutende Psyche. Der Verleger, der sich bereit gefunden, es herauszugeben, hatte sich wohl einen kleinen Skandal davon erhofft. Er kam nicht auf seine Rechnung, es gab nur einen Sturm im Wasserglas. Der Brief, mit dem mir Ganna das Erzeugnis zuschickte, war ein geschriebener Kniefall. Wiederum Beteuerung ihrer Liebe, wiederum der schmähliche Hinweis auf die Notwendigkeit, Geld verdienen zu müssen. Im ganzen das Gestammel des schlechten Gewissens.

Ich blätterte in dem Buch. Ich las Ungeheuerliches. Meine erste instinktive Handlung war, es zu verstecken, damit es nicht Bettina in die Hand geriet. Aber wenn ich allein in meinem Zimmer war, suchte ich es ab und zu aus dem Bücherstoß heraus, darin ich es verkramt hatte, so wie man das Bedürfnis hat, ein widerwärtiges Kuriosum zu betrachten, das man im anfänglichen Abscheu aus dem Weg geräumt hat. Was war denn das, was stand denn da auf greifbarem Papier! Hinter einem Gewölke von Gefühlsduselei und süßlicher Romantik ließ sich ein schmutziges Zerrbild Bettinas erkennen, Ausmalung ihrer vermeintlichen Sünden und tückischen Fädelungen, unter Zutat einer schamlosen Bett- und Ehebruchsszene, in der der betrogene Mann das Mitleid des Lesers erregen sollte. Die blutende Psyche, das war Ganna, der weiße Erzengel Ganna, verfolgt und geschändet von der tribadischen Unholdin Bettina.

Freunde und Bekannte drückten mir gelegentlich ihr Bedauern aus. Von da und dort, aus den Löchern, in denen sich die lauernden Neider und Hasser verkrochen hatten, ließ sich schadenfrohes Geraune hören. Ganna machte Reklame für ihr Machwerk und setzte ihre journalistischen Anhänger in Trab, damit sie es in den Zeitungen rühmten. Auf die Dauer war es nicht zu vermeiden, daß ich mit Bettina über das Buch sprechen mußte, um so weniger, als sie erst von Hornschuch, dann von verschiedenen anderen Seiten Kunde erhalten hatte. Ich habe nie etwas Nobleres erlebt als die Art, wie sie keine Kenntnis von der Besudelung ihrer Person nahm. Gewiß, sie fühlte sich schlimm angerührt, ihr graute vor dem Gerede, ob es nun gutmeinend oder böswillig war, aber das Buch zu lesen oder es nur mit einem Finger anzufassen, hätte keine Macht der Erde sie bewegen können. Für sie war nur eines von Wichtigkeit, und dies wurde mir leider zu spät klar: Nämlich, wie ich mich dazu verhalte, welche Folgerung ich daraus ziehen würde.

Bei den Rosen

Bettina stand im Garten und säuberte die Rosen von den mörderischen Läusen. Bisweilen schimpfte sie ärgerlich vor sich hin, wenn eine Blüte besonders schlimm zugerichtet war. Neben dem Topf mit der läusevertilgenden Mischung stand eine blecherne Wasserwanne, in der eine Spritze schwamm. An der Wanne machte sich singend und plappernd das Knäblein Helmut zu schaffen. Eine schönere Gelegenheit, im Wasser zu planschen, konnte nicht erträumt werden. Auf einmal stieß es ein mächtiges Geschrei aus. Es war in die Wanne gefallen. Ich hatte das jämmerliche Angstgebrüll vernommen und eilte mit gesträubten Haaren herbei. Indessen hatte Bettina den zappelnden Sohn bereits aus dem Wasser gezogen. Seelenruhig stellte sie das ungebärdige Kerlchen in die Sonne, damit es trockne. Und zu mir, der mit unglücklichem Gesicht dabeistand, fürchtend, das vergötterte Wesen habe Schaden gelitten, sagte sie ungerührt, wennschon mit einem zärtlichen Seitenblick auf den triefenden kleinen Mann: »Laß ihn nur, er wird schon noch öfter naß werden.« Und wandte sich wieder ihren Läusen zu.

Guerillakrieg

Ich schrieb an Ganna, daß ich vorerst nichts mehr mit ihr zu schaffen haben wolle. In allen geschäftlichen und häuslichen Angelegenheiten möge sie sich an Hornschuch wenden. Fünf Zeilen. Aber warum bloß »vorerst«? War das nicht schon ein halbes Zurücknehmen und Zurückweichen? Und mußte Ganna, mit ihrer untrüglichen Witterung für meine Schwäche, daraus nicht Mut zu neuem Vollbringen schöpfen? Vorerst! Enträtselt es mir, wenn ihr könnt; ich kann's nicht. Daß ich ein Feind des »Nie, Niemals, Nimmermehr« bin, ich will's nicht leugnen. Vielleicht war es mein Lebensgesetz, untrennbar von einem, der immer das Doppelgesicht der Welt vor sich hat, das Nein und das Ja. Es wirken da geheimnisvolle Beharrlichkeiten, und das Geistige und Geistbestimmte grenzt so eng ans Verräterische wie der Gedanke an das Nicht-Tun.

Ganna erkannte den Bruch nicht an. Ihre Briefe waren eitel Honig. Da ich nicht antwortete, verfaßte sie eine weitläufige Verteidigung ihres literarischen Produkts und ließ sie mir zusammen mit Gutachten namhafter Kritiker durch Dr. Mattern zuschicken. Da ich mich noch immer nicht rührte, beauftragte sie andere Mittelspersonen, ihre Sache bei mir zu verfechten. Ich sagte den Leuten, wenn man Unrat gefressen habe, müsse man sich erst von der Verdauungsstörung kurieren. Eine Weile hüllte sich Ganna in Schweigen, das nur allzubald mit Geldforderungen endete. Ihre Bezüge seien zu gering zur Aufrechterhaltung des Budgets. Für Erziehung und Bekleidung der beiden Töchter verausgabe sie das Mehrfache von dem, was ihr im Notariatsakt zugestanden worden sei. Die »Imprévus« tauchten wieder auf. Beträchtliche »Rückstände« seien angewachsen; sie habe den Dr. Mattern beauftragt, mir die »Belege« für diese »Rückstände« zu senden. Ein Teil der Rückstände stamme noch aus der Zeit vor der Scheidung, somit sei sie durch die Scheidung nicht voll befriedigt worden.

Ich ließ ihr mitteilen, weshalb Siegel und Verbriefung, die für mich eisern galten, für sie nicht und zu keiner Zeit gelten sollten. Ich wies die Forderungen ab, aber das beständige frische Getobe machte mich krank, ich wollte Ruhe haben, endlich Ruhe vor ihr. Die Ärzte hatten mir einen längeren Aufenthalt in Marakesch angeraten, ich hatte dies den Kindern geschrieben, Ganna bat flehentlich um eine Begegnung vor der Abreise, ich ließ mich erweichen, ich ließ mich breitschlagen, ich willigte ein. Bei einem Male blieb es nicht, es kam zu mehreren Zusammenkünften, Ganna, sorgenzerwühlt, bestürmte mich um Geld, das Wirtschaftsbuch erschien, die numerierten Rechnungen wurden vorgewiesen, die »Belege« marschierten auf, ich hätte sagen können: Was geht mich das alles an, ich hab' die Zeche längst bezahlt und überzahlt und zahle jeden Monatsersten aufs neue, adieu. Aber ich wollte Ruhe haben, ich wollte im Rücken kein Geschrei mehr hören, ich hatte in diesem Jahr unerwartete Erfolge gehabt, ich war im Begriff, eine teure Reise anzutreten, und obwohl ich die Absicht gehabt hatte, etwas für Notzeiten zurückzulegen, dachte ich mir: Hol's der Teufel, und erklärte mich bereit, ihr zehntausend Schilling zu schenken, von denen ich ihr vier Fünftel gleich gab. Ein paar Wochen danach veröffentlichte eine Zeitung, in deren Redaktion einer ihrer Vertrauten saß, ein Interview mit ihr, worin zu lesen war, sie müsse mit ihrem geschiedenen Gatten um die Bezüge für ihr jüngstes Kind kämpfen. Stand da zu lesen, schwarz auf weiß. Offenbar hatte sie sich gegen irgendeinen unverantwortlichen Burschen in Raserei geredet, und als sie sah, daß ihr Wortschaum zu Druckerschwärze gefroren war, bekam sie es mit der Angst und feuerte eine Kabeldepesche an mich ab, worin sie, zählt selbst, zum wievielten Mal, ihre Unschuld an der Publikation mit einem himmelhohen Eid beschwor.

Ich blieb ganz gleichmütig, aber angesichts dieser Lüge verweigerte ich ihr nun das letzte Fünftel der versprochenen Summe. Mittlerweile hatte sie beliebt zu vergessen, daß ich ihr ein Geschenk gemacht hatte, und forderte den Rest wie eine Schuld ein. Sie hatte nämlich das Geld bereits an eine dritte Person zediert und drohte mir neuerdings mit einem Prozeß. Da sie ohne jedes Anrecht einen so bedeutenden Betrag von mir erhalten hatte, sah sie in meiner Gefügigkeit den Beweis für ihr Anrecht, vor allem beseitigte es in ihr jeden Zweifel an meinem rockefellerhaften Reichtum, an dessen Mitgenuß sie die Unfähigkeit und Schurkenhaftigkeit ihrer Advokaten verhindert hatte. Der Notariatsakt bildete den Gegenstand ihres unaufhörlichen Studiums. Sie trug ihn tagsüber mit sich herum, des Nachts lag er auf dem Tisch neben ihrem Bett. Sie kannte den Wortlaut auswendig, trotzdem vertiefte sie sich darein wie ein frommer Jude in den Talmud. Sie suchte nach einem angreifbaren Punkt. Sie fand ihn alsbald in der Klausel, die die Monatsrente betraf. Ihre Vertreter hatten vor der Scheidung darauf bestanden, daß sie mit einem Drittel an meinen Einkünften beteiligt werden sollte. Dies hatte ich aber mit aller Entschiedenheit abgelehnt, ich kannte ja Ganna und sah voraus, daß eine solche Bestimmung ihr die Möglichkeit zu unablässigen Schnüffeleien und Forderungen nach Rechnungsablegung verschafft hätte. Daraufhin hatte man sich auf eine lebenslängliche Apanage in gleichbleibender Höhe geeinigt, die als Gleichwert für das Drittel bezeichnet wurde.

Und hier hakte sie ihre Unzufriedenheit und ihren Rekurs ein. Sie behauptete wie gewöhnlich, sie sei hintergangen worden. Sie erklärte die Bestimmung für hinfällig und rechtsungültig. Sie forderte das wirkliche Drittel meines Einkommens. Als ihr bemerklich gemacht wurde, mit ihrem Gesicherten fahre sie besser, es könnten Jahre kommen, in denen sie mit dem Drittel das Nachsehen habe, lachte sie ungläubig. Sie konnte ja auch lachen; sie hatte zu allem übrigen noch das Pfandrecht. Brachen die schlechten Zeiten über mich herein, so konnte sie einfach wieder die feste Rente verlangen und, wenn sie die nicht bekam, sich an das Bucheggergut halten. Vorläufig erschien ihr die Beteiligung mit dem Drittel nicht bloß lukrativer, sie konnte sich auch durch die Überprüfung und Überwachung meiner Geldverhältnisse Eintritt in mein Leben erzwingen und sich darin als diktierende Macht befestigen. In dieser Absicht errichtete sie ein weitverästeltes Spionagesystem. Sie unterrichtete sich über meinen Verbrauch, über meine und Bettinas Lebensgewohnheiten, sie wußte jederzeit, wieviel Dienstleute ich beschäftigte, wieviel Gäste ich beherbergte, sie führte Buch über die Zahl meiner Auflagen und die Erträgnisse der Übersetzung in fremde Sprachen, und auf Grund dieses Materials erhob sie ihre dringend formulierten Ansprüche, bei denen sie sich auf die Moral, die Menschlichkeit und die Gerechtigkeit berief. Da ich mich auf keinerlei Verhandlungen einließ, begann wieder der Zustrom von Satzschriften und Advokatenbriefen. Vermutlich war es der Hausumbau, der sie wieder in schwere Bedrängnis gestürzt hatte. Aber um dieser vorzubeugen, hatte sie doch Hypothek auf Hypothek aufgenommen. Die Sache wurde immer dunkler und wüster. Meine einzige Sorge war Doris. Sie war jetzt vierzehn Jahre alt, das für sie ausgesetzte Unterhaltsgeld ging zum großen Teil bei Gannas hoffnungsloser Bemühung, ihre Schulden zu tilgen, mit drauf, und so willigte ich ein, den Erziehungsbeitrag für das Kind um eine bedeutende Summe zu erhöhen, behielt mir jedoch vor, die Vergünstigung zu widerrufen, wenn ein Rechtsanspruch aus ihr gefolgert werden sollte. Der Vorbehalt erboste Ganna. Sie sah einen Mißtrauensbeweis darin. Die Abmachung wurde im März getroffen. Im März hatte ich die erste Zahlung geleistet. Im Oktober fand Ganna, daß ihr auch die Quote für das erste Viertel des Jahres zustehe. Eine Lawine von Briefen. Zwei neue Advokaten erschienen auf der Bildfläche. Bei Hornschuch wuchs der Akt Herzog contra Herzog langsam zu einem Turm. Er schüttelte ratlos den Kopf. Ratlos kam er zu mir, ratlos stand er vor Bettina und sagte: »Kannitverstan.«

Bettina heimatlos, ich umstellt

Wie ging es nur zu: Ich bemerkte nicht, daß Bettina den Mut verlor, die Hoffnung und, was das Ärgste war, das Vertrauen. Bemerkte nicht, daß sie sich unter Schmerzen von mir abwandte; sich einsam fühlte, enttäuscht, verraten wie noch nie. Bemerkte nicht, daß das Haus sie nicht mehr freute, die Landschaft nicht mehr zu ihr sprach, die Blumen ihr unter der Hand welkten, die schönen Dinge abstarben. Bemerkte nicht, daß sie fror, daß ihre Fingernägel meistens blau vor Kälte waren. Mit weitblickender Achtsamkeit widmete sie sich der Erziehung des kleinen Helmut, wobei ihr Augenmerk vornehmlich darauf gerichtet war, ihm keinen Überschwang zu zeigen, sich vor jeder Gefühlsdarbietung zu hüten, aber daß ich selbst es war, der ihr hierin als abschreckendes Beispiel vorschwebte, bemerkte ich nicht.

War es Ganna gelungen, jetzt schon gelungen, auch dieses zarte und starke Band zu sprengen? Bettina ist kein Frau, die leicht weint. Sie lebt nicht nach dem Wort von Kierkegaard, daß es eine Unehre für den Christenmenschen sei, ohne Tränen zu bleiben. Alles spielt sich in der Tiefe ab und hinter einem lächelnden Gesicht. Sie gleicht der Gänsemagd im Märchen, die vom Königssohn verlangt, daß er sich im Ofen versteckt, ehe sie ihr Leid klagt. Und ich zweifle, ob sie sich im Ofen drin dazu entschlösse. Sie machte mir sonach das Nichtbemerken bequem. Ich erinnere mich, daß ich einmal beinahe aufgewacht wäre; in einem Brief deutete sie mir ganz schüchtern, ganz verhohlen an, es schwirrten ihr oft verwegene Gedanken von Selbständigkeit durch den Kopf, und wenn sie an die Freiheit denke, die sie als junges Mädchen genossen, möchte sie am liebsten alles stehen und liegen lassen, um in die Welt hinaus zu flüchten, einzig auf sich gestellt. Wohl stutzte ich bei dem Geständnis, aber in meiner Dickhäutigkeit hörte ich daran vorbei. Ich kannte sie zuwenig. Nie hätte sie es über sich gebracht, mir zu sagen: Laß uns ein Ende machen, gehn wir auseinander. Weit entfernt, wie die Mehrzahl der Frauen an ihre Unersetzlichkeit zu glauben, ist ihr doch gerade damals bewußt gewesen, daß ich ihre Flucht und Lossage nicht verwunden, nicht einmal verstanden hätte. Selten hat ein Mensch einen andern mit so viel Großmut in Empfindung und Urteil bedacht, wie sie diese mir gegenüber übte. Daß ich sie brauchte, nahm sie an. Nun, sie ließ sich brauchen. Brauchen und verbrauchen. Ich brauchte und verbrauchte ja alles im Leben, alles, was mich schützte, bestätigte und mir Ruhe schuf. So auch sie. Ich weiß, daß sie sich von mir geliebt fühlte. Diese Liebe, sie war ihr nur allzu vertraut, sie wußte, es war ein ganzer Block von Liebe, ein Gebirge von Liebe, aber weglos, unbehauen, unzugänglich, seltsam monströs. Man mußte sich ihrer bemächtigen; man mußte lernen, sie zu pflegen, zu deuten, bisweilen sogar sie zu finden. Aber hatte sie ihrerseits aufgehört, mich zu lieben? Manchmal legte ich mir die Frage vor, wie ein Hypochonder in eingebildeten Qualen sich den Tod ausmalt. Denn daß Bettina ohne Achtung keine Liebe zu vergeben hat, darüber war ich nicht im ungewissen. Die frühe Bewunderung, die ihrem Vater galt, hat ihr Verhältnis zu den Menschen und ihr Leben als Weib bestimmt. Da ihre subtile Sinnlichkeit nur auf einen Phantasiereiz antwortet, kann sie liebend nur in einer gehobenen Seelenregion existieren. Und nicht liebend kann sie überhaupt nicht existieren. Ich hätte also auch wissen müssen, warum sie fremd in ihrem Heim herumging. Sie verrichtete ihre Hausfrauengeschäfte, sie sorgte für Ordnung und Stille, sie bemühte sich um Ferry, Elisabeth und Doris, wenn sie bei mir im Hause waren, sie freute sich an ihren Töchtern, wenn sie in den Ferien kamen, aber das alles geschah wie außerhalb von ihr. Jetzt begreife ich es. Ein Mensch, der seine Pflicht tut, bis zur höchsten Erfüllung immer nur seine Pflicht, mag Vorbild und Ruhm der andern sein, er selber wird sich zur Last und Plage, in den Stunden der Einsamkeit brechen die künstlichen Stützen, und ein Meer von Trauer schlägt über ihm zusammen.

Ich verstehe jetzt auch ihr immer stärker hervortretendes Bedürfnis, dem Hause fern zu sein. Sie wollte sich sammeln, wollte sich zurückgewinnen. Sie wanderte allein auf die Berge; sie fuhr bisweilen nach Wien, um sich bei ihrer Freundin Lotte Waldbauer zu verbergen, dann wieder für ein paar Tage nach Salzburg zu ihrem alten Kompositionslehrer. Sie hatte die Schnelligkeit und Abgesondertheit im Auto gern; oft entschloß sie sich nach einer schlaflosen Nacht zu einer Fahrt und legte einen Zettel auf meinen Schreibtisch. Dann fehlte sie mir, ungefähr wie einem der Hut fehlt, wenn ihn der Sturmwind vom Kopf geblasen hat. Sie ging, sie kehrte zurück, sah »nach dem Rechten«, wie sie es spöttisch nannte, verschwand abermals, plötzlich packte sie draußen die Sehnsucht nach dem Caspar Hauserchen, und wenn sie es dann in Armen hielt, hätte sie es vielleicht weit mit sich fortgenommen, wenn es möglich gewesen wäre. Es war kein Frieden mehr in ihr, sie fühlte sich nicht mehr in der Gnade des Schicksals, sie fühlte sich heimatlos. Ja, sie fehlte mir wie der fortgeblasene Hut. Es ist eine erstaunliche Unwissenheit in den Männern, die sie glauben läßt, man besitze eine Frau, wenn man sie besitzt. Sogar die beseeltesten unter ihnen verfallen dem stumpfsinnigen Irrtum des Körpers. Sogar die geistigsten sind noch Tiere, die den Stall und die Höhle für tabu halten.

Ich habe keine andere Entschuldigung, als daß ich krampfhaft dorthin blicken, dorthin hören mußte, wo die Verfolgerin ihren hexischen Zauber braute. Es war nun so weit, daß mir das Herz bis in die Schläfen hinauf schlug, wenn die Post einen Brief von ihr brachte. Die Vorstellung, sie sehen zu müssen, war mir ein Alb, aber es geschah das Unfaßliche, daß ich bei meinen Aufenthalten in der Stadt zu ihr ging, um zu verhindern, daß sie zu mir kam. Ich lernte die schrecklichste Art des Schlafes kennen, die es gibt, daliegen wie geschändet, mit aufgeschlitzter Brust daliegen, weil man unter der beispiellosen Bosheit des Geschicks bis zur Unerträglichkeit leidet. Und dabei schlafen. Und im Schlaf sich auseinandersetzen mit diesem Geschick. Sich wehren, sich rechtfertigen, nichts erreichen, ins Leere reden, die Kehle verquollen von Bitte und Klage, von Wut und zornigem Staunen, und aufwachen mit zertrümmertem Schädel. Bei der Arbeit saß ich wie ein Mensch, auf den links und rechts ein geladener Revolver gerichtet ist. Wenn ich das Haus verlassen mußte, hatte ich Angst um den Buben. Eine unerforschliche Angst, die Angst vor den Ganna-Dämonen. Ich ging umher und wartete, was sie noch erfinden, wo der nächste Brand aufflammen würde. Jahre dauerte dies nun, und es war kein Absehen. Ich wünschte glühend, die Jahre zurückdrehen zu können, bewirken zu können, daß ich ihr nie begegnet wäre. Welche Befugnis hatte sie, in meinem Leben so zu wüten, von wem den Auftrag? Was für ein Geschöpf war sie, daß sie sich aller menschlichen Übereinkünfte ungestraft entschlagen durfte, um durch eine Welt zu rasen, die sie als ihre Beute betrachtete, eine Wahnwelt mit Wahnverträgen und Wahnschlachten?

Aber mit alledem habe ich ein wenig vorgegriffen.

Durch die tückische Logik, die oft den Ereignissen innewohnt, geschah es in dieser Zeit, daß die Steuerbehörde entdeckte, Ganna habe seit ihrer Scheidung die Rentensteuer zu entrichten verabsäumt, und sie zu schleuniger Nachzahlung aufforderte. Es handelte sich um einen außerordentlich hohen Betrag; er erhöhte sich durch das Strafmandat fast um das Doppelte. Ganna erhob Einspruch, aber gegen die Entschlossenheit des Staates, seine Bürger zu brandschatzen, gibt es keinen Einspruch. Alles, was sie erreichte, war Stundung. Sie lief zu mehreren Advokaten, doch die konnten ihr auch nicht helfen. Sie griffen zu den üblichen Mitteln, den Termin noch weiter hinauszuschieben, wodurch wieder Kosten und Zinsen anschwollen. Hätte sie das Geld noch besessen, das sie nach den Bestimmungen des Scheidungsvertrags als Notfundus hätte anlegen sollen, so wäre ihr nichts Schlimmes passiert, sie hätte es eben drangeben müssen. Aber davon war längst kein Groschen mehr da. Das Haus konnte sie auch nicht stärker belasten, die Hypothekarzinsen verschlangen ohnehin schon einen Teil ihrer Rente, und ihre sonstigen Schulden wuchsen von Monat zu Monat.

In dieser Not wandte sie sich natürlich an mich. Wir hatten eine Zusammenkunft, bei der sie mich beweglich bat, die Steuerschuld zu übernehmen. Sie behauptete, einer ihrer Advokaten habe dies als den einzigen Weg bezeichnet, wie man die eingeforderte Summe auf einen geringfügigen Bruchteil herabmindern könne. In ähnlichem Sinn hatte sie mir bereits vorher geschrieben, ich hatte mich bei Hornschuch erkundigt, dieser schien gesetzwidrige Machenschaften zu fürchten und riet mir ab, mich in die advokatischen Labyrinthe locken zu lassen. Doch wenn es auch gefahrlos gewesen wäre, hätte ich Ganna doch nicht aus der Klemme ziehen können; ich sagte ihr, meine Verhältnisse hätten sich in letzter Zeit dermaßen verschlechtert, daß es mir schon schwerfalle, die bisherigen Verbindlichkeiten zu erfüllen. Sie stieß eine verächtliche Lache aus, nicht anders, als wenn ich mich geweigert hätte, ihr das Mittagessen in einem Gasthaus zu bezahlen. Da warf ich die unvorsichtige Bemerkung hin, vielleicht könne man an eine Hilfeleistung denken, wenn sie das Pfandrecht auf das Bucheggergut aufhebe; ich sei dann in der Lage, den Besitz belehnen zu lassen. Dies hören, mich mit lodernden Augen anstarren und in einen Schreikrampf ausbrechen war für Ganna eins. Sie gebärdete sich, als sei das Pfandrecht ihr teuerstes, am zärtlichsten geliebtes Kind und ich wolle es ihr stehlen. In ihrem hysterischen Koller vernahm ich immer nur das eine artikulierte Wort: Erpressung. Mein Vorschlag bedeutete eine Erpressung. Auf alles sei sie gefaßt gewesen, darauf nicht. Daß ich ihr zumute, auf ihre wichtigste Handhabe zu verzichten, zeige ihr, wessen sie sich von mir zu versehen habe. Ich war einfältig genug, mich zu verteidigen. Sie habe ja neben dem Pfandrecht noch den Notariatsakt, sagte ich und zitierte den Ausspruch eines juristischen Freundes, der einmal geäußert hatte: Ein Notariatsakt ist ein Rasiermesser, du brauchst dich bloß zu rühren und fängst schon an zu bluten. Gewiß, replizierte sie mit mühsam verhehltem Triumph, das Pfandrecht sei aber ein Bestandteil des Notariatsakts, es anzutasten sei ein Attentat. Und wie sie so schäumte und mich der Erpressung zieh, sie mich, nahm ich meinen Hut und ging fort.

Es vergingen mehrere Wochen, in denen sie sich erbärmlich abzappelte. Die Schraube der Steuerbehörde benahm ihr den Atem; Durch kleine Teilzahlungen erwirkte sie immer neue Fristen. Um ihre übrigen Gläubiger zu beschwichtigen, hatte sie das System der Schiebeschuld gewählt. Sie zahlte den einen aus und verpflichtete sich einem zweiten, dritten, vierten zu noch drückenderen Bedingungen. Sie begann für Monate hinaus ihre Rente und den Mietzins, den sie vom Haus bezog, zu verpfänden. Die Advokaten, die sie in ihren Dienst gestellt hatte und die für sie zu den Ämtern liefen und Eingaben machten (es waren um diese Zeit bereits drei oder vier), wollten auch nicht umsonst roboten. Sie vertröstete sie und unterschrieb Schuldscheine. Ich fragte mich und fragte andere, wie das möglich sei; Schuldscheine sind doch kein bares Geld, man kann doch nicht endlos mit ihnen wirtschaften. Bis mich ein Eingeweihter aufklärte und mir sagte: Mit einem Notariatsakt kann einer jahrelang von Anleihe zu Anleihe voltigieren, da der eine Borger ja nichts vom andern zu wissen braucht und, was den speziellen Fall angeht, jeder die Firma Alexander Herzog für ein blühendes Geschäft hält. Aha, dachte ich, ein Notariatsakt ist offenbar nicht nur ein Rasiermesser, sondern auch ein Geldscheißer; gut, daß ich's weiß; was für treffliche Eigenschaften wird er noch außerdem entfalten?

Obgleich es ein elendes, ein schundiges Leben war, das Ganna auf diese Weise lebte, belagert von Forderern, eingeschnürt von Schuldverschreibungen, bedrängt von der Steuerbehörde, hätte sie alle diese Kalamitäten, da sie längst an sie gewöhnt, ja gleichsam ihnen angepaßt war, fatalistisch auf sich genommen, wäre nicht die ernstliche Bedrohung ihres Hausbesitzes gewesen. Wenn es zur Zwangsversteigerung kam, war sie verloren. Wenigstens sagte sie sich das immer wieder vor, und ein zähneklappernder Schrecken packte sie bei dem Gedanken. Ich habe Gelegenheit gehabt, zu beobachten und mehr noch zu erahnen, wie sich das Verhältnis zu den Sachwerten in ihrem Innern allmählich ausgestaltete. Das Haus, das ihr zu eigen war, einerseits und das Pfandrecht auf das Bucheggergut andererseits erzeugten jenes rabiate Besitzgefühl in ihr, von dem geschwellt sie mit unbeirrbarer Zuversicht über die bewegten Wogen ihres Lebens steuerte. So lange sie diese beiden fest in Händen hatte, dünkte sie sich gegen Sturm und Untergang gefeit. Das Haus, das sie bewohnte, und das Gut, das Bettina innehatte (was mich betrifft, so war ich ja in ihren Augen ein da- und dorthin versetzbares Objekt), verhielten sich zueinander wie ein bereits gehobener Schatz zu einem vorläufig nur geträumten, von dem man aber weiß, wo er liegt, und den in Sicherheit zu bringen nur noch die richtige Beschwörungsformel fehlt. Eine unsägliche Seligkeit konnte sich ihrer bemächtigen, wenn sie sich in ihrer kühn spielenden Phantasie ausmalte, daß sie eines Tages die märchenhafte Villa am See beziehen und Zeugin sein würde, wie die räuberische Nebenbuhlerin sich mit ihren Koffern durch eine Hintertür aus dem Staub machte.

Indessen vermehrten sich ihre Drangsale tagtäglich. Nachdem die Herren Doktoren Sperling, Wachtel, Greif und Tauber an der harten steuerlichen Nuß ihre juristischen Zähne probiert hatten, ohne zu einem nennenswerten Ergebnis zu gelangen, wurde der fünfte, den Ganna zu Rate zog, ein Herr Dr. Storch, von einem Genieblitz erleuchtet. Er sagte nämlich im Verlauf einer ausgedehnten Konferenz zu ihr, wenn sie noch in rechtsgültiger Ehe mit mir lebte, wäre die Behörde nicht befugt, von ihr eine Rentensteuer zu fordern. Ganna stimmte leidvoll zu. Es bedurfte keines gelehrten Kommentars, um ihr diese traurige Tatsache in Erinnerung zu bringen. Der Anwalt verband aber mit seiner Bemerkung einen gewissen Hintersinn. Er habe den Fall noch einmal sorgfältig erwogen, äußert er, und beim Studium der Akten sei ihm ein kleiner Formfehler aufgestoßen. Ein Formfehler? Es schwindelt Ganna ordentlich vor Erregung; sie fragt stammelnd, was der Anwalt, der sich vor ihren Augen plötzlich in einen himmlischen Cherub verwandelt, mit seiner geheimnisvollen Andeutung meine. Er setzt es ihr lächelnd auseinander. Allem Anschein nach habe man, wohl in der Eile der Amtshandlungen, vergessen, meine deutsche Staatsbürgerschaft zu berücksichtigen. Die Hand an die Brust pressend, erkundigt sich Ganna atemlos, welche Folgerung sich daraus ziehen lassen. Man könne allenfalls die Scheidung anfechten, erwidert Herr Dr. Storch. Bei diesen Worten erschrickt Ganna denn doch, zwar wollüstig, aber sie erschrickt. Sie gibt dem Cherub zu bedenken, daß ich ja mittlerweile eine neue Ehe geschlossen hätte. Worauf der Cherub sagt, das ändere am Sachverhalt nichts. Worauf Ganna, in demselben wollüstigen Schrecken, aufschreit, das wäre ja dann, um Gottes willen, Bigamie. Worauf der Cherub, ihren Überschwang dämpfend, sie ermahnt, mit solchen Bezeichnungen vorsichtig zu sein. Einstweilen erblicke er in dem interessanten Tatbestand nur ein Mittel, einen gewissen Druck auf die Steuerbehörde auszuüben.

Es hatte mit dem Fund des Herrn Dr. Storch insofern seine Richtigkeit, als meine Scheidung von Ganna nur vor einem österreichischen, nicht aber vor einem deutschen Gericht vollzogen worden war. Da ich seit Jahrzehnten in Österreich lebte, wurde die Scheidung nach österreichischem Recht zunächst als vollgültig erachtet. Allerdings hatte Hornschuch vorausgesehen, daß eines Tages Schwierigkeiten entstehen könnten, und darauf gedrungen, daß Ganna einen Brief zu den Akten legte, in welchem sie sich bereit erklärte, zu jeder Frist, sobald es von ihr verlangt würde, auch die deutsche Scheidung durchführen zu lassen. Aber dies hatte sie längst verschwitzt. Als man später ihrem Gedächtnis nachhalf, berief sie sich auf die Zwangslage, in der sie gewesen sein wollte.

Um jedoch in der Reihe der Geschehnisse zu bleiben: Von der Unterredung mit Herrn Dr. Storch ging Ganna mit hochklopfendem Herzen nach Hause. Das Glück machte sie ganz verwirrt. Die behutsame Eröffnung des Advokaten war für sie bereits ein gewonnener Prozeß. Eine juristische Dunkelheit bedeutete Auslöschung eines lästigen Faktums. Ein Formfehler hieß: Die Scheidung hat nicht stattgefunden, und Ganna ist infolgedessen noch die rechtmäßige Frau Herzog. Mit Verträgen, die sie nicht zu halten gedachte, sprang sie um wie mit Dienstboten, die sie hinauswarf, wenn sie ihr widersprachen. Vor allem dachte sie, als liebende Gattin, an die Gefahr, von der ich bedroht war. In freudigem Grauen überlegte sie, daß ich durch meine zweite Eheschließung ein Verbrechen begangen hatte. Als sie die Storchsche Kanzlei verließ, hatte sie nur eine Schwierigkeit für mich gesehen, allerdings eine sehr peinliche, falls ich unerbittlich blieb; als sie die Trambahn bestieg, sah sie mich schon im Zuchthaus. Am Tag zuvor hatte sie erfahren, daß ich im Sanatorium erwartet wurde, das ich zwei- oder dreimal des Jahres wegen meines organischen Leidens aufsuchen mußte. Sie wußte auch, daß Bettina mich begleiten würde. Um so besser, dachte sie, da wird man das Weib endlich aus dem Sattel werfen können. Mich wollte sie zunächst so viel wie möglich schonen. Sie wollte mir die vernichtende Nachricht unter vier Augen und mit größter Delikatesse beibringen. Zwar mußte sie nach allem Vorhergegangenen darauf gefaßt sein, daß ich mich weigern würde, sie zu empfangen oder zu ihr zu kommen, doch vertraute sie in diesem Fall auf die Gewichtigkeit der Kunde, die meiner harrte, ging es ja, wie sie sagte, um meine Ehre und meinen Ruf. Schon hörte sie meine flehentlichen Bitten; schon sah sie Bettina vor sich auf den Knien ...

An dem Morgen, da ihr meine Ankunft von irgendeinem ihrer Leute, die ihr derlei Dienste leisteten, mitgeteilt wurde, ließ sie mich ans Telefon bitten. Es wurde ihr gesagt, der Arzt habe mir telefonische Gespräche verboten; jegliche Verhandlung überhaupt; mein Zustand erheische die äußerste Rücksicht. Dann müsse sie Frau Bettina sprechen, gab Ganna empört zurück; die Angelegenheit, derentwegen sie anrufe, leide keine Stunde Verzögerung, meine Existenz stehe auf dem Spiel. Dies wurde Bettina ausgerichtet. Damals war Bettina gegen Gannas Künste, Diskussionen zu erzwingen, noch nicht so mit Gleichgültigkeit gewappnet wie später. Sie meinte, hinter dem groben Alarm könne möglicherweise doch etwas stecken, und ging widerwillig an den Apparat. Ganna vermochte nur zu stottern. Sie wollte ihren Kriegsplan nicht verraten, andererseits konnte sie ihren Triumph nicht verbergen, dem sie die Farbe der Besorgnis antünchte. Es sei eine katastrophale Wendung in der Steuersache eingetreten, so ungefähr lautete die Botschaft, die sie Bettina ins Ohr trompetete, man müsse gemeinsam beraten; auch Bettina müsse an den Beratungen teilnehmen; selbstverständlich die Anwälte beider Parteien; Aufschub sei gleichbedeutend mit Selbstmord; angestrengt-artig fragte Bettina, ob sie wissen dürfe, worum es sich handle. Da sprudelte es aus Ganna heraus, man sah förmlich ihre aufgerissenen Augen, die Scheidung sei ungültig, meine Ehe mit Bettina bestünde nicht zu Recht, einer ihrer scharfsinnigsten Advokaten, ein hochstehender Mann zudem, habe ihr die grauenhafte Mitteilung gemacht; man müsse sich also schleunigst an den Verhandlungstisch setzen; drei vornehme Menschen; wenn sich drei vornehme Menschen an den Verhandlungstisch setzten, um ein Unglück zu verhüten, sei an einem befriedigenden Resultat nicht zu zweifeln; der nächste Schritt müsse sein, die schwebende Steuerschuld aus der Welt zu schaffen; über das andere werde man sich loyal und freundschaftlich einigen. Bettina, von dem Wortsturzbach betäubt, sagte: »Ja? Wirklich, Frau Ganna? Danke schön, ich werde es Alexander ausrichten.« Und sie wiederholte mir, halb enerviert, halb erheitert, was Ganna in sie hineingeböllert hatte. Ich zuckte die Achseln. Ich hatte keine Ahnung, was das Ganze bedeuten sollte.

Dreißig bis vierzig Advokaten

Als ihr liebreicher Friedensruf ohne Echo blieb, goß sie ihre sittliche Entrüstung in einen Brief. »Ich bin außer mir«, schrieb sie. Ich vernahm die hohle Stimme und die anklägerische Betonung der letzten zwei Worte mit einer effektverstärkenden Pause zwischen beiden. Wie, sie rühren sich nicht, die Verblendeten, sagte sie sich fassungslos, sie schlagen die Freundeshand zurück? Hat man so etwas je erlebt, freiwillig ins Verderben zu rennen?

Sie will sich nicht vorwerfen lassen, daß sie nicht das Menschenmögliche versucht habe, das Unglück von meinem und Bettinas Haupt abzuwenden. In diesem Sinne verfaßt sie einen zweiten Brief an mich, eine ihrer meisterlich tartüffischen, juristisch-ethischen Episteln. Ich antworte nicht, obgleich der Bote auf Bescheid wartet. Sie beauftragt den Dr.

Storch, mir eine briefliche Rechtsbelehrung zu erteilen. Ich werfe den Brief in den Papierkorb. Unmittelbar darauf verzankt sie sich mit dem Ex-Cherub, den Grund kann ich nicht angeben, und vermählt sich im Geiste mit einem Herrn Dr. Kranich, der mich abermals mit einer Satzschrift überfällt, worin die Steuerangelegenheit und die Scheidungsangelegenheit schlau miteinander verquickt sind. Da Herr Kranich ein ehemaliges Parlamentsmitglied ist, wie sie mir durch einen Mittelsmann sagen läßt, erhofft sie von dieser kaltgewordenen Würde einen besonderen Eindruck auf mich. Ich antworte nicht.

Sie begibt sich ins Sanatorium. Sie wird nicht vorgelassen. Sie schreit mit dem Portier, sie beschimpft die Hausdame, sie beschwert sich beim Chefarzt. Sie wird trotzdem nicht zu mir gelassen. Nun meint sie alles getan zu haben, um das drohende Verhängnis von mir abzuwenden. Ein siebenter Anwalt, Dr. Schwalbe, kein Mensch kann ergründen, warum wieder ein neuer, verständigt Hornschuch von der bevorstehenden Klage auf Ungültigkeit der Scheidung. Hornschuchs augenscheinlicher Gleichmut erregt Gannas Wut. Sie wittert etwas Gefährliches dahinter, der Mann ist ihr im Wege, ihn muß sie vor allem erledigen. Sie verfaßt eine Schrift von zweiundzwanzig Großfolioseiten gegen ihn und reicht sie bei der Advokatenkammer ein. Sie beschuldigt ihn darin der Pflichtverletzung und des eigenmächtigen Handelns; um sie zur Scheidung zu zwingen, habe er ohne meinen Auftrag und mein Wissen die Sperre ihrer Bezüge angeordnet. Schon wieder Erpressung, halloh, halloh, wer dort? Hier Erpressung? Nein, dort Erpressung. Hornschuch ist genötigt, sie wegen Ehrenbeleidigung vor Gericht zu ziehen. Bei der Verhandlung werde ich als Zeuge vernommen und kann natürlich nicht umhin, die Beschuldigung als leichtfertig erfunden zu bezeichnen. Meine Aussage macht Eindruck auf den Richter; es übermannt mich; ich gebe ein Bild der unaufhörlichen Verfolgung, die ich von der Frau erleide; im Grunde mache ich mich zum Ritter von der traurigen Gestalt damit. Ganna wird zu einer erheblichen Geldstrafe verurteilt, das ist alles. Da jegliches Geld, das sie ausgibt, von mir kommt, ihr durch meine Arbeit zufließt, bin genaugenommen ich es, der die Strafe zahlt. Nachdem das Urteil verkündet ist, geht Ganna auf mich zu, holt eine Birne aus ihrer Handtasche, reicht sie mir dar, schüchtern wie eine Autogrammbettlerin, und flüstert bedeutsam: »Eine Alexanderbirne … deine Lieblingsbirne …« Wie war es doch damals? »Ich schenke dir die Scheidung zum Geburtstag …« Immer dasselbe Hineinsterben ins Intervall des Wahns.

In ihrem finsteren Zwangstrieb, sie müsse das vermeintliche Komplott Hornschuch-Bettina enthüllen und zerreißen, erhebt sie durch einen achten Anwalt, Dr. Fischlein, Klage gegen Bettina, die in einer Gesellschaft vor Zeugen sie, Ganna, der Lügenhaftigkeit beziehen habe. Auch wieder aus der Luft gegriffen, Geburt eines Haßtraums, Bettina nennt vor andern Leuten niemals Gannas Namen. Aber Ganna schiert sich nicht um Sachverhalte, jetzt ist großes Aufwaschen, die Advokaten sind die Wäscherinnen, es geht alles in einem. Das unsinnige Paar (ich und Bettina) ist nicht zu überzeugen, daß es verloren ist, redet sie sich vor, gut, sie haben es nicht anders gewollt, mein Gewissen ist rein, und läßt endlich, unter dem Beistand eines neunten Anwalts, Dr. Pelikan, die Hauptmine springen: die gerichtliche Anfechtung der Scheidung, womit zugleich meine Ehe mit Bettina angefochten ist. Hornschuch pariert den Streich durch eine sogenannte Feststellungsklage, die bis zum Verwaltungsgerichtshof geht und Ganna in große Unruhe versetzt, denn alles, was sie ihrerseits gegen Bettina und mich unternimmt, erscheint ihr als zulässig und vor Gott und Menschen wohlgefällig, während alles, was gegen sie unternommen wird, frevelhafter Übergriff ist, den sie der Welt mit schrillem Geschrei verkündet. Doch es hilft nichts, ich muß nach Wien reisen, um Vorkehrungen zu treffen und das Gutachten einer juristischen Kapazität einzuholen, daß sowohl Scheidung wie Wiederverheiratung zu Recht bestehen. Es kostet Zeit, es kostet Geld, es kostet Nerven, es kostet Gedanken. Es zermürbt mich. Ich kann von nichts anderm mehr reden. Freunden, denen ich in der Stadt begegne, erzähle ich verwirrt und zusammenhanglos von den Scheusäligkeiten, in denen ich ersticke. Im Hotel sitze ich stundenlang an einem Tisch und lege Patiencen.

Aber warum erlahmt Ganna auf einmal in ihrem Rachezug, will die Klage gegen gewisse »Erfüllungen« zurückziehen, entschuldigt sich mit ihrer mitleidswürdigen Not? Es hat weiter nichts auf sich; es ist das Intervall der Schwäche, das ängstliche Zögern der Pyromanin, bevor sie das brennende Zündholz in den dürren Heuhaufen wirft. Das Graf-von-Gleichen-Idyll taucht in neuer Fassung auf; sie läßt Bettina den Vorschlag machen, sich in mich zu teilen. (Wie bitte, etwa wie sich zwei Katzen in eine Maus teilen?) Ganna soll die rechtmäßige Wiener Frau sein, Bettina dasselbe Amt in Ebenweiler ausüben; die Kompetenzen können scharf gegeneinander abgegrenzt werden. Da das edle Ansinnen auf verständnisloses Schweigen stößt, wendet sie sich an einen Pastor, den man ihr als Menschenfreund gerühmt, und liegt ihm in den Ohren, er möge sie mit mir versöhnen. Gott mag wissen, was sie ihm alles erzählt hat; der geistliche Herr schreibt mir einen reichlich anmaßenden Brief. Ich denke mir, das Wort eines Priesters kannst du nicht überhören; anstatt mich aber mit zehn Zeilen zu begnügen (siehe Stanger-Goldenthal), fülle ich sieben Seiten mit der Schilderung von Gannas Charakter und meiner unerträglichen Situation.

Die Anwandlung von Zaghaftigkeit oder Ermattung oder was es war von sich schüttelnd, nimmt Ganna den Waffengang mit verdoppeltem Schwung wieder auf. Wer ist der am meisten zu fürchtende Feind? Hornschuch. Den wird sie sich also zunächst vornehmen. Sie macht ihm Vorschläge, die ihn verlocken sollen, mit ihr zu unterhandeln. Sie benimmt sich gegen ihn wie gegen ein Raubtier, dem man von Zeit zu Zeit einen Brocken Fleisch hinwirft, damit es einen nicht beißt. Sie haßt ihn aus Herzensgrund, aber das Phänomen »Advokat« flößt ihr in jeder Form und Gestalt solchen Aberglauben ein, daß sie den Kopf verliert und die verkehrtesten Maßnahmen trifft. Sie führt kostspielige Ferngespräche mit ihm. Mitten in ihren sonstigen Geschäften und Verrichtungen kommt ihr plötzlich der Einfall, nach Ebendorf zu fahren, wo Hornschuch jetzt haust, dem Sitz des Bezirksgerichts, sechs Kilometer von Ebenweiler entfernt. Eine kleine Lustreise. Sieben Stunden in der Eisenbahn zu sitzen, allenfalls auch bei Nacht, macht ihr so wenig aus wie einem andern Menschen eine Kartenpartie. Die Frau hat Nerven wie Turmseile. Der Endzweck dieser Expeditionen ist ein dreifacher. Erstens will sie Hornschuch einwickeln und kleinkriegen; sie schmeichelt sich, ihn von der Gerechtigkeit ihrer Sache überzeugen zu können. Zweitens wirkt die Nähe des Bezirksgerichts wie ein Stimulans auf sie; selbstverständlich hat sie auch schon einen ansässigen Advokaten engagiert, den elften oder zwölften, einen politischen Gegner Hornschuchs, durch den sie den Verhaßten zu Fall zu bringen hofft. Drittens hat sie in der Wirtsstube des Hotels, in dem sie wohnt, nützliche Stammtischbekanntschaften gemacht, allerlei Provinzbonzen und kleinstädtische Honoratioren, denen sie schlau um den Bart geht, wobei sie ihre reaktionäre Gesinnung betont und sich ins Parteienwesen mischt. An gemütlichen Bierabenden erzählt sie den vor Neugier platzenden Lauschern larmoyante Geschichten aus ihrem Ehemartyrium oder wie erbarmungslos sie von einer gewissen Dame oben in Ebenweiler verfolgt werde.

Eines Tages zwischen Weihnachten und Neujahr unternahm sie wieder einmal einen Überfall auf Hornschuch. Sie flehte ihn an, er möge mich zur Zahlung jener Zuwendungen für Doris bewegen, die ich seit Monaten nicht mehr an sie selbst geleistet. Daß ich das Geld bei Heller und Pfennig für das Kind verausgabt hatte, hielt sie für ratsam nicht zu erwähnen. Als Hornschuch es ihr in Erinnerung brachte, antwortete sie mit unlogischer Wut, sie sei die Mutter, und wenn man das Geld nicht ihr gebe, betrachte sie es als nicht gegeben. »Ich verstehe«, gab Hornschuch mit dem Lächeln zurück, das Ganna mephistophelisch nannte, »Ihre Tochter ist der lebendige Schuldschein, den Sie dem Vater vorweisen, wenn es Ihnen an den Kragen geht. Blendende Idee.« – »Nein!« schmetterte Ganna, weiß vor Zorn. »Ich verbitte mir nur, daß Frau Bettina bestimmen soll, wieviel meinem Kind von seinem Vater zugesprochen wird. Es ist eine Schmach.« – »Von Frau Bettina ist hier weit und breit nicht die Rede«, bemerkte Hornschuch kühl. Sie schmälte böse vor sich hin, auf einmal wurde sie weich wie ein Schwamm, den man ins Wasser taucht, fing an zu schluchzen und entwarf ihm ein so unglaubliches Bild ihrer Lage, daß ihm, wie er mir gestand, für eine Weile Hören und Sehen vergingen. Er sagte, möglicherweise ließe sich ein Ausgleich mit ihren Gläubigern treffen; zu diesem Behufe müsse sie jedoch ihre Schulden offen bekennen, das ganze Ausmaß, und vor allen Dingen die Advokaten abschaffen. Da kam er aber schön an. Sie wurde fuchsteufelswild. Bedingungen? O nein, so weit sei sie noch lange nicht. Auf ihre Advokaten verzichten? Das fehlte noch. Damit sie den Verfolgungen der Dame Bettina schutzlos preisgegeben sei? Dafür bedanke sie sich. Das werde man nicht erleben. Habe man doch bereits versucht, sie für unzurechnungsfähig erklären zu lassen, die Intrige sei aber, Gott sei Dank, vorbeigelungen. (Sie stieß ein hartes Gelächter aus und sah Hornschuch durchbohrend an wie ein Kriminalist, der einen Mörder beinahe überführt hat.) Wieso vorbeigelungen? fragte Hornschuch teilnahmsvoll. Ja, sie sei sofort zu einem berühmten Psychiater gegangen, und der habe ihr nach zwanzigminütigem Gespräch ein glänzendes Parere ihrer geistigen Gesundheit ausgestellt; wenn Hornschuch es zu sehen wünsche: Bitte! Und schon durchwühlte sie ihre Aktentasche nach dem Dokument, das sie offenbar mit dem Frohlocken erfüllte wie einen kleinen Unterzauberer das Dienstzeugnis des großen Haupt- und Oberzauberers.

Da die Unterredung mit Hornschuch erfolglos verlaufen war, mietete sie einen Schlitten und kam eine halbe Stunde später aufs Bucheggergut. Unser Mädchen wußte, wen es vor sich hatte, und ließ sie nicht ein. Wir saßen gerade beim Tee, Bettina, ich und Doris, die zu den Weihnachtsferien bei uns zu Besuch war. Wir hörten, wie Ganna draußen vor der Tür tobte und schrie. Bettina trommelte mit den Fingern auf dem Tischtuch und sagte leise: »Geh nicht hinaus. Geh nicht hinaus.« Ich ging aber doch hinaus. Ich mußte doch die Frau wegbringen. Ich herrschte sie an. Was sie wolle? Na, was sollte sie wollen? Geld. Sie stöhnte, heulte, röchelte um Geld. Dazwischen Beschimpfungen und Vorwürfe. Ein paar Meter entfernt stand der Schlitten; der Kutscher auf dem Bock schüttelte fortwährend den Kopf, was mir sonderbarerweise einen tiefen Eindruck machte. Im Hausflur standen erschrocken die Dienstleute. Angesteckt von Gannas Gebrüll, fing ich ebenfalls an zu schreien. Niemand in diesem Haus hatte mich je schreien gehört. Es gibt auch nur einen einzigen Menschen auf der Welt, der mich dazu vermocht hat, zu schreien, und das ist Ganna. Ich weiß nicht mehr, wie ich es endlich fertigbrachte, daß sie wieder in den Schlitten stieg. Ich stand an der Treppe und wartete, bis das schellenbehangene Roß mit dem kopfschüttelnden Kutscher in der Dunkelheit verschwunden war. Ins Haus zurückgekehrt, rief ich nach Bettina. Sie hatte sich in ihrem Zimmer eingesperrt. Doris stand vor dem Teetisch und schaute mich mit großen, bangen, mitleidigen Augen an. Ich ging in mein Schlafzimmer und warf mich ins Bett.

Alles dies waren aber nur Vorpostengefechte Gannas. Kurz darauf errechnete sie, daß ich ihr fünfundzwanzigtausend Schilling schuldete. Wie sie zu dieser hübschen runden Summe kam, kann ich nicht sagen. Es hätte ebensogut eine halbe Million sein können. Ärzterechnungen, Schneiderrechnungen, »Rückstände« von Jahren her, »Imprévus« zu Dutzenden, Auslagen für die Kinder, eine Zahlenkolonne wie bei der Ziehung einer Lotterie. Ich glaube, das bloße Aufschreiben bereitete ihr genausoviel Vergnügen, wie wenn sie das Geld einkassiert hätte. Das Gericht in der Kreishauptstadt wies die Klage mangels beweiskräftiger Stützen ab, obgleich zwei neue tüchtige Anwälte sich dafür ins Zeug gelegt hatten. Ohne einen Augenblick über die Uneinbringlichkeit der Schuld und die Frivolität der Klage nachzudenken, sagte sich Ganna: Wenn ich in diesem Land nicht zu meinem Recht komme, so vielleicht dort, wo ich nach meinem Paß und als Alexander Herzogs Ehefrau zu

Hause bin. Fuhr spornstreichs nach Berlin, fand willige Advokaten, gleich drei auf einmal, und reichte mit einem großartig stilisierten Schriftsatz die Klage ein. Aber siehe da, aus den fünfundzwanzigtausend waren mittlerweile neununddreißigtausend geworden, infolge Hinzurechnung des Betrags nämlich, den sie der Steuerbehörde schuldete. Ich stellte mit Befriedigung fest, daß die reizvolle Zahlenbesoffenheit Ganna nicht an einer gewissen kaufmännischen Genauigkeit hinderte. Zugleich machte sie in der Reichshauptstadt, allwo sie jetzt eine Art Amtsfiliale errichtete und, wo man ging und stand, die Advokaten mit Händen zu greifen waren, die Klage auf Anfechtung der Scheidung anhängig. In der Tat war sie damit vor die richtige Schmiede gekommen. Die zwischen den Staaten herrschende Unsicherheit in der Ehegesetzgebung ermöglichte ihr dieses unterhaltende juristische Abenteuer; es war eine der vielen Breschen des Rechts, in die findige Advokaten gern ihr Stemmeisen bohren.

Aber sie hatte auch gesellschaftlichen Erfolg in der deutschen Metropole. Sie lernte eine Unzahl Menschen kennen, denen sie ihr Leid klagen konnte. Da über den wahren Sachverhalt niemand unterrichtet war, fand sie überall Glauben und Mitgefühl. Durch die verschwenderische Austeilung der »blutenden Psyche« befestigte sie ihre Stellung als ideale Vertreterin der Gattinnenliebe, die von einem grausamen Gemahl und seiner Betörerin an den Rand des Hungertodes gestoßen war. Sie besuchte fleißig die Caféhäuser, wo Schriftsteller verkehrten und wo sie Reklame für ihr edles Unglück machen konnte. »Sogar die Wucherer weinen, wenn ich ihnen meine Not schildere«, äußerte sie einmal unter dem verständnisvollen Gemecker einer hochliterarischen Tafelrunde. Vielleicht hatte sie so unrecht nicht. Es ist nicht ausgeschlossen, daß sich die Seele des modernen Wucherers im Gegensatz zu dem Versteinerungsprozeß, dem alle andern Seelen unterlegen sind, seit Balzacs und Dickens Zeit humanisiert hat. Die Folge ihres empfindsamen Ausflugs auf den neudeutschen Olymp war jedenfalls, daß ich mit anonymen Briefen voller Schmähungen und unverschämter Ermahnungen, mich zu bessern, bedacht wurde. Dazu Advokatenbriefe ohne Zahl. Sie kamen mir vor wie Stoßpatrouillen vor der Schlacht, die entschlossenen Herren, die gleichsam mit geballter Faust gegen mich anrückten. Einer schrieb klipp und klar, er werde, wenn ich die neununddreißigtausend nicht bis zu einem bezeichneten Termin zahle, meine Bezüge beim Verleger beschlagnahmen lassen. Ich schmiß den Wisch zu den andern zwei- bis dreihundert von derselben Gattung und Herkunft. Ich mußte lachen. Meine Schluderwirtschaft und der gloriose Notariatsakt hatten mich beim Verleger bereits so dick in die Kreide gesetzt, daß für die gewissen winzigen Greifhände längst nichts mehr zu »beschlagnahmen« war. Wunderbares Wort, beschlagnahmen, eigens gemacht für die winzigen Hände. Aber Ganna redete ihren Advokaten ein, ich hätte mittels einer Schiebung Geld ins Ausland verbracht und das Debet beim Verleger sei künstlich fabriziert. Eine Version, die ihr die Möglichkeit verschaffte, auch den Verleger vor Gericht zu zerren. Zu allem übrigen begann sie jetzt mit der Bigamieklage zu fuchteln. Einige Freunde, die davon gehört hatten, beschworen mich brieflich, ich dürfe es dazu nicht kommen lassen. Aber was sollte ich tun? Um Gnade winseln? Zu Gericht laufen und sagen: Schützt mich vor den Advokaten, sie fressen mich auf bei lebendigem Leibe, nehmt den Teufel in Gewahrsam, sonst ist es aus mit mir? – Unsinn. Die Gerichte hätten mich selber in Gewahrsam genommen.

Eines Tages sagte ich zu Hornschuch: »Erklären Sie mir doch, ich frage wie ein Kind, lachen Sie mich nicht aus, aber alle diese Advokaten, es sind doch Männer, besonnene, erfahrene, zweifellos auch honette Männer, kapieren denn diese Leute nicht, was da vorgeht und wozu sie mißbraucht werden?« Hornschuch ließ mich ruhig ausreden. Er betrachtete mich schweigend, mit sardonischem Schmunzeln. Die Art, wie er es vorzog, nicht zu antworten, war ungemein beredt.

Und damals waren es erst siebzehn oder achtzehn Anwälte, die Ganna besoldete oder zum Teil schon verabschiedet hatte oder auch nicht besoldete und nicht zu verabschieden wagte. Heute ist ihre Zahl auf nahezu vierzig gestiegen, genau läßt es sich nicht sagen, da sich die Namen von einigen in dem Wust der Prozeßhandlungen verloren haben. Diese Leute mußten doch alsbald dahinterkommen, daß der Beistand, den sie der Frau leisteten, nur zur Stachelung, nimmermehr zur Stillung ihrer Triebe führte. Was bestimmte sie also, ihren Geist, ihre Kenntnisse, ihre Arbeitskraft einem Menschen zu widmen, der die starren Paragraphen des Gesetzes in krankhafter Verbohrtheit den eigenen Wünschen gefügig machen wollte? Vermutlich sagten sie sich: Den Gewinn werden wir einstreichen, wenn der andere Teil nicht mehr japsen kann und jeden Preis zahlt, um endlich Ruhe zu bekommen. Damit aber war die herrschende Rechtsunsicherheit überhaupt gebrandmarkt, die Zweideutigkeit der Gesetze, der tödliche Schematismus des Vollzugs, die Lebensfremdheit der Richter, der Dornenweg der Instanzen und über alldem, hilflos und tyrannisch, der Staat, ein Kronos, der seine eigenen Kinder fraß.

Es war nichts getan und nichts erklärt, wenn ich und andere versuchten, Gannas Fall klinisch einzuordnen. Eine Armee von dreieinhalb Dutzend Advokaten ist ein Einzelfall. Der Gedanke an eine geheimnisvolle Bindung drängte sich mir immer stärker auf. Es konnte nicht anders sein, als daß Ganna in der Atmosphäre von Unterredung, Erwartung, Beratung, Angriff, List, Spruch und Widerspruch eine erotische Glücksquelle fand, Ersatz für Vertrautheit mit einem andern Wesen, Ersatz auch für die Qual, die Lust wird, wenn man sie diesem andern Wesen bereiten kann, und nicht minder Lust, wenn man wähnt, sie unverdient zu leiden. Der Aufenthalt in den Kanzleien, Geruch von Tinte, Aktenstaub und Löschpapier hatte zweifellos eine sinnliche Wirkung auf sie. Mit jedem neuen Advokaten schloß sie gewissermaßen eine neue Ehe, eine Qualehe. Wenn sie mit einem von ihnen sprach, vor Gericht, in der Kanzlei, bei sich zu Hause, trat eine eigentümliche, süßliche Koketterie an ihr hervor, eine Willfährigkeit und Dankbarkeit, die freilich jeden Augenblick in Zänkerei und ehestandsähnliche Szenen umschlagen konnte. Es war ihr zur Gewohnheit geworden, den gerade amtierenden Leibadvokaten Tag für Tag in aller Frühe ans Telefon zu zitieren, um ganz bedeutungslose Fragen zu stellen, gänzlich unnütze Anordnungen zu treffen, so, als wolle sie nur seine Stimme hören, als wolle sie sich vergewissern, ob er ihr nicht über Nacht die Treue gebrochen habe. Da wurde dann auch der elektrische Draht zum Lustspender. Telefon und Telegraf waren Apparate der Zauberei, mittels deren sie sich, unseiend und gegenwartslos, wie sie war, in die Zeit und ins Bewußtsein der ihr verhafteten Menschen versetzte, von denen sie sich Zeit und Bewußtsein borgte, um überhaupt existieren zu können. Wie weit ins Nächtige und Chaotische wird man von einer solchen Seele geführt, wenn man ihr in ihre Abgründe folgt!

Gespräche in einer andern Welt

Eines Tages mußten Bettina und ich nach München fahren, um uns mit einem dortigen Anwalt wegen der Eheanfechtung zu besprechen. Helmut saß, vor unserer Abreise, mit uns am Frühstückstisch. Er beklagte sich ungehalten. »Warum geht ihr denn schon wieder fort?« – Ich erklärte ihm, es sei notwendig. »Aber warum alle zwei, warum nicht du allein?«

trotzte er. Bettina strich ihm mit der Hand über den Scheitel und sagte, ich wünschte, daß sie mitgehe. Er dachte lange nach, dann blitzte er die Mutter aus seinen blauen Augen schelmisch an und stieß heraus: »Ich weiß schon warum.« – »Warum glaubst du, Männlein?« fragte ich ihn. Darauf er, voll Stolz: »Wie bei den Tieren.« Bettina und ich schauten einander verdutzt an. »Wie meinst du das, Helmut?« Und er, wieder mit dem Schalk in den Augen: »Sicherheit.«

Er versank eine Weile in Nachdenken, dann: »Nicht wahr, Mutter, wir drei sind die wirkliche Familie, du, Vater und ich, wir gehören zusammen?« – »Ja, Helmutchen, gewiß.« – »War ich dabei, wie ihr euch kennengelernt habt?« – »Nein, mein Süßer.« – »War der liebe Gott dabei?« – »Der allerdings.« – »Hat er gelacht?« – »Weshalb hätte er lachen sollen?« – »Weil er sich auf mich gefreut hat, vielleicht.« Da sprang die Hauskatze, die mit gestrecktem Schweif um den Tisch geschlichen war, auf des Knaben Schoß. Er blickte sie zärtlich an und fragte, um menschliche Überlegenheit zu markieren, mit gicksender Stimme: »Hast du Augen? Hast du wirklich Augen?«

»Er macht es einem schwer, von ihm wegzugehen«, sagte Bettina nachher zu mir.

Zwei Frauen

Schon vor dem ereignisreichen Januartag, von dem ich jetzt erzählen will, hatte ich gespürt, daß etwas Entscheidendes in Bettina vorging. Ich hatte aber nicht den Mut, sie zu fragen. Seit einiger Zeit lebten wir sonderbar stumm nebeneinander her, fast wie zwei Sträflinge, die zu lange in der gleichen Zelle eingesperrt sind. Es war beängstigend, weil es so ganz und gar wider die Art Bettinas war. An dem erwähnten Tag hatte Hornschuch bereits um neun gemeldet, daß Ganna wieder einmal in Ebendorf weile. Sie sei eilends aus Berlin zu einer Verhandlung gekommen, die vor dem Bezirksgericht stattfinden sollte. Streitgegenstand: Die ihr entzogene Zuwendung für Doris, ferner das Monatsgeld für das Kind für die acht Sommerwochen, während welcher Doris bei mir im Hause gelebt hatte. Nach dem Wortlaut des Notariatsakts war ich in diesem Punkt im Unrecht; nach meinem laienhaften Dafürhalten handelte es sich um eine Doppelleistung, beruhend auf dem Kralsprinzip der »Widerlage«, und meine Verhältnisse erlaubten mir diese Widerlagen nicht mehr.

Um ihren Anspruch zu sichern, hatte Ganna vom Gericht eine einstweilige Verfügung erwirkt, kraft deren mein Konto bei der kleinen Bankfiliale in Ebendorf gesperrt wurde. Es war weiter kein Unglück, ich hatte kein Kapital dort liegen, das für den laufenden Monat eingezahlte Geld reichte für eine bemessene Frist, dann mußte man sehen, wie man wieder neuen Vorschuß bekam. Immerhin war es eine unangenehme Maßregel; sie lieferte bösen Mäulern den Stoff zu abträglichem Gerede, und schließlich brauchte man auch einiges Bargeld für den Betrieb des Hauses.

Um neun Uhr hatte uns Hornschuch von diesen Vorgängen verständigt. Dann ging es Schlag auf Schlag wie im fünften Akt eines Revolverdramas. Um neun Uhr zwanzig kommt der Gerichtsbote mit einer Vorladung. Um neun Uhr fünfundvierzig lädt Gannas Ebendorfer Anwalt mich und Bettina telefonisch zu einer »friedlichen« Besprechung ein. Um zehn Uhr zehn Telegramm eines Berliner Advokaten mit der Aufforderung, am soundsovielten bei einer Tagsitzung zu erscheinen. Um halb elf stürmischer Anruf Gannas: Wenn wir die vorgeschlagene »freundschaftliche« Zusammenkunft verweigerten, garantiere sie für nichts und könne das im Zug befindliche Unheil nicht mehr verhüten. Diese bombastische Sprache kennen wir. Abhängen; Schluß. Elf Uhr drei: Expreßbrief eines Wiener Advokaten, des Inhalts, Frau Ganna Herzog habe ihre Februar- und Märzrate an ihn zediert. Elf Uhr fünfzehn: Bote mit einem Brief Gannas, in welchem sie die telefonische Aufforderung wiederholt, aber nun in einer Form und mit Wendungen, daß es Bettina, die plötzlich in den Verschlagenheiten des Gannaschen Stils hängenbleibt, kalt überläuft. An sie war der Brief gerichtet, sie hat ihn zuerst gelesen. Sie versteht zwar, voll Widerwillen, das messerzückende Entweder-Oder in Gannas Epistel, aber die Krallenfinger sind ihr noch nie so nah gekommen. Sie will Klarheit haben und läutet Hornschuch an. Es sind nicht unbedenkliche Umtriebe, teilt ihr dieser mit; Ganna redet unten im Ort, wo immer sie mit ihren Stammtischfreunden zusammentrifft, nicht nur ungescheut von der Bigamie, in der ich angeblich lebe, sondern auch von einem »erschlichenen« Dispens zu meiner Ehe mit Bettina. Unter dem Dispens war die Heiratsgenehmigung gemeint, die mir auf dem Weg eines abgekürzten Verfahrens vom Konsulat erteilt worden war, ein durchaus legaler Vorgang, der aber in Gannas kriminell verseuchtem Gehirn sich so darstellt, als hätten Bettina und ich uns die Bewilligung durch falsche Angaben und gefälschte Papiere verschafft; herrliche Gelegenheit also, den Fangschuß auf uns abzufeuern. Bettina, die an diesem Morgen nicht im vollen Besitz ihrer Seelenkräfte ist, erschrickt vor den möglichen Folgen: Verleumdungsgeraune, Kampf gegen Neid, Scheelsucht und längst glimmenden Haß. Hornschuch sucht sie zu beruhigen. Sie liest ihm einige besonders aufschlußreiche Sätze aus Gannas geschriebener Petarde am Telefon vor. Als sie seine Antwort vernimmt: »Ausgezeichnet; daraus wird man die Konsequenzen ziehen«, ist sie drauf und dran, den Apparat zu zerschlagen. »Nein«, schreit sie fassungslos in die Muschel, »Sie werden keine Konsequenzen ziehen. Sie vergessen, daß die Frau den Namen Herzog trägt.« Pause. Hierauf Hornschuch, gedehnt: »Gut. Ganz wie Sie wünschen.«

Als ich ins blaue Zimmer trete, liegt sie auf dem Sofa, in Decken gehüllt, blaß, erfroren. An nebligen Tagen ist sie nur ein Schatten ihrer selbst, und dieser Tag wäre rabenschwarz, auch wenn keine Wolke am Himmel stünde. Ich blicke stumm zu ihr nieder, auf einmal sagt sie: »Ich habe mich entschlossen, mit Ganna zu reden.« Ich schaue sie an, als sei sie nicht bei Trost. Sie schnellt mit einem Ruck zum Sitzen auf. »Ich werde sie heraufbitten und mit ihr reden«, wiederholt sie mit der hohen Kopfstimme, die an Helmuts hohes Stimmchen erinnert und die sie immer hat, wenn sie am Ende ihrer Selbstbeherrschung ist. – »Warum? Was soll's?« frag' ich. – »Ich habe einen Fehler begangen«, klirrt die hohe Stimme, »ich kann mir den Vorwurf nicht ersparen … Ich habe mir eingebildet, ich brauche sie nicht zu bemerken … Ich war faul, ich war schlecht … Sie muß doch durch ein Menschenwort zu packen sein … von Frau zu Frau vielleicht …« Ich starre sie trüb verwundert an. »Versprichst du dir wirklich was davon? Du weißt doch wie ich … in all den Jahren …« Sie unterbricht mich ungeduldig. »Ich muß es wenigstens versucht haben. Ich muß mir sagen können, daß ich es versucht habe.«

Sie schreibt ein paar Zeilen und schickt den Gärtner mit dem Brief nach Ebendorf in den Gasthof, wo Ganna logiert. Ein lustvoller Schauder durchfährt Ganna, als sie die Aufforderung liest, aufs Bucheggergut zu kommen. Endlich! Sind sie zur Einsicht gelangt, die Verirrten? Haben sie ihr Unrecht erkannt? Oder ist es nur die Angst? Sie stürzt ans Telefon, um mit Bettina zu sprechen. Sie ist so fürchterlich aufgeregt, daß man sie kaum versteht. Herzlich gern will sie sich zu einer Unterredung einfinden, flötet sie, aber nicht im Hause, nein, um Gottes willen nicht, an einem neutralen Ort, mit tausend Dank, an einem neutralen Ort, und natürlich in Gegenwart ihres Anwalts. Auf keinem Fall mit dem Anwalt, erwidert Bettina mit ruhiger Entschiedenheit, auf gar keinen Fall; wenn Ganna sich gehemmt fühle, das Haus allein zu betreten, werde sie ihr auf der Straße entgegengehen und sie begleiten. Ganna gibt nach. Sie vereinbaren die Zeit. Als Bettina eine Stunde später, es ist mittlerweile dreiviertel eins geworden, Ganna auf der hochbeschneiten Dorfstraße wider die Abmachung in Gesellschaft des Advokaten erblickt, bleibt sie wortlos stehen. In ihrer Haltung liegt eine solche Unnahbarkeit, daß der Herr es vorzieht, sich mit einer Verbeugung zu verabschieden. Nicht ohne eine abgeschmackte Floskel. Da er zu dem Dutzend Advokaten zählt, die mit Gannas Anfechtungsklage befaßt sind, glaubt er sich, den Hut in der Hand, zu einer Entschuldigung bemüßigt: »Ich hoffe, gnädige Frau, Sie nehmen nicht an, daß ich das Glück Ihrer Ehe antasten will.« Worauf Bettina zu einem lästigen Etwas in die Luft hinauf spricht: »Das Glück meiner Ehe bitte ich gefälligst aus dem Spiel zu lassen«, und Ganna durch eine Geste zum Weitergehen auffordert.

Ihres Rechtsbeistandes und damit ihrer Rasanz beraubt, ist Ganna auf einmal ganz kleinlaut. Schweigend stapft sie neben der beschwingt schreitenden Bettina her. Sie trägt ein schwarzes, verknittertes Topfhüt-chen und eine getigerte Pelzjacke. In der Hand hält sie die dickbauchige Ledertasche, ohne die sie keinen Schritt tut. Es sind alle Akten und Dokumente darin verstaut, deren sie genauso bedarf wie ein Reisender seiner Muster und seiner Preislisten. Jedem halbwegs Bekannten, dem sie irgendwo begegnet, erzählt sie mit wasserfallartiger Geschwätzigkeit vom Stand ihrer Prozesse, zieht den Notariatsakt heraus, ihre Klageschrif-ten, die verschiedenen Rechtsgutachten, die amtlichen Schätzungen des Bucheggerguts, die Trostbriefe ihrer Anhänger und ereifert sich derma-ßen, daß sie schließlich nicht mehr weiß, wo sie ist, woher sie kommt, wohin sie geht und mit wem sie spricht.

Bettina, leicht plaudernd, obwohl ihr nichts weniger als leicht zu Sinn ist, streift sie bisweilen mit einem Seitenblick. Seit dreizehn Jahren hat sie Ganna nicht mehr gesehen; seit jener Teestunde, häßlichen Angeden-kens. Was liegt nicht alles dazwischen! Ein Leben. Schönes, Hohes, Reines, unsägliche Freuden, das Caspar Hauserchen, wer hätte damals an es gedacht, aber auch Ungutes, Schweres, Bitteres und ein unwieder-bringlicher Verlust. Ob die Frau neben ihr etwas davon ahnt? Sicher nicht; sie ist keine Ahnerin, die Frau, sie ist eine Greiferin, solche sind stockblind. Sogar ihr Gang ähnelt dem einer Blinden. Wie armselig sie aussieht. Wenn man ihr nur helfen könnte. Es muß nicht gut sein, so zu sein, wie sie ist. Unnahbar ist so ein Mensch, eisern steckt er in sich selber drin …

Während sie mit Ganna ins Haus geht, der Erregten aus der Jacke hilft, sie ins Zimmer führt und ihr eine kleine Mahlzeit auftischen läßt, die Ganna heißhungrig und mit dankbaren kleinen Ausrufen hinunterschlingt, betrachtet sie sie immer wieder. Mit dem Helm ihres gelbrot gefärbten Haares, unter dem wie unter einer Perücke graue Strähnen schimmern, sieht sie aus wie ein fremdartiges Götzenbild. Man merkt ihr kaum an, daß sie über Fünfzig ist. Ihre Gestalt ist gedrungen, nur wenig verfettet, ihr Mienenspiel und ihre Bewegungen vibrieren von einer unheimlichen Willenskraft. Der Blick hat durch seine Heftigkeit etwas Erschreckendes. Eine schrankenlose Herrschsucht verkündet sich in ihm.

Allmählich kommt Bettina mit ihr ins Gespräch. Und auf einmal packt sie Gannas Hand, packt die winzige, sommersprossige, uralte Hand wirklich, so, wie sie es vor vielen Jahren gewollt, packt sie und sagt: »Frau! Frau! Was machen Sie denn! Sie schlagen ja alles um sich her in Trümmer! Haben Sie doch Erbarmen mit sich selber!« Da schaut Ganna tief bestürzt zu ihr hinüber, um ihren Mund zuckt es, die Lider zucken, sie weint. Sie nickt pagodenhaft vor sich hin und weint, weint, weint. »Ich muß doch«, stammelt sie, »ich muß doch.« Sie muß! Und wieder denkt Bettina: Eine arme, bettelarme Haut, warum fürchtet man sich denn vor ihr? Sie hat plötzlich so viel Mut und Zuversicht, ihr ist, als könne sie von Ganna alles erreichen, was sie will. Sie wählt die vorsichtigsten Worte, die nicht weh tun können. Sie ist zart, bedächtig, schwesterlich, obgleich sie in ihrem Innern fortwährend mit einem Gefühl des Grauens und einer leisen Übelkeit kämpft; aber dem darf ich nicht nachgeben, sagt sie sich, es geht um alles. Sie sagt sich auch, etwas muß doch noch an ihr sein, in ihr sein, was es erklärt, daß dieser Mann neunzehn Jahre lang mit ihr gelebt hat. Dieses Etwas will sie finden und ausgraben und darauf pochen und zu ihr sprechen: Da ist es, Frau, da ist es, was Sie ihm schulden: Anstand, Würde, Billigkeit, Dank, ja, auch ein wenig Dank, da ist es, nehmen Sie's wahr, halten Sie's fest. Und sie macht Ganna in einer zugleich kindlichen und überlegenen Weise den Hof, wie es eine ältere, erfahrene Freundin tun könnte. Aber da wird Ganna sofort mißtrauisch, und als Bettina von Nachgeben redet, bockt sie mit der gewohnten Formel auf: »Warum soll gerade ich nachgeben? Mein ganzes Leben lang hab' ich nachgegeben.« Und als Bettina von meinen Existenzsorgen spricht, die wie Wetterwolken über ihr und mir hängen, nimmt Ganna diese Mitteilung wie einen schlechten Scherz zur Kenntnis und erwidert mit ihrem schlauen Besserwisserlächeln, sie habe die bestimmtesten Nachrichten, daß ich ein großes Vermögen in ausländischen Banken liegen habe. Bettina schlägt die Hände über dem Kopf zusammen, sie muß lachen, sie kann nicht anders, da wird Ganna denn doch stutzig und fängt an zu stottern; etwas Undefinierbares in Blick und Miene der jüngeren Frau leuchtet ihr auf als Wahrheit, ganz trüb nur, ganz Verblasen und schon zum Wiedervergessen bereit, denn mit einer so unbequemen Wahrheit kann sie nicht leben. Es ist ja möglich, überlegt sie mit einem rätselhaften Schmollen im Gesicht, wie wenn sie durch die Berührung mit Wahrheit beleidigt worden wäre, möglich, daß auch er nicht auf Rosen gebettet ist, und murmelt ein paar verwundert teilnahmsvolle Phrasen. Doch als ihr Bettina die Schmählichkeit der Scheidungs- und Eheanfechtung vorhält und daß sie sich damit in den Augen aller anständigen Menschen unheilbar geschadet, erbost sie sich: »Was fällt Ihnen ein, Frau Bettina, da sind Sie gewaltig im Irrtum«, und ratscht zwanzig Namen von Freunden und Freundinnen herunter, die auf ihrer Seite stünden und mit ihr durch dick und dünn gingen. Bettina fällt ihr leidenschaftlich ins Wort, strenge Richterin plötzlich, schlank aufgereckt, auf die sittliche Ordnung verweisend, das natürliche Vertrauen, ohne das die gesamte lebende Welt zerbreche. Da erschrickt Ganna, schluchzt erbärmlich und sagt, sie habe nicht anders gekonnt, die Menschen seien so gemein gegen sie, jeder einzelne Tag beginne und ende mit Verzweiflung, niemand habe besseren Willen als sie, liebe das Gute und Edle so wie sie, sie sehne sich so schrecklich nach Verständnis und Ruhe und ein bißchen Behagen und ein bißchen Achtung: Was solle sie denn tun? Ja, wenn sie es so herrlich hätte wie Bettina, das ganze Jahr an der Seite des geliebten Mannes und in einer so wundervollen Einsamkeit; das habe sie aber nie erreicht, obschon sie sich solche Mühe gegeben; was solle sie denn tun? Was verlange denn Bettina von ihr? Abblasen, sagt Bettina, die Waffen nieder! Und sie nimmt die Schluchzende in die Arme, wie schwer es ihr auch fällt, sie spürt die drahtigen Haare, die ungeheuer fremde Haut, den peinlich fremden Geruch, Geruch der Kleider, die im Koffer gelegen sind, Geruch von schlechtem Puder und schlechtem Parfüm, von Eisenbahnfahrt und unaufgeräumtem Gasthauszimmer; sie nimmt sie in die Arme und redet ihr gütig zu: »Mit alledem reiten Sie sich doch nur selber ins Unglück. Alles, was Sie verhindern wollen, geschieht, weil Sie es verhindern wollen. Es zerrinnt Ihnen doch in der Hand, und wenn Sie danach greifen, kehrt es sich gegen Sie, wissen Sie denn das nicht?« Ganna, in Tränen aufgelöst, sagt zerknirscht, ja, sie glaube es selbst, sie sehe es ein und wisse jetzt auch, was ich an Bettina hätte, und sehe, welche Fehler sie begangen habe. Das sagt sie laut und vernehmlich, es ist das erstemal, seit sie denkt und existiert, daß sie zugibt, Fehler begangen zu haben. Bettina horcht hoch auf, sie begreift, was da vor sich geht, sie meint, es sei etwas Wirkliches geschehen, sie läßt sie nicht und läßt sie nicht, sieben Stunden ist sie mit ihr eingeschlossen, von ein Uhr mittags bis acht Uhr abends, dann kommen sie zu einer Art Vereinbarung, die sogleich schriftlich niedergelegt und von beiden unterfertigt wird: Man wird ihr einen Teil der Summen, die sie eingeklagt hat und deren Anforderung nicht gänzlich auf Willkür beruht, ratenweise bezahlen (Bettina bezeichnet diese Summen ausdrücklich); man wird ihr den Zuschuß für Doris wieder ausfolgen; ich werde ihr die Hand zur Versöhnung reichen, und man wird ihr mit Rat und Tat beistehen und aufhören, sie zu meiden. Dagegen verpflichtet sie sich ihrerseits, sämtliche anhängigen Klagen zurückzuziehen, Sperre und gerichtliche Pfändungen aufzuheben und innerhalb kurzer Frist die deutsche Scheidung durchzuführen.

Nachdem dieser Friedenspakt geschlossen ist, ruft mich Bettina ins Zimmer. Ganna geht mit ausgestreckten Händen auf mich zu und sagt jammernd: »Wie schlecht du aussiehst, Alexander, was ist denn mit dir!« Ich überhöre es, schiele aber im Vorbeigehen zerstreut in den Spiegel. »Wir haben inzwischen etwas Ersprießliches zustande gebracht«, teilt mir Bettina mit und weist auf das Blatt Papier mit den Unterschriften, das auf ihrem Schreibtisch liegt. Ich schaue Bettina an, schaue Ganna an, schweige. Da rückt Ganna mit einer Bitte heraus. Sie möchte ein wenig Geld haben. Sie gesteht bekümmert, daß sie nicht einmal ihre Gasthausrechnung bezahlen kann. Bettina schüttelt den Kopf. »Erst müssen Sie tun, was Sie versprochen haben, Frau Ganna«, sagt sie mit einer Bewegung des Kinns gegen das Papier auf dem Schreibtisch. Derweil habe ich, ohne auf ihren durchdringenden Warnerblick zu achten, die Brieftasche herausgezogen und reiche Ganna drei Geldscheine, das volle Drittel der Summe, die sie erst nach Erfüllung der Vertragspunkte als Anzahlung hätte bekommen sollen. Mit einem Ausdruck der Hoffnungslosigkeit wendet sich Bettina ab. Sie hat den blödsinnigen Mißgriff sogleich erfaßt. Ich hätte wissen können: Wenn Ganna Geld in der Hand hat, vergißt sie Abmachung, Unterschrift, Versprechen, Schwur, alles. Bettina hat ja meine Gebärde verstanden, was verstünde sie an mir nicht, dieses: Fort, fort, fort; fort mit dem Geld, fort mit der Frau; aber, so fragt sie sich: Darf man so leichtfertig, so gedankenlos, so sinnvernichtend mit der Nervenkraft und der seelischen Arbeit des andern verfahren?

Ich begleitete Ganna zur Tür. An der Schwelle bleibt sie stehen und schaut mich groß an, voll Vorwurf und Klage. Ich verbeuge mich, nehme ihre Hand und drücke meine Lippen darauf. Bettina kann ihr Erstaunen kaum verbergen. Was tut er da, denkt sie, warum küßt er ihre Hand? Nun, diesmal kapiert sie doch nicht. Es ist wieder das »fort, fort, fort«. Es ist eine fast komödiantische Ehrerbietigkeitserweisung, durch die Ganna für immer zu einer Fremden für mich wird, fremd in diesem Hause, fremd in meiner Welt. Eine Instinkthandlung in Form einer leeren Zeremonie, die nichts anderes bedeutet als den letzten inneren Bruch mit Ganna.

Der Teufel reitet über die Ruinen

Auf diese ganze turbulente Veranstaltung erfolgte schlechtweg nichts. Sperre und Pfändung wurden nicht aufgehoben. Die Klagen wurden nicht zurückgezogen. Von der deutschen Scheidung war keine Rede. Aber ihr glaubt doch nicht, daß Ganna die geringste Schuld an dem Vertragsbruch hatte? Bewahre. Sie wusch ihre Hände so emsig in Unschuld, daß der Schaum nur so spritzte. Hat sie nicht ihrem Anwalt in Ebendorf »entsprechende Weisungen« erteilt? Hat der Eigenmächtige sich nicht aus »prozeßtechnischen Gründen« geweigert, ihre Aufträge auszuführen? Will man leugnen, daß Hornschuch heimtückischerweise »passiven Widerstand« geleistet hat? Wieso denn Hornschuch? Welchen denn? Das wird nicht gesagt. Behauptung ist identisch mit Beweis. Dann, in einem scholastischen Schriftsatz an Bettina: »Jedermann weiß, daß ich in meinen Handlungen korrekt bis zur Pedanterie bin, somit weise ich den gegen mich erhobenen Vorwurf, ich hätte mich nicht an die Vereinbarungen gehalten, mit Entrüstung zurück, kann es doch keinem Zweifel unterliegen, daß in diesem wie in allen früheren Fällen die Gegenpartei es ist, die sich den Vertragspflichten entzogen hat.« Dixit, Ganna. Und zuletzt, als neueste Sanktion, ein wahrer Purzelbaum des Dünkels: Zur deutschen Scheidung kann sie sich erst nach einem Probejahr entschließen, wenn sie nämlich die Überzeugung gewonnen hat, daß ich es mit meinem Friedenswillen ernst meine. Der Dachs schlüpft aus dem Bau, legt ein Häufchen Unrat und grinst sich eins, wenn die Hunde hinter ihm her bellen.

Bettina aber war es zumute wie jemand, der einen Menschen mit Todesverachtung und unter Aufbietung aller Kräfte aus einem brennenden Haus getragen hat und nachher von ihm angespuckt wird. Sie konnte es nicht verwinden. Es war ein seltsam bettinahafter Zusammenbruch, den sie erlitt, ganz leise, ganz still, doch so schlimm wie eine schwere Krankheit.

Ich notiere: Vierzehn Gerichtsbeschlüsse; zweiundzwanzig Zahlungsbefehle; elf Exekutionsführungen; drei amtliche Schätzungen des Bucheggergutes; vier Ehrenbeleidigungsklagen; zwei Klagen bei der Vormundschaftsbehörde; fünf einstweilige Verfügungen; Pfändung des Autos; Versteigerung meines Schreibtisches; siebenundfünfzig Advokatenbriefe innerhalb von sechs Wochen; Sperre meines Kontos beim Verleger, da ich Ganna die Monatsrate nicht mehr zahlen kann und meine Einnahmen auf einen Pappenstiel zusammengeschrumpft sind; Prozeß Gannas gegen den Verleger; Ganna in Berlin, Ganna in München, Ganna in der Kreisstadt, Ganna in Ebendorf, immer unerwartet da und dort, als ließe sie sich nur mit Flugzeug befördern; immer mit gezücktem Schwert, immer unter Wuchererfäusten verröchelnd; Vermittlungsanträge; Sanierungsvorschläge; Gebrüll, man habe sich mit ihr zu versöhnen, sonst wehe …

Es bleibt sozusagen kein Stein auf dem andern.

Gannas Schulden bei ihren Advokaten allein belaufen sich auf ein Vermögen. Bedenke ich, daß diese Unsummen dazu dienen sollen, die Söldner zu bezahlen, die in ihrem Auftrag gegen mich Krieg führen, daß das Geld, das ich Monat für Monat mit Müh' und Not zusammenscharre, der Verwüsterin für die Armierungskosten ihrer juristischen Soldateska zufließt, so wird die ganze Welt zu einem gruseligen Possentheater, einem Totentanz unter Mitwirkung von vierzig Rechtsanwaltskanzleien und ihrem gesamten Personal an Schreibern und Schreiberinnen, Konzipienten und Substituten. Als ich mich an Ferry wende und ihm nahelege, seine Mutter zur Vernunft zu bringen, ehe es zu spät ist, fährt er von Mailand, wo er in einer Autofabrik als Ingenieur arbeitet, zu ihr und beschwört sie himmelhoch, von ihrem Wahnsinn abzulassen. Sie tobt. Sie bezichtigt ihn, ihren Sohn, er sei von Bettina bestochen und bezahlt. Als es mir zu Ohren kommt, ist mir zumute, als schüttle mir der Teufel mit Hohngeschrei die lebendige Seele aus dem Leib.

Aber es hat sich auch etwas Wunderbares seitdem ereignet. Von einem gewissen Gesichtspunkt aus betrachtet, war es ein großes Erlebnis für mich. Es begann damit, daß Bettina eines Tages sagte: »Du bist dem Kampf nicht gewachsen. Du gehst dabei vor die Hunde. Schau dich doch an! Von heute ab nehme ich die Sache in die Hand.« Solche Entschließungen waren bei ihr die Folge langer und reiflicher Überlegung. Bei bloßen Worten blieb es dann niemals. Hatte sie einmal einen Vorsatz gefaßt, so führte sie ihn mit unerbittlicher Konsequenz durch. Ihre Willenskraft hat etwas Strahlendes und unbedingt Bezwingendes. Durch und durch tätige Natur, flößt ihr nur die Tat Respekt ein, im Grunde ihrer Seele hat sie was gegen die Träumer, und oft habe ich zu meiner Überraschung bemerkt, daß sie, wenn sie zu träumen schien, in Wirklichkeit *dachte*, und zwar nicht, was man obenhin so heißt, sondern gründlich, mit philosophischem Ernst und in streng gegliederter Kette. Plötzlich hatte sie das Gefühl übermannt, als ob sie wider ihr besseres Ich in jahrelanger lauer Bequemlichkeit ein Prinzessinnenleben, ein Zuschauerleben geführt habe; dabei wurde ihr siedendheiß vor Scham. Sie wandelte sich sozusagen zwischen zwei Augenblicken. Das war ihre Begnadung, das war von jeher das Wunder an ihr, vor dem ich unbegreifend stand. Wer ausschließlich in der Betrachtung lebt, für den ist der wandelbare Bewegte das Unbegreifliche schlechthin. Auf einmal ließ sie alles andere stehen und liegen, als ob es nie gewesen wäre, ihre musikalischen Studien, ihre Geige, ihre Bücher, ihre Korrespondenz mit den Freunden, ihre schönen Dinge, alles, was ihr das Leben in der Gebirgswildnis, wie sie es oft in jähem Unmut nannte, erträglich gemacht hatte, ja sogar das Caspar Hauserchen mußte zusehen, wie es mit sich selber fertig wurde, und widmete sich ohne Abzug, ohne Einschmuggelung von Freuden und Zerstreuungen nur diesem einen. Und sie ging radikal zu Werk. Sie studierte die Akten, die Verträge, die Dokumente, die einschlägigen Gesetze und Verordnungen. Sie hatte stundenlange, tagelange Beratungen mit Hornschuch. Sie beantwortete die Klageschriften und die Advokatenbriefe, verkehrte mit den Gerichten, mit den Steuerbehörden, überwachte die Geldgebarung und reformierte unsere ganze Wirtschaft, über deren Verlotterung ihr endlich die Augen geöffnet waren, mit der Strenge eines Ersparungskommissars. Tag und Nacht war sie auf dem Posten, mich vor Überfällen zu schützen. Jeden Angriff

Gannas parierte sie mit einer Geschicklichkeit und Umsicht, als ob sie zehn Jahre Jurisprudenz getrieben hätte. Ihr klarer Verstand, ihre intuitive Kenntnis des praktischen Lebens zeigten ihr immer den einzig gangbaren Weg. Sie fürchtete keine Gefahr, sie scheute keine Anstrengung, sie geizte nicht mit ihrer Zeit, mit ihrem Schlaf, mit ihrer Gesundheit; der moralische Mut, von dem sie bis in die Fingerspitzen erfüllt war, verlieh ihr manchmal eine Art knabenhafter Freude am Raufen. Sie fuhr nach Wien, um mit einflußreichen Personen zu verhandeln, deren Unterstützung wichtig war, nach Berlin, um einen Anwalt aufzunehmen und meinem Verleger reinen Wein über die Verhältnisse einzuschenken, und so schnell und geistesgegenwärtig sie auch ihre Entschlüsse faßte, versäumte sie doch nie, mich von ihnen zu unterrichten und meine Zustimmung zu erbitten, damit ihr nicht von den plötzlich sehr beunruhigten Ganna-Leuten der Vorwurf gemacht werden konnte, sie betreibe meine Geschäfte auf eigene Faust und hinter meinem Rücken. Alles erwog sie, den geringsten Vorteil erspähte sie, mit nervöser Wachsamkeit legte sie es darauf an, dem Feinde den Wind aus den Segeln zu nehmen. Die ganze Frau war Kampf und Flamme. Es war ein Schauspiel, wie ich es nie erlebt hatte noch zu erleben hatte hoffen dürfen.

Es hatte aber auch eine erschreckende, ja unheimliche Seite. Bettina war mir doch in anderem Geist verbunden als dem der Ganna-Welt. Im Geist der Anti-Ganna kann ich wohl sagen. Sie war ja der absolut wahnlose Mensch. Der Mensch, den mir das Schicksal gegeben und zugesellt hatte, damit ich der Wahrheit und der Wirklichkeit teilhaftig würde, statt in Lüge und Schein zu verkommen. Das war doch der Sinn von allem Erlittenen und Erfahrenen gewesen, wenn anders ein Dasein wie das meine überhaupt von einem Sinn gekrönt werden konnte. Und nun, war es Tücke der Fügung, war es höhere Erprobung, deren Endziel vorläufig nicht zu durchschauen war, nun wurde die Gegen-Ganna in Gannas Bahn gedrängt, wurde wider ihr innerstes Wesen genötigt, mit Gannas Waffen zu kämpfen, sich ihr zu stellen, ihr als Schatten in ihre Dickichte und Finsternisse zu folgen; konnte das zum Guten führen? War es gut an sich? »So wie Diana, zärtlich hingerissen« hatte ich einst von Bettina geschrieben; aber wurde ich nicht jetzt mittelbar zum Mörder der zärtlichen Göttin? Gewiß, Diana ist auch eine Jägerin, jedoch ihr Revier ist nicht das Gespensterreich, sie geht nicht auf die Jagd nach Schwarzalben, sie läßt sich ihren Weg nicht von den Ganna-Dämonen vorschreiben –, oder sie wird selber zum gehetzten Wild.

Und als ob die Geschehnisse nur darauf warteten, diesen grenzenlos bangen Gedanken Wirklichkeit zu verleihen, sah ich alsbald, daß Bettina körperlich langsam verfiel. Sie wurde anfällig, im höchsten Grad reizbar, fliegende Fieber stellten sich ein, sie verlor an Gewicht, bisweilen machte sie den Eindruck einer von einem unbekannten Gift Vergifteten. Ihr Phantasieleben war gebrochen. In meinem Dienst. Durch meine Schuld. Von fernher durch meine Schuld. Also war Ganna doch die Stärkere. Der Schwarzalb hatte Diana auf ihrem Jagdzug verhext und gelähmt. Von da an, es ist jetzt drei Wochen her, seit ich dieses mit Schrecken erkannt, hatte ich nur die eine Sorge, wie ich Bettina dem verruchten Bezirk wieder entziehen konnte. Aber wenn ich davon sprach, lachte sie mich aus. Der Mut, der sie beseelte, war wie eine gläserne Glocke, melodisch tönend, ohne Trübung.

Gestern, den 26. Juni, erhielt ich zum viertenmal den Gerichtsbefehl zur Ableistung des Offenbarungseides, den von mir zu erzwingen Ganna sich vorgesetzt hatte. Ich verzeichne die einfache Tatsache. Es handelte sich um das angeblich beiseite geschaffte und versteckte Vermögen, das ich besitzen sollte. Die früheren Male hatte ich Einspruch gegen den Eid erhoben. Einmal war ich auf Bettinas Rat abgereist, einmal hatte ich ein ärztliches Zeugnis beigebracht. Ich hatte noch nie im Leben einen Eid geschworen. Es schien mir ungeheuerlich, gegen die Ehre, gegen allen Verstand, gegen alles menschliche Empfinden, daß ich einer Ganna unter Berufung auf den Namen Gottes schwören sollte, ich besäße die Schätze nicht, die sie mir, nunmehr im wörtlichsten Sinn, aus der Seele pressen wollte. Ich gestehe offen, daß ich unvernünftig genug war, mich davor zu fürchten wie vor einem Mordanschlag. Bettina schüttelte den Kopf über mich. Sie sagte: »Was willst du, was ist dir daran so schrecklich? Du hast ja nichts zu verheimlichen. Es ist eine leere Formalität.« Ich erwiderte ihr, es sei für mich weit mehr als eine Formalität; es sei ein Akt der Verbindlichkeit, bei dem das ausgesagte Wort zu einem unauslöschlichen Faktum werde; einem Menschen wie Ganna überliefere man sich dadurch wehrlos; sie werde nie aufhören, Inzichten zu sammeln, jeder gelebte Tag, jeder verausgabte Geldschein werde von ihr und ihren Spießgesellen beschnuppert werden; sie werde mich auf den geschworenen Eid genauso festnageln wie auf die Unterschrift unter den Ehevertrag vor dreißig Jahren. Bettina sagte: »Du magst Recht haben. Dann bleibt nichts anderes übrig, als daß du fortgehst. Geh fort.«

Doch wohin sollte ich gehen? Wieder ins Gebirge hinauf wie neulich, ehe dieser Professor Kerkhoven kam? Nein; es war ein mißglücktes Abenteuer. Mich dünkt, ich habe mich vor mir selbst und jenem Mann ein wenig lächerlich damit gemacht. Wenn ein solcher Weg nicht in den Tod führt oder in ein gänzlich umgestaltetes Leben, dann war es eine Farce. Nach dem Gespräch mit Bettina bin ich den ganzen Nachmittag im Haus und im Garten herumgewandert, konnte nicht lesen, nicht arbeiten, nicht denken, kaum richtig schauen. Es ist im Grunde nicht dieser bodenlos unsinnige Eid, vor dem ich Angst habe, es ist all das Vergebliche, das bodenlos unsinnige Vergebliche. Woran geht denn meine Existenz in die Brüche? Da habe ich nun den Rat des merkwürdigen Mannes befolgt und die Hüllen von meinem Leben gerissen, habe mit all der Wahrheit, deren ich fähig bin, dem Schicksal, durch das ich gegangen, Gesicht und Gestalt zu geben versucht, aber was habe ich am Ende erreicht? Nicht zu leugnen, bisweilen hatte ich das Gefühl der Erlösung, die schonungslose Aufrichtigkeit des Bekenntnisses war wie eine Absolution, die mir von meinem gnädigen Wesen erteilt wurde; insofern hatte sich der freundliche Rater nicht getäuscht …

Aber es ist ja doch wieder nur Papier, ist ja doch wieder nur Geschriebenes, wendig, zweideutig und vor einem höchsten Forum vielleicht anfechtbar. Es bleibt ein unbewältigter Rest, ein Bodensatz von Zwiespalt und menschlicher Hinfälligkeit. Ich sagte neulich zu Bettina, das ganze Beginnen mute mich an, wie wenn man mit einem Hammer, der der Hand nicht gehorcht, einen Nagel in einen Nagel schlägt; vom untern bricht der Kopf, vom obern bricht die Spitze ab.

Was fehlt also? Es fehlt der Arm, der mir hinüberhilft über ein Hindernis, dessen Beschaffenheit ich noch nicht zu erkennen vermag. Es fehlt der Odem eines Menschen, der mir den Geist des wahren Begreifens einhaucht. Wie ein die Finsternis gewaltig durchflammender Blitz müßte mich dies erleuchten. Und der Teufel, der über die Ruinen meines Lebens reitet, würde sich mit Wehgeschrei in die Schlünde seiner Hölle verkriechen.

Ein etwas überspanntes Bild. Aber ich habe ja mein Maß verloren. Als jener merkwürdige Mann zu mir sagte: In sechs Wochen werden Sie bei mir sein, lächelte ich ungläubig. Heute ist schon die achte Woche vorüber. Ich wollte seine Voraussage Lügen strafen. Und doch liegt mir sein Wort wie ein unüberhörbarer Befehl in den Ohren. In manchen Stunden erscheint er mir wie ein Richter, von dessen Spruch mein ganzes ferneres Leben abhängt. Ich glaube, ich werde nicht länger meinen Stolz darein setzen, den Widerspenstigen zu spielen.

Drittes Buch: Joseph und Marie

oder

Die Glaubenswelt

88.

Das Revisionsverfahren gegen Karl Imst und Jeanne Mallery war rascher in Gang gekommen, als irgendjemand der Beteiligten hatte hoffen können. Es war eine ganze Partei am Werk gewesen. Ein bernischer Anwalt hatte sich seit sechs Jahren unermüdlich damit befaßt, die Unschuld des verurteilten Paares nachzuweisen. Die Bekundungen der Hellseherin fielen als juristisch unkontrollierbare Einflüsse nicht ins Gewicht, obwohl die neuen Tatsachen, die dadurch ans Licht gekommen waren, die Auffindung der Giftschachtel, die Feststellung der Liebesbeziehung zwischen der verstorbenen Selma Imst und einem zwanzigjährigen Studenten, die Grundlage für das Wiederaufnahmeverfahren bildeten. Die Assisen traten bereits am fünften Juni zusammen, und am siebenten erfolgte der Freispruch. Imst und Jeanne Mallery wurden wieder in ihre bürgerlichen Rechte eingesetzt, auch wurde jedem von ihnen eine beträchtliche Geldentschädigung zugesprochen, damit sie sich eine neue Existenz aufbauen konnten.

Als Schwester Wys-Wiggers die Nachricht erhielt, wurde sie vor Freude ohnmächtig. Marie, die in den letzten Wochen ganz im Dienst dieser Sache aufgegangen war, konferiert und korrespondiert hatte, fühlte sich unendlich erleichtert. Von ihr ging die Anregung aus, den beiden für die nächste Zeit im Hause Seeblick ein Asyl zu gewähren. »Die wissen doch sicher nicht, wohin sie den Fuß setzen sollen«, sagte sie zu Kerkhoven, »sie haben alles verloren, ihr Heim, ihre Freunde, den Zusammenhang mit der Welt, vielleicht können sie sich nicht einmal mehr mit den Menschen verständigen.« Kerkhoven stimmte ihr zu. Er schrieb an den Direktor des Strafhauses in Langenau sowie an Karl Imst; Schwester Else legte einen Brief an den letzteren bei. Nach zwei Tagen kam die Antwort. Imst nahm die Einladung, auch im Namen seiner

Gefährtin, dankbar an. Am achten fuhr Kerkhoven mit Schwester Else nach Langenau, um die beiden abzuholen. Sie wurden in den Zimmern einquartiert, die Mordann und seine Tochter bewohnt hatten.

89.

Karl Imst sah ziemlich bäurisch aus, vierschrötig und plump. Die asch-fahle Gesichtsfarbe und das scheue Wesen erklärten sich durch die langjährige Zellenhaft. Auch der schwankende, fast taumelige Gang. Die Mallery mochte einmal schön gewesen sein, eine jener schweizerisch-romanischen Schönheiten, deren Edelrassigkeit sich vor allem in Haltung und Gestus äußert. Jetzt war alles an ihr zerstört und eine kleinbürgerlich wirkende, schwer erschöpfte Frau übriggeblieben. Sie war dermaßen überempfindlich, daß heftige Geräusche, wie Hämmern, Holzhacken, Hupensignale, einen Tränenstrom auslösten.

Bei der ärztlichen Untersuchung stellte Kerkhoven ein krankhaftes Versagen der Organleistungen fest. Sehkraft, Atmung, Verdauung, Nervenfunktion, Stabilitätsgefühl, alles hatte gelitten, namentlich aber Herz und Nieren. In seelischer Beziehung fehlte jeder Impuls, jeder Antrieb. Da Imst das Verlangen geäußert hatte, seinen achtjährigen Sohn zu sehen, der bei Verwandten in der Innerschweiz in Pflege war, ließ Kerkhoven den Knaben kommen. Aber als er dann da war, kümmerte sich Imst kaum um ihn, ja, er schien das Kind mit Abneigung zu betrachten.

»Der Mann ist einfach nicht wiederzuerkennen«, sagte Schwester Else zu Kerkhoven, »wenn Sie bedenken, daß das einmal ein lebensfroher Mensch war, ein Unband von Kerl, Jäger, Hochtourist, Skiläufer. Und jetzt? Eine Ruine.«

Das Auffallendste war, daß Imst und Jeanne nach den ersten Tagen des Beisammenseins einander ängstlich zu meiden schienen. Das heißt, Imst war es, der Jeanne aus dem Weg ging, unerfindlich aus welchem Grund. Die Wys-Wiggers, die beständig eine rührende Teilnahme für die beiden bezeigte, zerbrach sich den Kopf darüber; sie versicherte Kerkhoven immer wieder, die arme Jeanne gräme sich halb zu Tode. »Was mag denn nur dahinterstecken?« fragte sie ratlos. – »Ich fürchte, etwas recht Schlimmes«, antwortete Kerkhoven, und als ihm die Schwester an einem der folgenden Tage berichtete, Imst habe gebeten, man möge in der Doppeltür zwischen seinem Zimmer und dem der

Mallery eine Matratze zur Geräuschdämpfung anbringen, schaute er eine ganze Weile nachdenklich vor sich hin.

90.

Der Fall Imst-Mallery bot ihm so viele Möglichkeiten zu allgemeinen Schlußfolgerungen, namentlich was die Beziehung zwischen Verbrechen und Staatsgewalt, zwischen Strafvollzug und Gesellschaft betraf, daß er beschlossen hatte, ihn in sein Werk über den Wahn aufzunehmen. Hier hatte die öffentliche Meinung, lediglich gestützt auf Vorurteil und Hörensagen, eine so blindwütige Macht bewiesen, daß das Recht und der Rechtsgedanke ihr von vornherein kläglich unterlegen waren. Die Schädigung, die die Einzelseele durch die wahnhafte Verseuchung jener Gruppen erfuhr, die der Gerechtigkeit ihren Willen aufnötigten, war ein Problem, mit dem man sich als Arzt zu befassen hatte, deckte es doch eine der geheimen Fehlerquellen in der Gesamtfunktion des sozialen Körpers auf. Und da es für Kerkhoven eine unumstößliche Grundwahrheit war, daß im engsten Bezirk, am unbeträchtlichsten Individuum, nicht geschehen kann, was sich nicht wie ein physikalischer oder chemischer Vorgang mit unerbittlicher Folgerichtigkeit in der Gemeinschaft, der Nation, der Menschheit auswirkt, war das Schicksal der beiden Menschen für ihn symptomatisch, um so mehr, als es sich um mittlere Charaktere handelte, Leute von mittlerer Intelligenz und geringer Bildung.

91.

Wenn er, gewöhnlich zu einer frühen Nachmittagsstunde, bei Imst eintrat, um ein wenig mit ihm zu plaudern, saß dieser vor einem Schachbrett, in die Lösung einer Aufgabe vertieft. Die Aufgaben schnitt er aus den Sonntagsbeilagen alter Zeitungen heraus, von denen ein Stoß unordentlich unter dem Bett lag. Er hatte eine kurze englische Pfeife im Mundwinkel, die er meistens kalt rauchte. Kerkhoven legte es darauf an, sich ungefähr wie ein Hotelbesitzer zu benehmen, der seine Gäste zwar möglichst wenig stören will, andererseits aber Sorge trägt, daß sie sich nicht langweilen. Wenn er eine Frage stellte, antwortete Imst nie direkt, sondern stieß zuerst ein hastiges »Wie bitte?« oder »Wie meinen?«

hervor, als wolle er Zeit zum Überlegen gewinnen, eine Finte, deren sich viele mißtrauische und verängstigte Menschen bedienen. Ins Freie ging er selten. Die Neugier nach der Welt war offenbar in ihm erstorben. Sein Aufenthalt im Hause war in der Gegend bekannt geworden, und obgleich er von niemand belästigt wurde, bildete er sich ein, Schaulustige und Sensationsgierige belagerten Tag und Nacht das Tor. Es war ein schwacher Versuch, das ertötete Selbstgefühl in Form einer Abwehr wiederherzustellen.

Einmal forderte ihn Kerkhoven zu einer Partie Schach auf. Er lehnte ab, seltsam erschrocken. Kerkhoven wollte wissen, weshalb er sich weigere. Er sagte, er spiele nicht gut genug. »Aber ich bin auch nur ein blutiger Dilettant«, entgegnete Kerkhoven lachend. Imst war nicht dazu zu bewegen. Endlich glaubte Kerkhoven die wahre Ursache zu erkennen: Es war die Furcht, zu verlieren; Imst konnte den Gedanken nicht ertragen, im Spiel zu verlieren. Denn er verlor damit nicht nur die Partie, er verlor auch das Fünkchen Selbstachtung, das noch in ihm glomm.

92.

Eines Tages wagte Kerkhoven die vorsichtige Frage: »Sie sind zum Bewußtsein Ihrer Freiheit wohl noch gar nicht gekommen?« – »Meiner Freiheit? Meiner Freiheit? Bei Gott, nein.« Die Antwort klang müde und resigniert. – »Warum eigentlich nicht? Alles hat sich doch aufs günstigste gestaltet. Feierliche Rehabilitierung. Die Wege ins Leben wieder offen …« Imst schüttelte den Kopf und bemerkte trüb: »In was für ein Leben, bitte? Wozu trampelt man denn in dieser blödsinnigen Welt herum? Was fang' ich denn an mit der Freiheit? Hat ja keinen Sinn, hat ja gar keinen Sinn.« – »Aber soviel ich sehe, macht es Ihnen Spaß, Schachprobleme zu lösen«, warf Kerkhoven lächelnd ein, »das ist doch auch, wenn nicht ein Sinn, so doch ein Reiz.« – »Vielleicht. Aber es könnte ja einer den eigenen Kot fressen, um nicht zu verhungern. Das beweist nicht, daß es ihm schmeckt.«

Als sie am andern Tag vor dem unvermeidlichen Schachbrett einander gegenübersaßen, sagte Kerkhoven nach langem Schweigen: »Wenn der Springer nach f2 zieht, droht Matt in zwei Zügen, scheint mir.« – Imst, den Kopf zwischen beiden aufgestützten Händen, blickte überrascht empor. »Sie verstehen sich ja drauf«, sagte er anerkennend, »leider ist

der Zug bloß eine Verführung; der König kann dann den Läufer schlagen.« Ein schwach vernehmliches Husten drang aus Jeanne Mallerys Zimmer herüber. Kerkhoven machte ein verwundertes Gesicht, so, als wüßte er nicht, daß sich eine Matratze zwischen den Türen befand. Er ging hin, öffnete die Tür, besah sich die Füllung, murmelte gedehnt: »Hm … Ach so«, und schloß die Tür wieder. Dann kehrte er an den Tisch zurück und tippte mit dem Zeigefinger auf Imsts Schulter. »Für die Frau da drinnen muß etwas geschehen«, sagte er, »die siecht uns unter den Händen hin.« – Imst schwieg. – »Das Ding dort bedeutet wohl noch was anderes als einen Lärmschutz?« forschte Kerkhoven. Und da Imst den Mund nicht auf tat: »Was geht denn zwischen euch vor? Ich denke, Sie sind mir eine Erklärung schuldig.« – Imst starrte regungslos auf Kerkhovens mächtige Hände, die gegen die Tischplatte gestemmt waren. »Ich möchte es nicht, Herr Professor. Verzeihen Sie, ich möcht' es lieber nicht erklären«, murmelte er. – »Auch nicht, wenn man ihr damit helfen könnte?« – »Kann man nicht, Herr Professor. Niemand kann helfen.« – »Wer weiß. Vielleicht Sie selber. Jedenfalls ist die Behandlung, die Sie ihr angedeihen lassen, reichlich brutal.« – Imst zuckte zusammen wie unter einem Nadelstich. – Kerkhoven setzte sich an seine Seite und sprach leise: »Sie lieben sie nicht mehr. Gut. Daraus kann man Ihnen keinen Vorwurf machen. Aber schließlich hat die Frau alles Unglück mit Ihnen geteilt, und die einfachste menschliche Rücksicht»…
– »Es hat keinen Zweck, mich ins Kreuzverhör zu nehmen«, unterbrach ihn Imst mit ebenso leiser Stimme. »Sie sind sehr freundlich zu mir, Herr Professor. Ich bin kein undankbares Aas. Nur in dieser Sache … Es liegt nicht an mir, kann ich Ihnen sagen.« – »Ich dachte an eine sexuelle Störung, wie sie in solchen Fällen häufig aufzutreten pflegt«, sagte Kerkhoven. – »Davon habe ich mich noch nicht überzeugen können«, war die kaum hörbare Antwort. – Kerkhoven war frappiert. »Dann bleibt nur noch eine Möglichkeit«, fuhr er grüblerisch fort, ohne die gequälte Miene Imsts zu beachten. »Sie machen Jeanne Mallery unbewußt für das Geschehene verantwortlich. Sie wollen sich unbewußt an ihr rächen. Daß sie die schuldlose Verursacherin ist, wissen Sie zwar, aber haben Sie sich in der Zelle nicht immer wieder vorgesagt: Wäre die Jeanne nicht gewesen, alles wäre anders gekommen? Ich stelle mir vor, daß dieser Gedanke Sie überhaupt nicht mehr verlassen hat, daß er Sie unaufhörlich verfolgt hat.« – »Daran ist was Wahres«, gab Imst finster-erstaunt zu, »wie können Sie das wissen?« – »Weil es ein elementarer

Trieb in uns Menschen ist, den Schwerpunkt der Verantwortung zu verlegen.« – »Wie meinen? Das versteh' ich nicht ganz.« – »Denken Sie ein wenig darüber nach.« – Imst zog den Tabaksbeutel aus der Tasche und stopfte mit erkünsteltem Phlegma die Pfeife. Seine Finger zitterten. Plötzlich brach er dumpf-verzweifelt aus: »Sie kommt nicht von der Selma los! Kommt und kommt nicht los! Leben Sie einmal mit einer Toten, Herr Professor! Zu dritt mit einer Toten!« Da gingen Kerkhoven die Augen auf.

93.

Jeanne Mallerys Stimmung bewegte sich in grellen Gegensätzen. Zwischen exaltierter Lustigkeit und trüber Schwermut war kein Übergang. Wenn Marie und Schwester Else sie aufsuchten und mit ihr in den Park gingen, war sie wie berauscht und schwatzte ununterbrochen wie ein Wasserfall, in einer zusammenhanglosen, oft sogar verworrenen Art; ließ man sie dann fünf Minuten allein, so war sie wie ausgewechselt, alle Lebensgeister erloschen, sie drückte die Schultern zusammen, stierte ausdruckslos vor sich hin und erbebte beim geringsten Laut.

Daß sie nie vorher an Sinnestäuschungen gelitten hatte, war ziemlich sicher, obwohl im allgemeinen Sträflinge, die sich in jahrelanger Einzelhaft befinden, häufig von Gehörs- und Gesichtshalluzinationen befallen werden. Man wußte jedenfalls in der Anstalt nichts davon. Kerkhoven erkundigte sich eigens beim Gefängnisarzt, der ihm mitteilte, er habe keinerlei derartige Erscheinungen beobachtet, zweifle auch, daß sich je welche eingestellt hätten, da Jeanne Mallery während der ganzen sechs Jahre in einem Zustand vollkommener seelischer Erstarrung hinvegetiert habe; Ähnliches sei ihm in seiner Praxis kaum vorgekommen.

Es ließ sich also nur annehmen, daß die Befreiung aus dem Zuchthaus etwas bewirkt hatte, was dem Aufbrechen und Abfallen einer Kruste zu vergleichen war, ein Vorgang, der in der Sprache der Fachleute als rückläufige Erregung der Sinnesstätten bezeichnet wird. Kerkhoven legte aber keinen Wert auf die Einordnung in die Kategorie, er hielt sich an das Bild, versenkte sich in den einen, einzigen Menschen und schloß, phantasiemäßig schon, alles Generelle aus. Und da sah er die in der Freiheit jäh erwachte Seele von einer gespensterhaften Hand in die Vergangenheit zurückgeschleudert. Nichts war abgebüßt, nichts vergessen, der furchtbare Kampf, den sie gegen das dämonisch-böse Weib um den Geliebten geführt, setzte sich fort, als wären die Jahre im Kerker nicht gewesen, als hätte sie den Tod der Frau nur geträumt; sie war wieder da, die unversöhnliche Heischerin, und heischte Rechenschaft und Sühne; die Anklage, die sie erhob, übertönte in Jeanne Erinnerung und Gegenwart, und statt sich endlich, wiedervereinigt mit dem Mann, ohne den es für sie kein Leben gab, dem langerstrebten Glück hinzugeben, erschien ihr dieses Glück als Einbildung und Trug, und die alte Schuld, die alte Angst, die alte Verfolgung würgten sie. Ein Beweis für die übermenschliche Gewalt, die von den Willensbesessenen selbst dann noch ausgeht, wenn sie zu Schatten geworden sind und den irdischen Schauplatz ihrer Taten verlassen haben.

94.

Es überraschte Kerkhoven nicht, als ihm Marie sagte, sie habe den Eindruck, Jeanne Mallery sei im Innern überzeugt, die Selma Imst wirklich ermordet zu haben, und daß sie an den gerichtlichen Freispruch und an die Tatsache, daß sie mit Karl jetzt unter einem Dach lebte, nicht ernstlich glauben könne. Es war die logische Folge in der finster-unlogischen Verkettung. Marie verbrachte bisweilen den Abend in Jeannes Zimmer, um sie zu zerstreuen und von ihren Zwangsvorstellungen abzulenken. Die schlimmste Zeit war die vor dem Einschlafen. Sobald sie sich ins Bett legte, erzählte Marie, zitterte sie wie Espenlaub und fing an, unverständliche Worte in die Luft hinein zu reden, wobei ihre Augen einen nichtvorhandenen Gegenstand oder eine unsichtbare Person fixierten. Dann brach sie in unaufhaltsames Schluchzen aus. Marie war von diesen Szenen jedesmal so erschüttert, daß Kerkhoven sie bat, die abendlichen Besuche einzustellen. »Man kann sie doch nicht in ihrem Elend liegen lassen!« rief Marie aus. »Gibt es denn kein Mittel? Kannst du nichts tun, Joseph? Worauf wartest du eigentlich?« – »Ich muß auf eine Klimax warten«, erwiderte er, »den Moment des stärksten Anfalls, wo er gleichsam in sich selber zusammenbricht.« – »Kann man einen solchen Menschen nicht mit der Wirklichkeit, mit dem Augenschein konfrontieren?« fragte Marie schülerhaft. »Geht das nicht?« – »Wie denkst du dir diese Konfrontation, Marie? Was du Wirklichkeit nennst, ist doch auch etwas Ungreifbares und Eingebildetes.« – »Sonderbar, während du es sagst, wird es mir bewußt«, antwortete Marie betroffen, »man kommt sich vor wie der Mann aus Syrerland, der im Brunnen hängt; oben das böse Kamel, unten der wilde Drache.« – »Du vergleichst nur das Gleichnis«, sagte Kerkhoven trocken, »aber vergiß wenigstens die süßen Beeren nicht, nach denen der Unglückliche trotzdem schnappt.«

Gegen zehn Uhr abends, als Kerkhoven die Treppe zu seinem Arbeitszimmer hinaufstieg, vernahm er im Korridor des Erdgeschosses eine leidenschaftlich erregte Frauenstimme. Er lauschte. Eine zweite Stimme war nicht zu hören, es war kein Zwiegespräch, die Stimme sprach allein. Da nickte er vor sich hin und kehrte um. Es war finster im unteren Flur, er hatte selber vor ein paar Minuten das Licht ausgedreht. Aber am Ende des schmalen Gangs war eine Zimmertür offen, die von Jeannes Zimmer, und aus diesem fiel ein schwacher Lichtschein fast bis zu der Stelle am Treppenabsatz, wo er stand. Er konnte Jeanne Mallery erkennen. Sie trug ein weißes Nachtgewand, das bis zu den Fußknöcheln reichte. Die Füße waren nackt. Der Filzbelag des Bodens machte die Schritte der nackten Füße vollends unhörbar. Man vernahm nur die klagende, bettelnde, beschwörende Stimme. Abgerissene Worte. Dazu bettelnde, beschwörende Gesten. Der Gang einer Traumwandlerin. Lady Macbeth, mußte Kerkhoven denken. Er strengte sich an, die Worte zu verstehen, die an eine unsichtbare Begleiterin gerichtet waren. Aber er hörte nur den Namen Selma und dazu ein »schau« oder »ich bitt' dich«, »schau, Selma, ich bitt' dich, Selma«, dann verlor sich alles in ein hastiges, unartikuliertes, angstvolles, monotones Geflüster. Auf der andern Seite des Flurs tauchte Schwester Else auf. Kerkhoven konnte sich ihr gerade noch bemerklich machen, ehe sie Jeanne in den Weg trat. Er ging auf die Halluzinantin zu und ergriff sanft ihre beiden Hände. Sie war weder erschrocken noch erstaunt. Sie ließ sich ruhig von ihm in ihr Zimmer führen. Er redete ganz leise zu ihr. Es waren völlig belanglose Dinge, die er sagte. Es kam nur auf die schutzversprechende Stimme an. Er hob sie ins Bett, deckte sie zu und strich mit der Hand leicht über ihre Stirn. Sie sah ihn ohne Unterlaß an, mit einem gespannten, aber abwesenden Blick. Es fiel ihm auf, wie verjüngt sie aussah. Beinahe schön. Das Gesicht glühte wie im Fieber. Er setzte sich an den Bettrand und hielt ihre Hand so lange fest, bis sie schlief. Dann machte er dunkel, verließ das Zimmer und schloß behutsam die Tür. »Sie wird die Nacht durchschlafen«, sagte er zu der draußen wartenden Schwester, »von morgen an werden wir sie eine Zeitlang unter Schlaf setzen. Ich möchte das javanische Mittel benutzen. Es bewirkt Dauer-Somnolenz und ist so unschädlich wie Zuckerwasser …«

95.

Imst war hinter der Verbindungstür gestanden. Er war schon im Bett gelegen. Das Geräusch der Schritte und verschiedenen Stimmen hatte ihn aufgetrieben. Er hatte die Matratze entfernt und an der Tür gehorcht. Als es ruhig geworden war, öffnete er leise die Tür. Er schloß sie nur bis auf einen Spalt. Das durch diesen aus seinem Zimmer hereinfließende Licht erzeugte eine schwache Dämmerung in Jeannes Zimmer. Auf Zehen ging er zu ihrem Bett. Er sah sie lange Zeit an. Er konnte sich nicht satt sehen. Es war ein faltenloses, ein kindliches, ein leidensloses Gesicht. Zehn Jahre waren darin ausgelöscht. Was war geschehen? Wie hinunter-gezwungen legte er sich an ihre Seite. Er wartete und wartete mit klop-fenden Pulsen; sie erwachte nicht. Er kehrte ihr das Gesicht zu und murmelte gepreßt und schier atemlos: »Jeanne, Jeanne … hörst mich? … Hör mich doch, Jeanne.« Sie erwachte nicht. Kerkhoven, Meister des Schlafs, hatte ihr Bewußtsein gefesselt. Ihre Seele war zu tief in die Schlünde der Erschöpfung gefallen und lag dort wie in einem unzugäng-lichen Felsenloch. »Jeanne«, murmelte er und krampfte die Finger in das Kissen, auf dem ihr Kopf ruhte, »sie ist tot, die Selma, seit sieben Jahren tot, du brauchst dich nicht vor ihr zu fürchten, Jeanne … Hör mich doch, Jeanne …« Sie erwachte nicht. Sie seufzte dumpf und schlang die Arme um seinen Hals, erwachte aber nicht. Er drückte sie mit einem kurzen, wilden Aufschrei an seine Brust; sie erwachte nicht. Er begann an allen Gliedern zu zittern, der ganze Körper war naß von Schweiß, auf einmal sprang er auf, verstört, verzweifelt, impotent, und stürzte in sein Zimmer zurück. Jeanne erwachte nicht …

96.

Marie hatte mit Robert und Johann einen Tagesausflug gegen Frauenfeld verabredet. Die Knaben freuten sich unbändig darauf. Da ihr der kleine Konrad Imst in seiner Verlassenheit leid tat, nahm sie ihn mit. Sie wußte nicht, daß sich zwischen ihm und dem um zwei Jahre älteren Johann bereits ein offener Haß entwickelt hatte, obgleich sie einander nur wenige Tage kannten. Es war eine Blutsfeindschaft, aus der Natur heraus, wie zwischen zwei Hunden, die einander atavistisch und durch den Geruch reizen. Schon in den ersten Stunden mußte Marie zu verschiedenen Malen Frieden stiften; nach der Mittagsrast kam es zu einer erbitterten Rauferei, bei der Johann unterlag, was ihn gewaltig wurmte. Er war zu stolz, um sich bei seiner Mutter zu beklagen, aber Tatsache war, daß sich der jüngere gewisser hinterlistiger Tricks bedient hatte, die unter Knaben verpönt sind. Marie hatte es jedoch heimlich beobachtet. Kurz darauf kam es abermals zu einem Gezänke, das Konrad provoziert hatte, und als er im Verlauf des Wortwechsels Johann der Feigheit zieh, wurde dieser ganz blaß, machte plötzlich kehrt und rannte spornstreichs in den Wald hinein. Eine halbe Stunde lang suchte Marie nach ihm, endlich fand sie ihn in einem Busch, worin er sich verkrochen hatte; nur mit größter Mühe konnte sie ihn dazubringen, das Versteck zu verlassen; er gebärdete sich wie ein Berserker. Konrad Imst stand hämisch triumphierend dabei. Beim Weitermarschieren entdeckte der ein Stück hinterhertrippelnde Robert eine junge Kohlmeise, die im Gras lag und ängstlich mit den Flügeln flatterte; sie war offenbar bei einem verfrühten Flugversuch zu Schaden gekommen. Konrad bemächtigte sich sofort des Vogels, bettete ihn in sein Sacktuch, streichelte ihn unablässig, fauchte den sechsjährigen Robert wütend an, als der behauptete, das Tier gehöre ihm, er habe es zuerst gesehen, und benahm sich so übertrieben zärtlich gegen das flügellahme Geschöpf und so boshaft gegen seine menschliche Umgebung, daß Marie das Gefühl hatte, der Bub sei nicht ganz just, es müsse eine Schraube bei ihm los sein. Zwei Stunden später ließen sie sich am Ufer der Thur zum Ausruhen nieder; Konrad legte das bebende Tierchen ins Moos und entfernte sich, um Würmer und Käfer zu suchen. Johann war die ganze Zeit über auffallend gedrückt und still gewesen; kaum war Konrad verschwunden, so stürzte er mit funkelnden Augen auf das Tierchen zu und zertrat ihm mit dem Stiefelabsatz den Kopf ...

Alles dies erzählte Marie am Abend Kerkhoven. Sie befanden sich in dem riesigen Arbeitszimmer unterm Dach, Marie saß schmal und unbequem auf einer Holzbank an der Kaminsäule, den Blick ins schwarze Gebälk gerichtet. Kerkhoven lag in einem der breiten Ledersessel. »Du kannst dir denken, wie mir zumute war«, endete sie ihren Bericht, »das

Herz ist mir stillgestanden. Im ersten Moment hätt' ich den Buben packen und ins Wasser werfen mögen. Solche Tücke! Solche Roheit! Was nützt da die Erziehung, was sollen Güte, Verständnis, Vorbild? Auf einmal hat man eine blutdürstige kleine Bestie vor sich.« – Kerkhoven sagte kopfschüttelnd: »Stimmt alles nicht. Ein Kind ist kein Mensch. Nicht in unserm Sinn. Ich habe als Kind gelogen, betrogen und gestohlen. Alle anständigen Leute haben mir das Zuchthaus prophezeit.« – »Meinetwegen lügen und stehlen«, erwiderte Marie heftig, »hundertmal besser als das. Diese Infamie. Kalte gemeine Rache an einem Tier.« – »Hast du ihn zur Rede gestellt?« – »Nein. Ich habe kein Wort mehr mit ihm gesprochen. Ich habe auch beim Schlafengehen nicht mit ihm gebetet.« – »Das hat ihn natürlich geschmerzt?« – »Ich hoffe. Es kann ihn gar nicht tief genug schmerzen.« – »Und der andere, der kleine Imst?« – »Der? Ja, das war merkwürdig. Stell dir vor: Er kommt zurück, die Hand voller Regenwürmer, wo die Buben immer so viel Würmer herkriegen, ist mir ein Rätsel, und wie er den Vogel tot liegen sieht, augenscheinlich umgebracht, dem Johann sah man ja die Missetat an der Nasenspitze an, da lächelt er!« – »Lächelt? Was du sagst!« – »Ja. Ein widerwärtiges Lächeln. Wie wenn einer durchblicken läßt: Ihr könnt mir nichts mehr weismachen mit eurer Feinheit und eurer Tugend. Es gibt eben schlecht geborene Menschen, Joseph, gemein geborene, böse geborene.« – »Ich kann dir darin weder beipflichten noch kann ich's bestreiten, Liebste. Jedenfalls hast du keinen erfreulichen Tag verlebt.« – »Nein. Aber der Versager ist man zuletzt doch selber. All der Wahn von Einfluß und Bluterbe und angestammter Art! Was soll ich denn nur tun? Bin ich eine so unzulängliche Mutter? Eine Person, die sich, Gott weiß, welchen überspannten Illusionen hingibt, sich aufspielt und überschätzt? Rate mir doch, Joseph, hilf mir doch!«

Kerkhoven schwieg. Oh, dieser Ruf, dieser bange Menschenruf, wie gut kannte er ihn, wie oft hatte er ihn gehört! Mit großen, forschenden Augen schaute er Marie an, als wollte er ihr Innerstes prüfen. Da hob Marie mit einem Ruck den Kopf und blickte gegen die Tür, die sacht geöffnet worden war. Auf der Schwelle stand im Schlafanzug der kleine Johann. Er hatte ein verweintes Gesicht. Als er der Mutter ansichtig wurde, lief er ohne sich zu besinnen auf sie zu und barg sich stumm an ihrer Brust. Marie drückte den warmen, zitternden Körper fest an sich und wiegte ihn mit schmeichelnden, beschwichtigenden Gurrlauten ein wenig hin und her. Dann stand sie auf, um ihn hinauszutragen, in sein

Bett hinunterzutragen. Aber er war ihr zu schwer, und Kerkhoven nahm ihn ihr ab. Es war ein ziemlich weiter Weg. Als er den beschämten Ausbrecher wieder auf seinem Lager verstaut hatte, drängte ihn Marie beiseite, setzte sich an den Bettrand, nahm die gefalteten Hände des Knaben zwischen ihre beiden und sagte ihm das Vaterunser vor. Das Kind sprach es mit süßer, dankbarer Stimme nach. Kerkhoven stand still dabei; es war, als dürfe er keine Silbe, keinen Laut verlieren. Eine sonderbare Unruhe glänzte in seinen Augen.

97.

»Willst du noch eine halbe Stunde zu mir kommen?« fragte er, als sie draußen waren und den Flur entlangschritten. Sie nickte. Er schob seinen Arm unter ihren. »Bist du nicht zu müd?« erkundigte er sich besorgt. – »Du bist ja auch nicht müd und hast mehr getan als ich«, antwortete sie, »du wirst wohl nie müde, wie? Du weißt gar nicht, wie das ist?« – »Müde macht mich nur die Zweckarbeit«, sagte er.

Als sie oben waren, drückte er sie in den Lehnsessel, schob einen Schemel heran und setzte sich neben sie. »Sag mal, Marie«, begann er, »du betest da mit dem Kind ... das Vaterunser ... Ich weiß, du tust es jeden Abend ... Sag mir: Glaubst du an das Gebet, während du es sprichst?« Da ihn Marie erstaunt anblickte, fuhr er in dringenderem Ton fort: »Wenn du sagst: ›Vater unser, der du bist im Himmel‹, glaubst du da wirklich und tatsächlich an den Vater im Himmel? Denk einmal genau nach. Mit dem Beinah-Glauben und Als-ob-Glauben ist es nämlich eine heikle Sache.« – »Was soll ich dir antworten?« fragte Marie bestürzt. »Es ist »... – »Nein oder ja sollst du antworten«, unterbrach sie Kerkhoven lebhaft, »glaubst du es einschränkungslos, wörtlich, unbedingt, wenn du sagst: Vater unser, der du bist im Himmel ...?« Marie sah ihn scheu und ängstlich an. »Ich weiß es nicht genau, Joseph«, gab sie flüsternd zu, »wenn ich ehrlich sein soll, weiß ich's nicht.« – »Hm. Du weißt es nicht«, sagte er grübelnd, »vielleicht sind wir da an der Wurzel von allen deinen Ungewißheiten.« – »Das kann schon sein«, hauchte Marie, »das war ja immer die Barriere, schon damals in Berlin, wie ich die fremden Kinder zu mir ins Haus nahm ... und dann in Dürrwangen, mit dem gelähmten Mädchen ... Ich hab' dir ja davon erzählt ... Um Haaresbreite ... um einen Herzschlag mehr, du verstehst, was ich meine ... und man hätte glauben können … trotzdem … Zum Schluß war die Mauer da … Wie kommt man durch die Mauer durch?«

Kerkhoven erhob sich und ging mit schweren Schritten auf und ab. »Nicht ohne einen umfassenden, für mich vorläufig kaum ausdenkbaren Verzicht wahrscheinlich«, sprach er im Gehen vor sich hin. »Vater unser, der du bist im Himmel … wundervolles Wort … Aber bist du damit nach allen Seiten hin gedeckt und geschützt? Das ist die Frage. Ich will dir was sagen, Marie: Glauben, wirklich glauben, das heißt soviel, wie den Faust dichten oder die Matthäuspassion komponieren. Alles andere ist Annäherung und Notbehelf. Wenn einer zu mir kommt und fragt ›Was soll ich tun, um zu glauben‹, so frag' ich zurück ›Wo sind deine Eingebungen, deine Offenbarungen, wo ist dein Werk?‹ Glauben ist eine höchste menschliche Leistung, werde ich ihm sagen, ein ungeheurer Aufflug; traust du dir zu, da oben zu atmen, wo dir dein Ich aus der Seele geblasen wird wie ein Rußkorn aus einem entzündeten Auge?«

Marie legte die Fingerspitzen aneinander und erwiderte mit zweifelvollem Kopfschütteln: »Das hilft mir nicht. Es ist Dialektik. Du wehrst dich mit Händen und Füßen gegen das einfache Gefühl.« – »Das Gefühl ist nicht einfach, Marie, wenn es das bedeuten soll, was du meinst. Es ist das Endstadium eines langen und schweren Prozesses, oder es ist eben nur die kleine Angst, die Kinderangst, der Kindertrost.« – »Nein, Joseph. Aus dir spricht das Wissen von Menschen und Dingen. Das viel zu viele Wissen. Es macht dich zum Theologen, zum Scholasten. Du kannst nicht mehr hinein in das Vaterunser, aber vielleicht ist es ein größeres Gehäuse als irgendeines, das du dir mit deiner Erfahrung baust.« – Kerkhoven blieb vor ihr stehen. »Ich wünschte, es wäre so«, sagte er traurig, »hast du noch nicht bemerkt, daß mir dieses ganze Wissen, die ganze Erfahrung längst brüchig und verdächtig geworden sind? Ich tue doch nichts anderes mehr, als verzweifelt um das eine zentrale Geheimnis herumlaufen und einen Zugang dazu suchen! Ich bin wahrhaftig nicht der Mann, der sich einbildet, den Mäusen die Ohren angenäht zu haben, damit sie die Katze hören können.«

Marie schwieg bedrückt. Sie streckte die Arme aus, zog seinen Kopf zu sich herab und küßte ihn zart.

98.

Aus einem Brief Bettinas an Kerkhoven:

»... es widerstrebt mir, in Ihre Zeit einzubrechen wie ein dummer, kleiner Dieb in ein gastliches Haus, obwohl Sie mir einmal sagten, Sie hätten keine eigene Zeit. Ich weiß jetzt, von wie vielen Menschen Sie in Anspruch genommen werden, das ist für mich Hindernis genug. Sie müssen bedenken, teurer Freund, meine Anfänge lagen in einer abgegrenzten und formelhaften Welt. Als Kind wurde ich von meinem Vater dazu erzogen, die Distinktionen zu achten und die Unterscheidungen zu lernen. Er war weise. Eigentlich gehörte er ins achtzehnte Jahrhundert, wo man noch die Vernunft hochachtete, und oft sagte er scherzend, einer, der den Kopf oben behält, ist mehr wert als hundert, mit denen das Herz durchgeht. Später bin ich dann in die Lebensunordnung geraten, ins geistige Abenteuer, damit hab' ich vielleicht mein inneres Gesetz übertreten, und der Becher der Wirklichkeit ist mir in der Hand zersprungen. Ich habe viel über das Pascalsche Wort nachgedacht, das Sie in Ihrem letzten Brief anführen: Le coeur a ses raisons que la raison ne connaît point. Gewiß. Aber wenn man so wie ich durch Fügung und Schicksal unaufhaltsam in das dunkle Reich der Instinkte hineingezogen worden ist, diesen reißenden Strom, von dem man nie weiß, an welches Ufer er einen schleudern wird, ans höllische oder ans paradiesische, dann richtet sich alle Sehnsucht, deren man fähig ist, auf die Helligkeit, die Form und das Maß. Sie haben mir einmal auseinandergesetzt, warum Alexander nach Ihrer Ansicht unverwundbar sei, unschuldig und unverwundbar sagten Sie, erinnern Sie sich? Sie sprachen davon, daß Menschen mit einer gesicherten Instinktgrundlage unter einer Art von Engelschutz lebten. Ich habe Sie doch richtig verstanden? Schön, aber wir andern, bei denen die letzten, untersten Bewußtseinsschichten nicht so ins Element hineinfließen, was sollen wir tun, was ist unser Los? Geist und Logos haben da unten keine Stimme mehr, die Erdmächte herrschen, die Nachtmächte, die Blutmächte, ich aber kann dauernd in einer Welt wie unserer nicht leben, in der die Anima in den Animalismus und den Totemismus versinkt, sowenig wie in einer Musik, die nur noch aus Tönen besteht und keine Mathematik mehr hat ... Über Alexander schreib' ich Ihnen nächster Tage ausführlich. Alles in ihm scheint einer neuen Krise zuzutreiben, gefährlicher noch als die erste, und ich bin unfähig, sie abzuwehren ...«

Kerkhoven gab den Brief Marie zum Lesen. Sie las ihn, und als sie fertig war, las sie ihn zum zweitenmal. Dann sagte sie: »Die Frau muß ich kennenlernen.«

99.

Schon in den letzten Monaten des Jahres 1930 hatte unmerklich jener seltsame Aufstieg Joseph Kerkhovens begonnen, der nicht auf sozialen, auch nicht auf ärztlich-wissenschaftlichen, sondern fast ausschließlich auf menschlichen Errungenschaften und Leistungen beruhte. Was bedeutet aber der unklare Begriff »menschlich« hier? Unaufhörlichen Einsatz der Persönlichkeit bis zum Selbstopfer. Um Kranke und Leidende ging es nur im engsten Kreis seines Wirkens, und wo er sich als Arzt im eigentlichen Sinn zu betätigen hatte, war er sich in den meisten Fällen schon der Vergeblichkeit, ja Zweckwidrigkeit seines Tuns bewußt. Der Kranke und der Leidende stellten ihn vor ein vollzogenes Faktum. Manchmal ließen sich die Wunden zur Not heilen, manchmal nicht; man konnte dem und jenem, der Leib und Seele töricht oder lästerlich hatte verkommen lassen, für eine Weile wieder aufhelfen, die geschädigte Funktion wieder zum Dienst zwingen; das mißhandelte Organ wieder gebrauchsfähig machen; Schmerzen, wenn nicht beseitigen, so doch betäuben; ein verfinstertes Gemüt, wenn nicht nachhaltig, so doch vorübergehend aufhellen; man konnte einen Gehirntumor im Entstehen diagnostizieren und durch rechtzeitige Operation das gefährdete Leben retten; man konnte ein zugrunde gerichtetes Herz durch unendliche Sorgfalt aus der Todesnähe entfernen, aber das alles war Flick- und Stückwerk; das einmal angegriffene und bedrohte Leben war fast immer schon ein verlorenes Leben. Selten war Krankheit fruchtbringend; selten war Leiden ein Lebenswert; wenn sie es waren, dann freilich stand der Arzt vor seinen höchsten Aufgaben. Es im einzelnen zu erkennen war schwer; die Entscheidung zu treffen führte zu kaum tragbaren Verantwortungen.

Darüber hinaus waren es aber die Zeit, die allgemeine Seelenlage, die beispiellose Seelennot, die verheerend um sich greifende Existenzangst, die Verdorrung aller Liebesinstinkte, die Abdrängung und Abschnürung von drei Vierteln der Menschheit, von Produkten, von Arbeit, von der

Verbundenheit mit dem Ganzen, von jeglicher Erfüllung überhaupt, die Kerkhovens Aufmerksamkeit in einem Maße auf sich zogen, daß ihm demgegenüber alles andere nicht mehr von Belang erschien. Und da bewahrheitete sich wieder die Erfahrung, daß einer nur bis zum Kern seines Wesens, erkennend oder wirkend, in einer Sache zu stehen braucht, und er wird, durch eine Art von Magnetismus, zum Richtpunkt und zur Zuflucht aller derer, die kämpfend oder untergehend darin verstrickt sind. Aber, wie gesagt, mit seinem ganzen Denken und Fühlen muß er erfaßt sein, dann kann er in der Wüste Gobi oder in der Antarktis oder in einem afrikanischen Urwald sitzen, und die Ausstrahlung seines Willens und Geistes, die gesammelte Bereitschaft in ihm, das tätige Herz werden die Menschen zu ihm hintreiben, wie Bienen durch die Emanationen einer reifen Blüte zu meilenlangem Flug bewogen werden.

Dies ist, im Fall Joseph Kerkhoven, keine Erfindung, keine schöne Fabel. Wir haben hierüber die bestimmtesten Nachrichten und schlagendsten Belege und könnten mit einer Überfülle von Beispielen dienen. Rätselhaft, wie viele Leute, in allen möglichen Ländern verstreut, sich plötzlich seiner erinnerten und wie sie herausbrachten, wo er wohnte und wie er zu erreichen war. Die ihm Briefe schickten, entweder mit den Schilderungen eigenen Elends erfüllt oder mit dem ihrer Freunde, Genossen und Verwandten. Ob es Hungernde und Unterstandslose waren, politische Flüchtlinge oder in ihrem Beruf Entgleiste, mitten in einem Werk Niedergebrochene oder über Nacht Verarmte, Leute aus allen Ständen und Schichten, von jeglicher Geisteshaltung, Greise und Jünglinge, Mädchen und Frauen: Alle, alle kamen zu ihm, standen an seinem Weg, drängten sich zu jeder Tages- und Nachtstunde in seine Einsamkeit, telefonierten und schrieben, legten ihm Dokumente vor, erzählten ihre Schicksale, sprachen von ihren Hoffnungen, baten um Empfehlungen, um Rat, um Brot, um Stellung, um Arbeit, und wen nicht das eigene Hangen und Bangen zu ihm führte, der verlangte Aufschluß, Deutung der Katastrophe, von der die Menschheit heimgesucht war, Gespräch und tröstendes Wort.

Er suchte zu genügen. Er machte sich zum Postenjäger für eine Armee von Beschäftigungslosen. Wo immer ein vakantes Amt war, er hatte einen Anwärter dafür, dem er es verschaffte. Wenn hier eine Schreibmaschine war und hundert Kilometer weit entfernt ein Mensch, der ihrer bedurfte, so brachte er die Maschine und den Menschen zusammen. Wurde in einer Tuberkuloseheilstätte ein Platz frei, so hatte er sofort die Person bei der Hand, die darauf wartete. Leuten, die Bilder und Möbel veräußern wollten, verhalf er zu einem Käufer und sorgte dafür, daß sie nicht betrogen wurden. Er wußte, wo man Hauslehrer, Hofmeister, Erzieherinnen, Pflegerinnen brauchte, und schickte diejenigen hin, die hierzu geeignet waren. Zu dem Zweck mußte er fortwährend weitverästelte Beziehungen unterhalten und sein Gedächtnis mit Namen und Adressen vollstopfen. Menschen, die in der Krise ihr Vermögen eingebüßt hatten, entlockte er wie ein geistiger Schatzgräber bisher brachgelegene Gaben und Fähigkeiten, durch die sie eine Weile ihr Leben fristen konnten. Er fügte Ehen wieder zusammen, die durch jahrelangen Unfrieden zerstört waren, und brachte Paare zum Auseinandergehen, die sich in tödlichem Hader aufrieben. Wenn er sich in einer der benachbarten Städte aufhielt, waren auf seiner Liste immer schon so viele Fälle vorgemerkt, daß er alle Neuhinzukommenden abweisen mußte, und oft erinnerte er sich erst am Abend während der Heimfahrt, daß er seit dem Frühstück keinen Bissen zu sich genommen hatte. Obwohl seine materiellen Umstände nicht die besten waren (die Einnahmen aus der Praxis waren gering, und das Kapital, das er damals in Berlin hatte flüssigmachen können, ging stark auf die Neige), half er mit Geld aus, wo er konnte, nicht selten mit ansehnlichen Summen. Es war ihm unmöglich, eine Notlage zu ignorieren, wenn ihr mit einem Hundertfrankenschein, den er in der Tasche trug, gesteuert werden konnte.

Verzweiflung nahm er nicht an; er bewilligte sie sozusagen nicht; keinem. Er erkannte nicht das Pathos an, in das sich jeder Verzweifelte hüllt, wie ein Schauspieler in sein Kostüm. Er übte auch nicht Kritik, weder an den Menschen noch an ihrem Schicksal, noch am Zustand der Welt. Dazu ließ er sich nicht herab. Sich gegen das Unabwendbare aufzulehnen macht klein. Die freundliche Ruhe, womit er die trübsten Geständnisse anhörte, den zu Boden Geschlagenen aufrichtete und noch in der aussichtslosesten Verwirrung mit divinatorischer Sicherheit den einzig gangbaren Weg zeigte, wirkte auf viele wie ein Wunder und war an sich schon Hilfe.

Aber auch in einer unermeßlich reichen Seele erschöpft sich der Kräftevorrat, wenn zu keiner Zeit mit ihm hausgehalten wird. Eines Tages meldet sich die Natur und hält dem Verwirtschafter die Rechnung vor. Und dieser Tag ließ nicht lange auf sich warten.

100.

Es war in den letzten Junitagen, als zwei Ereignisse mit besonderer Wucht auf ihn eindrangen. Sie beraubten sogar ihn für eine Weile des inneren Gleichgewichts und führten in der Folge zu einer Entdeckung, die jeden andern Mann gelähmt und bewogen hätte, sich aller seiner Geschäfte schleunigst zu entledigen, um sich vor der drohenden Gefahr zu retten. Bei ihm bewirkte sie das Gegenteil.

Wir wollen die Vorgänge der Reihe nach erzählen.

An einem Dienstagmittag fuhr er nach Zürich hinüber, wo er in der Dufourstraße ein bescheidenes Absteigequartier hatte. Dort warteten bereits mehrere Leute auf ihn, die ihn mit ihren Angelegenheiten schon seit längerer Zeit in Atem hielten. Während er den letzten abfertigte, brachte der Postbote ein eingeschriebenes Paket, auf dem als Absender Alexander Herzog genannt war. Er wog es einen Augenblick in der Hand und legte es uneröffnet auf den Tisch in seinem Schlafzimmer, um in der Nacht mit der Lektüre zu beginnen; daß es sich um die von ihm angeregten Aufzeichnungen des Schriftstellers handelte, unterlag keinem Zweifel. Er war im voraus gespannt und trug die äußere Spannung den ganzen Rest des Tages mit sich herum, ungefähr, wie wenn man auf eine bedeutsame Nachricht vorbereitet ist, deren Wortlaut und Tragweite man noch nicht kennt.

Es wurde fünf Uhr, bis er in die Nervenklinik kam. Auch dort war das Vorzimmer mit Wartenden gefüllt, und als er sich endlich in den Präpariersaal begab, um verschiedene wichtige Untersuchungen zu machen und Untersuchungsresultate zu begutachten, war es halb acht. Er blieb bis neun. Für halb zehn hatte er die Schreiberin in die Dufourstraße bestellt, er war pünktlich zu Hause und diktierte bis dreiviertel zwölf an seinem großen Werk. Ehe das junge Mädchen fortging, kochte sie ihm Tee und richtete einen kalten Imbiß her. Kaum hatte er sich zu Tisch gesetzt und in Hast ein belegtes Brot hinuntergeschlungen, als es draußen läutete. Die Wohnungsinhaberin war schon schlafen gegangen, er mußte selber hinaus, um zu sehen, wer es war. Er öffnete die Flurtür, vor ihm stand eine junge Person, in der Hand einen flachen Reisekoffer. Im Halblicht starrte er ungewiß in das Gesicht der späten Besucherin und machte eine Bewegung, als traue er seinen Augen nicht. Es war Aleid

Bergmann, Maries Tochter aus erster Ehe. »Was ist geschehen? Wo kommst du her?« fragte er verdutzt und zog sie an der Hand ins Zimmer.

Sie stellte das Köfferchen auf einen Stuhl, riß den Stoffhut vom Kopf, schüttelte die Haare und sagte in ihrer burschikosen Weise: »Guten Abend, Onkel Joseph. Nimm mir den mitternächtlichen Überfall nicht übel. Ich konnte nicht anders. Du mußt mir helfen. Ich komme direkt von Dresden, hab' hier auf dem Bahnhof nach Seeblick telefoniert und erfahren, daß du in Zürich bist. Und da bin ich. Aber verzeih, ich sterbe vor Hunger und Durst. Darf ich?« Ohne seine Antwort abzuwarten, nahm sie am Tisch Platz, schenkte sich Tee ein und verzehrte heißhungrig alles, was auf den Tellern lag, Brote, Wurst, Schinken, Eier, Käse, in erstaunlich kurzer Zeit.

Kerkhoven saß, in stiller Verwunderung, an der andern Seite des Tisches und schaute ihr zu. Sie schien ihm sehr verändert, seit er sie das letztemal gesehen hatte. Das war jetzt zwei Jahre her. Wie alt mochte sie sein? Er rechnete nach; etwas über zwanzig. Sie sah jedoch älter aus, reifer. An Schönheit hatte sie nicht zugenommen. Schön war sie nie gewesen. Durch die außerordentliche Blässe, fast Weiße des Gesichts traten die Sommersprossen auf der Haut peinlich störend hervor. Dazu das verstruwwelte, kupferrote Haar, das übermäßig lange, schmale Kinn, der grellrot geschminkte Mund. Aber die smaragdgrünen Augen, die einen überraschenden Glanz hatten, der kühne selbstbewußte Blick verliehen den Zügen einen fremdartigen Reiz, und was beim ersten Eindruck pittoresk und unharmonisch wirkte, wurde bei längerer Betrachtung anziehend, ja ungewöhnlich fesselnd.

Endlich war sie mit dem Essen fertig. Sie wischte mit der Serviette den Mund ab und sagte: »Ich mußte dich unbedingt sprechen, Onkel Joseph. Ich weiß nicht, ob ich der Mutter unter die Augen treten kann. Ich weiß überhaupt nicht, was ich tun soll. Ich bin in einer scheußlichen Situation, schlimmer, als du dir vorstellen kannst.« – »Nun, leg los«, antwortete Kerkhoven, »mit mir kannst du offen sein. Wir waren ja einmal recht gute Freunde.« – »Ich bin im vierten Monat schwanger, Onkel Joseph.« – »So. Das ist unangenehm, wenn man nicht verheiratet ist, liebe Aleid. Und das bist du doch vermutlich nicht?« – »Nein.« – »Und wer »?... – »Wer der Betreffende ist, meinst du? Er ist nicht mehr. Er ist tot.« – Kerkhoven machte eine jähe Bewegung. Dann lehnte er sich im Stuhl zurück. Aleid stützte die Ellbogen auf den Tisch und umschloß mit den gekreuzten Händen ihren Hals. »Hast du von Melchior

Bernheimer gehört?« fragte sie leise. – »Dem Korvettenkapitän?« – »Ja. Ein Held, Onkel Joseph, ein Held. Kriegskrüppel. Ein Mensch, wie es vielleicht keine zehn in Europa gibt.« – »Ich habe von ihm gehört.« – »Vorgestern haben sie ihn erschossen. Einfach gemeuchelt. Nachts auf dem Heimweg. Ein Kommunist. Von hinten in den Kopf geschossen.« – »Und du »?... – »Ich ... na ja ... Was soll ich noch sagen? Das Kind ist von ihm.«

Kerkhoven schaute sie wortlos an. Ihre unnatürliche Gefaßtheit ängstigte ihn. Die Blässe des Gesichts spielte ins Bläuliche. Der smaragdgrüne Blick hatte etwas Aufgerissenes, Kaltloderndes. Um die Lippen vibrierte ein Lächeln wie bei einer Gepeitschten, die sich in heldenhafter Pose gefällt. »Fein, was, Onkel Joseph? Sag selber, ist's nicht fein? Feine Leute. Feine Zeit »... – »Ich erinnere mich, in der Zeitung davon gelesen zu haben«, sagte Kerkhoven matt, »aber willst du nicht etwas ausführlicher »...– »Kann nicht«, fiel sie ihm mit seltsam gellender Stimme ins Wort, »verstehst du, wie ich hierhergekommen bin? Ich versteh's nämlich nicht. Ich wollte weg, nur weg. Freunde haben mich an die Bahn gebracht. Haben mir die Fahrkarte gekauft. Ich hätte sonst ... ich weiß nicht ... Was Schreckliches wäre passiert ... Er war schon lange zum Tode verurteilt. Er hat's gewußt. Alle haben mir die Hölle heiß gemacht. Großmutter drohte mich zu enterben. Ich hab' ihr gesagt, daß ich ... Enterben ... großartig. Wie bei der Courts-Mahler ... Ich hatte keine Ahnung, daß die alle so feig sind ... so grenzenlos feig ... Hör zu, ich glaub', ich werde wahnsinnig ... Bestimmt werd' ich wahnsinnig ... Hast du einen Kognak?«

Sie warf mit einer Kopfbewegung die Haare zurück und lachte. »Ich muß dir viel von ihm erzählen«, fuhr sie zusammenhanglos fort, »tagelang könnt ich dir erzählen ... Übrigens hab' ich ein Bild von ihm, warte ...« Sie sprang auf, schleppte das Köfferchen herüber, suchte den Schlüssel, fand ihn nicht, ließ den Nickelhebel springen, wobei sich zeigte, daß das Schloß nicht versperrt war. »Den Koffer hat mir einer im letzten Moment geliehen ... Weiß gar nicht, was sie alles hineingestopft haben ...« Während sie fiebrig und gehetzt redete, schmiß sie Strümpfe, Blusen, Hemden, Taschentücher achtlos auf den Boden; da fiel ihr ein Buch in die Hand, sie vergaß, was sie gesucht hatte und reichte Kerkhoven das Buch. »Das hab' ich neulich gelesen«, berichtete sie in ihrer hektischen Hast, »es ist wundervoll ... Melchior hat's mir geschenkt ... ein paar Tage vor ... Der Mann, der das geschrieben hat, weiß allerlei von einem … Mit dem müßte man mal reden …« Kerkhoven warf einen neugierigen Blick auf das Titelblatt. Es war Alexander Herzogs letztes Werk: »Tine und ihr Schatten« hieß es, die Geschichte zweier Frauen, Mutter und Tochter, die aneinander zugrunde gingen, weil die eine wirklich lebte, was die andere nur erträumte und zu leben unvermögend war. Kerkhoven kannte es; das unterirdische Hineinspielen des Buches in das Schicksal des jungen Mädchens; der Gedanke, daß im Zimmer daneben eine Botschaft von demselben Mann seiner harrte, von dem diese Geschlagene da wie von einem Erlöser sprach, das warf ein verwirrendes Licht auf die scheinbar zufälligen Zusammenhänge des Lebens, und es war ihm, als ob die Fäden glühend würden, die er selber in der Hand hielt.

Indessen hatte sich Aleid in einen Sessel geworfen. Sie saß ganz steif, mit angezogenen Schultern, das Gesicht war maskenhaft unbeweglich, und aus den smaragdgrünen Augen, die an die Augen einer exotischen Eidechse erinnerten, flossen wasserhelle Tränen. Sie schien Kerkhovens mitleidigen Blick nicht zu bemerken; sie leckte ein paar Tränen ab, die ihr unter die Nase geronnen waren, und fragte mit einem blechernen Ton, ob sie hier übernachten könne. Selbstverständlich könne sie das, erwiderte Kerkhoven, einiges Bettzeug werde sich wohl finden, sie könne auf dem Sofa schlafen, »aber wir müssen einen Beschluß fassen«, fügte er hinzu, »du mußt zu deiner Mutter. Ich kann dich ihr nicht verheimlichen. Und warum auch?« – Mit gerunzelter Stirn dachte Aleid nach. »Komisch, daß ich an die Mutter bis jetzt nicht gedacht habe«, sagte sie, »bis jetzt, wo du von ihr sprichst … Ich hab' entsetzliche Angst. Sie ist solch ein Charakter. Ich bin kein Charakter.« – »Siehst du darin einen Vorzug?« – »Weder noch. Ich hab' mir nie überlegt, ob man Charakter haben soll. Hast du Charakter?« – »Vielleicht. Ein Gesicht muß man haben.« – »Ja, ein Gesicht. Ich hab' die Mutter so lange nicht gesehen. Was ist sie für eine Frau? Ich kenne sie ja kaum.« – »Und mich kennst du?« – »Einen Mann kennt man.« – »Deine Mutter ist der einzige Mensch auf der Welt, den du brauchst … Du mußt nur ein Herz für sie haben.« – »Herz? Auch Herz hab' ich nicht, Onkel Joseph.« – »Sei kein Prahlhans, Kind.« – »Nein, wirklich nicht. Herz ist ein Vorurteil. Oder sagen wir eine falsche Prämisse. Aber lassen wir's. Du findest also ernstlich, ich soll mich an den mütterlichen Busen flüchten?« – »Es wäre gut für beide Teile.« – »Dann müßtest du etwas für mich tun«, sie preßte die Hände an die Wangen und sah ihn, mit einem irren Schimmer in den Augen, an, »ich will nichts erzählen, ich will nichts erklären, ich will nicht gefragt werden, ich bin …« Sie sprang auf, griff nach der leeren Teetasse und schleuderte sie zu Boden, daß sie in hundert Scherben zerbarst, »so, weißt du, so!« Hierauf ging sie zum Fenster, riß es auf, dehnte die Lunge und atmete in tiefen Zügen die Nachtluft ein. Kerkhoven kniete nieder und legte die Scherben auf ein Häufchen.

Aleid drehte sich nach ihm um. »Geh jetzt schlafen, armer Onkel Joseph«, sagte sie, »kümmere dich nicht um mich. Keine Geschichten, kein Bettzeug, nichts. Ich streck' mich da auf dem Sofa aus. Ich bin müd … Herrgott, bin ich müd!«

101.

Das Herzogsche Manuskript war die Ursache, daß Kerkhoven vierundzwanzig Stunden länger in Zürich blieb, als er vorgesehen hatte. Aleid schlief bis in den späten Nachmittag. Er hatte die Hauswirtin gebeten, sie nicht zu stören und das Zimmer nicht zu betreten. Er selbst verließ die Wohnung nur, um in einer benachbarten Gastwirtschaft zu Mittag zu essen. Besucher wurden abgewiesen. Er hatte noch in der Nacht zu lesen begonnen; um acht Uhr morgens setzte er die Lektüre fort und las bis vier Uhr nachmittags.

Schon als er das erste Blatt aufgeschlagen, hatte er gestutzt. Die Wahnwelt … (Später bemerkte er darüber zu Alexander Herzog: »Merkwürdig, daß wir uns so oft an einem Kreuzweg treffen.« – »Wie das?« fragte Herzog. – »Nun, zuerst das mit dem Gang in die Wüste und jetzt: Die Wahnwelt. In die Wahnwelt rüst' ich seit Jahr und Tag meine Expeditionen aus. Ich bin so eine Art Sven Hedin der Wahnwelt, wenn Sie den Vergleich nicht anmaßend finden.«)

Was er seinerzeit von Alexander Herzog verlangt hatte, daß er ihm die lebendige Kreatur zeige, dieses eine, beispiellose Menschenwesen Ganna, das war geschehen. In einem Ausmaß, mit einer Wahrheitstreue, mit einer Schonungslosigkeit gegen das eigene Ich, einer fanatischen Hingabe an die Furchtbarkeit der Realität, daß dem nichts entgegengesetzt werden konnte als Schweigen, das verdonnerte Schweigen des zuschauenden ohnmächtigen andern. Ja, daß man »der andere« war, der weltenweit entfernte Betrachter, der nur das Bild sehen, den Schatten erspüren, das Verhängnis erahnen konnte, war ein Glück, sonst hätte es einen zermalmen und zerstampfen müssen. Kerkhoven kannte derartige Wirkungen nicht. Er hatte sich bisher noch nie eines solchen Spiegels bedient, um ein Stück Leben aufzufangen, an dem er tätigen Anteil nehmen sollte. Denn dieser Spiegel war ein magischer Spiegel. Die Überzeugung, die er vermittelte, war übersinnlich. Daß sie von den Sinnen ausging und sich auf das Wahrnehmbare beschränkte, war nur Schein. Die Gestalt bedeutete zuviel, um für sich allein gelten und sein zu können; sie sagte Umfassendes über einen Mann wie Alexander Herzog aus, zugleich aber legte sie das Innere der Zeit, ihr geheimstes Triebwerk gewissermaßen, wie unter Blendlicht bloß. Es war eine Erfahrung für Kerkhoven, mit der er nicht leicht fertig wurde. Stunden und Stunden hindurch verblieb er in einem Zustand bestürzter Ratlosigkeit. Ein Mann wie dieser Alexander Herzog war zweifellos in ähnlichem Sinn Zeuge wie die Hellseherin Thirriot, stand ähnlich unter Befehl und Zwang, wenn auch unvergleichlich reicher ausgestattet mit Bild und Wort, ja bild- und wortbeseelt bis ins Blut und in den Nerv. So wurde er fast zum Organ, zum Ding, zum sprechenden Instrument im Strom des Geschehens und der Wesen, verselbstet mit Geistern, Mund alles Stummen auf Erden. Darin lag auch das Aufregende und Bestürzende: Wie es plötzlich den Raum ausfüllte, dies *Erschienene*, wie ungeheuerlich sie da war, Ganna, und nur Ganna, wie sie von den Grenzen des Lebens her auf einen zuschritt und sich wieder entfernte bis zu den entgegengesetzten Grenzen, wie sie gierig die Welt verschluckte und eine freche Lügenwelt dafür aufbaute: Es durfte nicht sein, das Phantom hatte kein Recht, nach Willkür über Herz und Phantasie zu schalten, es mußte heraus aus der Sphäre, in der es entfesselt raste, es mußte exorziert werden, seine Nichtigkeit und Scheinhaftigkeit mußte dargetan und der Weg zu jener Macht gefunden werden, vor der es nichts war und bedeutete als ein schemenhaftes Unding …

Es waren große Entschlüsse, die Kerkhoven in jenen Stunden einsamen Nachdenkens faßte; man hätte beinahe von inneren Umwälzungen sprechen können; einer Absage an bisherige Grundsätze und Anschauungen. Den Rest des Nachmittags und den ganzen Abend verbrachte er im Präpariersaal der Klinik und ließ sich vor jedem Besucher verleugnen. Eben an diesem Tag war das Gehirn seines verstorbenen großen Freundes eingeliefert worden; er hatte es dem Institut vermacht, und es hatte Monate gedauert, bis es untersuchungsreif war. Kerkhoven saß davor und schaute es an, das braungelbe, seltsam kompakte Gebilde, die starr gewordenen Windungen und Geflechte, ehemals der Sitz erhabener Gedanken und eines Lebens hoch über jeglichem Wahn, eines vollkommen lauteren, vollkommen frommen Lebens, und nun ein Haufen vertrockneten Schleims, nicht viel größer als zwei Männerfäuste.

Zweimal hatte er in der Dufourstraße angerufen und jedesmal den Bescheid erhalten, das Fräulein Tochter habe sich noch nicht sehen lassen. Er wunderte sich.

102.

Als er gegen zehn Uhr heimkam, teilte ihm die Wirtin mit, das Fräulein scheine noch immer zu schlafen. »Das ist nicht gut möglich«, murmelte er und ging rasch, voller Vorahnung, ins Wohnzimmer. An das Sofa tretend, erkannte er auf den ersten Blick, was geschehen war. Er packte die regungslos Daliegende an den Schultern, rüttelte sie, drückte das Ohr auf ihre Brust, die Finger auf die Augen, roch an ihrem Mund, es litt keinen Zweifel: Vergiftung, offenbar mit Veronal. Nasenspitze, Hände und Füße waren schon kalt, die Pupille, beim Öffnen der Lider, war nicht größer als ein Stecknadelkopf. Als er den Oberleib hochhob, röchelte sie. Zwei Minuten später hatte er die Magenpumpe eingesetzt und die Wirtin gebeten, unverzüglich ein heißes Bad zu richten. In weiteren zwei Minuten war die Spitalsleitung verständigt, der junge Kollege am Telefon versprach, sogleich mit dem Auto zu kommen. Die Auspumpung, das zweiunddreißiggradige Bad und die starke Frottierung hatten unmittelbaren Erfolg: Aleid erlangte die Besinnung wieder, doch man konnte sie dann nicht gleich transportieren, da sich heftiges Erbrechen einstellte, das über eine halbe Stunde dauerte. Kerkhoven machte noch einen Aderlaß, endlich konnte man sie in Tücher wickeln und in den Wagen schaffen. Kerkhoven fuhr mit. Er blieb bis ein Uhr nachts im Spital, und als er nach Hause ging, hatte er die Beruhigung gewonnen, daß das unglückliche Kind gerettet war.

Er fiel sofort in tiefen Schlaf. Nach einer Stunde erwachte er ruckartig unter einem heftigen Schock und mit einer sonderbaren gläsernen Klarheit im Kopf. Er bemerkte zu seiner Verwunderung, daß er von den Füßen bis zum Hals in Schweiß förmlich gebadet war. Als er die Hand auf seine Brust legte, zog er sie naß wie in warmes Wasser getaucht zurück. Er erhob sich, machte Licht, streifte den Schlafanzug ab, nahm ein

Tuch und rieb sich trocken. Bei dieser Hantierung stand er vor dem Spiegel und gewahrte zwei matte braune Flecken in seinem Gesicht, schräg von den Augen abwärts je einen. Kopfschüttelnd ging er zum Bett zurück, da hatte er auf einmal das Gefühl, als seien seine Schenkelknochen hohl. Es war ein unangenehmes bleiernes Ziehen. Einen halben Schritt vor dem Bett brach er in die Knie. Er schaute erstaunt an sich herab, etwa wie ein Reiter das Pferd betrachtet, auf das er sich lange Zeit sorglos verlassen hat und das plötzlich unter ihm zusammenstürzt. Nur mit Mühe gelang es ihm, wieder ins Bett zu kriechen; er legte sich an den Rand, wo das Linnen trocken geblieben war, und verspürte alsbald von den Beinen aus ein Ameisenlaufen über Bauch und Brust, zugleich einen eisigen Kälteschauer im Nacken und ein Flimmern vor den Augen.

Dies alles beobachtete er ohne zu erschrecken. Mit einem kleinen, gespannten Lächeln lauschte er in seinen Körper hinein. Er befühlte den Puls; etwas dünn, dachte er, etwas fadig. Was geschah, was war los? Hatte er sich bereits da drinnen einquartiert, der Tod? Gleich einem verpuppt gewesenen Insekt, das ausgekrochen ist; einer Motte, die im Futter eines Anzugs überwintert hat; eines Tages nimmt man mit Verdruß das Loch wahr, das sie in den Stoff gefressen. Doch ein Insekt, eine Motte, das sind schon Giganten; ein unendlich viel winzigeres Ding treibt hier sein Zerstörungswerk. Oder ist es nicht vielmehr ein planvoller Aufbau? Der mikroskopisch kleine Architekt, zielbewußt in seinen Maßnahmen, holt sein Material aus dem Verbrauchten, den Aschenresten des göttlichen Lebens, die er geduldig sammelt und aufspeichert, um in unermüdlicher Arbeit an Stelle jeder Lebenszelle eine Todeszelle zu setzen, bis er, parasitisch und herrschsüchtig, die großartige Kathedrale aus Blut und Eiweiß, Phosphor und Stickstoff zum Einsturz bringt. Ein Vorgang, so logisch wie Geburt und ebenso unerfahrbar. Der Tod ist unerfahrbar. Ein Bild, eine Vorstellung, eine Idee, eine Furcht, alles das, *aber eine Wirklichkeit kann der Tod nicht werden.*

103.

Man muß für jeden Fall vorbereitet sein, überlegte Kerkhoven. Mit Selbstuntersuchung kam man nicht sehr weit, das wußte er. Dem Arzt ist das eigene Innere nicht zugänglich; er kann höchstens experimentieren, sehen kann er nichts. Einen Kollegen zu Rate zu ziehen hätte nur zu lästigen Erörterungen geführt und zur Anwendung von Methoden, an die er nicht mehr glaubte. Er ließ sich nicht davon einlullen, daß die verräterischen Symptome sich in den nächsten Tagen wieder »verspurlosten«, wie er es zu nennen pflegte. Der Körper macht es oft wie ein falscher Freund; wenn er einem hinterrücks geschadet hat, tut er doppelt zutraulich und treu; dann muß man besonders auf der Hut vor ihm sein.

Mehrere Blutproben, die er in gebotenen Fristen vornahm, sorgfältige Blutdruckmessungen, Registrierung wiederkehrender Erschöpfungszustände, Feststellung von Schwellenbildungen der Lymphdrüsen zeigten der Eigendiagnose den Weg, und obwohl er von einem gewissen Zeitpunkt an ziemlich im klaren war, was sich hinter der Wand seines Leibes begab, verschmähte er es, diesem Begebnis den ihm zukommenden Namen zu verleihen. Er mußte versuchen, es auf andere Weise zu bekämpfen als auf kenntnis- und erkenntnismäßige.

Wir aber wollen über die weitere Entwicklung dieses Prozesses vorläufig einen Schleier breiten. Wir erachten es als überflüssig, einen Joseph Kerkhoven bei jenen Tathandlungen zu verfolgen, die dazu dienen sollten, sein irdisches Gehäuse mit einem Wall von Schutzmaßregeln zu umgeben, hinter dem er unbemerkt eine abgelebte Seelenform mit einer neuen vertauschte. Manche Leser erinnern sich vielleicht an die tagelange rätselhafte Aphasie, die ihn nach dem Tod Johann Irlens befiel. Es war der Beginn seiner zweiten Existenz. Die Wehen der dritten waren weniger schmerzhaft und katastrophal, wirkten sich aber in größerer Tiefe aus. Systematisch durchzuführende Täuschung der Umwelt stellte sich als erstes Erfordernis dar; Selbstbeherrschung in jedem Wort, jedem Blick, jeder Miene; keinen Verdacht erregen, keiner Beobachtung Stoff liefern, sich niemals gehenlassen, auch während des Alleinseins nicht. Sodann war es notwendig zu ergründen, welchen Spielraum man nach menschlichem Wissen und Ermessen noch vor sich hatte. Das lag einstweilen noch völlig im dunkeln.

104.

Das Befinden Aleids machte gute Fortschritte. Am andern Mittag, nach einem längeren Besuch im Spital, fuhr Kerkhoven nach Seeblick. Er bat Marie in sein Zimmer und teilte ihr das Vorgefallene mit, ohne sich mit

Verhehlungen und Beschönigungen aufzuhalten. Er wußte, daß Marie eine furchtbare Wahrheit, die sie mit einem Schlag erfuhr, leichter ertrug und verwand als eine hingezogene Verteilung, die den inneren Aufruhr nur verstärkte. Sie blieb ganz still. Alle Farbe wich aus ihrem Gesicht, aber sie sagte kein Wort. Als sie aufstand, um die Vorbereitungen zur Fahrt nach Zürich zu treffen, schleppte sie sich schwer zur Tür. Kerkhoven ging ihr nach und umarmte sie. Widerstandslos ließ sie sich an seine Brust sinken. Mit geschlossenen Augen und zuckenden Lippen lehnte sie den Kopf an seine Schulter. »Dank dir«, flüsterte sie, »dank dir, daß du gut zu mir bist.« – »Fühlst du dich fähig, allein zu fahren?« fragte er. – »Ich versuch's«, antwortete sie, »wenn's mir schlecht geht in der Stadt, ruf' ich dich.«

Sie rief ihn nicht. Am Donnerstagabend fuhr sie, am Sonntag kam sie mit Aleid zurück. Obwohl keineswegs hergestellt, war diese doch außer Gefahr. Man hatte sie der Mutter übergeben, da man voraussetzen durfte, daß sie im Haus Seeblick in sachgemäße Pflege kam. Die kurze Reise hatte schon einen Rückfall bewirkt. Die Sprache war lallend, der Kornealreflex fehlte. Kerkhoven verordnete strenge Bettruhe.

Am selben Tag gelang es ihm zum erstenmal, die seelische Verkrampfung Jeanne Mallerys zu lockern. Im Verlauf eines anderthalbstündigen Gesprächs brachte er sie mit unbeschreiblicher Geduld dahin, daß sie ihm eingestand oder wenigstens andeutete, was ihr Gewissen bedrückte. Natürlich war er sich von vornherein darüber klar; sie durfte es nur nicht länger unenthüllt mit sich herumtragen. Es war die Frage, ob ein Wunschmord möglich sei, die sie quälte. Nicht, als hätte sie sich dieses Wortes bedient; der Begriff als solcher war ihr fremd, aber dem Sinn und der Tat nach war es Wunschmord, Phantasiemord, dessen sie sich schuldig gemacht. Dem lag alter Volksglaube, finsterer Hexenwahn zugrunde. Ist man einmal an diesem Wahn erkrankt, so kann es ja geschehen, die Erfahrung beweist es, daß man sich selber Hexen- und Zauberkünste andichtet, wenn sich ein Geschehnis vollzieht, das mit einem geheimen Verlangen übereinstimmt, so, als ob die Natur wirke, was die Seele sündhaft erträumt hat. Das Urböse in einer Gestalt wie der Selma Imst hatte wie durch giftigen Anhauch alles um sich herum zersetzt, wobei das Merkwürdige war, daß dieses Böse nur selten in seiner Nacktheit hervortrat, sondern meist in niedrigen Verkleidungen, als Verleumdungssucht oder Gier oder Lügenhaftigkeit. Bei der Imst spielte hauptsächlich der kleine, vulgäre Geiz eine Rolle. Jeanne erzählte zum

Beispiel, daß sie im Anfang ihrer Beziehung zu den Imsts in deren Haus als Kostgängerin gelebt habe. Eines Tages hatte sie das Mittagessen zu spät abgesagt, d. h. erst gegen elf Uhr. Es war noch nichts gekocht, nur ein Topf mit Wasser stand auf dem Herd. Selma war wütend über die Absage und verrechnete Jeanne Mallery zehn Centimes, nämlich für das Salz, das sie in den Topf getan, und die Kohlenmenge, die beim Kochen des Wassers auf sie fiel. Aus solchen Einzelheiten und einer ganzen Reihe anderer, die er kannte oder nach Analogieschlüssen zusammenfügte, baute Kerkhoven vor der entsetzt lauschenden Jeanne ein Charakterbild auf, das sie ohne weiteres zu der Anschauung führte, wie sich die Dinge in Wahrheit zugetragen. Ein Kind mußte es begreifen, und Jeanne, mit ihrem einfachen Verstand und nüchternen Tatsachensinn, sah auf einmal völlig klar. Es machte ihr einen gewaltigen Eindruck. Indem er die abgefeimte Planung der Frau, den Selbstmord als Mord zu arrangieren, Zug für Zug auseinanderfädelte, fiel es wie Schuppen von Jeannes Augen; schließlich schrie sie auf: »Großer Gott, ich hab's ja immer geahnt! Ich hab' mich nur nicht getraut, es zu glauben. Also das!« – »So war es, so muß es gewesen sein«, sagte Kerkhoven, »dem Gericht hat der Beweis des Freitods genügt, auf den Zweck, der noch damit verbunden war, brauchte es sich nicht einzulassen. Man darf auch nicht darüber nachdenken. Sie wissen es jetzt, vergessen Sie es.« – »Aber kann man so jemand noch einen Menschen heißen?« fragte Jeanne mit gefalteten Händen. – »Ach ja, ach doch«, erwiderte Kerkhoven freundlich, »in der Hinsicht darf man nicht knausern. Sehen Sie, meine Liebe, jeder von uns ist in jedem Augenblick gleich fähig zum Guten und zum Schlechten. Wir wissen nicht einmal immer, ob es gut oder schlecht war, was wir getan haben.« Jeanne Mallery sah ihn sinnend an. Plötzlich packte sie seine Hand mit einer Bewegung, als wolle sie ihre Lippen darauf drücken. Er konnte es noch rechtzeitig verhindern.

105.

Am Tag darauf kam ein alarmierender Brief von Bettina Herzog, offenbar in großer Hast und Verwirrung geschrieben. Sie und Alexander waren Hals über Kopf mit dem Buben von Ebenweiler abgereist und hatten sich, unerfindlich warum gerade dort, in einem kleinen Hotel im Prätigau eingemietet. Es machte den Eindruck eines Zusammenbruchs auf der

Flucht. Kerkhoven rief das Gasthaus telefonisch an, und als Bettina am Apparat war, erkundigte er sich besorgt, was denn los sei, weshalb sie die Reise nicht bis Seeblick fortgesetzt hätten. Das sei ja die Absicht gewesen, erwiderte Bettina in flehend-ratlosem Ton, allein Alexander habe plötzlich erklärt, er könne keine Menschen sehen, er hasse den Bodensee, auch vor einem Aufenthalt in Zürich graue ihm, so habe sie mit ihm den Zug verlassen und in die Einöde gehen müssen, in der sie sich seit zwei Tagen befänden. Es sei wie ein hysterischer Anfall über ihn gekommen, sie wisse nicht, was sie tun solle. »Es muß doch ein bestimmter Grund vorliegen?« fragte Kerkhoven. Bettina entgegnete zögernd: »Unser Haus ist versteigert worden. Er kann und kann es nicht verwinden.« Kerkhoven dachte nach. Dann sagte er: »Hören Sie zu, Frau Bettina. Bleiben Sie getrost noch ein paar Tage dort. Widersetzen Sie sich ihm nicht. Überreden Sie ihn zu nichts. Tun Sie alles, was er verlangt, auch das Ungereimteste. Er wird morgen woandershin wollen. Fahren Sie mit ihm, wohin er will. Ich muß nur immer wissen, wo Sie sind. Vor allem Mut!«

Während des Gesprächs stand Marie hinter ihm. In wenigen Worten setzte er ihr auseinander, worum es sich handelte. Da er wußte, welchen Anteil sie an allem nahm, was Alexander Herzog und, seit sie Bettinas Brief gelesen, auch Bettina betraf, sagte er: »Wir werden die beiden bald im Hause haben. Ich möchte, daß du die Aufzeichnungen Herzogs kennenlernst. Du mußt über ihn und die Frau im Bild sein. Ich glaube, ich kann's wagen. Er wird es sicher gutheißen.«

Er gab ihr das Manuskript. Er sah die Wirkung voraus. Es konnte anders nicht sein, wer immer den Ganna-Kreis betrat, auch nur das von einer belasteten Phantasie gemalte Abbild, wurde davon tingiert wie von einem ätzenden Farbstoff, der in alle Hautporen dringt. In den nächsten Tagen war er so beschäftigt, daß er Marie kaum zu Gesicht bekam. Er wurde dringend nach Solothurn gerufen, den Tag darauf war er in Waldshut im Badischen wegen eines schweren Falls von Melancholia attonita, der betreffende Kranke war ein Freund aus seinen Universitätsjahren, der es inzwischen zu einer hohen Stellung bei der Regierung gebracht und sich plötzlich seiner erinnert hatte; er wollte von keinem andern Arzt wissen als von ihm, obwohl fast ein Vierteljahrhundert verflossen war, seit sie einander zuletzt gesehen. Vermutlich hatte er von Kerkhovens Wirksamkeit vernommen, waren doch in der ganzen Gegend bis weit hinein ins Reich die sonderbarsten Gerüchte über ihn im Schwange. Keineswegs nur freundliche und gutartige; namentlich in seiner engeren Umgebung trat eine nicht recht zu fassende Feindseligkeit immer stärker hervor; er hatte den Eindruck, als ob die Bevölkerung heimlich gegen ihn aufgewiegelt würde; sowohl Marie als auch Schwester Else hatten ihm schon von einzelnen häßlichen Gerüchten erzählt; er nahm es auf die leichte Achsel, obschon es ihn zuweilen verstimmte; die Frauen waren jedoch beunruhigt und forschten den verborgenen Urhebern nach.

Mit Marie konnte er schon deshalb wenig beisammen sein, weil sie ihre Tochter Aleid nicht eine Stunde allein ließ. Sie hatten nur den späten Abend für sich, und auch den nur, wenn Kerkhoven zu müde war, um zu arbeiten, zu müde sogar, um seine Notizen zu sichten und zu ordnen. Als sie ihm Ende der Woche die Herzogschen Bekenntnisse zurückbrachte, sah sie aus wie eine Leidende, die für kurze Zeit das Bett verlassen hat. Sie legte die Mappe stumm auf seinen Schreibtisch, setzte sich in einiger Entfernung von ihm nieder und schaute in die Luft. »Nun, was sagst du?« richtete er endlich das Wort an sie, nicht so sehr, um ihre Meinung zu hören, als, um ihr bedrückendes Schweigen zu brechen. – »Was soll man da sagen?« versetzte sie. »Man schämt sich, daß man ein Weib ist.« – »Es scheint, du hast dich stark engagiert.« – »Du nicht?« – »Ich habe mich bemüht, es … wie soll ich sagen … es durchs Fernrohr zu betrachten.« – »Das glaub' ich dir gern, aber wir andern sind keine Astronomen.« – »Es war auch für mich nicht so einfach, wie du meinst. Ganna ist eine Formel für so viele Erscheinungen im Leben … Die Figur faßt so vieles zusammen … Auch in meiner Vergangenheit ist ja »… – »Du denkst an Nina? Mein Gott, Nina war ein unschuldiger Engel»… – »Das wohl, aber erinnere dich an ihre tyrannische Liebe. Wie die einen schuldig gemacht hat. Den Wahnsinn, der darin liegt, einen Menschen ausschließlich besitzen zu wollen. Erinnere dich. Doch an Nina hab' ich nicht in erster Linie gedacht, sondern an meine Mutter. Das hat mehr mit meinem Blut und Hirn zu tun, wirst du zugeben. Sie war eine Maßlose durch und durch. Maßlos, wenn sie mich gezüchtigt hat, und maßlos, wenn sie mich vergöttert hat. Als Kind war ich ein halber Psychopath unter ihrer Fuchtel. Ja, sie war eine Ganna, eine vom Stamm der Gannas. Du begreifst, daß ich mir diese fast leibhaftige Ganna nicht zu nah kommen lassen darf.« – »Ich find' es wunderbar, daß du es in der Gewalt hast, Joseph.« – »Es kostet was, Liebste, es liegt was dahinter.« – »Ich weiß. Aber vergiß die zwei Menschen nicht. Die haben es nicht

in der Gewalt.« – »Wie sollt' ich die denn vergessen?« – »Naja, ich
meine nur … Es könnte sonst zu spät sein.« – »Da sorg dich nicht. Die
vergess' ich nicht. Die brauch' ich.« Er sagte das in so eigenem Ton, daß
Marie verwundert aufsah. »Wieso? Was heißt das: brauchen?« – »Ich
brauch' sie eben«, wiederholte er und stach mit dem Bleistift Punkte auf
ein Blatt Papier, »man braucht eben mal die und die Menschen. Ist dir
das so neu?«

Marie schaute ihn aufmerksam an. Dann erhob sie sich, trat zu ihm
hin und schob mit der Hand sein Kinn ein wenig in die Höhe, so daß
auch er sie anschauen mußte. »Du kommst mir verändert vor, Joseph«,
sagte sie, »du verschweigst mir was. Sag mir, was es ist.« Er erschrak.
Dies entging Marie nicht. Er ärgerte sich über sein Erschrecken und tat
lustig entrüstet. Es gelang schlecht. Marie drängte, doch er schüttelte
obstinat den Kopf und gab vor, nicht zu verstehen, was sie meinte. Da
ließ sie ihn.

106.

Wir sehen Alexander Herzog in kainhafter Rastlosigkeit umhergetrieben.
Aus seiner Erde, seiner Landschaft, seiner Stille gerissen, wurde ihm jeder
andere Aufenthalt zur Pein. Dies äußerte sich in zweierlei Arten, teils
in Menschenhunger, teils in Menschenscheu. Teils glich er einem abge-
setzten und verjagten Fürsten, der seiner verlorenen Sache Anhänger
gewinnen will, teils einem verurteilten Bankrotteur, der Angst hat, erkannt zu werden.

Als Kerkhoven späterhin diesen Zustand zu ergründen versuchte, stieß
er auf ein verschlungenes Gewebe von Motiven, die eine ebenso unheimliche wie zeitbedingte Erkrankung aufdeckten: Einsturz des Identitätsbe-
wußtseins. Daher auf der einen Seite der Drang, sich mitzuteilen, zu
eröffnen, zu erklären, zu rechtfertigen, und auf der andern die Furcht,
als ein Ausgestoßener zu gelten, der nicht mehr mitzählt und sich und
seine Rolle in der Welt heillos überschätzt hat.

Das Werk, das hinter ihm stand und das er fühlte, wie eine Mutter
von zehn oder zwölf Kindern die Existenz dieser Kinder fühlt, wurde
ihm zum Popanz; der Ruhm, auf den er sich gestützt, zur eitlen Einbildung; die Liebe und Bewunderung von vielen, die ihm zuströmte, zur

Heuchelei; die erhoffte Alterserne gereiften Schaffens zur törichten Illusion. Es war eben alles zerschmettert.

Natürlich versuchte Bettina, obwohl sie selber mit ihren Kräften am Rande war, gegen diese gefährliche Verdüsterung anzukämpfen. Wie beredt sie war mitten in ihrem eigenen grauen Leid! Welche Mühe sie sich gab, ihm eine Zuversicht einzuflößen, die sie zuzeiten selbst nicht mehr empfand! Er hörte ihr zu und schüttelte den Kopf. »Wie willst du mir beweisen, daß ich für die Welt noch da bin«, fragte er dumpf, »daß ich ihr noch was wert bin? Du siehst den Alexander Herzog, der ich zu sein glaubte, nicht den traurigen Überrest von ihm, der sich künstlich mit den Inhalten eines bereits in Verwesung übergegangenen Lebens füllt. Gehöre ich der Zeit noch an, oder hat sie mich am Wege stehengelassen? Antworte, wenn du kannst. Du kannst nicht antworten. Auch in deinen Augen bin ich erledigt. Ein entlassener Domestik, der froh sein muß, wenn man ihm das Zeugnis gibt, daß er treu, fleißig und ehrlich gedient hat. So ist es. Ganna hat nur die Axt an einen umgestürzten Baum gelegt.«

Bei solchen Verzweiflungsausbrüchen erstarrte Bettina das Herz. Ihren Widerspruch hielt er für unaufrichtig. Er brauchte andere Bestätigungen als die ihren. Um sie zu finden, raste er von Stadt zu Stadt, nach Genf, nach München, nach Heidelberg, nach Paris, nach Sankt Moritz, in seine fränkische Heimat. Überall umgab er sich einen Tag lang mit Menschen, bekannten und unbekannten. Aus ihrem Verhalten zog er heimlich Schlüsse, wie es um ihn stand. Bei jedem Gespräch lag die stumme, angstvolle Frage in seinen Augen: Bin ich noch ich? Ist meine Welt noch eure Welt? Sprech' ich noch zu euch und hört ihr mich, wenn ich spreche? Was ihn damals bewegt und gehetzt hatte, als er in die Bergwildnis gegangen, wütete jetzt in ihm wie eine fressende Flamme.

Kam man ihm herzlich entgegen, so folgte der anfänglichen freudigen Überraschung das tiefste Mißtrauen. Feierte man ihn, so stellte er mit Bitterkeit fest, daß andere, die geringere Verdienste hatten, enthusiastischer bejubelt wurden. Bezeigten ihm junge Leute ihre Verehrung, so schrieb er es ihrem Mangel an Urteil zu; taten es ältere, so argwöhnte er, daß sie ihn als Parteigänger für ihre reaktionären Anschauungen gewinnen wollten. Frauen schienen ihm von vornherein befangen, Freunde durch Sympathie bestochen. Jede Teilnahme, jede Anerkennung war im besten Fall ein großmütiges Trinkgeld. Es war immer zuwenig, es war immer zuviel.

Die Menschen machten ihn unglücklich. Ihre Interessen langweilten ihn, ihre Geschäfte verachtete er. Fremdling bis ins Innerste, fühlte er sich niemals wirklich auf- und angenommen. Gesellschaften haßte er, einzelne strengten ihn an. Er war zu höflich, um zu schweigen, zu ungeduldig, um zuzuhören, zu intensiv mit sich beschäftigt, um sich hinzugeben, zu wählerisch, um sich mit Quantitäten zu begnügen oder mit einem bloßen stimulierenden Beisammensein. Er empfing Leute aus Pflichtgefühl, aus Neugier, aus Furcht, nein zu sagen, und nach einer halben Stunde war er wie gerädert. Blieb er aber unbesucht und unbemerkt, so verfiel er in die finsterste Melancholie und sah alle seine Befürchtungen bewahrheitet. Jeder Ort wurde ihm unleidlich, sobald er ihn betrat, und jeder Abschied wurde ihm schwer, vom gleichgültigsten Menschen, von einem Wirtshauszimmer, von einer Zufallsgesellschaft. Aufbruch war sein Wesen und seine Qual, Verweilen seine Sehnsucht und seine Unmöglichkeit.

Es wurde schlimmer und schlimmer. Für Bettina entstand die Frage, wie sie es ertragen sollte. Sie hatte den kleinen Helmut bei einer Freundin in Winterthur untergebracht. Wenn sie von der wilden Hatz erschöpft war, fuhr sie zu ihrem Söhnchen. Bekam sie dann keine Nachricht von Alexander, so war sie vor Sorge wie von Sinnen und zählte die Stunden, bis sie wieder bei ihm sein konnte. Er sagte: »Wenn du nicht bei mir bist, geh' ich zugrunde.« War sie jedoch bei ihm, so spielte er den Griesgram und benahm sich, als sei sie ihm eine Last, da ihm ja alles Last war, sein Innen und sein Außen, was er haßte und was er liebte. Sie redete ihm zur Arbeit zu. Er sagte: »Ich kann nicht. Ich habe keine Ruhe, ich habe keinen Boden. Ich bin fertig.« Sie flehte ihn mit gefalteten Händen an, mit ihr zu Kerkhoven zu fahren. Er sagte: »Ich will nicht. Ich brauche keinen Wärter.«

Eines Tages las sie ihm eine Stelle aus einem Brief Kerkhovens vor, die von dem Ganna-Buch handelte. »Richten Sie Ihrem Gatten aus«, hieß es in dem Brief, »daß ich unaufhörlich unter dem Eindruck seiner Konfession stehe. Während des Lesens war mir zumute, als würde ich an den Haaren durch eine brennende Gasse geschleift. Es geht nicht an, daß er mir eine solche Botschaft ins Haus schickt und sich dann unsichtbar macht. Er muß sich mir stellen. Ich warte. Er hat mir eine Bürde aufgeladen, die nur er mir wieder abnehmen kann.« Alexander schwieg verdutzt. Dann murmelte er: »Nein.« Dann sagte er mit bitterem Auflachen: »Daß er wenigstens einen Ton von sich gibt!« Und dann, herumgehend: »Wozu beklag' ich mich? Was hat's denn auf sich? Der arme Lazarus hat seine Memoiren geschrieben. Dergleichen Klienten hat er wahrscheinlich zu Dutzenden.« – »Was verlangst du von ihm«, fragte Bettina ungehalten, »was hätte er denn tun sollen?«

Jedoch darüber äußerte sich Alexander nicht. Vielleicht hatte er erwartet, daß Kerkhoven an ihn schreiben und nicht Bettina als Vermittlerin wählen würde. Später begriff er, daß ein solcher Brief, hätte er die gewünschte Wirkung haben sollen, für Kerkhoven eine Arbeit von Tagen bedeutet und zudem seine eigentliche Absicht durchkreuzt hätte.

107.

Alexander hatte beschlossen, nach Mailand zu fahren, um sich mit seinem Sohn Ferry auszusprechen. Das heißt, er wollte Ferry vor die Entscheidung stellen, an wen er sich künftig zu halten gedenke, an ihn, den Vater, der ihm eine Existenz geschaffen hatte, ihm zeitlebens ein Freund gewesen war und auf alle Weise getrachtet hatte, ihn für eine glücklose Jugend zwischen hadernden Eltern zu entschädigen, oder an die Mutter, die mit einem verschwenderischen Aufwand an Gefühl, dem nie ein Tun entsprochen, Unfrieden und Zerstörung um sich verbreitet hatte. Verhängnisvolles Entweder-Oder. Es konnte zu keinem guten Ende führen. Bettina sah es voraus. Ihre Warnungen fruchteten nichts. Alexander bestand auf seinem Willen. Vorahnend weigerte sie sich aber energisch, ihn allein fahren zu lassen, wie er zuerst beabsichtigt hatte.

Sie wohnten im Hotel Cavour. Ferry hatte sich für zehn Uhr vormittags angesagt. Um halb zehn verließ Bettina das Hotel, um in die Brera zu gehen. Als sie gegen zwölf zurückkam, stieß sie in der Halle auf Ferry. Sie begrüßte ihn lebhaft. Sie hatte immer große Sympathie für ihn gehabt, obwohl sie wußte, daß er ihr die Ehe mit seinem Vater nicht verzieh. Als Vorwand für seine Abneigung, die allerdings von verkrochener und unsicherer Art war, hatte er sich eingeredet oder einreden lassen, sie sei zu sehr Dame und zu wenig Frau. Auch dies wußte Bettina und lächelte nachsichtig darüber, denn ihre Stellung Alexanders Kindern gegenüber war stets schwierig gewesen. Es hatte manchmal ihres ganzen Taktes und vieler Selbstüberwindung bedurft, um dieser Schwierigkeit Herr zu werden. Ferry gefiel ihr auch äußerlich. Er war ein hochgewachsener, gutaussehender Mann von melancholischem Temperament. Seine

Wortkargheit ließ ihn oft mürrisch erscheinen, aber er war früh gereift, das Leben war nicht besonders glimpflich mit ihm umgegangen, und wie den meisten Frühgereiften fehlte ihm das Selbstvertrauen.

Bettina fragte ihn, warum er schon gehe, ob er nicht zum Essen bleiben wolle. Er antwortete kaum. Mit einer hastig gemurmelten Entschuldigung eilte er an ihr vorbei. Bestürzt schaute sie ihm nach. Dann eilte sie die Treppe hinauf, lief den vielfach geeckten Korridor entlang und stürzte ins Zimmer. Totenbleich stand Alexander vor ihr. »Was ist dir, um Gottes willen?« stieß sie hervor. Er wankte zum nächsten Sessel und brach mit einem furchtbaren Weinkrampf zusammen.

Bettina, tief entsetzt, schlang die Arme um seine Schultern. Sie forschte nicht, fragte nicht, sie war nur zärtlich. Sie lag auf den Knien vor ihm und streichelte seine Hände. Was sie sprach, war hilfloses Gestammel, aber es beruhigte ihn, ihre Stimme zu hören war schon Trost. Er klammerte sich an sie wie ein Kind. Sie war nicht einen Augenblick im Zweifel über das, was vorgegangen war. Sie spürte es in der Luft des Zimmers. Wie sie es vorausgewußt, so hatte es sich abgespielt. In seiner Unschuld war Alexander nicht darauf gefaßt gewesen, daß ihm plötzlich der Sohn Gannas gegenüberstand. Trotz allem der Sohn Gannas. Und er hatte gehofft und geglaubt, seinen Sohn zu finden.

Sie sagte es ihm unverhohlen, mit grausamer Offenheit. Das hätte sie nicht tun sollen. Es war nicht richtig. Sie vergaß, daß der Sohn die Mutter nicht verleugnen darf, auch nicht, wenn er gegen sie steht, auch nicht, wenn seine Liebe dem Vater gehört. Er darf sie um des Vaters willen nicht verleugnen. Es gibt für ihn kein Recht und Gericht darin. Bettina vergaß es, weil es mit der Schonung nicht mehr weiterging, weil sie es müde war, den Waagebalken krampfhaft in der Gleichlage zu halten. »Er ist mein Fleisch und Blut«, wandte Alexander zornig-verstört ein, »das kannst du nicht mit dem Messer aus mir herausschneiden.« – »Fleisch und Blut sind eins und Gesinnung und Art ein anderes«, erwiderte Bettina leidenschaftlich erregt, »du opferst dich einem Götzen. In dir sitzt der Blutswahn, der Vaterwahn, der Verantwortlichkeitswahn, und die toten Pflichten machen dich blind gegen die lebendigen.« – »Gegen welche lebendigen?« – »Das fragst du? Die gegen mich zum Beispiel. Die gegen deinen jüngsten Sohn. Auch dein Fleisch und Blut. Aber der wird dir gehören, der wird dich nicht im Stich lassen.« – Alexander sah bedrückt vor sich hin. Nach einer Weile sagte er mit erloschener Stimme: »Das Helmutlein? Ja ... vielleicht. Obwohl ... Ich glaube an keinen Menschen mehr. Nicht einmal an dich, Bettina.«

Bettina erschrak bis auf den Grund ihrer Seele.

108.

Er wollte lange nicht mit der Sprache heraus. Es mochte sein, daß er sich schämte. So begann sie denn, auf ihre Weise, eine wohlgeübte und oft bewährte, mit vorsichtigem und beharrlichem Fragen den Kern auszugraben, um den sich Schicht um Schicht sein Argwohn gelegt hatte. Stockend und niedergeschlagen erinnerte er sie an ihre begeisterten Berichte und Erzählungen über Kerkhoven, an die zahllosen Briefe, die sie ihm geschrieben, an das häufige Telefonieren mit ihm und wie sie es bei all ihrer Verstellungsgabe nicht verbergen könne, daß ihre Gedanken ständig bei ihm weilten. »An ihn hast du nun einmal deinen Sinn gehängt«, sagte er mit einer hoffnungslosen Geste, »deshalb willst du mich auch zu ihm bringen. Wozu leugnen? Ihn achtest du, ihn bewunderst du, ihm vertraust du, ich bin dir nur noch eine trübe Gewohnheit ... mit Recht, mit Recht, und daneben höchstens eine Sorge.« – Bettina hatte ihm neugierig zugehört, ganz still, mit Augen, in denen schmerzlicher Schalk leuchtete. Nur bei dem Wort von der Verstellungsgabe hatte sie hellauf gelacht. »Das alles ist sündhafter und bösartiger Nonsens, mein dummer und sehr geliebter Alexander«, sagte sie endlich, »darauf kann man ja im Ernst nicht antworten. Oder hast du dir gedacht, ich soll dir solchen Erzblödsinn ausreden? Schau, Lieber, wir haben doch Besseres und Dringenderes zu tun, als uns mit Grillen zu plagen.« – »Gib wenigstens zu, daß dich der Mann beschäftigt.« – »Das will ich meinen, und ob!« rief Bettina mit heiterem Trotz. »Ist es etwa verboten? Soll ich mir alle Wege verrammeln, die vor Alexander Herzog keine Gnade finden? Mir scheint, den Kral bist du doch nicht losgeworden. Nein, ich lass' mir die Welt nicht zusperren. Ich will nicht das Jahr über aus ehelicher Treue in Sack und Asche trauern. Das könntest du endlich wissen.« – »Was bindet dich an ihn?« forschte Alexander naiv. »Freundschaft?« – Bettina zuckte die Achseln. »Brauchst du ein Wort dafür? Gut, nenn es Freundschaft.« – »Als ob's das wirklich gäbe ... Freundschaft«, sagte er tonlos. Bettina sah ihn erstaunt an, gab aber keine Antwort.

Seine Depression wuchs Stunde um Stunde. Bisweilen sprach er verzweifelt und in abgerissenen Sätzen von Ferry. Einmal erzählte erfolgendes. Als Ferry zwei Jahre alt gewesen, sei er, Alexander, eines Tages ins Kinderzimmer getreten, da sei der Bub auf dem Boden gesessen, mitten in einem aus funkelnden Stäubchen bestehenden Sonnenstrahlenbündel, und habe einen großen Löffel regelmäßig zum Munde geführt; als er das Kind fragte, was es da mache, habe es jauchzend erwidert: Die Sonne essen! Warum er gerade dieser Erinnerung so hartnäckig nachhing, war nicht zu ergründen. »Ich fürchte, er hat doch nicht genug Sonne zu essen gekriegt«, sagte er vor sich hin.

Ferry hatte einen ausführlichen Brief an seinen Vater geschrieben, der Alexander ein wenig zu beruhigen schien. Er wollte ihn aber Bettina nicht zeigen. Eine nochmalige Begegnung hielt sie für gefährlich und traf daher Anstalten zu schleuniger Abreise. Ihre ganze Tageseinteilung war darauf gerichtet, daß sie ihn nicht zehn Minuten allein zu lassen brauchte. Am zweiten Vormittag schrieb sie unten im Lesezimmer einen Brief an Kerkhoven; als sie zurückkam, fand sie Alexander in einem Zustand, der wie ein Angstrausch aussah. Es war die leibhaftige Bestätigung dessen, was sie an den Freund geschrieben: »Der Mann ist wie zerhämmert und in Stücke gehackt. Es ist ein seelischer Tod, den ich mit ansehen muß. Und ich hoffe noch immer auf die Auferstehung, noch immer glaub' ich an das Wunder. Wer soll aber das Wunder bewirken? Ich weiß keinen andern als Sie, in der ganzen, weiten Welt niemand sonst. Mute ich Ihnen zuviel zu? Aber die letzte Zuversicht dürfen Sie mir nicht rauben.«

In einem Auto, das ihnen der italienische Verleger Alexanders zur Verfügung gestellt hatte, fuhren sie nach Como. Da er sich weigerte, mit der Bahn weiterzureisen, ließ es Bettina zu, daß er in einem seiner Anfälle von Verschwendungssucht für zehn Tage einen Schweizer Wagen mietete. Er bestimmte die Wege und die Ziele, Bettina ließ sich schleppen. Sie fuhren auf den kleinen Sankt Bernhard, das Rheintal hinunter, ins Engadin hinauf, über die Bernina und das Stilfser Joch ins Tauferer und Münstertal, über Meran in die Dolomiten, an den Gardasee und zurück zum Julier und Gotthard. Nirgends wollte er bleiben, überall störten ihn die Menschen, für keine Landschaft hatte er einen frohen Blick, die Sonne freute ihn nicht, selten trat ein Lächeln auf seine Lippen, und wenn er mit Bettina sprach, geschah es nur, um Bemerkungen über das Wetter, die Straßen und das Nachtquartier zu machen. Zerstörter

Mensch, dachte Bettina, armer, geliebter, zerstörter Mensch ... Es gibt
Frauen, die aus einem edlen und mutigen Entschluß heraus fähig sind,
unverbrüchlich ein Bild zu lieben, auch wenn ihm keine Wirklichkeit
mehr entspricht und es nur noch in ihrem Traum lebt. Sie stand mit
Kerkhoven im Komplott. Er hatte ihr nahegelegt, Alexander zu ihm zu
bringen, er hielte es für hoch an der Zeit. Darauf hatte sie ihm geschrieben, es sei nicht leicht für sie, er fürchte sich vor der Hand, die ihn
packen und führen wolle, sie müsse die größte List und Vorsicht anwenden, um ihn langsam an den Gedanken zu gewöhnen. Kerkhoven schlug
ihr vor, sie möge einen Ort bestimmen, wo er sie und Alexander an einem genau festzusetzenden Tag treffen könne, das Weitere nehme er
dann auf sich. Sie vereinbarten ein Zusammentreffen am achten August
in einem Luzerner Hotel. Damit in Alexander kein Verdacht entstand
und der verabredete Termin eingehalten werden mußte, veranlaßte sie,
daß am gleichen Tag der kleine Helmut mit einer Begleitperson nach
Luzern kam. Alexander sehnte sich schon sehr nach dem Kind.

109.

Es war nicht anders, es nützte nichts, dagegen anzukämpfen; ein innerer
Widerstand gegen die Tochter blieb in Marie. Bei aller Liebe, allem
Wissen, allem Verständnis. Und wie es manchmal geht, war es ein an-
scheinend harmloser Umstand, durch den es ihr bewußt geworden war:
Aleid frönte dem Laster des Nägelbeißens. Dies reizte Marie bis zum
Zorn, bis zur Wut, und sie wurde dann ungerecht in allem, was Aleid
betraf.

Wohl sah sie, daß die eisige Frechheit der Auflehnung in dem jungen
Geschöpf nur die Maske eines endgültigen Nihilismus war. Worte trafen
da nicht hin. Es hätten niegesagte Worte sein müssen, und wer ist deren
mächtig? Mitgefühl stieß auf Hohn, Glaube an eine höhere Ordnung
der Dinge auf Gelächter. Alle Leidenschaft erschöpfte sich in der Ratio,
im Greifbaren, im Verfechtbaren; das Schicksal wohnte nicht mehr über
den Sternen, es war der Ausdruck für den feindseligen Zusammenprall
sozialer Übel und menschlicher Niedertracht. Und sobald die Wurzel
allen Leids solcherart bloßgelegt werden konnte, gab es nur noch die
Wahl zwischen dem Schwächeeingeständnis und der Entschlossenheit,
die seiende Welt zu vernichten, um eine andere aufzubauen.

Marie spürte es in jedem Nerv; diese Jugend war geistigen Qualen ausgesetzt, von deren Umfang und Schwere frühere Generationen nichts geahnt hatten. Ihre Ungewißheiten reichten tiefer und wirkten sich verheerender aus als die religiösen Zweifel jener Jahrhunderte, in welchen Gott noch eine persönliche Gestalt besaß. Sie hatten keine Weiser, keine Lehrer, keine Herren, keine Fürsten mehr, nur noch Verwirrer und Vergewaltiger. Sie liebten nicht mehr das Leben, sie liebten den Tod; ein Überdruß war ihnen das Leben. Sie beteten die Macht an und verachteten den Menschen. Kein Wunder, denn was für ein Erbe hatten sie angetreten? Verzweiflung, Schrecken und Not, das Werk der Väter und Mütter, die so stolz darauf waren, sich Menschen zu heißen.

Das alles sagte sich Marie immer wieder vor, wenn sie über Aleid nachdachte. Doch der seltsame Widerstand, der fast einer Abneigung gleichkam, blieb und führte zu Konflikten.

110.

Während eines schweren Gewitters, um die Dämmerungsstunde, saß sie bei Aleid in deren Zimmer. Aleid hatte die Ellbogen auf den Fenstersims gestützt; den Kopf vorgestreckt, starrte sie mit einer Miene in den lodernden Himmel, als wolle sie die Blitze trinken. In einer Pause zwischen zwei Donnerschlägen sagte sie mit ihrer brüchigen, heiseren Stimme: »Blödsinnig, sich mit einem Schlafmittel umbringen zu wollen. Damit macht man's den Herren Doktoren bequem. Schließlich kann man doch Veronal nicht pfundweise fressen.« – Marie begnügte sich zu antworten: »Deine Natur hat es besser mit dir gemeint als dein Verstand.« – »Natur!« spottete Aleid. »Meine Natur gibt mir nichts vor. Wenn ich was von ihr haben will, muß ich mit ihr raufen. Genauso wie mit dir.« – »Aleid!« – »Es ist doch so. Immer die sittlichen Standpunkte. Gräßlich.« – »Sie haben dir ja das Herz zerstampft, da draußen«, sagte Marie. – Aleid lachte knurrend in sich hinein. Aus einer tintenschwarzen Wolke flammte ein glühendvioletter Blitz in den schäumenden See. Mit einem tiefgeatmeten ›Ah‹ beugte sie sich aus dem Fenster und nickte, gleichsam einverstanden mit dem gewaltigen Krachen des Donners. »Vom Blitz erschlagen zu werden, stell' ich mir weitaus am angenehmsten vor«, sagte sie versonnen, »aber das ist ein Glücksfall, mit dem man nicht rechnen kann. Danach … Wart mal, was käme noch in Betracht? Sich von einem Turm herunterstürzen. Oder von einem Flugzeug. Herrlich. Durch die Luft schweben und wissen, in fünf, in zehn Sekunden ist alles zu Ende. Herrlich.« – »Du redest wie eine Verrückte«, sagte Marie gepreßt. – »Und wenn schon? Was ändert das an der Ursache, was ändert's am Effekt?« – »Ist denn das Leben zu nichts gut als zum Wegwerfen?« – »Zu nichts, Mutter, zu nichts.« – »Und fühlst du dich für nichts in der Welt verantwortlich?« – »Nein. Für nichts.« – »Aber das Kind in deinem Leibe?« – »Hach ... darauf hab' ich nur gewartet. Hab' ich's gerufen? Brauch' ich's? Braucht's sonst wer? Es gibt dir wohl noch zu wenig verfehlte und überflüssige Existenzen? Da siehst du ja, daß deine sogenannte Natur so dumm wie ein Vieh ist.« – »Und das sagst du deiner Mutter?« – »Ja, denk dir. Wenn du damals gewußt hättest, was für ein jämmerliches Geschöpf du in die Welt setzen wirst, hättest du dir die Enttäuschung und mir den ganzen Rummel ersparen können.« – Marie erhob sich jäh. »Das ist frevelhaft«, rief sie aus, »man muß dich verabscheuen ...«

Eine Zeitlang herrschte Schweigen. Das dem Unwetter zugekehrte Gesicht des jungen Mädchens leuchtete wie weißer geschliffener Stein. Sie hatte das Kinn auf die verschlungenen Hände gestützt. Auf einmal murmelte sie: »Ach, Mutter, mir graut so, mir graut so »... – Marie näherte sich ihr zögernd, beinahe furchtsam. Es drängte sie, Aleid die Hand auf den Kopf zu legen, doch es zu tun kostete einen Entschluß. Aleid blickte neugierig empor. »Wenn ich nur wüßte, wie du bist«, sagte sie leise, sich der Berührung unmerklich entziehend, »ich habe keine Ahnung ... Alles an dir ist mir ein Rätsel, deine Ehe, dein Wesen, dein Leben.« – »Ich bin, wie ich bin«, sagte Marie verschlossen. – »Na, wie denn? Gut? Nicht wahr, gut? Was verstehst du denn darunter? Doch nur einen abgeklärten lauen Mischmasch, so was wie Arznei, nein? Was hab' ich denn davon? Zeig mir doch einen Weg aus den hunderttausend Lügen heraus, dann will ich glauben, daß hinter dem Gut-Sein was steckt. Also?« – »Ich weiß nicht, was dahintersteckt«, antwortete Marie, »vielleicht nur der Schmerz über das Schlecht-Sein.« – »Solche Pastorensprüche machen mir keinen Eindruck«, höhnte Aleid, »sag offen und ehrlich: Ich kann dir nicht helfen, ich muß dich zugrunde gehen lassen, ich kann dir höchstens dein Bett und dein Essen und die paar Fetzen zum Anziehen geben und Schluß. Alles andere ist Quatsch.« Sie sprang auf, lief zu der offenen Fenstertüre, die in den Garten führte, und als sie draußen war, beugte sie den Kopf in den Nacken und ließ den Regen über ihr Gesicht strömen. Marie machte ein paar Schritte, wie um ihr zu folgen, blieb aber in Gedanken verloren stehen.

111.

Es war nicht etwa ein Vertrauensbeweis Aleids, als sie der Mutter eines Nachts von dem Mann erzählte, den sie geliebt hatte; das Wort Liebe kam natürlich nicht über ihre Lippen; es war wohl auch ein abgestandener Begriff für sie, auch eine von den »hunderttausend Lügen«. Es war auch nicht so, daß es sie zu einem Bekenntnis drängte; sie wollte eher der Mutter vor Augen führen, wie berechtigt ihre Ablehnung aller positiven Lebenswerte war und daß es für sie und ihresgleichen keinen Grund gab, an irgend etwas in der Welt zu glauben außer an das Böse und daran, daß mit dem Tod alles zu Ende war.

Sie zeigte keinerlei Bewegung. In demselben Ton hätte sie von einem gleichgültigen Bekannten reden können. Sie ging sogar so weit, sich über seine leidenschaftliche Vaterlandsliebe, den Schmerz über die politische Erniedrigung lustig zu machen. Dennoch trat hinter der gewollten Nüchternheit und Skepsis das Bild eines ungewöhnlichen Charakters hervor, eines jener gläubigen Unerbittlichen, die jederzeit bereit sind, sich für ihre Idee auf dem Märtyrerstein schlachten zu lassen. »Ich habe Briefe von ihm, die müßtest du lesen«, sagte Aleid; sie saß in verkrümmter Haltung da, die Beine übereinandergeschlagen, das Kinn fast auf dem einen Knie, eine Zigarette zwischen den Lippen, »vielleicht geb' ich sie dir mal. Dieser Idealismus; zum Totlachen. Menschheitsglaube! Zu blöd! Es kommt mir so vor, wie wenn ich sage, ich glaube – na, an was denn gleich? – an die Kerzenfabrikation. Hier und da gibts noch Kerzen, gewiß, aber sie sind doch ein komischer Artikel; so für ganz poweres Volk; nein?« Sie warf die Zigarette fort und fing an, die Fingernägel zu benagen.

Freunde hatten Geld für seine Flucht gesammelt. Er weigerte sich, zu fliehen. Das Geld, zweihundert Mark, nahm er und schenkte es notleidenden Kameraden. Er hatte nie eine richtige Wohnung. In einem Bett hatte er seit Jahren nicht geschlafen. Seine Augen waren seit dem Krieg ruiniert, zuletzt hatte ihm Erblindung gedroht. Er wußte es und tat nichts dagegen.

Blumen hatte er über alles geliebt, »du siehst, was für ein phantastischer Kerl er war«; man konnte ihm keine größere Freude machen, als wenn man ihm einen Strauß Feldblumen brachte. Bedrückt fragte sich Marie: Ist man wirklich ein »phantastischer Kerl«, wenn man Blumen liebt? Im Zusammenhang damit berichtete Aleid etwas seltsam Schauerliches, das sich bei seiner Ermordung zugetragen hatte. Der Mensch, der ihm von hinten mit dem Ausruf »Verreck, du Hund!« eine Kugel in den Kopf geschossen hatte, trug einen kleinen Büschel Maiglöckchen im Knopfloch. Als Hildenbrand auf dem Pflaster lag und der Mörder sich über ihn beugte, um sich zu vergewissern, ob er tot sei, sah der vor Schrecken erstarrte Begleiter, daß der Sterbende entzückt-verwundert mit der Nase in der Luft schnupperte, und vernahm noch die Worte, mit denen er seine Seele aushauchte: »Wie gut das riecht! Wie gut das riecht!«

Die absichtsvoll unbeteiligte Art, in der Aleid dies erzählte, ungefähr wie man eine Anekdote von einem schnurrigen Sonderling erzählt, trieb Marie die Röte der Entrüstung ins Gesicht. Sie sah eben nicht bis auf den Grund. Sie ließ sich täuschen von einem Zynismus, in den sich Aleid verbiß wie ein geprügelter Hund in den Stock, mit dem man ihn geschlagen hat. Und während die Smaragdaugen mit herausfordernder Fühllosigkeit (so empfand es Marie erbittert) auf sie gerichtet waren, verlor sie die Ruhe und herrschte sie an: »Hör auf, deine Nägel zu beißen! Es macht einen ja ganz toll.« – »Das versteh' ich, Mutter«, gab Aleid mit dreister Gelassenheit zurück, »es hat ja auch was zu bedeuten, wenn mir recht ist; Verzweiflung … sich selber aufessen … Mußt es doch wissen, als Frau von einem hochgelehrten Haus. Ja, die Aleid verspeist sich selber, aber sie schmeckt sich nicht. Pfui Teufel.« Sie lachte grell.

Ihr Lebensmut war in der Wurzel gebrochen. Auch alle Fähigkeit zur Hingabe. Das unterlag für Marie alsbald keinem Zweifel mehr. Wissenschaft, Kunst, Religion erschienen ihr als die verlogenen Ausflüchte einer Menschheit, die von Idioten und Verbrechern in Gehorsam gehalten wurde. Wenn man ihr von Vernunft, von Seele, von Gerechtigkeit sprach, schüttelte sie sich, fuhr sich mit allen zehn Fingern durch die roten Haare und grinste wie ein kleiner Satan. Das Eigentümliche war, daß es Marie nicht über sich brachte, mit Joseph über Aleid zu reden; ein paarmal nahm sie einen Anlauf, doch das Wort blieb ihr in der Kehle stecken. Eine unerklärliche Scham hinderte sie daran, ihr war, als gäbe sie sich selbst damit preis, als enthülle sie ihre traurige Unzulänglichkeit, noch dazu der leiblichen Tochter gegenüber; ihr Kind war es, nicht seines. Und wieder einmal vor ihm stehen mit dem Bekenntnis: Ich kann nicht weiter, ich habe versagt? – Nein.

Hätte nur nicht Aleids ganzes Wesen alle Abwehrtriebe in ihr aufgeweckt. Jedes Wort fügte ihr eine Wunde zu, jeder Blick, jede Geste beleidigte sie. Haltlos schwankte sie zwischen Widerwillen und Erbarmen, zwischen Gereiztheit und schmerzlichem Begreifen. Oft fragte sie sich: Was hab' ich gemein mit dieser fremden Person, die ich in einem andern Leben geboren habe? Und oft wieder dünkte sie, als sei sie eines Leibes und Herzens mit ihr, und sie müsse sie retten und in den lichten Bezirk hinübertragen, den sie selber freilich nur wie durch einen Dämmerschleier sah, unsäglich weit weg.

Es erschütterte sie zutiefst, als Aleid eines Tages in ihrer würgenden inneren Not mit dem Plan herausrückte, sie wolle fürs Rote Kreuz nach China gehen. Es war die pure Rebellion. Wie fast in jedem jungen Menschen war ein feuriges Bedürfnis nach Redlichkeit und Wahrheit in ihr. Mit diesem Anspruch war sie in der Welt, aus der sie kam, schroff zurückgewiesen worden. Daß der Mensch, an dem sie mit einer Leidenschaft gehangen, deren Ausmaß ihr selbst kaum bewußt war, an den sie geglaubt hatte, zum ersten und einzigen Mal wirklich geglaubt, um einer Idee willen, einer reinen Hingabe wegen, gehaßt, verfolgt, gemordet worden war, das konnte und konnte sie nicht fassen, sie dachte sich das Hirn krank darüber. Warum denn, grübelte sie mit verzerrtem Gesicht, wo liegt denn da eine Schuld, wie kann denn das möglich sein? Ihr war zumute, als rinne ihr das Herz aus. Und wenn sie sagte, sie wolle nach China gehen, so hatte auch das keinen Sinn und Inhalt für sie, sie fragte ganz naiv, wie man es machen, was man dazu tun müsse; kurz, es war der finsterste Winkel in ihrem verfinsterten Geist, worin sich dies abspielte, da war kein Weiterdenken möglich, und wenn einer mit Worten daran rührte, konnte man ihm nur ins Gesicht schreien: Schämst du dich nicht, daß du ein Mensch bist? Schämst du dich nicht, daß du lebst? Und lachen. Und sich die Nägel abbeißen.

Unter dem vernichtenden Eindruck dieser Gemütsverfassung ihres Kindes schwand Marie hin wie eine Pflanze in einem Keller.

112.

Bevor Kerkhoven nach Luzern gefahren war, hatte er mit Marie und Schwester Else beraten, wo man die Herzogs unterbringen sollte. Man hatte sich dafür entschieden, ihnen den kleinen Pavillon an der Seeseite des Parks einzuräumen; dort würde Alexander Herzog mehr Ruhe haben als im Hauptgebäude. Ungestörte Ruhe tat ihm vermutlich not. Außerdem war drüben auch für den kleinen Helmut genügend Platz. Die Mahlzeiten konnte man hinüberschicken, falls sie es vorzogen, für sich zu sein.

Es war ein wolkenloser Nachmittag, als Kerkhoven mit Alexander, Bettina und dem Bübchen in Seeblick ankamen. Das Quartier schien ihnen zu gefallen; vier aneinanderstoßende Räume, zwei Schlafzimmer, ein Badezimmer, ein Wohn- und Arbeitszimmer und oben in der Mansarde das Zimmer für den Buben. Weiße Wände, lichte Möbel, bunte Kretonnevorhänge, ein paar chinesische Stiche und altertümliche Porträts ergaben einen anheimelnden Gesamteindruck. Auf dem Rasen vor den Fenstern stolzierte ein Pfau. Am Ufer stand eine Schaukel, deren Viereck sich scharf gegen den blauen Himmel abzeichnete. Auf dem Schwebebrett saß Aleid im Schwimmanzug und schwang sich lässig hin und her. Über den ultramarinblauen See glitten Boote mit weißen Segeln. Durch die Krone der Buchen und Kastanien schimmerte zitronengelb die Fassade des Hauptgebäudes.

Helmut wurde sofort mit Johann und Robert bekannt gemacht. Nach einer halben Stunde waren sie dick befreundet.

Es hatte keiner besonderen Anstrengung bedurft, um Alexander Herzog zu bewegen, nach Seeblick zu gehen. Als Kerkhoven in dem Luzerner Hotel, wie aus der Versenkung emporgetaucht, an dem Tisch stand, wo er mit Bettina Platz genommen, war er nicht einmal überrascht gewesen. Kerkhoven hatte ihm mit einer Herzlichkeit die Hände geschüttelt, als ob er nach Jahren der Trennung den liebsten Freund wiedersähe. Das hatte ihn wohltuend berührt und seinen Argwohn eingeschläfert. Und als Kerkhoven den Zufall pries, der ihn gerade heute zu einer Konsultation nach Luzern geführt, war er vollends beruhigt. Im Verlauf eines lebhaften Gesprächs fühlte er sich, genau wie damals in Ebenweiler, mit elementarer Macht zu dem Manne hingezogen. Nur zu gern fügte er sich in seinem Innern einem überlegenen Beschluß, wenn ihm dadurch die Mühe der Selbstbestimmung erspart blieb, und so widersetzte er sich nicht mehr, als Kerkhoven unter Bettinas stummem Einverständnis einen Aufenthalt in Seeblick von zunächst noch unbegrenzter Dauer für ratsam erklärte.

Die Fahrt war bei der Hundstagshitze ziemlich anstrengend gewesen. »Wir wollen den Tee unten auf der Terrasse nehmen«, schlug Kerkhoven vor. Sie gingen hinunter. Als der Tisch gedeckt war, erschien auch Marie. Sie sah blaß und müde aus, doch die Freude, Herzog und Bettina bei sich begrüßen zu können, verbreitete über ihre Züge einen festlichen Glanz, der sie schön machte. Sie trug ein teerosengelbes Kleid von einfachem Schnitt und um den Hals eine rote Korallenkette mit einer alten Gemme. Bettina war noch in ihrem braunen Reisekostüm. Ihr Wesen war entspannt wie das eines Menschen, der sich nach einer langen Periode der Gefährdung endlich unter sicherem Schutz befindet. Mit ihrem hellen, gewinnenden Lachen, das alle ansteckte und selbst den bärbeißigsten Zuhörer zum Lächeln gezwungen hätte, erzählte sie von der verrückten Hetzjagd in dem gemieteten Auto. Wie sehr sie darunter gelitten hatte, konnte ihr niemand anmerken. Marie spürte es jedoch in jedem Ton und Wort. Sie hörte aufmerksam zu. Für eine halbe Stunde vergaß sie ihren Kummer. Eine stürmische Sympathie regte sich in ihr. Bettina empfand es dankbar in allen Nerven und erwiderte das Gefühl augenblicklich. Warum kommt sie mir nur so bekannt vor, dachte sie, während sie angeregt eine Episode erzählte, in der Alexander eine ziemlich komische Rolle spielte, wo hab' ich es schon gesehen, dieses liebe Gesicht? Dabei wußte sie bestimmt, daß sie es noch niemals gesehen hatte.

Kerkhoven betrachtete Bettina immer wieder, und indes er ihr zu lauschen schien, stellte er bei sich fest, daß es nicht leicht ein Gesicht gab, in welchem sich die momentanen Stimmungen und Erlebnisse mit solcher Treue und Schärfe spiegelten. Schmerz, Trauer, Mutlosigkeit, Unlust jeder Art, die heftigste Reizbarkeit, ein schwärmerisches Phantasieleben, eine fast wahrnehmbare Abhängigkeit von Traum, von innerem Bild, von unbewußten magischen Kräften der Seele; die Tiefe des Auges, das Ausweichende und Flüchtende des Blicks, der Pessimismus um den weichen Mund, der kindlich sanguinische Zug um die Nase, die Jugendlichkeit der Reflexe und Vibrationen, verbunden mit dem Ausdruck uralter Erfahrung, uralter Weisheit beinahe, all das wirkte wie aus vielen Gesichtern zusammengesetzt, wie die kühne Vision eines lionardesken Zeichners, und hatte dabei doch die Einheitlichkeit der unverkünstelten

Natur. Was Alexander Herzog betraf, der schweigsam dasaß, so waren
Kerkhovens Gefühle gegen ihn bisher ein wenig zwiespältig gewesen;
eine fast zärtliche Zuneigung hatte mit einem verhehlten Argwohn gewechselt, jenem vorsichtigen Abwarten, das ein Gegner oder Gegenspieler
erregt, der eigentlich ein Bruder ist. Jetzt war ihm plötzlich zumute, als
hätten ihm die Mächte einen Beweis höchsten Vertrauens gegeben, indem
sie ihm diesen Menschen zugeführt und unter seine Obhut gestellt hatten,
und als riefe ihm eine Stimme zu: Von nun an kannst du keinen Schritt
mehr gehen, den du nicht in Gemeinschaft mit ihm gehst.

113.

Jeanne Mallery konnte nicht voraussehen, welch verhängnisvolle Torheit
sie beging, als sie Karl Imst die Motive zu dem Selbstmord seiner Frau
entschleierte, so wie Kerkhoven sie ihr dargestellt hatte, um sie von dem
Schuldwahn zu erlösen. Sie hielt sich für verpflichtet, den Freund ebenfalls aufzuklären, vielleicht, weil sie glaubte, auch ihrerseits ein Befrei-
ungswerk damit zu tun. Hierin irrte sie jedoch gründlich. Es geschah
etwas Unerwartetes. Er starrte Jeanne an, als sei sie betrunken und rede
im Rausch. Er tobte. Er schrie: »Du lügst; das lügst du in deinen ver-
fluchten Hals hinein. Das hat sich der Professor Kerkhoven ausgedacht,
um sich wichtig und mich unmöglich zu machen!« Jeanne wußte nicht,
was sie davon denken sollte. Sie war wie erschlagen.

Was ging da vor? Etwas Lächerliches, Unglaubliches. In Karl Imst
erwachte plötzlich der Bourgeois. Verholzte Begriffe von Familien- und
Standesehre gewannen neues Leben und erlaubten ihm nicht, die augen-
fällige Wahrheit und Wahrscheinlichkeit anzunehmen. Daß sein Eheweib,
des Apothekers Imst angetraute Frau, solche Schlechtigkeit begangen,
ihn durch ein teuflisch-überlegtes Selbstmordmanöver ins Zuchthaus
gebracht haben sollte, war einfach nicht vorstellbar, und deshalb konnten
sich die Dinge auch nicht so zugetragen haben. Indizien hin oder her;
Beweise hin oder her; es war eine Erfindung, durch die der Name Imst
auf ewig gebrandmarkt werden sollte. Von der Geschichte mit der
Hellseherin Thirriot hatte er gehört; er erklärte das alles für Schwindel
und konstruierte um Selmas Tod einen Sachverhalt, der ihm gestattete,
die Vergangenheit auszulöschen und umzubiegen. Erstaunlicherweise
lag ihm plötzlich an dem Phantom der bürgerlichen Wohlanständigkeit

unendlich viel mehr als an seiner eigenen öffentlichen Lossprechung von der Mordschuld. Es war Ahnengötzendienst, Sippenwahn. Mit verbissenem Eifer machte er sich daran, die Megäre Selma in eine liebende und pflichtgetreue Gattin und Mutter zu verwandeln und Jeanne Mallery in eine von ihm zu spät durchschaute Verräterin und ein willenloses Werkzeug Kerkhovens.

Den Professor werde er zur Rechenschaft ziehen, brüllte er, werde ihn wegen Verursachung ehrenrühriger Nachrichten vor Gericht belangen. Jeanne lag vor ihm auf den Knien und flehte ihn an, sich zu mäßigen. Als die Auftritte sich wiederholten, schritt Kerkhoven ein. Er hatte das alles längst kommen sehen. Der demolierte Kleinbürger, so nannte er Karl Imst im stillen. Bei einem Versuch, den unflätig Tobenden zu bändigen, spuckte dieser vor ihm aus. Kerkhoven packte ihn bei den Schultern, drückte ihn in einen Sessel und sah ihm fest in die Augen. Da klappte er zusammen und murmelte etwas von seinem kranken Kopf. Am andern Tag war er verschwunden. Er hatte heimlich seinen Koffer gepackt und im Morgengrauen das Haus verlassen.

Diese Flucht war nicht so harmlos, wie sie aussah. Man erfuhr, daß er in einem benachbarten Dorf Wohnung genommen hatte. Er ging unter den Bauern und Fischern herum und verbreitete üble Dinge über das Haus Seeblick. Unter anderm behauptete er, Jeanne Mallery werde gewaltsam ihrer Freiheit beraubt. Kerkhoven glaubte die Ausstreuungen eines bösen Narren nicht beachten zu sollen. Mit Unrecht. Böse Narren finden immer und überall Gehör. Die Feinde und Wühler, die bis jetzt im verborgenen gearbeitet hatten, wagten sich nun ans Licht. Der Verleumdungsfeldzug des Karl Imst war der Beginn eines Kesseltreibens, das den Frieden von Seeblick alsbald ernstlich bedrohte.

114.

Ängstlich vermied es Kerkhoven, Alexander Herzog zu überfallen. Er ließ ihn frei. Er verhielt sich abwartend. Er hütete sich vor merkbarer Beobachtung. Er überschritt nicht die Grenzen gesellig-freundschaftlichen Verkehrs. In den ersten Tagen wußte er sogar das Alleinsein mit ihm zu verhindern und schien, wenn er eine unbeschäftigte Stunde hatte, die Unterhaltung mit Bettina vorzuziehen. Da er in seinem Betragen den tiefen Respekt betonte, den er gegen den Menschen und Schriftsteller

Alexander Herzog empfand, mußte dieser glauben, Kerkhoven wage nicht, die Schranke zu durchbrechen, die er rücksichtsvoll zwischen sich und ihm aufgerichtet hatte. Doch ihn verlangte nach der Schranke nicht. Er wünschte sie zu beseitigen, war aber zu scheu und zu unentschlossen dazu. Bettina, die ihm hätte behilflich sein können, tat nichts dergleichen, und er grollte ihr deshalb. Die diplomatische Reserviertheit Kerkhovens erregte nach und nach eine quälende Spannung in ihm, als wäre eine Falle dahinter verborgen, sah er doch überall Gespenster. Es kam so weit, daß ihm das Herz bis in die Kehle hinauf klopfte, wenn er Kerkhoven im Haus oder im Park begegnete und dieser mit einem artigen Gruß an ihm vorüberging. Er will mich aushungern, der gute Professor, dachte er dann, er will mich präparieren, damit ich ihm ein gefügiges Objekt abgebe, ich werde ihm aber einen Strich durch die Rechnung und mich aus dem Staub machen.

Vielleicht hätte er diesen Vorsatz in seiner nervösen Empfindlichkeit und Ungeduld auch ausgeführt, wenn Marie nicht gewesen wäre. Zwischen ihm und Marie hatte sich mit dem ersten Blick und Händedruck eine jener geheimnisvollen Beziehungen entwickelt, die ohne Austausch von Worten, ohne sogenannte nähere Bekanntschaft sogleich in voller Kraft und mit natürlicher Selbstverständlichkeit von beiden Partnern aufgenommen werden. Es ist nicht eine neue Begegnung, es ist ein Wiederfinden, als hätte einer den andern lange Zeit im unendlichen Raum umkreist, bis das Gesetz der gegenseitigen Anziehung ganz von selbst die physische Nähe erzwingt. Es gab da keine Neugier, nicht das kleine Geplänkel des Einander-Erforschens, sie sprachen und betrugen sich von der ersten Stunde an wie Geschwister, völlig unkonventionell, völlig locker und gelassen. Alexander sagte in seiner lakonischen Weise zu Bettina: »Eine wunderbare Person, diese Marie Kerkhoven« (welchem Urteil Bettina durchaus zustimmte; auch ihr hatte es Marie angetan); und Marie, nicht ganz so enthusiastisch, sagte zu ihrem Mann: »Dieser Alexander Herzog ist ein Mensch nach meinem Geschmack, er macht einen warm« (was den freundlichen Beifall Kerkhovens fand). Mit dieser zwiefachen Anerkennung vor den maßgebenden Instanzen war zugleich eine loyale Übereinkunft verbunden und ein stillschweigender Bund nach außen hin kundgegeben.

Marie war es also, die Alexander Herzog in Schach hielt und vor übereilten Schritten bewahrte. Dabei muß bemerkt werden, daß sie sich instinktiv hütete, mit ihm über seine Lebensverhältnisse zu sprechen.

Zwar gestand sie ihm, nicht ohne begreifliche Scheu, daß sie seine Bekenntnisse gelesen habe; sie wollte nicht mit verdeckten Karten spielen; jetzt, da sie ihn selbst kannte und sich mit solcher Schnelligkeit ein Freundschaftsverhältnis gestaltet hatte, durfte sie ihm ihr Wissen nicht vorenthalten; es wäre unehrlich gewesen. Er zeigte sich auch weder erstaunt noch verstimmt, er ging einfach darüber hinweg. Sie ließ es sich zur Lehre dienen. Hätte sie insistiert und die Wunde durch noch so zarte Berührung zum Bluten gebracht, so hätte sie ein noch kaum aufgekeimtes Gefühl verletzt. Sie hatte somit keine Wahl. Sie mußte sich gedulden. Es war auch nicht ihres Amtes, ihn, zu dem sie doch verehrend aufblickte, wie einen seelisch Notleidenden zu behandeln, wenn er es auch tatsächlich war. Sie durfte sich vor allem nicht in das Geschäft eines Berufeneren eindrängen, Joseph Kerkhovens. So bewegten sich ihre Gespräche vorspielhaft im Unpersönlichen, falls sie sich nicht über Kerkhoven, über Aleid oder über Bettina unterhielten. Eines Morgens hatte sie Bettina beim Geigenspiel belauscht. Sie erzählte es ihm mit tiefer Ergriffenheit. Sie habe nicht geahnt, sagte sie, daß in einer Frau so viel Musik sein könne. Sie sei vollständig verzaubert gewesen, als hätte sie einen Engel singen gehört. »Aber verraten Sie mich nicht«, fügte sie besorgt hinzu, »es war sehr früh am Tag, sie hat sicher nicht an einen Zuhörer gedacht; vielleicht war es darum so schön.« Alexander lächelte und versprach zu schweigen. Er sagte nur: »Ich bin glücklich, daß sie spielt. Da regt sich doch wieder was in ihr.«

115.

Dann kam ein Tag, da Kerkhoven bei Alexander Herzog erschien, um ihn zu einem Spaziergang abzuholen. Sie schlugen den Weg in den Wald ein und rasteten auf einer Höhe. Herzog konnte nicht lange marschieren; während des Gehens stellte sich ein stechender Schmerz im rechten Fuß ein, seit Monaten schon. Er hatte Kerkhoven bisher nichts davon gesagt. Auf der Bank im Wald bat ihn Kerkhoven, Schuh und Strumpf auszuziehen, und kniete nieder, um den Fuß zu untersuchen. Er strich mit sachten Fingern über den Knöchel und den Rist, drückte auf die Adern und sagte: »Sie sollten aufhören zu rauchen. Sie rauchen zuviel.« Alexander schwieg. Es fiel ihm schwer, von seinen Gewohnheiten zu lassen. Er war den Stimulantien versklavt. Kerkhoven wußte es. Warnung und

Vorhalt fruchteten in solchen Fällen nicht. Und hier im besonderen nicht, wo ein trüber Fatalismus die Zukunft unverführerisch machte. Außerdem gibt es für den Phantasiemenschen keine Zukunft als die des nächsten Augenblicks. Eigentümlich genug, aber es ist so. Das ist das Unmoralische an ihm.

Diese Ansicht verhehlte Kerkhoven nicht. Sie gerieten in ein schwieriges Gespräch über Selbstbeherrschung. Alexander gab offen zu, daß er sich niemals darin geübt habe; im täglichen Leben nämlich, die Arbeit habe allen Vorrat an Selbstbeherrschung aufgesogen. »Ich fürchte, Sie haben es nie verstanden, die Arbeit in Harmonie mit ihrem Leben zu setzen«, bemerkte Kerkhoven. Alexander Herzog fand die Behauptung etwas kühn. »Man muß sich nach dem Wichtigen richten«, antwortete er achselzuckend. – »Ja, aber das Gefährliche bei unseren Tätigkeiten ist die einseitige Belastung«, sagte Kerkhoven, »sie erzeugt Überverbrauch. Nerven und Organe lassen sich nicht auswechseln wie abgenutzte Schienen. Und ein totes Geleise verrostet.« – »Das sind ärztlich-technische Gesichtspunkte«, replizierte Alexander Herzog, »wer nach ihnen lebt, mag so alt werden wie Methusalem und wird doch keine Spuren hinterlassen.« – »Kann sein«, sagte Kerkhoven spöttisch, »in der Theorie hört sich das ganz gut an, aber wenn die Schmerzen kommen, verzagen sogar die Michelangelos, hat man mir erzählt.«

Damit begann es. Wie man bei einer Hochtour anfangs mühelos über Matten und gebahnte Pfade wandert, bis sich allmählich die Felsenwelt auftut und Gras und Baum verschwinden, die Wege steiler werden, Geröll und Moränen sich ausbreiten, eine Wand, ein Kamin erklettert, ein Grat überquert werden muß und endlich die Gipfel hervortreten, Gletschergetürm und ewiger Schnee: So fing es an, so setzte es sich fort, ein leidenschaftliches, großes Ringen, wechselndes Führen und Geführt-Werden. Nebeneinandergehen in Nebel und Steinschlag, Hinaufklimmen von Absatz zu Absatz, Umkehren und neuer Versuch, Verirren in Sturm und Gewölk und neuer Anstieg, immer zwischen Leben und Tod und zwischen Himmel und Erde, das war das Geschehen, das haben wir in der Folge zu berichten.

116.

Der Schauplatz war meistens das große Studio Kerkhovens; Alexander Herzog nannte es das Refektorium. In der ersten Zeit fanden sie sich schon nach dem Abendessen dort zusammen, da Alexander, dessen Physis noch in der alten Stundeneinteilung von Ebenweiler verharrte, um zehn Uhr so müde wurde, daß ihm die Augen zufielen. Nach der schweren Erkrankung, die ihn drei Wochen ans Bett fesselte, einer Entzündung sämtlicher Gesichtshöhlen, der Nase, der Kiefer, der Stirn, änderte sich dies plötzlich, er war viel frischer und ausdauernder, »noch eine solche Krankheit, und wir sind aus dem Wasser«, scherzte Kerkhoven. Das Beisammensein dauerte dann oft bis Mitternacht. Manchmal fanden sich auch Marie und Bettina ein, die es liebten, den Nachmittag über in der Gegend herumzustreifen oder in einem Boot auf dem See zu fahren; es wurde Tee serviert, und Obst; als die Abende kühl wurden, machte Kerkhoven Feuer in dem mächtigen Steinkamin, und die hochflackernden Flammen ließen den weitläufigen Raum mit seinem finstern Dachgebälk noch pittoresker erscheinen. Da die Frauen sahen, daß sie nicht nur geduldet wurden, sondern daß ihre Anwesenheit erwünscht, ja mehr und mehr notwendig war, verloren sie ihre Zurückhaltung, kamen fast jeden Abend von selbst hinauf und wurden zu Mithandelnden in dem vielaktigen Drama. Und eine fünfte Person gesellte sich bisweilen hinzu, eine, die stumm war und regungslos in einem entfernten Winkel saß oder kauerte: Aleid Bergmann. Gewöhnlich merkte man gar nicht, daß sie da war; ungesehen kam sie herein, und wenn die andern sich zum Aufbruch anschickten, schlich sie unhörbar hinaus; weiß Gott, wie sie das erstemal den Mut gefunden hatte, die »geheiligte Schwelle« zu überschreiten, wie sie sich in ihrer galligen Manier gelegentlich gegen Alexander Herzog ausdrückte. Ihre Mutter hatte ihr wohl ein Zeichen gegeben oder sie eines Abends eingeschmuggelt. Marie hatte nämlich beobachtet, daß sie, wann immer es anging, nach Alexander Herzogs Nähe strebte. Es war etwas jungenhaft Neugieriges in der Art, wie sie mit den Augen an ihm hing und jedes seiner Worte verschlang. Als sie eines Tages am Seeufer im Gras lag und er zu ihr trat und sie anredete, war sie ehrlich verlegen.

Aber nicht allein im Refektorium spielten sich die entscheidenden Vorgänge ab; auch im Pavillon, auch in Maries Arbeitszimmer, und nicht bloß abends und nachts, auch zu jeder Zeit des Tages, bei zufälligen Begegnungen, in ein paar Fragen und ein paar Antworten manchmal nur, doch immer in dem Gewebe von Fäden, die sich unaufhörlich und mit wachsender Bindungskraft von einem zum andern spannen und in die sie schließlich eingehüllt waren wie in ein Geisterkleid.

117.

Während einer Fahrt nach Lausanne, wo er eine Zusammenkunft mit einem amerikanischen Arzt haben sollte (es handelte sich um die Gründung einer internationalen Notgemeinschaft), machte sich Kerkhoven plötzlich schwere Sorgen um Alexander Herzog. Er hatte ihn vor seiner Abreise flüchtig gesehen und den Eindruck ungewöhnlicher Verfallenheit mitgenommen. Es dünkte ihn, daß er sich möglicherweise über den Allgemeinzustand getäuscht und gewissen Anzeichen zu wenig Beachtung geschenkt hatte. Manche unter ihnen konnten sozusagen klinisch eingereiht werden und ergaben ein markantes Bild von Ratlosigkeit, Gedächtnisverwirrung und Bewußtseinsunterbruch. Er sah den Mann deutlich vor sich; er summierte die verdächtigen Merkmale; das fortwährende Aufstehen vom Stuhl; zur Tür gehen und nachsehen, ob sie geschlossen war; anfassen von Gegenständen auf dem Schreibtisch und sie wieder weglegen; nach einem Buch greifen, nach einem andern Buch; in der Nacht das Bett verlassen und sich vergewissern, ob nicht irgendwo eine glimmende Zigarette liegengeblieben war; stundenlanges Suchen nach einem Zettel mit einer völlig belanglosen Notiz, der sich dann wohlverwahrt in einer Lade fand; die tägliche Angst vor der Briefpost; und dergleichen mehr. Dazu der trübe Blick, die kindische Widersetzlichkeit gegen jede Verordnung, die Müdigkeit, die Freudlosigkeit, das apathische In-sich-Versinken …

Vor einigen Tagen war Kerkhoven in sein Zimmer gekommen und hatte gefragt, ob er störe. Keineswegs, hatte Herzog erwidert, Kerkhoven sehe ja, wie faul er sei, gedankenfaul, gemütsfaul, augenfaul, ohrenfaul. Kerkhoven bemerkte, wenn man sich einem solchen Zustand nur richtig hingebe, sei nichts Bedenkliches daran, eher etwas Heilsames. Das könne er nicht, entgegnete Alexander mit seinem scheu abgleitenden Blick, er könne sich keinem Zustand hingeben, sein Inneres sei zu einem Stück

Kreide geworden, nicht mehr auflöslich, nicht mehr brennbar. Und er bedeckte die Augen mit der Hand …

Ich habe zu lange gewartet, überlegte Kerkhoven; ich habe fälschlich angenommen, daß das Bekenntnis an sich schon Erlösung und Absolution bedeute; ein ungeheurer Irrtum, wie sich zeigt; ich wollte ihm Spielraum lassen, damit das Alte in ihm absterbe, das Neue sich konsolidieren konnte; es war offensichtlich ein Fehler; ich war leichtsinnig; ich habe vergessen, daß seine Existenz eine Art Strandgut ist, und statt zu bergen, was noch zu bergen war, und keinen Augenblick zu säumen, habe ich mich auf ein psychologisches Kunststück verlegt wie zu den Zeiten, da ich noch an solche Experimente glaubte. Unverzeihlich.

Bei diesem Gedanken wurde ihm glühend heiß, teils aus Beschämung, teils aus Angst vor den Folgen seiner Unterlassung. Es wurde ihm immer klarer: Er hatte trotz aller revolutionierenden Erkenntnis, trotz der geschehenen Wandlung wieder einmal die Sünde begangen, das nahe, blutende, schmerzvolle Leben einer Idee zu opfern. Er hatte gehofft, eine einfache Beschwörung würde genügen, und Ganna und der Ganna-Wahn würden sich aus der Seele des davon Besessenen verflüchtigen. Man verschreibt ein Rezept nach dem derzeitigen Stande der Wissenschaft, etwas wie ein seelisches Purgativ, und das Übel verschwindet auf Nimmerwiedersehen. Der große Kerkhoven spricht sein Apage Satanas und siehe, der Satan erschrickt gewaltig und entweicht. Welche Anmaßung! Welches eitle und schwächliche Vertrauen auf Theorien in einem Fall, der wie keiner sonst den Einsatz des ganzen Menschen, des ganzen Daseins forderte!

Er fühlte sich an jenem Tag besonders elend und konnte sich vor Erschöpfung kaum schleppen. Während er mit dem amerikanischen Gelehrten sprach, dachte er: Wenn der Mann eine Ahnung hätte, was für Kräfte ich aufbieten muß, nur um ihm Rede zu stehen, würde er mir bestimmt nicht so liebenswürdig zulächeln, er würde sich vielleicht erinnern, daß er selber Arzt ist, und mich schleunigst ins Bett schicken. Aber das waren seine kleinen Triumphe, und wenn einer dann sagte: »Sie sehen ja blühend aus«, und seine Herkulesnatur bewunderte, konnte er erheitert vor sich hin kichern und die Anerkennung wie einen ihm zukommenden Tribut einkassieren. Aber gerade diese Schwäche, die ihn bei der Heimfahrt fast einen Kollaps befürchten ließ, so daß er hastig ein paar Tropfen Valerian auf die Zunge träufelte, machte ihn wahrscheinlich für eine Vision empfänglich, auf die er in keiner Weise vorbereitet war, denn es war das erstemal in seinem Leben, daß ihm dergleichen zustieß.

Er saß allein in einem Abteil dritter Klasse, in eine Ecke gedrückt, den Hinterkopf gegen die Holzwand gelehnt, die Augen halb geschlossen, und erwog, ob er nicht die elektrische Birne, deren stechendes Licht ihm weh tat, mit seinem Taschentuch umwickeln solle. Da stieg, ohne daß der Zug hielt, eine Frau ein, die sich ihm schräg gegenüber setzte, atemlos, wie jemand, der mit Müh und Not zurechtgekommen ist. Sie hatte kein Reisegepäck, breitete aber eine Menge Gegenstände auf der Bank aus, eine schäbige Wolldecke, fünf oder sechs Bücher, einen unappetitlich aussehenden Sack mit Proviant und eine riesige Aktentasche, aus der sonderbarerweise auch der Stiel einer Haarbürste hervorschaute. Ihren Kopf krönte eine abenteuerliche Helmfrisur (das lächerlich kleine Topfhütchen war im Proviantsack verstaut), die hektische Röte des Gesichts war durch grelle Schminke noch verstärkt, die großen blauen Augen hatten einen fahrigen, grundlos bestürzten Ausdruck; etwas von inhaltsloser Schwärmerei lag in ihnen oder von geschäftiger Kümmernis; die auffallend kleinen Hände staken in zerrissenen Strickhandschuhen; über den Schultern hing ihr eine abgetragene, altmodische Mantille, wie denn der ganze Aufzug etwas Theatralisches, Unordentliches und Zusammengestoppeltes hatte.

Er wußte sofort, daß er Ganna Herzog vor sich hatte. Er kam aber erst nach und nach darauf, daß es bloß eine Erscheinung war, obgleich mit allen Zügen der Wirklichkeit. Daß er einer Sinnestäuschung unterlag, stellte er erst im Lauf verstandesmäßiger Überlegung fest, sozusagen neben und hinter dem erschreckend wahren Bild, zum Beispiel dadurch, daß er sich an ihre materielle Notlage erinnerte, von der ihm Bettina berichtet hatte, und daß sie sicherlich nicht die Mittel zu einer Reise in die Schweiz haben konnte. Desungeachtet erfüllte ihn eine seltsame Spannung und Erwartung, und er verfolgte jede Bewegung der Frau, ihre flatternden Gesten und aufgeregten Blicke. Was wird sie tun, fragte er sich, als könne jeden Moment etwas Verrücktes und Unheimliches geschehen; was mögen es für Bücher sein, die sie vor sich aufgestapelt hat? Von dem, das zuoberst lag, konnte er sogar den Titel lesen: Anweisung zur Handlesekunst. Als er den Blick zu dem Gesicht der Frau erhob, sah er ein eigentümlich verblasenes Lächeln auf ihren Lippen, wie bei einem Kind, das schmollt, ja, dieses Lächeln gemahnte auf irgendeine Art an das eines wahnsinnigen Kindes; von diesem Augenblick an wich die alpdruckhafte Beklemmung von Kerkhoven, er atmete auf wie ein Mensch, der sich von einer leeren Drohung hat einschüchtern lassen, und das hatte nichts mit der täuschenden Körperlichkeit der Erscheinung und ihrem alsbaldigen Verschwinden zu tun, einem Verdunsten beinahe, es war essentieller im Sinne von Bild und Wesen der wirklichen Ganna Herzog.

118.

Es war halb zehn, als er in Seeblick eintraf. Beim Durchqueren des Gartens begegnete er Alexander und Bettina. Sie waren in hastigem Gespräch, anscheinend keinem erfreulichen, denn Alexander sah versorgt und zerquält aus. Kerkhoven blieb stehen. Bettina erzählte ihm in raschen Worten, der kleine Helmut habe sie am Abend durch seinen Tränenausbruch erschreckt, bei dem heiteren und stets gut aufgelegten Kind etwas Seltenes. Lange hatte sie vergeblich in ihn gedrängt, ihr zu sagen, was ihn so schmerze, endlich war es herausgekommen; er sehnte sich nach Ebenweiler; er sehnte sich nach seinem »Hausli«; er konnte sich hier nicht zurechtfinden; er vermißte »seine« Stube, »seinen« Balkon, »seinen« Garten, »seinen« See. Bettina hatte schließlich zum äußersten Mittel gegriffen, um ihn zu beruhigen, einem nie versagenden: Sie hatte die Geige geholt, um ihm vorzuspielen. Da hatte er sich wieder zufriedengegeben. »Aber spiel was Taktvolles, Mutter«, hatte er sie gebeten; darunter verstand er einen ihm zugänglichen Rhythmus. »Was sagen Sie dazu? Was raten Sie mir?« schloß Bettina ihren bewegten Bericht. – »Darin ist er wohl sehr Alexander Herzogs Sohn«, erwiderte Kerkhoven lächelnd, »wir wollen es ein wenig überdenken«; und, sich an Alexander wendend, setzte er hinzu: »Kommen Sie doch noch eine Stunde zu mir hinauf. Wir könnten über dies und anderes ein bißchen plaudern.«

Oben war es drückend schwül. Kerkhoven öffnete die hochangebrachten Lüftungsklappen, dann holte er aus einer Mauernische eine Schale mit Birnen und lud seinen Gast ein, mitzuhalten. Dieser dankte ablehnend. Während er eine Birne schälte, sagte Kerkhoven: »Ich habe Ihnen heute Konkurrenz gemacht. Ganna ist mir erschienen. Tatsächlich erschienen. Ich könnte sie Ihnen Zug für Zug beschreiben. Es war höchst merkwürdig.« Er schilderte so trocken wie möglich die imaginäre Begegnung. Alexander Herzog sah ihn zweifelnd und erstaunt an. »Und …?«

fragte er nur. – Kerkhoven lachte still. »Ja … und …! Was wollen Sie denn noch wissen?« – »Sie haben sich in diesem Punkt bis jetzt in vorsichtiges Schweigen gehüllt«, antwortete Alexander, »soll ich diese … diese Erscheinung ernst nehmen?« – »Das sollen Sie allerdings.« – »Was für Folgerungen ziehen Sie daraus?« – »Daß Sie einem Blendwerk erlegen sind.« – »Ich? Sie sagten doch eben »… – »Na ja, Sie haben mich angesteckt. In diesem Fall sind Sie der Meister gewesen. Sie haben es fertiggebracht, mich vollständig mit Ganna und der Ganna-Atmosphäre zu durchtränken. Es wird geradezu eine Gefahr für mich.« – »Das beweist nur, daß sie glaubhaft ist, diese Ganna, daß sie wahr ist.« – »Lieber Himmel, sie ist so wahr, daß man inbrünstig wünscht, sie möchte nicht existieren. Entsetzlich wahr. Verrucht wahr.« – »Wie hab' ich das aufzufassen?« fragte Alexander Herzog erbleichend. – »Daß Sie, wenn ich mir eine Meinung erlauben darf, über das Zulässige hinausgegangen sind.« – »Inwiefern?« – »Die Wahrheit hängt wie ein abgeschnittener Kopf im Raum.« – »Keine Ahnung, was Sie damit meinen.«

Kerkhoven rückte tiefer in den Halbschatten, als wolle er von seinem Gegenüber nicht gesehen werden. Er legte den rechten Fuß auf das linke Knie und umspannte mit der Hand den Knöchel. »Ich meine es wörtlich. Es gibt eine Wahrheit, die das Leben köpft. Sie verzerrt alle Verhältnisse, sie fälscht alle Eindrücke. Auch der Traum ist, absolut genommen, wahr und hat doch keine Wirklichkeit.« – »Demnach sprechen Sie Ganna die Wirklichkeit ab?« – »Das nicht. Sie hat nur nicht die Wirklichkeit, die Sie ihr gegeben haben.« – »Welche denn?« – Kerkhoven lachte leise vor sich hin. »Sie verhören mich wie ein Untersuchungsrichter. Tja … es ist da etwas Diabolisches geschehen. Sie haben alle Mittel Ihrer Kunst, Ihre ganze Überredungskraft und Gemütsmacht aufgeboten, um eine unendliche Fülle realer Tatbestände derart zusammenzuschweißen, daß der täuschende Schein eines Organismus entsteht. Man bemerkt keine Nähte mehr, man findet keine Kuppelungen mehr, und trotzdem hat man keine Fleisch- und Blutswirklichkeit vor sich, sondern eine Phantasmagorie. Woher kommt das?« – »Das weiß ich nicht«, sagte Alexander Herzog bestürzt, »wenn es so ist, dann … Ich weiß es nicht.« – »Verstehen Sie mich recht«, fuhr Kerkhoven fort, gerührt von dem Ausdruck der Niedergeschlagenheit, der sich in Alexanders Mienen malte, »ich habe nichts gegen das Gebilde als solches einzuwenden, das mich ja überzeugt, wie es jeden überzeugen muß. Meine Abwehr beginnt dort, wo Ihnen die eigene Kreatur über den Kopf wächst und Sie sich als

Mensch aufgeben. Da geh' ich nicht mehr mit. An dem Punkt überschreiten Sie Ihre Vollmacht. Nicht die von mir erteilte meine ich, so unbescheiden bin ich nicht, eine andere Vollmacht, eine höhere. Was war denn der Sinn des großen Bekenntnisses? Reinigung. Entlastung »... – »Die aber nur möglich waren, wenn mir der lebendige Mensch gelang«, warf Alexander erregt ein, »Worte entlasten nicht, der Zeuge entlastet. Darin waren wir doch einig?« – »Gewiß, gewiß. Aber ich hatte mir etwas vorgestellt wie die Scheidung der Wasser, nach dem Bibelwort: Das Feste kommt herauf, das Chaos zerteilt sich. Den Sieg über das Formlose hab' ich mir vorgestellt, doch klar, nicht? Statt dessen haben Sie sich unterkriegen lassen, das Chaos über sich Herr werden lassen, und nicht allein das, wenn's nur das wäre, berauscht haben Sie sich daran, Wollust haben Sie daraus getrunken. Das ist mein Vorwurf. Daß Sie das Maß verloren haben. Die Freiheit. Daß Sie die Finsterkeit nicht mehr heraustun können aus Ihrer Seele und Ihrem Bewußtsein. Sie muß aber heraus. Sie muß heraus, sage ich Ihnen. Sie halten es für unmöglich. Ich werde Ihnen beweisen, daß das schauerlich Überlebensgroße, das hexenhaft Abstruse nur in Ihrer Einbildung vorhanden ist, daß es keine Wirklichkeit besitzt, daß es nichts weiter ist als Wahn, Alexander Herzogs ureigenster, geliebter Wahn.«

Kerkhoven hatte sich erhoben und war aus dem Schatten hervorgetreten. Wie ein gewaltiger Riese stand er vor Alexander Herzog. In diesem Augenblick kamen die beiden Frauen herein, Marie und Bettina, und setzten sich still in eine Ecke.

119.

»Mir scheint aber, anfangs haben Sie Ganna als ... wie soll ich sagen ... als Schicksalsträgerin anders eingeschätzt«, sagte Alexander, »Sie hatten doch empfunden, daß sie meine Gottesgeißel geworden war. Oder irre ich mich?« – »Natürlich nicht. Ich war damals stark beeinflußt von Ihrer Lage, von Ihrer Stimmung, habe selber alles durchs Vergrößerungsglas gesehen, und dann kam das niederschmetternde Bildnis! Ich mußte es erst in mir verarbeiten.« »Und alles hat sich mit einem Schlag verändert, weil ...« Er kehrte sich in die Richtung, wo Marie und Bettina saßen, und bemerkte erklärend: »Joseph Kerkhoven hat nämlich die Gabe des zweiten Gesichts in sich entdeckt. Gannas Geist ist ihm begegnet. Ich darf's doch verraten?« Er schaute Kerkhoven an, der den Unterton von Ironie in seinen Worten nicht weiter übelnahm. Bettina ließ ein verwundertes Ach hören und heftete den gespannten Blick auf Kerkhoven. Marie schien beunruhigt. Die Sache war ihr nicht geheuer. Offenbar fürchtete sie, daß da ein Zusammenhang mit gewissen Anzeichen körperlichen Verfalls bestand, die sie in letzter Zeit manchmal an ihm beobachtet hatte. »Wie war es denn? Erzähl doch«, drängte sie.

Er berichtete das seltsame Intermezzo im Eisenbahnzug mit der ihm eigenen Trockenheit. »Wieso haben Sie sie erkannt?« fragte Bettina. – »Erstaunt Sie das, nach dem Porträt, das unser Freund von ihr gemalt hat?« antwortete Kerkhoven schmunzelnd. Und er beschrieb Gannas Aussehen und Gebaren mit allen charakteristischen Zügen so treffend, daß Bettina laut herauslachte. »Sie lachen«, sagte Kerkhoven, »aber mir war, zunächst wenigstens, nicht zum Lachen. Ich muß offen zugeben, im ersten Augenblick hatte ich ein verdammt unbehagliches Gefühl. Vor allem wegen meines eigenen Zustands. War mir ja neu, diese Art von Sinnestrübung oder … Sinnestrübung ist natürlich ein total verkehrter Ausdruck, das Gegenteil ist vielleicht richtig. Und dann das Wesen vor mir … unheimlich … erinnerte mich an … Als Kind hatte ich eine grauenhafte Angst vor Fledermäusen. Jeder kennt das. Aber bei mir war es eine krankhafte Phobie. Ich glaubte, sie wühlten sich einem in die Haare und man müßte auf der Stelle sterben. Eines Abends im Freien verfiel ich in einen Schreikrampf, meine Mutter warf eine Bettdecke über mich, und man mußte mich ins Haus tragen. So überkam's mich jetzt wieder. Jawohl, liebe Frau Bettina, Sie schauen mich so komisch an, aber ich bin vielleicht doch nicht ganz der eiserne Mann, den Sie in mir vermuten. Doch lassen wir das. Es ist nicht interessant. Das Interessante kommt noch. Wie ich mir das Wesen so betrachte, die Erscheinung, da sag' ich mir: Stimmt ja alles nicht, ist ja alles ein Fieberprodukt, da ist kein Dämon, ist keine Ate, ist keine Verkörperung des Bösen, sondern eine arme, unglückselige Person, ein Weib, wie es Tausende gibt, nicht normal, nicht verrückt, harmlos im Grunde und gefährlich nur, wenn man aus ihr etwas macht, was sie weit und breit nicht ist … Wollten Sie etwas sagen, Frau Bettina?« unterbrach er sich, da Bettina von ihrem Sitz emporgeschnellt war. Aber Bettina, als bedaure sie, ihn abgelenkt zu haben, schüttelte stumm den Kopf und nahm wieder Platz. Er fuhr fort: »Und sehen Sie, von dem Moment an vernichtigte sich die Erscheinung. Ich kann's nicht anders bezeichnen. Verkrümelte sich. Zerging wie Rauch. War in jeder Beziehung nicht mehr vorhanden.«

Jetzt war es an Alexander Herzog, aufzuspringen. In nervöser Hast lief er zweimal durch die ganze Länge des Saals, dann blieb er stehen und fragte: »Also bin ich nach Ihrer Ansicht ein Gespensterseher«? – »Ich hab's dir immer gesagt«, kam es, wie von weit her, aus Bettinas Mund, »hab' es dir fortwährend gepredigt.« – »Was der Zuschauer befindet, macht das Leiden nicht kleiner«, versetzte Alexander heftig. – »Als Zuschauerin wär' mir wohler gewesen«, murmelte Bettina mit einiger Bitterkeit. Marie legte sanft ihre Hand auf Bettinas Arm. – »Alexander meint nicht Sie, Frau Bettina, er meint mich«, sagte Kerkhoven, und Alexander Herzog stutzte überrascht, denn es war zum erstenmal, daß ihn Kerkhoven beim Vornamen nannte. Kerkhoven trat auf ihn zu und schlug seine mächtige Pranke auf des andern Schulter. »Lieber, Verehrter«, redete er ihn an, »hier wird nicht Kritik an Ihnen geübt. Auch nicht, ich wiederhole es, an dem Geschöpf Ihrer Phantasie. Dieses wollen wir in seinem Rahmen und seiner Farbe belassen. Was uns angeht und worum wir uns zu bekümmern haben, aber ganz gehörig, ist der Mann und Mensch und Freund Alexander Herzog. Und dem sage ich: Die Ganna, die wir sehen und von der wir wissen, ich spreche im pluralis majestaticus, weil ich nicht uns zufällig Anwesende meine, sondern eine gedachte Zahl, unbefangene Beurteiler, denken Sie sich meinetwegen zwei Dutzend Joseph Kerkhovens, kompetentere Joseph Kerkhovens, die sagen also: Die wirkliche Ganna ist kein fürchterlicher Teufel, sie ist eine gewöhnliche, durchschnittliche, hausbackene Neuropathin, ein Schulfall.« – »Es ist falsch, es ist ein Irrtum«, gab Alexander in erregter Abwehr zurück, »gerade Sie haben sich doch immer gegen die Sammelbegriffe gewendet, hat man mir erzählt.« – »Allerdings, aber wenn mir jeder Seelenkranke zu einem Weltuntergangssymbol würde und jeder Psychotiker zum Werwolf, der die Menschheit bedroht, wäre ich selber eine Gefahr für die Menschheit.« – »Sie übertreiben. Sie können doch den Augenschein nicht leugnen, meine blutige Erfahrung nicht. Es hat doch alles ein solches Übermaß bei dieser Frau, die Gier, die Besitzwut, die Rachsucht, die Verblendung, die Selbstgerechtigkeit, der Dünkel, der Paragraphenwahn »... – »Ich lade Sie ein, mich einmal eine Woche lang in die Ambulanz zu begleiten«, erwiderte Kerkhoven ruhig, »ich werde Ihnen Männer und Frauen, junge und alte, vorführen, kann es Ihnen statistisch nachweisen ... Unter dreißig Fällen zehn manisch Besessene, fünf oder sechs Halbverbrecher, die übrigen notorische Querulanten, unheilbar Seelenblinde, Menschen, die von einem geheimnisvollen Haß gegen ihre Nächsten verzehrt werden, Leute, die genauso aussehen wie irgendein Beliebiger, der Ihnen auf der Straße begegnet, und die von gräßlichen Vernichtungsgelüsten heimgesucht werden, die an nichts denken als an Mord, verkappte Sadisten, Selbstquäler, die nur noch dadurch vegetieren, daß sie ihre Brüder, Schwestern, Mütter und Gatten quälen ... Ich habe Ihnen ja, glaube ich, von der Selma Imst erzählt ... Auch so ein Fall ... Und so geht das Tag für Tag und ginge, wenn meine Zeit ausreichen würde, auch Nacht für Nacht, eine ununterbrochene Parade von Zerrütteten, ein Heerlager des Wahns und dabei nur ein verschwindend kleiner Ausschnitt, eine Kompanie in einer ungeheuren Armee.« Er ging herum, die Hände auf dem Rücken, den Kopf gesenkt. »Ich will zugeben«, sprach er weiter, »daß der Fall Ganna Herzog durch eine gewisse Häufung von Wahnhandlungen auffällt. Es wäre aber ein Fehlschluß, wollte man deshalb seinen typischen Charakter bezweifeln, seine Alltäglichkeit, seine vergleichsweise Unbeträchtlichkeit. Denn diese Häufung, dieses Übermaß, wie Sie es nennen, wie sind sie denn entstanden? Wer hat es denn mit allem Fleiß und Eifer dahin gebracht? Wo ein Explosivkörper ist, muß ein Chemiker sein, der die Stoffe gemischt hat. Dieser Chemiker waren Sie, einzig und allein Sie.« – Alexander Herzog stand wie in den Boden gewurzelt. »Wenn Sie noch eine Weile so fortfahren«, entgegnete er tonlos, »werden Sie behaupten, ich hätte Ganna auf dem Gewissen, was Ihnen jedenfalls Gannas begeisterten Dank eintragen wird.« – »Verzeih, mein Lieber, aber was du da redest, ist Unsinn«, sagte Bettina, »Professor Kerkhoven mißt dir ja keine bewußte Schuld bei »... – »Wieso nicht? Was sonst?« – »Es handelt sich um die Wechselwirkung bestimmter Eigenschaften und daß man die Augen davor schließt ... daß man nicht aufmerkt ... Hab' ich recht?« Sie sah Kerkhoven fragend an. – »Ja, Sie haben recht, Bettina«, antwortete Marie an Stelle ihres Mannes, »ich glaube, Joseph meint, daß jedes Verhältnis zwischen Menschen sich nach einem System gegenseitiger Entsprechung regelt.« – Kerkhoven nickte. »So ist es«, pflichtete er bei, »es ist tatsächlich der zentrale Punkt. Sehen Sie, Teurer, da ist zum Beispiel Ihr Zusammenbruch wegen des Bucheggergutes. Gewiß, man hat Ihnen schon vorher grausam zugesetzt, und es war sozusagen der letzte Stoß. Trotzdem scheint mir der große Kummer um diesen Verlust nicht gerechtfertigt. Wenn Ihr Helmut Tränen vergießt, weil er nicht mehr in sein Hausli zurück darf, gut, das läßt sich verstehen, obgleich es eine gefährliche Weichheit verrät bei einem Kind, eine gefährliche Weltangst vor allem … aber Sie! Denken Sie einmal nach »… – »Da ist nichts nachzudenken«, fiel ihm Alexander fast zornig ins Wort, »das Stück Erde dort war mein Um und Auf im Leben … Am Morgen, wenn ich die Fensterläden im Schlafzimmer aufgemacht habe, stand die Buche wie eine grüne Mauer da, wie ein konzentrierter Urwald … und die silberblättrigen Birken und die jahrhundertalten Ahornbäume, einer teilte sich in fünf Stämme und sah aus wie die Finger einer Riesenhand … und die Blutbuche … und der Nußbaum und die vielen Eichhörnchen im Herbst … erinnerst du dich, Bettina? … und der Christusbaum, der schon ein wenig morsch war … und die Dahlien und die Rosen … draußen die Bergwände, in meinem Arbeitszimmer die Bücherwände, es war Schutz vor allem Unglück, es war beinahe Schutz vor dem Tod …« Er hielt inne und sah Kerkhoven und die beiden Frauen der Reihe nach an, als wundere er sich, daß er ihnen dies erst begreiflich machen mußte, daß sie es nicht wußten und in ihrer Unwissenheit sein Gefühl verkannten. Und alle drei betrachteten ihn schweigend.

»Du weißt sehr gut, daß wir das Haus ohnehin nicht mehr hätten halten können«, sagte endlich Bettina, »mich haben die Sorgen nicht mehr schlafen lassen, und du hättest deine ganze Schaffenskraft hingeben müssen – für eine schöne Illusion.« – »Demnach wäre ja Ganna ein Werkzeug des Himmels gewesen«, versetzte Alexander bitter, »das heiß' ich keine Illusion, wenn man sieht und spürt, was man hat, und es innerlich wahrhaft besitzt.« – Da sagte Marie zaghaft: »Es ist wohl Ihre sinnliche Natur, Alexander, die Sie so stark an die Dinge verhaftet. Und daß Sie sie leibhaftig zu eigen haben wollen, Bäume, Wege, Landschaft. In Ihrer Jugend waren Sie so wundervoll unabhängig, und dann haben Sie sich mehr und mehr an die Sachen verdungen. Woher kam das?« – »Von Ganna kam es«, rief Kerkhoven, ehe Alexander antworten konnte, »nur von Ganna. Doch klar. Sie haben vorhin von Gannas Besitzgier gesprochen. Da besteht eine Ursachenverbindung.« – »Wie soll ich das verstehen?« fragte Alexander unsicher. »Sie meinen, wenn ich nicht so mit allen Fasern an dem Besitz gehangen hätte »… – »Genau das will ich sagen. Es gibt ein Gesetz der korrespondierenden Seelenbewegungen. Sucht weckt Eifersucht. Widerstand gegen die Gier macht gierig. Streit um Habe erniedrigt. Sie sind nicht der Mann des Habens. Es ist nicht Ihre Bestimmung, es steht nicht in Ihrem Stern geschrieben. Alle Sachen, um das Wort meiner Frau zu gebrauchen, haben eine Seele, und zwar eine richtig dämonische, den Menschen feindlich gesinnte Seele. Während sie sich scheinbar an ihren Eigentümer klammern, verraten sie ihn an den, der sich ihnen noch bedingungsloser verkauft. Deshalb steht auch hinter jedem Besitz die Schuld. Wissen Sie das nicht? Selbstverständlich wissen Sie es.«

Alexander hatte sich vor den Kamin hingekauert, die Ellbogen auf die Knie, den Kopf in die Hände gestützt. Kerkhoven ging zu ihm hin und zog ihn empor. »Nun wollen wir Sie aber nicht länger quälen«, sagte er gütig, »kommen Sie, lassen wir die Damen allein, ich begleite Sie, Sie müssen jetzt Ruhe haben.« Er schob seinen Arm unter den Alexanders und verließ mit ihm den Raum.

120.

»Ich hätte gern noch ein paar Worte mit Ihnen gesprochen«, sagte Herzog, als sie im unteren Flur angelangt waren, »es lastet mir was auf der Brust, und ich möchte es Ihnen beichten.« – »Gut, gehen wir ins kleine Sprechzimmer dort hinten«, erwiderte Kerkhoven, »da sind wir ungestört.«

Sie traten in ein längliches, aufs sparsamste möbliertes Gemach, Kerkhoven drehte das Licht auf, setzte sich an den Tisch und lud Alexander durch eine Gebärde gleichfalls zum Sitzen ein. »Es ist das ...«, begann Alexander Herzog und strich sich nervös über die Stirn und die Haare, »nicht leicht, darüber zu reden ... es ist wie Schaum, wie ein Schatten, der übern Weg rinnt ... und doch, es drückt einen nieder, macht einen gemein ... Ein Leben lang hat man einer Idee von sittlicher Wandlung gedient, auf einmal entlarvt einen das Schicksal als heimlichen Verbrecher ... Und nach diesem Abend, da ich so manches klarer sehe und erkenne »... – Kerkhoven begriff. Es war, als hätte er Alexander Herzogs Gedanken gelesen. »Sie brauchen kein Wort weiter darüber zu verlieren«, sagte er, indem er seine gewohnte Haltung einnahm, den Rumpf nach vorn geneigt, die flach zusammengelegten Hände zwischen den Knien, »ich weiß. Ich weiß alles. Darf ich Ihnen etwas Analoges aus meinem eigenen Leben erzählen? Vielleicht gibt es Ihnen eine Richtlinie. Vor zwei Jahren befand ich mich in einer schweren Krise. Es hätte nicht viel gefehlt, und ich wäre draufgegangen. Die ganze Existenz stand auf der Messerschneide. Ich hatte damals einen jungen Freund, halb Schüler, halb Sohn, ich hatte ihn aus dem dicksten Morast gezogen, ich hatte ihn gewissermaßen zu einem neuen Menschen gemacht. Es ließ sich Großes von ihm erwarten, ein spezifisch heutiger Typ, ich hielt ihn für erprobt, ich hätte Berge auf ihn gebaut. Er hat mich verraten. Hat mich ganz schmählich hintergangen und mein Vertrauen mißbraucht. Die näheren Umstände will ich aus dem Spiel lassen, kurzum, es kam so weit mit mir, daß ich das Gefühl hatte, er und ich hätten auf demselben Planeten keinen Platz. Es gab Tage, da ich nichts anderes dachte und träumte, als ihn zu vertilgen, wie man ein Ungeziefer vertilgt. Sie sehen, auch ich … Aber er war geflohen, hatte sich vor mir in Sicherheit gebracht. Ich machte mich an seine Verfolgung. Der erste rasende Zorn hatte sich abgekühlt, ich wollte ihn nur stellen, wollte sein schuldiges Antlitz vor mir sehen. Eine wunderliche Begierde, wie? Item, es war so. Nun hatte ich auf irgendeine Weise den Aufenthalt seiner Mutter erfahren, die ich nicht persönlich kannte; ich wußte nur von ihr, als einer Frau, die durch ein tragisches Geschick dahingelangt war, sich vollständig von Welt und Menschen abzusondern; die ist wirklich und tatsächlich in die Wüste gegangen, und in der Wüste hat sie auch ihren Gott gefunden. Ich reiste in die Stadt, wo sie wohnte. Man wies mich zu dem Haus. Der Sohn war nicht mehr bei ihr. Sie hatten den Winter über zusammen in der Einöde gelebt, jetzt war er fort, und sie war in die Stadt gezogen, das Haus stand in derselben Gasse wie der Dom. Ich kann nicht erklären, warum es mich mit aller Gewalt in die Nähe der Frau trieb, obgleich ich doch wußte, der junge Mensch war nicht mehr da. Ich habe es oft zu ergründen versucht; ich weiß es nicht. Vielleicht war es bloß die mystische Vorstellung: Mutter. Vielleicht hoffte ich auf eine stumme Botschaft, eine nur für mich verständliche Übermittlung. Eines frühen Morgens, es war der Tag, an dem ich sie aufsuchen wollte, sah ich sie in die Kirche gehen, unvergeßlich ihr Gang, ihr Dahinschreiten; ich folgte ihr unbemerkt. Ich trat in die Kirche und sah sie vor dem Altar knien. Nichts sonst. Und eine Stunde später reiste ich ab. Mich verlangte nicht mehr nach der Begegnung mit dem Menschen. In mir war Frieden eingekehrt.« – »Weil Sie sie knien gesehn hatten?« fragte Alexander Herzog mit großen Augen. – »Weil ich sie knien und beten gesehn hatte, ja.« – »Was hatte daran solchen Eindruck auf Sie gemacht?« – »Kann ich nicht sagen. Alles. Es hat meine Lebensauffassung verändert. Es geschieht selten, daß man einen Menschen in der ihm wesensgemäßen

Situation erlebt. Es geschieht noch seltener, daß diese Situation zugleich den Gipfel veranschaulicht, den ein Mensch überhaupt erreichen kann, in diesem Fall die Hingabe, die Versenkung, die Andacht. Und es geschieht am allerseltensten, daß ein solches Ereignis mit der inneren Bereitschaft eines andern zusammenfällt.« – »Welcher Bereitschaft«, drängte Alexander unruhig gespannt, »welcher Bereitschaft?« – »Der Bereitschaft zu glauben.« – Alexander sah erstaunt und verlegen zu Boden, so erstaunt und verlegen, daß Kerkhoven ein Lächeln nicht unterdrücken konnte. »Das führt allerdings weit«, sagte er und erhob sich, »weit, weit.« – »Verzeihen Sie, Joseph Kerkhoven«, stotterte Alexander, gleichfalls aufstehend, »ich bin etwas vor den Kopf geschlagen.« – »Nun, bewahren Sie es als Geheimnis in Ihrer Brust«, sagte Kerkhoven mit eigentümlichem Sarkasmus. – Und Alexander darauf, grüblerisch: »Nur weil sie gebetet hat? Nur deswegen? Rätselhaft.« – »Ein Wort, mein Lieber, ein grenzenloses Wort: beten«, erwiderte Kerkhoven achselzuckend, »es kann alles mögliche bedeuten. Ich hab' so meine besonderen Gedanken darüber ... Ja, meine ganz besonderen Gedanken. Aber entschuldigen Sie mich, der Tag war lang, ich bin nicht sehr gesprächsfähig, es kommt jetzt oft so plötzlich über mich ...« Er ließ Alexander vorausgehen, drückte ihm draußen fest die Hand und eilte gegen die Treppe. Alexander schaute ihm nach, bis er verschwunden war.

121.

Es gehörte zu den Schrullen Alexander Herzogs, daß er nie zu Bett ging, wenn sich Bettina nicht gleichzeitig zum Schlafengehen rüstete. Daran änderte die Tatsache nichts, daß sie zwei Schlafzimmer innehatten. Es herrschte dann eben keine Ordnung in seinem Gefühl. Das Hangen an Regel und Regelmäßigkeit und gemeinsame Beendigung des Tages war eine Sonderlingsleidenschaft bei ihm und für Bettina ein stetes Ärgernis. Bei aller Liebe weigerte sie sich, als lebendiges Anhängsel eines Mannes behandelt zu werden, der das Zubettgehen, Aufstehen, Spazierengehen und die Mahlzeiten mit komischer Pedanterie als Gemeinschaftsaktionen zelebriert. Er dachte sich natürlich nichts Böses dabei. Es war eine Mischung von verschrobener Hausväterlichkeit und zärtlicher Tyrannei. So blieb er auch jetzt, nachdem er sich von Kerkhoven getrennt hatte und in den Pavillon hinübergegangen war, im Arbeitszimmer sitzen und wartete auf Bettina. Sie war wohl noch bei Marie im Refektorium geblieben. Er unterließ es, das Licht einzuschalten. Er saß im Dunkeln, und seine Gedanken spannen in seiner halb träumenden Weise um die Erzählung Kerkhovens, die einen tiefen Eindruck auf ihn gemacht hatte. Doch als es später und später wurde und Bettina nicht kam, ergriff ihn die Ungeduld. Er ging zum Fenster und lehnte sich hinaus. Es war eine finstere Nacht, zudem etwas neblig. Kaum konnte man die Umrisse der nächsten Bäume ausnehmen. Da schallten Schritte auf dem Weg, der vom Hauptgebäude herüberführte. Endlich, dachte er. Es waren die Schritte zweier Menschen. Die beschwingten Bettinas erkannte er sogleich. Die andern waren die eines Mannes. Es konnte nur Kerkhoven sein. Alsbald hörte er auch dessen Stimme. Bettina antwortete. Sie sprachen leise. Die Worte waren nicht zu verstehen. Die Stimmen hatten einen vertraulichen Klang. Etwa zehn Meter vom Hauseingang entfernt bogen beide in den Weg zum Seeufer ein. Die Schritte verhallten. Nach einer Weile kehrten sie zurück. Die vertraulichen Stimmen erklangen wieder, entfernten sich wieder, kehrten abermals zurück; nicht schnell, nicht langsam, sondern wie die von zwei Leuten, die sich, ohne an die verfließende Zeit zu denken, über ihre persönlichen Angelegenheiten unterhalten.

Unter den Füßen der Schreitenden raschelten dürre Blätter. Bisweilen drang ein Ausruf, ein leises Lachen Bettinas zu den Ohren des angestrengt Lauschenden empor; die sonore, bald näherkommende, bald verschwimmende Stimme Kerkhovens gab zu der hellen Bettinas den Grundbaß. Dem Horcher wurde von Minute zu Minute das Herz schwerer. Wozu hat er mir vorgeredet, er sei müde, sei nicht mehr gesprächsfähig, grollte er in sich hinein, wenn er jetzt noch mitternächtlicherweise im Garten lustwandeln kann; und sie, sie läßt alle ihre Künste spielen; daß ich da oben auf sie warte, ist ihr egal; was haben sie nur miteinander auszumachen, so spät noch, sie ist in ihn verschossen, ich weiß es ja längst, ganz närrisch ist sie mit ihm ... Jeder Mann läßt sich's gefallen, wenn man ihn anbetet; er ist immerhin zehn Jahre jünger als ich, er fasziniert sie, er hat so viel Lebensmaterial in sich aufgesammelt, er weiß so ungeheuer viel von Menschen, hat immer alles parat, kann alles auftischen, da hängt sie an seinen Lippen, eines Tages wird sie die Besinnung verlieren, da überlegt sie nicht lange ...

Als Bettina ins Zimmer trat und Licht machte und ihn mit fahlem Gesicht, vollständig vernichtet, auf dem Diwan sitzen sah, war ihr

Schrecken groß. Aber sie kannte seine Miene und sein Auge und sein beklommenes Schweigen; den stummen Vorwurf, das stumme Fragen, die kindliche Verzweiflung, das alles kannte sie und ängstigte sich davor. Es war mehr als ein Erraten, es war wie ein Austausch des Ichs. Da setzte sie sich an seine Seite, nahm ihn bei der Hand und suchte ihm zu erklären, was Kerkhoven ihr bedeutete und was sie zu ihm zog. Alles, was er sich selbst gesagt hatte, was er aber jetzt, da es aus ihrem Mund kam, trotzig und mißtrauisch nicht anerkennen wollte – ihr gegenüber nicht, das war eben der Trotz, der quälende Eifersuchtstrotz; vor sich selbst erkannte er es in höchstem Maß an, mit einer Art von Schaudern beinahe, vor sich selbst wußte er, daß er von der Lauterkeit dieses Mannes nichts zu fürchten hatte, daß dieses kristallene Wesen alle trüben Verdächte und sinnlichen Eifernisse beschämte, doch die geliebte Frau sollte keinen andern Gott haben neben ihm, auch dann nicht, wenn sie an seine eigene Göttlichkeit nicht mehr glaubte. Ach, gefallene Götter sind eifersüchtiger als thronende und wollen die Seele, die sich ihnen einmal angelobt hat, nicht mehr lassen. Dies durchschaute Bettina wohl, und sie bedauerte ihn wegen seines Zitterns um den Besitz, denn das war es ja eben, wovon sie ihn frei sehen wollte: Besitzangst, so frei wie sie selber davon war, seit Haus und Landgut und schöne Dinge und alle andere Luxuslast sie nicht mehr bedrückten.

»Du hast mir das Bild der Welt gegeben«, sagte sie, »Joseph Kerkhoven gibt mir das Begreifen der Welt. Ich brauche das eine und brauche das andere. Mir genügen nicht die Empfindung und die Farbe und die Melodie, ich muß auch die Struktur kennen. Daß mir das gewährt wird, ist ein großes Glück für mich. Ich fühle, wie es mich weiterbringt, wie es mich über das bloße Ahnen und Träumen hinausträgt. Soll ich darauf verzichten, weil du nur einen feuergefährlichen Flirt drin siehst? Das bist doch nicht du, der so kleinlich hadert. Das ist doch nicht Alexander Herzog. Das ist doch ein Pascha. Das ist doch ein Hahn.« Er lachte und schloß sie in die Arme. Doch sie wollte in diesem Augenblick nicht geherzt sein, sie machte sich etwas unmutig los, erhob sich und ging auf und ab mit Schritten wie ein Mann. »Und weißt du auch, worüber wir meistens reden«, fuhr sie mit aufflammendem Blick fort, »über dich. Von zehn Gesprächen beschäftigen sich neun mit dir. Was ich denke und tue, interessiert ihn nur mittelmäßig. Du bist für ihn die erste Person. Deine Gesundheit, deine Arbeit, deine Stimmung, deine Ansichten über dies und das ... dann kommt noch lange nichts, und dann komm' erst ich.« – »Und dabei erfüllt er trotzdem die Funktion, die du eben so begeistert gerühmt hast »?... – »Ja. Trotzdem. Du bist der Umweg, den ich in Kauf nehmen muß.« Jetzt war sie es, die über sein verblüfftes Gesicht lachen mußte.

Aber sein Argwohn war nicht gestillt; er glomm unterirdisch weiter, schwieg für ein paar Stunden, loderte wieder auf, umging sein Bewußtsein und schlich sich in seine Träume. »Ich ernte nur, was ich gesät habe«, sagte er einmal zu Bettina, »so viele haben aus gleichem Grund durch mich gelitten, jetzt rächen sie sich auf diese Weise an mir.«

Schuld, Schuld; alte, uralte Schuld, immer wieder. Verzagt schüttelte Bettina den Kopf.

122.

Auslöschung Gannas: daran arbeitete Kerkhoven unablässig; Vernichtigung, wie er es genannt hatte. Doch hinter jeder Schwierigkeit, die er beseitigt, erhob sich eine neue. Alexander Herzog war ein Mensch mit unglaublich vielen Hintergründen, so einfach er erschien. Wenn sich einer nach dem andern eröffnete, war es, wie wenn sich in langer Folge zahllose Türen auftun, die zuletzt ins nicht mehr Erforschliche führen, in die Weltraumschwärze. Und er stand harmlos da, immer ein wenig verzaubert, immer ein wenig tierhaft, nichts von sich wissend. Die Ganna-Verklammerung war so tief in seiner Seele, mehr noch in seiner Phantasie verlagert, daß keine Macht des Wortes dagegen aufkommen konnte. »Wenn ich zehn Jahre lang zu vergessen vermöchte, dann vielleicht«, sagte er. Kerkhoven wußte natürlich, daß man eine Wunde nicht durch Besprechung heilen kann. Er hatte hier mit einer unverfälschten Erkrankung der Phantasie zu tun, in solcher Ausschließlichkeit und Abgegrenztheit etwas sehr Seltenes. Es gab dagegen keine irgendwo angedeutete oder praktizierte Therapie. Es gab nicht einmal den Begriff. Die Kategorien waren in dieser Hinsicht verwischt, weil die Forschung noch in den Anfängen steckte. Das einzige Mittel war, Erscheinung gegen Erscheinung zu setzen. Er mußte ein neues Bild von Ganna aufbauen. Mit dessen Hilfe hatte er einen doppelten Nachweis zu erbringen: erstens den der Unwesentlichkeit, ja Unwesenhaftigkeit Gannas (den er zum Teil schon erfolglos versucht hatte); zweitens den der innerlichen Gesetzmäßigkeit des Erlebnisses für Alexander Herzog, das heißt, daß es nur die Stufe bildete zu einer höheren Entfaltung, die Möglichkeit zum Aufstieg, der in der ganzen Anlage seines Lebens vorgesehen war. Er war sogar kühn genug, bei dieser Gelegenheit von der Begnadung durch das Leiden zu sprechen.

Alles dies stieß jedoch auf erhebliche Schwierigkeiten, von denen die sinnliche Triebhaftigkeit Alexanders, seine Abhängigkeit von Lust und Unlust und seine rein psychologische Einstellung zu den Erfahrungen des Lebens nicht die geringsten waren. Marie hatte das vollkommen richtig erkannt. Sie sagte ihm einmal: »Man darf sich nicht auf das Böse in der Welt verlegen, man muß sich auf die göttliche Kraft zurückziehen.« Für ihn waren das vorläufig leere Worte. Wenn Ganna nicht das Böse war, warum hatte sie ihn dann zu Boden schlagen und entmannen können, ihn, der noch vor zwanzig Jahren den Kampf mit der gesamten Hölle aufgenommen hätte. »Ich war im Grunde ein heiterer Mensch«, rief er aus, »ein zuversichtlicher, ohne Bruch, ohne Schicksals- und Zukunftsangst.« – »Und arm«, fügte Kerkhoven hinzu, »besitzlos. Vergessen Sie das nicht.« – »Nicht Ganna hat mich zu einem Besitzenden gemacht«, versetzte er irritiert. – »Doch. Gerade Ganna. Es war eine reaktive Wirkung.«

Die logische Folgerung ergab sich von selbst: Ganna, die Zeitgebundene, der Zeit Entsprossene, Exponent der bürgerlichen Ära, in nichts artverschieden von der Bankiersfrau Soundso, der Rechtsanwaltsgattin X und der Regierungsrätin Ypsilon, nicht einmal von dem Dienstmädchen, das mit ihrem Verführer um die Alimente prozessiert. »Das haben Sie ja auch ebenso kräftig wie überzeugend dargestellt«, hielt ihm Kerkhoven vor. – »Dennoch ist es nicht ganz richtig, was Sie sagen«, antwortete er, »in Gannas Ursprüngen lag es nicht, vielleicht in der Bestimmung, soweit ich darin einbezogen bin.« – »Einbezogen in die Jahre, gewiß einbezogen in den Verfall einer Gesellschaft, in die Atrophie des Herzens, mit der wir heute, soviel ich sehe, an den Grenzen der Menschheit stehen.« – »Da wäre Ganna nur ein Glied in der Kette »?... – »Wenn Sie es historisch betrachten, ja. Biographisch genommen, als Funktionärin in einem Gruppenschicksal, der Gruppe Ganna – Alexander – Bettina, hatte sie die Aufgabe der Unruhe im Uhrwerk, verstehen Sie mich? Man könnte sich vorstellen, daß es mittels einer fortgesetzten Reihe von Schmerzen geschieht, durch die die kleinen Zahnrädchen in Gang erhalten werden und die das Wunder der Zeitkündung vollbringen. Können Sie sich das nicht denken? Ein bißchen verrückt, ich geb's ja zu.« Er lächelte listig. Alexander starrte ihn perplex an. Der Gedanke erschien ihm wirklich verrückt, doch sonderbarerweise ging eine Erleichterung von ihm aus, es steckte eine kaum definierbare Wahrheit drin, nämlich eine, vor der sich die ganze Schuldfrage plötzlich verflüchtigte.

Denn das Schuldgefühl war der Wall, den Kerkhoven nicht erstürmen und hinter den er nicht dringen konnte.

123.

Es war nichts, was mit Bewußtsein und Urteil zu tun hatte. Kerkhoven bezeichnete es Bettina gegenüber als eine elementare Verfinsterung, einen Rost, der die Seele überzogen hatte und sie zerfraß. Bettina stimmte ihm bei. Sie nannte es das eingefrorene schlechte Gewissen. In Ganna hatte es seinen Nährboden, Ganna war die Erregerin; so lange Ganna war, war auch Schuld. Hätte er ihr Millionen in den Schoß geworfen und alles Glück der Erde verschafft, die Schuld wäre geblieben. Kerkhoven hatte ein Gleichnis dafür: Ganna und Alexander waren wie zwei übereinandergeschobene Kreisflächen, die zwar niemals in eine konzentrische Lage kamen, aber bisher auch niemals außer Kontakt gesetzt werden konnten, und wo immer der Alexander-Kreis vom Ganna-Kreis bedeckt wurde, entstand jene Verfinsterung, jener Seelenrost. Er erklärte es ihm selbst so. Das Phänomen ließ ihn nicht ruhen. Er fragte ihn über seine Kindheit aus, über seinen Vater und seine Mutter. Der frühe Tod der Mutter, die gedrückten Verhältnisse, in denen die Familie gelebt, der verzweifelte Kampf des Vaters um die Existenz, ein Lebenslauf in absteigender Linie; Heirat mit einer zweiten Frau, einer kaltherzigen, geizigen, berechnenden, ungebildeten Kleinbürgerin, das alles hatte viel zu bedeuten und war aufschlußreich. Kerkhoven hatte eine liebevoll-geduldige Art, Alexander mitteilsam zu machen, hütete sich aber wohlweislich, in ihm die Vorstellung eines ärztlichen Privatissimums zu erwecken; das sollte es ganz und gar nicht sein, sondern eine Aussprache unter Freunden, und daß sich Marie und Bettina, zwar nicht regelmäßig, doch so oft es anging, hinzugesellten, war fast selbstverständlich. Übrigens erfuhr Bettina dadurch mancherlei aus Alexanders Leben, wovon sie noch nicht wußte und was sie tief berührte.

Die Gestalt der Stiefmutter trat für eine Weile in den Vordergrund. Es war so lange her; fünfzig Jahre; ein Menschenalter; damals war mein

Vater noch ein junger Kapellmeister und ich noch lange nicht auf der Welt, mußte Bettina denken, und Alexander kam ihr in diesen Augenblicken wie ein uralter Mensch vor, der durch eine Vergeßlichkeit der Natur seine Jugend bewahrt hatte. Deshalb klang seine Erzählung wie ein Märchen aus verschollener Zeit; Stiefmutter war ja auch ein Märchenmotiv, heute gab es die Figur im abschreckenden Sinn kaum mehr. Kerkhoven konnte feststellen, daß das tyrannische Weib eine bereits vorgebildete Ganna war, eine Deutung, die Alexander aufhorchen ließ; es war seine eigene Lehre, daß jeder Mensch immer wieder mit denselben Charaktertypen in verschiedenen Abwandlungen zu tun hat, und diese bestimmen jeweils seinen Weg. Nicht lange, nachdem die Frau ins Haus gekommen war, hatte sie sich zu seiner Peinigerin gemacht. Einmal hatte sie ihn wegen einer zerrissenen Hose halbtot geschlagen. Sie zählte die Zuckerstücke in der Büchse und markierte die Brotlaibe. Der Diebstahl von einer Handvoll Kirschen wurde mit den grausamsten Strafen gesühnt. Entziehung der Mahlzeit war noch die gelindeste. Um den Hunger zu stillen, trank er in der Nacht den Milchtopf leer, was greuliche Untersuchungen und Verhöre zur Folge hatte. Wenn sie ihm an Wintermorgen, bei unvollkommenem Tag noch, die Bettdecke wegriß, um ihn zum raschen Aufstehen zu zwingen, hatte sie die Miene und die Gebärden einer Furie. Unheilbarer in die Erinnerung geätzt war die irrsinnige Wut, die sie ergriff, als sie von seinen frühen schriftstellerischen Versuchen Wind bekam. Das war um sein vierzehntes Jahr herum. Sie verlegte sich mit Ingrimm aufs Spionieren, fast immer gelang es ihr, die von ihm beschriebenen Blätter zu erwischen, und die warf sie dann höhnend und geifernd ins Feuer. Er hatte sich in späteren Jahren oft nach dem Grund dieses unverständlichen Hasses gegen »das Schreiben« gefragt. »Das ist doch wieder gar nicht gannahaft«, bemerkte er zu Kerkhoven, »das Widerspiel eher.« – »Das Widerspiel ist oft das nämliche Spiel«, sagte Kerkhoven nachdenklich. Konnte nicht eine instinktive Angst vor Verrat dahintergesteckt haben? Wer Übel in sich aufhäuft, muß Verrat fürchten. Oder war es die radikale Abwesenheit von Phantasie in dieser unheimlich platten Natur, die sie gegen alles Phantasie- und Traumähnliche in Harnisch brachte, da es ja, allem Erwerb und Besitz feindlich gesinnt, die Lebensbedrohung an sich war? Vor nichts graut dem Kleinbürger mehr als vor Phantasie und Traum. – »Wie hat sich denn Ihr Vater dazu verhalten?« forschte Kerkhoven, für den dieser Bericht eine unerwartete Aufhellung war. – »Mein Vater hatte ein so aufreibendes und freudloses Leben, er plagte sich derart mit Geldverdienen und war immerfort in solchen Sorgen, daß er einfach nicht sehen wollte, was vorging. Ich erinnere mich, wenn er am Abend heimkam und sich die Stiefmutter vor ihm aufpflanzte und ihm das Register meiner Sünden aufzählte, daß er dann sonderbar verlegen dasaß, seine Suppe löffelte und mich kopfschüttelnd anschaute; und dann wurde er auf einmal von seinem Jähzorn überwältigt, sprang auf und versetzte mir eine so schreckliche Ohrfeige, daß mir das Hirn im Schädel schepperte. Er liebte die Musik und hatte eine gewisse Ehrfurcht vor den Klassikern, aber er hielt diese Neigung für eine Schande, wenigstens seitdem er die zweite Frau geheiratet hatte, meine Mutter hatte sich ja in der Welt der Händler und Kaufleute wie eine Eingekerkerte gefühlt. Eigentümlich ist das letzte Bild, das ich von meinem Vater in mir herumtrage. Warum es in mir haftengeblieben ist, weiß ich nicht, denn es hat gar keine Bedeutung, es drückt nur etwas aus von seiner steten – was war es nur? – Verlegenheit, ja, Verlegenheit. Es war wenige Tage vor seinem Tod, deswegen hab' ich's wohl auch nicht vergessen können. Ich kam mit Ganna im ersten Jahr unserer Ehe aus Italien zurück, wir mieteten in einem Dorf am Brenner ein Häuschen, und ich lud meinen Vater zu uns ein, damit er Ganna kennenlernte. Das betrachtete er als eine große Ehre, er war sehr stolz auf mich, die Achtzigtausend-Kronen-Mitgift war für ihn der Gipfel des irdisch Erreichbaren. Ganna erwies ihm außerdem alle mögliche Liebe, und er schloß sie mit einer Dankbarkeit in sein Herz, die ihn mir in einem neuen Licht zeigte. Als er beiläufig erwähnte, diese Tage seien seine ersten Ferien seit siebenunddreißig Jahren, überblickte ich ein Leben sklavischer Fron, an das ich in meinem geistigen Hochmut bis jetzt nicht einmal hingedacht hatte. Aber ich wollte nur erzählen, was auf dem Bahnhof geschah, als er wieder nach Hause reiste. Ich hatte ihm die Fahrkarte gekauft und brachte sie ihm. Da starrte er mich so verwundert und erschrocken an, wie wenn ich ihm eine Rolle Goldstücke zugesteckt hätte. Um seinen Mund zuckte das verlegene Lächeln, das mich selber verlegen machte, deshalb schaute ich von seinem Gesicht weg auf seine Hand, in der er den Schirm trug, einen alten, schäbigen Regenschirm, oben mit einem schwarzen Band verschnürt, in der Mitte gebauscht; man sieht solche Schirme auf Bildern von Spitzweg oder Leibl. Und die Hand … Es war eine zittrige, verbrauchte Hand, nicht wie bei einem Mann von sechsundfünfzig, sondern von neunzig Jahren, sie war behaart und mit kleinen gelben Flecken bedeckt; der Zeigefinger rieb sich fortwährend an dem Messingring, der die Schirmstäbe zusammenhielt. Das prägte sich mir so stark ein, dieser Zeigefinger; er machte gleichsam die Verlegenheit offenkundig, die den Mann von oben bis unten erfüllte; später hatte ich die tolle Idee, daß etwas in ihm den nahen Tod vorauswußte und er darum so verlegen war wie einer, der mit einem Geheimnis Abschied nimmt, das er aus Anständigkeit verbirgt. Aber es war wahrscheinlich nur so, daß ihm die richtigen Worte fehlten. Er hatte eine wunderbare Handschrift, monumental und kalligraphisch, und sein Stil war das Muster von kaufmännischem Schwung, aber mit den Worten stand er auf Kriegsfuß, sagen konnte er nur das unumgänglich Notwendige ... Aber schwatz' ich da nicht dummes Zeug? Ist das alles überhaupt interessant?«

124.

»Sehr interessant; ich glaube, ich kenne ihn jetzt durch und durch«, sagte Kerkhoven, »und das Seltsame ist, ich sehe ihn in Ihnen drin. Seltsam, nicht als biologische, sondern als optische Tatsache.« – »Das mit der Verlegenheit ist merkwürdig«, äußerte sich Marie, »Verlegenheit ... das ist doch nur eine Umschreibung von Schuldbewußtsein »... – »Sprechen Sie nicht davon, ich weiß es«, fiel ihr Alexander hastig ins Wort, »ich möchte ihn wirklich nicht nach dreißig Jahren in mir wiederentdecken.« Unwillkürlich schob er die Hand in die Tasche, da Kerkhovens Blick darauf ruhte. – »Ein unfaßlich einsamer Mensch muß es gewesen sein«, fuhr Marie fort, »von einer derartigen Einsamkeit ahnen wir ja nichts. Hat er jemals nach etwas anderm gestrebt als nach Geld? Hat er jemals wie soll ich es möglichst unpathetisch ausdrücken? – zu den Sternen hinaufgeschaut?« – »Zu den Sternen? Nein. Halt' ich für unwahrscheinlich. Wenigstens nicht in dem Sinn, den Sie meinen, Frau Marie.« – »Wurde in Ihrem Elternhaus auch nie von dergleichen gesprochen ... von ... sagen wir also: von den Sternen?« – »Nein. Ich kann mich nicht erinnern.« – »Gab es in Ihrer ganzen Jugend nichts ... keine Regung ... kein frommes Gefühl ... keine Sehnsucht nach oben ... Verzeihen Sie, das klingt alles ein bißchen zudringlich ... aber eine gewisse pflichtmäßige, gewohnheitsmäßige Religiosität war doch auch in den unteren bürgerlichen Schichten verbreitet, ein gewisses Zur-Schau-Tragen, ein äußerliches Zeremoniell ... und wenn man bloß am Sonntag in die Kirche ging »... – »Ich denke nach und denke nach«, erwiderte Alexander, »aber um ehrlich zu sein: Auch das war nicht vorhanden. Man war freigeistig. Man war stolz darauf, daß man Freigeist war.« – »Aber wie konnte man dabei leben!« rief Marie aus. »Ein Kind, ein vollständig gottloses Kind!« – »Ich war nicht vollständig gottlos, Frau Marie. Zu den Sternen hab' ich oft hinaufgeschaut, schon, weil mir's unten auf der Erde ganz und gar nicht gefallen hat.« – »Ach, damit war ja nichts getan«, antwortete Marie traurig, »das war ja nur Träumerei. Ich weiß es aus meiner eigenen Jugend. Später wird dann so was wie eine schwärmerische Philosophie draus. Man kann nicht genug staunen, daß Sie in einer solchen Umgebung sich selbst gefunden haben. Daß Sie in solchem Boden haben wachsen können und daß aus Ihnen geworden ist, was Sie schließlich sind. Ich begreif es nicht. Ein Künstler scheint also doch ein Wesen für sich zu sein, anders als alle andern »... – »Allerdings«, murmelte Bettina nicht ohne leisen Spott. – Marie errötete. »Ich bitte Sie, Liebe, mißverstehen Sie mich nicht. Ich bin doch keine Pute. Seit Jahr und Tag gärt und braust etwas in mir, Joseph weiß es, ich spreche und frage nicht als ein Mensch, der sich mit seinem Glauben zur Ruhe gesetzt hat und anmaßend drauflos orakelt, o Gott, nein, ich bin ja auch in der dicksten Finsternis und taste überall hin und schreie: Helft mir, daß ich herausfinde!«

Es war ein aufregender Moment. Sie hatte schnell, fast überstürzt gesprochen, die Röte auf ihren Wangen war einer tiefen Blässe gewichen, ihre Augen standen voller Tränen. Alle schauten sie an. Bettina, die dicht neben ihr saß, neigte sich und küßte spontan ihre Hand. Und drüben unterm Fenster erhob sich jemand und schritt geräuschlos an das andere Ende des Saals, um sich dort niederzulassen. Es war Aleid. Kerkhoven folgte ihr, flüsterte ihr ein paar Worte zu und kehrte hierauf zu den andern zurück. »Wir dürfen Alexander Herzog nicht in seinem Fundament bezweifeln«, wandte er sich an Marie, »er ist ja eine religiöse Natur, besser gesagt, ein Mensch mit einer religiösen Grundverfassung. Was freilich an sich nicht gar zu viel besagt. Nicht unbedingt muß auf solchem Grund eine höhere Entwicklung vor sich gehen, eine höhere Vegetation gedeihen. Er ist nur die Voraussetzung dazu. Alexander bewegt sich in einer Welt, die uns verschlossen ist. Nach Erkenntnissen zu handeln ist ihm nicht gegeben, dazu ist er nicht berufen. Wir haben ihn auch nicht zu belehren, wir haben von ihm zu lernen. *Er* soll uns Botschaft bringen, nicht wir ihm. Wahrscheinlich ist er näher bei den geahnten Mächten als jeder von uns, nur weiß er es nicht. Wenn er es wüßte, wäre er's nicht mehr. Rufen wir ihn aus dem Traum, so hat er uns nichts mehr zu bieten. Mit dieser Tatsache müssen wir uns abfinden. In den Traum ist er eingehüllt wie die Seidenraupe in den selbstgesponnenen Kokon.« – »Wenn man ihn aus dem Traum weckt, ist er überhaupt nicht mehr da«, sagte Bettina lächelnd. – »Ich bin mit Freuden bereit, ihm nachzugehen in sein unsichtbares Reich«, begann Marie, aber Alexander unterbrach sie: »Unsichtbar? Unsichtbar? Sie können es gesetzlos nennen, phantastisch, wirklichkeitsverlassen, was Sie wollen, aber unsichtbar? Das gerade ist es nicht, denk' ich, oder ich bin ein Narr, ein Schwindler.« – »Nicht, nicht, Alexander«, bat Marie mit aufgehobenen Händen, »aber eins müssen Sie doch zugeben: Was Sie träumen und schaffen, ist nicht dasselbe wie das, was Sie als Mann und Mensch tun. Nein und aber nein. Ihr Traum ist *nicht* Ihr Leben. Es steckt so enorm viel Negatives in Ihnen. Woher kommt das?« – »Daher, daß ich fast keine Gewißheiten habe. Nicht einmal, ob ich wirklich *bin*, ist mir gewiß.« – »Haben Sie nie mit einem Gottesgedanken gelebt?« – »Mit dem Gedanken, o ja, mit dem Bild, nein.« – »Sie sagen, Sie wissen nicht, ob Sie sind. Das leuchtet mir nicht ein.« – »Warum nicht?« – »Erinnern Sie sich … in der Matthäuspassion … der bange Aufschrei: Ich bin's, ich sollte büßen …? Alles an Ihnen schreit fortwährend, stumm und laut: Ich bin's, ich sollte büßen …« Darauf blieb Alexander die Antwort schuldig.

125.

Der Kampf brannte immer heißer. Es war, wie wenn sich vier Menschen vor einer verschlossenen Pforte zusammendrängen, und keinem von ihnen wird Einlaß gewährt. Keiner besitzt den Schlüssel, obgleich jeder hofft, daß der andere ihn hat. Sie studieren die Beschaffenheit des Schlosses und der Riegel: Keine Aussicht, daß sich das ehern versperrte Tor öffnen läßt. Wo mag der Schlüssel sein? Denn es stellt sich heraus, daß keiner ahnt, wo er sich befindet und wie man seiner habhaft werden kann. Vielleicht braucht man keinen Schlüssel und muß nur ein Zauberwort wissen oder auf eine geheime Feder drücken. Sie spähen, sie lauschen, sie beraten, sie senden Rufe aus in der Erwartung, daß ihnen von jenseits der Pforte ein Zeichen wird. Nichts dergleichen geschieht. Wenn sie den Schlüssel nicht haben, gibt es keinen Zugang.

Das ist ungefähr, bildlich gesehen, die Situation. Man muß sich fragen: Was ist der Antrieb? Was geht in diesen Menschen vor? Was bewegt sie und was ist das Ziel der Bewegung? Es handelt sich ja nicht um ein Konventikel, nicht um irgendwelche sektiererische Gelüste oder überspannte Ideen, noch weniger um eine spintisierende oder theoretische Gottsucherei. Beide Männer und beide Frauen stehen auf dem Scheitelpunkt ihres Lebens; sie sind gesättigt von Erfahrungen, ausgestattet mit allen Erkenntnissen ihrer Zeit; jeder hat sein vollabgemessenes Tagewerk, seine beruflichen und häuslichen Pflichten und schreitet fest auf der Erde, tätig unter Tätigen: Was versetzt sie also in die geisterhafte Unruhe?

Sie finden nicht mehr ihr Auslangen mit den Erfahrungen und Erkenntnissen, das ist es. Das tägliche Tun, sie können es sich nicht länger verhehlen, wird allmählich zu einem freudlosen Betrieb. Die wiederkehrenden Geschäfte und gleichbleibenden Verrichtungen erstarren zu einer bloßen Mechanik des Lebens. Man kommt nicht mehr weiter mit dem Gegebenen. Man hat keine Vorräte mehr, von denen man zehren kann. Die Kammern und Truhen, in denen man sie aufgespeichert gewähnt, erweisen sich als leer. In allen Dingen des inneren Seins sieht man sich auf einen Bodensatz, auf schäbige, verdorrte Überbleibsel angewiesen. Es beginnt mit der Nahrung zu hapern. Eine Weile läßt sich der Schein aufrechterhalten, als hätte man noch reichlich zu essen. Aber nach und nach stellt sich der Hunger ein. Und die Folgen des Hungers sind Schwäche, Verzweiflung und die immer unstillbarer werdende Begierde nach Speise.

Aber das ist nicht etwa eine Einzelerscheinung, beschränkt auf diese zufälligen vier Personen. Es ist eine Hungerepidemie. Es ist ein europäischer Hunger, es ist ein planetarischer Hunger. Die vier Personen, von denen die Rede ist, sind nur insofern in einer besonderen Lage, als ihre Nerven- und Seelenverfassung sie zu außergewöhnlich empfindlichen Registrierapparaten macht. Sie spüren den Zustand der Welt bis in ihre Pulsadern hinein. Das Wort vom traumatischen Tetanus, Seelentetanus, ist eine Kerkhovensche Prägung; daß man zwanzig Jahre lang wie unter einem glühenden Bleidach gelebt habe, im Starrkrampfschlaf. Und nun: Die ganze Menschheit ein zitternder Leib, von Fieberschweiß bedeckt, zähneklappernd in der Weltraumkälte liegend, in Hungerdelirien, nichts vor Augen als den Tod. Aber es stehen einige auf, die treffen Anstalten, den Tod von sich abzuschütteln, den Tod als Tatsache; und sie gehen mit dem brennenden Hunger in den Eingeweiden unter ihren Brüdern und Schwestern herum mit Mienen, als hörten sie die Steine singen; es sind die Menschen des Aufbruchs, die den Weg von vielen in sich tragen. Ihre Wirkung ist geheim und anonym, und eben daraus schöpfen sie eine Kraft, die jeden Widerstand niederschlägt.

Da ist zunächst Marie Kerkhoven. Von Haus aus ein Weltkind; erzogen und aufgewachsen in Sorglosigkeit, in einer Sphäre des Geschmacks und der Kultur, von Kindheit an gewohnt, ihre luxuriösen Neigungen zu befriedigen, in ihrer Denkungsart von der Tradition bestimmt und in ihren Handlungen von ihr behütet, voller Reiz, voller Impuls, so reich an Herz wie an Verstand, aber ohne eigentliche Mitte und ohne sichere Führung. Bis in ihr fünfunddreißigstes Jahr läßt sie sich treiben und merkt nicht, daß ihr Schiff leck geworden ist. Da kommt sie in die Verkettung, in die Konflikte der Leidenschaft; erlebt Enttäuschung und Verrat, den Zusammenbruch des geliebten Mannes, der sie dann durch einen Akt heroischen Verzichts zu sich selbst zurückführt; sie, die niemals allein gewesen, steht plötzlich allein in einer Welt, die nicht mehr die ihre ist (denn ihre ist verschwunden, zerschlagen, ausgerottet) und angesichts deren maßloser Zerrüttung nur eines zu tun übrigbleibt, wenn man nicht mit in den Abgrund geschleudert werden will: Hand anlegen; retten, was noch zu retten ist; die Isolierzelle verlassen und Menschendienst leisten. Sie befolgt das innere Gebot und macht es sich zum äußeren Gesetz. Doch es zeigt sich, daß das Haus, an dem sie helfen will zu bauen, eine Ruine ist. Lächerlich, ein paar Ziegel und ein paar Kellen Mörtel herbeizuschleppen, es stürzt auf allen Seiten ein. Es gibt kein Vollbringen, es reift keine Frucht, es meldet sich keine Freudigkeit, der Glockenschlag des Herzens ist nicht da. Und den will sie vernehmen, sonst lohnt sich das alles nicht. Die alten Stützen wanken, jeder Weg endigt an der bewußten Mauer, die gleichwohl zu dem einen zwingt, was dem Leben bisher gefehlt hat: Aufblick. Aber wenn der Blick keinen Gegenblick trifft, verzweifeln die Augen. Ist wer droben, der dich sieht? Ist ein Wesen, ein Geist, ein Unsagbares, dem du zuströmen kannst? Wo? Was mußt du tun, um es zu finden? Glauben? Woran glauben? An einen Sinn, eine Gestalt, ein Gedachtes, ein Gefühltes? Glauben: vielspältiger Begriff, zerhadertes Wort, das, wie ein geheimnisvoller Vogel oder wie ein Komet, eine parabolische Bahn beschreibt vom Innern der

Brust in die Unendlichkeit und aus der Unendlichkeit zurückkehrt in die Brust, tödlich schweigsam.

In einem früheren Teil dieses Buches wurde in etwas verändertem Bild bereits von dem »Schlüssel« gesprochen, nach welchem Marie suchte. »Sie hätte erst den Schlüssel haben müssen«, heißt es dort, »um die Tür aufzusperren, hinter der sie als die unabänderlich geprägte Person Marie Kerkhoven gefangensaß. Sie hätte das Gehäuse Marie Kerkhoven sprengen müssen. Und an dieser Aufgabe verzweifelte sie: aus Anhänglichkeit an ihre Form, aus Furcht vor den damit verbundenen Leiden, aus Liebe zu sich selbst.« Sie fragt sich dann, ob sie je den Menschen finden würde, dessen Sein oder Schicksal ihr zur Überwindung helfen könnte, denn ohne einen lebendigen Menschen, einen irdischen und sinnlich greifbaren, scheint es nicht möglich. »Sie sollte ihn finden, diesen Menschen«, heißt es zum Schluß.

Der unbewußte Helfer ist Alexander Herzog. Als er in ihr Leben tritt, ist das seine an der untersten Grenze angelangt und gänzlich aus den Fugen. Marie braucht ihm nur die Hand hinzustrecken, und er ergreift sie mit einer Dankbarkeit, als wäre es das erste Erlebnis dieser Art, als hätte er nie eine Bettina gehabt. Darin sind ja die Menschen seltsam: Immer ist eine neue Begegnung vonnöten, wenn Erneuerung geschehen soll. Wir nützen uns alle aneinander ab und werden faul in der süßen Vertraulichkeit. Das leidenschaftliche Bekennertum in der aufgeschriebenen Geschichte seines Lebens wirkt auf Marie wie eine Offenbarung. Ein Märtyrer, aber ein glaubensloser; trotzdem steht er auf rätselhafte Weise in der Gnade. Ein Mensch von stark entwickeltem metaphysischem Bedürfnis, aber sein Reich ist ganz und gar von dieser Welt. Ein Herz voll Demut, aber er ist niemals auf den Knien gelegen. Er weiß nicht vom Gebet, in keinem Sinn, dennoch scheint er dem unbekannten Gott nahe zu sein. Er hat die große Leidensgeduld derer, die sich dem Schicksal beugen, und hängt mit animalischer Dumpfheit an den kleinen Genüssen des Daseins. Er ist imstande, andere zu ergreifen und zu befeuern, sich selbst läßt er ratlos im Stich. Diese Widersprüche verwirren Marie unbeschreiblich. Ihr ist, als blicke sie in ein trüb kochendes Element. Der sänftigende Einfluß, den sie auf ihn ausübt, gibt ihr nach und nach ein Gefühl des Selbstvertrauens, das sie lange entbehrt hat. Daß sie ihm seelisch etwas bedeutet, zeigt ihr den Weg, den sie gehen muß, um ihn aus seiner Schattenwelt zu reißen. Auf einmal ist er es, der die Worte findet, nach denen sie ringt, der den heimlichen Wünschen

Ausdruck verleiht, die in ihr brennen; es ist wie höhere Eingebung, sie möchte ihn am liebsten in die Arme schließen und ihn beschwören: Streif deine Ketten ab, gefesselter Mensch! Er spürt ihre Not, er erkennt ihre eigentliche Fähigkeit, das Persönlichste an ihr, die angeborene Gabe, zu lehren und zu erziehen, und überzeugt sie so nachdrücklich davon, daß sie zum zweitenmal den Versuch mit Kindern unternimmt, planvoller, nicht so im leeren Raum sozialer Betätigung zerbröckelnd wie damals in Berlin. Ihre beiden Söhne, das Helmutlein und der kleine Imst (den sein Vater ruhig bei Jeanne Mallery gelassen hat), bilden die Keimzelle einer Anstalt, die keine ist, nur Spiel- und Heimstätte für allerlei umherschweifendes Kindervolk, Kinder von Taglöhnern, Handwerkern, alleinstehenden Frauen und politischen Flüchtlingen. Sie kommen und gehen, wann es ihnen paßt. Sie werden nicht gerufen, sie stellen sich ein, zuerst aus Neugier und weil man was zu futtern kriegt, dann aus Vergnügen an der scheinbar ungebundenen Vergesellschaftung und in wachsendem Respekt vor einer Führung, die ihnen die Illusion der Freiheit läßt. Die Sache redet sich herum, einer erzählt es dem andern, und ohne daß je eine Kundmachung oder gar Anlockung erfolgt ist, muß man alsbald trachten, den Zustrom zu dämmen. Es gibt keinen regulären Unterricht, keinen Stundenplan, es gibt nur Spiele, Wandern und Gespräch, sonderbares Gespräch oft, von Gott und göttlichen Dingen, die wie Sportregeln behandelt werden. Endlich hat Marie das Gefühl einer Leistung, noch mehr, einer Erfüllung. Ihr Tag ist gegliedert und reich an Geschehnis und Einblick. Sie weiß nichts von Müdigkeit, ihr ist, als fliege sie über ein zerklüftetes Gebirge hin. Sie hat spezielle Freunde unter ihren Schützlingen; wenn sie mit denen spricht, sieht sie aus wie die strahlende junge Mutter eines ganzen Heerbanns von Kindern. Alexander Herzog, der wenig Talent hat für den Umgang mit der Jugend, ist zutiefst erstaunt über das, was er in ihr zum Leben erweckt hat, und in einem enthusiastischen Augenblick vergleicht er sie mit einem Kinderheiland. Lasset die Kindlein zu mir kommen, immer klingt dieses Erlöserwort auf, wenn eine Welt vor dem Umschwung steht. Marie erschrickt; nicht bloß vor dem Unziemlichen des Vergleichs, sondern weil sie sich kennt; sie weiß aus Erfahrung, wie leicht sie ihr Maß verliert, das körperlich gesetzte wie jenes, das ihr durch das Verhältnis zu den blut- und herzverbundenen Menschen vorgeschrieben ist. Nicht noch einmal darf es geschehen, daß Joseph Kerkhoven sich als Fremdgewordener außerhalb der Sphäre bewegt, in der sie allzu selbstvergessen schaltet. Sie muß sich ihm bewahren, ja aufsparen, sie muß an seiner Seite bleiben, im Geist und im Leibe. Und da ist auch noch Aleid; auch um die muß sie bangen, auch die muß sie halten. So schlingt sich Band um Band um sie, Pflicht um Pflicht, und mahnt sie, daß nur die gegenwärtige Stunde das Leben zu meistern vermag, wie immer die Gestirne stehen.

126.

Mit Bettina ist es so, daß sie lange Zeit gebraucht hat, um sich zu sammeln. Das Erlebte hinter sich zu werfen und einen Strich darunter zu machen, das hat sie keinen Entschluß gekostet, es entspricht ihrem Wesen und Temperament, doch der Lärm braust ihr noch in den Ohren, der häßliche, wüste Lärm um Geld und Haus, die Erinnerung an das Grauen saß noch in den Nerven, und anfangs hat sie viel Mühe aufwenden müssen, sich so munter und regsam zu geben, wie sie glaubte, daß man es von ihr erwartete. Denn das Recht auf diese Erwartung räumt sie jedem ein, in dessen Gesellschaft sie sich befindet. Nie hat sie jemand traurig gesehen, sie hängt ihre Schmerzen nicht ins Fenster. Sie muß viel liegen, viel schlafen, sie hat viel Schlaf nachzuholen, sie wäre manchmal restlos zufrieden, wenn ihr das Klima bekömmlicher wäre, sie ist an stärkere Luft gewöhnt, die hier ist ihr zu schlapp. Doch beglücken sie der Garten, die Rosenblüte, die Weite des Himmels; an klaren Tagen schimmern die Gipfelketten der Hochalpen traumhaft in der Bläue, sie sitzt mit einem Buch am See, die Stille wird nur durch das leise Plätschern des Wassers gestört, bisweilen hebt sie den Blick und schaut dem lautlosen Flug der Möwen zu oder späht über die leichtbewegte Fläche, die die Unendlichkeit des Meeres vortäuscht.

Alles Leben rückt nach innen zusammen, da sie es so lange nach außen vergeudet hat. Wirklich entspannt ist sie nur, wenn der Tag ohne praktische Forderungen vor ihr liegt, ein fast krankhafter Abscheu vor Geschäften und Nutzverrichtungen ist ihr geblieben, sogar wenn sie an ihre zärtlich geliebten Töchter schreiben soll, ist es eine Beschwer. Das Verlangen des Eremiten erfüllt sie, der die Welt vergessen und sein eigenes Inneres erforschen will, alles andere wehrt sie von sich ab, deshalb flößt ihr auch der glühende Eifer, mit dem sich Marie ihrer neuen Aufgabe widmet, etwas wie Angst ein, obgleich sie die Freundin dabei aufs innigste bewundert. Sie kann sich aber dem tätigen Anteil nicht ganz entziehen, sie darf nicht die müßige Zuschauerin spielen, sie schließt sich zwei- oder dreimal bei den Wanderungen an, besorgt den Einkauf von Proviant, liest den Kindern Märchen vor, und als ihr Marie eines Tages die alten Verse hersagt, die ihr in all den Jahren insgeheim als Leitspruch gedient haben: Ich bin in der finstern Welt / eine unentzundene Kerz / sei still, streitsüchtig Herz / ich weiß ja, wer mich hält –, da setzt Bettina die Strophen in Musik, und die einfache, kanonartige Melodie, die sie dazu findet, wird alsbald von den Waldläufern, so nennt sich die ganze Kindergruppe, mit Vorliebe gesungen. Doch obschon sie keineswegs mit Unlust bei der Sache ist und ihr Marie von Tag zu Tag teurer wird, fühlt sie sich erst wieder wohl, wenn sie allein sein kann oder bei einem Zwiegespräch mit Kerkhoven oder am Abend im Refektorium, denn die Stunden dort oben werden von Mal zu Mal bedeutungsvoller für sie; was sie dabei erfährt und erlebt, wird zum unvergeßlichen Eindruck, oft ist ihr die Kehle wie versperrt und ihr schwindelt förmlich, vor Glück, vor Qual, was weiß ich, wobei auch die Qual halbes Entzücken ist, die andere Hälfte ist Bedauern darüber, daß man selber so stumm ist, oder furchtsames Staunen, wenn die Dinge, mit denen man ein Leben lang schmerzlich gerungen hat, sehr verhalten und verborgen freilich, sehr im Schweigen begraben, so überraschend wahr und sichtbar ans Licht treten.

Sie ist unter den vier Menschen sowohl die leidenschaftlichste wie auch die gottessehnsüchtigste Natur. Hoher Anspruch an das Leben, der höchste an Liebe und Freundschaft; brennende Klarheit des Denkens, verbunden mit ungeduldiger Selbstungenügsamkeit; beständiges Suchen nach Aufschluß, Erkenntnis, Entfaltung, Belehrung, nach reinem Bild und reinem Ton, wie ihn die Musik ihr gibt; Ringen mit einem allzu schwachen Körper, dem Körper der Frau, der immer versagt, wo der letzte Einsatz ins Spiel zu werfen ist; Verzweiflung an einer Welt, die ihr keine Hoffnung auf einen Platz für ein Wesen ihresgleichen mehr läßt und die so verschieden von der Welt ihrer Jugend ist, wie eine zerfetzte Leinwand von einem heitern Gemälde; die Existenz an der Seite eines Mannes schließlich, der sie anbetet, ohne sie zu kennen, und so viel Raum zum Atmen braucht, daß sie froh sein muß, wenn sie sich in einen Winkel verkriechen kann: das alles hat jenen Hunger, von dem wir gesprochen haben, übermächtig werden lassen, so daß ihre Seele völlig verdorrt und abgemattet davon ist und ihr vor den Attrappen widert, mit denen sie sich allzulange genährt hat, vor den brüchigen

Gefühlen, den folgenlosen Worten, den anfechtbaren Thesen. Es ist das Lebendige, wonach sie begehrt, was angeschaut werden kann und was ergreift. Und es muß ihrem Urteil standhalten. Und sie muß sich an ihm messen können.

Damit ist schon in den Grundzügen ihr Verhältnis zu Joseph Kerkhoven gegeben.

127.

Wenn ein Mensch fast ausschließlich im Bezirk der Kunst und der Geistigkeit gelebt hat, stellt sich eine Art Anämie bei ihm ein, Schwächung seiner elementaren Kräfte. Schönheit und Hingabe an das Schöne können wie ein Rauschgift wirken, wenn ein persönliches Privileg daraus abgeleitet wird, das Recht auf ein Dasein außerhalb einer Gemeinschaft, die unter ganz anderen Gesetzen steht, unerbittlichen, grausamen. Es ist, wie wenn jemand in einer Stadt, über die das Standrecht verhängt ist, einen bemalten Papierdrachen steigen läßt. Zu dieser bestürzenden Erkenntnis kam Bettina bereits nach flüchtigem Einblick in das Leben Kerkhovens, eigentlich schon bei der ersten Begegnung mit ihm. Als sie sich dann angelegentlich mit ihm beschäftigte und ihm mit wachsendem Staunen zuschaute, mit ihren scharfen Augen, denen nichts entging, keine innere und keine äußere Bewegung, da bildete sich in ihr eine vollkommen veränderte Vorstellung von menschlicher Haltung, und die Welt, von der sie bisher nur die Peripherie berührt hatte, war nicht mehr ein entfernt Gewußtes, sondern in die Nerven hineingeglühte Wirklichkeit. Der Mann im Mittelpunkt, so faßte sie ihre Gedanken über ihn zusammen. So entstand der Wunsch, der immer heftiger wurde, sich diesem Mittelpunkt zu nähern, als sei nur dort das Gleichgewicht zu finden, der Blick über alles Geschehen, alles Leiden, alle Gefahr. Das war es ja hauptsächlich, daß man sich so unerhört gefährdet vorkam, wehrlos in die Feuerlinie kommandiert. An seiner Seite aber war man bis zu einem gewissen Grad geschützt, denn er kannte den Schlachtplan und die Deckungen und hatte so viele entschlossene Streiter um sich, daß man allein durch ihre Masse geborgen war. Wie er es machte, daß er trotzdem jedem einzelnen Gehör schenken, mit Rat und Tat behilflich sein, dem ein Schlupfloch zuweisen, dem andern einen Weg aus der Bedrängnis zeigen, den dritten in Pflege nehmen, den vierten gleichsam mit Waffen versehen, den fünften gar auf dem Rücken aus dem Getümmel schleppen konnte, unausgesetzt, unermüdlich, unabgeschreckt, unverdüstert und alles, wie wenn's nichts wäre, nicht des Aufhebens wert, war nicht zu fassen; der Verstand blieb einem stehen.

Sie sagte: »Schonen Sie sich doch, Sie treiben Raubbau mit sich.« Er erwiderte: »Wenn ich anfange, mich zu schonen, ist kein Ende mehr mit der Schonungslosigkeit gegen andere. Was heißt überhaupt sich schonen? Ist man ein auf Zinsen angelegtes Kapital? Das sind Anschauungen von Anno Tobak. Von Opfer zu reden ist dumme Prahlerei, aber die Idee, daß man die paar Funken, die das Schicksal aus einem schlägt, in der Sparbüchse sammeln soll, ist lachhaft.« Dabei war in seinem Gesicht wieder einmal jener erloschene und gewaltsam beherrschte Ausdruck, der in Marie eine so ahnungsvolle Bangigkeit erregt hatte und auch Bettina erschreckte. Sich ihm ganz offen zu geben, wagte sie nur selten. Mußte ihm doch alles zu gering erscheinen, was sie beschwerte. Er war zu beansprucht, zu verstrickt im Unabsehbaren. Sie fürchtete seine Kritik, ein kleines abschätziges Zucken um den Mund, ein kleines mitleidiges Lächeln. In praktischen Angelegenheiten war er ein verläßlicher Berater. Da Alexander Herzogs Einnahmen infolge der politischen und wirtschaftlichen Umstände stark zusammengeschrumpft waren, vertraute sie ihm auch ihre finanziellen Sorgen an. Er wußte immer einen Ausweg. Als es am Monatsende mit der Zahlung verschiedener Schulden haperte, machte er einen Mann ausfindig, der Alexander eine größere Summe vorstreckte, zehntausend Franken. Doch sprach sie über ihre eigenen Mißlichkeiten äußerst ungern mit ihm. Wenn sie mutlos den Kopf hängen ließ, zankte er mit ihr. Oft gerieten sie einander in die Haare. Sie wurde fuchsteufelswild, wenn er sie spöttisch als Dame behandelte und ihre Anfälle von Verzagtheit als Kapricen einer verwöhnten »Lady« abtat. Aber er meinte es nicht ernst. Er liebte es, mit ihr zu streiten. Er freute sich an ihrem schlagfertigen Witz. Wenn er in einem Wortgeplänkel den kürzeren gezogen hatte, machte er sich über seine Niederlage lustig und drohte etwa: »Warten Sie, ich werde mich mit Alexander verbünden, zu zweit sind wir der Pallas Athene vielleicht doch gewachsen.« – Und sie antwortete lachend: »Vorsicht! Die hat ihren Namen davon, daß sie einem Giganten die Haut abzog. Merken Sie sich's.«

Was sie zu Alexander gesagt: »Du hast mir das Bild der Welt gegeben, er gibt mir das Begreifen«, war im umfassendsten Sinn wahr, nicht bloß die leichtfertige Äußerung einer Bildungssüchtigen. Oberflächlich war sie in keinem Bezug und bei keinem Tun. Entweder verzichtete sie, oder sie engagierte sich mit ihrer ganzen Person. Um so weniger konnte sie sich hier mit dem Ungefähr begnügen, als es um das Sein an sich ging, um die einzige Möglichkeit, sich im Sturm der Seelen und der Geister zu behaupten. Sie erkannte ihre schwachen Kräfte, den Mangel an Hilfsmitteln, ihre laienhafte Unwissenheit, die Fremdartigkeit eines Gebietes, auf dem jeder Quadratzoll Boden für sie das Entlegene schlechthin war, doch sie wollte lernen, wollte unbedingt lernen, nur, um zu erfahren, was es mit dem Mann auf sich hatte, der ihr seine so leidenschaftliche Hochachtung einflößte, daß sie sich schon in diesem Gefühl behütet schien wie im Innern eines Berges. Es kann mir nichts geschehen, sagte sie sich immer wieder, ein österreichisches Wort, das, vom Theater her, sie durch ihre Jugend begleitet hatte; unter seinem Schutz kann mir nichts geschehen. Er sprach mit ihr über seine Wissenschaft, über seine Patienten; er las ihr Teile seines Werkes über den menschlichen Wahn vor; das alles bedeutete Ungeheures für sie und verlieh ihrem Leben eine neue Tiefe. Aber es führte noch nicht zu der Umwälzung, die erst eintrat, als sie sich überzeugt hatte, daß seine Forschungen, seine theoretischen Arbeiten, seine ärztliche Tätigkeit, sein Helferdienst, dieses alle Grenzen überströmende Wirken für Freunde und Fremde, wobei Unglück gleichsinnig war mit Krankheit, und Verbrechen und Laster mit Unglück: daß dies alles nur Vorstufe war zu dem Aufstieg in eine weit darüber liegende Region, mit klareren Worten, daß dieser Gelehrte und Mann der praktischen Disziplinen bewußt und vorsätzlich den Weg ins Ewige suchte, die göttliche Bindung … Das war das Erlebnis, das Wunder. Damit statuierte er ein Exempel.

128.

Es waren zum Teil recht schwierige Gedankengänge, die er ihr entwickelte, und es dauerte ziemlich lange, bis er sich dazu entschloß, wie wenn er erst ihre Aufnahmefähigkeit, die Kapazität ihres Gehirns hätte prüfen wollen. Alles Werdende ist in seinen Uranfängen einfach, führte er aus. In der Keimzelle herrscht zunächst der formbildende Instinkt, der nach einem festen Bauprogramm arbeitet. Was er schematisch erzeugt, das Gerüst gleichsam, birgt weitere Gliederungen in sich, die sich immer verfeinerter differenzieren. Es treten nacheinander auf den Plan die morphologischen Kräfte für die dringliche Selbsterhaltung, hernach die Organe für die Erhaltung der Art. Dann folgen, wie bei einer Präzisionsmaschine, die Träger der Welt der Bewegung und Empfindung, der Orientierung und der Kausalität. In den weiteren genetischen Vorgängen sind die schöpferischen biologischen Kräfte zu suchen für die seelischen Entfaltungsmöglichkeiten der Kreatur. Die Ouvertüre des vitalen Dramas setzt schon früh ein, freilich nur mit wenigen Instrumenten und in piano, sozusagen mit kleinem Orchester.

Die untersten Wurzeln der Religion liegen nicht, wie Wissenschaft und Seelenforschung immer annehmen, im Gefühlsbereich; nicht in den Gedanken an die Unsicherheit des Schicksals, in der Furcht vor dem Untergang, im Bestreben nach Sicherung, in der Sucht nach Macht und Erfolg, sondern viel tiefer, in weit zurückreichenden Entwicklungszuständen, wo von Bewußtsein noch nicht die Rede sein kann, dort, wo die für das Lebensprogramm tätigen Urkräfte das seelische Wachstum des Menschen bestimmend vorbereiten.

Nicht nur ist also das Protoplasma, das einzellige und durch Abschnürung sich vermehrende Lebewesen, unsterblich, sondern es ist auch in der Gesamtreihe auf die Ewigkeit eingestellt. Ewigkeit ist aber die absolute Zeitlichkeit, die alle denkbaren zeitlichen Schichten und Strukturen in sich schließt. Der Anspruch auf vitale Behauptung wird nicht so sehr vom Einzel-Ich repräsentiert, er liegt vielmehr in der Fortsetzung des Ichs gegen die ihm innewohnende Unendlichkeit. Dieses unbekannte Treibende in uns, die individuelle Horme und ihre ausgeprägteste Form, das biologische Gewissen, leiten mit sicherer Hand unsere Lebensaufgaben und Geschicke, ohne daß wir uns dessen bewußt sind, das heißt nicht derart, daß uns das Wesen ihrer Energien verständlich wird; im Gegenteil, die unmittelbaren Begierden und Forderungen des Ichs blenden uns gewöhnlich so, daß wir unsere wahren Zukunftsinteressen überhaupt nicht ins Auge fassen können (eine Geistesverfassung, die in dem Buch über den Wahn als »reziproke Anastole« bezeichnet war). Jedoch arbeitet jenes Treibende schlummernd und verborgen und kommt im entscheidenden Augenblick an die Oberfläche, nämlich sobald unsere höheren seelischen Güter angetastet oder in Frage gestellt werden.

Was man gemeinhin psychisches Gefühl nennt, beruht auf dem Begriff des Lebens, es ist in jedem organisierten Protoplasma mit eingeschlossen und verrichtet eine Spiegelfunktion. Mit ihm beginnt die Persönlichkeit, es ist gewissermaßen eine stete Momentaufnahme der vitalen Bilanz, es löst im Zentralnervensystem blitzartig das Bewußtsein von Vergangenheit und Zukunft aus und spielt endlich in unseren Beziehungen zum Gesamtkosmos die bestimmende Rolle als religiöser Instinkt.

Aber von der Welt der Gefühle zur religiösen Welt ist ein gewaltiger Sprung, wenn auch die Religion durchaus der Welt der Gefühle und Instinkte angehört und nicht der Welt der Empfindung und Bewegung. Dieser ist allerdings aufgegeben, aus den archaischen Gefühlen ein hohes seelisches Gebilde zu formen, indem sie auf der Basis unzähliger sich wiederholender Konflikte Klärung und Reinigung in unsere Handlungsnormen bringt und somit zur Krone der gesamten psychischen Entwicklung wird.

Der Forscher oder Wissenschaftler, der vor dem Problem der Religion haltmacht, verdient diesen Namen nicht mehr. Doch darf er nicht außer acht lassen, daß auf religiösem Gebiet die gebräuchlichen Worte rohe Behelfe sind, mit denen er nicht weiterkommt. Er muß neue Begriffe bilden, sich neuer Anschauungsformen bedienen, muß seherische Gaben besitzen und mit vorurteilslosem Geist in die Tiefe gehen. Das religiöse Gefühl gibt in letzter Linie den harmonischen Zusammenhang aller veredelnden seelischen Faktoren unseres Daseins wieder. Religion unterscheidet sich von Wissenschaft durch die beherrschende Rolle des Persönlichen, durch das Element des Glaubens. Der Glaube stellt die mächtigste Urform des inneren Geschehens dar. Die exakteste Forschung ist nicht lückenlos. Keine logische Schärfe rettet wissenschaftliche Annahmen vor dem Zusammenbruch, wenn dabei die Seelenkräfte vernachlässigt wurden, die bei noch genauerer Untersuchung und vor einem noch unbestechlicheren Auge plötzlich eine vorher nicht geahnte Bedeutung erlangen.

Unmöglich zu verkennen, daß die Geschichte der Nationen und der Völker, ja, der ganzen Menschheit von einer Welthorme gelenkt und geordnet wird, die selbst wieder gewaltigen Erschütterungen und Schwankungen unterworfen ist. (Er zitierte das Wort von Quinet: L'histoire n'est au fond qu'un itinéraire des peuples vers Dieu.) Ein unnennbares Wesen jedenfalls, gleichviel welchen Namen man ihm verleiht. Ein das Universum umfassendes und durchdringendes, geheimnisvolles, alle Lebensvorgänge potenzierendes Gut. Der Gedanke nun, daß ein solches, der Anschauung unzugängliches, der Seele gleichwohl innewohnendes höchstes Wesen ebenso erschütterbar und wandelbar sein könne wie das niederste der Geschöpfe, daß es sich selber im Wandel neu erschaffe, sterblich-unsterblich, dieser Gedanke war es, der den Arzt und Denker Kerkhoven unmittelbar zum Glauben führte, denn die Vorstellung eines schicksalsbeteiligten, schicksalsergriffenen Gottes war eine menschliche Erreichbarkeit, der Sinneserfahrung noch nah. Nur so konnte das ungeheure Leiden der Welt ertragen werden. Was sich als unausdenklich dem Vernunftschluß entzog, wurde Bild, ungefähr, wie wenn sich ein Sternennebel durch einen kosmischen Krampf zu einem erhabenen kraftspendenden Kristall verdichtet. Es war trotzdem ein Irrweg. An seiner letzten Station deckte er das Grundgesetz allen Wahns auf. Es war der Surrogat-Glaube, in den er geflüchtet war, der Wahn, wenn auch in seiner äußersten, verdünntesten Schicht, Wahn an der Grenzscheide des Glaubens, im Endlichen und Zeitlichen noch. Wahn ist erdverhaftet und anthropomorph; Glaube hat die Gestalt geopfert: Der Sieg der Horme über das Protoplasma ...

129.

Sie befanden sich im Mittelzimmer des Pavillons, das als Wohn- und Schreibzimmer diente. Auf dem runden Tisch zwischen ihnen stand noch das Teegeschirr. Sie hatten vor zwei Stunden Tee getrunken. Kerkhoven hatte seitdem seine Haltung kaum verändert. Er saß in der Sofaecke, den Kopf auf den Arm gestützt, in der rechten Hand hielt er eine Nuß, die er angelegentlich betrachtete. Trotz der Septemberkühle war das eine Fenster offen; durch das gilbende Laub einer Kastanie loderte der Feuerball der untergehenden Sonne.

»Ohne Gestalt kann man nicht Christ sein«, sagte Bettina leise. – »Muß man Christ sein?« versetzte Kerkhoven achselzuckend. – »Ich sehe keine andere Erfüllung«, erwiderte Bettina, »wenigstens was das Opfer und was die Gnade betrifft.« – »Das ist vielleicht wahr«, sagte Kerkhoven, »aber auf dem Weg von der Menschwerdung zur Gottwerdung gibt es keine Nachfolge. Schon die Menschwerdung ist ein Prozeß, der in zweitausend Jahren nicht einmal begonnen, geschweige denn vollendet werden konnte.« – »Handelt es sich denn um die Nachfolge?« – »Ausdrücklich handelt es sich darum.« – »Nicht eher um die Liebe und die Barmherzigkeit?« – »Die sind in der Nachfolge drin, sie können aber nicht verwirklicht werden. Der Weg ist zu weit.« – »Ist der Ihrige kürzer?« – »Religiöser Glaube ist eine Angelegenheit von wenigen Auserwählten.« – »Dann auch der christliche.« – »Ja, aber die zwei Jahrtausende haben ihn ausgekältet.« – »Kann man ihn nicht wieder zum Glühen bringen?« – »Nicht genug, um das Material zu verarbeiten. Es hat sich zuviel neues Material angesammelt. Seit Generationen.« – »In jedem Auserwählten glüht Jesus Christus. Auch in Ihnen«, sagte Bettina. Darauf schwieg Kerkhoven, und Bettina fand keinen Grund, das Schweigen zu brechen. Aus der Mansarde oben schallte bisweilen das silberne Gelächter des kleinen Helmut, der mit Robert und Johann »Dampfschiff« spielte.

Da betrat Alexander Herzog das Zimmer nebenan. Er wußte, daß Kerkhoven bei Bettina war, diese hatte es ihm gesagt. Aus der Art ihrer Mitteilung hatte er entnommen, daß sie mit dem Freund allein sein wollte. Deshalb war er weggegangen und hatte Marie zu einer Bootfahrt abgeholt. Es war nun dreiviertel sechs; er dachte, er dürfe sich wieder zeigen. Er trug Gummisohlen an den Schuhen, seine Schritte waren lautlos. Um auf keinen Fall zu stören, hatte er beim Eintreten die Tür unhörbar auf- und zugemacht. Doch um ganz genau zu sein, war es so: Einerseits wollte er wirklich nicht »stören«, andrerseits hätte er in seiner durch nichts zu stillenden Eifersuchtsverranntheit gern etwas von der Unterhaltung erlauscht, die zwischen den beiden im Gange war. Ein paar Worte nur; die Tonlage; die Stimmfarbe; das konnte manches verraten. Jedoch sie schwiegen. Er stand da, die Tür war nur angelehnt (immerhin entlastend, schoß es ihm verrückterweise durch den Kopf), und kein Laut unterbrach das rätselhafte Schweigen außer jene kaum merklichen kleinen Geräusche, die die Anwesenheit von Menschen anzeigen, ein tiefer Atemzug etwa, das Rascheln eines Kleides, das Scharren eines Fußes. Hätte er den Anlaß dieses Schweigens geahnt, seine Beschämung wäre so groß gewesen wie jetzt seine unnatürliche und unschickliche Pein; so aber sagte er sich, nur eine intime und schon bewährte Vertrautheit zwischen einem Mann und einer Frau könne ein Schweigen wie das hervorbringen, dessen Zeuge er war und das ihm in die Ohren donnerte, als stürze sein Leben zusammen. Bei einer unwillkürlichen Bewegung oder doch einer, die er nicht beherrschen konnte und die er ausführte, weil er sonst kein Mittel sah, der quälenden Situation ein Ende zu machen, stieß er an einen Stuhl; da rief Bettina, die schon minutenlang das Gefühl seiner Gegenwart hatte, seinen Namen. In ihrer Stimme war keine Befangenheit oder Überraschung; das beruhigte ihn einigermaßen, aber als er auf die Schwelle trat, sah er aus wie eine Leiche, und wie gewöhnlich war alles, was in ihm vorging, in seinen Augen zu lesen. Auch Bettina verfärbte sich. Zorn, Scham, Bitterkeit kämpften in ihren Mienen. Als er ihrem Blick begegnete, lächelte er hilflos und beugte den Nacken. Kerkhoven hatte sich langsam erhoben. Er schaute Bettina an, schaute Alexander an; ein schnelles Zusammenziehen der Brauen: Er wußte. Er verbarg sein tiefes Erstaunen, ging zum Fenster und schloß es mechanisch. Während er stumm in den Garten sah, verließ Bettina das Zimmer und ging zu den spielenden Buben hinauf.

130.

»Finden Sie nicht, daß es ein wenig unter der Würde ist«, begann Kerkhoven, ohne sich umzudrehen, »kann es da Erklärungen geben?« – Alexander, noch immer an den Pfosten der Tür gelehnt, durch die er eingetreten war, schwieg. – »Es ist schmerzlich, daß ein Mann wie Sie zu keiner Sicherheit gelangt, in keiner Beziehung.« – »Wissen Sie kein Medikament dagegen?« kam es mit trübem Spott zurück. – Kerkhoven erwiderte: »Irgendwo habe ich einmal das tiefsinnige Wort gelesen: Der Kranke ist ein Arzt, der sich durch die eigenen Gifte heilt.« – »Ich bin kein solcher Kranker, mich bringen die Gifte um.« – »Wenn Sie an Bettina zweifeln, hat die jahrzehntelange Ganna-Krankheit nichts in Ihnen bewirkt. Ich habe Sie in der Rekonvaleszenz geglaubt.« – »Zweifle ich denn an Bettina? An mir doch, an mir! Und suche Anhaltspunkte, Be-stätigungen »… – »Das ist es nicht. Sie benehmen sich Ihrem Schicksal gegenüber wie ein agent provocateur.« – »Daran ist was Wahres«, gab Alexander betroffen zu. – »Oder wie ein Roulettespieler. Ich fürchte, Sie sind eine Spielernatur. Ein Mensch, der sich betäubt, indem er verzweifelt hasardiert. Dabei sind Sie so reich, daß es vollkommen wahnsinnig ist, zu spielen.« – »Ich bin zu tief in Bettinas Schuld«, sagte Alexander kaum vernehmlich.

Jetzt endlich drehte sich Kerkhoven um. »Heillos«, murmelte er, »heillos. Schuld, Schuld, Schuld. Wenn zwei Menschen in echter Gemein-schaft leben, gibt es keine Schuldenrechnung und keinen Schuldendienst. Jeder übernimmt die Lasten des andern zu treuen Händen.« – »Trotzdem; ich habe versagt.« – »Haben Sie bei Ihrer Geburt eine Urkunde unter-schrieben mit der Verpflichtung, niemals zu versagen? Das Gefüge von Kraft und Schwäche in uns hat einen magnetischen Pol, der ist das

Anziehungszentrum der Liebe.« – »Mag sein, aber der Körper ist ein störrisches Vieh.« – »Was … wollen Sie damit sagen?« – »Ganz einfach; daß ich über den Widerspruch nicht hinauskomme, der zwischen der Anzahl meiner Jahre und einem Trugbild von Junggeblieben-Sein klafft.« – »Warum Trugbild? Sie sind ja jung geblieben. Unbegreiflich jung. Warum Trugbild?« – »Dem Manne werden unumstößliche Beweise geliefert, Joseph Kerkhoven »… – Kerkhoven ging auf ihn zu und sah ihm fest in die Augen. »Es ist die Ungeduld in Ihnen, die blasphemische Ungeduld«, sagte er leise, »Sie greifen den Entscheidungen vor und nehmen zu hohe Anleihen auf.« – »Ich kann mich nicht an die veränderten Gezeiten gewöhnen, das ist wahr. Es macht mich rasend zu denken, Bettina könnte rufen, und ich bin taub. Dann stell' ich mir vor, daß sie … daß sie Kompensationen sucht.« – Kerkhoven legte ihm beide Hände auf die Schultern. »Bei mir«, fragte er mit einer seltsam tragisch klingenden Eindringlichkeit, »bei mir?« – Alexander konnte seinem Blick nicht standhalten. Seine Augen wichen zur Seite. Es war inzwischen dunkel geworden. Nur weil sie einander so nah waren, unterschied einer des andern Züge noch. »Können Sie verschwiegen sein«, fragte Kerkhoven, »unbedingt verschwiegen?« – »Ich glaube.« – »Ihre Hand!« – Alexander reichte ihm die Hand. – »Einem Freund darf man ein solches Geständnis machen«, fuhr Kerkhoven mit vorsichtig gedämpfter Stimme fort, »zumal, wenn er eine so … so unfreundschaftliche Torheit begeht …« Er setzte sich auf die Sofalehne und sprach in die Dunkelheit hinein: »Ich habe nämlich … warten Sie … zwölf, vierzehn, vielleicht sind es fünfzehn … ich habe noch fünfzehn Monate zu leben. Höchstens.« Alexander packte ihn am Arm. Flüsternd fragte er: »Wieso denn? Was ist denn?« – »Das kann ich Ihnen genau sagen. Ich habe mich um die Feststellung gewissenhaft bemüht. Es handelt sich um eine Endokarditis lenta, eine allmähliche Blutzersetzung.« – »Und das ist sicher? Sie täuschen sich nicht?« – »Ich täusche mich bestimmt nicht.« – »Es gibt keine Heilung?« – »Keine.« – »Seit wann »?… – »Seit etwa sechs Wochen weiß ich Bescheid.« – »Es kann nicht sein, Joseph, es ist unmöglich«, sagte Alexander, die Hände ineinanderpressend, und da Kerkhoven nur mit einem leisen überlegenen Brummen antwortete: »Wie haben Sie es entdeckt?« – Kerkhoven lachte vor sich hin. »Verlangen Sie wirklich eine Anamnese? Wozu?« – »Und die Ursache?« – »Ein Streptokokkus. Ich habe ihn mir auf Platten gezüchtet. Kann sie Ihnen gelegentlich zeigen. Eine interessante grünliche Kolonie.« Er ging auf und ab. – »Seltene

Krankheit übrigens. Eine königliche Krankheit. Man weiß fast nichts darüber.« – »Und Marie? Hat sie »?... – »Um Himmels willen! Keine Ahnung. Das wäre! Niemand darf ahnen ... Es war Vorsatz von Anfang an ... Ich muß mit diesen fünfviertel Jahren umgehen wie mit einem kostbaren Schatz ... Verrat' ich mich, ist es eine Art Selbstmord. Die Zeit, die mir bleibt, muß Zug für Zug *geatmet* werden. Was das heißt? Kann ich Ihnen schwer erklären. Hinübergeatmet in eine andere Dimension. In die ... in die vierte Existenz vielleicht. Nein, fragen Sie mich nicht; es ist besser, Sie fragen mich nicht. Möglich, daß es ein Fehler war, Ihnen reinen Wein über mich einzuschenken ... Verzeihen Sie die triviale Redensart, aber jetzt wissen Sie wenigstens, daß Sie über Ihre Befürchtungen lächeln dürfen. Und das ist das einzige, was ich von Ihnen erreichen wollte.«

Damit ging er.

Langsam schritt er auf das Hauptgebäude zu. Dort wartete die Schwester Wys-Wiggers, um ihm Bericht über das Befinden einer neuen Patientin zu erstatten, einer Schauspielerin aus Mannheim, die mit einer schweren Kokainvergiftung in Begleitung einer Freundin gestern im Auto angekommen war und am selben Abend einen Tobsuchtsanfall gehabt hatte. »Wir werden sie kaum durchbringen«, sagte er und schrieb einige Notizen auf ein Blatt Papier, das er der Schwester reichte. – »Sie sieht immerfort Ratten im Zimmer«, sagte Schwester Else. Er nickte. »Jaja, die gewissen Ratten«, seufzte er, »die ganze Welt wimmelt von ihnen. Sie sehen Ratten, sie sehen nichts als Ratten, die armen Menschen ...«

131.

Alexander schützte Kopfweh vor und ging früh zu Bett. Er lag und lag und lag und starrte gegen die Zimmerdecke. Er konnte nicht lesen. Er konnte nicht denken. Er konnte nicht schlafen. Der Gang der Stunden glich dem Traben eines hufeisenlosen Pferdes über sumpfigen Grund. Er lag und versank in ein Fluten von Bildern. Er sah Kerkhoven in einem steinernen Sarkophag, mit gekreuzten Händen wie ein mittelalterlicher Ritter, aber die Augen waren weit geöffnet und strahlten eine unendliche wissende Freundlichkeit aus. Er sah ihn auf einer finstern Straße, eine Laterne in der Hand; die Straße war bedeckt von Verwundeten und

Kranken, bei jedem blieb er stehen, und jedes Gesicht, in das der Schein der Laterne fiel, belebte sich sofort, und wenn er weiterging, standen die Leute auf und folgten ihm, ein langer Zug. Oder dies, näher bei der Wirklichkeit, mehr Erinnerungsbild als Vision: Da war ein etwa vierzigjähriger Mann, der keine bestimmte Krankheit hatte, er litt an fortgesetztem Erbrechen, er erbrach und erbrach, als wolle er die Seele aus dem Leib speien; Kerkhoven hielt ihn fest in den Armen und sprach hilfreiche Worte zu ihm, und als der Mann endlich aufhörte zu erbrechen, deckte er ihn mit seinem eigenen Mantel zu und sagte zu den Umstehenden: »Es ist der Ekel. Er stirbt vor Ekel. Es ist der Tod von neunzehnhunderteinunddreißig.« Ähnliches hatte sich vor kurzem ereignet, Kerkhoven hatte es selbst erzählt. Plötzlich empfand Alexander eine Unruhe, die beständig zunahm. Es war, als riefe ihn Kerkhoven. Und zwar nicht, weil Kerkhoven seiner bedurfte, sondern weil er, Alexander, Kerkhovens bedurfte und dieser auf eine verborgene Weise davon Kunde erhalten hatte.

Er stand auf, machte Licht und zog sich an. Seine Uhr zeigte sieben Minuten nach eins. Auf Strümpfen schlich er ins Vorzimmer und zur Tür, die in Bettinas Schlafgemach führte. Er öffnete behutsam und hörte ihre gleichmäßigen Atemzüge. Sie pflegte bei offenem Fenster zu schlafen; der Raum war vom Mondlicht hell. Er trat an das Bett. Sie schlief friedlich wie ein Kind. Der Kopf ruhte auf dem rechten Unterarm. Er betrachtete das Gesicht zärtlich und wunschlos. Dann kehrte er in sein Zimmer zurück, schlüpfte in die Schuhe, trat in den Flur, ging vorsichtig die Treppe hinunter und verließ das Haus. Der Mond war in einen dünnen Wolkenschleier gehüllt wie in Fließpapier. In der Ferne schrie ein Käuzchen.

Das Tor des Hauptgebäudes war verschlossen. Mit diesem Umstand hatte er bei seinem triebhaften Vorhaben nicht gerechnet. Er hätte läuten und den Pförtner aufwecken können. Er zögerte, es zu tun. Es war zuviel Alarm. Womit sollte er es begründen? Wußte er denn, ob Kerkhoven noch wach war? Allerdings war er beinahe überzeugt davon, er hatte ja den Ruf gehört. Alle Fenster waren dunkel bis auf zwei im Erdgeschoß. Es war das Zimmer von Aleid Bergmann. Es hatte eine Glastür gegen den Garten; er stieg über das eiserne Geländer, das eine wenig erhöhte Terrasse umschloß, und pochte an die Scheibe. Nach einer Weile wurde der Stoffvorhang zurückgeschoben, und Aleids erstaunt-fragendes Gesicht spähte durch das Glas. Als sie ihn erkannte, öffnete sie die Tür zu einem

Spalt und rundete, noch erstaunter, die Brauen. »Seien Sie mir nicht böse«, sagte er, »ich möchte zu Ihrem Vater hinauf und wollte niemand wecken. Können Sie mich nicht durch Ihr Zimmer lassen?« – »Ist was passiert?« fragte sie zurück, und da er den Kopf schüttelte, starrte sie ihn verdutzt an, machte aber die Tür auf. Sie war in einem weiß- und rotgewürfelten Pyjama, das kupfrig leuchtende Haar stand steil in die Höhe, Alexander mußte an den Pierrot von Cézanne denken. »Sprechstunde zu nachtschlafender Zeit?« spottete sie und kniff die Augen zusammen. »Ich weiß nicht, ob Sie Glück haben werden, manchmal schläft sogar Joseph Kerkhoven »... – »Nicht heute«, erwiderte er und war schon an der Tür zum Korridor, »ich schaue jedenfalls nach, kümmern Sie sich nicht weiter um mich, heraus komm, ich auf dem normalen Weg.« Sie hielt die Türklinke, während er schon draußen stand, und plötzlich streckte sie ihm die Hand hin, die er überrascht nahm und drückte.

Er tastete sich zur Stiege, dort hatte er keine Mühe mehr; durch die schmalen Treppenhausfenster fiel das Mondlicht. Dennoch ging er die Stufen hinauf wie mit Blei an den Füßen, und als er vor dem Refektorium stand, zauderte er und überlegte. Es war eine schwere Eichentür; wie ihm erinnerlich war, öffnete sie sich völlig lautlos. Er wollte sich erst vergewissern, ob drinnen Licht war; wenn nicht, wollte er wieder umkehren; sich durch Anklopfen bemerkbar zu machen, hinderte ihn eine unbestimmte Scheu, als müsse er sich bis zum letzten Moment die Möglichkeit der Flucht sichern. Dann auf einmal stand er drinnen und übersah den kirchenartig mächtigen Raum, durch das dämmrige Halbdunkel hindurch, das nach oben in die Schwärze des Gebälks strömte, bis zu dem Schreibtisch auf der andern Seite, der gleichsam meilenweit entfernt schien und an dem Kerkhoven saß und schrieb. Der herabgebeugte Kopf und die Schultern waren von der elektrischen Lampe beleuchtet; auch die schreibende Hand bewegte sich in diesem starken Licht und sah aus wie ein merkwürdiges Kriechtier, sehr weiß, sehr vorsichtig hingleitend über die glatte, weiße Fläche. Alexander regte sich nicht. Das Bild erschütterte ihn. Der Mann mitsamt dem gelben Lichtkegel begraben in der tiefen Nacht, das Schweigen und die Einsamkeit um ihn: Es war, als erblickte Alexander Herzog sich selbst in den edelsten, besten, hingegebensten Stunden seines Lebens. Daraus schöpfte er Mut, die Brust weitete sich ihm, der Einlaß in die »Zauberpforte« dünkte ihn nicht mehr so unmöglich wie noch vor wenigen Augenblicken, am liebsten hätte er sich jetzt still fortgeschlichen; aber Kerkhoven schaute jäh empor in die Richtung der Tür, es war wie ein Hören nach dem Hören, in seinen Zügen malte sich verträumte Verwunderung. Und als er sah, daß es Alexander war, durchmaß er mit seinem charakteristisch lebhaften, plump-leichten Schritt die Breite des Raums; und mit einem »Sie sind es? Welche Freude!« ergriff er Alexanders Hand und führte den späten Besucher mit der ihm eigenen Courtoisie zum Kamin, in welchem noch die Buchenscheite glommen. »Nehmen Sie Platz«, sagte er in einem Ton, als sei es fünf Uhr nachmittags, »machen Sie sich's bequem. Eine prächtige Idee, noch zu mir zu kommen!«

132.

Alexander zündete eine Zigarette an und schwieg lange. Das erste Wort war schwer zu finden. Endlich begann er von der Unruhe zu sprechen, die ihn heraufgetrieben. Er wisse wohl, daß er damit, wie alle andern auch, zum Räuber an Kerkhovens Zeit werde, aber die Not rechtfertige sein Unterfangen, die aktuellste Not. Was ihm Kerkhoven mitgeteilt, habe ihn aufgewühlt, es sei ihm zumute gewesen, als trage er die Verantwortung für diesen zu gewärtigenden Tod, und seine Phantasie und sein Geist weigerten sich die Vorstellung aufzunehmen. Es sei wider die Natur, wider die Vernunft, wider die Ordnung. Vielleicht glaube Kerkhoven, er sei gekommen, um Pater peccavi zu sagen, jedoch das sei nicht der Fall, wenn er auch andrerseits mit seinem vollen Sündenbewußtsein hier erschienen sei. Nein, Kerkhoven solle ihm nicht widersprechen, nicht die alten Vorhaltungen von eingebildeter Gewissenslast und selbstbesessener Büßerwollust auffrischen, das sei ihm sattsam bewußt, es gehe diesmal um mehr, es gehe um den Alexander Herzog in Bausch und Bogen …

Er hielt inne, um eine neue Zigarette anzuzünden, während Kerkhoven ein paar Holzstücke in den Kamin legte. Dann fuhr er fort. Er müsse Kerkhoven ein Geständnis machen. Die Todeskunde habe ihn zwar gewaltig erschreckt, aber nur äußerlich, auf der Haut sozusagen, innerlich habe sie ihn kaltgelassen. Nein, das sei nicht der richtige Ausdruck, er habe sie wie eine lästige Störung empfunden, einen Eingriff in seine … wie solle er es nennen … in seine Stabilität. Und das sei von jeher so gewesen. Als vor Jahren sein bester, sein einziger Freund an einer unheilbaren Krankheit hingesiecht, habe er jedesmal, wenn er ihn besuchte, mit einem verstockten Widerwillen kämpfen müssen, und bei der Nachricht vom Tode des wirklich geliebten Menschen habe sich gleich hinter dem Schmerz ein unverständlicher Haß erhoben, wie wenn es eine Bosheit von ihm gewesen wäre zu sterben und das Schicksal seine Kompetenzen überschritten hätte, indem es sich an Alexander Herzogs Besitz- und Gewohnheitsrechten vergriff. Unmenschlich, nicht wahr? »Was ist das? Was bedeutet das? Was steckt dahinter?« fragte er mit einer düstern Flamme in den Augen. Doch Kerkhoven antwortete nicht.

Offenkundig der Unglaube an den Tod, sprach er weiter. Und Unglaube an den Tod sei identisch mit der Unfähigkeit zu leben. Das Seltsame liege darin, daß er sich im Grunde nur wenig für sich selbst interessiere, und dieser auffallende Widerspruch in seinem Charakter, mangelndes Selbstinteresse bei unauflöslicher Selbstverstricktheit, erzeuge ständig eine gefühllose und vom Denken gemiedene Kälteschutzzone. Er habe kürzlich mit Marie darüber gesprochen; sie habe gemeint, man müsse das naturbedingte Finstere in sich austilgen, aus sich heraus beschwören, durch Versenkung, durch Verinnigung, darin bestehe die eigentliche Menschenaufgabe, ohne die es keine Bindung ans Obere gebe, vielleicht nicht einmal eine Selbstwahrnehmung. Aber das sei alles leicht gesagt. Wie man es machen solle, habe sie ihm nicht mitteilen können. Auf einmal sei dann die Erkenntnis über ihn gekommen, so wie alle Erkenntnis über ihn komme, blitzartig, wie ein Ausbruch, und zwar erst heute, vor ein paar Stunden erst ...

Er schwieg wieder und dachte angestrengt nach. Im Sessel zurückgelehnt, hatte er beide Hände mit verflochtenen Fingern um den Nacken gespannt. Kerkhoven rückte mit dem Schürhaken die Scheite zurecht, so daß die Flamme hoch aufprasselte.

»Meinem Leben hat etwas Entscheidendes gefehlt«, sprach er weiter, »eine Wurzelverflechtung. Eine bewußte Folge. Alles war dem Zufall des Tages überlassen, dem Ereignis. Alles Geschehen hat mich geblendet, hat das Sein überblendet. Kein Erhobenes, immer nur Eindruck, was genau das Gegenteil ist. Da ist man gewissermaßen gezeichnet. Von Eindrücken wird man gezeichnet wie ein Blatt Papier vom Griffel. Es ist ein sittlicher Defekt. Ich war nie Griffel. Ich habe mich zeichnen lassen. Alles das ist so zweideutig, aber Sie werden mich ja verstehen. Deswegen hatte ich mich nie in der Hand. Jeder Wind konnte mich wegwehen. Genaugenommen habe ich nur vegetiert. Ein Instinktkloß.

Eine Laterna magica, die Bild um Bild an die Wand warf. Und zwischen den Bildern war eine Art stimmungsvolle Nacht. Im Glücksfall; im andern eine friedlose, freudlose. Ja, ich bin ein Nachtmensch gewesen. Und ich habe meine Nacht mit Worten illuminiert wie mit hunderttausend kleinen Lampions. Das allein hat mich gereizt und befriedigt, die Lampions aufzuhängen und Beleuchtungseffekte zu veranstalten. Nein, ich bin nicht zu hart gegen mich. Ich weiß schon, daß es kein bloßes Feuerwerk war, eine richtige Lichtquelle war es auch. Aber sehen Sie, in mich selbst ist kein Licht eingedrungen, derart nicht, daß ich das Leben vergessen und an den Tod nicht geglaubt habe. Das ist das Rätselhafte dabei. Und noch etwas. Die Geschöpfe, die ich im Bild geschaffen habe, sind alle einen Weg nach aufwärts gegangen und haben das Böse überwunden; ich selbst bin unten geblieben und konnte das Böse nicht überwinden. Ich habe nicht die Konsequenzen gezogen. Aus Trägheit? Aus Angst? Ich weiß es nicht. Und so habe ich mir wohl nur eingebildet, zu glauben. Es war eine übertragene Angelegenheit. Wenn das Herz verbraucht ist, übernimmt der Kopf seine Geschäfte. Sich mit dem Intellekt zum Ewigen wenden, das heißt auf dem hohen Seil tanzen. Da gleicht man dem Seiltänzer, der herunterstürzt, sobald er an die fünf Taler denkt, die ihm sein Kunststück einträgt. Mein ganzes Leben lang haben sich die Engel und die Teufel um meine Seele gestritten, aber die Teufel haben immer die Oberhand behalten, es ist ihnen jedesmal gelungen, mich einzufädeln, vielleicht haben sie auch meine Phantasie stärker beschäftigt, weil sie mehr Augenscheinlichkeit haben, und so ist gleichsam der weiße Glaube in mir ein schwarzer Glaube geworden. Jetzt wissen Sie auch, was Ganna in meinem Leben bedeutet hat. Sie war die dämonische Wirklichkeit ganz einfach. Sie war's, sie ist es nicht mehr. Ihr Werk, Joseph. Sie haben es tatsächlich erreicht, sie zu verwinzigen und zu vernichtigen. Aber damit ist ein Hohlraum entstanden. Ein Vakuum; ein Gefühl, als seien einem die Eingeweide herausgenommen ...«

Er legte die Hand über die Augen und sagte: »Wie ist es denn mit Gott? Wer ist Gott? Gibt es ihn?« Plötzlich beugte er sich vor, packte Kerkhoven bei den Knien und flüsterte mit rauher Stimme: »Einfältige Narrenfrage: Gibt es ihn? Ich habe kein Bild, ich habe keine Vorstellung, ich kann nicht sagen: Ich glaube an ihn, ich kann höchstens sagen: Ich glaube ihm, aber handelt es sich denn um eine Wirklichkeit und nicht wieder um eine Flucht aus der Wirklichkeit? Um ein Wesen, nicht wieder um ein Abbild?«

133.

Sie saßen Aug' in Auge, vorgebeugt beide; einer spürte den Atem des andern. Ein paar Sekunden lang stockte Kerkhoven der Puls, und es schwindelte ihm. Das Gesicht ihm gegenüber erschien ihm wie eine von einem Erdbeben zerrissene Landschaft. Zunächst hatte er das zornigleidvolle Gefühl: Das ist nicht erlaubt, damit dringt der Mann zu heftig auf mich ein; doch er befreite sich von der dumpfen Abwehrregung und fragte tonlos: »Sie brauchen ihn demnach?« – »Ja. Ich brauche ihn.« – »Und da soll *ich* Ihnen sagen, ob es ihn gibt?« – »Sie sind der einzige Mensch auf Erden, der es mir sagen kann.« – »Wieso das?« – »Weil Sie mit der Todesgewißheit leben können.« – »Sie etwa nicht? Das müssen wir alle.« – »Wir andern leben im Wahn unendlicher Zeit. Zeit und Tod schließen einander aus. Sie hingegen haben das Gesetz umgestoßen und den Tod in die Zeit eingebaut.« – »Ein etwas verkrampfter Gedanke. Mit der Philosophie überhaupt ... Aber gesetzt den Fall, Sie hätten recht; wie dürfte ich Armseliger es wagen und für Sie die Entscheidung treffen?« – »Ich frage ja nur, wie ich einen Seher fragen würde: Was hast du erschaut?« – »Sie meinen, ich hätte ihn erschaut?« – »Ich frage, ich frage.« – »Ist er denn ein Gegenstand? Ein Leib? Eine Erscheinung? Kann man sein Vorhandensein lehren? Kann er erkannt werden? Nein.« – »Aber was sonst? Ich frage, ich frage »... – »Schon im Versuch der Verpersönlichung liegt der Grundirrtum. Auch dann, wenn Sie irgendeinen Geistbegriff, irgendeinen Traumbegriff damit verbinden.« – »Aber Ihre Erfahrung ... Ein Mann wie Sie tritt doch nicht eines Tages willkürlich aus der Empirie heraus. Da ist doch ein vernunftgebotener Gang »... – »Erfahrung ... Was soll ich darauf antworten? Vielleicht ist er die Kraftsumme in den Atomen und Elektronen. Vielleicht ein Geheimnis der inneren Sekretion. Vielleicht steckt er in den Fermenten und Enzymen, deren chemische Zusammensetzung wir nicht kennen und die die Umwandlung von Nahrung und Atemluft in Energien bewirken; sie erhalten sich ja jahrtausendelang, so daß man sie in den Muskelgeweben ägyptischer Mumien noch zum Leben erwecken konnte. Vielleicht schwingt er im Ätherwirbel, vielleicht reguliert er den Reizleitungsapparat des Herzens, von dem wir so wenig wissen wie von den schweifenden Nebelkernen im Weltall. Denn wir, Sie und ich, haben keinen Einfluß darauf, auf nichts, auf den Flug der Fliege nicht, auf die Geburt eines

Goethe nicht. Wenn ich nur zehn Atemzüge nach meinem eigenen Ermessen tue, sterbe ich sofort an Kohlensäurevergiftung. Alles dies in eins gefaßt, Mikro- und Makrokosmos, Wunder und Grauen, Unerforschtes und Offenbartes, Dämonen und Cherubim, Kraft und Stoff, hat keine sinnliche Existenz, ist auch kein von irdischen Gehirnen erdenkbarer Pan-Gott. Was bedeutet's viel, wenn ich sage, es ist das Namenlose, es liegt hinter dem Tod und über der Zeit, das sind zerredete Formeln. Oder wenn ich sage, im Erschauern kommt er ... in der weitentbundenen Gelassenheit. Oder wenn ich sage, es ist eine innere Begegnung ... das hauptsächlich, das vor allem ... Und darauf muß man vorbereitet sein, muß gleichsam wahlverwandte Vorläufer gehabt haben ... Es gibt da etwas wie einen Stammbaum der Seelen. Aber immer wird es in der einen Seele allein wirklich und nur in der Selbstentscheidung. Da heißt es: Gehorche und erwidere! Nichts anderes. Es sind die beiden Pole des menschlichen Verhaltens ...«

Er hatte schon seit einigen Minuten mit sichtlicher Anstrengung gesprochen; bei den letzten Worten wurde er kalkweiß im Gesicht und griff mit konvulsivischen Bewegungen nach dem Mauervorsprung des Kamins, an dem er sich anklammerte. Alexander sprang auf und faßte ihn um die Brust. Der Körper war zu schwer und zu mächtig, als daß er ihn hätte emporziehen können. »Lassen Sie nur«, keuchte Kerkhoven, »es geht schon vorüber ...« Er schloß die Augen und atmete in tiefen Zügen. Mit ungeheurer Kraft überwand er den Anfall. Der eiserne Druck, mit dem er Alexanders Hände festhielt, war wie Hinausdrängung der tödlichen Schwäche. Er sagte lächelnd: »Das Nachtgespenst ... Vor dieser Heimsuchung ist man nie sicher ... Gehn Sie jetzt, lieber Freund, sonst kommt das Morgengrauen über uns.« Eine echt Kerkhovensche Doppelsinnigkeit. Alexander verließ ihn mit düsterer Sorge.

134.

Wie im Mysterienspiel hinter den Figuren, die um den göttlichen Glauben ringen, der Leugner und Widergeist lauert, um von Zeit zu Zeit sein Hohnwort erschallen zu lassen, war es hier Aleid Bergmann, die vom Schicksal Zertretene, in welthassende Bitterkeit Geflüchtete, die den heroischen Kampf der vier engverbundenen Menschen mit kritischen Augen und vorsätzlicher Verstocktheit verfolgte. Schon ihr heimliches

Kommen und Gehen war Protest, mehr noch die trotzige Neugier, mit der sie dasaß und zuhörte, ohne jemals den Mund aufzumachen. »Was soll das alles?« fragte sie ihre Mutter. »Ich kann mir absolut keinen Vers darauf machen. Es ist wie in einer Kirchenversammlung. Nächstens werdet ihr fromme Lieder singen da oben.« – Marie antwortete gereizt: »Entweder bist du eine raffinierte Heuchlerin, oder du weißt nicht, was du tust.« – »Warum? Was soll das heißen?« – »Wann war es nur …? Vor ein paar Tagen erst … Joseph erzählte den Herzogs die ganze Irlen-Geschichte … den Tod des Freundes und wie er ihm nachgestorben und förmlich wiederauferstanden ist … Erinnerst du dich? Du hast durchaus nicht ausgesehen wie jemand, der lieber bei einem Boxkampf wäre als bei einer Auseinandersetzung, bei der es ums Leben geht. Durchaus nicht. Du schienst mir eher benommen davon.« – »Na jaaa …«, machte Aleid gedehnt und leicht verlegen, »das war aber auch richtig spannend. Außerdem hat es mich genealogisch interessiert. Irlen war doch ein naher Blutsverwandter von dir, soviel ich weiß. Und die Art, wie Onkel Joseph es erzählt hat, war prachtvoll. Gruselig geradezu. Er bringt alles so gut, wie sie beim Theater sagen.« Sie lachte.

Es war nicht der einzige Fall, wo sie wie ein Aal entschlüpfte, wenn Marie sie stellen wollte. Man konnte nie ergründen, was sie empfand. Daß die Abende im Refektorium sie unwiderstehlich anzogen, war offensichtlich. Trotzdem kam sie nie ohne ein mokantes Lächeln auf den Lippen. Manchmal gab sie sich den Anschein, als schlafe sie ein vor Langeweile, aber wenn dann Alexander Herzogs verwunderter Blick sie traf oder Bettina sie mit nicht ganz ehrlicher Besorgnis fragte, ob sie sich nicht zur Ruhe begeben wolle, wurde sie rot bis an die Schläfen und fing an, verzweifelt die Fingernägel zu zernagen. Gewöhnlich kauerte sie in einem der äußersten Winkel des Raumes, auf einem Kissen auf dem Boden oder, wie eine Katze zusammengerollt, auf einer Sofabank, um die Schultern einen weißen, indischen Schal, den ihr Marie geschenkt. Hier und da richtete sie sich jäh zum Sitzen auf und starrte, die Hand wie einen Schirm vor den Augen, eine halbe Minute lang zu den andern hinüber, um sich dann wieder einzurollen, schweigend und scheinbar teilnahmslos.

Am bissigsten machte sie sich über die Leidenschaft ihrer Mutter für die fremden Kinder lustig. »Diese Kinderbewahranstalt en gros ist wahrhaftig das Lächerlichste, was ich je gesehen habe«, sagte sie. Der Umstand, daß sich die Kinder in immer wachsenden Scharen in Seeblick einfanden, daß sie oft von weit her kamen, von Hörhausen, von Wäldi, von Münsterlingen und noch weiter, als hätte ein neuer Rattenfänger von Hameln sie gelockt, und bisweilen richtige Schlachten stattfanden, wenn die Mehrzahl zurückgewiesen werden mußte, das trieb Aleids galligen Ärger auf die Spitze, und als ihr gar das Wort vom Kinderheiland zugetragen wurde, schüttelte sie sich vor Gelächter. Es war aber ein schmerzliches Lachen und hatte, wie alles an ihr, einen Hintergrund von Verheimlichtem und Verwildertem.

Bettina ging sie soviel als möglich aus dem Weg. Sie habe kein Faible für Frauen, pflegte sie zu sagen, besonders nicht für so gescheite. Doch als sich Bettina einmal auf Kerkhovens Bitte bewegen ließ, mit einem jungen Musiker, der von Badenweiler herübergekommen war, die Kreutzersonate zu spielen, hörte sie zu wie verhext, und während des Satzes mit den Variationen zuckte ihr Gesicht fortwährend wie das einer Epileptikerin. »Ich habe nicht geahnt, daß Ihre Frau eine solche Künstlerin ist«, sagte sie zu Alexander Herzog, »warum stellt sie ihr Licht unter den Scheffel, tut nie dergleichen und macht sich klein? Ich glaube, Sie drücken sie, sie traut sich nicht aus sich heraus, oder sie ist zu stolz, sich zu zeigen. Nein?« Alexander fand die Bemerkung taktlos und erwiderte ärgerlich, davon sei ihm nichts bekannt, Bettina lege keinen Wert auf die übliche Darbietung, sie betrachte ihr Talent als integrierenden Teil ihres Wesens und Lebens. Wozu Aleid eine zweifelnde Grimasse schnitt.

Im übrigen begegnete sie Alexander Herzog nicht mit jenem kalten Mißtrauen, das sie sonst gegen alle Menschen herausfordernd zur Schau trug. Manchmal schien es, als dränge es sie in seine Nähe, und ohne bestimmten Zweck. Seine Schweigsamkeit war ihr angenehm, und wenn sie mit ihm sprach, hatte sie oft einen gewissen Spießgesellenton, der ihn ergötzte; schließlich war er ja vierzig Jahre älter als dieser Knirps. Die Freundschaft, die ihn mit Marie verband, machte ihr offenbar viel zu schaffen. Auf alle Weise suchte sie ihn darüber zum Reden zu bringen und war wütend, wenn er ihr auswich. Allmählich gewann er den Eindruck, daß nichts auf der Welt sie in solchem Maß interessierte wie das Tun und Lassen ihrer Mutter, aber da sie außerordentlich geschickt im Verbergen ihrer Gefühle und Absichten war, wurde ihm nicht klar, was sie aus ihm herausholen wollte. Und eines Tages, der Anlaß war sonderbar genug, wurde diese Unklarheit beseitigt. Sie hegte in bezug auf ihn und Marie einen absurden Verdacht, der sie heimlich zu beschäftigen und zu quälen schien.

135.

Nach dem nächtlichen Gespräch mit Kerkhoven hatte er weit in den Vormittag hinein geschlafen. Als er aus dem Haus trat, ging Aleid wie ein Wachtposten auf dem zum Ufer führenden Pfad auf und ab. Sie schien auf ihn gewartet zu haben, denn kaum war sie seiner ansichtig geworden, als sie stehenblieb und ihm zuwinkte. »Sie sehen ja ziemlich verkatert aus, Maestro«, sprach sie ihn an, »die Unterredung heut nacht hat lange gedauert. Dreiviertelvier war's, wie ich Sie 'runterkommen hörte.« – »Soso, Sie haben aufgepaßt? Da muß man sich ja vor Ihnen hüten«, antwortete er unliebenswürdig, und als sie ihm dreist forschend ins Gesicht schaute, fügte er hinzu: »Sie sind doch hier nicht als Krankenschwester angestellt, warum schlafen Sie also nicht?« – »Gott, sogar die Babys haben manchmal Grund, nicht zu schlafen«, spottete sie, »zum Beispiel, wenn sie Bauchweh kriegen.« – Sie standen am See, über dem der Nebel dick wie Fabrikrauch hing. Trotz des scharfen Ostwinds trug Aleid ein dünnes, weißes Leinenkostüm. Alexander merkte, daß sie fror; er fragte, ob er ihr einen Mantel holen solle. Sie schüttelte den Kopf, schlug aber vor, sie sollten zu der Bank beim Gewächshaus gehen, wo man halbwegs geschützt saß. »Sie sehen aus, wie wenn Sie was auf dem Herzen hätten«, begann Alexander, als sie Platz genommen hatten, »darf ich indiskret sein und fragen, was es ist?« – »Scharfsichtiger Mann«, entgegnete sie spitz und zündete sich mit den abstoßenden Gewohnheitsgebärden, die manche Frauen beim Rauchen haben, eine Zigarette an, »na ja, es ist ja Ihr Geschäft, die Menschen aufzuspießen wie Käfer.« Als er ärgerlich die Stirn runzelte, lachte sie. »Verzeihen Sie, ich bin wieder einmal gänzlich respektlos. Ihre Anhängerinnen haben Sie doch sicher schrecklich verwöhnt. Aber lassen Sie sich von der rauhen Schale nicht täuschen. Ich weiß schon Bescheid. Jetzt ist er wieder ungehalten!« rief sie in komischer Bestürzung aus. »Was soll ich denn tun, um mir Ihre Gunst zu erwerben?« – »Ich bin nicht ungehalten«, erwiderte Alexander trocken, »und ich habe keine Gunst zu verschenken; sagen Sie mir, wo Sie hinaus wollen. Ich verstehe mich nicht auf Scharmützel.« – »Da hab' ich mir's eben verscherzt«, gab sie trotzig zurück und stand auf, um wegzugehen. – Alexander faßte sie beim Handgelenk. »Bleiben Sie«, herrschte er sie an, »machen Sie keinen Idioten aus mir.« – Sie maß ihn mit großen Augen, wagte aber nicht zu widersprechen und setzte sich wieder. Während sie sich erhoben hatte, war sein Blick auf ihre zarte Gestalt gefallen, an der sich bereits deutliche Merkmale der Schwangerschaft zeigten. Sie hatte seinen Blick aufgefangen, ihre Züge verfinsterten sich, um ihren Mund zuckte es weh. Alexander war verlegen. Es tat ihm leid, sie so angefahren zu haben. »Sie benehmen sich wie ein Gassenbub, der einem mit dem brennenden Zündholz vor der Nase herumfuchtelt«, murmelte er verdrießlich, »seien Sie doch ein bißchen gelassener, ein bißchen ruhiger.« – »Ach was«, antwortete sie, und die Smaragdaugen schauten leer ins Leere, »ersparen Sie sich die Ermahnungen. Das geht bei mir zum einen Ohr hinein, zum andern hinaus. Danke übrigens für die gute Absicht.«

Eine Pause entstand. Plötzlich kehrte sie ihm das Gesicht voll zu und fragte: »Waren Sie wirklich bei Onkel Joseph heute nacht?« – Er starrte sie erstaunt an. »Wo denn sonst? Wo soll ich gewesen sein?« – Sie lächelte eigentümlich. Ihr grüner Blick bohrte sich in seine Augen. – »Nun, was ist's«, drängte er neugierig, »was dachten Sie denn?« – »Ich dachte, Sie seien zu meiner Mutter gegangen«, flüsterte sie, immer mit dem eigentümlichen, halb schamvollen, halb boshaften Lächeln. – »Zu Ihrer Mutter? Um halb zwei Uhr nachts?« Das Erstaunen machte ihn fast sprachlos. »Warum denn? Warum sollte ich Ihnen dann gesagt haben »...– »Warum, warum«, unterbrach sie in ungeduldig, »das braucht doch nicht bequatscht zu werden. Will ich gar nicht. Die Tatsache genügt. Ich hab' doch meine Augen im Kopf.« – Alexander sah sie an, als habe er nicht recht gehört. Unwillkürlich rückte er von ihr weg. »Toll«, sagte er vor sich hin, »toll«. Er nahm wahr, daß sie am ganzen Körper zitterte. Auch ihre Hände, die nervös mit einem abgerissenen Zweig spielten, zitterten. – »Kreiden Sie mir's nicht an, wenn ich unrecht habe«, fuhr sie mit hastiger Stimme fort, den Kopf gesenkt, »Sie müssen wissen, meine Mutter, die ist ein versiegeltes Buch für mich. Und wenn man das Siegel aufbrechen will, ist es, wie wenn Todesstrafe draufstünde. Sie hat eine Art Bemühung im Leben ... Man fühlt sich glatt zermalmt ... Eine Heilige ... Man möchte gern dran glauben ... Ich hab' aber Heilige immer gehaßt ... Und eine Mutter darf nicht so hoch über einem stehen ... Trotzdem ... wenn es echt wäre ... wenn man die Heilige wirklich glauben könnte ...« Sie stockte, beugte den Kopf noch tiefer, und ihre

Schultern bebten verräterisch. – Alexander streichelte ihren Arm. »Aber Kind, Kind«, sagte er leise, »wohin verirren Sie sich, worein verwirren Sie sich «!... – Sie machte eine Bewegung, um sich seiner Hand zu entziehen. »Ich muß Ihnen was erzählen«, sprach sie weiter, »vielleicht ist es schlecht von mir, aber Sie begreifen dann wenigstens ... Vor zwei Jahren ... etwas länger ... Im Sommer waren es zwei Jahre ... Wir hatten damals noch das Gut Lindow in der Mark ... Ich war zu den Ferien mit einer Freundin zu Hause ... Und da war auch ein junger Kerl, ein sehr hübscher Mensch, Schüler oder Sekretär von Onkel Joseph, wenn ich mich recht erinnere ... Zwischen ihm und der Mutter ging irgendwas vor, irgendwas Unheimliches, Verbotenes ... So empfand ich's damals, ich war ja noch ein Frosch ... Die Mutter hatte vollständig den Kopf verloren ... Eines Tages fing der junge Mensch an, meiner Freundin den Hof zu machen, aus Bosheit, glaub' ich, um meine Mutter zu quälen ... Und sie ... ich habe nie vergessen können ... zu verrückt war das ... zu furchtbar ... sie merkte nicht, daß wir alles merkten ... Dann wurde sie krank, wir mußten weg ... Ich sehe noch Onkel Joseph am Fenster stehen; es war am Morgen meiner Abreise, er hörte gar nicht, wie ich ihm Adieu sagte ... Wie ein Stein stand er da, zur Mutter dürft' ich nicht hinein ... Ich hatte den Eindruck, sie haßte und verwünschte mich ... Und jetzt, nach zwei Jahren, ich hatte mittlerweile allerlei gelernt, das dürfen Sie mir glauben ... jetzt ... eine ungeheuer fremde Frau, eine Frau vom Mond, eine Heilige! Ich im Fegefeuer drin, und sie eine Heilige ...!« Sie riß ihr Taschentuch aus dem Ärmel und zerknüllte es in der Faust.

Alexander saß regungslos da. Die fieberhafte Erzählung des jungen Mädchens warf ein unerwartetes Licht auf das Geständnis, das ihm Joseph Kerkhoven neulich in dem kleinen Sprechzimmer gemacht. Obgleich er den Einblick in die Vergangenheit der beiden ihm so nahen Menschen um nichts hätte missen mögen, war es ihm doch peinlich, daß er jenen Teil des Aufschlußes, der Marie betraf, von Maries Tochter empfangen hatte, und er beschloß im stillen, es der Freundin nicht zu verhehlen. Er durfte ihr ein Wissen nicht vorenthalten, das er sich hinter ihrem Rücken, so konnte sie es auffassen, verschafft hatte, wenn es ihr auch in seiner Meinung und Schätzung nicht schadete; im Gegenteil, sie stieg noch höher dadurch in seinen Augen, sah er doch fast visionär den schweren Weg, den sie gegangen war.

Mitten in dem Schweigen, in das sie beide versunken waren, erinnerte er sich plötzlich einer scheinbar unbeträchtlichen Einzelheit aus seinem kurzen Zusammensein mit Aleid in der Nacht. »Etwas müssen Sie mir erklären«, begann er zögernd, »wenn Sie schon diesen sträflichen Argwohn hegten, als ich Sie bat, mich ins Haus zu lassen, warum haben Sie mir dann beim Weggehen so freundlich, so besonders nett die Hand hingestreckt?« – »Wirklich, hab' ich das getan?« fragte Aleid etwas unaufrichtig betroffen. »Komisch. Das weiß ich gar nicht mehr. Komisch.« – »Sie werden es schon wissen«, fuhr er fort, ohne sich an ihren Ableugnungsversuch zu kehren, »aber Sie brauchen sich nicht zu bemühen, ich glaube, ich kenne den Grund. Sie haben ja die ganze Zeit darauf gewartet, daß die Heilige vom Altar gestürzt wird, obgleich es eine Katastrophe für sie gewesen wäre, und in mir haben Sie dann das Werkzeug gesehen, den Erfüller Ihres … Ihres Qualwunsches. Hab' ich nicht recht?« – »Ins Schwarze getroffen«, höhnte Aleid, »hoch die Psychologie!« – Aber Alexander ließ sich von dem Hohn nicht täuschen. Er spürte, was darunterlag. »Heilige … es mag schon was dran sein«, sprach er weiter, »Ihre Mutter hat sich durch das Trübe gerungen, durch die Leidenschaften und die Irrtümer. Was das in Wirklichkeit bedeutet, an Verzicht, an Mut, an Seelenkraft, das können Sie schwerlich ermessen »… – »So wenig, wie sie ermessen kann und ermessen will, was mir geschehen ist!« warf Aleid schneidend dazwischen. – Alexander Herzog nickte bedächtig. »Das sieht vielleicht so aus. Ich gebe zu, Ihr Schicksal, soviel ich davon weiß »… – »Von der Mutter natürlich »… – »Ja, von Ihrer Mutter. Wir sind Freunde, und sie vertraut mir. Ihr Schicksal, Aleid, ist für mich gewissermaßen ein Symbol. Sie werden sagen: Was nützt mir das groß? Naja, der Mensch wehrt sich gegen das Zeichen, das über ihm schwebt, keiner will einen Kollektivschmerz erleiden, lieber noch das Übermaß an Einzelschmerz. Das rebelliert in Ihnen, das macht Sie so wild, und deshalb finden Sie sich auch als Kind, als Tochter, von Ihrer Mutter nicht erkannt oder anerkannt. Ich weiß nicht, ob ich mich klar genug ausdrücke. Marie Kerkhoven ist nämlich eine Frau … Wie soll ich es sagen … Ihr tragischer Konflikt ist, daß sie zwischen Weltbindung und Gottbindung mitteninne steht: Unter schweren Opfern hat sie sich Schritt für Schritt hinaufgekämpft, wie ein Flieger die Wolkendecke durchstößt, und da kommt auf einmal die erwachsene Tochter und reißt sie mit Übergewalt zurück ins schmerzvoll Dunkle. Und sie muß zurück, da hilft nichts, schon aus Liebe muß sie zurück, nur ist sie selbstverständlich ein wenig benommen, ein wenig ratlos. Das ist es, was Sie fälschlich das Madonnenhafte nennen. Und dann, bedenken Sie, das Verhältnis zwischen Mutter und Tochter hat immer, wenn man tief genug schürft, einen Eifersuchtsgehalt, ganz elementar. Der Geist und der Charakter sind da ohnmächtig gegen die Natur, die ja ohnehin alle möglichen Hülsen und Schalen drumherum wachsen läßt. Zumal in Ihrem Fall; als Kind sind Sie von ihr weggegangen, als Weib kehren Sie wieder … Verstehen Sie das nicht?« Aleid hatte mit großer Aufmerksamkeit zugehört. »Das hat alles was für sich«, sagte sie widerwillig, und dann mit grellem Auflachen, »außerdem … ich wäre wahrscheinlich auch nicht gern Großmutter von einem Judenbankert.« Auf einen entrüsteten Blick Alexanders knirschte sie mit zusammengebissenen Zähnen und einer Geste, als wolle sie sich den Bauch aufschlitzen: »Ich will's nicht, ich will's nicht, ich bring's um, wenn es auf die Welt kommt … Hat doch nicht mal einen Vater, und ich? Ich bin ja bloß ein Scherben …« Sie stand auf, seltsam ruhig auf einmal, und ging, ohne Gruß, ohne Nicken, über den Rasen dem Haus zu.

136.

Schon seit einer Reihe von Tagen hatten die Bewohner von Seeblick gespürt, daß die feindselige Stimmung ringsum im Lande in beständigem Wachsen war. Das böswillige Gerede wucherte wie Unkraut; nicht wahrscheinlich, daß Karl Imst, der bei einem Kollegen, einem Apotheker in Steckborn, Aufnahme gefunden hatte, der alleinige Urheber war. Die Verbrüderung mit dem Pharmazeuten war möglicherweise nicht ganz zufällig, denn diese Herren waren dem Professor Kerkhoven bei seiner bekannten Abneigung gegen Rezepte und Medikamente nicht grün. Jedenfalls ließ sich dem Imst nichts Faktisches nachweisen, nur die Hartnäckigkeit, mit der sich das Gerücht behauptete, die Jeanne Mallery werde in der Anstalt gefangengehalten und grundlos als Geistesgestörte behandelt, deutete auf seine rachsüchtigen Umtriebe hin. Die Machenschaften waren ja auch nicht jüngsten Datums. Bereits nach dem plötzlichen Tode Martin Mordanns hatte sich übelwollendes Gemunkel erhoben, bestärkt durch versteckte Anklagen, die von gewissen Klüngeln im Reich ausgingen. Wie wenn Kerkhoven als notorischer Reaktionär und mit seinen nicht sehr geordneten Finanzen ein handgreifliches Interesse daran gehabt hätte, den berühmten Journalisten verschwinden zu lassen; man habe ihm sozusagen mit dem goldenen Zaunpfahl gewinkt. Es war nicht ausgeschlossen, daß Agnes Mordann vor ihrem Selbstmord Andeutungen in dieser Richtung gemacht und damit die überall noch vorhandenen Parteigänger ihres Vaters aufgestachelt hatte. Das bodenlose Geschwätz erhob sich jetzt von neuem, und fast sah es aus, als stünde der Besuch zweier Herren, die in diesen Tagen wegen der verbrannten Brederodeschen Briefe bei Kerkhoven erschienen, im Zusammenhang damit (wir werden auf das kleine Intermezzo zurückkommen).

Noch andere Umstände traten hinzu. Da war vor allem die Waldläuferschule, die Anstoß erregte. Nicht leicht zu begreifen, warum. Man hätte denken sollen, die Leute wären froh, ihre streunenden und unterstandlosen Kinder ein paar Stunden im Tag gut aufgehoben zu wissen. Hatte doch Marie eigens für diesen Zweck eine stattliche Halle gebaut, mit Turngeräten, abgeteilten Werkstätten und einer bescheidenen Bibliothek. (Das Geld dazu, ihr erinnert euch, hatte sie von ihrer alten Freundin, Frau de Ruyters, erhalten.) Aber die Anstalt war ja nicht jenen ein Dorn im Auge, die ihren Vorteil daraus zogen, sondern den Satten, die ihrer nicht bedurften, den Wohlanständigen und Konservativen, kleinen Kaufleuten und Beamten. Die zerrissen sich die Mäuler; wozu brauchen wir solch modernes Gehabe und Gewese, sagten sie, das geht gegen die Ruhe und Ordnung, begünstigt die Landstörzerei und düngt den Boden für den Bolschewismus. Wir sehen also, daß Kerkhoven von der einen Seite der Rückschrittlichkeit und von der andern gleichzeitig des Demagogentums geziehen wurde. Was hat überhaupt der Fremde in unserer Gegend zu suchen, äußerten sich etliche; wo kommt er her? Er soll wieder dorthin gehn, von wo er gekommen ist, wir haben selber unsere Doktoren, urchige Kerle darunter, was muß sich ihnen der chaiwe Schwab in den Pelz setzen?

Es kam so weit, daß ein Teil der Hausangestellten stutzig wurde und manche den Dienst verließen. Jeden Tag trafen anonyme Briefe mit der Post ein. Die Lieferanten drängten auf Bezahlung ihrer Rechnungen. Als dies ohne Zögern geschah, zogen sie beschämt ab. In dem »Boten für Stadt und Land«, einem vielgelesenen Provinzblättchen, erschienen von Zeit zu Zeit perfide kleine Schmähartikel oder angebliche Mitteilungen aus dem Publikum, in denen von der Seelenheilküche und Nervenakrobatik eines verstiegenen Aftermediziners die Rede war, vor dem man den gesunden Sinn des Volkes zu bewahren habe. Und eines Tages, in der dritten Oktoberwoche, schoß dieser famose Stadt- und Landbote seinen stärksten Giftpfeil ab, indem er verkündete, unter andern unliebsamen Zuzüglern befänden sich im Hause Seeblick auch ein bekannter bücherschreibender Herr samt Frau Gemahlin, gegen den, soviel man höre, in Berlin ein Prozeß wegen Bigamie anhängig sei. Der gedruckte Wisch wurde Alexander Herzog zugeschickt. Er beriet sich mit Kerkhoven. Man ging der Sache nach. Offenbar hatte Ganna Herzog durch einen ihrer Späher von dem Aufenthalt Alexanders und Bettinas Wind bekommen. Daß sie die Zeitungsmeldung selbst lanciert hatte, war nicht anzunehmen, da sie ja dadurch auf die sogenannte Versöhnung mit Alexander, die zu erreichen sie neuerdings alle Hebel in Bewegung setzte, hätte verzichten müssen. Vermutlich hatte ein literarischer Neider, der seine Mißgefühle brieflich verspritzte, die Hand im Spiel. Alexander blieb gelassen. Doch um den frechen Angriff zu parieren, beauftragte er einen Züricher Advokaten, von der Redaktion förmlichen Widerruf zu fordern, widrigenfalls die Verleumdungsklage eingebracht würde. Woraufhin eine dürftige, aber sachlich zufriedenstellende Berichtigung erfolgte. Das hinderte aber nicht, daß die lichtscheuen Umtriebe gegen Seeblick ihren Fortgang nahmen. In der Nacht vom fünfundzwanzigsten auf den sechsundzwanzigsten Oktober wurden an der Schmalfront des Hauptgebäudes sämtliche Fenster im Erdgeschoß eingeschlagen und zwei Dutzend Rosenstöcke aus den Beeten gerissen.

137.

Es war die alte Geschichte vom »Volksfeind«, die sich erneuerte, die Erfahrung aller aufrichtigen Diener und Helfer der Menschheit. In einer großen Stadt wäre Kerkhoven vor Anfeindungen geschützt gewesen, die sich hier gegen seine Vereinzelung richteten. Er war eine zu überragende Persönlichkeit, um nicht durch sein Dasein und seine Sinnesrichtung allein den Haß der Unwissenden, den Widerstand der Masse herauszufordern. Hätte er sich auf die ärztliche Tätigkeit beschränkt, das bloße »Doktern«, niemand hätte ihm einen Stein in den Weg gelegt. Doch das Eingreifen ins Außerleibliche, die Einbeziehung von Kräften und Erscheinungen, die nach allgemeiner Ansicht mit seinem »Fach« nichts zu schaffen hatten, zum Beispiel die Sache mit der Hellseherin Thirriot, die so viel Aufsehen erregt hatte, war Anlaß genug, ihn zu verdächtigen.

Moralisch-geistige Beeinflussung ist dem Arzt nicht verstattet, dazu hat ihm der Staat nicht das Diplom verliehen. Er hat bei seinem Leisten zu bleiben. Es nützt ihm nichts, wenn er aus der Überschreitung seiner Kompetenzen kein Geschäft macht. Die Öffentlichkeit duldet die Überschreitung nicht, ihre Wächter haben dafür eine so feine Witterung wie Jagdhunde für das Wild. Hätte er nur ein Geschäft daraus gemacht, das wäre ihm noch eher verziehen worden; Marktschreierei, Kurpfuscherei, Wunderheilerei mit Anpreisung und Erfolgsattesten: alles besser als die staats- und gesellschaftsfeindlich wirkende Bemühung um verlorene Existenzen, um allerlei Flüchtlingsvolk und Verschwörerpack, das den Landsässigen das Brot wegfraß. Da war Vorsicht am Platz und Mißtrauen Bürgerpflicht.

138.

Es lag nicht in Kerkhovens Charakter, mit verschränkten Armen dazustehn und sich mit Schmutz bewerfen zu lassen. Um die Ausstreuungen wegen der Jeanne Mallery zum Schweigen zu bringen, ersuchte er die Behörde, eine Kommission abzuordnen und die Patientin gerichtlich zu verhören. Dem wurde stattgegeben, zwei Funktionäre und ein Amtsarzt erschienen in Seeblick, besichtigten den Raum, den die Mallery innehatte, richteten eine Reihe von Fragen an sie und gaben die Antworten zu Protokoll. Die einwandfreie Pflege und Behandlung wurde dem Professor Kerkhoven in aller Form bestätigt. Den Gerichtsentscheid veröffentlichte er im Thurgauer Anzeiger, dem Konkurrenzunternehmen des Stadt- und Landboten. Er hatte nun aber nicht länger Lust, Jeanne Mallery in seinem Haus zu beherbergen, und legte ihr schonend nahe, zu ihren Verwandten in die Innerschweiz zu gehen. Er entschloß sich hierzu um so leichter, als sie von ihren krankhaften Zuständen fast gänzlich geheilt war. Die dauernde Trennung von Karl Imst hatte wohltätig auf sie eingewirkt. Sie gestand selbst, daß sie seitdem das Gefühl habe, sie könne wieder atmen. Dennoch hatte sie Angst vor der Welt draußen, und als ihr Kerkhoven das Quartier aufkündigte, drückte sie das Gesicht in die Hände und schluchzte. Hauptsächlich war es der Abschied von Marie, den sie nicht verwinden konnte, »was soll ich nur machen ohne die Frau Professor«, rief sie immer wieder, »es war ja schon ein Glück für mich, wenn ich sie nur sehen durfte.«

Eine vernünftige Regelung mußte auch in bezug auf Maries Kinderwerk getroffen werden. Kerkhoven schlug ihr vor, einheimische Hilfskräfte aufzunehmen. Dazu reichte der von Frau de Ruyters gestiftete Fonds gerade noch aus. Man gewann auf diese Weise nicht bloß besoldete Anhänger und Stimmungsmacher für die Sache, sondern steuerte auch dem wilden Zudrang und der Schwierigkeit, die unbändigen Horden zu beaufsichtigen. Marie wollte zuerst nichts davon wissen. Es war ein Verlust. Verlust an Freiheit, an schönem Übermut, Verzicht auf das Prinzip der Selbsterziehung und der Selbsteinfügung in eine Gemeinschaft. Es war nicht mehr das, was ihr vorschwebte. Es war Rückkehr zum Programm, Umkehr ins übliche. Indes beugte sie sich den guten Gründen Kerkhovens, »ich will ja nicht, daß du deine Idee preisgibst und gegen dein Gefühl handelst«, sagte er, »ich möchte nur verhüten, daß du dort scheiterst, wo du bei einiger Nachgiebigkeit gar nicht zu scheitern brauchst. Die Fanatiker nennen es Kompromiß, aber zeige mir ein fruchtbares Wirken ohne Kompromiß. Was bedeutet denn eigentlich das Wort? Zugeständnis. Also etwas Loyales und Honettes. Gestehen wir der Welt das Recht auf ihre Form zu, und sie wird sich nicht starrsinnig weigern, sie zu verändern.« Marie sah es ein. Doch mitten in den Maßnahmen, die auf eine Umgestaltung der bisherigen Führung zielten, wurde eines Nachts von unbekannten Frevlern der neue Schulpavillon am Ende des Parks angezündet; man benachrichtigte die nächsten Feuerwehren, aber bevor noch eine von ihnen anlangte, war der ganze Holzbau niedergebrannt. Die polizeilichen Nachforschungen waren erfolglos. Obgleich begründeter Verdacht gegen mehrere Personen bestand, waren die Täter nicht zu fassen.

Der Brand hatte die Seeblick-Leute in große Aufregung versetzt. Kerkhoven war um vier Uhr morgens beim ersten Alarm des Gärtners erwacht. Notdürftig angekleidet eilte er auf den Brandplatz. Die Spritzvorrichtung versagte; der Schlauch war brüchig. Zum Unglück herrschte ein sturmartiger Wind; im Zeitraum einer Viertelstunde war der Dachstuhl eine einzige Fackel. Als Marie, Bettina, Aleid, Schwester Else, Alexander Herzog und einige aufgeschreckte Patienten herzueilten, stand Kerkhoven unbeweglich zwischen allerlei Gerät, Tischen, Stühlen, Schränken, die er und der Gärtner aus dem qualmerfüllten Innern des Gebäudes ins Freie geschafft hatten. Seine Hose war in Fetzen gerissen, das Haar und die Brauen waren angesengt. Merkwürdigerweise blieb er stumm, als sich Marie und die Herzogs mit erregten Fragen an ihn wandten. Die Hände auf die Hüften gestützt, das Gesicht rauchgeschwärzt, schaute er mit einem Ausdruck in die hochwirbelnde Flammensäule und den knisternden Funkenregen, als wäre das Weltenei geborsten und enthülle ihm das Geheimnis seines feurigen Kerns. Bettina konnte die Augen nicht von ihm lassen. Sie hatte das Gefühl, er selbst sei in eine Flamme verwandelt.

Am nämlichen Morgen ließen sich die beiden Herren bei ihm melden, von welchen bereits die Rede war. Sie kamen in einem eleganten, blauen Auto, stellten sich als Beauftragte eines Freundes vor; die Namen, unter denen sie sich einführten, waren vermutlich fingiert, der Auftrag (wie ebenfalls erwähnt worden ist) bestand darin, nach dem Verbleib der Brederodeschen Briefe zu forschen. Sie gebärdeten sich wie Kriminalbeamte. Sie hatten keinerlei Befugnis, konnten sie gar nicht haben, es war eine rein private Mission, die sie übernommen hatten, dennoch traten sie mit dünkelhafter Strenge und kalter Gemessenheit auf, als wären ihre Taschen mit Haftbefehlen nur so gespickt. Kerkhoven war außerordentlich höflich. Er hätte die Auskunft verweigern können. Er tat es nicht im Gefühl einer Würde, die ihm Winkelzüge und Vorsichtsmaßregeln in einer Sache verbot, wo die einfache Wahrheit den Beunruhigungen des verborgenen Auftraggebers ein Ende setzen mußte. In knappen Worten berichtete er, was mit den Briefen geschehen war. Die beiden sahen ihn ungläubig an. Der eine, blonde, zuckte die Achseln, der andere, brünette, ließ ein unverschämtes ›Hm‹ hören. Darauf stellte der Blonde das Ansinnen an Kerkhoven, er möge mit seinem Ehrenwort bekräftigen, daß sich die Dinge tatsächlich so abgespielt hätten, wie er sie erzählt. Dies lehnte Kerkhoven freundlichen Tones ab. Die Herren erhoben sich. »Dann müssen wir uns weitere Schritte vorbehalten«, sagte der brünette Herr eisig. Kerkhoven schien es zu billigen. Die beiden klappten die Hacken zusammen, verbeugten sich steif und gingen.

Man hörte nichts mehr von ihnen, aber der Zwischenfall wirkte ungewöhnlich deprimierend auf Kerkhoven, er wußte kaum weshalb.

139.

Etwas wurde lahm in ihm. In manchen Stunden erlosch die Willensglut. Dann wurden auch die Menschen, die sich um ihn bewegten, zu grauen Schatten. Müdigkeit fiel ihn an, besonders in der Zeit zwischen Sonnenuntergang und Abend; da verkroch er sich in eine entlegene Kammer des Hauses und versuchte durch vollkommene seelische Konzentration die Organtätigkeit, die zu versagen drohte, wiederherzustellen. In der Nacht arbeitete er an seinem Werk. Es fehlte nur noch der krönende, letzte Teil, in welchem er mit allen Hilfsmitteln seiner Wissenschaft und Erfahrung die Brücke von der sinnlichen Welt des Wahns zur übersinnlichen des Glaubens schlug, von der Biologie und Physiologie in die Gewißheit der göttlichen Sphäre, von der Gehirnanatomie zur geisthaften Struktur eines obersten, herrschenden und schicksalsbestimmenden Wesens. In dem Schlußkapitel sprach er von Wirklichkeit und Zeit als Phänomene der transformatorischen Nervensubstanz, und indem er auch den Raumbegriff als funktionelle Projektion der den Tod wollenden Neuroglia betrachtete, gelangte er zu einem Unsterblichkeitsprinzip, das unmittelbar durch den Sieg über den Wahn einerseits, den über die Körpersubstanz (und damit den Tod) andererseits zur Wahrnehmung der Einheit von Seele und Leib und Schöpfer und Geschöpf führte, zu einer biologisch-religiösen Seins-Form.

Auf diese Stunden der äußersten Anspannung folgten immer ausgedehntere Perioden der Erschlaffung, Zustände des Verfalls, die er vor seiner nur allzu wachsamen Umgebung oft kaum mehr verbergen konnte, trotz einer Selbstbeherrschung, die studiert und geübt war wie die Rolle eines Komödianten. Während eines solchen Anfalls bat er einmal Bettina, sie möge ihre Geige holen und spielen. Froh, ihm einen Wunsch erfüllen zu können, zauderte Bettina keinen Augenblick. Dies wiederholte sich dann Tag für Tag. War es eine Laune, ein inneres Bedürfnis? Er hatte nie zuvor das Verlangen nach Musik geäußert. Möglich, daß es nicht Bettinas Spiel allein war, das eine so wohltätig lösende, fast heilkräftige Wirkung auf ihn ausübte, sondern mehr noch ihre Natur, die in ihrem Spiel mit großer Eindringlichkeit und Wahrheit hervortrat, der Schwung in ihr, die Gläubigkeit, die aus der Tiefe heraufquellende Heiterkeit. Wenn sie das Instrument ans Kinn setzte und mit dem Bogen über die Saiten strich, stand die leibhaftige Musik vor einem, voller Figur und rhythmischer Handlung, Bild und Klang verschmolzen. Sie war eine Meisterin der Improvisation; eine einfache heimatliche Weise verschwisterte sich mit einem Tanzmotiv, und beide schwebten selig empor, wie Lerchen in den Frühlingshimmel. Nichts war schwelgend und zerflossen, sie produzierte sich auch nicht, sie sang oder vielmehr es sang in ihr. Manchmal wurde auch Marie von den Tönen herbeigelockt; sie kauerte sich still in einen Winkel, hörte still zu, und wenn das Spiel zu Ende war, ging sie wieder fort.

Eines Tages spielte Bettina ein kleines Capriccio eigener Erfindung, ein reizendes Stück, das klang, als ob Elfengelächter die Traurigkeit eines vergeblich Werbenden verspottete. Als sie fertig war, schaute Kerkhoven eine Weile nachdenklich vor sich hin, dann sagte er: »Sie haben mir damit ziemlich viel über sich selber mitgeteilt. Sonderbar, Sie sind doch nicht gerade wortkarg, und doch hat man immer den Eindruck der Schweigsamkeit bei Ihnen. Sogar am meisten dann, wenn Sie lebhaft und angeregt sprechen; was Sie ja gern tun.« Bettina errötete ein wenig, antwortete aber nicht direkt, sondern ließ nur ein paar Worte über das »innere Schweigen« fallen, ein Ausdruck, der Kerkhoven gefiel. Er sagte, vieles sei Verrat und Selbstverrat, was wie Geständnis und anvertrautes Geheimnis wirke. Das geahnte Wissen voneinander genüge den heutigen Menschen nicht mehr, ein selbsthassender Trieb zwinge sie, sich und den andern aufzureißen. So habe Aleid vor einiger Zeit gegen Alexander ein schmerzliches Erlebnis ihrer Mutter preisgegeben, bei dem sie allerdings in Mitleidenschaft gezogen war; jedoch es dem Uneingeweihten zu enthüllen, davor hätte sie unter allen Umständen zurückscheuen müssen. Alexander wieder habe es vor Marie nicht verschweigen wollen, obgleich es vielleicht besser gewesen wäre zu schweigen; es habe Marie tief verstimmt, so daß sie seitdem das Beisammensein mit Aleid tunlichst vermieden habe.

»Als ich während des Kriegs in Polen war«, erzählte Kerkhoven, »brachte man eines Tages einen Mann zu mir, einen Juden, der in der ganzen Gegend unter dem Namen Schloime, der Schweigende, bekannt war. Er hatte vor vielen Jahren eine schöne junge Person zur Frau genommen, es war eine Liebesheirat, die beiden lebten sehr gut miteinander. Trotzdem kam es häufig zu Streitigkeiten, der Mann war krankhaft jähzornig, und einmal verwünschte er sie in seiner besinnungslosen Wut mit dem Ausruf: Das Feuer soll dich verbrennen! Kurz darauf brannte in der Nacht das Haus nieder, und die Frau fand in den Flammen den Tod. Die Gewissensbisse trieben den Mann zum Rabbi, er beichtete ihm seine Sünde und fragte, was er tun müsse, um die Schuld wiedergutzumachen. Der Rabbi sagte: Wenn deine Zunge gefehlt hat, mußt du sie strafen, enthalte dich von nun an aller Rede. Und von dem Tag an, achtundzwanzig Jahre lang, hatte der Mann geschwiegen. Nicht ein einziges Wort ist mehr über seine Lippen gekommen. Seine zwei Söhne hatten ihn durch List in meine Ordination gelockt, sie hofften, ich könnte ihn durch irgendein Zaubermittel sein Gelöbnis vergessen machen, aber als er vor mir stand, lächelte er nur in abgründiger Weisheit, und mir war, als könne eher er mir helfen als ich ihm …«

140.

An einem Donnerstag in der zweiten Novemberwoche wurde Kerkhoven dringend nach Basel berufen. Es handelte sich um eine traumatische Gehirnblutung bei einem noch jungen Mann, einem Privatdozenten an der Universität. Dieser, seit langem mit Kerkhoven bekannt und Bewunderer seiner wissenschaftlichen Arbeiten, beherbergte zufällig einen deutschen Gast bei sich, den Chef eines Verlagshauses für medizinische Literatur, namentlich aller Spezifika über Nervenheilkunde. Es fügte sich, daß Kerkhoven mit ihm ins Gespräch kam und ihn beiläufig fragte, ob er sich für den Druck seines Werkes interessiere und zu welchen Bedingungen er das Buch übernehmen würde. Die finanzielle Lage Kerkhovens hatte sich in den letzten Monaten beträchtlich verschlechtert, mit einer Honorarzahlung von sechs- bis achttausend Mark glaubte er rechnen zu dürfen, am Fünfzehnten war eine Hypothekarschuld fällig, das Geld auf andere Weise flüssigzumachen, sah er keinen Weg. Der Verleger erklärte sich ohne Zaudern bereit; das Kerkhovensche Buch wurde in Fachkreisen schon lange mit Spannung erwartet, einzelne Fragmente, die in Zeitschriften veröffentlicht worden waren, hatten Aufsehen erregt, und das Angebot des deutschen Herrn, der Betrag sollte sofort nach Unterschrift des Kontraktes gezahlt werden, entsprach ungefähr der Summe, die Kerkhoven hatte fordern wollen. Es sei am besten, die Sache noch heute ins reine zu bringen, schlug er Kerkhoven vor, morgen trete er eine Reise nach Südfrankreich an und sei in den nächsten Wochen schwer zu erreichen; wenn er das Manuskript zur Abschätzung des Umfangs und der Bogenzahl für eine Stunde haben könne, stehe dem sofortigen Abschluß des Geschäfts nicht im Wege. Kerkhoven fiel ein Stein vom Herzen, er hatte auf eine so rasche Erledigung nicht zu hoffen gewagt, die einzige Schwierigkeit war, wie er noch heute das Manuskript herbeischaffen sollte; es selbst zu holen war, abgesehen von der physischen Anstrengung, nicht möglich, da er den Tag über in der Nähe des Patienten bleiben mußte, ein vertrauenswürdiger Bote war nicht gleich aufzutreiben, so ließ er sich mit Seeblick verbinden und fragte Marie, nachdem er ihr mit ein paar Worten den Sachverhalt erklärt hatte, ob sie ihm nicht die Liebe erweisen und mit dem Manuskript nach Basel kommen wolle; es liege in der Mittellade seines Schreibtischs; besondere Vorbereitungen seien ja für die dreistündige Bahnfahrt nicht vonnöten.

Unglücklicherweise lag Marie an diesem Tag mit einer schweren Migräne im Bett. Kerkhoven wußte es nicht, da er schon um sieben Uhr früh das Haus verlassen hatte. Sie sagte: »Ich kann nicht, Lieber, ich lieg' im finstern Zimmer und kann mich nicht rühren, ich will Bettina Herzog bitten, sie wird es sicher mit Vergnügen tun, um zwölf geht der Zug, und um halb vier hast du das Manuskript auf jeden Fall.« Als sie abgeläutet hatte, schickte sie ihr Mädchen in den Pavillon hinüber. Zweites Verhängnis: Bettina war mit Helmut über den See nach Radolfzell gefahren, um den schönen Tag auszunützen. Marie überlegte. Aleid kam nicht in Betracht; sie war nicht verläßlich, und Marie wollte sie um nichts bitten. Die Schwester Wys-Wiggers war unabkömmlich. So blieb nur Alexander Herzog; daß er zu Hause war, hatte ihr das Mädchen mitgeteilt. Die Frage war nur: Durfte sie sich getrauen, eine so große Gefälligkeit von ihm zu fordern? Doch sie hatte keine Wahl; daß Joseph das Manuskript noch am Nachmittag erhielt, war wichtig, auch sie wurde ja dadurch von einer Sorgenlast befreit; sie selber war nicht einmal imstande, den Kopf aus den Kissen zu erheben, geschweige denn eine Reise zu machen; sie entschloß sich demnach zum Unvermeidlichen, schickte abermals in die Herzogsche Wohnung und ließ Alexander zu sich bitten. Er folgte dem Mädchen auf dem Fuß. Er trat in den verdunkelten Raum und fragte ängstlich, was ihr fehle. Sie beruhigte ihn mit mühselig erzwungenem Lächeln. Er stand am Fußende des Bettes und sah sie an, voll stummer Verehrung und hilflosem Mitgefühl. Sie konnte nur ganz leise sprechen. Als sie ihm unter vielem Stocken und vielen Entschuldigungen auseinandergesetzt hatte, worum es sich handle, daß es ein unaufschiebbarer Dienst sei, den sie und Joseph von ihm erbäten, und sie niemand andern habe, fiel er ihr fast ungestüm in die Rede und sagte, darüber sei kein Wort zu verlieren, wenn sie von einer Dienstleistung spreche, beschäme sie ihn, er wäre ohnehin an einem der nächsten Tage nach Basel gefahren, um einen Freund zu besuchen, sie möge das Manuskript verpacken lassen und es ihm hinüberschicken, Haus und Straße, wo er es Joseph auszuhändigen habe, werde er sich notieren … Eine halbe Stunde später saß er im Zug. Halten wir diese ebenso kleinlichen wie verwickelten Umstände zusammen, so stellt sich der Verlust der Kerkhovenschen Handschrift als eine geradezu diabolische Fügung dar. Um so mehr, als Alexander Herzog im alltäglichen Leben sonst keineswegs zerstreut oder geistesabwesend war. Im Gegenteil, er pflegte Aufträge, mit denen man ihn betraute, mit einer fast pedantischen Genauigkeit auszuführen, derart, daß er während dieser Zeit kaum an etwas anderes denken konnte und unter einem übertriebenen Gefühl von Verantwortung litt. Oft war es vorgekommen, wenn er mit Bettina in einer Stadt weilte, daß sie ihn ersucht hatte, mehrere Einkäufe für sie zu besorgen. Er schrieb dann alles auf einen Zettel, aber das verlieh ihm durchaus noch keine Sicherheit; er mußte beim Gehen beständig in die Tasche greifen und sich überzeugen, ob der Zettel noch vorhanden war. Und hier hatte er ja nicht einen Zettel oder sonst einen leicht verlierbaren Gegenstand zu verwahren, sondern ein vier bis fünf Pfund schweres, ziemlich umfangreiches Paket, dessen Inhalt er kannte, von dessen Un-ersetzlichkeit er wußte, hatte er doch vor kurzem, nach dem nächtlichen Brand, Kerkhoven ernstliche Vorwürfe gemacht, weil dieser eine Arbeit von solchem Ausmaß und solcher Bedeutung nicht mechanisch verviel-fältigen ließ; er hatte es als Leichtsinn bezeichnet, aber Kerkhoven hatte gelacht und das Shakespeare-Wort zitiert: It is a special providence in the fall of a sparrow; wenn ein Sperling seine besondere Vorsehung habe, warum nicht das Werk eines Lebens? Er konnte damals nicht ahnen, daß dieses Werk durch eine Häufung aberwitziger Zufälle ihm für immer entrissen werden sollte, um im Nichts zu verschwinden.

141.

Wie es zugegangen war, daran konnte sich Alexander bei seiner begreif-lichen Verstörung später kaum mehr erinnern. In Rheinfelden mußte er umsteigen. Ein paar Stationen vorher, in Stein, er saß in einem Durchgangswagen dritter Klasse, stieg ein altes Ehepaar ein, beide waren blind; und ein weißer Pudel, den sie an der Leine hielten, war ihr Führer. Schon an der nächsten Haltestelle verließen sie den Zug wieder. Alexan-der war ihnen beim Aussteigen behilflich, aber die Art, wie der Hund zu erkennen gab, daß er der allein berufene Helfer sei und seinen Bei-stand gleichsam höflich ablehnte, die menschenhafte Klugheit, die aus seinen Augen strahlte, das machte einen so faszinierenden Eindruck auf

Alexander, daß er das Bild nicht mehr los wurde und es in seiner Vorstellung einen legendären Glanz annahm. Er malte sich das Leben der zwei Menschen aus und begleitete sie im Geist in ihr Heim, das ihnen unsichtbar war und in dem sie nur mit den Augen des Hundes existierten. In diese Gedanken versponnen, verließ er in Rheinfelden den Wagen, überschritt das Geleise und wartete auf den Zug, der nach Basel fuhr. Der andere Zug war indes gegen Buchs weitergefahren. Plötzlich bemerkte er zu seinem Schrecken, daß er das Paket hatte liegenlassen. Gepreßten Herzens, seiner Sinne kaum mächtig, stürzte er sofort zum Stationsvorstand. Dieser beruhigte ihn gutmütig; hierzulande käme Verlorenes selten abhanden. Man telefonierte an die nächste Station. Dort wurde gesucht. Der Bescheid war niederschmetternd: Man hatte das Paket nicht gefunden. Alexander erkundigte sich verzweifelt, wie weit der Zug fahre. In Buchs werde er ausrangiert, wurde geantwortet. Indessen hatten sich Leute angesammelt, die die Tragweite des Verlusts instinktiv zu begreifen schienen, das Gebaren Alexanders war ja beredt genug, und dem Fassungslosen allerlei Ratschläge erteilten. Da er stumm, wie vernichtet, dastand, nahm sich eine Frau seiner an und telefonierte an das polizeiliche Fundbüro. Er überlegte wie im Fieber, was er tun solle. Er entschloß sich, ein Auto zu mieten und dem Zug nachzufahren. Zwei Minuten darauf saß er in einem Taxi. Er versprach dem Chauffeur zwanzig Franken Trinkgeld für möglichst schnelle Fahrt. Die Maschine tobte über die gewundenen Straßen. Er saß mit geballten Fäusten neben dem Lenker und verwünschte die Langsamkeit des Motors. Er dachte nicht, er fühlte nicht, die Zeit war Qual. Um halb fünf kamen sie in Buchs an. Der Zug stand auf einem toten Geleise. Er erkannte den Waggon, in dem er gesessen war, und ließ ihn aufsperren. Er erkannte auch das Abteil wieder: nichts. Er lief durch alle andern Abteile: nichts. Er fragte auf der Station: nichts. Er gab sein Nationale ab und ließ ein Protokoll aufnehmen mit der Verheißung eines Finderlohns von dreihundert Franken. Er telefonierte nach Rheinfelden zurück: nichts. Er rief sämtliche Zwischenstationen an: nichts. Er warf sich wieder ins Auto: nach Rheinfelden. Dort angekommen, es war schon am späten Abend, ließ er sich zu einer Druckerei fahren, der Leiter mußte erst aus dem Wirtshaus geholt werden, und setzte den Text eines Plakats auf, das unverzüglich gedruckt und am Morgen angeschlagen werden sollte. Es kostete eine Unsumme, aber Geld war nicht von Belang. Er ging noch zur Polizei und abermals auf die Eisenbahnstation: vergeblich. Um Mitternacht nahm er ein Zimmer in einem Gasthof, warf sich todmüde ins Bett, konnte aber kein Auge schließen. Er war vollkommen gebrochen.

142.

Im Hinblick auf die Unverwertbarkeit und die für den Finder, sofern er kein Analphabet war, leicht ersichtliche Rückerstattungsmöglichkeit war das spurlose Verschwinden einer umfangreichen wissenschaftlichen Handschrift nicht zu erklären. Denn, um es gleich festzustellen, alle weiteren Nachforschungen, Anzeigen, öffentlichen Verkündigungen hoher Belohnung, alle amtlichen und privaten Schritte zur Wiedererlangung des Manuskripts blieben gänzlich erfolglos; es war, als hätte sich das dickleibige Konvolut in seine Bestandteile aufgelöst oder wäre von einem närrischen Raubvogel davongetragen worden, der seine Jungen mit Papier füttern wollte. Es wurde angenommen, ein Bauer oder Tagelöhner oder ein ungebildeter Kleinhändler habe das herrenlose Paket liegen gesehen und mit nach Hause geschleppt; nachdem er sich vergewissert, daß es nur beschriebene Blätter waren, hatte er dem Fund keine Aufmerksamkeit mehr geschenkt und ihn in einen Winkel verstaut oder gar ins Feuer geworfen. Letzteres war noch am wahrscheinlichsten; las er dann die Verlustanzeige in seiner Zeitung oder auf einem Plakat, so hatte er keine Veranlassung mehr, sich zu melden, und mußte Unannehmlichkeiten befürchten, wenn er es tat.

Den fieberhaften Bemühungen Alexander Herzogs im einzelnen nachzugehen, wollen wir uns ersparen. Er befand sich nicht einen Augenblick im Zweifel über die Schwere des Verlusts und die Größe seines Unglücks; etwas unermeßlich Kostbares war zerstört, nie wieder gutzumachender Schaden geschehen; für ihn lag es natürlich besonders nah, sich in den gleichartigen Fall zu versetzen; er sagte sich, er würde sicher verrückt vor Zorn und Kummer, wenn ihm so etwas zustieße. Wie er sich vor dem Freund verantworten, wie er ihm überhaupt unter die Augen treten sollte, davon hielt er seine Gedanken ab, es war nicht vorstellbar, es war das Entsetzen schlechthin. Auch in einem jungen Leben konnte man nicht hoffen, die Schuld jemals zu tilgen; und er war alt. Und wie tilgen? Wo gab es einen Gegenwert, einen Ausgleich? Die verzweifelte Energie, die er zunächst an den Tag legte, war vermutlich Flucht vor diesen Erwägungen. Vierundzwanzig Stunden lang kam er nicht zur Besinnung, gab auch keine Nachricht, weder nach Basel noch nach Seeblick. Dann wurde ihm die Feigheit solchen Verhaltens bewußt; man mußte in Sorge um ihn sein; wenn er seine Person zum Ziel der Angst machte, beging er neben allem andern noch eine grobe Täuschung, er schickte also an Bettina ein Telegramm, das bei allem Lakonismus an Deutlichkeit nichts zu wünschen übrigließ. Eine halbe Stunde danach, gegen acht Uhr abends, war er in Basel, fuhr in die Weidengasse beim St. Albanstor, Straße und Hausnummer waren ihm noch in Erinnerung, fragte nach Kerkhoven und wurde in das Bücherzimmer des kranken Hausherrn geführt; es dauerte keine drei Minuten, da trat Kerkhoven ein. Und eine Minute später wußte er es. Seit dem gestrigen Abend hatte er in zunehmender Nervosität gewartet, und jeder Anruf in Seeblick hatte nicht nur seine eigene Besorgnis, sondern auch die der Frauen dort vermehrt.

143.

Einen Augenblick wurde seine Stirn ziegelrot, dann nahm sie eine kalkige Färbung an. Er tastete nach der Lehne eines Stuhls und setzte sich. Es sollte den Eindruck einer willkürlichen Bewegung machen, war aber keine. Er hustete. Er zog das Taschentuch und wischte den Mund ab. Dann erhob er sich wieder, als wolle er beweisen, daß er sehr wohl imstande sei zu gehen, schritt langsam zur Tür und sah nach, ob sie eingeklinkt war. Hier war das Mechanische der Handlung schon offenkundig. Sie wurde ausgeführt, um Zeit zu gewinnen. Aber er sagte noch immer nichts. An der Tür stehend, strich er sich über die Wangen. Er war den ganzen Tag über am Krankenbett gesessen und hatte noch keine Gelegenheit gehabt, sich zu rasieren. Die grauen Bartstoppeln knisterten leise unter der Berührung der Hand. »Sie sind ja vollkommen fertig, lieber Freund«, kam es endlich von seinen Lippen. »Ich will veranlassen, daß man in Seeblick erfährt, daß Sie da sind. Aber Sie müssen ruhen. Und morgen … Man wird sehen, was zu tun ist …« Was irgend getan werden konnte, sei getan worden, sagte Alexander mit erloschener Stimme. Er zählte alles auf, von der tollen Fahrt nach Buchs angefangen bis zu der Plakatierung und der Ausschickung besoldeter Sucher. Kerkhoven ging schwerfällig zwischen Klavier und Fenster hin und her. Als ein eigentümlich verträumtes, ganz undefinierbares Lächeln auf seinen Lippen erschien, sah ihn Alexander angstvoll-gespannt an. »Ist es sicher, daß Sie keine Abschrift besitzen?« stotterte er. – »Das wollen wir vorerst nicht erörtern«, fiel ihm Kerkhoven fast schroff ins Wort, »es führt zu nichts. Man muß auf den Sinn kommen. Es muß einen Sinn haben. So daß man sagen könnte: Herr, in deine Hände befehle ich meinen Geist. Ungefähr. In meiner Weise. In der mir angemessenen Weise.« Er zupfte an seinem Kinnbart. Dann fragte er: »Fühlen Sie sich imstande, mit mir nach Hause zu fahren? Ja? Ich glaube, es ist am besten so. Einen Zug haben wir nicht mehr, aber man stellt mir hier ein Auto zur Verfügung. Ich warte nur noch ab, bis man den Patienten geholt hat. Er soll in die Klinik. In einer Stunde bin ich bereit. Legen Sie sich so lange auf das Sofa. Nehmen Sie das da« (er zog eine Glasröhre aus der Tasche und reichte Alexander zwei weiße Tabletten), »es riegelt die Gedanken ab. Sie müssen sich nicht weiter grämen. Im übrigen bin ich überzeugt, das Paket kommt wieder zum Vorschein; fest überzeugt. Ein kleiner Schabernack, den uns das Schicksal spielt. Also Kopf hoch. Und Ruhe …« Er nickte Alexander zu und ging hinaus. Draußen verschwand das freundliche Lächeln von seinem Gesicht. Er war nicht nur überzeugt, daß das Manuskript nicht wieder in seinen Besitz gelangen würde, sondern wußte mit Bestimmtheit, daß es für immer verloren war. Und damit galt es sich einzurichten.

144.

Es war ein kleiner Austro-Daimler, der vor dem Haus stand. Ohne Chauffeur. Kerkhoven lenkte ihn selbst. Am nächsten Vormittag sollte der Wagen in Seeblick abgeholt werden. Das schweigende Nebeneinandersitzen während der nächtlichen Fahrt war gut für beide. Alexander war noch ein wenig benommen von den Tabletten. Er starrte hypnotisiert in das Scheinwerferlicht auf der Straße. Ihm war, ab ströme das Licht aus dem Innern Kerkhovens, und mit jedem Kilometer, den sie zurücklegten, wurde es auch in ihm heller. Was für eine geheimnisvolle Kraft, die von diesem Mann ausging! Sie erinnerte an die Wärme vulkanischer Erde oder an die Rindenwärme eines mächtigen Baums, der noch Strahlen aussendet, auch wenn ihn die Sonne längst nicht mehr trifft.

Als sie etwa noch fünf Kilometer von Seeblick entfernt waren, stoppte Kerkhoven die Maschine vor einem Gasthaus. Er kannte den Wirt. Er klopfte an eines der Fenster, und als der Mann schlaftrunken erschien, bat er ihn, den Wagen in die Garage stellen zu dürfen. Alexander wunderte sich. Die Erklärung Kerkhovens, er wolle so spät in der Nacht das Haus nicht durch Autolärm aufschrecken, klang nicht recht glaubwürdig. Er hätte ja den Wagen in einem abgelegenen Teil des Parks stehen lassen können. Erst ein paar Tage später teilte ihm Kerkhoven den wahren Grund mit. »Ich wollte eine Stunde lang mit Ihnen in der Dunkelheit gehen«, sagte er, »ohne zu reden. In der Nacht zu wandern, das reinigt das Gemüt. Da spricht die Natur so eindringlich wie niemals am Tage. Ich mußte die Probe mit Ihnen machen; und mit mir. Famos, wie Sie es gespürt haben. Daß Sie ganz still waren. Dadurch ist die Trübung zwischen uns beseitigt worden. Wissen Sie nicht, wie hart wir miteinander gerungen haben, als wir so schweigend durch die Finsternis gingen?«

145.

Marie faltete nur stumm die Hände, als Kerkhoven ihr das Geschehene mitteilte. Da Kerkhoven hinlänglich Zeit gehabt hatte, sich zu fassen, ließ sie sich von seiner Ruhe täuschen. Aber es war etwas in seinen Augen, was sie bange machte, und gewisse zerfahrene Gesten, die er hatte, flößten ihr Schrecken ein. Sie erkannte, daß er sich mit übermenschlicher Gewalt zusammennahm. Wenn er doch den Tisch und das Geschirr zerschlüge, dachte sie, wenn er doch zu schreien begänne und uns allesamt aus dem Haus jagte; statt dessen geht er herum wie mit einem Knebel im Hals und mit Bleikugeln an den Füßen. Und immer der perltröpfige Schweiß auf der Stirn und daß er mit der Zungenspitze die Lippen näßte –, was war das, was bedeutete es? Um ein Maß dafür zu gewinnen, was er empfinden mußte, stellte sie sich vor, ein Kind sei ihr gestohlen worden. Gestohlen und getötet. Sie schauderte. Er erriet ihren Gedanken. Vor ihr stehend, legte er die Hand auf ihr Haar, bog ihren Kopf zurück, fing ihren Blick und sagte: »Überschätzen wir das kleine Malheur nicht. Was nicht da ist, Werk oder Mensch, wird nicht entbehrt. Alles Existierende betrügt uns durch seinen Schein von Notwendigkeit. Die lebendige Welt ist ein Bauch mit einem ungeheuren Verdauungsapparat. So oder so tragen wir zur Ernährung bei. Glaubst du, jede Neunte Symphonie und jede erlösende Erkenntnis tritt ans Licht? Es genügt, wenn sie entstehen. Das andere ist eine Fügung für sich. Der Auftrag, der mir abgenommen wird, fällt einfach dem zu, der nach mir kommt. Es geht nichts verloren. Nur in meinem egoistischen Gefühl geht es verloren. Das muß man verwinden. Na, und was die Geldkalamität betrifft, darüber lassen wir uns doch keine grauen Haare wachsen, du und ich. Wär' noch schöner!«

Sie riß seine Hände an ihren Mund und küßte sie abwechselnd, viele Male.

Aber da war noch Alexander Herzog, da war noch Bettina. Bei Alexanders Veranlagung mußte man schlimmer Wirkungen gewärtig sein. Er fühlte sich wahrscheinlich wie ein Aussätziger. Und Bettina, so phantasievoll wie leidenschaftlich in ihrem inneren Anteil, stand plötzlich, so sah es Marie, in einem seltsamen Konflikt zwischen dem Gatten, den sie schuldig finden mußte, obwohl sie mit ihm litt, und dem Freund, dem solches Unglück widerfahren war eben durch seine vertrauende Freundschaft für sie und Alexander. Aus dieser Verwirrung gab es schier keinen Ausweg. Schon bei ihrem ersten Gespräch mit den beiden glaubte Marie wahrzunehmen, daß eine Kluft zwischen ihnen entstanden war, eine von keinem eingestandene Entfremdung, von Alexander dumpf, von Bettina klar gespürt; war es doch, als ob sie eine unsichtbare Waage vor sich hingestreckt hielte, in deren Schalen zwei Seelen lagen, die sie stumm versunken gegeneinander abwog. Auf welche Schale sie den Blick richten würde, die war die schwerere, die würde niedersinken, darum hielt sie auch, furchtsam und ahnungsvoll, die Augen geschlossen. Dieses Bild hatte Marie deutlich vor sich, und sie wandte sich erschrocken ab, weil es unheilvoll und unendlich schmerzlich war.

146.

Zweiundzwanzig Hefte, engbeschrieben mit Notizen; ein fast kniehoher Stoß Blätter mit Entwürfen, Formulierungen und Zeichnungen; das war das von Kerkhoven in Jahren zusammengetragene Material. Es war auf dem Schreibtisch aufgeschichtet. Da Alexander darauf gedrungen hatte, es zu sehen, zeigte er es ihm. »Bettina sagt mir, Sie dächten an eine neue Niederschrift«, begann Alexander schüchtern, »auch Marie … Zu ihr haben Sie sogar von zwei bis drei Monaten gesprochen, wenn Sie täglich vier Stunden diktieren könnten … Stimmt das?« – Kerkhoven sah ihn mit einem schnellen, schiefen Blick an wie jemand, der mit heimlicher

Überraschung feststellt, daß sich in einer jämmerlich konstruierten Falle unerwarteterweise eine Maus gefangen hat. In der Tat hatte er den beiden Frauen eingeredet, das Buch ließe sich bei beharrlichem Fleiß und nach sorgfältiger Ordnung der vorhanhandenen Skizzen leichterdings noch einmal schreiben. Als ob er noch so viel Zeit zu leben hätte; denn an die »zwei bis drei Monate« hatten auch Marie und Bettina nicht geglaubt. Nur dieser törichte Mann glaubte daran, dieser Dichter; löschte das Wissen von Joseph Kerkhovens Sterben in sich aus, weil es ihn tröstete, wenn er es vergaß; nahm an, er, der die Einmaligkeit der Entflammungen kannte, die Unwiederholbarkeit von Gedankenfolgen und Wortprägun-gen, die nur unter der bestimmten Leuchtstärke des augenblicklichen Innenerlebnisses Form und Gestalt gewinnen, nahm an, daß man sich bloß hinzusetzen brauche und, wie ein Schüler seine Strafarbeit, das Pensum repetieren könne! Er lächelte und sagte: »Jaja; ich denke, es wird gehen. Es kostet einen Entschluß … Immerhin, möglich ist es.« Diese großmütige Lüge beglückte Alexander Herzog. Es fehlte nicht viel, und er hätte in seiner Freude Kerkhoven umarmt.

147.

Nur die inständigen Bitten Maries hatten Kerkhoven bewogen, Lili Meeven aufzunehmen. Sie war eine Nichte von Frau de Ruyters und mit einem Amsterdamer Edelsteinhändler verheiratet. Frau de Ruyters hatte an Marie einen ausführlichen Brief geschrieben. Der dortige Ner-venarzt hatte der Familie empfohlen, die Kranke zu Kerkhoven zu schicken; in Holland hatte Kerkhoven einen Ruf wie nirgends sonst, auch unter Fachkollegen. Man sprach dort von ihm wie von einem Apostel. Er hatte sich zuerst geweigert, die Behandlung zu übernehmen, zumal sich ein klares Krankheitsbild aus dem Brief nicht erkennen ließ. Er war in diesen Tagen seiner selbst nicht sicher. Seine wissenschaftliche Neugier war erloschen. Nach neuen Erfahrungen hatte er kein Verlangen. Alle sogenannte Heilung wurde immer fragwürdiger. Da hatte er nun diese Mannheimer Schauspielerin, die Kokainistin, mit opfervoller Be-mühung von ihrer Leibes- und Geistesvergiftung befreit. Zu welchem Ende? Damit sie wieder in schlechten Stücken auftreten konnte, um in einem Jahr rückfällig zu werden? Das Gift hatte er ihr entziehen können, das tiefgewurzelte Bewußtsein von der Hohlheit ihres Daseins hatte er ihr nicht wegnehmen können. Und daran lag's. Es gibt Heilungen, bei denen die Krankheit nur einen Leichnam zurückläßt, und der Arzt hat nichts getan, als daß er die Gesellschaft lebender Gespenster um einen wandelnden Toten bereichert hat. Trotz alledem konnte keine einzige Seele, die verworfenste, die unnützeste, nicht mit ihrem lechzenden Anspruch auf Leben abgewiesen werden; der Arzt, der sich dessen unterfing, vergriff sich an den göttlichen Richtmaßen. In diesem Widerstreit wäre Kerkhoven zugrunde gegangen, hätte er nicht schon die Wegscheide überschritten gehabt, an der das Problem von Leben und Tod für ihn wesenlos geworden war.

So erklärte er sich also bereit, es mit Lili Meeven zu versuchen. Er bereute den Entschluß nicht. Es war ein anderes Interesse als das rein ärztliche, das sie in ihm erweckte. Hier wiederholte sich am lebendigen Objekt, was er an einer gespiegelten Figur erfahren hatte, also wirklich und augenfällig, nicht bildlich und mittelbar. Und so kam er auf den seltsamen Gedanken einer seelischen Homöopathie. Alexander Herzog konnte nicht im Zweifel sein über das Doppelgänger-Phänomen, das ihm hier gegenüberstand. Es war die Probe zu machen, ob die »Venichtigung« gelungen war oder ob noch unaufgelöste Reste des zerstörenden Erlebnisses als Trauma vorhanden waren. Es ging nicht nur um Alexander allein, es ging auch um Bettina, denn gebieterischer für sie als für ihn stellte sich an diesem Punkt die Frage nach Sein oder Nichtsein ihrer Ehe; Entfaltung oder Untergang ihrer Person.

148.

Von einer Pflegerin begleitet, kam Lili Meeven an. Sie war eine verblühte Vierzigerin mit ungemein lebhaften Gesichtszügen, die an ihren guten Tagen noch eine mädchenhafte Frische besaßen. Ihr strähniges blauschwarzes Haar war ungepflegt und hing wirr über die Stirn, bis zu den großen stumpfschwarzen Augen herab. Sie war zierlich von Gestalt und sprach mit einer rauhen Männerstimme. Das Absonderlichste an ihr war ihre Kleidung, die an eine Heilsarmeeschwester erinnerte. Alles war zerdrückt, fadenscheinig, geschmacklos und ostentativ vernachlässigt. Gattin eines vermögenden Mannes und reich dotiert, tat sie, als ob sie nicht die Mittel hätte, sich ein Paar Handschuhe zu kaufen.

Nur in der Unordnung schien sie sich wohl zu fühlen. Als die Pflegerin ihre Kleider, Wäsche, Schuhe im Schrank und in den Kommodeladen untergebracht hatte, riß sie alles wieder heraus, weil sie ein Paar alte Pantoffeln nicht fand, und warf die Sachen zornig-achtlos auf das Bett und die Stühle. Den größten Teil des Tages verbrachte sie mit Schreiben. Sie hatte Stöße von Tagebüchern; jeden dritten Tag war ein Heft vollgeschrieben. Außerdem schrieb sie zahllose Briefe, einmal fünfzehn auf einen Sitz. Kraft seiner ärztlichen Befugnis kontrollierte Kerkhoven die Korrespondenz, bevor sie der Post übergeben wurde. Alles was sie schrieb, hatte Hand und Fuß, ja, es war im einzelnen voller Scharfsinn. Die stilistische Gewandtheit und Ausdrucksfähigkeit waren bemerkenswert. In den Briefen an ihren Gatten wechselte Zärtlichkeit mit verbissener Gehässigkeit. Auf leidenschaftliche Liebesergüsse folgten die bittersten Vorwürfe, daß er sie ihrer Ideale beraubt und ihr Leben ruiniert habe. Begründet waren die Anklagen nicht. Doch aus den Gesprächen mit ihr erfuhr Kerkhoven, daß sie sich für eine geborene Tänzerin hielt; der Mann war nach ihrer Ansicht schuld daran, daß ihr die künstlerische Karriere verschlossen geblieben war. Dabei hatte sie niemals im Leben getanzt noch das Tanzen erlernt; sie sprach sich nur das Genie zu und phantasierte von den Triumphen, die sie ohne die Ränke gewisser Leute und ohne die Bosheit des Schicksals geerntet hätte.

Wenn sie diesem Traum eine Weile nachgehangen hatte, zog sie sich splitternackt aus und hüpfte auf lächerliche Weise im Zimmer herum. Die Anwesenheit von Frauen genierte sie nicht, sonst war sie prüde wie eine Methodistin. Und zu diesen Übungen sang sie mit hohler Stimme, die langsam anschwoll und in alle Räume des Hauses drang, eigentümlich feierliche Gesänge, geistlichen Liedern ähnlich.

Eine verwirrende Unruhe ging von ihr aus. Das düstere Geheul, das sie zu ihren Tanzexerzitien vollführte, war für alle, die es anhören mußten, eine Nervenfolter. Bat man sie, den Unfug einzustellen, so entrüstete sie sich und berief sich auf die Unsummen, die sie für ihren Aufenthalt bezahlte. Unablässig schmälte und zeterte sie, bald mit Schwester Else, weil das Essen nicht pünktlich auf den Tisch kam, weil der Tee zu dünn, die Schokolade zu dick, die Suppe zu heiß, der Braten zu kalt war, oder mit ihrer Gesellschafterin, von der sie sich bespitzelt wähnte. Eines Tages, als sie das ganze Zimmer nach ihrem Diamantring durchsucht hatte, der sich dann in der Schmutzwäsche in einem zerrissenen Strumpf fand, gab es sogar einen widerlichen Auftritt mit Diebstahlsbeschuldigung. Alle Frauen behandelte sie niederträchtig, besonders dienende, aber wenn Kerkhoven nur das Zimmer betrat, wußte sie sich vor Liebenswürdigkeit nicht zu lassen, und seit sie vernommen hatte, daß Alexander Herzog in Seeblick wohnte, lag sie Kerkhoven so lange in den Ohren, er möge sie mit ihm bekannt machen, bis er es ihr (nicht ohne Hintergedanken) versprach. Sie hielt sich nicht nur für fehlerlos, sondern für das Muster und die Krone aller Weiblichkeit. Frau de Ruyters hatte in ihrem Brief keinen Hehl daraus gemacht, daß sie ihren einzigen Sohn in Grund und Boden verzogen hatte; er war in ganz Amsterdam als Nichtsnutz und Herumtreiber verrufen, desungeachtet sprach sie von ihm wie von einem Ministeranwärter, schrieb ihm sehnsüchtige Episteln und schickte ihm heimlich Geld. Sie hatte nie unrecht, nach ihrer Meinung nie; sie konnte auch nicht unrecht haben, da ihr der Begriff des Rechtes völlig abging und ihr Verhältnis zur Umwelt von einer ungemessenen Selbstverherrlichung bestimmt wurde.

Alles dies war keineswegs Wahnsinn oder Geistesstörung. Bei jeglichem Tun hatte sie sich gerade noch so weit in der Gewalt, daß sie die Folgen übersehen konnte. Sie war außerordentlich verschlagen. Sie hatte die Schlauheit derer, die an der Grenze der Norm stehen und sich wohlweislich hüten, die Grenze zu überschreiten, weil sie genau wissen, daß sie dadurch zu Schaden kommen, entweder durch den Verlust ihrer Freiheit oder durch andere Zwangsmaßnahmen. In diesem Betracht lag einfach eine Charakterentartung vor. Eine solche kann nicht »geheilt« werden, und dieses Defekts wegen hatten sie auch ihre Verwandten nicht zu Kerkhoven geschickt. Ihr wirkliches Leiden bestand in einer Suggestions-Hysterie, und zwar in einem Ausmaß, wie sie Kerkhoven kaum je beobachtet hatte, bis zu motorischen Anfällen und den sogenannten großen Attacken mit Krämpfen, Spasmen, hysterischer Aphonie und Stigmatisierungen. Und seltsamerweise hatten die schweren Erscheinungen bei ihr mehr als bei jedem andern Kranken dieser Art einen stark hervortretenden Zug von Hexenhaftigkeit. Indem sie jede Krankheit, die sie sich einbildete, vollkommen täuschend nachzuahmen vermochte, ohne daß sie die Anzeichen kannte, einen Ausschlag, ein Ödem, eine Eiterung, eine Muskelentzündung mit einundvierzig Grad Fieber, eine Magenblutung, eine Lidgeschwulst, wurden diese körperlichen Bekundungen förmlich zu Lügen der Natur. Die Krankheit war augenscheinlich, und trotzdem war sie nur Schein. Sie wies alle Merkmale auf, durch die sie benennbar und nachweisbar wurde, und war gleichwohl, im wahrsten

Sinn des Wortes, ein Hirngespinst. In früherer Zeit, vor einem halben Jahr noch, hätte Kerkhoven das Leiden behandelt, wie es ihm Kenntnis und Erkenntnis vorschrieben, da es sich ja dem Wesen nach von zahllosen ähnlichen Fällen, mit denen er sich zu beschäftigen hatte, nicht unterschied. Aber jetzt sah er durch das täuschende Gewebe, durch die Maschen zwischen Wollen und Erliegen, Qualsucht und Qualwonne, Blutszwang und Blutslist hindurch bis auf den Urgrund: bis in die hoffnungslose, gottverlassene Nacht auf der andern Seite, in der diese Lili und alle ihre Schicksalsschwestern vergeblich nach einem Lichtstrahl Ausschau hielten.

149.

Draußen herrschte Schneesturm. Kerkhoven saß beim Kaminfeuer, eine Decke auf den Knien, den Kopf auf den Arm gestützt. In die tiefe Stille drang von Zeit zu Zeit das langgezogene, hohle Geleier der Lili Meeven. Ein paar Sekunden lang war es deutlicher vernehmbar: Die Tür des Refektoriums war geöffnet worden. Es war Aleid, die eintrat und auf ihn zukam, kurzatmig, schweren Leibes. »Ich halt's nicht mehr aus, Onkel Joseph«, sagte sie, »die Person macht mich toll mit ihrem Geklön. Schaff sie fort, sonst tu' ich ihr was an, dem Scheusal.« – »Aber Mädelchen, Mädelchen«, begütigte sie Kerkhoven und streichelte ihre Wange, »was ist dir denn so arg dran? Denk, du bist in der Stadt, und die Autos hupen vor deinem Fenster. Du mußt nur nicht wollen, daß es dich quält. Bei solchen Anlässen ist immer der Wille der Fallstrick.« – Aleid erhob den Zeigefinger. »Hörst du«, raunte sie, »schauerlich. Und hat dir Schwester Else erzählt? Jede Nacht schreit sie. Im Schlaf. Es geht einem durch Mark und Bein. Es klingt, wie wenn ein Schwein abgestochen wird. Ist denn so jemand noch ein menschliches Wesen, Onkel Joseph?« – »Ohne Zweifel, Kind. Sie selbst hält sich sogar für ein bevorzugtes.« – »Dann muß ich dir sagen, der Mensch ist mir ein Grauen. Ein Grauen ist er mir.« Sie schlug die Hände vors Gesicht und schüttelte sich. – Kerkhoven zog sie neben sich auf die Lehne des Sessels. »Hör mal zu, Aleid«, sagte er ernst, »du läßt dich zu sehr gehen. Du mußt dich zusammenraffen. Du hast eine heilige Pflicht jetzt.« – »Heilige Pflicht?« echote Aleid und starrte ihn mit verzweifelt lachender Miene an. »Kommst du mir auch mit der Betschwesterweise, du?« – »Betschwesterweise? Wie dumm,

Aleid. Verbock dich doch nicht. Warum willst du, daß ich dich bedauern soll, da ich doch allen Grund habe, dich zu bewundern?« Sie war erstaunt. Schweigend blickte sie auf seine riesige Hand, die auf ihrer winzigen ruhte. – »Wie lange noch, glaubst du?« fragte er, vertraulich wie eine Frau die andere. – Sie zuckte die Achseln. – »Meiner Schätzung nach kann es sich nur noch um Tage handeln«, fuhr er fort, »willst du es empfangen, wie ein Wärter einen Zuchthäusler empfängt? Zum Mensch-Sein geb' ich dir noch Zeit, zum Mutter-Sein nicht.« – Sie erbebte vor der plötzlichen Strenge seines Tons. Dann kam wieder der rabiate Trotz über sie. Mit Daumen und Zeigefinger der Rechten drehte sie den goldenen Ring an Kerkhovens Hand und stieß dunkelstimmig hervor: »Rede du nur. Ich schwör' dir, ich erwürg's. Wie manche Dienstboten, wenn sie auf dem Klosett entbinden. Du wirst mich nicht dran hindern, bild dir das nicht ein. Ein Kind, das auf so was hin zur Welt kommt ... auf *diese* Welt ... eine Verruchtheit, es leben zu lassen. Hättest du mir nur beizeiten geholfen. Du warst meine einzige Hoffnung. Aber ihr kennt alle kein Erbarmen.« – Kerkhoven packte sie bei den Schultern und zwang sie so, ihn anzuschauen. »Gut, wenn du's erwürgt hast, will ich dir helfen«, sagte er ruhig und hielt dem brennenden Blick der Smaragdaugen stand, so lange er sich in seinen bohrte.

Sie erhob sich und schlich mit katzenhaftem Gang davon ...

150.

Die unvermeidliche Begegnung mit Lili Meeven rief in Alexander Herzog dieselbe Empfindung hervor, die man hat, wenn man sich an einen schweren Traum erinnert, der viele Tage, vielleicht sogar Wochen zurückliegt, und man vergeblich bemüht ist, sich seinen Inhalt zu vergegenwärtigen. Sonderbar genug, daß eine Ähnlichkeit, die zum Beispiel Bettina vom ersten Augenblick an aufgefallen war und auf die sie sofort mit stürmischer Abneigung reagierte, ihm zunächst gar nicht bewußt wurde. Die Frau war ihm nicht gerade sympathisch; ihre heftige und indiskrete Art zu fragen war ihm entschieden unangenehm; aber da sie wie viele Damen ihrer Gesellschaftsklasse mit dem üblichen Rüstzeug literarischer Bildung versehen war und keine Gelegenheit vorübergehen ließ, ohne ihm zu beteuern, wie sehr sie ihn als Schriftsteller verehrte, sah er über ihre abstoßenden Eigenschaften hinweg, ja er spürte sie nicht einmal. Doch nach und nach wurden ihm ihre Besuche lästig; ihre schöngeistigen Gespräche fielen ihm auf die Nerven; die Familiengeschichten, die sie ihm erzählte, langweilten ihn; die Selbstberäucherung, die sie ihrer Person zollte, verdroß ihn; die naive Schamlosigkeit, mit der sie Intimitäten aus ihrer Ehe ausbreitete, erregte seinen Widerwillen; der flatternde Blick, der bald eine ziellose Gier, bald eine animalische Traurigkeit, bald eine verworrene Schwärmerei verriet, wurde ihm ebenso zur Pein wie ihre hemmungslose Schwatzsucht und der Mangel jeglicher Genauigkeit und Verläßlichkeit in der Rede. Aber noch immer tastete er sich unsicher gegen ihr Bild vor, wie wenn hinter diesem Bild ein anderes stünde, das er kannte und vergessen hatte. Von ihren krankhaften Zuständen wußte er da noch nichts; sie verbarg sie sorgfältig vor ihm; er wirkte geradezu als Hemmung; wenn sie in ihre Ekstasen verfiel, brauchte Kerkhoven nur von Alexander zu sprechen, und sie erschrak wie bei einer Beschwörung und nahm sich zusammen. Es war außerordentlich lehrreich für Kerkhoven; es hatte etwas von der Erdbeziehung zwischen Isothermen; obwohl er Bettina vorher darauf aufmerksam gemacht hatte, daß etwas dergleichen geschehen könne, hatte er mit einer eigentlichen Heilwirkung nicht gerechnet. Großartiges Verfahren der Natur: Sie schliff einem entarteten Typ die Schärfen ab, um bei dem Gegentyp den Magnetismus auszulösen, der unter veränderten Verhältnissen, mit einem verwandten weiblichen Partner, schon einmal in Erscheinung getreten war. »Das sind eben die Gesetze, nach denen wir uns mischen«, sagte Kerkhoven, als er mit Bettina darüber sprach: »Auch Gott muß sich die Regeln vereinfachen, durch die er das Getriebe in Ordnung hält.«

Und Alexander suchte wie mit einer Binde vor den Augen. Eines Tages schickte ihm Lili Meeven einen kurzen Brief. Sie entschuldigte ihr Nichtkommen (er hatte ihr Kommen gar nicht gewünscht) und bat um ein bestimmtes Buch. Während er die Zeilen las, stutzte er. Die Schrift; woher kannte er die Schrift? Bettina schaute ihm über die Schulter und las mit. »Findest du es nicht merkwürdig«, fragte er, »auch den Namen … Meeven … Sogar der Name äfft mich … Meeven …« Er schlug mit den Knöcheln auf das Briefblatt in seiner Hand und lachte plötzlich. Schüttelte den Kopf und lachte. So sah das von außen aus! Lili Meeven! So sah es aus, wenn es ein vergessener Traum geworden war! So harmlos das Gefahrvolle, so klein das Monströse, so ehern in der Kette drin das Wahnhafte! Der Schmerz eines Erlebnisses kann also von einem abfallen, wenn es aus dem Blut herausgestoßen und wie Treibholz unter anderm Treibholz im Strom des Lebens weiterschwimmt! Das muß man wissen, das muß man erfahren, daran muß man glauben! Und während ihm diese Gedanken glühend durch den Kopf schössen, drehte er sich zu Bettina um, drückte seine Hände an ihre Schläfen und küßte ihren Mund, ihr Kinn, ihre Augen, ihre Stirn, ihre Haare, wieder, immer wieder ...

»Jetzt ist Ihre Zeit gekommen«, sagte Kerkhoven, als sie ihm zart andeutend von dieser seltsamen Szene erzählte: »Sie brauchen sich nur nicht zu sträuben, es vollendet sich von selbst, wenn Sie nur den Sinn richtig verstehen. Sagen Sie doch, haben Sie ihn je so heiter gesehen so ... so befreundet mit seinem Schicksal, so reif für Bettina? Ja, wahrhaftig, das ist es, reif für Bettina, und Bettina darf nicht faul sein, sie muß ernten, die Scheune füllen, das Glück einbringen, tapfer sein, klug sein, umsichtig sein, Bettina sein! Die Gottschwörerin! Das bedeutet ja Ihr Name, falls Sie es nicht wissen sollten: die Gottschwörerin. Ich habe mich eigens vergewissert.« Bettina schaute ihn maßlos verwundert an. So hatte sie ihn nie gesehen, solche Worte nie von ihm gehört. Sie standen an der Parkgrenze, unter den Birken, mitten im Schnee. Sie senkte die Augen, ließ sie über die weiße Fläche gleiten, erhob sie wieder zu ihm und sagte leise: »Lieber, lieber Meister.« – Er fuhr zusammen. »Wieso Meister?« fragte er verdutzt. »So hat mich einer genannt, bei dem bin ich übel gefahren mit der Meisterschaft »... – »Bei mir sind Sie gut gefahren damit«, antwortete Bettina mit einem gleichsam entfernten Lächeln, »Sie haben ja mein Leben gemeistert.«

Er beugte sich nieder und berührte mit den Lippen ihren Scheitel. Es war eine Liebkosung, die sie zeitlebens nicht vergaß. Und nachher ging sie ins Haus und trat in Alexanders Zimmer. Er saß am Schreibtisch, sie näherte sich ihm unhörbar, legte den Arm um seine Schulter und flüsterte ihm ins Ohr: »Ich liebe dich. Ich liebe dich ...«

151.

Es war höchst eigentümlich: Seit dem Verlust des Manuskripts, mit demselben Tag fast, hatten die Feindseligkeiten gegen Seeblick aufgehört. Wie mit einem Schlag, wie auf Befehl. Und nicht nur das; es kamen Leute aus der Gegend, Frauen, Familienväter, junge Arbeitslose, die von

allerlei kleinen Übeln geheilt werden wollten, Geschwüren, Verdauungs-
störungen, Bleichsucht, Rheumatismus, Gallenbeschwerden und so weiter.
Täglich erschienen sie zu Dutzenden im Sprechzimmer und warteten
geduldig, bis sie vorgelassen wurden. Es gemahnte Kerkhoven an die
Anfänge seiner Praxis. Aber wenn er damals, als junger Arzt, freudlos
und handwerksmäßig die Heilung dieser uninteressanten Leiden betrieben
hatte, der höheren Berufung gewärtig, so empfand er sie jetzt durchaus
als das Richtige und Würdige, vielleicht sogar als das dem Sinn des
Arztseins am meisten Entsprechende. Es war die Rückkehr zum Einfachen; Aufhebung vielfacher kleiner Not und Gefahr und Verhütung
größerer; es lag mehr Liebesdienst und -lohn darin als in der Behandlung
jener komplizierten Fälle, bei denen einem der ganze Reichtum des
Wissens nicht hinweghalf über den Zweifel an der Wissenschaft, geschweige denn, daß sich das ewig verhüllte Geheimnis der Natur erschloß,
trotz allem Belauern, Vergleichen, Experimentieren und Messen, trotz
aller Kunst und Intuition. Hier konnte er fühlen und befühlen und auch
wirklich helfen. Er hatte vollständig vergessen, was für eine ungeheure
Sache es war, körperlichen Schmerz zu lindern oder gar ihn zum Verschwinden zu bringen. Er hatte vergessen, wie dankbar die Augen eines
Kindes strahlen können, wenn man ihm eine blutende Wunde verbindet;
wie ergreifend das Vertrauen einer Mutter war, wenn sie ihren bis auf
die Knochen abgezehrten Säugling brachte; wie tief die Erkenntlichkeit
eines mit Brandwunden Bedeckten, wenn man ihm Erleichterung von
seiner Qual verschaffte. Und das war möglich; es war weder schwierig
noch problematisch; man war dann nichts weiter als ein Sanitätssoldat
in dem Dauerkrieg, in welchem das Volk mit seinen Lebensplagen liegt.
Im Volk aber ist jede Krankheit, mag sie noch so schrecklich sein, etwas
viel Wahreres, ja Elementareres als in den oberen Schichten, für deren
Leiden der Körper oft genug nur Vorwand ist. Kerkhoven wollte sich
den neuen Anforderungen nicht entziehen, obgleich er den bisherigen
häufig nicht mehr zu genügen vermochte, dem beständigen und täglich
noch wachsenden Zustrom von Hilfsbedürftigen und Ratsuchenden aus
aller Herren Ländern. An manchen Tagen überstieg die rein physische
Leistung seine Kräfte; er brach zusammen, freilich so, daß es niemand
merkte, wie ein müder Hund in seine Hütte kriecht, bevor er sich aus-
streckt. Die morsch gewordenen Stützen gaben nach. Um sie zum Aushalten zu zwingen, gab es nur das eine Mittel: dem Todeswillen des
Blutes die Todesverneinung der Seele entgegenzusetzen, insofern nämlich

der Tod sich anmaßte, gegen den Willen und die Bereitschaft der Seele in ihre innere Sternenbahn einzubrechen; insofern ihm überhaupt eine andere Wirklichkeit zukam als die auf dem Seinswahn beruhende.

152.

Das Zusammentreffen des Verlusts seiner Lebensarbeit mit dem Umschwung der öffentlichen Meinung konnte natürlich Zufall sein. Aber an solche Zufälle glaubte Kerkhoven nicht. Daß die äußere Welt, die Welt der Tatsachen, der Greifbarkeiten und Sichtbarkeiten, den Einflüssen der »inneren Sternenbahn« unterlag, war ihm nicht im mindesten zweifelhaft. Das Schicksal, diese unerforschliche Verbindung von Kollektivgeschehen und Einzelbewegung, funktionierte im Großen und im Kleinen wie ein gewichteausgleichendes Räderwerk, und seine moralischen wie seine sinnlichen Wirkungen zielen immerdar darauf ab, die Gleichlage zwischen allem Tun und Leiden herzustellen. Kein Mensch könnte existieren ohne die ungewußten Entschädigungen, die ihm durch das geheimnisvolle Ineinandergreifen jener organisierten Lebensmächte gewährt werden.

Dies wußte er tief. Dennoch hatte er den Schmerz um den Verlust nicht verwunden. Er hätte ihn eher tragen können, wäre nur das Weberschiffchen noch seinen alten Gang gelaufen; aber der Faden wurde dünn und dünner; der Vorrat ging zu Ende. Und niemand durfte es wissen. Schlimm genug, daß es Alexander Herzog wußte; was war ihm eingefallen, sich einem Mann zu eröffnen, den eine so innige Freundschaft mit Marie verband. Er hatte Stunden, da er sein eigenes Gefühl für Alexander Herzog unterdrückte, von der Furcht gequält, dieser könne ihn an Marie verraten. Wenn Marie erfuhr, daß er, Joseph, wissend den Tod in sich trug, war das Unglück nicht zu ermessen. Es war dasselbe, wie wenn von zwei Bergsteigern, die an einer steilen Wand aneinandergeseilt sind, der untere stürzt und den oberen mit sich reißt. Er hatte sie ja erst noch hinaufzuführen; das letzte, allerletzte Stück war noch zu erklimmen; sein Tod und der Gipfel oben mußten in ihrem Geist zu eins verschmelzen; es durfte ihr nicht zur Katastrophe werden, es mußte Vollendung sein; keine Veränderung der Substanz, nur eine der Berührung. Er hatte noch nicht die Zeit gehabt, sie vorzubereiten; sie war noch nicht so weit über der Erde wie er; ihr schwindelte noch vor dem Abgrund, sie war noch von der vermeintlichen Tragik des Todes umschattet. Es gab aber keine andere Vorbereitung als den schweigenden Aufstieg an der steilen Wand.

Eines Abends nahm er Alexander beiseite und bat ihn nochmals um das feierliche Gelöbnis seiner Verschwiegenheit. »Sie wissen ja, was ich meine«, fügte er hinzu. – »Daß sie es zum zweitenmal von mir fordern, Joseph, zeigt mir erst, wie schwer ich mich gegen Sie vergangen habe«, antwortete Alexander Herzog. – Der Rückschluß war unerwartet für Kerkhoven, obschon er eine große Kraft und Zartheit der Empfindung bekundete. »Ich leugne nicht den Zusammenhang«, sagte er, »was hilft alles Reden, Sie haben in der Tat unschuldig eine Schuld auf sich geladen. Vielleicht nicht einmal so ganz unschuldig. Vielleicht … Na, lassen wir es lieber. Doch merken Sie wohl, lieber Freund, einziger Freund, möchte ich sogar sagen, denn außer Ihnen habe ich keinen mehr: Es ist nichts geschehen, nichts zwischen uns, nicht das geringste, wenn … wenn Sie Ihre ganze Phantasie- und Menschenmacht aufbieten, um in mir und meinem Tod eine Stufe zu sehen.« – »Eine Stufe wozu?« fragte Alexander erschüttert. – Kerkhoven lächelte. »Diese Frage habe ich nicht von Ihnen erwartet«, versetzte er.

153.

In der Nacht darauf sprach er mit Marie von dem, was er die Todesfiktion nannte, den Wahn vom Tod. Er saß an ihrem Bett, um, wie gewöhnlich vor dem Schlafengehen, noch eine halbe Stunde mit ihr zu plaudern. Sie hatte ihre Verwunderung geäußert, daß sich Lili Meeven bei ihren verrückten Nackttänzen niemals erkälte, obgleich sie alle Fenster während ihres Gehüpfes aufreiße. »Jede andere bekäme eine Lungenentzündung oder eine schwere Angina; sie bleibt heil. Aber wenn sie sich die Lungenentzündung und die Angina einbildet, hat sie sie. Denkt man darüber nach, so wird man selber verrückt. Was schützt sie im einen Fall und macht sie im andern wehrlos?« – »Schwer zu sagen, Marie. Die Idee schützt den Menschen. Sogar die fixe Idee. Aber du hast ganz recht. Jede Hysterie enthält ein metaphysisches Problem. Hab’ ich dir einmal erzählt, was mir in Java mit einem jungen deutschen Geometer passiert ist? Dieser Mann hatte eine unsinnige Furcht vor Schlangen. Eines Tages kommt er zu mir, totenbleich, am ganzen Körper zitternd, eine Giftschlange habe ihn in den Fuß gebissen. Er verlangt, ich solle ihm sofort den Fuß amputieren. Ich sehe nach, kein Biß, keine Wunde, keine Rötung oder Schwellung, nichts. Der Mann bleibt bei seiner Behauptung: Wenn man ihm den Fuß nicht abnehme, müsse er sterben. Er war außer sich vor Angst, aber ich mußte ihn natürlich fortschicken. Am andern Morgen war er tot. Er war unter allen Symptomen der Vergiftung gestorben. Die Obduktion ergab nicht die Spur eines Toxins im Blut. Es war alles Einbildung. Auch der Tod, wenn man will. Und doch starb er wirklich.« – »Man kann also jedes Leiden und jeden Schmerz aus dem Nichts hervorzaubern?« – »Ja, der Mensch ist zu allem fähig. Seine Möglichkeiten sind ohne Grenzen. Wenn ich das so ausspreche, ist es ein Wort, nichts weiter; man kann es glauben und auch wieder nicht glauben; erbring' ich dann den Augenschein dafür, so flüchtet der Geist sofort in den Aberglauben. Er hat eine solche Angst vor der Wahrheit, auch vor der augenscheinlichen, wie jener Geometer vor den Schlangen. Und siehst du, Marie, genaugenommen ist der Tod auch nichts anderes als die Angst vor der Wahrheit. An sich selbst hat er keine Wahrheit. Ich meine, vor Gott hat er keine. Und wir müssen doch zur Wahrheit im Sinn Gottes vordringen. Versenkst du dich mit aller deiner Kraft in dich selbst, so weißt du auf einmal: Es gibt keinen Tod. Mit derselben Sicherheit, mit der ich weiß: Das Plasma ist kein Stoff, sondern nur eine Organisation.«

Marie sah ihn lange an. »Und das Sterben?« fragte sie. – »Das Sterben ist ein Produktionsakt wie die Zeugung. Der Ring muß sich doch irgendwo schließen. Wenn ein Stern in die Sonne stürzt, hört er dann auf? Die Sterne nähren sich von Sternen, die Seelen nähren sich von anderen Seelen. Die Idee zu allen Formen steckt schon in den Urnebeln und Ätherschwingungen, warum sollte der ewige Kreislauf bei meinem mikroskopischen Ich haltmachen? Es ist unbegreiflich, ja; alles ist unbegreiflich, auch daß die Flamme brennt, ist unbegreiflich. Man muß es nur klar und streng durchdenken. Man muß es so lange durchdenken, bis das Wunder kein Wunder mehr ist, sondern ein naturnotwendiger Weg. Jedes Wunder hört auf, eins zu sein, wenn ich damit lebe und atme, wie könnt' ich sonst über das Wunder Joseph Kerkhoven, über das Ich-Wunder jeden Tag stumpfsinnig zur Tagesordnung übergehen? Aber ich bin müde, gute Nacht, Marie.« – »Gute Nacht, Joseph.«

Und Marie lag da und sann und sann, seltsam heiter und entkettet.

154.

Vier Todesträume Alexander Herzogs, die er für Kerkhoven aus seinem Merkbuch herausgeschrieben.

Der erste: Ich weiß Bettina mit J.K. im Theater. Es treibt mich ebenfalls hin, und damit sie bei meinem Erscheinen nicht ärgerlich wird, will ich ihr sagen, daß ich eine Eisenbahnfahrt machen muß. Im Theater ist kein Platz mehr für mich, der Direktor gibt mir den Schlüssel zu seiner Loge, ich habe nur eine Hausjacke an und ein Hemd ohne Kragen. Zwischen mir und der Bühne ist ein freier Platz, mindestens fünfhundert Meter breit. Auf diesem Platz drängt sich ein wütender Pöbelhaufen, und in dessen Mitte sehe ich Bettina, die mich mit verzweifelt gerungenen Händen um Hilfe anfleht. Der Direktor lacht mich aus und sagt: Das gehört zum Stück, es ist die Regie. Ich bestehe darauf, meinen Smoking zu holen, aber als ich die Loge verlassen will, steht J.K. vor mir und sagt ruhig: Es gibt kein Hinauskommen, du mußt sterben …

Der zweite: Ich bin in einer Versammlung, einer Art Reichstag, aber es ist ein kleiner, schmaler Saal. Ich bin im Frack, habe jedoch einen Panamastrohhut auf dem Kopf. Den Vorsitz führt Bismarck, er entrüstet sich über den Panamahut und weist mich auf die Galerie. Ein Redner beginnt zu sprechen, er liest seine Rede von einem schmutzigen Fetzen Papier ab, und als er fertig ist, dreht er die elektrische Stehlampe vor sich aus und stirbt im selben Augenblick. Da wirft Bismarck sein gewaltiges weißes Haupt, als wäre er geköpft, vor sich hin auf den Tisch, und während ich die großartig-grauenhafte Agonie an diesem Haupt beobachte, ist mein Gedanke: Das ist die Strafe für seinen Zorn wegen des Panamahutes …

Der dritte: Gewitter. Ich sehe Blitze wie violette Löcher in einer Wand, die sich gräßlich schnell öffnen und schließen. Ich werde umgeworfen, das heißt, ich krümme mich zu Boden, drücke die Fäuste in den Bauch und habe die Empfindung, daß ich tot bin. Zu meinem Erstaunen konstatiere ich, daß mich der Tod nicht schmerzt, ja, daß er nicht einmal mein Bewußtsein ausgelöscht hat. Und um mir das selbst zu beweisen, spiele ich Ganna eine Komposition Bettinas auf dem Klavier vor, mache aber so viele Fehler, daß mich Ganna fortwährend verbessern muß, wobei zu meinem Ärger aus dem schönen Adagio ein ordinärer Walzer wird. Daran ist nur das Gewitter schuld, geht es mir durch den Kopf, und ich schmeiße den Klavierdeckel zu ...

Der vierte: Ich bin mit Bettina allein. Sie legt sich zu Bett. Ich sitze an ihrem Bett. Ein fremder Mensch kommt herein. Er stört uns, aber wir können ihn aus irgendwelchen Gründen nicht fortschicken. Er ist ziemlich groß und elegant, hat aber den Hemdkragen offen und ist ohne Rock. Obwohl Bettina, als er endlich geht, todmüde ist, entschließt sie sich, noch in eine Gesellschaft zu gehen. (Sie will also nicht mit mir allein sein.) Kaum ist sie angezogen, im Abendkleid und mit ihrem Schmuck, legt sie sich wieder hin und schläft ein. Ich lege mich auch hin, aber sie kehrt mir den Rücken zu. Ich warte und warte. Ich halte einen Regenschirm über uns beide und sehe, daß der Raum zwischen uns voller Glasscherben ist, so, wie ein Bachbett voller Kiesel. Ich stehe auf und laufe fort. Ich renne über Schienen und Geleise. Helmut läuft vor mir her. Wir kommen zum Bahnhof. Ich begegne Ferry. Ich frage: Wo ist der Koffer? Er deutet auf einen Dienstmann. Ich bin wütend, daß er den leeren Koffer von einem Dienstmann tragen läßt. (Woher weiß ich, daß der Koffer leer ist?) Der Zug sieht aus wie die Kommandobrücke eines Schiffes. Ich finde mein Abteil und den Koffer nicht. Das Menschengedränge wird immer beängstigender. Ich höre Bettina mit markerschütternder Stimme nach Helmut schreien. Der Rauch der Lokomotive dringt mir in die Lungen, ich muß ersticken. Über die Bedeutung dieses Traums habe ich lange und schmerzlich gebrütet, ohne auf den Sinn zu kommen. Er hat etwas beispiellos Finsteres an sich; vielleicht, weil die einzelnen Vorgänge so banal und nur im Zusammenhang gespenstisch wirken.

155.

»Aus welcher Zeit stammen diese Träume?« fragte Kerkhoven, als sie am Abend im Refektorium saßen. – »Alle aus dem letzten halben Jahr«, erwiderte Alexander. – »Bei dem Traum vom Theater ist das ohne weiteres ersichtlich«, warf Kerkhoven ein wenig spöttisch hin, »aber was mich interessiert: Was war der Antrieb, sie nochmals aufzuschreiben und aneinanderzureihen?« – »Das kann ich Ihnen genau sagen. Weil meine Träume seit kurzem einen ganz andern Charakter haben.« – »So? Welchen denn?« – »Es ist auffallend ... Natürlich sind die hier nur eine

Auswahl ... Ich wollte es mir selbst demonstrieren ... früher: Auseinandersetzung, Selbstzweifel, Sich-bedroht-Fühlen, Sich-zur-Wehr-Setzen, Angst, Angst, Angst; jetzt: als ob ich aus dem Gefängnis entlassen wäre »...– »Und was für Träume sind es jetzt? Mit Deutung, nicht wahr, wollen wir uns nicht abgeben. Es ist eine zu gefährliche Sache. Es steckt zuviel Afterweisheit in der Deutung. Zuviel Eitelkeit der Kombination, zuviel Anmaßung. Kein Mensch, gelehrt oder ungelehrt, kann einen Traum bis zu seinen Quellen verfolgen, und die sich's einbilden, haben keine Ahnung von den Quellen. Aber Sie wollten mir erzählen ... worin besteht die Veränderung? Der Vergleich mit dem Gefängnis ist mir zu allgemein »... – Statt zu antworten stellte Alexander Herzog eine Frage: »Haben Sie schon einmal über das Wesen der Botschaft nachgedacht? Das ist es nämlich. Ich bekomme fortwährend Botschaften »... – Kerkhoven spielte den Verständnislosen. »Botschaften? Ei! Welche, woher?« – Alexander durchschaute das Spiel und lächelte. »Wozu das Examen, Joseph? Die Botschaften gehen doch von Ihnen aus. Jeder Traum enthält eine. Wenn ich an den denke, der ich war, ehe ich Sie kannte, und der ich heute bin ... Wie soll ich's erklären ... Es ist, als hätte ich vorher nur durch Rauschgifte gelebt ... ohne Eros gewissermaßen ... Verstehen Sie? Ohne Eros »... – »Nicht nur gewissermaßen, Alexander. Es war tatsächlich so.« – »Kennen Sie die Geschichte von Johann Tauler, dem Mystiker, und dem Gottesfreund?« fuhr Alexander Herzog fort. »Der eigentliche Name des Gottesfreundes ist nie bekannt geworden. Er hieß schlechtweg der Gottesfreund vom Oberland. Er kam zu Tauler nach Straßburg in der Absicht, etwas Rat bei ihm zu schaffen. Er hörte ihn predigen, und als ihn Tauler fragte, der hielt ihn nämlich für seinen Jünger, wie ihm die Predigt gefallen habe, antwortete er kühn, er wolle keineswegs Taulers Lehre antasten, die Lehre, daß man, um zur Gemeinschaft mit Gott zu gelangen, alle sinnlichen und begrifflichen Vorstellungen von Gott durchbrechen, auch das Wohlgefallen des Geistes daran überwinden müsse; nein, das sei schön und wahr; was ihm seine Worte unschmackhaft mache, das sei die sittliche Verfassung seiner Seele. Die Predigt habe ihm den Eindruck gemacht, als sei es ihm mehr um die eigene als um Gottes Ehre zu tun, als habe er die Last, die er den Seelen auflege, selbst noch nicht angerührt. Und er forderte von Tauler, daß er alles Predigen aufgeben solle, auch seine Tätigkeit im Kloster, auch seine Studien und nur seinen eigenen Mangel an Liebe zum Gegenstand seiner Betrachtungen mache. Das tat Tauler, und er wurde der Spott der Klosterbrüder und aller Menschen, mit denen er Umgang gehabt, ja, man behandelte ihn wie einen Irrsinnigen. Er hätte diese Schule der Selbstverleugnung nicht bestehen können, wenn ihm der Gottesfreund nicht von Zeit zu Zeit tröstende und aufrichtende Botschaften geschickt hätte, nicht geschriebene oder gesprochene, sondern stumme, man könnte sagen geisterhafte. Und als ihm nach Jahr und Tag die Botschaft wurde, er solle wieder predigen, nachdem er durch Gottes Gnade das Licht empfangen habe, überkam ihn auf der Kanzel ein Weinen, das er nicht zu stillen vermochte, so daß er von neuem zum Gespött der Menschen wurde. Aber allmählich gelangte er dann doch zur Harmonie mit seinem geschaffenen Grund, wie er sich ausdrückt. Und denken Sie, auch er spricht, wörtlich, von der »Vernichtigung« des Menschen gegenüber der Gottheit und der Vernichtigung des Bösen und der Vernichtigung des Todes. Vor nunmehr sechshundert Jahren! Von ihm ist ja gesagt worden, er hätte mit seiner feurigen Zunge die Erde angezündet. Nur, weil er die Botschaft erhalten hat …«

Alexander schwieg, auch Kerkhoven fand es nicht notwendig zu reden. Das Knistern des Holzes im Kamin und vor den Fenstern das leise Knacken der Zweige unter der Schneelast machte die Stille förmlich lebendig.

156.

Zur selben Zeit lag Aleid unten in Wehen. Marie, Schwester Else und die Hebamme waren bei ihr. »Du mußt schreien, Liebling«, sagte Marie, »schrei, so laut du kannst, das wird dir helfen.« Aber Aleid biß mit solcher Gewalt die Zähne zusammen, daß sich ihr ganzes Gesicht verzerrte und die Augen zu Schlitzen wurden. Sie weigerte sich zu schreien. Sie hatte sich vorgenommen, nicht zu schreien. Es dauerte bereits sieben Stunden, das Fürchterliche; es war, als ob die Eingeweide langsam in Streifen gerissen würden. »Laßt mich sterben«, ächzte sie, »warum laßt ihr mich nicht sterben? Schlagt mich tot … Ich will nicht, ich will nicht …« Von Zeit zu Zeit war Kerkhoven hereingekommen, hatte ein paar Worte mit der Hebamme gewechselt, war ans Bett getreten und hatte der Kreißenden die Hand auf die Stirn gelegt, was sie zu beruhigen schien. Ein rasender, irrer Blick zuckte zu dem Mann empor, dann verkrampften sich die Lider von neuem zu Schlitzen. Gegen elf Uhr verließ

Marie schluchzend das Zimmer und ging zu Bettina, die im Raum nebenan saß. »Ich kann's nicht mehr mit ansehen«, rief sie aus, streckte die Arme mit geballten Fäusten starr von sich und wäre hingestürzt, wenn Bettina nicht eilends aufgesprungen und sie gestützt hätte.

Auf einmal ein Schrei, ein einziger Schrei, wie eine Stichflamme, die in die Nacht zischt, unerträglich, eine drei Sekunden lange Ewigkeit lang. Beide Frauen lehnten zitternd aneinander. Dann war es still. Sie lauschten; es war still. Dann ein kleines absonderliches Krähen. Die alte Hebamme öffnete die Tür. »Gelobt sei Jesus Christus«, sagte sie, »es ist überstanden.« Schwester Else, Marie und Bettina falteten unwillkürlich die Hände. Kerkhoven kam vom Refektorium herunter. Alexander Herzog blieb im Flur stehen. Drinnen lag mit weiten Augen die junge Mutter, zwischen ihren Armen eingewickelt das Wesen, das sie geboren hatte. Kerkhoven nahm ihre Hand. »Laß mich sehen, Onkel Joseph«, hauchte sie. Er hob es sorglich auf und zeigte es ihr. »Ist es das«, flüsterte sie, »und lebt? Sag, lebt es wirklich?« – »Es lebt mit allem, was es an sich hat«, sagte Kerkhoven freundlich. – Die Smaragdaugen füllten sich mit einem unbeschreiblichen Glanz. – »Du mußt es als eine Gnade ansehen, Aleid«, sagte Kerkhoven, »fühlst du, daß es die Gnade ist?« – »Ja … ich fühl's …«, war die Antwort, »ich fühl's …«

Nachwort

Als Jakob Wassermann im Spätherbst 1933 dieses Buch vollendet hatte, trat ihn die Umwelt so unmittelbar und peinvoll an, daß er, dem innerhalb seiner Dichtung noch etwas wie bergender Schutz zuteil geworden war, augenblicklich die Notwendigkeit empfand, sich mit dieser Umwelt nicht nur leidend, sondern auch kämpfend auseinanderzusetzen. Das Buch, den Kerkhoven-Roman, der seine innersten geistigen Erlebnisse enthüllte, hatte er eben auch aus innersten Gründen von diesen Einflüssen freigehalten. Nun faßte er den Entschluß, gerade diesem Buch unter allen seinen Büchern ein Nachwort beizugeben.

Dieses Nachwort wurde nicht mehr geschrieben. Aber es lag ihm viel daran. Darum halte ich es für meine Pflicht, den Lesern dieses letzten Werkes von Jakob Wassermann mitzuteilen, daß es hätte geschrieben werden sollen. Er hatte auch im Sinn, vielerlei Korrekturen an dem Buche vorzunehmen, schöne, stille Kleinarbeit des Handwerks, auf die er sich gefreut hat. Es sollte nicht geschehen. So wird das Buch dem Leser übergeben, wie es zuerst seinem Dichter aus den Händen kam, unberührt, als ein Vermächtnis.

Marta Wassermann-Karlweis
Burg im Aargau, März 1934